Excalibur

Herausgegeben von
Melissa Andersson
und
Gerd Rottenecker

J. V. Jones' große Saga Das Schwert der Schatten
in der Reihe Excalibur – Fantasy bei Knaur:

Das Schwert der Schatten 1: Das dunkle Herz der Nacht
Das Schwert der Schatten 2: Die Schatten von Spire Vanis
Das Schwert der Schatten 3: Festung der toten Augen
Das Schwert der Schatten 4: Im Zeichen des Raben

Über die Autorin:

J. V. Jones wurde 1963 in Liverpool geboren. Anfang der 80er begann sie für ein Musiklabel zu arbeiten. Später zog sie nach San Diego in Kalifornien, wo sie einige Jahre ein Exportgeschäft führte und als Marketingleiterin für eine Softwarefirma tätig war.

Mehr Information zu J. V. Jones und ihren Büchern finden Sie auf der Website der Autorin: www.jvj.com

J. V. Jones

DAS SCHWERT DER SCHATTEN 4

Im Zeichen des Raben

Ins Deutsche übertragen von
Regina Winter

Knaur

Die amerikanische Originalausgabe erschien 2002 unter dem Titel
Sword of Shadows – Book Two: A Fortress of Grey Eyes bei Orbit,
An Imprint of Time Warner Books, London. Dieses Buch erscheint,
mit freundlicher Genehmigung der Autorin, in zwei Bänden:
Das Schwert der Schatten 3 – Festung der toten Augen und
Das Schwert der Schatten 4 – Im Zeichen des Raben.

Besuchen Sie uns im Internet:
www.knaur-fantasy.de

Deutsche Erstausgabe 2003

Redaktion: Ralf Reiter
Umschlagkonzept: Melissa Andersson
Umschlaggestaltung: Agentur Zero, München
Umschlagabbildung: © Agentur Schlück, Garbsen
Satz: Ventura Publisher im Verlag
Druck und Bindung: Clausen & Bosse, Leck
Printed in Germany
ISBN 3-426-70177-4

2 4 5 3 1

KARTE

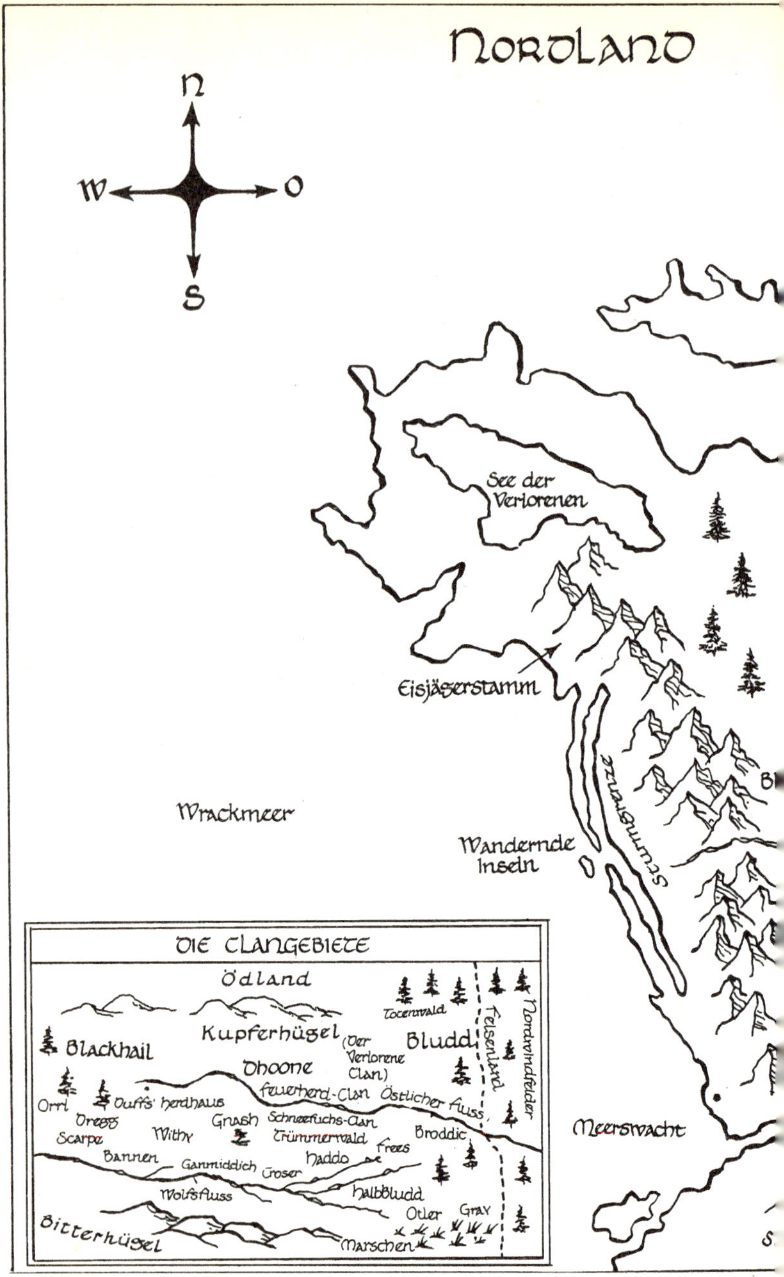

Nordland
N
W
O
S
See der Verlorenen
Eisjägerstamm
Wrackmeer
Wandernde Inseln
Sturmgrenze
Meerswacht
Die Clangebiete
Ödland
Totenwald
Kupferhügel
(Der Verlorene Clan)
Bludd
Blackhail
Dhoone
Felsenland
Nordwindfelder
Orrl
Duffs' Herdhaus
Feuerherd-Clan
Östlicher Fluss
Dregg
Gnash
Schneefuchs-Clan
Scarpe
Withy
Trümmerwald
Broddic
Frees
Bannen
Haddo
Ganmiddich
Croser
Wolfsfluss
Halbbludd
Otler
Gray
Bitterhügel
Marschen

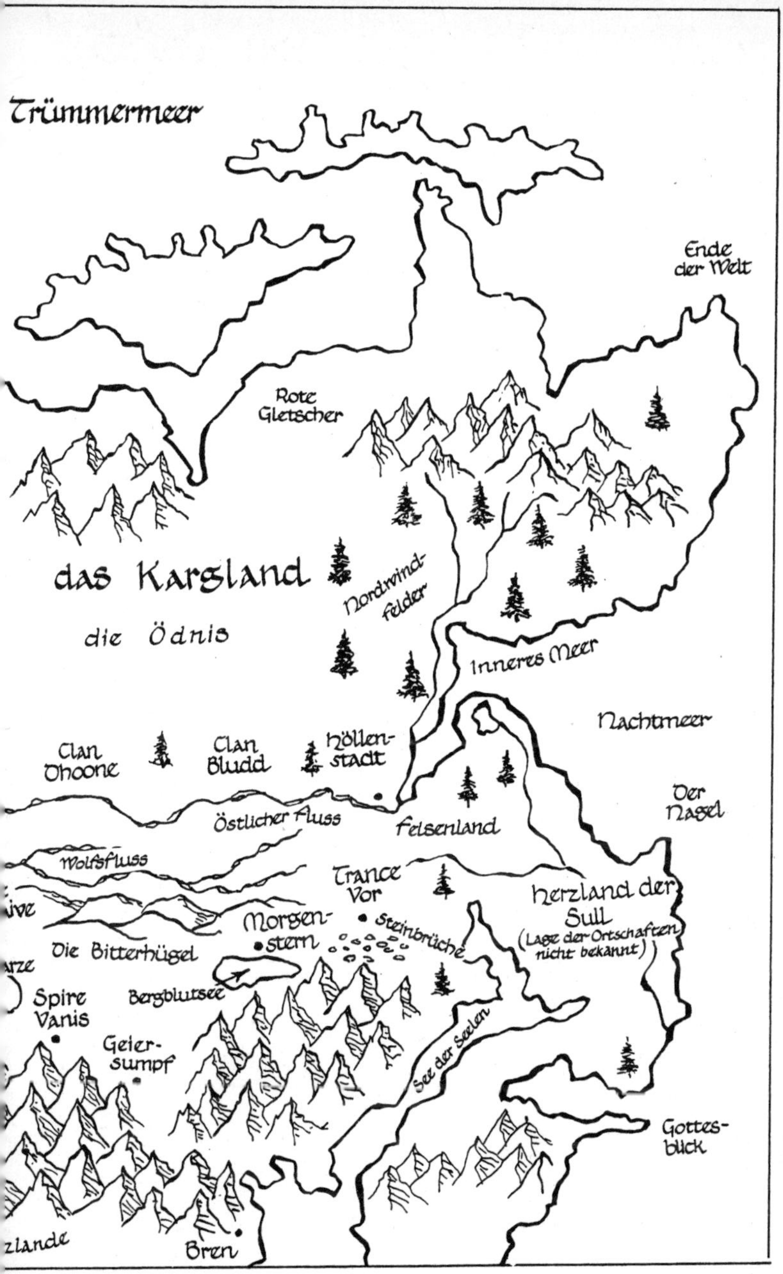

Trümmermeer
Ende der Welt
Rote Gletscher
das Kargland
die Ödnis
Nordwind-felder
Inneres Meer
Nachtmeer
Clan Dhoone
Clan Bludd
Höllen-stadt
Der Nagel
Östlicher Fluss
Felsenland
Wolfsfluss
Trance Vor
herzland der Sull
(Lage der Ortschaften nicht bekannt)
Morgen-stern
Steinbrüche
Die Bitterhügel
Spire Vanis
Bergblutsee
Geier-sumpf
See der Seelen
Gottes-blick
Bren

Das Schwert der Schatten
Was bisher geschah

Eines Morgens, als Raif Sevrance und sein älterer Bruder Drey vom Clan Blackhail sich aus dem Winterlager der Jäger entfernt haben, um Schneehasen zu schießen, werden ihr Vater Tem und der Clanhäuptling Dagro Blackhail von Beauftragten des Surlords Penthero Iss, dem Herrn der Festung Spire Vanis, getötet. Dagros Pflegesohn Mace Blackhail war ebenfalls im Jägerlager, überlebt aber und kehrt zum Clan zurück, um die Position des Häuptlings für sich zu beanspruchen. Von Anfang an hat Raif Zweifel an Maces Geschichte darüber, wie er dem Überfall entkommen ist, und er bezichtigt den neuen Häuptling, von dem bevorstehenden Angriff gewusst zu haben. Als Mace ein paar Wochen später bei einem Hinterhalt an der Bluddstraße befiehlt, Frauen und Kinder des Clans Bludd niederzumetzeln, wird Raif klar, dass ihm keine andere Möglichkeit bleibt, als seinen Clan zu verlassen. Mace hat den Clan Blackhail zu etwas gemacht, das Raif nicht mehr wiedererkennt.

Dann taucht Angus Lok, Raifs Onkel und Mitglied der Geheimgesellschaft der Phage, im Blackhail-Rundhaus auf und bietet Raif an, ihn nach Spire Vanis zu begleiten. Raif stimmt schweren Herzens zu.

Als Raif und Angus am wenig benutzten Südtor von Spire Vanis eintreffen, beobachten sie, wie ein Mädchen von der Renegatenwache verfolgt wird. Aus Gründen, über die Angus sich nicht weiter äußert, versucht er sofort, das Mädchen zu retten. Raif bleibt nichts anderes übrig, als seinem Onkel zu helfen, und als das Tor heruntergelassen wird und Angus in der Stadt gefangen sitzt, erschießt Raif die Gegner seines Onkels durch das Torgitter.

Raif trifft an diesem Tag vier Männer mitten ins Herz. Seit dem Morgen, an dem sein Vater getötet wurde, weiß Raif, dass er als Bogenschütze eine besondere Begabung hat: Er trifft stets das Herz.

Das Mädchen, das er und Angus gerettet haben, ist Ash March, ein Findelkind, das der Surlord Penthero Iss als Pflegetochter angenommen hatte. Ash war aus der Maskenfestung Spire Vanis geflohen, weil sie fürchtete, dass ihr Pflegevater sie auf eine Art ausnutzen wollte, die sie noch kaum begriff. Eine Macht war in ihr erwacht - eine Finsterns, die nach Befreiung drängte -, und sie befürchtet inzwischen, dass Iss sie nur aus diesem Grund bei sich aufgenommen hat.

Angus, Raif und Ash machen sich auf den Weg nach Ille Glaive, verfolgt von den Männern des Surlords. Schon bevor sie die Stadt erreichen, beginnt Ashs Zustand sich zu verschlechtern. Die Finsternis in ihr ist mächtiger geworden und bewirkt, dass sie immer länger das Bewusstsein verliert. Heritas Cant, Angus Loks Kontaktmann bei den Phage, erklärt den dreien, worin Ashs Krankheit besteht. Sie ist dabei, von Kräften des Bösen übernommen zu werden, die seit tausend Jahren gefangen sind. Ash March ist der einzige Mensch, der die von den Herren der Finsternis geschaffenen Schattenwesen aus ihrem dunklen, höllischen Gefängnis, dem Blinden Land, befreien kann. Die gefürchteten Ungeheuer des Blinden Lands wollen sich unbedingt befeien, und Ash March ist ihre erste Chance seit tausend Jahren, das zu erreichen. Ash muss ihre Macht freisetzen oder sterben, und die einzige

Möglichkeit, dies zu tun, ohne eine Bresche in die Mauer um das Blinde Land zu reißen, besteht darin, die legendäre Höhle aus schwarzem Eis zu finden und ihre Macht dort zu entladen.

Ernüchtert ziehen Ash, Raif und Angus weiter zu Angus Loks Bauernhof, wo Ash Angus' Frau Darra und ihre drei Töchter kennen lernt. Auf dem Weg weiter nach Norden werden die drei von Cluff Drybannock, der rechten Hand des Hundelords, gefangen genommen. Hundelord Vaylo ist Häuptling des Clans Bludd, und es waren seine Enkelkinder und Schwiegertöchter, die an der Bluddstraße von den Blackhailkriegern getötet wurden. Vaylo hat sieben Söhne, die er alle nicht ausstehen kann, aber er liebte seine Enkel aus ganzem Herzen. Raif wird zum Ganmiddichturm gebracht und gefoltert. Er kommt beinahe um, aber der Tod weigert sich, ihn zu nehmen. *Töte eine ganze Armee für mich, Raif Sevrance,* flüstert er. *Wenn es weniger sind, werde ich dich vielleicht zurückholen.*

Der Hundelord hat vor, sich zum Herrn der Clans zu machen. Mit Penthero Iss' Hilfe hatte er das Dhoonehaus eingenommen und sich auch Ganmiddich und Withy angeeignet. Er ist ein Mann, der immer stolz auf seinen Mut und sein Draufgängertum war, und die Methoden, die er bei der Eroberung des Dhoonehauses angewandt hatte, beunruhigen ihn nun selbst, und er bedauert, was er getan hat. Als Ash March ihm in die Hände fällt, sieht er eine Möglichkeit, seine Verbindungen zu Penthero Iss zu beenden, indem er Ash zu ihrem Pflegevater zurückschickt: die beste Bezahlung für Iss' Hilfe bei der Eroberung des Dhoonehauses. Also übergibt der Hundelord das Mädchen zweien von Penthero Iss' Männern:

Marafice Eye, Generalprotektor von Spire Vanis, und Sarga Veys, einem Magier.

Als Marafice Eye und seine Männer in den Bitterhügeln versuchen, Ash zu vergewaltigen, verliert sie die Beherrschung und schlägt mit ihrer ganzen Macht zu. Zu spät erkennt sie ihren Fehler und versucht, die Macht zurückzunehmen. Aber der Schaden ist bereits angerichtet: In der Mauer zum Blinden Land ist ein Riss entstanden.

Während die verängstigte und erschöpfte Ash March aus den Bitterhügeln nach Westen zieht, verschwindet der Magier Sarga Veys, der erkannt hat, dass er der Finsternis dienen will, mit unbekanntem Ziel.

Im Ganmiddichturm wartet Raif auf seine Hinrichtung durch den Hundelord. In der Nacht davor jedoch wird Ganmiddich von Blackhail angegriffen. Vaylo und seine Leute sind gezwungen, nach Norden ins Dhoonehaus zu fliehen. Ihren Gefangenen Angus Lok können sie dabei mitnehmen; Raif wird von seinem Bruder Drey gerettet. Beide Brüder wissen, dass Raif nicht mehr zu seinem Clan zurückkehren kann – man hat Raif Sevrance als Eidbrecher und Verräter ausgestoßen –, und Drey lässt seinen Bruder gehen.

Einen Tag später trifft Raif am Ufer des Wolfsflusses auf Ash, und sie ziehen weiter zur Sturmgrenze und zur Höhle aus schwarzem Eis.

Der Angriff der Blackhailkrieger auf Ganmiddich hat das Clanland noch tiefer ins Chaos gestürzt. Die drei großen Clans – Blackhail, Dhoone und Bludd – sind nun in einen schmutzigen und unklaren Krieg verwickelt. Bludd hat geschworen, für das Gemetzel an der Bluddstraße an Blackhail Rache zu nehmen; Blackhail gibt Bludd die Schuld für den

Mord an seinem Häuptling, und die vertriebenen Dhooneleute sind verzweifelt bemüht, ihr Gebiet zurückzuerobern. Der Anstifter all dieser Unruhe ist Penthero Iss, der schon seit vielen Monaten daran gearbeitet hat, das Clanland aus dem Gleichgewicht zu bringen. Iss plant eine Invasion im Clanland, und zu diesem Zweck hat er Marafice Eye ein Geschäft angeboten, das ihnen beiden Vorteile bringen soll: Im Gegenzug dafür, dass Marafice Eye eine Armee aufstellt und sie nach Norden führt, um die Clans zu unterwerfen, wird Iss Eye als seinen Nachfolger akzeptieren.

Inzwischen arbeitet Mace Blackhail daran, seine Position als Häuptling des Clans Blackhail zu festigen. Er zwingt die Witwe seines Vaters, ihn zu heiraten, indem er sie vergewaltigt und dann behauptet, sie hätte sich ihm freiwillig hingegeben. Raina Blackhail ist eine stolze Frau, und statt zuzugeben, dass Mace sie vergewaltigt hat, schweigt sie lieber und wahrt ihre Stellung im Clan. Es gibt nur noch eine Person außer Raina und Mace, die die Wahrheit darüber weiß, was an diesem Tag im Alten Wald geschehen ist. Effie Sevrance, Raifs und Dreys kleine Schwester, war Zeugin der Vergewaltigung, und aus diesem Grund beschließt Mace Blackhail, sie loszuwerden.

Effie Sevrances Clanzeichen ist der Stein, und das kleine Granitstück, das sie um den Hals trägt, warnt sie vor Gefahren, indem es gegen ihre Haut drückt. Als sie es eines Tages verliert, weiß sie, dass sie Angst haben muss. Ein paar Tage später wird Effie außerhalb des Rundhauses angegriffen. Es sind die Shankshunde – die Hunde des wohlhabenden Clansmannes Orwin Shank –, die Effie retten, indem sie sich aus ihrem Zwinger befreien und Effies Angreifer in Stücke reißen.

Die Rettung isoliert Effie allerdings nur noch mehr von ihrem Clan, denn nun beginnen die Leute zu flüstern, sie sei eine Hexe.

Auf ihrem Weg zur Sturmgrenze hat sich Ashs Zustand wieder verschlechtert. Als sie am Ende eines langen, eisigen Tags in ein Koma fällt, trägt Raif sie weiter. Raif hat seinen Clan enttäuscht, seinen Jahrmannschwur gebrochen und seine Familie zurückgelassen: Ash March ist alles, was ihm noch geblieben war. Verzweifelt fleht er die Steingötter der Clans um Hilfe an.

Raifs Schrei wird meilenweit entfernt von zwei Fernreitern des mysteriösen Sull-Volkes, Ark Knochenspalter und Mal Neinsager, gehört. Die Fernreiter sind nach Norden gerufen worden, um dort mit Sadaluk, dem Lauscher der Eisjäger, zu sprechen. Der Lauscher kann Dinge hören, die andere nicht hören, und er weiß, dass mit Ash nun wieder jemand existiert, der die Mauer des Blinden Lands einreißen kann. Die Fernreiter retten Ash das Leben und begleiten sie und Raif zur Höhle aus schwarzem Eis.

Ash March entlädt ihre Macht in der Höhle, deren Wände von schwarzem, verzaubertem Eis überzogen sind. Aber es ist zu spät. Der Riss, den sie zuvor bewirkt hat, kann nicht mehr geschlossen werden, und noch während sie und Raif die Höhle verlassen, arbeitet irgendwo ein Schattenwesen daran, den Riss weiter zu öffnen.

Penthero Iss' gefangener und gebundener Zauberer, der Namenlose, den Iss in einem geheimen Versteck in den Verliesen von Spire Vanis grausam foltert, um selbst ins Blinde Land eintreten zu können, hat insgeheim mit den Herren der Finsternis einen Pakt abgeschlossen. *Drücke gegen den Riss,* haben sie gesagt, *und dann verraten wir dir deinen Namen.* Und daher hat der Namenlose eine Bresche in die Mauer des Blinden Lands gerissen, und die ersten Schattengeschöpfe sind wieder in die Welt gelangt.

Nachdem sie die Höhle aus schwarzem Eis verlassen haben, könnten Raif und Ash eigentlich, wie sie es einmal geplant hatten, ins Clanland zurückkehren, aber sie wissen, dass etwas nicht stimmt, dass sie noch lange nicht in Sicherheit sind. Also folgen sie den beiden Fernreitern zum Eisjägerstamm. Sadaluk, Lauscher der Eisjäger, macht Raif betrunken, und als er wieder aus seinem Rausch erwacht, ist Ash verschwunden. Sie hat sich zusammen mit Ark Knochenspalter und Mal Neinsager zum Herzland der Sull aufgemacht.

Raif will ihr in dieses Land folgen, in das noch nie ein Fremder seinen Weg gefunden hat. Zuvor gibt ihm der Eisjäger einen uralten, kunstvoll gearbeiteten Pfeil, der den Namen Wünschelrute trägt, und zeigt ihm ein Ungeheuer aus der Zeit der Alten, das in einem Schneeloch eingefroren ist.

Raif verliert schon bald die Spur der Sull und stößt auf seinem Weg nach Norden auf ein Fort der Abschwörerritter. Die Ritter sind bis auf ihren schwer verwundeten Anführer alle tot, und nicht nur das: Die Art ihres Sterbens – von der Hand eines Schattenwesens – deutet auf das Erwachen des Bösen hin. Der Anführer sagt Raif, sie seien so weit nach Norden gekommen, weil sie nach etwas suchten, und er bittet Raif, ihn zu töten.

Bald schon wird Raif klar, dass er keine Chance hat, Ash je wiederzufinden. Da er auch auf keinen Fall zu seinem Clan zurückkehren kann, beschließt er, sich den Verstümmelten anzuschließen, einer Gruppe clanloser Banditen, die im Großen Spalt, einer gewaltigen Schlucht, leben. Tatsächlich stößt er nach einiger Zeit auf einen Verstümmelten namens Totgeburt, der sich mit ihm anfreundet. Aber am Spalt angekommen, muss Raif zunächst eine Prüfung bestehen, die ihm der »König« der Verstümmelten, der Räuberhäuptling Traggis Mole, auferlegt. Raif besteht diese Prüfung, einen tödlichen Bogenschusswettbewerb, aber dadurch wird er den Verstümmelten nur noch verdächtiger.

Die Fernreiter haben Ash inzwischen zu einer der ihren gemacht, oder doch zumindest diesen Prozess begonnen. Ash muss bald feststellen, dass sie noch viel zu lernen hat, um eine Tochter der Sull zu sein, und auf dem langen Weg zum Herzland beginnt ihre schwierige Ausbildung. Bald schon stellen die drei fest, dass sie verfolgt werden: Ein *Maeraith*, ein Schattenwesen, ist ihnen auf der Spur.

Inzwischen hat sich der Krieg im Clanland ebenfalls verschärft, und Feindseligkeit herrscht nicht nur zwischen den Clans, sondern auch innerhalb. So hat sich der Clan Dhoone im Exil in zwei Fraktionen gespalten: eine Gruppe von Traditionalisten um Skinner Dhoone, einen Verwandten des getöteten Häuptlings, und eine wachsende Truppe junger Krieger um Rob Cormac, der sich nun auf seine Abstammung von den alten Dhoonekönigen beruft und sich Robbie Dun Dhoone nennt. Bram, der jüngere Bruder des charismatischen, berechnenden Robbie, beobachtet mit einer Mischung aus Stolz und Befürchtungen, wie immer mehr Krieger auch anderer Clans sich unter Robbies Banner sammeln.

Auch Vaylo, Häuptling des Clans Bludd, hat mit Schwierigkeiten aus eigenen Reihen zu rechnen: Seine Söhne begehren offen gegen ihn auf. Er schließt einen Handel mit dem Waldläufer Angus Lok ab und gibt Lok im Austausch gegen Informationen über seine Feinde die Freiheit zurück. Lok warnt ihn vor Robbie Dhoone, aber gegen seine eigenen Söhne kann er ihm kaum helfen.

Im Clan Blackhail spinnt Mace Blackhail weiter seine Intrigen. Es gelingt einem seiner Vertrauten von seinem Geburtsclan Scarpe, die Blackhail nach der Zerstörung des Scarpe-Rundhauses auf Maces Wunsch hin aufgenommen hat, die Clansleute so gegen Effie Sevrance aufzuhetzen, dass das kleine Mädchen beinahe als Hexe verbrannt wird. Raina Blackhail kann Effie zwar kurzfristig in Sicherheit bringen, aber sie muss das Blackhailland verlassen. Raina will Effie zum Clan Dregg schicken, wo ihre Schwester wohnt, und gibt die Kleine zwei vertrauenswürdigen Händlern mit.

In Spire Vanis versucht Surlord Penthero Iss weiterhin, seine Macht gegen die Adligen und Marafice Eye zu wahren, aber mit Ashs Flucht ist ihm eine wichtige Möglichkeit entgangen, sich ihrer Kräfte zu bedienen, und auch der Gebundene kann ihm nicht mehr helfen, da er immer schwächer wird. Iss ist gezwungen, sich auf schlichte Intrigen und Strategien zu verlassen, und schickt einen Teil seiner möglichen Rivalen um die Macht in den Krieg gegen die Clans, in der Hoffnung, entweder durch einen Sieg an Ruhm und Wohlstand zu gewinnen oder doch zumindest bei den Kämpfen einige seiner Rivalen loszuwerden.

Baralis, der Gebundene, verliert körperlich schnell an Kraft, und da er Penthero Iss nichts mehr nützen kann, wird er vollkommen vernachlässigt und verwahrlost rasch. Aber mit der Erinnerung an seinen Namen ist noch mehr zurückgekehrt, und mit letzter Kraft setzt er sich mit seinem Diener Crope in Verbindung, einem Riesen von einem Mann, der nach Baralis' Gefangennahme durch den Surlord als Sklave in die Minen verkauft wurde. Crope kann sich befreien und macht sich auf nach Spire Vanis, geleitet von einem einzigen Gedanken: Er wird seinen Herrn befreien, koste es, was es wolle.

1
Verrat

Raina streckte der Kuh den Brocken Steinsalz hin, damit das Tier daran lecken konnte. Die Kuh erwischte in ihrer Gier auch Rainas Handfläche, kitzelte sie und überzog ihre Finger mit Speichel. Nachdem Raina sich überzeugt hatte, dass nur sie und Anwyn Bird sich im Stall befanden, lachte sie laut. Kühe hatten einfach keine Manieren.

»Reg meine Schönheiten nicht auf, Raina Blackhail«, warnte Anwyn Bird. »Im Augenblick ist ohnehin nicht viel Butter in ihrer Milch.«

Raina beruhigte sich und schaute Anwyn an. Die Clanmatrone sah alt aus. Ihr seildicker Zopf, den sie sich um den Kopf gesteckt hatte, war vollkommen grau. Wann war das Gold daraus verschwunden? Raina konnte sich immer noch erinnern, wie sie Anwyn Bird zum ersten Mal gesehen hatte, in diesem Sommer, als sie aus Dregg im Hailhaus angekommen war.

Alle Clanfrauen waren in den großen Hof hinausgekommen, um sie zu inspizieren. Rainas Onkel hatte sich um diesen Aufenthalt gekümmert, ihren zweiten in weniger als drei Jahren, und er war zwar ein freundlicher, umgänglicher und wohlmeinender Mann, aber er hatte diese Schwäche für roten Malzwhisky. Er musste sich an dem Tag, als er nach Blackhail kam, um über ihre Pflegschaft zu verhandeln, wohl getrunken haben, denn an diesem Abend hatte er einem Zimmer voller Clansleute erzählt, seine Nichte sei nicht nur schön, sondern anmutiger als die Weinende Moira selbst und so klug wie

Hoggie Dhoone. Raina wurde immer noch rot, wenn sie sich daran erinnerte. Natürlich neigten die Clanfrauen daher eher dazu, sie nicht zu mögen. Sie war dreizehn Jahre alt und bereits voll ausgewachsen. Die Tatsache, dass sie nicht annähernd so anmutig wie die Weinende Moira war, wurde schnell deutlich, als sie von ihrem kleinen grauen Pony stieg und im Schlamm ausrutschte. Dennoch. Die Worte ihres Onkels hatten ihr sehr geschadet, und Lally Horn, die Frau, die eine Milchkuh und ein Kalb als Bezahlung dafür genommen hatte, dass sie sich um Raina kümmern wollte, drehte sich um und weigerte sich, sie zu sich zu nehmen. Dieses Mädchen war eine Verführerin, sagte sie, die ihren eigenen Töchtern die Verehrer ausspannen würde. Man hatte Lally Horn betrogen! Und sie würde vielleicht die Kuh zurückgeben, aber das Kalb als Bezahlung für ihre Mühe und den Ärger behalten.

In diesem Augenblick hatte sich Anwyn eingemischt.

Natürlich hatte Raina damals Anwyns Namen noch nicht gekannt. Sie hatte eine kräftig gebaute Frau mit aggressiv schlichten Zügen und einem Vorhang goldenen Haars gesehen, das ihr dicht und schwer bis zur Taille fiel. Anwyn hatte es gerade flechten wollen, als sie die Unruhe auf dem Hof bemerkt hatte. Die Clanmatrone hatte schnell begriffen, was los war, und Raina gesagt, sie könnte bei ihr in der Küche bleiben. Dann hatte sie Lally Horn erklärt, sie würde der kleinen Besucherin jetzt etwas zu essen geben, und wenn sie zurückkehrte, erwartete sie, eine Kuh und ein Kalb auf dem Hof zu sehen, oder sie würde, und die Götter mochten ihr helfen, Lally die Nase brechen und Laida Mond in eine Zelle einschließen, damit die Heilerin sich eine Woche lang nicht darum kümmern konnte.

Es funktionierte. Lally war sehr stolz auf ihre kurze, perfekte Nase, und Anwyn Bird war ein Genie, wenn es um Drohungen ging.

Raina steckte den Salzbrocken in eine Tasche ihrer Schürze. »Erinnerst du dich noch an Lally Horn?«, sagte sie zu Anwyn, denn plötzlich wollte sie unbedingt über die Vergangenheit sprechen.

Anwyn war gerade dabei, das schrumpelige Euter einer kranken Kuh einzufetten, aber etwas in Rainas Stimme ließ sie innehalten und aufblicken. Sie sah Raina einen Moment lang an. »Ja. Eine Schande. Niemand im Clan konnte so gute Seife machen. Sie hat immer Erdbeerblüten in diesem kleinen Mörser zerdrückt und das Öl in die Asche gegeben. Alle jungen Mädchen bettelten sie um ein Stück davon an, wenn sie in das Alter kamen, wo die jungen Männer um sie warben. Diese Seife ließ einen riechen wie Sommerobst.«

Raina nickte, und sie fühlte sich kleinlich und boshaft. Es war typisch Anwyn, sich an die guten Seiten einer Person zu erinnern. Lally war nun seit neun Jahren tot, in einem Alter im Kindbett gestorben, in dem die meisten Frauen sich lange aus den Betten ihrer Männer zurückgezogen hatten. Aber ihr Mann hatte unbedingt einen Sohn gewollt, und Lally hatte ihm einen geben wollen, also hatte sie ihr Leben aufs Spiel gesetzt ... und eine weitere Tochter zur Welt gebracht.

So viele Tode. Wo wird das enden? Raina ging zu Anwyns Melkschemel und drückte der Clanmatrone einen Kuss auf den Hinterkopf, genau in die Mitte von all dem Grau.

»Wenn du schon dabei bist, Küsse zu verteilen, Raina Blackhail, wie wäre es, wenn ich auch einen bekäme?«

Raina blickte auf und sah Angus Lok im Eingang zum Tunnel stehen, dem dunklen Gang, der vom Stall zur unteren Halle führte. Sie hatte ihn nicht kommen gehört. Der Waldläufer trug Hirschleder in der Farbe von Weizen. Am Saum und an den Manschetten seiner Jacke waren Wasserflecken, und seine weichen Reitstiefel waren schlammig. Er schob seine mit Otterfell besetzte Kapuze zurück, verbeugte sich vor Raina, als wäre sie eine große Dame aus der Stadt, und dann verbeugte er sich noch einmal vor Anwyn.

»Meisterin Bird, ich sehe, du erwartest mich. Hast die Hände schon schön fettig, um mir das Kinn zu salben.« Der Waldläufer fuhr sich mit der Hand über den Unterkiefer. »Na, dann mach dich mal an die Arbeit, Frau. Der Wind hat mir die Haut beinahe bis auf die Knochen aufgerissen.«

Anwyn runzelte nachdrücklich die Stirn. »Das Einzige an dir, was eine Heilung braucht, Angus Lok, ist deine Zunge. Alles, was so verdorben ist, muss ausgerissen werden.«

Angus lachte laut und überraschte Anwyn, indem er zu ihr eilte und sie fest in die Arme nahm. Die Clanmatrone protestierte und breitete die Arme weit aus, um Angus nicht mit Fett zu beschmieren, und dabei versuchte sie die ganze Zeit zurückzuweichen.

Angus zwinkerte der kranken Kuh noch einmal zu, bevor er Anwyn wieder losließ. »Tut mir Leid, Butterblume. Ich habe es versucht, aber ich kann sie dir nicht länger vom Leib halten.«

»Sie heißt nicht Butterblume«, sagte Anwyn und strich sich verlegen mit dem Unterarm das Haar aus dem Gesicht. »Sie heißt Birke. Und ich wäre dir sehr dankbar, wenn du uns jetzt beide in Frieden ließest.«

Angus wich in gespieltem Gehorsam zurück, aber nicht, bevor er Anwyn ein kleines, flaches Päckchen in den Gürtel gesteckt hatte. Anwyn ignorierte es und ließ sich wieder auf dem Melkschemel nieder, um mit ihrer Heilbehandlung fortzufahren.

Der Waldläufer wandte sich an Raina. »Gehst du mit mir eine Weile spazieren?«, fragte er.

Raina zog die Brauen hoch, aber sie nickte zustimmend. Als sie auf die Doppeltür des Stalls zuging, hielt Angus sie auf. »Für einen Dünnblüter wie mich ist es auf dem Hof ein bisschen kalt. Was hältst du davon, wenn wir stattdessen den unteren Weg nehmen?«

Es war Mittag und ungewöhnlich mild, aber Raina widersprach ihm nicht und ließ sich durch den Stall zum Tunnel führen. Die Kühe muhten unzufrieden, als sie an ihnen vorbeikam, denn sie wussten, dass Raina das Salz mitnahm. Der große Steintrog, der durch alle sieben Ställe führte und südlich des Rundhauses vom Bach gespeist wurde, war voll mit eisigem Wasser. Raina entdeckte den fleckigen Schaum von Froschlaich darauf und dachte: *Ich muss Effie sagen, dass wir jetzt im Stall auch Frösche aufziehen!* Und dann erinnerte sie sich daran, dass Effie nicht mehr da war.

Der Tunnel war dunkel und roch unangenehm. Er war gegraben worden, um das Vieh gegebenenfalls aus den verwundbaren Außengebäuden mit den Holzdächern in die Halle unter dem Rundhaus bringen zu können, falls jemand plötzlich angreifen sollte. Vor langer Zeit hatte ein Häuptling diesen Tunnel in Auftrag gegeben. Das war offensichtlich ein Mann gewesen, dem die Kühe wichtiger waren als die Menschen, die sich um sie kümmerten, dachte Raina verärgert, denn der Gang führte steil nach unten, und sie stolperte mehrmals. Angus bot ihr seinen Arm, aber sie nahm ihn nicht. Sie konnte es sich nicht leisten, sich am Arm eines Mannes sehen zu lassen, der nicht ihr Ehemann war. *Kleine Mäuse mit Wieselschwänzen.*

Schaudernd streckte sie die Hand aus und stützte sich an der Wand ab. Wann hatte sie angefangen, Mace Blackhail ihr Leben bestimmen zu lassen?

Die Luft wurde säuerlicher, je tiefer sie kamen. Auftauender Schlamm sickerte durch Risse im Mauerwerk, und ganze Abschnitte der Tunnelmauer waren von der sich bewegenden Erde nach innen gedrückt worden. Im Schatten bekriegten sich Käfer mit schwarzen Panzern; ihre Fresswerkzeuge klickten, als sie sich um die mumifizierten Überreste einer toten Maus stritten. Raina ging nun schneller. Sie hasste die dunklen, verrottenden unteren Räume des Rundhauses. Sie waren seit Jahrzehnten leer und ungenutzt gewesen und hatten auf einen Krieg gewartet.

Die untere Halle den Hailhauses war die größte Halle im Clanland. Hier konnten fünftausend Stück Vieh Zuflucht finden, wenn das Haus belagert wurde. Riesige Blutholzbalken, so dick, dass es drei Männer brauchen würde, sie zu umfassen, erhoben sich vom Boden bis zur Decke wie ein Wald aus verkohlten Bäumen. Die Decke hatte ein Kreuzgewölbe, die tragenden Arme gingen zum Teil von der Fundamentmauer aus, die die Außenmauer stützte, und zum Teil von einem riesigen Steinschaft in der Mitte. Das gesamte Gewicht des Rundhauses ruhte auf den Mauern und Balken dieser unteren Halle, und jeder Handwerker, der jemals im Clanland einen Nagel eingeschlagen hatte, hatte großen Respekt für die Erbauer dieses Raums.

Raina war seit Wochen nicht mehr hier unten gewesen, und nun stellte sie entsetzt fest, dass die Halle zu einem Lager für gebundene Clansleute und ihre mageren Vorräte geworden war. Behelfsmäßige Zelte waren an den Balken aufgeschlagen, und klapprige Viehzäune aus geflochtenen Weidenruten und Rinde umgaben vereinzelte Kälber und magere Säue. Dungfeuer rauchten gewaltig und sonderten den ekelhaft süßen Geruch von halb verdautem Gras ab. Die Luft war so rußig, dass sie Raina beim Atmen im Hals kratzte, und ihr erster Instinkt war, zu den nächstbesten Fensterläden zu laufen und sie aufzureißen. Aber so tief unter der Erde gab es keine Fenster und kaum so etwas wie Lüftung. Was machten all diese Leute hier? Es gab doch sicher oben genügend Platz?

»Kein einziger Scarpe unter ihnen.«

Raina drehte sich scharf um, als Angus das sagte. Sie hatte beinahe vergessen, dass er hier war. Wieso war er überhaupt gekommen? Tem war tot, Raif und Effie waren weg, und Drey hatte man nach Süden ins Ganmiddichhaus geschickt. Der Waldläufer hatte hier keine Verwandten mehr. Wieso mischte er sich dann in Blackhail-Angelegenheiten?

»Was geht es dich an, wer hier unten lagert, Angus Lok?«, fragte sie herausfordernd. »Soviel ich weiß, wohnst du in der Stadt und gehörst keinem Clan an.«

Der Waldläufer blieb stehen und sah sie an. Sein Gesicht war tief gebräunt und faltig, und die Äderchen in seinen Augen gefiedert von Müdigkeit. Er war ein gut aussehender Mann, das hatte sie jedenfalls immer gedacht, aber sie beneidete seine Frau nicht. Angus Lok erinnerte sie an einen Wasserläufer, eines dieser dünnen braunen Insekten, die auf den Oberflächen der Teiche rings um Dregg lebten. Man fragte sich, wie sie auf Wasser stehen konnten, bis man sich ihre Beine genauer anschaute: viel länger als ihre Körper, dünner als Seidenfäden, weit in alle Richtungen ausgestreckt und mit winzigen Härchen, die sich in Reaktion auf die geringste Änderung der Strömung sträubten.

Welche Veränderung der Strömung hatte ihn hierher gebracht? *Ich muss vorsichtig sein,* dachte Raina. *Ich sollte nur wenig sagen und dafür umso besser zuhören.*

Angus sah sie noch einen Moment lang an – seine kupfergrünen Augen nahmen jede Einzelheit wahr, und Raina musste gegen das Bedürfnis ankämpfen, sich das Haar zurückzustreichen und das Kleid zurechtzuzupfen –, bevor er seine Aufmerksamkeit dem Lager zuwandte.

»Was es mich angeht, wenn gebundene Hailsleute ihre Zelte unter der Erde aufstellen, während geschworene Scarpes in bequemen Steinkammern droben sitzen? Du weißt, was mich daran stört. Raina Blackhail. Es ist das Ungleichgewicht. Selbst ein Hailsmann ohne Eid sollte in seinem Heimatclan Vorrang vor einem Außenseiter erhalten.«

Sie konnte ihm kaum widersprechen. Sie dachte jeden Tag das Gleiche, wenn sie Scarpefrauen begegnete, die die Färberfässer benutzten, um die Hemden ihrer Männer zu färben, wenn Scarpekinder sich in die Vorratskammern schlichen, um Äpfel zu stehlen, und Scarpemänner ihr vielsagende Blicke zuwarfen, wenn sie die Große Feuerstelle betrat. Sie sagte: »Und deshalb bist du hier, Angus, um über dieses Ungleichgewicht zu sprechen?«

Er lächelte sie an, ein ehrliches, liebeswertes Lächeln, das von Müdigkeit getrübt war. »Komm schon, Raina. Wenn ein

Mann dich um einen Tanz bittet, gehst du dann mitten auf die Tanzfläche hinaus, packst seine Hände und legst sie an die richtige Stelle? Oder erlaubst du ihm zumindest das Vergnügen, dich hinzuführen? Wir sind empfindsame Burschen, wir Männer, und obwohl wir genau wissen, dass wir nicht viel zu sagen haben, gefällt es uns sehr, wenn ihr so tut, als ob.«

Raina musste einfach lächeln. Er hatte sie durchschaut. Sie verwechselte das Bedürfnis, sich zu verteidigen, mit Vorsicht. Sie lud ihn mit einer Geste ein, mit ihr um die Halle herumzugehen. Angus Lok war ein Mann, der sich gern umwerben ließ, und das hatte sie einmal gut gekonnt. Dagro hatte sie deshalb immer geneckt, aber Dagro war nun tot. Und sie konnte sich an die Frau, die sie einmal gewesen war, kaum mehr erinnern. Mit einiger Anstrengung legte sie ein Lächeln in ihre Stimme und erkundigte sich nach Angus' Frau.

»Darra.« Sehnsucht verdunkelte seine Augen, aber dann blinzelte er, und es war verschwunden. »Ich hoffe, dass es ihr gut geht. Ich habe sie seit Mittwinter nicht mehr gesehen. Man hat mich, um es vorsichtig auszudrücken, leider ein wenig aufgehalten. Der Hundelord hat Gefallen an mir gefunden und beschlossen, mich zusammen mit seinem Lieblingswhisky und seinem besten Käse in seinem Keller aufzubewahren. Normalerweise hätte mich das nicht gestört, aber der Käse schmeckte wie Fußpilz, und der Whisky ist nach einer Woche ausgegangen.«

Die Gerüchte entsprachen also der Wahrheit: Der Bluddhäuptling hatte den Waldläufer gefangen gehalten. »Langkopf sagt, das Wetter wird sich jetzt jeden Tag ändern. Du solltest dich auf den Heimweg machen, solange du noch kannst.«

Angus schüttelte den Kopf. »Noch nicht. Ich bin mit meinen Angelegenheiten ein bisschen spät dran.«

Raina fragte lieber nicht, um was es bei diesen Angelegenheiten ging. Angus Lok würde ihr zweifellos eine charmante Antwort geben, die mehr verbarg, als sie offenbarte. *Lass dich auf sein Spiel ein*, mahnte sie sich. *Wir sind zwei alte Freunde, die ein Schwätzchen halten.* »Was hast du auf deinem Weg nach Westen im Clanland gesehen?«

»Unruhen. In Gnash schlachten sie das Zuchtvieh, und die Schwarzfäule hat die Getreidevorräte des Dreggclans verdorben.«

»Du warst in Dregg?«

»Vor zehn Tagen. Sie haben das Mehl auf dem Hof verbrannt, ganze Berge davon, die tiefschwarz qualmten. Xander musste Wachen aufstellen, damit die gebundenen Clansmänner keinen Aufstand machten.«

Raina schaute unbeteiligt drein – sie konnte das inzwischen sehr gut, wie sie feststellte. »Erwartet Xander noch mehr Ärger?«

»Tun das nicht alle Häuptlinge?«

Hoffnung war wie Atem, dachte Raina: Wenn sie den Körper verließ, sackte man zusammen. Dregg war ihr Geburtsclan; die Zukunft dieses Clans war ein Teil ihrer eigenen. Wenn ihre Arbeit und ihre Pflichten in Blackhail beendet waren, wenn sie eine alte Witwe mit dünnem Haar und ohne Zähne war, würde sie einen der gebundenen Clansmänner dafür bezahlen, dass er sie in einem Wagen zum Dregghaus brachte. Sie würde dort eine Älteste sein, Base des Häuptlings, und die Clanmädchen würden ihr heißen Apfelwein und zartes Lendenfleisch bringen. Jemand würde ihr ein Tuch um die Schulter legen, das mit ebenso viel Luft wie Wolle gesponnen war. Und sie würde in der schönsten bemalten Halle des Clanlands sitzen und zusehen, wie die Jüngeren tanzten.

»Hier, Häuptlingsfrau. Trink einen Schluck davon.«

Raina drehte sich um und sah eine kleine, hagere Clanfrau mit starrer Miene, die ihr ein Horn Bier hinhielt. Die Frau sah aus, als gehörte sie zu den wilden Clanleuten im Westen von Blackhail, und Raina kannte sie nicht vom Sehen und erst recht nicht dem Namen nach. Dennoch, sie nahm das Horn entgegen und trank. Eine Häuptlingsfrau lernte, niemals solche demütigen Höflichkeitsbezeugungen zu verweigern – man wusste nie, wann das jemanden beleidigen würde. Das Bier war mit Teichwasser verdünnt und schmeckte brackig, aber sie trank alles. Die Clanfrau beobachtete sie dabei, und als Raina ihr das Horn zurückgeben wollte, schüttelte sie den Kopf.

»Nein. Behalte es, Häuptlingsfrau. Gib es deinem Mann – dann braucht er es sich nicht mehr selbst zu nehmen.«

Die dünne Stimme hallte laut durch das Steingewölbe, und Dutzende von Köpfen wandten sich Raina und der Clanfrau zu. Die Frau richtete sich gerade auf und wartete, bis die Stille sich von einem Ende zum anderen ausgebreitet hatte, dann spuckte sie Raina vor die Füße. Mit einem zufriedenen Nicken drehte sie sich dann um und kehrte zu ihrem Zelt zurück. Schlanke, dunkelhäutige Männer, dem Aussehen nach ihre Söhne, machten ihr am Feuer Platz.

Raina spürte, wie ihr das Blut in die Wangen stieg. Spucke tröpfelte von ihrem Rocksaum auf den Stiefel, und sie wischte ihn ungelenk am Boden ab.

»Hier«, sagte Angus leise und streckte die Hand aus. »Ich nehme es dir ab.«

Raina schüttelte heftig den Kopf. »Nein, Angus Lok. Das hier ist mein Clan, es ist mein Horn, und ich werde es behalten, wie sie gesagt hat.« Ihre Finger zitterten, als sie einen Silberhaken durch das Loch im Rand des Horns zog und es an ihrem Gürtel festhakte. Als sie damit fertig war, holte sie tief Luft und hob den Kopf. Jeder gebundene Clansmann in der Halle starrte sie an, und am liebsten hätte sie sich geduckt und wäre weggerannt. Es gab hier Dinge, die sie nicht vollkommen verstand. Aber sie war mit zwei Häuptlingen verheiratet gewesen, sie war die erste Frau im Clan, und sie konnte erheblich Schlimmeres ertragen als ein paar feindselige Blicke.

»Angus«, sagte sie ein wenig zu laut, »ich will dir die Nordmauer zeigen. Die Erbauer dieser Halle haben einen Mondsteinblock dort eingemauert und ihre Zeichen darauf hinterlassen. Die Sandsteinblöcke sind fest genug zum Bauen, aber ihre Oberflächen reiben sich schnell ab, und die Männer wollten sicher sein, dass ihre Namen der Nachwelt erhalten bleiben.«

Angus war ganz aufmerksam. »Tatsächlich«, sagte er, als hätte er gerade etwas ungemein Interessantes erfahren. »Geh voran.«

Sie hörte, wie er ihr folgte, und dankte ihm lautlos für sein Verständnis. Hoch aufgerichtet durchquerte sie die Halle, den Blick geradeaus gerichtet. Sollten die gebundenen Clansleute doch das Wort ergreifen, wenn sie noch etwas zu sagen hatten!

Der Mondstein schimmerte im Dunkeln wie ein in der Wand gefangenes Gespenst. Raina streckte die Hand aus, um ihn zu berühren, und bemerkte, dass der Geräuschpegel hinter ihr sich wieder normalisierte. Sie und Angus waren hier allein, getrennt von den anderen durch einen Blutholzbalken vom Durchmesser eines Rauchturms. Angus hockte sich demonstrativ hin, um die Zeichen anzuschauen, die in den Stein gemeißelt waren. Jemand hatte einmal Blattsilber in diese Kerben gerieben, und hin und wieder reflektierte noch eine Linie das Licht. Der Waldläufer hielt inne, als sein Blick auf das Zeichen eines Bären in einer Rüstung fiel.

»Sevrance«, sagte er leise. »Tems Ahnen haben beim Bau geholfen?«

Raina nickte. »Die Sevrances gehören zu den ältesten Familien im Clanland. Ned Sevrance war Tischträger für Jamie Roy.«

Angus nickte interessiert, obwohl Raina gewettet hätte, dass er das schon vorher gewusst hatte. Sie zeigte mit einer kaum merklichen Geste auf die Halle hinter sich und fragte: »Hast du eine Ahnung, um was es da ging?«

Er betrachtete weiter die Zeichen und drehte sich nicht um. »Du hast doch sicher gehört, dass Mace vor ein paar Monaten Reiter zu den Bauernhöfen im Westen geschickt hat und alle gebundenen Clansleute drängte, in der Festung Schutz zu suchen. Nun, es scheint, ein paar dieser Reiter waren ein bisschen übereifrig bei ihrer Arbeit. Nennen wir sie einfach Scarpes. Diese Scarpes haben nicht nur behauptet, dass Mace eine vollständige Evakuierung angeordnet hat, sondern sie ... wie soll man das ausdrücken? ... sie *halfen* dabei. Sie nahmen Pferde, Vieh, Gürtelschnallen, Säcke mit Getreide – alles, was sie mitschleppen oder auf ihre Pferde binden konnten. Sie sagten den armen Bauern, sie würden ihre Sachen im Rundhaus zurückbekommen. Aber am Ende erhielten sie nur Kadaver und leere Säcke. Nun geht ein Gerücht um, dass die Höfe selbst eingenommen wurden und sich die Scarpes in den leeren Häusern niedergelassen haben.«

»Weiß Mace davon?«

Angus wandte sich ihr zu. »Was meinst du?«

»Er würde nicht wagen, es öffentlich zu billigen.«

»Selbstverständlich. Aber etwas zu wissen und es nicht wahrzunehmen ist am Ende beinahe das Gleiche.«

Raina entdeckte ein Aufblitzen in Angus' kupfergrünen Augen und fragte sich, ob das der Grund war, der ihn hergebracht hatte.

Er vollzog eine halbe Verbeugung angesichts des Erkennens, das sich nun auf ihrer Miene abzeichnete. »Kleinigkeiten wie enteignete Bauern haben die unangenehme Angewohnheit, einen Clan zu ruinieren.«

Er hatte Recht. Gebundene Clansleute – Bauern, Holzfäller, Händler, Bergleute – hatten vielleicht nicht geschworen, für ihren Clan zu sterben, aber sie brachten im Austausch dafür, dass sie und ihre Familien verteidigt wurden, einen Teil ihrer Ernte und andere Waren zum Rundhaus. Das war eine Tatsache, die kein Krieger gerne zugab, aber ein Clan konnte länger ohne Schwerter als ohne Sicheln überleben. Dennoch. Raina fiel auf, dass sie sich so etwas nicht von einem Fremden anhören sollte.

Sie wich von der Wand zurück und sagte: »Ich sollte jetzt gehen. Ich werde mit meinem Mann darüber sprechen, wenn du weg bist.«

Angus packte sie am Handgelenk. Und sie dachte nicht nach, fragte sich nicht, wieso sie plötzlich am ganzen Körper

Gänsehaut bekam. Sie reagierte einfach. Sie verdrehte den Arm gegen seinen Griff und riss ihn weit genug nach unten, um den Waldläufer vorwärts taumeln zu lassen. Als sie sich losgerissen hatte, schlug sie mit der anderen Hand zu. Angus war sofort wieder im Gleichgewicht, aber er war nicht schnell genug, um zu verhindern, dass ihre Hand seine Wange traf. Der Schlag verursachte ein trockenes Klatschen, brachte Rainas Hand zum Brennen und bewirkte, dass Angus' Wange sofort rot anlief. Sein Blick zuckte zu ihrem Gesicht, und er wehrte sich nicht, er regte sich überhaupt nicht. Raina ließ die Hand verlegen zur Taille sinken. Ihr Herz raste, und die Gänsehaut auf ihren Armen und der Brust war so stark, dass sich ihre gesamte Haut angespannt anfühlte. Vor ihren Augen hatte sie das Bild einer Frau, die im Alten Wald zwischen den Farnen und dem blauen Ginster lag. Raina konnte spüren, wie der Schnee unter der Frau schmolz, hörte ihre abgerissenen Atemzüge, als der Mann über ihr ihre Handgelenke auf den Boden presste und ihre Beine mit dem Knie auseinander drückte ...

»Raina. Raina?«

Angus' Stimme war sanft. Sie wusste, sie sollte darauf reagieren, sie wollte reagieren, aber da war immer noch die Frau im Alten Wald. Verletzt und allein.

Nach einiger Zeit hörte sie sich sagen: »Angus. Verzeih mir. Ich weiß nicht, was über mich gekommen ist.«

Der Waldläufer berührte vorsichtig seine Wange. »Das da? Das ist gar nichts. Meine eigene Frau hat mich schon oft gewarnt. *Angus*, sagt sie immer, *wenn du den guten Namen einer Frau in Zweifel ziehst, vergiss nicht, dich hinterher zu ducken.«*

Raina nickte steif. Sie war sich bewusst, dass Angus aus einem bestimmten Grund so laut sprach, dass viele Ohren lauschten, aber sie konnte nicht die Kraft finden, um dieses Spiel mitzuspielen.

Sie wäre am liebsten weggerannt.

»Hier.« Eine Taschenflasche mit Kaninchenfellüberzug wurde ihr in die Hand gedrückt. »Trink einen großen Schluck.«

Sie tat, was er ihr sagte, trank einen großen Schluck von dem süßen, brennenden Alkohol, der so rein war, dass sie ihn kaum als Flüssigkeit wahrnahm. Als der Alkohol ihr Hirn erreichte, rückte die Frau im Alten Wald in weite Ferne, und sie war endlich frei, um zu denken. Schweiß lief ihr über Rücken und Hinterbacken, kalt wie geschmolzener Schnee.

»Gehen wir«, murmelte Raina und schritt auf die Treppe zu. Sie glaubte, sie hätte die Vergangenheit hinter sich gelassen – hatte sie gezwungen zurückzubleiben –, warum war nun alles zurückgekommen? Ein seltsames, hohes Geräusch kam von ihren Lippen, als sie aus der Halle rannte. *Ihr Götter, helft mir, damit ich jetzt nicht alles verderbe!*

Sie stand nun unter der großen Steinkuppel der Eingangshalle und konnte sich nicht erinnern, wie sie die vielen Rampen und Stufen hier heraufgekommen war. Angus war dicht hinter ihr, dann neben ihr. Biddie Byce kam vorbeigeeilt, einen Korb mit Winterkarotten an die Brust gedrückt. Eine Gruppe neu eingeschworener Jahrmänner, Perches und Murdocks und Lyes, saßen an der Treppenwand und nahmen ihre Waffengurte zum Reinigen auseinander. Als sie die Frau ihres Häuptlings bemerkten, wurden sie langsamer, um sie besser beobachten zu können. Raina ignorierte sie. Ihr Blick fiel auf das Tor mit den Eisenbeschlägen, und sie musste gegen den Drang ankämpfen, nach draußen zu rennen. Sie wollte unbedingt allein sein.

»Angus Lok.«

Mace. Sie brauchte sich nicht der Treppe zuzuwenden, die zur Häuptlingskammer führte, um zu wissen, wer dort stand.

»Frau.«

Er zwang sie dennoch, sich umzudrehen, denn er würde sich nicht vor anderen Clansleuten ignorieren lassen. Mace Blackhail trug ein schwarz gefärbtes Hirschlederhemd mit einer Weste aus Eiswolffell, an dem immer noch Schweif und Beine hingen. Sein Bart war ordentlich geschnitten und schmal rasiert, um die langen Flächen seines Gesichts zu betonen. Er stieg die letzten Stufen zur Halle hinauf und wandte sich an den Waldläufer. »Meine Späher haben mir gesagt, dass du vor zwei Tagen hergekommen bist – aber du hast es nicht für nötig gehalten, dich bei mir zu melden?«

Angus war hinter Raina stehen geblieben und schaute Mace nun ausdruckslos an. »Na ja, Hailhäuptling, wenn ich gewusst hätte, dass du dich so nach mir sehnst, hätte mich natürlich nichts davon abhalten können.«

Mace kniff den Mund zusammen. Er nahm an, dass man ihn verspottete, und Raina wusste, dass er so etwas an einem öffentlichen Ort wie der Eingangshalle auf keinen Fall zulassen konnte. »Waldläufer. Wenn du noch einmal mein Land ohne mein Wissen betrittst, solltest du lieber auch Augen am Hinterkopf haben. Blackhail befindet sich im Krieg, und jeder Eindringling wird eher als Feind denn als Freund betrachtet.«

Die Jahrmänner an der Treppe hatten schon lange aufgehört so zu tun, als wären sie beschäftigt. Es waren alles

Getreue des Häuptlings. Elcho Murdock mit dem roten Haar war gerade mit einer hohlwangigen Nichte von Yelma Scarpe verlobt worden.

Angus nickte, immer noch mit nichts sagender Miene. »Das werde ich bestimmt nicht vergessen, Haillord. Augen am Hinterkopf. Schade, dass niemand Shor Gormalin eine solche Warnung gegeben hat. Wenn ich mich recht erinnere, hatte der zwei Pfeile im Hinterkopf, oder?«

Raina hörte, wie einer der Jahrmänner keuchte. *Dummer Junge. Hat man ihm nicht beigebracht, sich zu beherrschen?*

Mace ignorierte den Ausbruch, denn all seine Aufmerksamkeit galt Angus Lok. Beide Männer waren etwa gleich groß und schwer, aber Angus hatte ein wenig mehr Fett auf den Knochen. Sie waren beide Schwertkämpfer. Und als Raina das einfiel, bemerkte sie auch, dass beide die Hände auf die Griffe ihrer Schwerter gelegt hatten. Lautlos verfluchte sie Angus. Was war in ihn gefahren, Shor Gormalin zu erwähnen?

Eine Sekunde oder zwei – länger brauchte Mace Blackhail nicht, um sich sämtliche möglichen Ergebnisse auszumalen. Er war ein gewandter Schwertkämpfer, aber er musste wissen, dass Angus Lok ihn wahrscheinlich besiegen würde – hieß es nicht, er hätte zwei Jahre bei den Sull verbracht? Und außerdem, was würde ein Duell Mace einbringen? Es würde der dreisten Behauptung des Waldläufers nur mehr Glaubwürdigkeit verleihen. Shor Gormalin war von einem Kapuzenmann getötet worden, den der Hundelord geschickt hatte. Jeder im Clan wusste das.

Er ließ Angus nicht aus den Augen und gab seinen Jahrmännern Befehle. »John. Elcho, Stiggie. Graig. Eskortiert diesen Städter bis zur Grenze unseres Landes. Er ist hier nicht mehr willkommen.«

Die vier Jahrmänner standen auf und schnallten sich die Waffengurte wieder an. Der junge Graig Lye, Vetter des von den Bludds getöteten Banron, fuchtelte so hektisch mit seiner Schwertscheide herum, dass es Funken gab. Weitere Clansleute hatten die Halle betreten, als die beiden Männer miteinander gesprochen hatte – ein paar Mädchen mit einem Wäschewagen und zwei alte Männer aus dem Brauhaus, die nach Hefe stanken –, und alle wichen nun gegen die Wände zurück, denn sie spürten die Spannung, wie Vieh einen Sturm ahnt. Raina bemerkte, dass Angus sehr gleichmäßig atmete, selbst als er das Gewicht auf die Fußballen verlagerte.

Bitte fang keinen Kampf an, flehte sie lautlos. *Du kannst vielleicht Mann gegen Mann gewinnen, aber danach wirst du sterben, und ich glaube nicht, dass ich heute noch mehr Tiefschläge ertragen kann.*

Angus Lok konnte vielleicht Gedanken lesen, denn er verlagerte das Gewicht langsam wieder auf die Fersen. Er nickte Mace zu, dann wandte er sich an die vier Jahrmänner. »Meine Herren«, sagte er. »Geht voran.«

Raina ließ erleichtert die angespannten Schultern nach unten sacken, und gleichzeitig verspürte sie schreckliche Enttäuschung. Sie hatte sich gewünscht, dass Angus nicht kämpfte, aber nun, nachdem er nachgegeben hatte und sie sah, wie ihr Mann die Lippen zu einem kalten, triumphierenden Lächeln verzog, konnte sie nur denken: *Gibt es denn niemanden im Clanland, der ihn aufhalten kann?*

Sie hatte keine Zeit für Antworten, denn Angus sprach sie als »Herrin« an und verabschiedete sich von ihr. Wortlos nickte sie ihm zu und sah zu, wie die vier Jahrmänner an seine Seite traten. Sobald sich das Tor des Rundhauses hinter ihm geschlossen hatte, drang kurz Zugluft herein und verging dann wieder.

Niemand regte sich. Eines der Mädchen, die den Wäschewagen hereingezerrt hatten, bekam einen nervösen Schluckauf. Maces gelbschwarzer Blick fand seine Frau. »Raina«, sagte er mit seltsam sanfter Stimme. »Es tut mir Leid, dass du das mit ansehen musstest. Ich weiß, dass er mit den Sevrances verwandt ist, aber es war notwenig, ihn vom Clanland zu entfernen.«

Raina verstand Maces Sanftmut nicht. Spielte er den liebevollen Ehemann für die Zuschauer? Oder hatte er in ihrem Gesicht etwas wahrgenommen, das ihm ernsthaft Sorgen machte? *Du bist für Dagro eine Partnerin gewesen. Jetzt sei auch mir eine.* Die Erinnerung an seine Worte im Häuptlingszimmer ließen sie schaudern, und einen Augenblick lang sah sie das gleiche Gefühl deutlich in seinem Gesicht. Dann wurde ihr alles zu viel, und sie eilte auf die Tür zu.

Maces Haltung änderte sich sofort, und er streckte die Hand aus, um sie aufzuhalten.

Fass mich nicht an! Wage es nicht, mich anzufassen! Sie fuhr herum, um ihn davon abzuhalten, und er bemerkte vielleicht, wie dumm es aussehen würde, in ein Handgemenge mit seiner Frau zu geraten, und er ließ sie durch. Dieser kleine Sieg gab ihr neue Kraft, und sie fand Worte, die sie nicht geplant hatte.

»Ich werde mich von Angus verabschieden. Seine Frau hat für Drey ein Hemd bestickt, und ich werde nicht zulassen, dass er den ganzen Weg gemacht hat und es nicht einmal abgeben kann.« Sie wusste kaum, woher diese Lügen kamen, aber sobald sie sie ausgesprochen hatte, spürte sie, wie richtig sie sich anfühlten. Sollte er doch versuchen, sie zurechtzuweisen. Sollte er es doch versuchen!

Mace sah sie einen Moment forschend an, bewusst, dass auch er beobachtet wurde. »Du brauchst nicht zum Stall zu gehen. Eins der Mädchen kann das Hemd holen.«

Aber Raina war nun bereit. »Das denke ich nicht«, sagte sie frech, und sie hatte die Hände bereits an dem eine Vierteltonne schweren Clantor. »Darra Loks Stickereien sind überall im Norden berühmt, und ich werde nicht zulassen, dass dieses Hemd von Hand zu Hand geht, ohne mich angemessen zu bedanken.«

Die Mädchen, gesegnet sollten sie sein, nickten zustimmend und verständnisvoll. Es gab keine Frau im Clanland, die schöne Handarbeit nicht zu schätzen wusste. Mace sah das und erkannte wohl, dass er Gefahr lief, ziemlich dumm dazustehen. Ein Clanhäuptling gab sich nicht mit Frauenangelegenheiten ab.

Er winkte zur Tür hin. »Dann geh.«

Sie zog das Tor in seiner geölten Spur auf und wusste die ganze Zeit, was er als Nächstes sagen würde.

»Warte, Frau«, sagte er, als das Tor offen stand. »Eine solche Arbeit wie dieses Hemd ... ich würde es gerne selbst sehen. Bring es zu mir, wenn du fertig bist.«

Raina ging nach draußen. »Das werde ich tun – morgen, wenn es angemessen gebügelt und gelüftet ist.« *Und nachdem ich nach oben zur Feuerstelle der Witwen gerannt bin und Merritt Ganlow und ihre Frauen gebeten habe, die ganze Nacht aufzubleiben und etwas für mich zu sticken.* Den Göttern sei Dank, dass Mace ein so typischer Clansmann und nicht im Stande war, im Clan hergestellte Arbeiten von solchen aus der Stadt zu unterscheiden.

Beinahe schwindlig vor Zufriedenheit eilte Raina zum Stall. Sie musste sich zusammennehmen, damit sie nicht hüpfte wie ein Mädchen.

Als sie den kurzen Weg hinter sich gebracht hatte, war ihre Euphorie verschwunden, und sie fühlte sich nur noch verwundbar und zittrig. Die Sonne war verschwunden, hing nun hinter rasch vorüberziehenden Wolken, und die Luft war trüb von verrottendem Eis. Frische grüne Sprossen – Schneeglöckchen wohl – hatten sich durch den Matsch gebohrt, der zu beiden Seiten des Stalltors aufgehäuft war. Das bedeutete wohl, dass der Frühling nahte, aber Raina konnte sich nicht darüber freuen.

Im Stall war alles trüb und warm. Jebb Einacker sorgte mit seinen sorgfältig gepflegten Sicherheitslampen dafür, dass die Temperatur hier nie unter den Gefrierpunkt sank. Es war leicht festzustellen, in welcher Box Angus' Pferd stand, denn vor dem Halbtor hatten sich sechs Männer versammelt und bewunderten das Tier. Vier von ihnen waren die Jahrmänner, die den Waldläufer zur Grenze des Blackhaillandes bringen sollten, die anderen waren Angus selbst und Orwin Shank.

Der wohlhabende Clansmann hatte eine gerötete Hand mit Axtnarben an den Hals des Pferdes gelegt und sagte gerade: »Schade, dass er ein Wallach ist. Man könnte mit einem solchen Zuchthengst die Augäpfel der Götter selbst als Deckgebühr verlangen.«

»Ich habe gehört, dass die Sull jedes Pferd unfruchtbar

machen, das ihre Herzfeuer verlässt«, warf Elcho Murdock ein. »Sie lassen nicht zu, dass Außenseiter ihre Zucht verderben.«

»Tatsächlich?«, sagte Angus milde. »Da haben wir einen Experten in unsere Mitte, und ich wusste es nicht mal.«

Elcho, der kleine Augen und eine Knollennase hatte wie sein Großvater, befürchtete, dass man ihn beleidigt hatte, konnte es aber nicht beweisen, und verzog in kindlichem Schmollen das Gesicht. Der junge Graig Lye, der erheblich klüger, aber ebenso unbeherrscht war, lachte leise.

»Meine Herren«, sagte Angus und ignorierte diese offensichtlichen Anzeichen ihrer Jugend. »Würdet ihr mir die Ehre erweisen, draußen zu warten, während ich mit der Frau eures Häuptlings spreche?«

Bis er das gesagt hatte, hatte Raina angenommen, er hätte sie überhaupt nicht bemerkt. Sie hätte es besser wissen sollen. Wie der Wasserläufer, der die kleinste Bewegung des Wassers spürte.

Elcho schnaubte ungläubig. »Das denke ich nicht, Waldläufer. Was, wenn du aufs Pferd steigst und uns entkommst?«

»Dann wärt ihr mich los, und ich würde von eurem Clanland verschwinden, genau, wie euer Häuptling befohlen hat.«

Raina musste lächeln, als sie die dümmlichen Mienen der Jahrmänner sah. Angus brachte sie vollkommen durcheinander. Zum Glück mischte sich jetzt Orwin Shank ein, bevor er die Jungen noch mehr verwirrte. »Ihr könnt verschwinden. Ich verbürge mich für das Wort des Waldläufers.«

Orwin Shank hatte noch vier überlebende Söhne und eine Tochter. Er war der größte Landbesitzer im Clan und hatte das meiste Gold. Er hatte dreißig Pferde in seinem Stall und mehr

Schafe, als es im Winter Tage gab. Er hatte mit dem Leidbringer in Mittelschlucht gekämpft und zwei erwachsene Söhne an Bludd verloren: Kein Mann im Clan hatte mehr Respekt verdient. Selbst unerprobte Jahrmänner wagten nicht, seine Worte zu bezweifeln.

Raina lächelte dem alternden Axtkämpfer dankbar zu, als die vier Jahrmänner den Stall verließen.

»Keine Ursache, Raina«, erwiderte er brüsk. »Wenn zwei Leute sich nicht mehr unbeobachtet unterhalten können, was für ein Clan soll das hier sein?« Sein Blick schien sie herauszufordern. »Ich warte drüben an der Pumpe. Unterhaltet euch. Aber sprecht leise.«

Sie sah, wie er zur anderen Seite des Stalls ging und Wasser pumpte, um sich das Gesicht zu waschen. Sie war sich Angus' Anwesenheit hinter ihr bewusst, seines leichten Atems und der Tatsache, dass er auf ihre Worte wartete. Jetzt, nachdem sie ihren Willen durchgesetzt hatte und hier war, wusste sie nicht mehr genau, was sie eigentlich vorgehabt hatte.

Aber zunächst die praktischen Dinge. »Angus«, sagte sie und wandte sich ihm zu, »du musst mir ein Päckchen geben, das groß genug ist für ein Männerhemd.«

Er fragte nicht nach einer Erklärung, sondern beugte sich nur vor, um in seinen ledernen Satteltaschen, die über der Stalltür hingen, herumzusuchen. Das wunderschöne Sullpferd, dessen Fell so dunkel und glänzend war wie Sirup, hängte seinen Kopf über das Halbtor, um zuzusehen. Raina streichelte ihm die Nase, als Angus ein glattes, in Leinen gewickeltes Päckchen zu ihren Füßen niederlegte.

Sie bedankte sich nicht. Plötzlich wusste sie, dass sie nun über Verrat sprechen würden. Sie holte tief Luft. »Warum hast du angedeutet, Mace könnte etwas mit Shor Gormalins Tod zu tun haben? Alle wissen, dass er von einem Kapuzenmann der Bludds getötet wurde.«

Es tat immer noch weh, Shors Namen auszusprechen. »Heirate mich, Raina«, hatte er gesagt, am Abend bevor sie mit Effie in den Alten Wald geritten war. »Ich weiß, Dagro ist noch nicht lange tot, aber ich will dich nicht ohne Schutz lassen. Ich ... ich erwarte nicht, dein Bett zu teilen, aber ich hoffe, du wirst mich mit der Zeit so lieben lernen, wie ich dich jetzt schon liebe.«

Und sie hatte ihm keine Antwort gegeben. Sie war so dumm gewesen, ihn warten zu lassen, obwohl sie im Herzen bereits Ja gesagt hatte. Und am nächsten Tag war es zu spät gewesen ... Shor war in den Tod geritten und hatte bis zuletzt geglaubt, dass Raina ihn wegen Mace abgewiesen hatte.

Angus räusperte sich. »Raina, was wenn ich dir sagte, dass Bludd in den letzten fünfunddreißig Jahren keinen Kapuzenmann hervorgebracht hat? Dass der Hundelord für diese Art der Kriegführung, bei der Attentäter sich im Schnee verstecken, um einen ganzen Clan zu terrorisieren, keine Geduld hat? Ich kenne ihn – er ist nicht der Mann für so etwas.«

Heu raschelte unter Rainas Füßen, als sie das Gewicht verlagerte. »Und was wäre mit einem Kapuzenmann, der den Verstand verloren hat? Sie leben oft jahrelang draußen und haben keinen oder wenig Kontakt mit ihren Häuptlingen. Isolation bringt Männer um den Verstand.«

Der Waldläufer nickte. »Das ist wahr, aber der einzige lebende Kapuzenmann im Clan Bludd ist über sechzig. Er heißt Scunner Bone, und er hat Arthritis in der rechten Hand und angelt und züchtet Hühner.«

Die Wahrheit über Shors Tod stand im stetigen Blick des Waldläufers, aber Raina konnte es einfach nicht ertragen. »Und was ist mit den anderen Clans? Dhoone? HalbBludd? Gnash?«

»Gnash hat Kapuzenmänner, das stimmt, ein paar der besten im Norden. HalbBludd ... nun, wenn ein Mann in diesem Clan eher klein gewachsen ist und diese riesigen Kampfäxte, die sie haben, nicht schwingen kann, könnte ihn die Scham wohl zur Verschlagenheit treiben. Und was Dhoone angeht ... ich wette, sobald der junge Robbie den Clan übernimmt, wird es ganze Wagenladungen von Kapuzenmännern geben. Er ist die Art Mann, der Meuchelmörder braucht.«

Ihr Götter, gibt es auch etwas im Clanland, worüber er nicht Bescheid weiß? Plötzlich wollte Raina nur noch, dass dieses Gespräch vorbei wäre. »Hast du Beweise dafür, dass Mace mit Shors Tod zu tun hatte?«

»Ich habe die beiden Bolzen gesehen, mit denen er erschossen wurde. Unter der neuen roten Farbe habe ich die Arbeit von Anwyn Bird entdeckt.«

Viele Gedanken schossen ihr gleichzeitig durch den Kopf. Wer hatte ihm die Bolzen gezeigt? Warum hatte man sie aufbewahrt?

Angus sah sie forschend an. »Anwyns Werkstatt ist eine Woche vor dem Vorfall geplündert worden. Mehrere Dinge wurden gestohlen, darunter auch ein Dutzend Bolzen, die sie für die Armbrust hergestellt hatte.«

Raina legte die Hand an das Halbtor, um sich zu stützen, und erst jetzt wurde ihr klar, wie weit Angus' Verbindungen zu diesem Clan reichten. Andere mussten ihm geholfen haben. Sie spürte, wie ihr trotz der Wärme der Lampen kalt wurde.

Shor war von seinen eigenen Clansleuten getötet worden.

Oh, Mace hatte die Bolzen zweifellos nicht selbst abgeschossen. Dafür war er viel zu schlau. Er benutzte stets andere für seine Dreckarbeit, traf sich mit ihnen bei den Hundehütten oder Schürlöchern, flüsterte in willige Ohren und hatte die Worte, mit denen er alles abstreiten würde, ebenfalls schon geplant. Shor hatte eine Gefahr dargestellt, sowohl was das Amt des Häuptlings als auch was Rainas Hand anging. Also hatte Mace leise Worte gesprochen, einen Attentäter ausgeschickt und Shor töten lassen, bevor der Schwertkämpfer eins von beidem für sich nehmen konnte.

Dagro, hilf mir! Raina hob den Blick und sah Angus an. Beim Clan Dregg hatte man ihr beigebracht, dass die Hölle ein Ort ohne Steine und Erde war, wo man nicht stehen konnte, dass die Seelen dort für alle Ewigkeit umherdrifteten und keinen Ort fanden, an dem sie ihre Füße aufsetzten konnten. Bis zu diesem Augenblick hatte sie sich dieses Umherdriften eigentlich immer recht angenehm vorgestellt. Nun wusste sie, dass Umherdriften Machtlosigkeit bedeutete. Ein Mann oder eine Frau konnten nichts tun, ohne die Füße fest auf dem Boden zu haben. Nun hatte sie die Wahl: Sie konnte sich mit dem Rest des Clans weiterhin treiben lassen und der Strömung folgen, die Mace Blackhail geschaffen hatte. Oder sie konnte beide Füße auf dem Boden absetzen und einen Standpunkt einnehmen.

Angus sah ihr die Entscheidung beinahe im gleichen Augenblick an, als sie sie fällte. Sein Nicken war kaum wahrnehmbar ... und es ließ sie vor Angst schaudern.

Sie wusste, er würde es ihr überlassen, als Erste zu sprechen. Er hatte sie bereits so weit geführt, mit nur diesem einen Ziel im Sinn, und nun musste sie den Verrat besiegeln.

Sie ließ ihre Gedanken bei der Frau im Alten Wald verharren und fand die richtigen Worte: »Mein Mann muss verschwinden. Es ist Zeit, dass Blackhail einen neuen Häuptling bekommt.«

2
Steine transportieren

Effie war ziemlich sicher, dass Druss sie nicht zum Clan Dregg brachte. Zu Hause hatte er Raina und Drey versprochen, sie innerhalb einer Woche zum Rundhaus dieses Clans zu bringen, aber seitdem waren siebzehn Tage vergangen, und Effie glaubte, dass Druss längst hätte nach Osten abbiegen müssen, wenn er zum Dreggland kommen wollte.

Sie stand auf und musste sich festhalten, um trotz der Bewegung des Wagens stehen bleiben zu können; dann spähte sie hinter der Segeltuchklappe vor zum südlichsten Rand des Clanlands.

Das war alles ziemlich verwirrend.

Böiger Schneeregen fiel, und der Nasse-Hunde-Geruch schmelzenden Schnees stieg wie Dampf vom Boden auf. Rings umher erhob sich das Land zu waldigen Hügeln. Uralte Schierlingstannen und Steinkiefern wuchsen hoch und üppig auf den Südhängen, und dort – jetzt weit hinter ihnen – erhoben sich die seltsam lilafarbenen Wipfel der Giftkiefern von Scarpe. Irgendwo weiter vorn rauschte Wasser und zwängte sich zwischen Steinen durch. Der Wolfsfluss, nahm Effie an, nun angeschwollen vom ersten Tauwasser.

Sie schloss die Klappe wieder und setzte sich auf einen leeren Hühnerkäfig. Aha. Sie befanden sich also südlich von Scarpe und so gerade eben nördlich des Wolfsflusses. Ganz bestimmt nicht in der Nähe von Dregg. Stirnrunzelnd machte sich Effie ans Nachdenken.

Die Reise war bisher nicht annähernd so schlimm gewesen, wie sie erwartet hatte. Sicher, sie hatte den Wagen mit der Plane. Hier war es dunkel und gemütlich, und wer immer die Plane das letzte Mal wetterfest gemacht hatte, hatte Bienenwachs statt Hirschfett verwendet, und daher roch es drinnen wie in Langkopfs Zimmermannswerkstatt. Und das wiederum erinnerte Effie ans Rundhaus. Manchmal, wenn Effie aufwachte, vergaß sie, wo sie war, und sie dachte bei sich: *Ich werde Anwyn ein paar Knochenenden abschwatzen und gehe dann zu den Hundehütten.* Dann öffnete sie die Augen und hatte die Holzrippen des Wagens über sich. Sich zu erinnern war das Schlimmste. Selbst wenn sie wieder im Rundhaus wäre und Anwyn ihr die Knochenenden geben würde, würde der alte Kratzer sie nicht mehr fressen können. Ein verbrannter und toter Hund war selbst nichts anderes als Knochenenden.

Ein seltsames, freudloses Lachen brachte ihre Schultern zum Zucken. *Das reicht jetzt*, sagte sie sich streng. *Zeit, etwas zu essen.*

Seit sie Blackhail verlassen hatten, war das Essen gut und reichlich gewesen. Druss Ganlow sagte gerne, dass er nicht einmal eine Wurst an einem Stock braten konnte, aber Clewis Reed, der Bogenschütze vom Clan Orrl, kannte sich hervorragend mit Kräutern und Gewürzen aus, rieb die Haut von Fasanen mit Senf und geriebenen Pfefferkörnern ein und stopfte ihnen Lauch in die Halsöffnung. Clewis Reed konnte auch beinahe so gut wie Raif mit dem Bogen umgehen, daher hatten sie immer frische Kaninchen und Wildgeflügel. Effie bückte sich nun zum Wagenboden und suchte in ihrer Tuchtasche herum. Sie fand einen kalten Fasanenflügel vom gestrigen Abendessen und die letzten Haselnüsse in Honig und ließ sich zu ihrer Morgenmahlzeit nieder.

Druss und Clewis hatten schon gegessen. Effie nahm an, dass Männer sofort aßen, nachdem sie morgens die Augen geöffnet hatten. Sie brauchten vermutlich Kraft, um sich zu rasieren.

Wenn sie den leeren Hühnerkäfig weiter nach vorn schob und sich darauf stellte, konnte sie Druss und Clewis durch den Riss im Segeltuch sehen. Manchmal spähte Druss auch zu ihr herein. Effie fragte sich, wozu das gut sein sollte. Sie glaubte nicht, dass Druss das geringste Interesse an ihr hatte. Manchmal vergaß er sogar ihren Namen und nannte sie Eadie, und einmal hatte er vollkommen vergessen, dass sie überhaupt da war, und angefangen, ihre Ration zu essen, und Clewis hatte ihm einen Rippenstoß versetzen müssen, damit er aufhörte. Nein, Druss Ganlow kümmerte sich nur um seine Ladung, und das war alles, was ihn interessierte.

Häufig kam er nach hinten, um alles zu überprüfen, zupfte an Seilen und Gurten, die sich kein bisschen gelockert hatten, seit er zum letzten Mal nachgesehen hatte. Einmal ließ er Effie aussteigen und packte die gesamte Ladung um. Effie war in der Nähe des Wagens geblieben und hatte versucht, nicht weiter zu schauen als bis zu ihren Füßen. Als Druss fertig war und sie wieder in den Wagen klettern konnte, sah sie, dass er die Körbe mit den Deckeln nach hinten geschoben und die Hühnerkisten um sie herum gestellt hatte. Druss hatte danach noch stundenlang geschwitzt, und später an diesem Tag, als sie das Lager aufschlugen, hatte er sich über Rückenschmerzen beklagt.

Plötzlich ruckte der Wagen heftig, als der Boden unter den

Rädern nicht mehr fest war, sondern Schlamm und schmelzender Schnee. Die Nüsse sprangen Effie aus der Hand und fielen mit leisem Klappern wie Hagel zu Boden. Rasch wickelte sie den Flügelknochen in ein Tuch und ließ sich auf die Knie wieder, um sie wieder einzusammeln. Druss wollte sicher nicht, dass Nüsse in seinem Wagen herumrollten; er hatte Effie schon einmal angeschrien, weil sie Bier vergossen hatte.

Vormittagslicht fiel durch die Segeltuchklappe vorn, zu schwach, um bei der Suche zu helfen. Am Boden waren die Schatten sehr tief, und Effie musste die Augen zukneifen, um die Nüsse zu entdecken. Als sie die erste fand, wischte sie sie am Ärmel ab und aß sie. Die zweite hatte sie zufällig mit dem Stiefel zertreten, und die wollte sie lieber nicht mehr essen. Andere waren zwischen die Kisten gerollt, und sie würde warten, bis eine Bewegung des Wagens sie weder herauskullern ließ. Eine besonders ärgerliche Nuss steckte zwischen den Kisten und den Deckelkörben am Ende des Wagens. Sie versuchte, die vorderste Kiste beiseite zu schieben, um dranzukommen, aber die Ladung war so schwer, dass sich die Kiste nicht von der Stelle bewegen ließ.

Die transportieren wohl Steine! Effie beschloss, die Nuss zu lassen, wo sie war. Wenn Druss sich jetzt auf dem Kutschbock umdrehte und sah, wie sie versuchte, seine Ladung zu verschieben, würde er böse werden. Vielleicht würde ja eine Maus die Nuss fressen. Papa hatte ihr einmal gesagt, dass Ungeziefer überall leben konnte – sogar auf Booten.

Der Gedanke an eine Maus auf einem Boot ließ sie lächeln, und ihr fiel kaum auf, dass der Wagen langsamer wurde. Aber es war seltsam, wie der Körper Dinge tat, ohne beim Hirn nachfragen zu müssen, denn als die Räder zum Stillstand gekommen waren, hatte sie die Hand schon an ihrem Zeichen. Sie wollte wissen, ob sie in Sicherheit waren. Es war ungewöhnlich, dass sie schon vor Mittag anhielten.

Das kleine ohrförmige Stück Granit verhielt sich ruhig, bis auf eine leichte ... Lebendigkeit. Das war wohl das passendste Wort. Es war, wie wenn man Eier im Hühnerhof suchte: Man wusste sofort, welche Küken enthielten und welche nur Eigelb und Eiweiß waren. Die mit den Küken hatten eine besondere Schwere an sich, eine bestimmte Art, in der Hand zu liegen, vollkommen reglos, aber nicht passiv. Ihr Zeichen fühlte sich jetzt ganz ähnlich an. Lebendig. Voller Bewusstsein.

In der folgenden Stille hörte sie, wie Druss bei allen Göttern fluchte. »Dieser verdammte Fluss! Bewegt sich schneller als eine erschrockene Herde. Heute kommen hier nur Vögel rüber.«

Clewis Reeds tiefe, traurige Stimme antwortete erst nach einiger Zeit. »Dann müssen wir eben ein Lager aufschlagen und warten.«

»Warten? Warten? Mit dieser Ladung da hinten und dem Mädchen, das schon vor zehn Tagen hätte in Dregg sein sollen? Ich sage, wir fahren flussaufwärts zur Schiffsbrücke. Wir werden sehen, ob sie den Fluss vielleicht dort überquert haben.«

Effie nahm an, dass der Bogenschütze bedächtig den Kopf schüttelte. »Bannen hat seine Flöße sicher ans Ufer gezogen. Alles, was noch im Wasser war, hat sich inzwischen längst losgerissen und ist den halben Weg zum Wrackmeer geschwemmt worden.«

Druss knurrte frustriert. »Ich habe dir doch gesagt, dass das Mädchen uns aufhalten würde.«

Verärgert über diese Ungerechtigkeit beugte sich Effie vor, weil sie hören wollte, wie Clewis Reed sie verteidigte. Aber der Bogenschütze sagte nur, dass der Fluss schon seit mehreren Tagen Hochwasser hatte und eine Verspätung nichts geändert hätte.

»Die Götter mögen mich schützen«, erklärte Druss, und danach schien er ein wenig ruhiger zu sein.

Effie hörte, wie er vom Kuschbock auf den Boden sprang. Als er ein Stück vom Wagen entfernt war, sagte Clewis Reed leise zu sich selbst: »Es genügt, wenn mich die Götter vor der Hölle schützen. In Hochwasser kann man nur ein einziges Mal ertrinken.«

Effie ließ ihr Zeichen auf die Brust zurückfallen. Es wurde langsam kalt.

Der Wagen schauckelte, als der Orrlmann einstieg, und Effie ging zur Rückseite des Wagens, um nach draußen zu schauen. Sie konnte den Wolfsfluss von dort, wo sie stand, nicht sehen, aber sie spürte die eisige Gischt und roch diesen seltsamen Geruch nach altem Fleisch, den das Wasser dieses Flusses hatte. Die beiden Männer unterhielten sich, aber die Worte waren über das Rauschen hinweg nicht zu verstehen. Druss hatte den Wagen auf einem schlammigen Ufer hoch über dem Fluss zum Stehen gebracht, und man konnte den ersten wilden Hafer sehen, der durch den geschmolzenen Schnee wuchs. Felssimse fielen zum Fluss hin ab wie eine natürliche Treppe, und ein wagemutiges Paar Kragenenten machte sich auf den Weg zum Wasser.

Effie wollte unbedingt sehen, wie es den Enten im Wasser erging, also holte sie tief Luft und schob sich durch den Schlitz im Segeltuch. Wie immer, wenn sie sich in eine unbekannte Umgebung hinausbegab, hatte sie dieses Schwindel erregende Gefühl zu fallen. Der Boden war fest, das wusste sie – einmal, als sie noch kleiner gewesen war, hatte sie Drey so lange angebettelt, bis er einen Spaten geholt und vier Fuß tief gegraben hatte, damit sie sicher sein konnte –, aber irgendwie fühlte er sich nie fest genug an, um sie zu tragen. Es war, als gäbe es Luftblasen – Fallen – direkt unterhalb der Oberfläche. Oh, sie wusste, wie dumm das von ihr war, sie sagte es sich immer wieder, aber es kam ihr so vor, als tobte ein Kampf zwischen den Dingen, die man kannte, und denen, die man sich vorstellte. Und die Dinge, die sie sich vorstellte, waren stärker.

Also achtete sie sehr vorsichtig darauf, wo sie ihre Füße absetzte, als sie um den Wagen herumging. Erst als sie sicher war, dem Fluss direkt gegenüberzustehen, hob sie den Blick von ihren Zehen und schaute zum Wasser, das zwanzig Fuß unterhalb von ihr rauschte.

Der Fluss kochte und schäumte, und das Wasser war so schlammig, dass der Schaum nicht einmal weiß war. Äste und Eisbrocken wurden wild herumgeworfen, und weiter unten in dem soßenfarbenen Schlamm trieb die aufgeblähte grünliche Masse eines Hirschkadavers in einer Unterströmung. Weiter flussaufwärts im Tiefland östlich von Croser überquerten angeblich jedes Frühjahr vierzigtausend Stück Wild den Wolfsfluss auf dem Weg nach Norden zu den Sommersteppen und dem endlosen Wald der Nordwindfelder. Effie erinnerte sich daran, wie Papa ihr erzählt hatte, wie Jamie Roy dem Fluss seinen Namen gegeben hatte. Er hatte eine ganze Jahreszeit an den Ufern dieses Flusses gelagert, und in dieser Zeit hatte er mehr als hundert Tierkadaver gezählt, die flussabwärts trieben. Andere in der Gruppe hatten den Fluss Grünwasser nennen wollen, in Erinnerung an die alte Heimat, aber Jamie hatte den Kopf geschüttelt und gesagt: *Nein, wir müssen diesem Fluss einen Namen um seiner selbst willen geben, nicht zur Erinnerung an einen Ort, den es nicht mehr gibt. Ich nenne ihn den Einsamen Wolf, denn er macht mehr Beute als jeder Mensch, und er zieht nach Westen, während sich alle anderen Flüsse nach Osten wenden.*

Effie schauderte. Die Böen, die vom Wasser her kamen, waren frisch und feucht, und sie spürte, wie ihr Haar und ihr Umhang rasch nass wurden. Unter ihr versuchten die beiden Enten die Strömung von einem schleimigen Sims oberhalb des Wassers aus einzuschätzen. Als eine höhere Welle gegen das Sims spülte, ließ das schlichte braune Weibchen sich in die Strömung hinaustragen. Ihr prahlerischer blaugrüner Gefährte quakte aufgeregt und sprang ihr hinterher. Effie beugte sich vor und versuchte, ihnen mit dem Blick zu folgen, aber die Wasseroberfläche war wie ein Gebirge, und die beiden waren rasch verschwunden.

»Sie werden es überstehen«, sagte Clewis Reed. Effie war überrascht, dass er sich so lautlos genähert hatte. »Das sind seltsame Vögel. Wenn sie Menschen wären, wären sie Berserker.«

Effie drehte sich zu ihm um. Das Gesicht des Orrlmanns war bleich und hager und so lang, wie ein Gesicht nur sein konnte. Sein Haar und sein Bart waren silbern und lockig, und er trug beides im altmodischen Stil der westlichen Clanlords ungeflochten. Sein Orrlumhang war ebenfalls altmodisch, lang genug, um das Gras zu streifen, und so schmal, dass er ihm gerade von den Schultern fiel. Das schien nur noch zu betonen, wie groß er war, und Effie kam sich neben ihm wie ein Pilz vor.

Sie wusste nicht, was sie sagen sollte. Das Bewusstsein, draußen zu sein, weit entfernt von jedem steinernen Unterschlupf oder einem vertrauten Wegzeichen, begann ihre Gedanken einzunehmen. Es war wie Wasser, das durch ihren Umhang drang, und bewirkte dass sie sich ungeschützt fühlte und eine Gänsehaut bekam. Als etwas ihre Schulter berührte, zuckte sie heftig zusammen.

»Immer mit der Ruhe, Mädchen«, sagte Clewis, packte sie fester an der Schulter und führte sie vom Ufer weg. »Du willst doch sicher deinen Enten nicht stromabwärts folgen.«

Nein, ganz bestimmt nicht. Wie war sie so dicht an den Rand gekommen? Hatte sie einen Schritt gemacht, ohne es zu wissen? Um zu verbergen, wie erschrocken sie war, fragte sie: »Was sind Berserker?«

Clewis Reed betrachtete sie einen Augenblick lang. »Setz dich wieder in den Wagen, Mädchen. Mach dir ein Bier warm. Ich nehme an, wir werden eine Weile hier bleiben, und wenn ich mir schon die Zeit nehme, eine Geschichte zu erzählen, ist es mir lieber, wenn meine Zuhörer es warm und trocken haben.«

Sie suchte nach einer Spur von Heiterkeit in seinem Gesicht, aber sie fand nur Ernst. Plötzlich vermisste sie Drey und Raif so sehr, dass ihr der Bauch wehtat.

»Geh schon, Mädchen. Ich schüttle nur noch meinen Umhang aus und komme bald nach.«

Effie tat, was er ihr gesagt hatte. Es fiel ihr schwer, nicht gleich zu laufen, sondern ruhig zu gehen.

Ihre Hände zitterten, als sie die kleine Sicherheitslampe

von dem Haken nahm und mit Hilfe eines Feuersteins den Docht anzündete. Es war feucht im Wagen geworden, während sie draußen gewesen war, und die Flamme zischte und wurde klein. Druss fürchtete Feuer im Wagen mehr als alles andere und hatte darauf bestanden, dass Effie die Lampe auf eine Schieferkachel stellte und die Flamme stets zugedeckt hielt. Sie durfte sie nicht anzünden, um sich zu wärmen oder um Licht zu haben, sondern ausschließlich, um Bier oder Brühe aufzuwärmen, und niemals, wenn der Wagen in Bewegung war. Als sie Hafer in das rauchige braune Bier siebte, um es anzudicken, dachte sie über den Wagen nach. Er war besser gebaut als alle anderen, die sie gesehen hatte. Die gebogenen Leisten, die die Rippen für die Plane bildeten, waren glatt wie Tischbeine und so hervorragend gedampft, dass man hätte glauben können, die Bäume wären tatsächlich so gewachsen. Und dann war da das Segeltuch selbst: so dicht gewebt wie das Zelt eines Häuptlings und mit Bienenwachs selbst gegen die feinsten Regentropfen abgedichtet. Solche Dinge waren teuer, das wusste Effie, und sie fragte sich, wie Druss und Clewis Reed sich so etwas leisten konnten.

Gerade, als das Bier begann, vor Hitze zu schimmern, zog Clewis' große behandschuhte Hand das Segeltuch zurück. Er stieg in den Wagen und brachte Regen mit, denn von einem Orrlumhang lief der Regen ab wie von glattem Glas. Er nickte zu dem Kupfertöpfchen auf der Lampe hin, um anzudeuten, dass er gerne einen Becher Bier hätte. Effie goss ihm den größten Teil des Biers in einen gedrechselten Holzbecher und hoffte, dass er ihr nicht ansah, wie nervös sie plötzlich geworden war. Normalerweise schliefen Clewis und Druss draußen in einem kleinen Zelt, das an der Seite des Wagens angebracht werden konnte. Sie aßen auch draußen, an einem Lagerfeuer in einem Steinring, wie Jäger.

Der Orrlmann setzte sich auf den leeren Hühnerkäfig, gerade aufgerichtet und die freie Hand auf dem Knie, und trank einen großen Schluck. Sein Adamsapfel bewegte sich ein einziges Mal wie eine Pumpe, als er schluckte. »Gutes Bier«, sagte er, als er fertig war.

Effie spürte, wie sie rot wurde. »Das sind die gerösteten Haferflocken und der Muskat. Und der ...« Sie zögerte und fragte sich, ob es wirklich eine gute Idee wäre, ihm von dem Schluck von Binnys Hochprozentigem zu erzählen, den sie hineingegossen hatte. »Die Hitze«, schloss sie verlegen.

Clewis sah sie an, als könnte er alles erkennen, was sie nicht ausgesprochen hatte. »Du bist also eine Sevrance, Tochter von Tem, Enkelin von Shann und Urenkelin von Moag dem Hammer?« Er hielt inne, wartete, bis sie genickt hatte, und fuhr dann mit seiner tiefen Stimme und der klaren Aussprache fort. »Das ist eine starke Familie. Eine Kriegerfamilie. Ich habe in den Flusskriegen an Shanns Seite gekämpft, in der Schlacht an der Wackelnden Brücke.«

Effie konnte ihn nur anblinzeln. Sie hatte ihren Großvater nicht gekannt und wusste beinahe nichts über ihn. Die Flusskriege waren beinahe fünfzig Jahre her; die meisten Männer, die in diesem Krieg mitgekämpft hatten, waren lange schon tot.

»Shann wurde verwundet, als er die Mitte der Brücke hielt. Eine Dhoonelanze riss ihn vom Pferd, und er blieb mit dem Fuß im Zaumzeug hängen. Das Pferd geriet in Panik und trampelte auf sein freies Bein. Ich glaube nicht, dass Shann spürte, wie der Knochen brach, obwohl wir das Knacken alle hörten. Er war von der Kampfeswut besessen, und er kämpfte sich zurück auf den Hengst und hielt die Brücke bis zum Sonnenuntergang. Es brauchte drei Männer, um ihn vom Pferd zu ziehen. Sein Fuß und sein Knöchel waren geschwollen wie Wasserblasen, und wir mussten ihm den Stiefel aufschneiden. Seine Zehen waren so schwarz wie Pflaumen, und der Knochen war in so viele Stücke gebrochen, dass der Wundarzt die Wunde neun Tage lang mit Zugsalbe behandeln musste. Jeden Abend hat Corrie Mond die Kompresse abgenommen, und im Moos lagen wieder ein Dutzend winzige Knochensplitter.«

Effie wagte kaum, sich zu regen, weil sie den Orrlmann nicht von seiner Geschichte ablenken wollte. Sie hatte nie gehört, dass ihr Großvater ein Held gewesen war – Papa hatte nie mit seinen Verwandten geprahlt. Papa hatte kaum je etwas gesagt. Und dann waren da diese interessanten Einzelheiten über die Wunde. Sie fragte sich, womit Laida Monds Vater das Moos bestrichen hatte, um die Knochensplitter herauszuziehen. Die verrückte Binny hatte gesagt, dass Honig Splitter herauszog, oder geklärtes Fleischaspik, das mit Salz gewürzt war. Wenn Effie die Augen schloss, konnte sie beinahe sehen, wie die Splitter herauskamen.

»Gieß mir noch ein bisschen Bier nach, Mädchen. Im Clan Orrl sorgen wir immer dafür, dass die Kehlen der Geschichtenerzähler gut geölt bleiben.«

Beschämt über ihren Mangel an Manieren eilte sich Effie, seiner Bitte nachzukommen.

Clewis Reed trank einen zweiten großen Schluck, aber das starke Gebräu entspannte ihn nicht, und sein Rücken blieb steif, als er weitersprach. »Shann wurde neun Tage später nach Hause getragen, und obwohl ich ihn nie wieder sah, hörte ich hin und wieder von ihm. Er lernte, am Stock zu gehen, und nach allem, was man hörte, konnte er nach einiger Zeit wieder gut genug reiten, um bei der Ausbildung von Hammermännern zu helfen. Er widmete sich der Holzarbeit, zeugte einen Sohn und starb ein paar Jahre danach im Schlaf. Kein schlechtes Leben. Er zog nie wieder in den Kampf, aber nach der Wackelnden Brücke zählte das wohl kaum.

Blackhail und Orrl siegten an diesem Tag über Dhoone, und du wirst keinen Mann im Clanland finden, der Shann Sevrance nicht in Ehren hält. Ohne ihn hätten die Dhoonemänner uns vertrieben. Sie waren so nahe an der Brücke, dass sie die Splitter am Geländer sehen konnten. Aber Shann kämpfte wie ein Besessener. Ich weiß das, weil ich ihn mit meinen eigenen Augen beobachtet habe. Es war kalt an diesem Tag, aber die Luft in seiner Nähe flimmerte. Es war, als beobachtete man einen Mann unter Wasser. Es schien alles verzerrt zu sein, als sähe man das, was er tat, erst einen Augenblick nachdem er es getan hatte.«

Der Orrlmann hielt inne und sah Effie ins Gesicht. Seine Augen hatten die ausgewaschene Farbe der Augen eines Mannes um die sechzig, aber sein Blick war durchdringend. Der Blick eines Bogenschützen. »Dein Großvater war an diesem Tag an der Wackelnden Brücke zum Berserker geworden. Er hat wie ein Steingott gekämpft, Dhoonemänner vom Pferd geschlagen, ihnen die Waffen aus der Hand gerissen. Wenn man selbst einen Feind töten wollte, brauchte man nur in seiner Nähe zu kämpfen, denn die Männer, mit denen er den Hammer kreuzte, blieben betäubt und blutend liegen. Ich war damals vierzehn und erklärte mich an diesem Tag selbst zum Schwertkämpfer. Ich hatte bis dahin so wenig Kämpfe gesehen, dass ich das, was Shann tat, für ... für normal hielt. Die Zeit hat mich eines Besseren belehrt.«

Effie musste sich abwenden. Ohne jeden Grund fühlte sie sich schuldig, als hätte Clewis Reed sie bei einem Betrug erwischt. Um sich abzulenken, betrachtete sie seine Hände. Dicke Bogenschützenschwielen verzerrten alle Finger seiner Bogenhand, und die Knöchel waren voller Altersflecken.

»Shanns Schwester war an diesem Morgen bei ihm im Zelt. Sie hieß Breeda. Sie war kein besonders hübsches Mädchen, aber ihrem Bruder vollkommen ergeben. Wir warteten draußen auf ihn. Wir waren eine kleine Truppe, alles Orrlmänner – noch keiner von uns war Weißwinterkrieger, und wir wurden aufgeteilt, wie es den Haillord gefiel. Als Shann und Breeda herauskamen, küsste ihn Breeda auf den Mund und wünschte ihm Glück. Ich habe mich fünfzig Jahre lang an diesen Kuss erinnert, und ich weiß kaum, warum.«

Effie verlagerte unbehaglich das Gewicht. Draußen regnete es jetzt stärker, und das Wasser trommelte auf das Segeltuchdach. Die Zeltklappe war nicht festgebunden, und die gerollten Kanten begannen, Wasser in das Wagenbett zu leiten. Effie drehte den Docht der Lampe höher – Druss würde alles andere als erfreut darüber sein –, und hörte sich fragen: »Was war Breedas Zeichen?«

Clewis beugte sich vor, um die Zeltklappe zurechtzuziehen, also sah er sie nicht an, als er sagte: »Ich glaube nicht, dass ich mich erinnere. Soweit ich weiß, seid ihr Sevrances alle Bären.«

Wie machen das die Erwachsenen?, fragte sie sich. *Wie können sie so schlechte Lügner sein und auch noch damit durchkommen?* Bisher hatte er sie nur an der Nase herumgeführt und Dinge angedeutet, die sie sich kaum vorstellen konnte, und nun ließ er sie vollkommen im Regen stehen. Das würde sie nicht zulassen. Sie griff nach ihrem Zeichen und hielt es ihm hin. »Hatte sie einen Stein wie diesen hier?«

Der Orrlmann holte tief Luft, und nach einiger Zeit nickte er. »Ja, das kann schon sein.«

Effie ließ den Stein gegen ihr Brustbein fallen. Sie hatte ihm diese Aussage abgerungen, aber es fühlte sich nicht sonderlich nach einem Sieg an. Sie sah an der Art, wie er sein würdevolles, lang gezogenes Gesicht ein wenig verkniff, dass sie zu weit gegangen war. Hier war jemand, nach dem man angeln und den man nicht jagen durfte. Er stand auf.

»Ich sehe mal nach den Ponys.«

Sie senkte den Kopf zu so etwas wie einem Nicken, und dann lauschte sie, wie er aus dem Wagen stieg. Verwirrung und Schuldgefühle bewirkten, dass sie die Lampe schnell löschte.

»Effie Sevrance.«

Sie blickte auf, und da stand Clewis Reed wieder an der Zeltklappe, nach weniger als einer Minute schon zurückgekehrt, und spähte hinein. Seine Miene war feierlich und resigniert.

»Es gibt noch etwas, was du über deinen Großvater wissen solltest. Shann ging an diesem Tag als junger Mann in den Kampf, der seinen Schwur gerade erst abgeleistet hatte und dessen Schultern so muskulös waren, dass er seine Rüstung mit Pferderiemen zusammenhalten musste. Im nächsten Morgenlicht war er ein anderer. Seine Muskeln waren verschwunden. Verbrannt. Seine Haut an Gesicht und Hals war zu weit geworden, und seine Finger waren verkrümmt wie die eines alten Mannes. Er war um zwanzig Jahre gealtert. Ich hatte so etwas noch nie gesehen. Es war, als hätte die Schlacht an der Wackelnden Brücke ihn aufgezehrt.«

Zauberei. Da war es, dieses unausgesprochene Wort, deutlich zwischen ihnen. Effie verstand nun Clewis Reeds Zurückhaltung. Clansmänner sprachen nicht laut über solche Dinge. Clewis hatte ihr auf seine umständliche Art mitgeteilt, dass Shann Sevrance seine Jugend gegen seine Fähigkeiten im Kampf getauscht hatte. Nur, »mitteilen« war nicht das richtige Wort. Es war eine Warnung gewesen. Fragen sprangen ihr in die Kehle, aber sie schloss den Mund, damit sie nicht entweichen konnten. Clewis Reed würde sich nicht jagen lassen. Stattdessen beschäftigte sie sich mit der Lampe, kratzte heißen Ruß mit dem Daumennagel von den Lüftungslöchern und wartete.

Sie spürte, wie der Orrlmann zögerte, hörte, wie er sich räusperte. »Man muss diese alten Geschichten weitererzählen. Es kommt vielleicht eine Zeit, in der wir sie brauchen, und wie sollen wir überleben, wenn wir vergessen haben, wie man kämpft?«

Dann verließ er sie und schloss sorgfältig die Klappe hinter sich, schloss den Regen und das Licht aus.

Effie schob die Lampe weg und setzte sich auf die warme Stelle, die darunter entstanden war. Ihr Daumennagel war schwarz und klebrig, und einen Augenblick lang wünschte sie sich, wieder im Rundhaus zu sein, damit sie zu Lettie Shank und Florrie Horn rennen und ihnen sagen könnte, dass ihr Daumen vom Wundbrand befallen war und bald abfallen würde. Der Gedanke an ihr Gekreische ließ sie ein wenig lächeln, aber das genügte nicht, um Clewis Reed zu vergessen.

Warum hat er mir das erzählt? Das hätte sie ihn gerne selbst gefragt.

Ihre Hand suchte ihr Zeichen und wog es. Auch sie transportierte einen Stein – so fühlte es sich zumindest manchmal an. Sowohl sie als auch Breeda Sevrance hatten das getan. Sie sollte sich eigentlich besser fühlen, nachdem sie erfahren hatte, dass sie nicht die Einzige war, die das Steinzeichen getragen hatte, aber so war es nicht. Breeda war seltsam gewesen – das hatte Clewis Reed ihr mitteilen können, ohne es tatsächlich auszusprechen –, und das bedeutete, dass sie, Effie Sevrance, ebenfalls seltsam war. Sie wollte nicht seltsam sein. Sie wollte sein wie Lettie Shank und Florrie Horn, hübsch und sorglos, und sich vor normalen Dingen wie Mäusen und Fingern mit Wundbrand fürchten.

Das ließ sie schnauben und wieder vernünftig werden. Sie wollte sich nicht wirklich vor Fingern mit Wundbrand fürchten. Es war nur ... es war alles so schwer! Langkopf hatte einmal gesagt, das Problem beim Transportieren von Steinen bestünde darin, dass sie niemals leichter wurden, nur immer schwerer, je länger man sie trug. Und er musste es wissen – er hatte vierzig Jahre damit zugebracht, für Reparaturen Steine im Rundhaus herumzuschleppen. Heute wusste Effie, wie er das gemeint hatte. Ihr Zeichen war gerade noch schwerer geworden. Irgendwie hing nun auch noch das Gewicht von Clewis Reeds Geschichte daran.

Nein, sie würde nicht mehr daran denken. Sie stand auf und fing an, den Wagen aufzuräumen. Sie schob ihren Hühnerkäfig und den Strohsack unter viel Getöse beiseite und hängte die Lampe zum Abkühlen wieder an den Haken. Sie stellte die Schieferplatte zwischen die Deckelkörbe und begann, die Regenwasserpfütze aufzuwischen, die sich unter der Klappe gebildet hatte. Als sie sich aus dem Wagen beugte, um den Lappen auszuwringen, drehte sich Druss Ganlow zu ihr um.

»Mädchen, ich hoffe, du hast nicht noch mehr Bier verschüttet.«

Er stand am hinteren Rad und trat einen Bremsklotz zurecht. Der Regen hatte sein Haar an den Kopf geklebt, und nun, da es nicht mehr flaumig abstand wie bei einem Baby, konnte man all die kahlen Stellen dazwischen erkennen. Sein Bierbauch wackelte, als er den Zedernholzkeil in den Schlamm trat. »Ich sag dir eins: Wenn einer der Körbe nass geworden ist, werde ich dir dafür die Haut abziehen.«

»Es ist nichts weiter. Nur ein paar Tropfen Regenwasser, das ist alles.«

Druss schnaubte. »Schaff deinen Arsch lieber raus. Wir werden hier übernachten, und ich muss die Ladung überprüfen.«

Effie griff nach ihrem Umhang. Sie hatte nach und nach begriffen, dass Druss Ganlow einer dieser Männer war, die nach außen hin weich aussahen, aber drinnen vollkommen hart waren. Und er log. Er hatte Raina angelogen, was den Weg nach Dregg anging, und er hatte Drey über das Schwarze Loch, die Blackhailmine, angelogen. Als sie auf der Wagentreppe an ihm vorbeikam, ließen Boshaftigkeit und Trotz sie fragen: »Hat Raina dich eigentlich dafür bezahlt, mich nach Dregg zu bringen?«

Er hob die Hand, um anzudeuten, dass er bereit wäre, sie

zu schlagen. »Lass uns das mal ganz klarstellen, Mädchen. Ich habe kein Geld für dich genommen. Es war ein Gefallen, den ich einer Witwe erweise, und es wurde von meiner Mutter und Raina ausgehandelt. Du solltest dankbar sein, dass du überhaupt lebendig aus dem Rundhaus herausgekommen bist, und nicht noch zusätzlichen Ärger machen. Und ich sage dir noch was: Wenn Raina jemals ein einziges Wort von diesem kleinen Umweg erfährt, schleppe ich dich zurück zum Hailhaus, und zwar so schnell, dass Stanner Hawk nicht mal die Zeit haben wird, den Schmelzofen anzuheizen.«

Effie sah Druss stirnrunzelnd nach, als er sich an ihr vorbeidrängte, um in den Wagen zu steigen. »Wir sind also tatsächlich auf dem Weg dorthin?«

Sie hörte ihn knurren, als sie davonrannte. Angst war eine seltsame Sache. Man konnte immer nur eine bestimmte Menge davon ertragen, und im Augenblick war in ihrem Kopf einfach kein Platz, um sich noch vor Druss' Drohungen zu fürchten.

Der Regen ließ langsam nach, aber sie musste immer noch die Kapuze aufsetzten. Clewis Reed war nirgendwo zu sehen, also schaute Effie auf dem Kutschbock nach, ob er seinen Bogen mitgenommen hatte. Die lang gezogene Bogenhülle aus gewachstem Leder lag so schlaff wie eine alte Schlangenhaut auf den Brettern. Er war also auf die Jagd gegangen. Im Regen. Was ein bisschen seltsam war, denn jeder wusste doch, dass man bei einem solchen Regenguss kaum eine Chance hatte, Wild zu erwischen. Dennoch. Er könnte immerhin die Enten schießen. Aber irgendwie nahm sie nicht an, dass er das wirklich tun würde. Kragenenten waren Berserker, das hatte er jedenfalls gesagt. Sie würden nur weiterschwimmen, selbst wenn ein Pfeil sie traf.

Effie wollte sich nicht weit vom Wagen entfernen, also ging sie zu den Ponys. Sie waren immer noch im Geschirr, aber ein paar Riemen waren gelockert, damit die beiden fressen konnten, und sie waren nun damit beschäftigt, den frischen grünen Hafer abzuweiden. Sie hoben interessiert die Köpfe, als Effie näher kam, und ließen sich hinter den Ohren kraulen. Effie versuchte, ihre Namen zu erraten. Schinken und Ei? Hammer und Nagel?

Gerade, als sie zu dem Schluss gekommen war, dass ihr Schurke und Schuft am besten gefielen, kam Clewis Reed unter den Bäumen hervorgeeilt. Der hoch gewachsene Orrlmann hielt den sechs Fuß langen Bogen wie einen Speer und bewegte sich ohne einen Laut. Er entdeckte Effie sofort und legte den Finger an die Lippen, um ihr deutlich zu machen, dass sie still sein sollte.

»Schnall die Riemen fest«, befahl er, als er nahe genug war. Er atmete schwer und legte die Hand einen Moment aufs Herz. Dann nahm er einen Pfeil aus dem Kasten und wandte sich den Bäumen zu. »Wo ist Druss?«

»Im Wagen«, flüsterte Effie und beugte sich über Schurkes Hinterteil, um eine Schnalle festzuziehen. Clewis Reed musste ein alter Mann sein – er hatte in den Flusskriegen gekämpft –, aber er bewegte sich nicht wie einer. Und er geriet auch nicht in Panik. Ohne den Blick von den Bäumen abzuwenden, gab er einen schrillen Pfiff von sich und klang dabei genau wie ein Waldhuhn, das sein Territorium abgrenzt. Druss tauchte sofort aus dem Wagen auf. Er war von der Anstrengung rot angelaufen, aber man sah seinem Blick an, dass er begriffen hatte, was los war, und er hatte schon sein in der Stadt gefertigtes Langmesser gezogen. Er folgte Clewis' Blick zu den Bäumen, aber dort gab es nichts zu sehen außer regenschwerem Schierlingsgebüsch, das zu nass war, um sich im Wind zu bewegen.

Als er sich wieder dem Wagen zuwandte und Effie entdeckte, wurde seine Miene härter. »Rein mit dir«, zischte er und trat den Bremsklotz unter dem Rad weg.

Effie spürte, dass die letzte Schnalle an Ort und Stelle saß, und ging von den Ponys weg. Druss stieg bereits auf den Bock, die Zügel straff in der Hand. »Was hast du gesehen?«, fragte er Clewis.

Der Orrlmann blieb am Ende des Wagens stehen, den Hirschgeweihbogen halb gespannt, einen Pfeil mit Eisenspitze auf die Bäume gerichtet. »Städter. Wahrscheinlich Fallensteller, die vom Tauwetter im Clanland festgehalten werden. Aber sie hatten ein paar gute Pferde und auch Schwerter.«

Druss schnalzte den Ponys zu und begann, sie in eine schwierige halbe Wendung zu lenken, um vom Ufer wegzukommen. Effie hatte das Gefühl, dass beide Männer so etwas schon öfter erlebt hatten. Sie waren nervös, aber nicht panisch, und die Aufgaben waren bereits verteilt: Einer kümmerte sich um den Wagen, und der andere schützte ihn.

Als sie das Wagenende erreichte, hörte sie Druss fragen: »Wie viele?«

»Fünf. Eine Viertelmeile stromabwärts.«

»Haben sie uns entdeckt?«

»Das wissen nur die Götter.«

Effie sprang auf die Stufe, als der Wagen sich in Bewegung setzte. Clewis wich mit seinem Bogen aus und trat dichter an den Wagen heran, während er den Rückzug deckte. Er bedeutete Effie mit einem Nicken, sich ganz nach drinnen zurückzuziehen und die Stufe ihm allein zu überlasen. Sie wäre gerne geblieben, wo sie war, aber sie wusste, dass man die Befehle eines Clansmanns nicht ignorierte, und kroch tiefer in den Wagen. Die Ponys bewegten sich nun schneller, und die Ladung knarrte und rutschte. Aber Effie war mehr daran interessiert, zu beobachten, wie Clewis Reed auf die Stufe stieg. Er musste nun laufen, um den Wagen einzuholen, aber selbst dabei ließ er den Bogen halb gespannt bis zu dem Augenblick, in dem er sprang. Rasch wandte er Effie den Rücken zu, schlang ein Seil um die Taille und band sich damit an den Wagen. Innerhalb von Sekunden hatte er den Bogen wieder halb gespannt und den Blick abermals auf die Bäume gerichtet, von denen sie sich langsam entfernten.

Effie beobachtete den Orrlmann durch die Zeltklappe. Sein feines silbriges Haar wehte im Wind, und sie konnte die Haut hinten an seinem Nacken sehen. Die Adern waren dicker geworden, die Haut rings umher grau. Clewis hatte wohl gespürt, dass sie ihn ansah, denn er drehte sich kurz zu ihr um und sagte: »Setz dich hin, Mädchen. Hier gibt es nichts zu sehen außer einem alten Mann mit einem gebogenen Stock.«

Widerstrebend rutschte sie weiter in den Wagen hinein. Der Weg war steinig, und die Holzrippen schwankten wild von einer Seite zur anderen. Die Lampe klapperte laut an dem Haken, und der Hühnerkäfig, auf dem Effie normalerweise saß, rutschte hin und her wie etwas auf einem Boot, das nicht fest verschnürt ist. Das alles bewirkte, dass ihr ein bisschen übel wurde. Sie hockte sich in eine Ecke und versuchte, das Hin und Her in ihrem Magen zu beruhigen.

Minuten vergingen, und immer noch waren keine Verfolger zu sehen. Effie hielt es für seltsam, dass sich Clansleute auf ihrem eigenen Territorium vor Städtern fürchten mussten, aber sie wusste nicht viel über die Grenzclans. Vielleicht war das Land von Bannen gefährlicher als das von Blackhail.

Plötzlich hörte sie, wie Druss die Ponys mit einem *Ho!* zügelte, und der ganze Wagen rutschte heftig nach links. Effie wurde vorwärts geschleudert, als die Ponys stehen blieben. Leder quietschte, dann brach etwas. Einer der Deckelkörbe riss sich aus seiner Verankerung und fiel mit einem lauten Knall neben Effies Kopf.

»Bist du noch am Leben da drinnen?«, erklang Clewis Reeds Stimme durch das Segeltuch.

Effie ächzte bestätigend. Sie lag mit dem Gesicht nach unten im Wagen, und ihr linkes Ohr brannte.

»Eine große Pfütze auf dem Weg«, sagte er. »Nichts weiter. Wir fahren jetzt unter die Bäume. Ich denke, wegen der Fallensteller brauchen wir uns keine Sorgen mehr zu machen.« Er rief Druss etwas zu, und der Wagen kam ruckend wieder in Bewegung.

Effie hob die Hand zu ihrem Ohr und zuckte zusammen. Der Korb hatte es im Sturz gestreift, und ihr Ohrläppchen fühlte sich seltsam und geschwollen an. Als sie den Kopf vom Boden hob, bemerkte sie ein flackerndes gelbes Licht auf dem Segeltuch. Sie blinzelte und versuchte herauszufinden, woher es kam. Es war wunderschön, so warm wie Sonnenschein. Magisch in seinem Strahlen. Vielleicht war sie bewusstlos und träumte das alles nur. Aber in Träumen hatte man keine brennenden Ohren, jedenfalls glaubte sie das nicht. Sie drehte langsam den Kopf, um nachzuschauen, ob die Segeltuchklappe offen war und Licht hereinfiel.

Dann sah sie es. Der Deckelkorb war aufgesprungen, und fünf Metallstäbe waren herausgerutscht.

Gold.

3
Der Surlord inspiziert

Wir können das Clanland in vierundzwanzig Tagen erreichen, wenn das Wetter mitmacht. Ein guter Späher braucht die halbe Zeit.«

»Nicht um diese Jahreszeit, bei all dem Hochwasser.« Penthero Iss hielt in seinem Weg über die Nordmauer von Spire Vanis inne, um Marafice Eye anzusehen. Der Generalprotektor von Spire Vanis trug den roten Lederumhang, der zu seinem Amt gehörte, mit der großen bleiernen Wolfsgeierbrosche am Hals, und sein schwarzer Vogelhelm lag in seiner linken Ellbogenbeuge. Er hatte sein kleines Auge gegen den weißen Morgennebel und die seltsamen, körperlosen Sonnenstrahlen zugekniffen, die wie feindliches Feuer durch diesen Nebel schossen. Es gefiel Marafice Eye nicht, wenn man ihm widersprach, aber sie waren hier oben allein, und der Schwertführer musste lernen, seine Reaktionen zu beherrschen. Wenn Marafice Eye schon Surlord werden wollte, musste er sich genau überlegen, ob etwas einen Kampf wert war oder nicht.

Iss beobachtete, wie er mit einiger Anstrengung die Schultern sinken ließ. »Die Dunkelmäntel, die ich am Bußtag ausgeschickt habe, sollten jetzt jeden Tag zurück sein. Dann werde ich mehr wissen.«

Dieses »ich« klang wie eine Warnung. Marafice Eye zerrte an den Zügeln der Macht und demonstrierte das Ausmaß seines Einflusses, der nun groß genug war, um ganze Kompanien der berüchtigten Dunkelmäntel zu befehligen und

Informationen aus Quellen zu erlangen, die mit der Stadt nichts mehr zu tun hatten. Aber sie reichten dennoch nicht weit genug. Mit einem winzigen Lippenzucken drehte sich Iss auf dem Absatz um und ging weiter, was seinem Schwertführer keine andere Möglichkeit ließ, als ihm zu folgen.

Er wird schon noch erkennen, wie weit der Einfluss eines Surlords reichen muss.

Der Inspektionsgang zum Bettlertor hatte vor dem Morgengrauen begonnen. Von oben auf der Nordmauer konnte man die gewaltige Zeltstadt sehen, die die ständig wachsende Armee von Spire Vanis beherbergte. Ein Flickwerk aus Leder und Segeltuchzelten breitete sich weit und hässlich über das Tal der Türme aus, verwandelte gepflügte Felder in Schlammseen und zerdrückte das frische Frühlingsgras. Der Gestank nach Pferdeäpfeln, ungewaschenen Männern und Holzrauch erhob sich wie Sumpfgas aus dem Lager, und es gab mindestens einen Adligen in der Prozession, der sich einen Duftbeutel vor die Nase hielt, um dieser Unannehmlichkeit zu entgehen. Marafice Eye hatte eine Inspektionstour verlangt, damit er seinem Surlord das ganze Ausmaß der Armee vorführen konnte, die er aufgestellt hatte. Es hatte ein kleiner, unauffälliger Ausflug sein sollen – hochrangige Befehlshaber, Waffenmeister und einige wenige Gutsbesitzer, die dem Schwertführer nicht ganz und gar feindselig gegenüberstanden –, aber dann hatten, wie es so üblich war, auch andere davon erfahren, und nun war die Hälfte der Adligen erschienen.

Marafice Eye kochte vor Wut, und er hatte den Fehler gemacht, das zu zeigen. Iss hatte mit solchen Dingen Erfahrung, er wusste alles über die empfindlichen Egos, die um Einfluss in der Stadt rangen, und er hatte eine solche Entwicklung von

Anfang an erwartet. Jeder Versuch, die mächtigen Gutsbesitzer von einem öffentlichen Auftreten des Surlords auszuschließen, war zum Scheitern verurteilt. Der Schwertführer hätte sie lieber gleich von Anfang an einladen sollen; das hätte der Sache viel von ihrem Geheimnis genommen, und dann hätte sich kaum einer die Mühe gemacht aufzutauchen – aber Marafice Eye hatte noch viel zu lernen.

Iss' Laune wurde nicht gerade besser, während er sich weiter auf das große Eisengebäude des Bettlertors zubewegte. Die Mauer war hier fünfzehn Fuß breit, um die Tortürme aufnehmen zu können. Es gab Schartenbacken mit Bleidächern und Bogenschützenstationen, um dem Wehrgang Schutz zu bieten, aber Iss fühlte sich nicht so recht geschützt. Hinter ihm, in einem sorgfältig bemessenen Abstand von drei Schritten, ging sein Schwertführer, und außer Hörweite, wie es der Brauch verlangte, folgten die etwa achtzig Gutsbesitzer und Befehlshaber, die den Rest der Prozession bildeten. Unter ihnen befand sich auch Lisereth Hews, die Mutter des Weißebers und einzige Frau in der Gruppe. Iss hatte sie zuvor schon entdeckt, gekleidet in das Weiß und Silber des Hauses Hews, der Hermelinumhang heller als der Kalkstein, auf dem sie unterwegs waren, die ungeschützten Finger glitzernd von einem Dutzend Surlordringen. Sie war die Tochter des Surlords Rannock Hews, und nun glaubte sie, Mutter eines weiteren künftigen Surlords zu sein. Viele hielten sie mit ihren grünen Augen und der angeblich immer noch faltenlosen Haut für eine Schönheit. Iss hielt sie für gefährlich. Man hatte ihren Vater in Geiersumpf vor ihren Augen umgebracht. Lisereth Hews wusste, was es brauchte, um Surlord zu werden.

Es war nur eine Frage der Zeit, bis sie ihre Meuchelmörder ausschicken würde.

Iss drehte sich kurz um und verbeugte sich knapp vor ihr. Sie erwiderte die Geste und vollzog die angemessene Verbeugung, ohne den Blick von ihm zu nehmen. Das Haus Hews war auch in seinem Trotz sehr subtil.

»Herrin der östlichen Landsitze«, sprach er sie aus einer Laune heraus an. »Begleitet uns bitte.« Er wandte ihr den Rücken zu, weil er nicht hören wollte, wie sie zustimmte, aber das rasche Rauschen ihrer Seidenröcke und Pelze sagte ihm deutlich, wie begierig sie war, in die Gruppe an der Spitze eingeschlossen zu werden.

Marafice Eye war Frauen gegenüber nicht besonders sanft, und er legte keinerlei Höflichkeit an den Tag, um Lisereth Hews zu begrüßen. Er gab auch seinen Platz nicht für sie auf, was sie zwang, um ihn herumzueilen, um neben den Surlord zu gelangen. Sie war ein wenig außer Atem, als sie Iss' Seite erreichte. Das Morgenlicht, das ihr direkt ins Gesicht fiel, zeigte dem Surlord, dass ihre vielen Bewunderer sich bezüglich ihrer Faltenlosigkeit geirrt hatten, aber was die Augen anging, hatten sie Recht: Sie waren grün wie die einer Katze.

»Ich nehme an, Garric ist wohlauf?«, sagte er. »Mir ist aufgefallen, dass er uns heute früh nicht die Ehre gibt.«

Lisereth Hews machte eine kleine Geste zum Lager hin. »Mein Sohn hat Pflichten bei seinen Bauern. Er drillt im Morgengrauen die Infanterie.«

Ihr Stolz war unmissverständlich. Iss entschloss sich, ihn zu nutzen. »Ich habe gehört, dass er sich nun Weißeber nennt, wie es schon sein Urgroßvater tat. Es ist schön zu sehen, dass ein junger Mann seine Ahnen ehrt. Hoffen wir, dass er nicht auch ihr schreckliches Schicksal teilen wird.«

Lisereth Hews erstarrte. Diamanten, die in ihren Haarschleier gewoben waren, funkelten. »Das Schicksal meiner Ahnen war stets ruhmreich. Das Haus Hews hat siebenundvierzig Surlords gestellt. Und Ihr irrt Euch, Surlord, wenn Ihr glaubt, dass ich meinen Sohn davon abhalten würde, in ihre Fußstapfen treten zu wollen.«

Iss zog die Brauen hoch. Lisereth Hews war eine kluge Frau, aber sie hatte die leidige Gewohnheit, schrill und hektisch zu werden, wenn sie ihren Sohn verteidigte, und es war bemerkenswert einfach, sie dann an der Nase herumzuführen. »Werte Dame, Ihr könnt Euch darauf verlassen, dass Euer Ehrgeiz mir nicht verborgen geblieben ist.« Mit einem beiläufigen Schnippen des Handgelenks entließ er sie und ging rasch mit Marafice Eye weiter, so dass sie allein auf der Mauer stehen bleiben musste, bis die größere Gruppe sie eingeholt hatte.

Es war beinahe eine Erleichterung, dass sie so offen war, was ihre Absichten anging.

Vor ihnen lagen die ersten Tortürme des Nordtors, groß genug, um hundert Männer aufzunehmen. Die Mauer war hier fünf Stockwerke hoch, aber die Türme überragten sie noch um drei Stockwerke, und das Tor, das sie schützten, sah zwischen ihnen regelrecht klein aus. Das Bettlertor bestand aus reinem Claneisen, und man hatte nie Maschinen angebracht, um es hochzuziehen. Es wurde immer noch mit Menschenkraft bedient. Zweihundert Brüder-der-Wache zogen es jeden Morgen an Seilen hoch, die so dick waren wie ein Kinderbein. Wenn das Tor abends gesenkt wurde, konnte man das Geräusch von Eisen, das auf Eisen trifft, bis hin zum

Gerichtsgebäude hören. Huren wechselten zu diesem Klang ihre Schicht, und junge Männer stellten ihre Tapferkeit unter Beweis, indem sie sich unter das Tor stellten, bis der Wachhauptmann befahl, es fallen zu lassen. Eine Goldmünze, die im Trog blieb, wenn das Tor fiel, wurde so dünn wie Pergament gepresst und trug hinterher die Abdrücke der Torbolzen. Solche Münzen waren ein legales Zahlungsmittel und hoch geschätzt, und viele Verträge in der Stadt verlangten Bezahlung mit Torgold.

Iss hielt das Tor für hässlich und barbarisch. Es wollte nicht so recht zu den sahnefarbenen Kalksteinwänden passen, in die es eingelassen war. Aber er musste zugeben, dass es sehr wirkungsvoll war. In den tausend Jahren, seit es geschmiedet worden war, hatte keine feindliche Armee es brechen können.

Iss blieb am Eingang zum Westturm stehen und stellte seinem Schwertführer demonstrativ Fragen über die Armee, die sich dahinter aufgestellt hatte. Das gestattete Marafice Eye, zu zeigen und zu gestikulieren und allgemein zu demonstrieren, dass er der Befehlshaber war. Es war Teil des Handels, den sie abgeschlossen hatten. *Führt eine Armee für mich an,* hatte Iss zu Mittwinter im Schwarzen Gewölbe gesagt. *Und im Gegenzug werde ich Euch zu meinem Nachfolger erklären.* Es war noch viel zu früh für eine solch gefährliche öffentliche Erklärung – selbst Marafice Eye würde das zugeben –, aber kleine Dinge wie dieses öffentliche Gespräch führten darauf hin. Achtzig der mächtigsten Männer der Stadt sahen zu, wie der Surlord seinem Schwertführer Respekt erwies.

Marafice Eye war sich dessen bewusst, aber er hatte den Kopf eines Soldaten und versank bald in Einzelheiten über

Wagen und Nachschublinien. »Wir werden den ganzen Weg entlang Nachschub brauchen«, sagte er und zeigte mit den riesigen Hundehänden nach Norden. »Die nördlichen Landgüter sehen uns mit einigen Befürchtungen entgegen. Ballon Troak und Mallister Gryphon haben ein gewaltiges Theater gemacht und gedroht, ihre Leute aus der Armee zurückzuziehen, wenn wir über ihr Land ziehen. Elende Mistkerle! Sie widersetzen sich mir bei jeder Gelegenheit.«

Sie spielen mit dir, wollte Iss sagen, aber dann sprach er es doch nicht aus. Hier ging es um nichts weiter als um Entschädigungen. Gold würde das Problem lösen; Gold oder das Versprechen, in einem kleinen Rundhaus wie Harkness als Erste plündern zu dürfen. Es war ungewöhnlich, einen Nachfolger für das Amt des Surlords aufzubauen, und Iss war unsicher, wie er die Sache handhaben sollte. Dabei hatte sie durchaus ihren Nutzen, das konnte er nicht leugnen. Marafice Eye war der am meisten gefürchtete Mann in Spire Vanis; man sprach seinen Namen auf den Straßen voller Ehrfurcht und auf den großen Gütern voller Zorn aus. Wenn jemand wirklich sein Leben lang Surlord sein wollte, brauchte er einen solchen Mann, der ihm den Rücken deckte. Aber es gab auch Gefahren. Wie lange würde sich Marafice Eye damit zufrieden geben, zu warten? Er war ein Metzgerssohn vom Kalten Tor und verfügte über jenen harten, praktischen Ehrgeiz, der sich selten eine Gelegenheit entgehen ließ. Er würde sich beim ersten Blut in Bewegung setzen. Das würden sie alle tun. Lisereth Hews und ihr Sohn, der Weißeber, die Abschwörer, die seit Borhis Horgos Tod aus der Stadt verbannt waren, Johann Rullion und seine Fundamentalisten und die alten Häuser Crieff, Gryphon, Stornoway, Penragon und Marr.

Iss schauderte, obwohl er in samtgefüttertes Grauwerk gekleidet war und der Bergwind ihn kaum berührte. Es war immer seltsam für einen Mann, an seinen eigenen Tod zu denken. Die Absurdität, sich lieber von einer bestimmten Person als von einer anderen umbringen zu lassen, machte die Angst nicht geringer.

Er nickte dem Hauptmann der Torwache zu und kündigte damit seine Absicht an, den Turm zu betreten. Aus seinen Dienstjahren bei der Renegatenwache kannte er die Tortürme der Stadt gut. Sie waren feucht und kalt, die Treppen und Gänge schmal, damit sich dort niemals mehr als ein einzelner Mann bewegen konnte. Die Gutsbesitzer würden ihre schweren Umhänge raffen und hintereinander hergehen müssen. Sollten sie sich doch jedes Mal, wenn sie um dunkle Ecken bogen, fragen, ob im Schatten auf der anderen Seite ein Meuchelmörder wartete. Die meisten von ihnen würden der Situation, in der sich ein Surlord befand, niemals näher kommen als bei dieser stetigen Angst vor einem Attentat.

Marafice Eye befehligte die Tortürme und wusste alles über ihre Gefahren. Ohne seinen Surlord um Erlaubnis zu bitten, begab er sich an die Spitze der Gruppe, legte die Schwerthand an den Griff seiner roten Klinge und bellte dem Hauptmann einen Befehl zu. Der Hauptmann nahm dem Schwertführer den geschwärzten Vogelhelm ab, dann eilte er voran, um dafür zu sorgen, dass Fackeln angezündet wurden.

Gebrüllte Befehle, Habachtstellung anzunehmen, begleiteten das Eintreten des Surlords. Im Turm fielen die Temperatur und die Helligkeit sofort. Es roch nach alter, abgestandener Luft, nach Flüssigkeiten, die bei der Folter vergossen worden waren, und nach längst sauer gewordenem Schmierfett; die

Steine schwitzten diesen Geruch aus wie Wasser. Iss stieg rasch nach unten, und das unruhige Gemurmel der Adligen hinter ihm verklang.

Als Iss im Erdgeschoss angekommen war, wartete Marafice Eye schon am einzigen Eingang des Turms, einer so schmalen Tür, dass ein kräftiger Mann wie der Schwertführer sich zur Seite drehen musste, um hereinzukommen. Eine Sept von Brüdern-der-Wache flankierte ihn.

»Surlord«, verkündete er förmlich und warf einen Blick über Iss' Schulter, um sich zu überzeugen, dass sie allein waren und der Rest der Gruppe weit zurückgeblieben war. »Ich präsentiere Euch Eure persönliche Leibwache. Gute Männer, die ich persönlich ausgewählt habe. Sie haben geschworen, Euch in meiner Abwesenheit zu schützen.«

Eine persönliche Leibwache? Was sollte das jetzt schon wieder? Iss ließ sich nicht anmerken, wie überrascht er war. Kühl inspizierte er die Sept und nahm sich Zeit, sich ihre Waffen und die Gesichter genau anzusehen. Es waren alles große, kräftige Männer, die in Schwarz gekleidet waren und nicht in ihre rote Ausgehuniform. Ihre Wolfsgeierbroschen hatten rote Rubinaugen, das Zeichen einer mindestens zehnjährigen Dienstzeit. Iss erkannte zwei von ihnen: Axal Foss war unter dem Namen Ritterjäger bekannt, wegen der großen Zahl von Abschwörern, die er während – und nach – der Vertreibung getötet hatte. Er hatte schon zwanzig Jahre gedient und es zum Rang eines Protektorhauptmanns gebracht. Der andere Mann war Styven Dalway, blond und gut aussehend und sehr bewundert von den Damen des Adels. Iss hatte ihn vor sechzehn Jahren im Almosenviertel selbst rekrutiert, nachdem er gesehen hatte, wie Dalway allein gegen den

Zuhälterkönig und zwei seiner Kumpane gekämpft hatte. Dalways Schwester war offenbar eine erfahrene Hure, die es versäumt hatte, Edo Shirke, dem selbst ernannten Zuhälterkönig, seinen Anteil zu zahlen, und Shirke hatte sie dafür auspeitschen lassen. Dalway hatte ihn vor den Augen vieler Bewohner des Almosenviertels auf der Straße der Fünf Verräter getötet.

Als er die Schritte der Adligen hörte, die ihm folgten, befahl Iss den Männern, bequem zu stehen. »Schwertführer«, rief er und trat durch das Portal in den Torhof dahinter, »zu mir.«

Das Almosenviertel war berühmt für seine Märkte, und auf dem Platz südlich des Tors ging es sehr betriebsam zu, als Kaufleute dort Tische aufstellen und Segeltuch ausrollten, um mit ihrem Tagwerk zu beginnen. Andere stellten ihre Bratspieße und Grills auf und begannen, Würstchen und Haxen zu braten. Ein stetiger Strom von Maultierkarren kam durch das Tor und brachte Getreide und Winterwurzeln aus den nördlichen Landsitzen, während dunkelhäutige Schüler des Knochentempels Körbe mit Pflaumen und Honigmelonen aus dem beheizten Garten des Tempels heranschleppten. Alle arbeiteten nun langsamer, um den Surlord und seinen Schwertführer zu beobachten.

»Ihr möchtet also, dass ich dreifach bewacht werde, während Ihr Euch um die Clans kümmert?« Iss wandte sich Marafice Eye zu, und es kümmerte ihn wenig, dass seine Stimme lauter wurde. »Ich habe bereits eine Ehrenwache aus geschworenen Brüdern und eine Kompanie von Dunkelmänteln. Wollt Ihr mir Wachen schicken, die meine Wachen bewachen?«

Der Schwertführer zuckte die massiven Schultern. »Ich möchte, dass Ihr noch am Leben seid, wenn ich zurückkehre, Surlord. Das ist alles.«

Iss holte tief Luft. Marafice Eye hatte die reine Wahrheit gesagt. Für ihn wäre es eine Katastrophe, wenn der Surlord in seiner Abwesenheit ermordet würde. Bis er im Clanland davon erfahren würde, wäre bereits ein neuer Surlord gewählt. Und was würde dann aus dem Schwertführer werden? Neue Surlords waren stets ängstlich; sie mussten ihre Rivalen schnell zerschmettern. Marafice Eye würde aus der Stadt ausgeschlossen werden, oder noch schlimmer. Er würde vielleicht nie nach Spire Vanis zurückkehren können.

Iss ging weiter auf den Marktplatz hinaus und machte Platz für die nachdrängenden Gutsbesitzer und Brüder-der-Wache, die ihm nun schneller folgten. Sofort schoben sich die Männer der Sept in die Menge und räumten einen Bereich von fünfzig Fuß rund um ihren Schutzbefohlenen. Iss hätte beinahe gelächelt. Marafice Eye wollte seinen Surlord also am Leben halten, bis er bereit war, ihn selbst zu töten. Eine Absurdität jagte die nächste. Aber was erwartete man schon von einer Stadt, die von Bastarden gegründet worden war?

»Die Söhne vieler Adliger reiten mit Euch nach Norden«, sagte Iss, als Marafice Eye auf gleicher Höhe mit ihm war. »Es ist gut, seine Rivalen in den Krieg zu führen.«

Der Schwertführer grunzte. »Für uns beide, Surlord.«

Das konnte Iss nicht abstreiten. Er schaute nach Süden über die Stadt zu den kochenden Nebeln des Totenbergs und sagte: »Seht zu, dass der Weißeber in Eurer Nähe bleibt.«

»Das habe ich vor.« Marafice Eye fuhr mit der Hand über seine leere linke Augenhöhle. Sie tat ihm manchmal weh, hatte Iss gehört, aber er weigerte sich, etwas dagegen zu nehmen. »Der Sohn ist mir immer noch lieber als die Mutter.«

Dann bist du ein Dummkopf, dachte Iss zufrieden. Marafice Eye war der Sohn eines Metzgers und in den stinkenden Armenvierteln des Kalten Tors aufgewachsen. Er hatte, was Frauen anging, einen schlechten Geschmack. Am wohlsten fühlte er sich in Gesellschaft von unerfahrenen Mädchen, Huren und Kellnerinnen. Den adligen Schönheiten gegenüber war er unsicher, und er konnte sie nicht einschätzen. Iss wusste, dass der Sohn gefährlicher war als die Mutter: Lisereth Hews war aufbrausend und konnte ihre Gefühle selten verbergen; Garric Hews war vollkommen kalt und berechnend. Aber der Schwertführer erkannte das nicht. Er sah nur Lisereth Hews' Arroganz und Kultiviertheit und ihre scharfe Zunge und fühlte sich bedroht.

»Schwertführer«, befahl Iss und spürte endlich, dass seine Laune ein wenig besser wurde. »Schickt nach den Pferden. Diese Inspektion ist zu Ende.«

Während er darauf wartete, dass die Pferde in den Torhof geführt wurden, rief Iss nach dem Schatzmeister. Hinter sich hörte er, wie die Gutsbesitzer unruhiger wurden. Sie konnten nicht nach ihren eigenen Pferden schicken, ehe der Surlord sich auf den Weg gemacht hatte, und diese Würdelosigkeit ärgerte sie. Mallister Gryphon, Herr des Ahnenhofs, schäumte vor Wut. Er hatte versucht, sich vorzudrängen, aber Axal Foss hatte ihn mit waffenloser Hand zurückgehalten. Lisereth Hews hatte fünf ihrer persönlichen Wachen mitgebracht, und obwohl sie nicht so unklug war, sich von ihnen vom Tor weg begleiten zu lassen, benutzte sie sie, um den Bereich direkt vor sich zu räumen, so dass sie nun für jeden

Kaufmann des Bettlerviertels in all ihrem Prunk zu bewundern war.

Auch Iss bewunderte sie einen Augenblick, wenn auch nur für ihre Dreistigkeit. Er nahm von seinem Schatzmeister einen Beutel mit gemischten Münzen entgegen, und damit gehörte die Aufmerksamkeit der Kaufleute wieder ihm.

»Meine Herren Kaufleute«, sprach er sie an und benutzte dabei die tragende Stimme, die er unter Borhis Horgo geschliffen hatte. »Ich habe gehört, dass die Waren auf diesem Markt die besten in der ganzen Stadt sein sollen. Ich möchte das selbst prüfen. Stellt einen Korb eurer besten Waren zusammen, und mein Schatzmeister wird sie in meinem Namen erwerben und nach Süden zur Festung bringen.«

Aufgeregtes Murmeln erhob sich auf dem Markplatz, als Kaufleute und Händler sich den unerwarteten Profit ausrechneten. Iss löste die Schnur des Beutels und ließ das Gold und Silber glitzern.

»Und Ihr zahlt uns den tatsächlichen Wert?«, wollte ein misstrauischer Weinhändler ganz vorne wissen.

»Ich zahle sogar ein Silberstück mehr«, erwiderte Iss und warf dem Schatzmeister den Beutel wieder zu.

Es war köstlich, unter so viel Jubel über den Markt zu reiten. An seiner Seite, auf seinem massiven schwarzen Schlachtross mit Zaumzeug im Rot der Renegatenwache, sah Marafice Eye ihm zu und lernte. Als sie die Pferde auf den breiten Spireweg lenkten, sagte der Schwertführer: »Das war sehr geschickt, Surlord. Sie werden Euch mehr lieben, weil Ihr ihre Waren gekauft habt, als für reine Wohltätigkeit.«

Iss nickte. Manchmal wusste er nicht, ob er Marafice Eye ausbildete oder ihn warnte.

Der Spireweg war die breiteste Straße in der Stadt und verlief von Norden nach Süden, vom Armenviertel bis zum Gerichtsgebäude. Zur Zeit der Bastardlords war sie als Straße der Pfähle bekannt gewesen, denn man hatte Verräter und kleine Diebe auf Eisenpfählen aufgespießt, sämtliche drei Meilen der Straße entlang. Spätere Surlords hatten die Straße verbreitert und verschönert und dekorative Torbögen und Statuen und Kalksteinpaläste errichten lassen, die ihre Huren, ihre Bastarde und ihr Gold beherbergten. Theric Hews hatte die große Kampfgrube ausheben lassen, die sich auf halber Länge der Straße befand, und Haldor der Versorger war verantwortlich für einen kleinen Park mit Kanälen und Wassergärten, der jedes Jahr bis zum Frühjahr vollkommen zugefroren war. Dennoch, nicht einmal Haldor hatte gewagt, die Spieße wegzunehmen. Die Gepfählten Ungeheuer waren das Kriegswappen von Spire Vanis. Diese Stadt war auf Pfählen und Spießen und Stangen errichtet.

Iss zählte die Eisenschäfte zerstreut, als er daran entlangritt. Sie waren schwarz und hässlich, einige von Frost und Rost abgebrochen, andere geschmückt mit den roten Bänden von Aufgeboten, die jedem, den es interessierte, verkündeten, wer demnächst heiraten würde und dass jegliche Einsprüche oder früheren Ansprüche bei den Priestern eingereicht werden sollten. Die Städter schlenderten gerne an Feiertagen von einem Pfahl zum anderen und lasen, was auf den Bändern stand. Jedes verlobte Paar in der Stadt musste das Aufgebot bestellen, und man hielt es für ein unterhaltsames Spiel, schon aus der Qualität der Bänder auf den Stand und den Reichtum der künftigen Eheleute zu schließen.

Iss verlagerte das Gesicht im Sattel, so dass er Marafice Eye ansehen konnte, und sagte: »Es ist an der Zeit, dass Ihr heiratet. Der Mann, der einmal Surlord werden will, braucht Ländereien.«

Marafice Eye gab ein Grunzen von sich. Iss nahm es als Zeichen seiner Aufmerksamkeit.

»Ihr könnt diese Stadt nicht ohne die adligen Landbesitzer beherrschen. Ja, Ihr könntet die Macht übernehmen, aber könnt Ihr sie auch halten? Die Gutsbesitzer beherrschen die Handelsstraßen. Sie bauen das Getreide an, sie züchten das Vieh. Ihr könnt die Stadttore weit aufreißen, aber nichts wird hereinkommen. Die Stadt wird verhungern. Und was wird dann aus Euren Brüdern-der-Wache? Ihr könnt sie gegen die Landsitze schicken, aber dann bekämpfen sie die Leute der Adligen auf ihrem eigenen Boden. Und während Ihr auf Nachrichten von Schlachten und Belagerungen wartet, werden sich das Bettlerviertel und das Kalte Tor gegen Euch erheben. Und erheben sie sich etwa gegen die Gutsbesitzer? Nein. Denn die haben sich inzwischen auf ihren Gütern verschanzt und sind nicht mehr in der Stadt.«

Als er das Ende des Spirewegs erreichte, lenkte Iss seinen Wallach in die so genannte Wasserstraße, einen schlammigen Kurs entlang an Brunnen und Mineralquellen, die am Totenberg entsprangen. Eine unangenehme Mischung aus Badehäusern, Gerbereien und Schlachthäusern nutzten die Quellen, und die Sept von Leibwächtern schwärmte aus, als Iss und sein Schwertführer diese Straße entlangritten. Die aufgehende Sonne zog gerade, wie immer im Winter, hinter dem Totenberg vorbei und verursachte so etwas wie eine falsche Dämmerung, bis sie den Berg wieder hinter sich gelassen hatte. Iss nahm weiche Hirschlederhandschuhe aus dem Gürtel und zog sie an.

»Ihr braucht Ländereien, Schwertführer. Und die einzige Möglichkeit dazu ist, in eine Adelsfamilie einzuheiraten. Heiratet die Tochter eines Gutsbesitzers, und dann seid Ihr einer der Ihren. Bekämpft sie von innen. So werden sie Euch ebenso respektieren, wie sie Euch fürchten.«

Die Nasenlöcher des Schwertführers zuckten, als er nachdenklich Luft holte. »Es geht also um Respekt, Surlord?«

»Das wisst Ihr doch.«

»Dann müsst Ihr auch wissen, dass eine Hochzeit mit der Tochter eines Adligen mich nicht automatisch ebenfalls zu einem Adligen machen wird. Diese Mistkerle haben ihre Landsitze und Titel fester an sich gebunden als ein Prügelknabe im Badehaus seinen Lendenschurz. Es würde ein offizielles Dekret von Euch erfordern, damit ich beim Tod meines Schwiegervaters den Titel des Gutsbesitzers erben kann.«

»Dann werdet Ihr eben ein solches Dekret bekommen.«

Nun endlich drehte sich Marafice Eye zu ihm um. Die leere Augenhöhle lag im Schatten. »Gebt Ihr mir Euer Wort darauf?«

Iss nickte.

»Sprecht es aus.«

»Ihr habt mein Wort darauf.« Iss spürte, wie er zornig wurde, aber er beherrschte sich noch. Er war hier noch nicht fertig. Er trieb den Wallach zu einem Trab an und sagte: »Ich habe darüber nachgedacht, wen Ihr heiraten könntet. Es gibt nicht viele passende Kandidatinnen, aber ich glaube, ich habe eine gefunden, die Euch nehmen würde. Katrina Mallion vom Riedhof braucht einen Mann. Sie ist die Erbin der Ländereien ihres Vaters, und ihr erster Mann ist ohne Nachkommen gestorben.«

Iss wartete auf die Reaktion des Schwertführers. Sekunden vergingen. Ein Schwarm Schneegänse flog über sie hinweg. Marafice Eye machte eine Geste zu Styven Dalway und befahl dem Leibwächter, neben dem Surlord zu reiten, als sie auf den sehr belebten Penragonplatz kamen.

Als Iss schon kurz vor dem Explodieren stand, legte Marafice Eye eine Hand ans Kinn und sagte: »Riedhof? Klingt gewaltig nach Sumpf, wenn Ihr mich fragt.«

Iss konnte seinen Zorn kaum mehr zügeln. »Das mag sein. Ich denke nicht, dass das zählt. Der Riedhof liegt am westlichen Fuß des Berges, nahe dem Eistauchersee. Ein Teil davon besteht zweifellos aus Marschland. Was macht das schon? Katrina Mallion ist jung, adlig und willig. Und ihr Vater braucht Geld.«

»Ihr habt also schon mit ihm gesprochen?«

»Ganz vorsichtig. Ja.« Tatsächlich waren die Verhandlungen schon weiter fortgeschritten, aber Iss wollte das lieber nicht zugeben. Er hatte seit über einem Monat auf diese Ehe hingearbeitet. Eduard Mallion war ein Säufer und Spieler, ein Verschwender, der sein Erbe ruiniert hatte. Der Riedhof lieferte Ried, Wildgeflügel und Torf. Nur dass die Produktion in den vergangenen zehn Jahren gesunken war und sich der Adlige kaum mehr halten konnte. Mallion hatte bereits einiges Gold aus den Truhen des Surlords empfangen. Im Gegenzug hatte er sein Wort gegeben, dass er keine anderen Freier für seine Tochter mehr suchen würde. Iss hielt es für ein gutes Arrangement. Der Riedhof war ein kleineres Landgut, das im Verfall begriffen war, und das diente seinen Zwecken.

Iss sagte: »Als Katrina Mallion zum Winterfest in die Festung kam, haben sich trotz ihrer schwarzen Trauerkleidung viele nach ihr umgedreht.«

Marafice Eye grunzte. »Habt Ihr schon etwas versprochen?«

»Nein«, log Iss.

»Gut«, sagte der Schwertführer und grub die Stahlsporen ins Pferdefleisch. »Denn ich habe mein Wort bereits anderweitig vergeben.«

Iss spürte, wie die Welt aus den Angeln rutschte. Die Juweliere, Silberschmiede, Eisenschmiede, Waffenschmiede und Drahtzieher, deren Marktstände den Penragonplatz füllten, wurden zu einer verschwommenen Masse aus Licht und Bewegung. Iss konnte die Dolchstöße in seinem Rücken beinahe spüren. *So werde ich mich im Augenblick meines Todes fühlen: Mir würde bewusst, dass man mich verraten hat.* Die Sonne war wieder hinter dem Totenberg aufgetaucht und entsandte ihre Strahlen über den Platz. Ein Tisch mit Zinnschalen und -töpfen glitzerte wie ein Schatz, als das Sonnenlicht ihn berührte. Vor sich sah Iss seinen Schwertführer im Gespräch mit Axal Foss. Die anderen sechs Männer der Sept hatten sich dicht um ihren Surlord gruppiert, hatten auf das Langsamerwerden seines Pferds und seine starre Miene sofort reagiert.

Iss spürte sein Herz wie eine lebende, sich bewegende Masse in seiner Brust. *Man hat mich getäuscht.* Er reckte das Kinn und schickte einen Bruder-der-Wache, um einen edelsteinbesetzten Becher vom nächstgelegenen Stand zu kaufen. Er wollte das Ding nicht haben, würde es nie benutzen, aber er wollte den Schwertführer nicht wissen lassen, was seine Worte angerichtet hatten. Sollte er doch denken, dass sein

Surlord innegehalten hatte, um sich Silber anzusehen, und nichts weiter.

Er wird zuschlagen, sobald er das erste Blut riecht.

Iss drängte sein Pferd nun vorwärts neben den Schwertführer, und sie wendeten sich der breiten, weiß gepflasterten Promenade zu, die nach Süden, zur Maskenfestung führte.

»Aha«, sagte Iss nach einiger Zeit. »Und wer ist denn die glückliche junge Dame?«

»Liona Stornoway.«

Stornoway. *Stornoway!* Eines der fünf großen Häuser von Spire Vanis. Roland Stornoway konnte seine Ahnen bis zu den Bastardlords zurückverfolgen. Seine Familie hatte ein Dutzend Surlords und zahllose Schatzmeister, Oberste Richter, Generalprotektoren und Kriegsherren hervorgebracht. Die Ländereien der Stornoways waren gewaltig. Sie besaßen ungeheuer viel Land im Osten, bis hin nach Geiersumpf, und es hieß, dass ihre Truhen von Sullgold geradezu überflossen.

Iss beherrschte seine Züge sehr sorgfältig. »Eine gute Partie.«

Marafice Eye hob die Masse seiner Schultern zu seiner Version eines Schulterzuckens. »Ich denke schon. Das Weibsstück ist gut abgehangen und nicht ganz richtig im Kopf, aber ich denke, ich werde schon mit ihr zurechtkommen. Ich werde mich von ihr fern halten und sie sich von mir, und sobald wir es einmal getrieben haben, um die Verbindung zu besiegeln, sind wir miteinander fertig.«

»Wie romantisch!«

Marafice Eye stieß sein bellendes Lachen aus.

Iss fragte sich, wie der Mann das alles bewerkstelligt hatte. Sicher, Stornoway und Hews waren seit langem schon Rivalen, und der Schwertführer hatte sicher bei Stornoway schon viel erreicht, indem er versprach, dass Garric Hews niemals Surlord werden würde. Dennoch. Stornoway war auch ein stolzes Haus. Wie hatten sie zustimmen können, eine der ihren an einen Sohn vom Kalten Tor zu verheiraten? Dann erinnerte er sich. »Liona, sagt Ihr?«

»Ja. Und wenn Ihr Euch jetzt fragt, ob sie diejenige ist, die oben auf dem Buchbinderssohn erwischt wurde, lautet die Antwort Ja.«

»Ein ziemlicher Skandal, wenn ich mich recht erinnere.«

Marafice Eye führte ein weiteres Schulterzucken aus. »Ihr Skandal ist mein Gewinn. Roland Stornoway will sie schon seit Monaten loswerden. Kein anständiger Mann wollte sie noch haben.« Er verzog die Lippen zu einem boshaften Lächeln und fügte hinzu: »Und das ist die Stelle, an der ich ins Spiel gekommen bin.«

Er war auf seine verachtenswerte Weise schlau, dieser Marafice Eye, das durfte man nicht vergessen. Es war ein schlauer Trick gewesen, einem der besten Häuser der Stadt die unerwünschte Schlampentochter abzunehmen. Roland Stornoway bepisste sich vermutlich vor Lachen. Aber Roland Stornoway war auch ein kurzsichtiger Narr. Er hatte bereits sein eigenes Todesurteil unterzeichnet.

»Frischt meine Erinnerung noch ein wenig mehr auf«, sagte Iss lässig. »Liona ist eine von drei Töchtern?«

»Die Älteste. Und es gibt noch einen Sohn. Er heißt ebenfalls Roland.«

»Kränklich?«

»Er wird es bald sein.«

Iss nickte. So viele Dummköpfe hier, und er war einer

davon. Es war nicht einmal eine Stunde her, dass er sein Wort gegeben hatte, ein Dekret zu erlassen, das dem Schwertführer gestattete, die Titel und Ländereien seiner Frau zu erben. Sobald Vater und Sohn aus dem Weg waren, würde Marafice Eye Lord der Hohen Höfe, des Hochlandpasses und der Erbsenhöfe sein. Gar nicht schlecht für einen Metzgerssohn. Nein, wirklich nicht schlecht, wenn man bedachte, dass der derzeitige Surlord von Spire Vanis nur ein recht bescheidenes Landgut besaß.

Etwas Säuerliches begann in Iss' Magen zu brennen. Er sagte: »Und wann wird die Hochzeit stattfinden?«

»Bald. Bevor ich nach Norden reite. Johann Rullion hat zugestimmt, uns zu verheiraten. Er sagte, wir können Brot und Gelübde am Schrein der Schwester unterhalb des Gerichtsgebäudes austauschen.«

Der Oberste Richter weiß davon? Und er hat zugestimmt, sie zu verheiraten? Iss konnte seine Überraschung nun kaum mehr verbergen. Johann Rullion als Verbündeter des Schwertführers? Nein, ganz bestimmt nicht. Wahrscheinlich versuchte der säuerliche Gottesmann einfach, so viele Seiten wie möglich gegeneinander auszuspielen. Hatte er nicht auch den Bernstein für Garric Hews' Bestätigung als Erbe verbrannt? Und war er nicht der Religionslehrer von Mallister Gryphons Söhnen? Als Ordensmann würde Johann Rullion niemals Surlord werden können, aber das hielt ihn nicht davon ab, Macht auszuüben. Seine erste Priorität bestand darin, die Abschwörer aus der Stadt fern zu halten: Er wollte keinerlei Rivalen um die Seelen der Menschen.

Das beruhigte Iss ein wenig. Johann Rullion hatte Marafice Eye nicht unbedingt gezielt für seine Zwecke auserwählt.

Nein. Das stand nicht zur Debatte. Zur Debatte stand, dass der Schwertführer plötzlich schlau und tückisch genug geworden war, um eine echte Gefahr für Penthero Iss darzustellen.

Er warf Marafice Eye einen Seitenblick zu. Der Generalprotektor zupfte eine Zecke vom Hals seines Hengsts. Sein Daumennagel war so groß wie eine Pfeilspitze, und er benutzte ihn, um die Zecke wie einen Pickel auszudrücken.

»Ich werde mir ein angemessenes Geschenk ausdenken müssen.«

Der Schwertführer wischte sich die Finger an seinem Sattelkissen aus Schaffell ab. »Ich wüsste schon eins.«

»Und das wäre?«

»Ich hätte gerne, dass Ihr die Hochzeit in der Festung ausrichtet.«

Damit alle Lords und einflussreichen Männer der Stadt teilnehmen müssten. Es war eine Sache, eine Einladung des Generalprotektors abzulehnen, und eine andere, eine des Surlords persönlich nicht anzunehmen. »So soll es sein.«

»Dafür danke ich Euch.«

Zum ersten Mal hörte Iss eine Spur von Erleichterung in der Stimme des Schwertführers. *Er war sich meiner also doch nicht so sicher.*

Hörner erklangen, erst eins und dann ein ganzer Chor, als die Wachen hoch auf der Mauer der Maskenfestung ihren Surlord sahen. Das Nordgebäude der Festung lag direkt vor ihnen; eine ummauerte Stadt innerhalb einer ummauerten Stadt, und ihre vier schlecht zusammenpassenden Türme ragten in den Himmel. Der Wind vom Totenberg her war noch nicht aufgekommen, und die Wolfsgeierflaggen auf den Zinnen hingen schlaff an ihren Masten.

Als Iss sich dem Stalltor näherte, kam eine Kompanie geschworener Brüder heraus, um ihn in die Festung zurück zu begleiten. Marafice Eye fiel neben einem von ihnen in Trab und hielt sich nun, da der Surlord wieder sicher in der Festung angekommen war, im Hintergrund.

»Schwertführer«, rief ihm Iss zu, als er unter den schlammbedeckten Zähnen des Fallgitters durchritt. »Ich will Euch sprechen. Ihr findet mich im Horn.«

Er wartete erst gar nicht auf die Antwort des Generalprotektors, sondern ritt weiter zum Stall und stieg dort vom Pferd.

Es war kalt in der Festung, und im Hof wallte immer noch der Nebel. Während des Tauwetters waren große Risse in den Pflastersteinen aufgetaucht, und der Geruch des Bergs drang aus ihnen nach oben. Die Bittsteller näherten sich Iss, als er auf das Horn zueilte. Jeden zehnten Tag wurde das Tor der Festung geöffnet, um jene einzulassen, die den Surlord um eine Gunst oder um Gerechtigkeit bitten wollten, aber dennoch hatten Dutzende von Händlern und einfachen Leuten auch an diesem Tag im Hof gewartet, während der Surlord unterwegs war. Iss bedeutete ihnen zu gehen. Später würde er dafür sorgen, dass der edelsteinbesetzte Becher, den er auf dem Penragonplatz erworben hatte, an einen der Armen ging, die geduldig an Ort und Stelle stehen geblieben waren, als er vorbeiging. Die anderen würden nichts bekommen.

Das Horn war mit zweihundert Fuß Höhe der zweithöchste der vier Festungstürme. Es war eine seltsame Konstruktion und hatte flache Seiten, während die anderen Türme rund waren, und seine Mauern waren von einem kunstvollen Gitter aus Metallarbeit und Bleiplatten überzogen. Dieser Turm war nach dem Fass, aber vor dem Inneren Turm gebaut worden, und im Grunde war er für nichts wirklich gut geeignet. Theron Hews hatte geplant, dass das Horn gleichzeitig schön und leicht zu verteidigen sein sollte, aber am Ende waren beide Ziele verfehlt worden. Iss vermietete die unteren Stockwerke an hochrangige Adlige, denn es war sehr in Mode, eine Wohnung in der Festung zu haben. Die Mieten halfen, die Reparaturen zu zahlen.

Die oberen beiden Zimmer und den ummauerten Hof auf dem Dach hatte Iss für sich behalten. Nun stieg er die ausgetretenen flachen Stufen zu diesem Dach hinauf. Schon als er die Hälfte der Stockwerke hinter sich gebracht hatte, konnte er die Krähen hören.

Er ging durch die Nistkammer und die Wildkammer und auf den steinernen Treppenabsatz des Dachs hinaus. Ein Bereich von der Größe einer Tanzfläche war mit Sitzstangen, Weidenkäfigen und Stellwänden mit hölzernen Nistkästen ausgefüllt. Überall auf den Zinnen hockten die großen Krähen, die als Saatkrähen bekannt waren, tanzten in spielerischen Kämpfen und Demonstrationen von Wagemut, hackten aggressiv nacheinander und breiteten ihre schmutzigschwarzen Flügel aus. Der Lärm war ohrenbetäubend. Der Meister des Krähenhorsts hatte gerade einen Eimer Maden herausgebracht, die er von einem verwesenden Hirschkadaver im Wildraum abgekratzt hatte, und die Krähen drängten sich um ihn. Ein paar besonders dreiste flatterten auf und stießen dann wieder nach unten, gefährlich nahe am Kopf des Meisters. Keine wagte sich in die Nähe von Iss. Sie rochen einen Hauch von Zauberei an ihm – selbst jetzt, wo er doch seit Tagen keine Macht heraufbeschworen hatte.

Corwick Mools, Meister des Krähenhorsts, steckte die Hand tief in den Eimer und holte eine Faust voll zuckender Maden heraus. Er streckte den Arm aus und verteilte die fetten Larven überall, und die Krähen stürzten sich darauf wie Heuschrecken auf ein Kornfeld. Es kam zu weiteren Kämpfen, Augen wurden beinahe ausgepickt und Füße blutig gehackt, als Schnäbel Maden zwischen klauenbewehrten Zehen aufpickten.

Marafice Eye traf mitten in diesem Durcheinander auf dem Turm ein.

Iss wusste sofort, dass der Schwertführer unruhig war, denn er hielt sich dicht an der Tür und wollte sich nicht zu seinem Surlord in die Mitte des Geschehens begeben. Iss ließ ihn warten. Nur so zum Spaß warf Corwick Mools eine Hand voll Maden hoch in die Luft, und die schnellsten Krähen erwischten sie im Flug. Der Schwertführer zog nervös den Kopf ein und fluchte leise. Als er es nicht mehr aushalten konnte, sagte er: »Ihr wünschtet etwas von mir, Surlord?«

»Wusstet Ihr, dass das Halten von Vögeln in Spire Vanis heilig ist?«, fragte Iss beiläufig und ignorierte die Frage. »Auf drei der vier Türme gibt es Vogelhäuser. Ich halte meine Falken oben auf dem Inneren Turm, und auf dem Splitter nisteten einmal Wolfsgeier. Sie hockten oben auf der Turmspitze und legten ihre Eier im Dachstuhl. Es muss ein ziemlich beeindruckender Anblick gewesen sein, wenn sie über die Festung segelten. Sie hatten Spannweiten von bis zu dreißig Schritt, wusstet Ihr das?«

Marafice Eye schlug nach einer Krähe, die ihm zu nahe gekommen war. »Nein«

Iss nickte. »Es war nur den Surlords erlaubt, die Eier von Wolfsgeiern zu essen.«

»Sagt endlich, was Ihr von mir wollt, Surlord«, brüllte Marafice Eye. Er hatte sich schließlich doch dazu verleiten lassen, zornig zu werden, denn die rasiermesserscharfen Schnäbel der Krähen so dicht an seinem einzigen Auge machten ihn immer unruhiger.

Iss wechselte einen wissenden Blick mit Corwick Mools. Es war bemerkenswert, wie leicht Vögel einen Menschen durcheinander bringen konnten. »Es geht nicht um das, was ich von Euch will, Schwertführer, sondern um das, was Ihr von mir haben wollt.«

»Und das wäre?«

Iss gab Corwick Mools das Zeichen, den Vogel zu bringen, der an diesem Morgen aus dem Clanland gekommen war. »Informationen.«

Corwick Mools schnitt für seinen Surlord die Botschaft vom Bein des Vogels. Sie war in eine Lammblase gewickelt, um sie gegen Wasser zu schützen, und mit einem winzigen Tropfen aus rotem Wachs versiegelt. Schnell und geschickt wickelte Iss den dünnen Streifen Schweinsleder ab, auf dem die Botschaft stand. Er las sie, nickte und verfütterte sie an eine große männliche Krähe.

Er verbannte Corwick Mools mit den Worten: »Lasst uns allein«, dann wandte er sich dem Schwertführer zu.

Jetzt wirst du sehen, wie weit die Macht eines wahren Surlords reichen muss.

»Ihr müsst die Armee bereitmachen, innerhalb von zehn

Tagen aufzubrechen. Der Wolfsfluss wird bald seinen Höchststand für dieses Jahr erreichen. Bis Ihr den Fluss erreicht habt, wird das Hochwasser schon nachgelassen haben, und Ihr werdet leicht ins Clanland eindringen können. Am Stutenfelsen wartet eine Fähre auf Euch.«

Der Schwertführer konnte nur noch nicken.

4
Sand verstreuen

Nein. Nein. Nein. Nein. Gib dich nicht mit Kleinigkeiten ab. Hack das Weib einfach in Stücke.«

Raif wischte sich den Schweiß mit dem Rücken der Schwerthand von der Stirn und bog die Knie, um zu sehen, in welche Richtung Totgeburt die Stechpuppe schwingen würde. Obwohl er darauf vorbereitet war, kam die Puppe mit großer Wucht auf ihn zugeschossen. Es war eine seltsame Konstruktion, ein mit nassem Sand gefüllter Torso mit einer Rüstung von mehreren Lagen Filzwolle, gekochtem Leder und Kettenrüstung und mit Stacheln wie ein Stachelschwein. Die Puppe war schwer und hing von einer dicken Kette, die an der Höhlendecke angebracht war. Totgeburt kontrollierte ihre Bewegungen von einem Sims aus, das sich direkt über Raifs Kopf befand. Der Verstümmelte konnte die Puppe in trägen Kreisen um Raif herumschwingen oder sie auf ihn zusausen lassen, und das mit so viel Schwung, dass es Raif schlicht umwarf.

Raif rollte sich zur Seite, um nicht getroffen zu werden, aber als er herumfuhr, um zuzuschlagen, spürte er das vielsagende Brennen der Stacheln an seinem Arm.

»Du bist tot, Bogenschütze.« Totgeburt lächelte zufrieden, während er das Leitseil aufrollte, was die Stechpuppe zu ihm aufsteigen ließ. »Es ist wirklich traurig, wenn eine Übungspuppe – und noch dazu eine weibliche – einen lebenden, atmenden Mann windelweich schlagen kann.«

Raif fiel zu vieles ein, was er hätte sagen können, aber sein

Arm brannte, und er war außer Atem. Er fragte sich kurz, womit die Stacheln wohl eingerieben waren, dass sie solches Brennen verursachten: Salz, Lauge, Glassplitter? Es war jedenfalls etwas, was einem die Tränen in die Augen trieb. Er ließ die flache Seite seines geliehenen Schwerts am Oberschenkel ruhen und nickte zu der Puppe hin. »Das da ist weiblich?«

Totgeburt lachte leise. Er trug seinen Fellrock aus Ratten- und Waschbärfell, Wildlederhosen und ein Hemd aus zwei kompletten Schaffellen. Ein Ledergürtel mit einer rechteckigen Zinnschnalle war das Einzige, das nicht aussah, als hätte er es gerade erst einem Kadaver abgezogen. »Hast du denn ihre Titten nicht bemerkt? Ich hab sie selbst ausgestopft.« Er legte die dicken Finger an die Taille der Puppe und küsste den Stumpf, in dem ihr Hals endete. »Sie ist ein dralles Mädel. Ich denke, ich nenne sie Yelma.«

»Nach jemandem, den du kennst?«

Totgeburt zog eine Braue hoch. »Mag sein.«

»Der Häuptling von Scarpe heißt Yelma.«

»Ach ja?« Totgeburts klare braungrüne Augen glitzerten im Halbdunkel der Höhle. Mit einer blitzschnellen Bewegung schleuderte er die Puppe auf Raif zu.

Diesmal war Raif bereit und traf die Puppe mit einem seitlichen Schnitt, als sie an ihm vorbeikam. Der Kontakt mit dem Schwert verlangsamte das Zurückschwingen, und Raif wagte einen Vorwärtsstoß nach ihrem Bauch. Schon als er traf, wusste er, dass er einen Fehler gemacht hatte. Die Puppe bewegte sich in die gleiche Richtung wie sein Schwert, was dem Schlag den Schwung nahm, und die Schwertspitze drang mit einem ungeschickten Zucken ein und verfing sich in der

Kettenrüstung. Raif musste kräftig drehen und ziehen, um seine Waffe zu befreien, und er brauchte die Klinge nicht einmal anzusehen, um zu wissen, wie sehr er sie dabei beschädigt hatte. Shor Gormalin hätte ihm schon für weniger die Knöchel gehäutet.

»Du wirst das Schwert zu Bledso bringen müssen, damit er es nachschmiedet«, meinte Totgeburt freundlich und nickte zu der Waffe hin. »Aber das ist kein Problem. Es war von Anfang an nur Hurenstahl.« Er hielt die Puppe mit Hilfe des Leitseils auf und sprang vom Sims. Er zog das Abschwörerschwert und winkte Raif zu, aus dem Kampfkreis zu verschwinden.

»Du musst lernen, Sand zu verstreuen, Junge. Ziele auf die Eingeweide. Du bist so sehr damit beschäftigt, auszuweichen und dich zu ducken und dich dabei an all die hübschen Schritte zu erinnern, die dein Schwertmeister dir beigebracht hat, dass du vergisst, was der Sinn der Übung ist. Du musst hässlich und schnell zuschlagen.«

Ruckartig begann Totgeburt sich zu bewegen und trat die Puppe mit aller Kraft weg. Die Kette, an der sie hing, quietschte, als der Ledersack wegschwang, einen winzigen Augenblick innehielt und dann zurückgerast kam. Statt der Puppe auszuweichen, ging Totgeburt ihr entgegen. Er hatte den Griff des Schwerts in einem überlappenden beidhändigen Griff, hob die Spitze zu den Eingeweiden der Puppe und trieb die Klinge tief hinein. Die Vorwärtsbewegung ließ den Ledersack die gesamte Klinge entlang bis zum Handschutz des Schwerts rutschen, und die Stacheln kratzten an dem Stahl, als die Puppe zu einem Halt kam. Totgeburt zuckte nicht mit der Wimper. Mit einer scheinbar mühelosen Bewegung zog er die Klinge wieder heraus, wobei die Puppe sich kaum regte. Brocken nassen, dunklen Sands fielen aus den Rissen, wo das Schwert eingedrungen und wieder ausgetreten war.

Totgeburt drehte sich zu Raif um und verbeugte sich selbstzufrieden. »Hässlich und schnell. Die Eingeweide eines Mannes mit seiner Wirbelsäule bekannt zu machen, ist der schnellste Weg, einen Kampf zu gewinnen.«

Raif fuhr mit dem Daumen über die verbogene Spitze seines geliehenen Schwerts. »Nicht das Herz?«

Totgeburt warf ihm einen raschen Blick zu. »Nein. Der Weg zum Herzen wird von den Rippen und den besten Teilen der Rüstung bewacht. Der Bauch ist verwundbarer. Hier gibt es nur Haut –«, er schlug sich in den Bauch, so dass das Fleisch bebte, »– und Fett und nicht viel mehr. Nur wenige Männer haben das Geld oder die Geduld für eine vollständige Rüstung. Die meisten wollen sich lieber noch bücken können. Oh, sie schützen ihre Bäuche mit festem Leder und Kettenhemden und genügend aufgenähten kleinen Platten, dass man ein Dach damit decken könnte. Aber einem Langschwert kann so etwas nicht standhalten. Ein guter Stoß unter die Rippen, und du bist fertig.« Totgeburt lächelte das Abschwörerschwert liebevoll an und steckte es dann wieder ein.

Die Schatten in der Höhle an der Steilwand wurden mit dem näher kommenden Abend tiefer. Der Sonnenuntergang war jetzt blutig geworden, und in den Granitwänden glitzerte es wie Granate. Die Kammer war lang gezogen, die Decke so niedrig, dass es für die meisten Menschen unbehaglich gewesen wäre. Nur der Kampfkreis und der Höhleneingang hatten eine höhere, kuppelartige Decke. Draußen in der tiefen Kluft, die den Kontinent in zwei Teile teilte, pfiff und heulte der Wind. Totgeburt nannte es Spaltmusik und hatte ein Feuer dagegen angezündet, wie ein Holzfäller, der sich vor Wölfen schützen will. Er kümmerte sich nun um dieses Feuer und schob getrocknete Ziegenköttel und noch fest geschlossene Kiefernzapfen in die Flammen. Es zischte und knackte und lärmte mit dem Wind um die Wette.

Totgeburt setzte sich so hin, dass er sich gegen die Höhlenwand lehnen konnte, nahm ein Stück braunes Gebäck aus der Tasche und begann es zu essen. Zwischen den Bissen sagte er: »Ich denke, wir sollten dich zu einem Überfall mitnehmen. Traggis behält dich weiterhin im Auge. Er beobachtet dich wie einen Floh, der in seiner Hose herumspringt, und wenn du dich nicht bald nützlich machst, wird er dir eine miese Arbeit aufs Auge drücken. Bisher hast du nichts getan, als ein Schweineherz zu spalten – und den Tod eines Bruders zu verursachen. Es gibt Leute hier, die behaupten, dass du Unglück bringst. Und Unglück sollte lieber im Spalt verschwinden.«

Raif fuhr sich durchs Haar. Er hatte Totgeburts Worten nichts entgegenzusetzen, also sagte er stattdessen: »Dann nehmt mich eben mit zu einem Überfall.«

Totgeburt nickte, als hätte Raif etwas sehr Weises gesagt. Er schob sich das letzte Stück Brot in den Mund und fragte: »Kannst du Höhen vertragen?«

Raif dachte an die Überquerung der Gebirge und des Eisjägerpasses, an Höhen, die ihm beinahe das Herz hatten stillstehen lassen. »Es geht«, sagte er.

»Gut.« Totgeburt stand auf. Die Hautfalte mitten in seinem Gesicht war schwarz von Schatten und grau gesprenkeltem Haar. »Wir sehen uns im Morgengrauen am Rand. Heute Nacht solltest du lieber hier bleiben. Es gibt nicht viel Brennstoff, also sei sparsam. Und wenn du etwas zu essen haben willst, musst du dir selbst etwas besorgen. Und sieh lieber zu, dass du Mole aus dem Weg gehst.«

Raif sah, wie er seine Tasche nahm und die grob behauenen Stufen zum Höhleneingang hinaufging. Bevor er vollkommen verschwand, winkte er zu der Puppe hin. »Und noch ein paar Runden mit Yelma könnten nichts schaden.«

Raif hob das beschädigte Schwert zum Gruß. Er war nun seit neun Tagen bei den Verstümmelten, aber er verstand sie immer noch kein bisschen. Totgeburt hielt ihn meist im Hintergrund, ließ ihn auf den unteren Ebenen der Stadt übernachten und verbrachte die meiste Zeit im eingestürzten Ostviertel, wo Traggis Mole ihn nicht sah und hoffentlich nicht an ihn dachte. Bisher hatte Totgeburt ihn vor allem an seiner Ausrüstung arbeiten lassen: Raif hatte Rüstungsteile abgeschliffen, Stahl geölt, Zaumzeug repariert. Manchmal teilte er sein Essen mit Raif, manchmal nicht. Und die Stunden um den Sonnenuntergang verbrachten sie immer mit Kampfübungen. Dass Raif nicht gut mit dem Schwert umgehen konnte, machte Totgeburt nervös.

Raif schlenderte zu der Puppe hinüber und versetzte sie in Schwung. Der fehlende Teil seines Fingers tat heute Abend weh, und er verzog das Gesicht, als er die Hände um den Schwertgriff schloss. Wenn er abgekämpft genug war, würde er vielleicht schlafen können.

Die Höhle wurde dunkler, während er weiterübte. Schlag

folgte auf Schlag; nach einiger Zeit fand er seinen Rhythmus, und es wurde leichter, das Schwert zwischen die Stacheln zu stoßen. Diese Art des Kämpfens hatte etwas Stumpfes an sich, das ihm entgegenkam. Die Puppe hatte kein Herz. Es machte die Dinge einfacher. Reiner. So musste das Kämpfen für andere Männer immer sein. Ermutigt begann Raif mit einer neuen Reihe von Angriffen und folgte der Puppe, als sie um den Kampfkreis schwang. Er entdeckte, dass Totgeburt Recht gehabt hatte. Es sprach viel dafür, in die Bewegung des Gegners hineinzutreten. Es ließ Angst zur Tat werden, begegnete Aggression mit Aggression. Das war nicht, was Shor Gormalin ihn gelehrt hatte ... aber Shor Gormalin war auch nie ein Verstümmelter gewesen.

Die Zeit verging, und die Spaltmusik erklang weiterhin aus der Tiefe. Kalter Wind wirbelte durch die Höhle, aber Raif spürte ihn kaum. Yelma in ihrer dreifachen Rüstung begann schlaff zu werden. Sie verlor Sand aus einem Dutzend Löchern, und ihr Kettenhemd sah aus, als hätten die Hunde es zerrissen. Raif wandte sich von ihrem durchlöcherten Bauch ab und begann an ihrem Hals zu arbeiten. Morgen würde er sie neu nähen und stopfen müssen, aber im Augenblick fühlte es sich gut an, sich die Stelle vorzustellen, an der die großen roten Adern zu ihrem Hirn aufstiegen. Sie sich vorzustellen und zu zerstören.

Gerade, als er sie dort wieder einmal getroffen hatte, erklang ein schrilles Hüsteln von Höhleneingang her. Raif wurde langsamer und streckte das Schwert aus, um Yelma zu bremsen.

»Du brauchst wegen mir nicht aufzuhören, Zwölftöter«, erklang Yustaffas hohe Stimme. »Ich weiß nicht, wie es anderen geht, aber ich lasse mir keine Gelegenheit entgehen zuzusehen, wie ein Mann einen Sandsack verprügelt.«

Raif hielt inne und hielt Yelma fest. Er atmete schwer. Schweiß tröpfelte ihm von der Nasenspitze.

»Was? Kein Willkommen? Und dabei bin ich den ganzen Weg gekommen, um dich zu einem kleinen Abendessen einzuladen. Ich habe nämlich Wachteleier. Aber ich sehe, du hast keine Lust darauf. Nun, niemand soll Yustaffa dem Tänzer nachsagen, dass er bleibt, wenn er nicht willkommen ist. Ich will nicht weiter stören. Ihr beide gebt wirklich ein reizendes Paar ab.«

Raif hörte Seide rascheln und das Trippeln weich beschuhter Füße. Er holte Luft. »Warte.« Die Schritte verstummten. »Ich komme mit.«

Yustaffa ging weiter die Treppe hinauf. »Nun, dann beeile dich. Ich mag Wachteleier sehr, und ich kann nicht garantieren, dass ich dir welche übrig lasse, es sei denn, du bist dabei, wenn ich sie aufteile.«

Raif nahm seinen Orrlumhang vom Sims und folgte Yustaffa aus der Höhle.

Die Nachtluft stach ihm in die Haut. Nach Sonnenuntergang war es finster im Spalt, und die Sterne strahlten nur eine Erinnerung an Licht aus. Nebel stieg zu grauen Flecken auf, bildete schattenhafte Terrassen, die wie Geister über den wirklichen lagen. Es war nun ruhig im Spalt und seltsam windstill, aber der Geruch nach unterirdischen Metallen hing deutlich in der Luft.

Yustaffa hatte eine Glimmerlampe an einem Stock, um sich den Weg zu beleuchten, und bewegte sich geschickt durch die Stadt, stieg leichtfüßig Treppen hinauf und zog sein beträchtliches Gewicht an einer Hand Strickleitern hinauf. Raif musste sich anstrengen, um mit ihm Schritt zu halten.

Verstümmelte hatten sich in kleinen Gruppen um Lagerfeuer versammelt, um etwas zu essen und sich zu betrinken; sie stärkten sich für die Nacht. Viele starrten Raif schweigend an, als er vorbeikam, und er konnte die Anklage in ihren Blicken spüren. Am liebsten hätte er ihnen zugeschrien: *Es war nicht ich, der Tanjo Zehn-Pfeile getötet hat,* aber das fühlte sich irgendwie nicht nach der Wahrheit an. Weniger als zehn Tage in einer fremden Stadt, und sie hatten ihn bereits als das erkannt, was er war.

Als sie den Westrand der höchsten Terrasse erreichten, schlüpfte Yustaffa durch eine Öffnung in der Felswand. Der Gestank nach Schwefel schlug Raif entgegen, als er dem fetten Mann folgte. Dampf wallte auf ihn zu, und er brauchte einige Zeit, um sich an die Dunkelheit und den Dunst zu gewöhnen. Eine Steingrotte mit heißen Quellen, beleuchtet von grün brennenden Laternen, lag vor ihm. Der Steinboden war sehr uneben, es gab Kämme und Risse und Kamine, die sich wie uralte, deformierte Eichenbalken zum Dach hin erhoben. Männer und Frauen lagen nackt in den kleinen Teichen, ihre Missbildungen und fehlenden Glieder vom Wasser und Dampf verborgen. Niemand sagte etwas. Wasser gurgelte und plätscherte. Nach der kühlen Trockenheit des Spalts fiel es Raif schwer, hier Luft zu holen.

»Hier entlang.« Yustaffa winkte ihn zu einem Plankenweg, der über den Steinboden und zwischen den Tümpeln hindurchführte.

Als sie tiefer in die Höhle gingen, wurden die Becken

seltener und abgeschiedener, denn der Boden zog sich stellenweise höher und bildete halb hohe Wände und Vorsprünge, was einzelne Räume erzeugte. Yustaffa verließ die Planken und duckte sich unter einem niedrigen Bogen durch. »Hier sind wir. Mein eigenes privates Dampfbad. Zieh dich aus und setz dich rein. Du hast dich zu lange mit Totgeburt abgegeben – du hast seine Gewohnheiten und seine Flöhe übernommen.«

Raif sah sich in der kleinen Kammer um. Ein schmales Sims rings um das Becken war der einzige Ort, an dem man stehen konnte. Der Dampf, der aus dem Wasser aufstieg, ließ ihn müde werden, und einen Augenblick lang musste er an die Hütte des Lauschers und an den *Oolak* denken, den er dort getrunken hatte.

Yustaffa legte seine Pelze und die Seide ab und ließ sich nackt in das blasenwerfende Wasser gleiten. Raif tat es ihm nach, warf seine Sachen an die Wand und schnappte nach Luft, als das heiße Wasser ihn aufnahm. Beinahe sofort waren alle ziehenden und brennenden Schmerzen, die ihm die Kampfübungen verursacht hatten, verschwunden. Er fand ein Sims unter der Oberfläche, setzte sich darauf und lehnte den Kopf an die Felswand.

»Gut, wie?«, fragte Yustaffa erfreut.

Raif nickte. »Gut.«

Yustaffa streckte einen dicklichen, von der Hitze geröteten Arm aus und holte ein Päckchen aus seinem Pelz. »Die Wachteleier. Ich denke, wir werden sie kochen.« Eins nach dem anderen ließ er die kleinen gefleckten Eier ins Wasser gleiten, tief unter die Oberfläche.

Raif steckte den Kopf unter Wasser, tauchte wieder auf und

strich dann sein nasses Haar zurück. Er konnte sich nicht erinnern, wann er sich zum letzten Mal so gut gefühlt hatte. Jetzt würde er schlafen können. Direkt hier, während er im Wasser trieb. Er würde schlafen und nicht von Tanjo Zehn-Pfeile träumen ... oder von den Leichen der Abschwörer. Er streckte die Arme aus, schloss die Augen und ließ sich von dem heißen Wasser entspannen.

Er war wohl einen Augenblick eingedöst, denn als er die Augen wieder öffnete, sah er, dass Yustaffa ihn beobachtete. Dampf hatte das Haar des Verstümmelten zu festen Locken zusammenschnurren lassen.

Yustaffa bewegte sich im Wasser. »Ich habe dir die Geschichte von Azziah riin Raif, dem Fremden aus dem Süden, nie zu Ende erzählt, nicht wahr?« Er sah Raif einen Moment lang an, aber er wartete nicht auf eine Antwort und erwartete auch keine. Er fuhr fort und wendete dabei die Wachteleier.

»Azziah riin Raif kam im Jahr des brennenden Baums zu den Mangali. Die Götter hatten lange Zeit keinen Regen mehr geschickt, und die Frösche hatten sich in den Schlamm am Grund des ausgetrockneten Sees gegraben. Skorpione quälten uns, denn sie allein können vom Staub leben. Wir hatten nichts zu essen, als der Fremde zu uns kam, aber die Frauen nahmen ihn auf, denn er war hoch gewachsen und bleich und hatte die Augen eines Mannes, den ein Gott berührt hat. Er hatte Blasen an den Füßen und auf dem Rücken die Spuren der Peitsche. Wir sagten ihm, dass es dumm sei, zu uns zu kommen, denn im Sand warteten nur Tod und Skorpione auf ihn. Und er erwiderte: *Der Kuss des Skorpions kann mich nicht töten, denn meine Seele ist bereits tot.*

Wir Mangali kennen solche Dinge, und die Frauen weinten um seine Seele. *Ich suche,* sagte er. Und wir wussten, dass er nach dem Himmel suchte und nach den Freunden und Verwandten, die er in einem Krieg in einem weit entfernten Land verloren hatte.

Wir gaben ihm unseren besten Führer, Mehembo – dieser Name bedeutet *Er mit den kleinen Zähnen.* Mehembo war weise, und er kannte die besten Stellen, an denen sich vielleicht der Eingang zum Himmel befinden könnte. Er führte den Fremden in die glühende Hitze der Glaswüste, ins Dunkel der Fledermaushöhle und zum steilen Hang des Ziegenbergs. Jahre vergingen, Mehembo starb schließlich an der Hitzekrankheit, und der Himmel war immer noch nicht gefunden.

Dann veränderte sich der Fremde. Er forderte nun eine Führerin von uns, ein Mädchen, Illalo, *Sie mit der schönen Stimme.* Und als sie den Himmel nach einem Jahr nicht gefunden hatte, legte er ihr die Hände um den Hals und rief: *Geh voran, Illalo, denn dann kannst du mir den Weg weisen.* Illalo starb von seiner Hand und fand den Himmel, aber er konnte ihr nicht folgen.

Danach verließ er uns. Jahre vergingen, und irgendwann kehrte seine Geschichte zu uns zurück. Er hatte sich nach Norden gewandt, durch das Weiche Land und die Berge, weiter, als ein Mensch je gekommen war. Eine Sirene verlockte ihn, versprach ihm das Leben nach dem Tod, das er sich verdient hatte. Schließlich kam er zu einem Land, das so leer war wie der Himmel. Große Spalten hatten sich im Boden geöffnet, und er wusste, er hatte das Ende der Welt beinahe erreicht. Dann kam endlich ein

Tag, an dem er einen einsamen Berg in der Ödnis erspähte, und obwohl er bereits unglaublich müde war, bestieg er ihn. Über sich sah er ein schimmerndes Tor. Den ganzen Tag kletterte er darauf zu, und sein Herz brach beinahe vor Freude. Er erreichte das Tor bei Sonnenuntergang, und er konnte es kaum ansehen, so hell glänzte es im schwindenden Licht.

Er legte die Hand an das Tor, als die Sonne endgültig versank. *Ich sterbe, und ich bin froh,* sagte er, und das Tor begann sich zu öffnen. Und als die letzten Sonnenstrahlen vergingen, wurde das Tor schwärzer als die schwärzeste Nacht. Er schrie auf, aber es war zu spät, und das Höllentor öffnete sich und verschlang ihn.«

Raif schauderte, was das Wasser winzige Wellen schlagen ließ.

Yustaffa lächelte und zeigte die kleinen Dämonenzähne. »Wie ich schon sagte, eine traurige Geschichte. Es heißt, damit begann der Krieg von Blut und Schatten, aber davon wissen wir Mangali nichts. Wie wäre es jetzt mit einem Wachtelei?«

Raif erwachte noch vor der Dämmerung, das Haar steif von Mineralsalzen, der Mund klebrig vom Geschmack von Eiern. Das heiße Wasser der Quelle hatte den Verband um seinen abgeschnittenen Finger gelöst, und er war gezwungen, sich den Stumpf anzusehen, als er ihn neu verband. Nachdem er und Yustaffa am Abend zuvor gegessen hatten, hatte Yustaffa ihm die Lampe geliehen, um durch die Höhlenstadt wieder zurückzufinden. Er war so erschöpft gewesen, dass er im Kampfkreis eingeschlafen war, wo Yelma über ihm schwebte wie eine Blase. Die Puppe knarrte an ihrer Kette und bewegte sich im Wind, als er sich aufrecht hinsetzte.

Er hatte nicht geträumt, und dafür war er dankbar. Er stand auf und suchte seine Sachen zusammen.

Tanjo Zehn-Pfeiles Bogen lag in Tuch gewickelt neben Raifs restlicher Ausrüstung. Totgeburt hatte ihm ein Messer und ein Schwert geliehen, aber irgendwie war das nicht genug. Er fühlte sich immer noch verwundbar. Er brauchte die Sicherheit eines Bogens.

Raif wusch sich das Gesicht, putzte sich die Zähne mit Sand und griff nach dem Sullbogen. Der alte Mann, der ihm die Pfeile für den Wettbewerb gebracht hatte, hatte sie ihm überlassen, und Raif baute sich einen Bogenkasten und einen Köcher, den er auf dem Rücken tragen konnte. Als er fertig war, drang schon das schwache Morgenlicht in die Höhle. Nebel glitt über den Steinboden, und Raif wirbelte ihn auf, als er ging.

Draußen war alles still. Ein Junge mit einem Stumpf, wo seine linke Hand sein sollte, zog leise von einer Höhlenöffnung zur anderen und durchsuchte die ausgebrannten Feuer nach Material, das noch brennbar war. Als er Raif entdeckte, drückte er sich flach gegen die Felswand und machte das Zeichen gegen den bösen Blick. Stirnrunzelnd stieg Raif weiter zum Rand auf.

Der Stoßtrupp versammelte sich bereits auf dem am weitesten östlich gelegenen Sims, als Raif nach oben kam: eine zusammengewürfelte Bande von Männern zu Fuß und in den unterschiedlichsten Rüstungen, die gegen die Kälte mit den Füßen stampften. Raif erkannte nur wenige von ihnen. Der hagere Speerkämpfer in der Glaive-Rüstung war einer von Yustaffas Kumpanen, und der kleine Hochlandhirte mit dem Helm mit dem Pferdeschweif besoff sich jeden Abend mit Totgeburt. Keiner grüßte Raif, als er näher kam.

»Hier drüben, Junge.« Totgeburt löste sich aus einer Gruppe von Männern, um ihn zu sich zu winken. »Ich habe dir ein Schwert gebracht, das du gegen das kaputte austauschen kannst. Ein hübsches, schnelles Ding. Ich hab mal die Milz eines Hailsmanns drauf aufgespießt.«

Raif spürte, wie er bleich wurde. Wie hatte er hier zehn Tage leben und verdrängen können, dass diese Männer Clansmänner getötet hatten? Es musste wohl ein Augenblick vergangen sein, während er sich zusammennahm, denn als er wieder klar sehen konnte, bemerkte er, dass alle in der Truppe ihn beobachteten. Er trat vor und nahm die Waffe entgegen. Es war ein einschneidiges Schwert für den Kampf zu Fuß, leicht und mit hohler Klinge. Totgeburts Blick folgte ihm, als er ein paar Probeschläge durch die Luft ausführte. Erst nachdem Raif die Schnelligkeit der Klinge gelobt hatte, wandte Totgeburt sich wieder ab.

»Hier. Trink einen Schluck.«

Raif fuhr herum und fand sich dem kleinen Hirten gegenüber, der ihm eine Lederflasche entgegenhielt. Er trank einen Schluck und schmeckte die Süße von spaltgebrautem Met. Als er sich den Mund abwischte, gab Totgeburt den Befehl zum Abmarsch.

Das Sims endete abrupt vor ein paar aufeinander getürmten Felsen, und Raif sah den Weg, der nach Osten hier hindurchführte, erst, als der erste Mann ihn betrat. Der Boden war unsicher, übersät mit Steinplatten, die unter den Füßen wackelten, und mit kleinerem Geröll. Durch einen geborstenen Torbogen erreichte man ein weiteres Sims, und schon bald bewegten sie sich direkt am Rand des Abgrunds. Der Geruch nach Duftrauch drang Raif in die Nase, und als der Weg scharf um eine Ecke bog, kam eine alte Hexe, die an einem Feuer hockte, in Sicht. Totgeburt warf ihr ein geschnitztes Stück Holz zu, als er vorbeiging, und bat sie, für sie zu beten. Die Hexe gackerte, und als sie den Mund aufriss, sah Raif, dass sie keine Zunge mehr hatte. Sie warf das kleine Stück Holz ins Feuer.

Raif zog den Kopf ein und hielt sich weit hinten. Dicke Wolken hingen am Himmel, und er spürte, wie die Luft ihn niederdrückte. Auf der anderen Seite des Spalts im Süden trieb das Clanland in einem Meer blauen Nebels.

Die Lederflasche wurde von Hand zu Hand gereicht, als die Männer dem Weg am Rand des Abgrunds folgten. Die Verstümmelten hatten längst alle Angst abzustürzen verloren und gingen stolz so dicht am Rand wie möglich. Ein Mann, ein großer, kräftiger Kerl aus dem Süden mit kahlem Kopf, erfand ein paar Sprüche, nach denen sie marschierten. Raif begriff den Text nicht ganz, aber am Ende jeder Strophe wiederholte die gesamte Truppe die Worte: *Götter, nehmt mir die Augen vor dem Sturz in den Spalt.*

Während das Lied weiterging, bemerkte Raif ein leichtes Pochen in den Schläfen, wie der Beginn von Kopfschmerzen. Bald schon erreichten sie einen Schuppen, der an einem Felsvorsprung gebaut war, und einen Mann, der Ponys dort herausführte: Bergponys mit kräftigen Beinen und kurzen Schwänzen.

»Wenn einer hier neu ist, darf er sich sein Tier nicht aussuchen«, sagte Totgeburt, der mit Raif in Tritt gefallen war, als sie näher zu dem Schuppen kamen. »Du bekommst, was die anderen dir übrig lassen.«

Raif zählte die Männer in der Truppe. Mit ihm waren es fünfzehn. »Warum stehen die Tiere hier?«

Totgeburt legte wissend den Finger an die Nase. »Weil wir hier den Spalt überqueren.«

Eine Viertelstunde hektischer Aktivität folgte, während der die Männer ihre Reittiere auswählten und Sättel aus dem Schuppen holten. Der Stallbursche hatte einen Klumpfuß und war nicht sonderlich schnell. Er gab Raif eine nervöse Stute mit einer vernarbten Flanke und einen zu kleinen Sattel. Als Raif den Sattelgurt festschnallte, sah er, wie sich ein braunhäutiger Südländer von der Truppe löste und zum Rand des Abgrunds ging. Der Wind zupfte an seinem schwarzen Haar und blähte seinen wollenen Umhang. Er war schlank und langgliedrig und schien unversehrt zu sein. Auch andere bemerkten ihn und schwiegen plötzlich. Ein Mann berührte die Stelle oberhalb seiner Hüfte, wo sich einmal sein Teil des Heiligen Steins befunden hatte. *Clan.*

Das Pochen in Raifs Schläfen wurde intensiver. Vor den Füßen des dunkelhäutigen Mannes fiel der Stein steil ab, und nichts als grauer Himmel war dort zu sehen. Sechshundert Fuß entfernt ragte die Südseite des Spalts auf wie die Mauer einer riesigen Festung. Stahl blitzte auf, als der Südländer sein Messer zog. Seine Lippen bewegten sich, aber die Worte gehörten zu keiner Sprache, die Raif je gehört hatte. Etwas knarrte. Die Luft zu Füßen des Mannes flirrte. Alle Verstümmelten waren nun still und regten sich nicht mehr.

Der Südländer hob die Messerspitze an die Augen. Seine Stimme wurde lauter, als er einen Befehl gab, und der Geruch nach Blutmetallen, nach Eisen und Kupfer und Natrium, drang wie Rauch aus seinem Mund. Die Aufwinde erstarben. Die Zeit schien zu erstarren. Etwas wie das Seufzen eines Kindes erklang aus dem Spalt. Und dann machte der Südländer, die Messerspitze immer noch am Auge, einen Schritt in den Spalt.

Er fiel nicht.

Die Luft verdickte sich zu seinen Füßen, bog sich in einer Linie über das Nichts, und dann teilte sich eine Substanz, die weder Luft noch Nebel noch Tageslicht war, und eine Brücke kam in Sicht.

Raif blinzelte. Wie hatte er sie zuvor nicht sehen können? Die Brücke war eine behelfsmäßige Konstruktion aus geteerten Seilen und Holzbrettern, die an Eisenpfosten hing, die tief in die Felsen geschlagen waren. Sie knarrte in der Brise. Der Zauberer wandte sich der Truppe zu, und Raif sah, dass seine Pupillen so erweitert waren, dass man erkennen konnte, was dahinter lag. Der Mann schwankte. Totgeburt ging rasch auf die Brücke hinaus, um ihn zu stützen. »Macht Platz, Jungs«, sagte er und führte den Südländer zurück. »Unser Bruder muss sich ausruhen.«

Der Mann hob den Blick zu Raif, als er an ihm vorbeiging. Blut floss über das Weiße seines einen Auges.

»Wird er nicht mit uns kommen?«, fragte Raif den Hirten, als Totgeburt den Südländer in den Schuppen führte.

Der Hochländer schüttelte den Kopf. »Er wäre nur im Weg. Aber er wird warten, wenn er weiß, was gut für ihn ist, und die Brücke wieder enthüllen, wenn wir zurückkehren.«

Raif hörte den Ekel in der Stimme des Hirten. Noch ein Clansmann. Er sagte: »Wie lange ist die Brücke schon hier?«

Der Clansmann spuckte aus. Sein Speichel war streifig vom Met. »Hier am Spalt zeichnen wir die Geschichte nicht fein säuberlich in Büchern auf.«

Totgeburt befahl den Männern, sich mit ihren Tieren hintereinander aufzustellen. Als sie sich in Formation stellten, schob er Raif ein Stück braunes Wolltuch in die Hand. »Für das Pony«, erklärte er auf Raifs verwirrten Blick hin. »Kein Pferd geht über die Brücke, solange es sehen kann.«

Raif sah, wie die anderen Verstümmelten Scheuklappen aus Leder und Filz bastelten. Er folgte ihrem Beispiel und zog den Stoff um die Wangenriemen der Stute, bis sie nur noch ein sehr eingeschränktes Blickfeld hatte. Die Stute widersetzte sich trotzdem, als er sie vorwärts führte, stemmte ihre kräftigen kurzen Beine fest in den Boden, und er musste ihr einen Klaps versetzen, damit sie sich bewegte.

Hintereinander führten die Verstümmelten ihre Ponys über den Abgrund. Später an diesem Abend würde Raif an die Schwindel erregende Höhe denken, das schwarze Loch unter ihnen und an das schreckliche Schwanken der Brücke, und sein Herz würde heftig schlagen. Aber in dem Augenblick, als es tatsächlich geschah, blieb er ruhig, beinahe ebenso sehr um des Pferds als um seiner selbst willen, und setzte einen Fuß vor den anderen, bis er auf der anderen Seite war. Seine Knie zitterten, als er wieder Fuß auf den festen Stein des Clanlands stellte.

Totgeburt grinste ihn an und versetzte ihm vergnügt einen Rückenstoß. »Ich habe gerade eine Wette gewonnen. Addie hat behauptet, du würdest springen.«

Addie war der Name des Hochlandhirten, wie sich Raif jetzt erinnerte. »Es sind Leute hier runtergesprungen?«

Totgeburt nickte vergnügt. Nun, da sie die Überquerung hinter sich hatten, waren sie sehr mit sich zufrieden und zeigten das auch. Ein Mann schnürte die Hose auf und pisste in den Spalt. »Ja. Meist grüne Jungen wie du. In der Mitte erwischt es sie. Sie schauen runter, dann hören sie die Spaltmusik, und von da an geht's abwärts. Und tiefer ›abwärts‹ als hier im Spalt geht es nicht.«

Die Verstümmelten lachten, als sie auf die Ponys stiegen. Raif machte es sich so bequem, wie das auf einem zu kleinen Sattel möglich war, und sah sich um. Die Ebenen des Ödlands wichen hier schon bald den ersten Ausläufern der Kupferhügel. Heidekraut klammerte sich an die Felsen, und Winterkiefern wuchsen dicht am Boden und boten Schutz für Eisenholz und Misteln. Moorteiche schimmerten silbern im Morgenlicht und versprachen Tauwetter. Es war eine andere Welt als auf der Nordseite. Lebendig. Veränderlich. Raif hatte das Gefühl, aus einer Gruft wieder ans Tageslicht zu gelangen.

Als sie nach Süden auf die Hügel zuritten, erklärte Totgeburt, dass sie auf dem Weg zu einem Dorf freier Clansleute waren, die sich im Wald nordöstlich des Verlorenen Clans angesiedelt hatten. Rechtmäßig war es Dhooneland, aber Dhoone war nicht mehr da, um das Territorium zu verteidigen. Siedlungen freier Clansleute schossen während Kriegszeiten wie Pilze aus dem Boden. Eine solche Siedlung konnte rasch zu einem Dorf wachsen und mehr und mehr Menschen anlocken, und nach einiger Zeit erklärten sie sich vielleicht zu einem neuen Clan. Der Clan Harkness hatte so begonnen, ebenso wie Otler und der winzige dhoonegeschworene Clan Croog. Raif erinnerte sich daran, dass Tem ihm einmal gesagt hatte, es gäbe im Clanland so etwas wie einen natürlichen Kreislauf. »Clans erheben sich und fallen wieder. Einige versagen, einige stehen unter einem Fluch. Neue müssen entstehen, um ihren Platz einzunehmen.« Der Clan Innis hatte versagt, Morrow war verschwunden, und alle wussten, dass Gray verflucht war. Vielleicht würde diese Siedlung ja eines Tages groß genug werden, um den Platz von Morrow einzunehmen.

Aber heute werde ich sie ausrauben. Raif verdrängte den Gedanken schnell wieder. Inigar Stoop hatte sein Herz aus dem Hailstein gemeißelt. Raif Sevrance hatte keinen Clan mehr.

Sie mieden die Dhoonehügel und drangen stattdessen ins Hochland von Morrow ein. Man hatte von der alten Festung, die die Dhoonemauer verteidigte, Rauch aufsteigen sehen, und die Verstümmelten waren nicht auf Kämpfe mit Bewaffneten aus. Gegen Mittag legten sie in den Hügeln eine Rast ein, um die Pferde zu tränken. Totgeburt kam zu Raif an den kleinen Bach, der vom Hügel herabfloss.

»Ihr Götter, ist dieses Wasser kalt!«, japste er, aber er schöpfte zwei Hände voll und wusch sich das Gesicht. »Schmeckt allerdings gut. Sauber; viel besser als alles im Spalt.« Er sah sich um und überzeugte sich davon, dass sie von den anderen Männern nicht belauscht werden konnten. »Bleib in meiner Nähe, wenn wir zu dem Dorf kommen. Beim ersten Mal ist es immer schwierig, besonders für einen Clansmann. Versuch einfach, nichts Dummes zu tun, und hab keine Angst. Siehst du den mit dem schwarzen Bart da, den Mann mit dem hübschen Umhang?«

Raif nickte. Der Mann war ihm schon aufgefallen.

»Das ist Linden Moodie, Traggis' Spion. Du kannst nicht mal pinkeln, ohne dass er es weiß. Für einen Überfall wird das hier eher langweilig werden. Ich habe den Befehl, also wird es keine ungewöhnlichen Strafen geben, wenn du verstehst, was ich meine. Wir greifen an, schnappen uns das Getreide und das Vieh und verschwinden wieder. Alle hier sind schon einmal mit mir unterwegs gewesen. Sie wissen, dass ich keine Zeit damit verschwende, Truhen aufzubrechen und Frauen hinterherzujagen, die sich auf die Felder geflüchtet haben. Wir brauchen Essen, keinen Ärger. Und ich habe vor, das eine zu erbeuten und das andere zu vermeiden. Ist das klar?«

Raif nickte abermals. Er konnte spüren, wie sich die Wachteleier in seinem Magen der Verdauung widersetzten. Er suchte nach einem sicheren Thema, auf das er sich konzentrieren konnte, und fragte: »Wird dir eigentlich nicht kalt, nur mit den Hörnern an den Armen?«

Totgeburt hob einen haarigen Unterarm zum Himmel, ließ das Licht auf das gebogene Horn fallen, damit es glänzte, und lachte. »Bestimmt nicht, Junge. Wenn deine Mama vorhat, dich mitten im Winter auf einem Felsen auszusetzen, dann lernst du schon früh, deine eigene Wärme zu produzieren.« Der Verstümmelte erhob sich wieder. »Lass uns weiterziehen.«

Auf den Kupferhügeln schmolz der Schnee. Der Boden wurde weicher, und in den tiefsten Tälern, zwischen durchscheinenden Eiskrusten, bildeten sich Sümpfe. Ausgerissene Setzlinge und von Frost frisch aufgeworfene Steine lagen auf den Hängen. Die Hügelponys kamen mit dem Gelände gut zurecht, und der Hochgebirgshirte Addie Gunn kannte den Weg. Innerhalb eines halben Tages hatten sie die Südhänge erreicht und stiegen in den abgelegeneren Teil des Territoriums des Verlorenen Clans ab. Die Baumdecke wurde dichter, als die Hügel niedriger wurden, und der Tag wich der Nacht.

Raif sah, wie sein Atem weiß wurde. Addie Gunn wies alle an, langsamer zu werden, als sie sich einem weiteren kleinen Bach näherten. »Wir folgen dem Bach hier nach Süden«, flüsterte er Totgeburt zu. »Dann können sie uns vielleicht über das Wassergeräusch hinweg nicht hören.«

Ohne dass jemand es befohlen hätte, hatten die Verstümmelten ihre Waffen gezogen. Raif rutschte von seinem Pferd und führte es weiter. Als er sein neues Schwert zog, bemerkte er, dass ihn jemand beobachtete. Linden Moodies Blick war wie ein Finger an seiner Wirbelsäule. Traggis Moles Spion hatte einen dichten schwarzen Bart, der beinahe die Garrottennarbe an seiner Kehle verbarg. Sein dicker roter Umhang fegte gegen seine Rüstung, als er sein Breitschwert zog.

Irgendwo in der Nähe blökte ein Lamm. Totgeburt streckte den Arm aus, die Verstümmelten wurden langsamer, und er sah Addie Gunn an.

Hochländer kannten sich mit Schafen aus. »Sie werden einen Hund haben«, warnte Addie.

Totgeburt nickte. Er wandte sich Raif zu. »Geh mit Addie und erschieße den Hund. Lass dein Pony hier.«

Raif spürte Linden Moodies Blick auf sich, als er den Sullbogen unter dem Sattelriemen vorzog. Addie packte ihn am Arm und zog ihn von der Truppe weg. »Du bringst einfach nur den Hund zum Schweigen. Ich kümmere mich um die Schafe.«

Raif zog einen Pfeil aus seinem behelfsmäßigen Köcher. Es war dunkel hier unter den Kiefern, und der aufgehende Mond versilberte die Stämme kaum. Addie bewegte sich rasch entlang eines Pfads, den nur er allein sehen konnte. Tote Nadeln, die unter Raifs Füßen knirschten, flüsterten kaum, wenn Addie sich bewegte. Als ein weißes Lamm blökte, gab Addie Raif ein Zeichen, langsamer zu werden. Direkt vor ihnen hörten die Kiefern auf, und es gab nur noch zerzaustes Gebüsch aus verrotteten Setzlingen. Im Schatten bewegte sich etwas. Raif hielt inne und spannte seinen Bogen.

»Mutterschaf«, zischte Addie. »Gib mir Deckung, während ich es binde.«

Raif hielt den Bogen gespannt.

Addie schob sich durch das Gebüsch, ein kleiner Mann mit einem Helm mit hohem Busch. Er hatte wohl ein paar Schafsworte gesprochen, denn das Schaf scheute nicht, als er näher kam. Es stand kurz vor dem Lammen und hatte einen zottigen Winterpelz. Addie gurrte, und dann stürzte er sich blitzschnell auf das Tier, warf es mit einem Schlag um und drückte es auf den Boden, während er Seil um seine Beine wickelte. Und dann passierten zwei Dinge gleichzeitig.

Ein Hund kam aus dem Gebüsch auf sie zugeschossen, das Fell gesträubt, die Zähne gefletscht. Aber noch während Raif ihm mit dem Pfeil folgte, brach links von ihm ein Zweig, und ein Mann rief: »Lass den Bogen fallen.«

Raif erstarrte. Der Hund hatte Addie erreicht und biss ihm ins Bein. Das Schaf bockte wild und schrie erschrocken. Addie ließ es los und das Seil durch die Faust rutschen. Er riss sich den Helm vom Kopf und stieß ihn nach dem Hund. Der Hund quiekte und wich zurück, aber dann griff er sofort wieder an.

Das Schaf war nun frei von Addie, aber seine Hinterbeine waren schon gefesselt, und es schleppte sich in Panik durch die Büsche.

Raif sah das alles und empfand überhaupt nichts. Er konnte den Fremden im Schatten nicht sehen, hatte ihm nicht einmal den Kopf zugewandt, aber er hatte das Herz des Mannes bereits im Visier. Angst ließ sein eigenes Herz zucken ... aber er glaubte nicht, dass es seine eigene Angst war. *Hirten haben Bögen. Sie brauchen sie, um auf Wölfe zu schießen.* Es war durchaus möglich, dass der Fremde einen Pfeil auf Raif gerichtet hatte. Es war durchaus möglich, dass er den Pfeil abschoss, sobald Raif sich bewegte. Raif wusste, dass er Glück haben würde, wenn er selbst auch nur einen einzigen Schuss loswerden konnte.

Mann oder Hund?

»Lass den Bogen fallen!«

Raif warf sich mit dem Bogen zusammen hin und rollte sich auf die Seite, so dass der Bogen parallel zu ihm lag. Er stützte sich auf die Hand und musste sich anstrengen, die gesamten sechs Fuß seiner Waffe vom Boden wegzuhalten. Es gelang ihm, den Bogen ungelenk halb zu spannen. Und er suchte sich sein Herz.

Der Pfeil flog mit lautem *Twang* von der Sehne und kreuzte den Pfad mit dem Pfeil, den der Hirte abgeschossen hatte. Der Pfeil des Hirten pfiff über Raifs Kopf hinweg und bohrte sich in den Boden hinter ihm.

Raifs Pfeil sirrte durchs Unterholz ... und drang in das Herz des Schafs.

Das Schaf erstarrte, Blut sprudelte aus der Eintrittswunde zwischen seinen Rippen, dann fiel es um. Der Hund zögerte für den gleichen Augenblick und gab Addie damit genug Zeit, ihm den Helm in die Schnauze zu rammen. Der Hirte stieß einen schrecklichen Schrei aus und rannte auf das Schaf zu.

Raif drückte die Ferse in den Boden und drehte sich zu ihm um. Diesmal konnte er den Bogen kaum auch nur zur Hälfte spannen, weil der Arm, der unter seinem Körper festgeklemmt war, so zitterte. Dennoch, das Herz des Mannes gehörte ihm. Raif spürte seinen schnellen Schlag, spürte, wie es vor Schreck unregelmäßig wurde, als der Hirte erkannte, dass er einen Fehler gemacht hatte. Noch während der Mann innehielt und seinen eigenen Bogen spannte, schoss Raif.

Es war ein schlechter Schuss, aber er traf den Mann in die Schulter und riss ein Stück Fleisch heraus, bevor er auf eine Stelle weit hinter der Lichtung zuflog.

Raif ließ den Bogen sinken und legte den Kopf auf die Erde. Nun zitterte er am ganzen Körper. Er fühlte sich, als hätte er Fieber, und war von kaltem Schweiß überzogen. Er spuckte den metallischen Geschmack aus, und dann versuchte er, sich aufzurichten.

Addie war schon wieder auf den Beinen. Sein linkes Bein war blutig, seine Hirschlederhose zerrissen. Der Hund lag auf dem Bauch und rutschte winselnd zu seinem Herrn hin. Ein Teil seiner Nase rutschte dabei von Addies Helm. Addies Brust hob und senkte sich rasch. Der Blick, den er Raif zuwarf, war zornig, aber seine Stimme blieb ruhig. »Sie hatte ein Lamm.«

Raif nickte. Ein Mutterschaf, das ein Lamm hatte und Milch gab, wäre im Spalt sehr wertvoll gewesen. Nun musste man das Tier zerlegen und als Fleisch zurückbringen.

In der Ferne blökte ein weiteres Schaf.

Addie zögerte, den Blick auf Raif gerichtet. Er sah müde aus. Blut, das aus den Bisswunden floss, sammelte sich in seinem Stiefel. Widerstrebend kam er zu einem Entschluss. »Kümmere dich um den Hirten und den Hund. Ich muss die anderen Schafe suchen.«

»Soll ich das Schaf zerlegen?«

»Nein, das ist meine Sache.« Addie drehte sich in die Richtung, aus der das Blöken gekommen war. »Ich komme nachher zurück und kümmere mich darum.«

Raif wischte sich übers Gesicht. Er ließ den Sullbogen liegen und zog sein Schwert.

Der Hirte war auf einen Kiefernsetzling gefallen und hatte den kleinen Baum niedergedrückt. Der Hund hatte seinen Herrn erreicht und schnupperte an der Pfeilwunde. Als Raif näher kam, setzte er sich auf, und Speichel lief aus seinem zerstörten Maul. Der Hirte hatte die dhooneblauen Augen weit aufgerissen und auf Raifs Schwert gerichtet.

Raif tötete den Hund mit einem einzigen Stoß in die Luftröhre. Sand spritzte auf. Raif wandte sich dem Hirten zu. »Steh auf.«

Der Mann rührte sich nicht.

Raif trat ihm gegen das Bein. »Ich sagte: *Steh auf!*«

Als der Mann unsicher auf die Beine kam, zog Raif ein Ledertuch aus der Tasche an seiner Taille. Er wartete, bis der Hirte auf die Knie gekommen war, dann schob er ihm das Tuch in den Mund und knebelte ihn. Er brauchte etwas, um ihm die Hände zu fesseln, also fuhr er mit der stumpfen Seite des Schwerts über den Bauch des Mannes und schnitt seinen Gürtel durch. Der Gürtel fiel herunter, und mit ihm fiel auch das Horn mit pulverisiertem Heiligen Stein auf den Boden. Das Horn war gelb und hatte einen Kratzer. Es war mit einer silbernen Kappe verschlossen.

Die Überreste der Wachteleier gerannen in Raifs Bauch. »Wo hast du das her?«

Der Mann schüttelte den Kopf, unfähig, mit dem Knebel im Mund die Frage zu beantworten.

»Ist das Hailstein?«

Der Hirte riss verwirrt die Augen auf.

Raif packte ihn am Arm und schüttelte ihn. Er verstand nicht, woher sein Zorn kam, aber er konnte ihn auch nicht aufhalten. »Enthält das Horn pulverisierten Blackhailstein?«

Endlich begriff der Hirte. Er gurgelte ein Nein durch den Knebel und versuchte dann ein Wort, das wie »ith« klang.

»Withy?«

Der Mann nickte hektisch. Raif ließ ihn gehen, und er sackte mit schmerzerfülltem Ächzen auf den Boden zurück.

Kein Hailsmann. Den Göttern sei Dank, kein Hailsmann.

Raif schloss die Augen für einen Moment. Dann öffnete er sie wieder, fesselte die Hände des Mannes und half ihm auf die Beine. »Geh«, sagte er. Der Mann war verwundet, geknebelt und gefesselt: Er konnte niemanden warnen und stellte keine Gefahr mehr dar. Addie hatte Raif befohlen, sich um ihn zu kümmern, und Raif sagte sich, dass er das getan hatte. Er sah noch eine Weile zu, wie der Hirte nach Süden durch das Gebüsch stolperte, dann drehte er sich um und wollte zu den anderen zurückkehren.

Eine Gestalt mit einem roten Umhang verschwand im Unterholz.

Raif nahm den Sullbogen vom Boden. Wie lange hatte

Linden Moodie schon zugesehen? Hatte er gesehen, wie Raif den Bogen vom Herzen des Hirten abgewandt hatte? Hatte er gesehen, wie er den Mann gehen ließ? Zittern veränderte die Rhythmen in Raifs Brust. Hatte er gehört, wie das Wort *Blackhail* ausgesprochen wurde?

Erfüllt von finsteren, unheilschwangeren Gedanken kehrte Raif zu den Verstümmelten zurück.

5
Spire Vanis

Stadthund wühlte nach Feldmäusen. Crope wäre gerne bis zum Mittag weitergegangen, aber eine Maus war eine Maus, und er war nicht in der Situation, in der man Essen ablehnt. Der kleine Hund grub hektisch und wirbelte Dreck auf. Crope wusste immer, wann die Hündin die erste Maus gefunden hatte, denn sie gab dann immer ein ganz bestimmtes Geräusch von sich, ein bisschen wie das Kreischen einer Fledermaus. Es war kein sehr hundeartiges Geräusch – aber Stadthund war auch kein sehr hundeartiger Hund.

Crope setzte sich auf eine umgestürzte Fichte und wartete darauf, dass Stadthund ihm die Maus brachte. Es war sonnig hier in den Bergausläufern, der Himmel so klar wie ein Diamant, und man hätte sich beinahe einbilden können, dass es warm war. Unter den großen Fichten gab es ein wenig Schatten, und das *Kuk-kuk-kuk* eines Spechts erklang oben auf dem Hügel. Vor ihm lag das schimmernde Phantom einer Stadt, helle Mauern und hohe Türme, wie sie die Städte in Legenden haben. Es war die Stadt, die er suchte. Der böse Ort. Der Ort, an dem man seinen Herrn gefangen hielt.

Pflichtbewusst nahm Crope die Maus von Stadthund entgegen und schüttelte den Dreck ab. Der kleine Hund schaute seinen Herrn erwartungsvoll an, und sein Schwanz klopfte auf die Matte von Fichtennadeln, die hier den Abhang bedeckten. Crope sah den Hund an, und der Hund erwiderte den Blick. Mit einem tiefen Seufzer warf Crope die betäubte Maus in die Bäume, und Stadthund jagte begeistert und schwanzwedelnd hinterher. Sicher, Mäuse fangen war immer noch leichter, als Eier zu stehlen. Aber wenn Stadthund mit der Maus fertig war, würde nur noch wenig von ihr übrig sein. Und Mäusehirne waren wirklich ziemlich klein.

Trotzdem musste er grinsen, als er beobachtete, wie der kleine Hund in einen Busch tauchte. Es war gut, nicht allein zu sein, und die meiste Zeit hätte er Hungern dem Alleinsein vorgezogen.

Crope streckte die Beine aus und ächzte. Seine Füße taten weh, und er fühlte sich versucht, die Stiefel auszuziehen und die Zehen in diese kühle Mischung aus Fichtennadeln und geschmolzenem Schnee zu stecken. Aber danach würde er seine Stiefel nie wieder anbekommen – das hatte ihn die Erfahrung gelehrt –, und er musste bis zum Sonnenuntergang in der Stadt sein. Er durfte seinen Herrn nicht enttäuschen.

Komm zu mir. Die Worte hallten in Cropes Träumen wider, nun leiser, denn sie verloren jeden Tag ein wenig an Kraft. Die Stimme seines Herrn war noch schöner, als er sie in Erinnerung hatte – leiser, komplexer. Sie hatte immer nach Weisheit geklungen und nach Macht, aber nun konnte man auch noch etwas anderes darin hören. Crope wusste, dass er sich mit Worten nicht sonderlich gut auskannte, aber eins, das ihm dazu immer wieder einfiel, war *Trauer.*

Abrupt stand er auf. Es gab Dinge, an die er einfach nicht denken konnte. Wie an die Zeit, als die Sklavenjäger ihn an einem Abhang wie diesem hier in die Enge getrieben hatten, um dann ein Netz über ihn zu werfen, in dem sich Cropes Füße verfangen hatten. Die Sklavenjäger hatten gelacht, als er stolperte und fiel. An den Fußknöcheln hatte er immer noch die Spuren ihrer Seile. Sie hatten ihn in ihrer Karawane nach Osten gebracht, sich mit Getreideschnaps besoffen und sich gegenseitig zu ihrem Fang gratuliert. *Der ist so groß wie drei*, hatten sie über ihn gesagt. Er wird in den Minen einen guten Preis bringen.

Cropes Brust begann sich zusammenzuziehen. *Du dringst in die Mine ein, und die Mine dringt in dich ein.* Er spuckte den schwarzen Schleim aus und fühlte sich nach einer Weile wieder besser.

Stadthund war mit der Maus zurückgekehrt und saß nun geduldig vor Cropes Füßen. Crope bückte sich und steckte das schlaffe braune Nagetier ein. Stadthund berührte Cropes Hand mit der Nase, und Crope kraulte ihre Ohren und zauste sie, bis er bereit war, weiterzugehen.

Nach dem Vorfall in der Taverne hatte sich Crope von besiedeltem Land fern gehalten. Wenn er ein Dorf erspähte, machte er einen meilenweiten Umweg darum herum, und wenn er den Holzrauch aus den Hütten von Bergbewohnern roch, schlug er ebenfalls rasch einen anderen Weg ein. Aber es war viel angenehmer, seit er mit Stadthund unterwegs war. Es dauerte länger, aber es war leichter. Sich wegen Stadthund Gedanken zu machen, hielt ihn davon ab, an sich selbst zu denken. Stadthund war keine sehr fähige Jägerin. Das einzige Mal, als sie etwas Jagenswertes aus dem Busch getrieben hatte, war sie so verblüfft gewesen, dass sie den Waschbären hatte entkommen lassen, der daraufhin auf einen Baum geflüchtet war. Crope versuchte, nicht ungerecht zu sein – es war ein außergewöhnlich großer Waschbär gewesen –, aber der Gedanke an leckeres Bratenfleisch hatte mehrere Tage lang immer wieder dazu geführt, dass er Stadthund anklagende Blicke zuwarf.

Die Unwetter waren das Schlimmste. Die Berge brachten sie immer wieder hervor, peitschten Wind und Wolken und trieben Schneeregen direkt in Cropes Gesicht und blendeten ihn mit herumwirbelndem Schnee. Ein paar Tage hatte er wegen Fieber verloren, in einer schneeüberwehten Senke südlich von Geiersumpf. Wie viel Zeit vergangen war, hatte er nur an der Anzahl der kleinen Nagetiere ablesen können, die Stadthund ihm gebracht hatte, während er schlief.

Danach war es einige Zeit lang ziemlich schlimm gewesen. Seine Brust war schwach - Galle sagte immer, Steinhauer hätten Lungen wie in Teer getränkte Schwämme -, und er war mehrere Tage nur langsam vorangekommen. Er und Stadthund waren aus den Bergen in die Vorgebirge hinuntergestiegen. Es war hier gefährlicher - schlechte Menschen und Sklavenjäger konnten einen viel leichter finden -, aber zumindest bekam er hier mehr Luft. Eines Morgens war er an einer jungen Birke vorbeikommen, die so gerade wie ein Speer gewesen war, und er hatte sich einen Stab geschnitten. Es war angenehm, sich auf etwas stützen zu können, und auch als er wieder gesund und kräftig war, hatte er den Stab nicht mehr weggelegt. Reisende in illustrierten Büchern hatten auch immer Stäbe. Das wusste er, weil sein Herr einmal viele Bücher gehabt hatte. Ein Stab gab einem Mann etwas zu tun, hatte Crope festgestellt; man konnte ihn in den Schnee stoßen, um zu prüfen, wie tief eine Schneeverwehung war, oder die Festigkeit von Eis testen. Und er hatte sich nie so recht an Klingen gewöhnen können. Es war angenehm, über eine Waffe zu verfügen, die auf Kraft beruhte und nicht auf einer scharfen Schneide.

Crope spürte, wie sein Herz schneller zu schlagen begann,

als er und Stadthund weiter den Abhang hinunterzogen. Ein Teil von ihm wünschte sich, er und sein Hund könnten einfach weiterziehen, zusehen, wie es Frühling wurde, und zuhören, wie die Eintagsfliegen ihm ums Gesicht summten. In der Diamantenmine hatte er davon geträumt, ein perfektes Stück Land zu besitzen: gerade genug, dass ein Mann es in den Stunden zwischen Sonnenaufgang und Sonnenuntergang zu Fuß durchqueren konnte. Er würde Weizen und Rettiche anbauen und eine Weide für Schafe haben, und vielleicht später eine zweite und einen Stall für Milchkühe. Manchmal veränderten sich die Einzelheiten dieses Tagtraums ... aber die Größe des Landes nicht. Lang genug, dass ein Mann es an einem Tag durchschreiten konnte.

Aber das war ein Traum für ein anderes Leben. In diesem hier gehörte er seinem Herrn.

Crope wusste nicht mehr, wie viele Jahre er Baralis kannte, aber er hatte ihre erste Begegnung nie vergessen, die am anderen Ende des Kontinents stattgefunden hatte, tief im Süden. Diese Erinnerung war in sein Gedächtnis eingebrannt wie das Sklavenbrandmal in seine Haut.

Baralis hatte ihn auf der Grünen Jungfernstraße in Silbur entdeckt, wo Crope gerade von einer Bande junger Männer durchgeprügelt wurde. Ein Händler auf dem Markt hatte ihn beschuldigt, einen Ballen Wollstoff gestohlen zu haben, und angefangen zu schreien. Rasch hatte sich eine Menschenmenge zusammengetan, wie es immer geschah, wenn er in der Nähe war, und man hatte ihn über den Markt und in die Straße hineingejagt. Als Baralis näher kam, hatten sie Crope bereits die Nase gebrochen; er blutete, und sein rechtes Auge war zugeschwollen. Das Gefängnis war ihm sicher, denn er würde nie die Worte finden können, sich zu verteidigen. Baralis war die Straße entlanggegangen, gekleidet ins Schwarz der Gelehrten, ein hoch gewachsener junger Mann mit arroganter Miene. Crope hatte ihn angefleht, ihm zu helfen, obwohl er nicht hätte sagen können, warum, und statt weiterzugehen war Baralis stehen geblieben. Und dann war das Wunder geschehen. Irgendwie hatte der Mann, der Cropes Herr werden sollte, der Sache ein Ende gemacht – und das nur mit Worten. Er hob niemals die Stimme, zog nie eine Waffe, aber er hielt Cropes Angreifer dennoch auf.

Sein ganzes Leben hatte Crope nie jemanden getroffen, der ihn verteidigt hätte. Man hatte ihn angegriffen und ins Gefängnis gesteckt, ihn gejagt und gefoltert, ihn zum Sündenbock für ein Dutzend verschiedener Verbrechen gemacht. Man hatte ihn in Gruben geworfen und ihn gegen Bären kämpfen lassen. Man hatte ihn als Lasttier benutzt, um Körbe mit feuchtem Salz von der Toten Küste heraufzutragen. Er hatte Gräber gegraben, Bäume gefällt, war mit einer Truppe schwarzhäutiger Komödianten als Kuriosität aufgetreten und hatte auf den Matten von Wundärzten gelegen, während sie sein Blut abzapften. Er hatte in Löchern, Höhlen und verschlossenen Zellen geschlafen und hatte von Ratten und Hühnerknochen und den Zecken von seiner eigenen Haut gelebt.

Als Baralis ihn auf der Grünen Jungfernstraße angesehen und gemurmelt hatte: *Komm mit mir nach Hause,* war der schwarz gekleidete junge Mann Cropes Retter geworden, sein Beschützer – sein Herr.

Crope schuldete Baralis seine Seele.

Crope stieß seinen Stab in die Erde und stützte sein Gewicht einen Augenblick lang darauf. Stadthund war schon ein ganzes Stück vorausgelaufen, und nur noch ihr dünner Schwanz war über dem Gebüsch zu erkennen.

Die Stadt war nun nur noch Meilen entfernt. Crope konnte den grauen Dunst von Rauch und Nebel sehen, der über ihr aufstieg, und dass sie sich vom Fuß des Berges her erhob wie ein neugeborener Gipfel. Im Norden lag eine grasbewachsene Ebene mit kleinen Dörfern und Straßen. Näher an der Nordmauer der Stadt konnte er so gerade eben die ausgefransten braunen Ränder einer Barackenstadt erkennen. Hier im Osten waren ganze Abhänge kahl geschlagen worden. Irgendwo nicht weit unter sich konnte Crope das Surren von Sägen hören, und er erinnerte sich daran, wie es war, der Mann unten in der Grube zu sein, wie einem das Sägemehl jedes Mal, wenn man die Säge zu sich hinunterzog, ins Gesicht rieselte.

Galle sagte immer, die Vergangenheit eines Menschen sei wie ein Gespenst und würde einen verfolgen, wenn man das zuließ. Crope hatte darüber auf seiner Reise viel nachgedacht, und manchmal dachte er, dass Galle Recht hatte, aber die meiste Zeit konnte er nur hoffen, dass er sich irrte. Einmal, im Sommer, als die Pumpen versagt hatten, hatte man Crope aus dem Schacht geholt, um sie zu reparieren. Als er den Mechanismus am Seeufer auseinander nahm, hatte ein Fischer sein Boot in der Nähe zu Wasser gelassen. Crope erinnerte sich, wie er beim Weiterarbeiten beobachtet hatte, wie sich das Boot langsam vom Ufer entfernte. Er hoffte, dass es mit der Vergangenheit ebenso war ... dass sie davontrieb wie ein Boot, während man am Ufer stand.

Plötzlich hatte er es eilig und rief Stadthund zu sich, und gemeinsam stiegen sie hinab ins Land der Menschen. Sie kamen gegen Mittag am Holzfällerlager vorbei, und bis zum Nachmittag hatten sie die Straße erreicht, die nach Westen zur Stadtmauer führte. Hin und wieder erklangen Hörner, und alle räumten die Straßenmitte und ließen berittene Bewaffnete durch. Crope hielt sich hinter einem hoch beladenen Heuwagen und ließ sich von der Ladung so gut wie möglich verbergen. Strohstückchen und Heusamen, die von den Ballen herunterschwebten, brachten ihn hin und wieder zum Niesen, aber das störte ihn nicht sonderlich. Stadthund wurde müde, als sie sich dem Tor näherten, also hob er sie hoch und steckte sie unter den Umhang.

Das Tor kam Crope sehr schön vor, groß genug, dass fünf Männer, die einander auf den Schultern standen, noch durchgekommen wären. Es war aus riesigen Granitblöcken gemeißelt, von der Art Stein, den Scurvy Pine gehauen hatte, bevor sie ihn in die Zinnmine schickten.

In der Stadt herrschte große Unruhe, erfuhr Crope, als er in dem Gedränge von Menschen wartete, die die Stadt betreten wollten. Ein hoher und mächtiger Herr hatte an diesem Tag geheiratet, und nun sollte es in einer wichtigen Festung ein Festessen und Tanz geben. Der Kutscher des Heuwagens wurde plötzlich wie ein wichtiger Mann behandelt, denn seine Ladung war für den Stall dieser Festung bestimmt. Crope hörte eine Weile zu, aber er kam mit den unvertrauten Akzenten und den langen Namen nicht zurecht.

Bisher hatte ihn niemand angesprochen oder ihn zu lange angestarrt, aber das hielt ihn nicht davon ab, unruhig zu werden. Im Kopf überdachte er, was er dem Torhüter sagen würde. Es waren nur ein paar Worte, aber er befürchtete, sie durcheinander zu bringen. Während die Reihe kürzer wurde, experimentierte er mit seinem Stab und versuchte, eine Pose zu finden, die nicht bedrohlich wirkte. Wenn er den Stab in den Gürtel steckte oder auf den Rücken band, sah das zu sehr nach einer Waffe aus, die schnell gezogen werden konnte, also hielt er ihn am Ende in der Hand wie einen Flaggenmast.

Gerade, als er über diese Haltung noch einmal nachdachte, rollte der Heuwagen unter dem Tor durch, und eine Stimme rief: »Der Nächste.«

Crope bewegte sich in den Schatten des Torturms, und er war froh über die Wärme von Stadthund in der Nähe seines Herzens. Ein Bewaffneter in rotem Leder mit einer Vogelbrosche an der Kehle hob den Speer.

»Name?«

»Crope, vom Versunkenen See.«

Der Mann musste den Kopf zurücklegen, um Cropes Gesicht sehen zu können. Sein Blick fiel auf den zerzausten Bart, der Crope gewachsen war, seit er den Schacht verlassen hatte, und die dicken Narben an Ohren und Hals. Er sagte angespannt: »Handwerk?«

Crope konnte diesen forschenden Blick nicht mehr ertragen. »Freier Bergmann«, erwiderte er und senkte den Blick.

»Du bist zu spät dran. Die Armee bricht noch innerhalb dieser Woche auf.«

Crope verstand nicht, was das bedeutete. Langsam stieg Panik in ihm auf.

Der Soldat verlor die Geduld. Er senkte den Speer. »Verschwinde, großer Mann. Die Stadt ist seit gestern Mittag für Söldner geschlossen, auf persönlichen Befehl des Surlords.«

Ich wusste ja, dass du ein Talghirn hast. Crope versuchte, die Worte des Mannes zu begreifen, aber es war schwierig, weil die böse Stimme in seinem Kopf gleichzeitig redete.

Jemand in der Reihe hinter ihm schrie: »Halte hier nicht den Betrieb auf!«

Der Soldat wandte sich dem Wachhaus zu, um Verstärkung heranzuwinken. Als er Luft holte, um sie zu rufen, murmelte Crope: »Bin kein Söldner. Bin nicht zum Kämpfen hier.«

Der Soldat zögerte. »Was willst du dann hier?«

Das war die Frage, für die Crope geübt hatte. Unwillkürlich hob er den Kopf, obwohl er sich doch eigentlich so klein wie möglich machen wollte. »Ich will zu den Priestern in den Knochentempel.«

Etwas im Blick des Soldaten veränderte sich. Er hob den Speer. »Dann geh«, sagte er leise und trat beiseite.

Erleichterung ließ Cropes Ohren glühen. Die Worte, die ihm die schwarzhäutigen Gaukler auf den Elfenbeinebenen, einen halben Kontinent von hier entfernt, beigebracht hatten, funktionierten immer noch wie Magie. *Lern sie auswendig,* hatte der große, schlaksige Swalhabi ihm befohlen. *Es gibt keine Stadt in der bekannten Welt, die keinen Knochentempel hat. Und wenn wir nach Norden an einen neuen Ort reisen und weißhäutige Männer uns den Weg versperren, sprechen wir diese Worte und sehen, wie die weißhäutigen Männer beiseite treten. In Knochentempeln wird mächtige Magie praktiziert, und niemand, weiß oder schwarz, will Gefahr laufen, dass diese Magie gegen ihn verwendet wird.*

Dreißig Tage lang hatte Swalhabi Crope diese Worte jeden Abend wiederholen lassen, bis sie tief in den Stoff seines Hirns gesunken waren. Swalhabi hatte ihn ein Jahr später in die Salzminen verkauft, aber Crope hatte ihm das nie übel genommen. Sobald die Vorstellung mit dem Riesentöten überall bekannt war, gab es keine Rollen mehr, die Crope spielen konnte.

Er murmelte Dankesworte für Swalhabi und die anderen Gaukler und betrat Spire Vanis.

Die Stadt vibrierte von der Präsenz seines Herrn. Hunderte von Meilen nach Westen, über Berge, gefrorene Seen und geeggte Felder, und irgendwie hatte der Weg das, was er suchte, überschattet. Er hatte das nicht zulassen wollen, aber die Welt oberhalb des Diamantenschachts war ihm unbekannt gewesen, schrecklich und voller Gefahren, und während der Reise war er jeden Abend erschöpft zu Boden gesunken und hatte kaum einen Gedanken an seinen Herrn verschwendet. Crope schämte sich so sehr, dass ihm Tränen in die Augen traten.

Komm zu mir, hatte sein Herr befohlen, und nun war er endlich da.

Hinter den Mauern wurde es früh Abend. Kerzen wurden in den Häusern entzündet und füllten die leeren Rechtecke der Fenster mit goldenem Licht. Vor ihm hatte der Fuhrmann des Heuwagens angehalten, um seine Lampe anzuzünden. Crope beobachtete die Vorsichtsmaßnahmen, die der Mann traf, bevor er den Feuerstein schlug, weil er nicht wollte, dass Funken in seine Ladung flogen. Bis er fertig war und das Horn rund um die Lampe die Flamme schützte, hatte Crope den Wagen eingeholt und beschlossen, ihm noch eine Weile zu folgen.

Die Stadt war groß und sehr großartig. Sie kam ihm ordentlicher vor als die meisten anderen Städte, die er kannte, und die Straßen, über die der Heuwagen fuhr, waren breit und offen. Schneeberge schmolzen am Straßenrand und entsandten kleine Wasserströme in die Gräben. Die Luft zwischen den hohen Gebäuden war still, und erster Nebel bildete sich.

Stadthund wurde ruhelos und wand sich, bis Crope sie absetzte. Während sie dem Wagen erst nach Westen und dann nach Süden folgten, hatte er das sichere Gefühl, dass er seinem Herrn näher kam. So war es auch mit Mannie Dun gewesen, der immer den besten Ort gewusst hatte, um nach Diamanten zu suchen. Crope hatte ihn einmal gefragt, wie er das machte, und Mannie hatte sich mit dem Finger an die Nase getippt und gesagt, er spürte sie in seinen Knochen. So war es auch für Crope: Er hatte Baralis in seinen Knochen.

Der Wagen schien auf das massive Gebäude mit den hohen Mauern zuzuhalten, das den Süden der Stadt beherrschte. Die Festung. Fackeln brannten auf den Zinnen, und Fanfaren erklangen auf den Mauern. Die Straßen wurden geschäftiger, und es kam Crope vor, dass sich alle Leute in die gleiche Richtung bewegten wie der Wagen. Die böse Stimme begann auf ihn einzuflüstern und sagte ihm, er sollte lieber vorsichtig sein, sonst würde er in seiner Dummheit noch einen Fehler machen und versagen. Crope bog den Hals, zog die Schultern ein und betete um etwas, was er in seinem ganzen Leben nicht gekannt hatte: in einer Menschenmenge unentdeckt zu bleiben.

Er war seinem Herrn nun so nahe – er konnte die Augen schließen und sah ihn vor sich. Sein Herr befand sich an einem finsteren Ort ... und er hatte Schmerzen. Crope konnte es kaum ertragen, daran zu denken, welche Schmerzen Baralis hatte.

»Macht Platz! Eine Lieferung für den Stall!« Der Fuhrmann des Heuwagens war aufgestanden und ließ die Peitsche knallen. Er war an einem Tor in der Festungsmauer angekommen, konnte aber nicht hindurchfahren, weil so viele Leute vor dem gesenkten Fallgitter standen.

Einer der Bewaffneten auf der Mauer rief eine Antwort. Sechs schwer bewaffnete Männer mit roten Umhängen verließen das Wachhaus und begannen, die Menge zurückzudrängen.

Komm zu mir.

Crope wusste plötzlich, dass er in diese Festung gelangen musste. Während alle anderen zurückwichen, bewegte er sich vorwärts. Er griff nach einem Ringhaken am Wagen und schwang sich auf das Ende der Ladefläche.

Der Wagen ruckelte vorwärts, fuhr ein paar Schritte und blieb dann wieder stehen. Stiefeltritte erklangen. Jemand rief: »Überprüft das Heu!«, und eine Reihe knirschender Geräusche folgte, als einer der Rotmäntel in die Ballen stach. Crope blieb reglos hocken, aber er wusste, sie würden ihn gleich entdecken.

Eine Speerklinge fuhr dicht an seinem Knie vorbei. Stadthund knurrte.

Eine Männerstimme rief: »Fuhrmann! Gehört dieser Mann zu dir?«

Crope hörte, wie der Mann rief: »Ich bin allein«, und dann stach ihn eine Speerspitze in den Nacken.

»Du solltest lieber absteigen, Heumann. Und dann sagst du mir, was du in der Festung wolltest.«

Ich wusste ja, dass du es verderben würdest! Crope hob die Arme und wandte sich langsam dem Mann mit dem roten Umhang zu. Seine Ohren waren glühend rot, und ihm fiel nicht ein, was er sagen könnte.

Zwei andere Männer mit roten Umhängen gesellten sich zu dem mit dem Speer, und alle drei behielten die Waffen erhoben, als Crope vom Wagen sprang. Die Feiernden waren nun still, denn sie spürten, dass etwas Unterhaltsames bevorstand. Der Fuhrmann spähte um das hintere Rad herum, um einen Blick auf Crope erhaschen zu können.

Der Mann mit dem Speer sagte: »Willst du die Nacht im Gefängnis verbringen?«

Crope schüttelte den Kopf.

Jemand in der Menge rief: »Er wollte sehen, ob er bei der Braut Chancen hat!«

Gelächter breitete sich in einer hässlichen Welle aus. Eine Frau kreischte: »Er sieht beinahe so gut aus wie der Schwertführer.«

Crope spürte, wie sein Nacken rot wurde.

»Das reicht jetzt!«, brüllte einer der Soldaten. Und dann sagte er zu Crope: »Sag endlich, was du vorhattest.«

»Hochzeit. Wollte zur Hochzeit.«

Der Mann verdrehte die Augen. »Du bist zu spät dran. Die Hochzeit war heute früh. Heute Abend wird gefeiert.«

Als er fertig war, erklangen in der Festung erneut Fanfaren. Crope schaute zusammen mit allen anderen in diese Richtung, und er sah Herolde in prunkvoller Aufmachung auf der Mauer. Fackeln flackerten rings um den Turm nahe dem Tor, den Turm mit den flachen Seiten, und warfen Licht und Schatten auf die Mauern und das Pflaster. Auf halber Höhe des Turms gab es einen Balkon, über dessen Brüstung man ein Seidentuch mit einem Furcht erregenden roten Vogel auf silbernem Grund drapiert hatte. Nun traten zwei Herolde auf diesen Balkon hinaus und bliesen eine Fanfare, bevor sie wieder beiseite traten. Ein Augenblick verging, und dann kamen ein Mann und eine Frau hinaus, und die Menge begann zu jubeln und mit den Füßen zu stampfen.

Die Frau trug steife rote Seide, die vor Diamanten glitzerte – Crope wusste selbst aus der Ferne, dass die Steine echt waren. Sie war schwarzhaarig und bleich, und sie lächelte nicht. Der Mann an ihrer Seite war groß und breit, und als er die Hand der Frau nahm, sah es aus, wie wenn ein Wolf ein Hühnchen frisst. Er hatte ein Auge verloren, und er trug keine Klappe, um das zu verbergen.

Das Paar stand unbehaglich da und ertrug eine Weile die Aufmerksamkeit der Menge. Nachdem vielleicht eine Minute vergangen war, kam ein anderer Mann ins Licht hinaus ... und Crope stockte der Atem.

Es war der Mann mit den hellen Augen, derjenige, der seinen Herrn mitgenommen hatte. Es war achtzehn Jahre später, und Crope erkannte ihn so sicher, als hätte er jeden Abend in dieses Gesicht geschaut. Der Mann, der seinen Herrn gefangen genommen hatte. Sein Feind. Der Mann, der ihn zum Sterben liegen gelassen hatte.

Das Erscheinen des helläugigen Mannes bewirkte, dass die Menge erneut in Jubel ausbrach. Er trug ein schlichtes Festgewand in subtilen Farben; butterweiches Wildleder in Grau und Rotbraun, mit goldenen Bändern gesäumt. Er hielt einen kleinen Goldtuchsack mit etwas Schwerem darin in der Hand, und als er ihn nun auch noch mit der zweiten Hand fasste, um das Gewicht besser tragen zu können, jubelte die Menge. Der helläugige Mann lächelte, aber er zeigte die Zähne nicht. Sein Blick schweifte zum Tor, und er sah sich die Menge der Feiernden an. Instinktiv wich Crope in den Schatten des

Wagens zurück. Er sah, wie der helläugige Mann die Bewegung bemerkte, sah, wie er in den Schatten spähte und sich dann abwandte.

Der helläugige Mann schien ein wenig unkonzentriert zu sein, bevor er sich vorwärts beugte, um die Braut auf den Mund zu küssen. Er reichte ihr den Goldtuchsack, und sie schien ein wenig Farbe zu bekommen, da ihr Mann ihre Hand nun nicht mehr gepackt hatte. Als sie die Schnur des Sacks aufzog und hineingriff, begann die Menge zu singen.

»Hübsche Braut, gib uns was ab. Wirf das Korn zu uns herab!«

Die Braut nahm eine Hand voll von etwas Goldenem aus dem Sack und ließ es auf die Menge regnen. Crope spürte so etwas wie Hagelkörner von seinen Schultern abprallen. Er konnte einen kurzen Blick auf eines werfen, als es ihm vor die Füße fiel: ein winziges Goldkörnchen in Form eines Weizenkorns. Die Menge drängte sich vor, ein Ruf erklang von den Soldaten mit den roten Umhängen, und Crope fand sich inmitten eines wilden Getümmels.

Als er aufblickte, war der helläugige Mann verschwunden. Die Braut warf noch eine Hand voll Goldkörner und zog sich dann mit ihrem Mann in den Turm zurück.

Crope blieb noch einen Augenblick stehen und schaute zu der Stelle hin, an der der helläugige Mann gestanden hatte, und wandte sich dann ab. Der Mann im roten Umhang, der ihn zuvor hatte ins Gefängnis stecken wollen, bedeutete ihm mit dem Speer zu verschwinden. In dem wahnwitzigen Getümmel um das Gold hatte er Wichtigeres zu tun. Crope pfiff nach Stadthund, und er machte sich große Sorgen, bis sie auftauchte. Er ging kein Risiko mehr ein, sondern hob sie hoch und steckte sie unter den Mantel. Dann zog er den Kopf ein und drängte sich vorsichtig durch die Menge.

Komm zu mir, hatte sein Herr befohlen. Nun, da Crope in der Stadt eingetroffen war, musste er herausfinden, wie.

6
Der Spalt

Die Leiche des neugeborenen kleinen Mädchens wurde auf ein Brett gelegt, und die verstümmelten Frauen hockten sich daneben und wuschen sie mit Alkohol. Die Mutter stand in der Nähe, der Bauch noch von der Schwangerschaft verzogen, das Mieder dunkel von Milchflecken. Ein Verstümmelter ölte die Winde, die am Rand des Abgrunds befestigt war, und zog dabei die Schultern gegen den wirbelnden Schnee ein.

Raif stand neben dem Hochlandhirten Addie Gunn und sah zu, wie sich Traggis Mole der Leiche näherte. Man hatte die Augen des Kindes bereits entfernt und die Lider mit schwarzem Faden zugenäht. Traggis Mole schickte die Frauen mit einer knappen Bewegung des Handgelenks weg und kniete nun allein neben dem Brett. Sanft und sehr vorsichtig hob der Räuberhauptmann den Kopf des Neugeborenen. Der Hinterkopf des Babys war mit feinen Daunen aus rötlichbraunem Flaum überzogen, und Traggis Mole fuhr mit den Fingern darüber, bevor er nach der Kapuze griff. Die Miene des Räuberhäuptlings war finster. Raif konnte die Drucklinien an der linken Seite seiner Schläfe sehen, wo sich die Riemen, an denen seine Nase hing, in die Haut gegraben hatten.

Man hatte Amulette in die kleine Wollkapuze genäht: Glasperlen und durchbohrte Münzen und Zweiglein von getrockneten Rührmichnichtans. Als Traggis dem Kind die Kapuze übers Gesicht zog, wurden die Versammelten still. Der Räuberhauptmann nickte dem Mann mit der Winde zu und gab ihm ein Zeichen, das Brett zu holen. Als der Windenmann das Brett an das Seil band, begannen die Frauen zu klagen. Raif spürte, wie sich ihm die Nackenhaare sträubten. Er hatte noch nie gehört, dass Menschen solche Laute von sich gaben: ein tiefes, freudloses Heulen, als bliese der Wind selbst durch sie hindurch.

Als Traggis Mole den Befehl gab, begann der Windenmann die Kurbel zu drehen, und das Brett mit dem Neugeborenen wurde in den Spalt gesenkt.

»Armes Ding«, sagte Addie Gunn leise und senkte respektvoll den Kopf. »War nicht unversehrt genug, um leben zu können.«

Der Windenmann drehte die Kurbel weiter, und Traggis Mole berührte das Seil mit der Fackel. Die fest geschnürten Fasern knisterten und wurden schwarz, und dann flackerten heiße gelbe Flammen auf. Der Windenmann drehte weiter, und der brennende Teil des Seils verschwand, als das Brett mit dem Kind darauf tiefer in den Abgrund gesenkt wurde. Die Frauen schrien, ihr Lied wurde seltsamer und schrecklicher, bis die Spannung aus dem Seil wich.

Die Mutter warf sich vorwärts, als das Seil zurückschnappte. Traggis Mole brüllte einen heiseren Befehl, und die Frauen eilten, sie zu stützen. Als der Räuberhauptmann sich abwandte, begegnete sein Blick dem von Raif. Traggis Moles Blick war gequält, und es stand eine solche Macht darin, dass Raif sich anstrengen musste, nicht unwillkürlich zurückzuweichen. *Wenn du uns Schaden zufügst, stirbst du*, warnte ihn der Räuberhäuptling mit diesem Blick, und dann ließ er ihn weiterwandern.

Raif holte tief Luft und blieb ruhig stehen. Die Menge

begann sich aufzulösen. Der Windenmann wand das Seil bis zu dem geschwärzten Stumpf zurück und schnitt den verbrannten Teil mit einem Messer ab. Eine alte Frau, die kaum größer war als ein Kind, führte die Mutter weg. Jemand auf der oberen Terrasse begann, Lamm zu braten, und das Aroma von Fleischsaft trieb herunter.

»Eins von unseren«, sagte Addie mit einem Blick, in dem vielleicht so etwas wie Stolz stand.

Raif zwang sich zu nicken. Der Überfall war ein Erfolg gewesen: drei Mutterschafe, zwei davon mit einem Lamm, ein erst wenige Tage altes Lamm und ein altes Tier, das gut genug zum Essen war, und dazu Korn und Hirschtalg, Salz, Pferdefleisch, Käse, zwei Dutzend Zwerghühner und ein Fass mit jungem Malzwhisky.

Totgeburt hatte seinen Stoßtrupp mit eiserner Hand geführt und die Dorfleute in den Schafspferch getrieben, während sie plünderten. Ein paar Dorfbewohner waren verwundet worden. Einer war tot. Raif hatte zugesehen, wie Linden Moodie ihn niedergeritten hatte – einen großen, alternden Dhoonemann, der an der Axt ausgebildet war. Der Dhoonemann hatte den Fehler gemacht, die Verteidigung zu organisieren, weil er vielleicht glaubte, dass Verstümmelte auf Ponys nicht gegen Clansmänner zu Pferd ankommen konnten. Er hatte nicht mit der vollkommenen Verachtung der Verstümmelten für Pferde gerechnet. Pferde zählten im Spalt nicht. Sie konnten nicht dazu gebracht werden, die Hängebrücke zu überqueren, ertrugen die Höhe, die steilen Abgründe und felsigen Treppen der Klippenstadt nicht und brauchten absurde Mengen von Futter. Ein Hügelpony lebte von dem wenigen Gras, das in den Steinritzen der Simse wuchs, und von den Überresten der Getreidevorräte, und die kleinen, kräftigen Tiere genügten den Verstümmelten vollkommen.

Raif und ein zweiter Bogenschütze, ein Städter mit Adern wie Spinnweben auf den Händen, sollten auf die Pferde schießen. Sie schossen die Pferde der Clansmänner unter ihnen weg, und dann ritten Linden Moodie und seine Leute die Clansmänner nieder. Moodies Männer beherrschten sich gut, als der Dhoonemann und seine Genossen sich ergaben, aber Linden Moodie selbst war über jede Vernunft hinaus wütend geworden.

»Du hast wohl geglaubt, du könntest gegen uns ankommen?«, schrie er und ritt mit dem Breitschwert in der Hand auf den Dhoonemann zu. »Wir sind keine Clansleute wie ihr. Nicht perfekt. Nicht unversehrt. Sehen wir mal, wie du dich fühlst, wenn ich was von dir abschneide! Sehen wir doch mal, wie du dich wehren kannst.«

Linden Moodie hatte dem Mann den Arm an der Schulter abgehackt, bevor Totgeburt und die anderen Verstümmelten ihn aufhalten konnten. Danach hatte Totgeburt Moodie in einer gewaltigen Umarmung gepackt und den Atem und den Zorn aus ihm herausgedrückt. Während er ihn langsam losließ, befahl Totgeburt Raif, die verbliebenen Dorfbewohner in den Schafspferch zu treiben. Als Raif zögerte und zu dem verwundeten Dhoonemann hinschaute, fauchte Totgeburt: »Der da ist schon tot.«

Raif wusste das – der Dhoonemann hatte zu viel Blut verloren –, aber es ging hier noch um etwas anderes. Totgeburt tadelte Linden Moodie nicht für seine Gewalttätigkeit, und Raif führte die Clansleute in den Pferch und hörte, wie Totgeburt nach der Schnapsflasche rief und erklärte, sein Bruder bräuchte einen Schluck.

Der Rest war schnell vorbeigegangen. Die Steinhütten der Clansleute wurden geplündert, die Kornkammern aufgebrochen, die Hühnerställe geleert. Die Pferde wurden geschlachtet und das Fleisch mitgenommen. Raif zerlegte einen Wallach und steckte die Hühner in Käfige. Als der Morgen dämmerte, zitterte er vor Erschöpfung. Die Clansleute im Pferch waren still, einige schliefen. Es waren nicht viele, vielleicht insgesamt sechs Familien. Raif hatte sie abwechselnd mit den anderen Männern bewacht. Er ging im Kreis um den Pferch mit der Steinmauer herum, das geborgte Schwert in seiner Hand unausgewogen, ein Muskelband in seiner Brust seltsam angespannt.

Es war dumm – er hatte geglaubt, die anderen Dorfbewohner würden ihn als Clansmann erkennen. Aber wenn er ihnen in die Augen sah, erkannte er nur Angst und Verachtung.

Er war nur ein weiterer Verstümmelter.

Es war schon hell, als seine Wache zu Ende ging und der Trupp sich in die Hügel zurückzog. Der Rückweg dauerte zwei Tage, denn die Ponys waren so schwer beladen. Linden Moodie und seine Leute betranken sich am letzten Abend mit jungem Whisky. Sie schlugen ihr Lager zwischen den kahlen Eishügeln und Riedtümpeln auf, die die nördlichen Ausläufer der Kupferhügel bildeten. Die erste Welle von Fliegen war aus dem Schmelzwasser ausgeschlüpft, und die Ponys wurden zerstochen. Die Verstümmelten drängten sich um Schutz an das Feuer und reichten die Schafsblase mit dem Whisky von Hand zu Hand. Linden Moodie trank viel. Der dichte schwarze Bart, der die untere Hälfte seines Gesichts bedeckte, war eine

Falle für Essenskrümel und Asche, und er zog die Finger hindurch, als sein Blick auf Raif fiel.

»Auf die Clans«, sagte er und hob die Schafsblase über das Feuer. »Mögen die Götter sie verdammen!«

Er ließ los, und die schlaffe Schafsblase fiel ins Feuer. Die kleine Menge Alkohol, die noch darin gewesen war, explodierte sofort und schoss in einer violetten Flammenkugel nach oben. Addie Gunn, Totgeburt und der Rest der Verstümmelten nickten angespannt, ihre Gesichter von dem brennenden Alkohol grotesk beleuchtet. Totgeburt murmelte: »Die Götter mögen sie alle verdammen«, und einen Augenblick später wiederholten es auch die anderen.

Raif spürte, wie ihm das Blut in die Wangen stieg. Er wollte plötzlich losrennen, wollte vor diesen Männern fliehen, die auf eine Art und Weise nicht unversehrt waren, die er gerade erst zu verstehen begann. Aber das tat er nicht. Er saß da und starrte ins Feuer und wusste mit kalter Sicherheit, dass er sie angreifen und direkt auf ihr Herz zielen würde, wenn sie ihn jetzt bedrängten.

Totgeburt sah das vielleicht in Raifs Augen, denn er lenkte die Aufmerksamkeit auf sich, indem er eine Blutwurst aus dem Feuer zog und die heiße Wurst zwischen seinen Fingern tanzen ließ. Bald schon lachten die Verstümmelten und machten Witze, und das Thema Clans wurde fallen gelassen oder vergessen. Nur Linden Moodie erinnerte sich noch. Er beobachtete Raif von der anderen Seite des Feuers aus und rieb mit dem Finger über die Garrottennarbe, die seinen Hals umgab.

Raif zog seinen Orrlumhang fester um sich, als er zusammen mit Addie Gunn am Rand entlangging. Sie hatten den

Spalt am Tag zuvor überquert, und für den Abend war ein Festessen geplant worden, um die Beute zu verteilen. Totgeburt würde gefeiert werden. Er informierte Raif, dass sie das Salz aufteilen würden – gleiche Portionen für Männer, Frauen und Kinder –, und das Pferdefleisch würde geräuchert und verteilt. Raif hatte als Mitglied der Truppe, die den Überfall durchgeführt hatte, ein Recht auf einen Sonderanteil, aber Totgeburt riet ihm, ihn lieber nicht anzunehmen. Ein Außenseiter sollte nicht mehr nehmen, als ihm rechtmäßig zustand.

»Ich habe heute früh ein Stück von diesem Schaf aufs Feuer gelegt«, sagte Addie jetzt zu ihm. »Es wird auch für zwei reichen.«

Raif setzte dazu an, den Kopf zu schütteln, aber dann hielt er inne. Addie Gunn war einmal ein Clansmann gewesen. »Hört sich gut an.«

Er ließ sich von dem kleinen dunkelhaarigen Hochländer zu seinem Feuer führen. Addie schlief dicht an der eingestürzten Ostmauer hoch oben auf der Klippe, wo Adler nisteten und der Wind aus dem Kargland den Stein in glasige Wellen schliff. Bis sie oben waren, hatte es aufgehört zu schneien, und Raifs Herzschlag hatte sich beschleunigt.

»Ja«, sagte Addie, der Raifs Kurzatmigkeit zufrieden bemerkt hatte. »So geht es allen Neulingen.«

Er trat eine Hand voll Steine aus dem Weg, als er auf ein Feuer zueilte, das am Eingang seiner Steinzelle brannte. Sie waren hier dicht am Rand, und Raif konnte weiße Kraniche sehen, die auf dem Weg nach Norden hier innegehalten hatten und nun große Kreise im Spalt zogen. Addie hockte sich ans Feuer und begann, mit einem Elchknochen in den glühenden Kohlen zu stochern. Eine Schafsschulter, überzogen mit einer sahnigen Fettschicht, lag auf einem kleinen Dreifuß über den Flammen. Addie streute eine Faust voll getrockneter Blätter über das Fleisch. Beinahe sofort stieg der scharfe Geruch von Minze mit dem Rauch auf. Addie sah Raif erwartungsvoll an, und Raif zeigte seine Anerkennung mit einem feierlichen Nicken. Er verstand langsam, dass vieles hier im Spalt selten war, und wenn ein Mann bei einem Gericht, das er zubereitete, Kräuter hinzufügte, dann erwies er seinem Gast damit eine Ehre.

Raif lehnte sich gegen den Felsen und wagte eine Frage: »Kommst du aus dem Herdfeuerclan?«

Addie sagte nichts, sondern stieß die Keule nur mit dem Elchknochen an, um zu sehen, ob sie schon durch war. Rosa Fleischsaft zischte in die Flammen. Als Raif bereits glaubte, er hätte einen Fehler gemacht – immerhin hatte er einen Verstümmelten nach seiner Vergangenheit gefragt –, sagte der Hochlandhirte: »Waren es meine Ohren, die mich verraten haben?«

»Sie sind tatsächlich ziemlich groß«, gab Raif grinsend zu. »Und auch die Augen«, fügte er rasch hinzu, weil er Addie nicht beleidigen wollte. »Wie bei Dhooneleuten, nur grauer.«

Addie nickte. Herdfeuer war fünfzehnhundert Jahre Dhoone angeschworen gewesen, und Heiraten hatten für viele Ähnlichkeiten gesorgt. Herdfeuer nannte sich selbst die Hand von Dhoone, und ihr Clanspruch lautete: *Unsere Vergangenheit legt Zeugnis ab von unserem Ruhm. Und uns steht es zu, die Zukunft zu schreiben.* Sie waren diejenigen, die die Geschichte der Ansiedlung und des Zeitalters davor, als die Clans noch im Weichen Land im Süden gewohnt hatten, für künftige Generationen bewahrten. Gerüchte erzählten von einer großen, mit Blei ausgeschlagenen Schatzkammer, die so tief in den Felsen unter dem Rundhaus des Clans versenkt war, dass sie nun von Grundwasser umgeben und seit mehr als hundert Jahren versiegelt war. Das Rundhaus war um einen uralten Steinbrunnen gebaut worden, der als Königsquelle bekannt war, denn jeder Dhoonekönig war vor seiner Krönung mit diesem Wasser gewaschen worden. Der Königsbrunnen enthielt angeblich das reinste Wasser im Clanland, und in den finsteren Zeiten nach den Verteilungskriegen, als ein Clan nach dem anderen Opfer des Flussfiebers wurde, hatte nur Herdfeuer keine Verluste einstecken müssen. Tem sagte immer, die Leute von Herdfeuer brauten mit diesem Wasser den besten Malzwhisky im ganzen Clanland.

»Das ist alles lange her«, sagte Addie, stieß sein Handmesser in das Fleisch und hob es vom Feuer. »Und ich habe nie einen Schwur abgelegt.«

Raif erkannte den Stolz in seinen Worten. *Ich habe meinen Clan vielleicht verlassen, aber ich habe keinen Eid gebrochen.* Selbst ein Verstümmelter hatte Selbstachtung. Raif atmete aus. Er wusste, wozu ihn das machte.

»Ich hatte nie viel für Clans und Clanangelegenheiten übrig«, fuhr Addie fort. »Räume mit geschlossenen Türen kamen mir immer wie Gefängnisse vor. Ich fühlte mich immer von Höhen angezogen, vom Hochland. Ich verbrachte die Nacht lieber auf einem Felsen, mit nichts außer einem Grünholzfeuer zum Schutz, als innerhalb von vier Wänden. Alle sagten, ich wäre verrückt, und mein Vater hat versucht, es aus mir herauszuprügeln. Er war ein Quellenmann, einer der zehn besten Krieger im Clan, und die Götter sollten ihm helfen, wenn sein mittlerer Sohn ein Schafhirte würde. Selbstverständlich hat er sich durchgesetzt – Vater hat sich immer durchgesetzt –, und ich wurde an der Axt ausgebildet.« Addie schnaubte. »Ein kleinwüchsiger Kerl wie ich! Aber als es daranging, den Eid abzulegen, hatte ich mich schon entschlossen. Bin in der Nacht davor weggerannt und in die Hügel geflohen. Ich habe nie zurückgeblickt.«

Während er sprach, hatte Addie das Fett von der Keule geschabt und das zarte gräulich-rosa Fleisch darunter entblößt. Er schnitt tief gegen den Knochen und löste einen Keil Fleisch ab. »Hier«, sagte er und bot ihn Raif auf dem Messer an. »Das beste Fleisch im Spalt.«

Raif beugte sich vor, um es entgegenzunehmen. Er kniete sich ans Feuer, riss ein Stück von dem Fleisch ab und steckte es sich in den Mund. Es schmolz praktisch auf seiner Zunge und schmeckte intensiv nach Schaf und Minze. »Gut.«

Addie nickte. Er lächelte nicht, aber er war erfreut.

»Bist du im Clanland geblieben«, fragte Raif, »nachdem du weggerannt bist?«

»Überwiegend. Schafhirten leben nach den ältesten Gesetzen im Clanland, nach den Schafsgesetzen. Wir ziehen durch das Gelände aller Clans, wir folgen unseren Herden. Wenn unsere Herde länger als neun Tage auf fremdem Clanland grast, dann schulden wir diesem Clan ein Schaf – deshalb sind wir ständig unterwegs. Und wenn man Dickhörner hütet wie ich, zieht man das Hochland vor. Im Hochland gibt es nur wenige, die sich von dir auf die Zehen getreten fühlen und sich beschweren, weil deine Schafe ihr Heidekraut fressen. Das ist Freiheit – oder jedenfalls so etwas Ähnliches. Du bist deinem Clan einigermaßen nahe, aber nicht so nahe, dass er dich beherrschen würde.«

»Und warum bist du gegangen?«

Addie legte die Keule hin. Seine Finger waren fettig, und er wischte sie sich am Hemd ab. »Gegangen? Gegangen? Niemand verlässt einfach so das Clanland. Man wird entweder vertrieben oder ausgestoßen. Sieh dir doch Totgeburt an! Der beste Schwertkämpfer in seinem Clan – aber haben sie ihn etwa geachtet? Nein. Sie sahen ein Ungeheuer, keinen Mann. Ich habe in dem Winter, als der Östliche Fluss zufror, das Knochenfieber bekommen. Ein paar Hirten von Blackhail haben mir die Schafe gestohlen, als ich bewusstlos im Schnee lag. Wenn du das Knochenfieber sehr schlimm hattest, brauchst du Jahre, um deine Kraft wiederzuerlangen. Du zitterst. Es gibt Tage, da wird dir dauernd schwarz vor Augen. Und deine Beine, deine verdammten Beine sind weich wie Zweige, die zu lange im Wasser waren. Und jedes Mal, wenn du einen Schritt machst, fällst du, und jedes Mal denkst du dir: *Ich werde mich an den Mistkerlen rächen, die mir meine Schafe weggenommen haben*, aber du kommst nur bis zum nächsten Hügel, und dann fangen deine Knie wieder an zu zittern, und du könntest ebenso gut gleich tot sein.«

Addie hielt inne und holte Luft. Als er wieder sprach, war seine Stimme leiser, und er klang beinahe verwundert. »Ich wurde nicht unbedingt vertrieben, sondern nur ... missachtet. Ein Schafhirte, der keine Bergbeine mehr hat, ist so viel wert wie eine Mistgabel ohne Zinken – das sagen sie dir wenigstens. Ich bin noch ein paar Jahre geblieben, hab im Frühjahr beim Lammen geholfen, war auf dem Dhoonemarkt. Aber es gab immer wieder Zeiten, da meine Beine nicht funktionierten, und es dauerte nicht lange, bis ich nicht mal mehr Tagelöhnerarbeit bekam.

Das war der Herbst, in dem ich den schlimmsten Rückfall hatte. Ich war östlich von Herdfeuer unterwegs, im Gelände des Verlorenen Clans. Ein passender Name, denke ich, da es mir selbst dort auch nicht besser ging. Als ich aufwachte, stellte ich fest, dass man mich zum Spalt geschleppt und für tot liegen gelassen hatte. Sie nennen es das Lebewohl eines Schafhirten. Wenn du alt, krank oder verwundet bist, fahren sie dich in einem Karren dorthin und lassen dich liegen. Sie geben dir Essen für einen Tag, und dann hast du die Wahl. Entweder stürzt du dich in den Spalt, oder du gehst hinüber und wirst ein Verstümmelter.«

Addie stand auf und wandte sich dem Spalt zu. Die weißen Kraniche sammelten sich für den Weiterflug nach Norden, und ihre kläglichen Schreie hingen in der Luft. Der Hochlandhirte schien sie nicht zu hören. Er hatte seine Aufmerksamkeit auf den grauen Nebel und die steinigen Gipfel des Clanlands gerichtet. Er schwieg lange Zeit, und Raif wartete, denn er wusste, dass Addie noch nicht fertig war.

»Und weißt du, was das Schlimmste war?«, fragte er schließlich. »Das Schlimmste war, dass ich wirklich glaubte, ich sollte springen. Ich habe mein Horn mit Heiligem Stein geöffnet und bin an den Rand gegangen. Ich habe den Kreis gezeichnet, die Götter angerufen und ...« Er schnaubte leise. »Ich konnte es nicht. Ich hab mich damals für einen Feigling gehalten, aber das tue ich inzwischen nicht mehr. Ich habe überlebt. Und es kommt mir so vor, wenn man den Wert eines Mannes bemisst, ist die Fähigkeit zu überleben ein recht wichtiger Teil.«

Addie wandte sich Raif zu. Er sah müde und seltsam verwundbar aus, aber wieder stand dieser Stolz in seinen Augen.

»Im Clanland war Totgeburt ein Ungeheuer, und ich war ein fiebernder Schwächling. Aber sieh uns an, sieh dir jeden Mann, jede Frau und jedes Kind im Spalt an: Wir halten nicht nur aus, wir blühen hier auf.«

Raif spürte, wie Addies Worte ihn berührten, aber er wollte das nicht. *Ich bin ein Clansmann,* wollte er rufen. Zum ersten Mal seit dem Tod von Tanjo Zehn-Pfeile berührte er sein Zeichen. Der Rabenschnabel war glatt und warm und leichter, als er ihn in Erinnerung hatte. Diese Leichtigkeit machte ihm Angst. Was hatte er verloren?

Addie sah, was Raif in der Faust hielt. Er sagte: »Clan ist nur eine Daseinsweise unter vielen. Sie haben ihre Krieger und ihre Heiligen Steine – alles gute Dinge –, und wenn du damit aufwächst, kannst du dir schwer vorstellen, dass irgendwas anderes vergleichbar wäre. Aber frage dich doch mal Folgendes: Ist der Clan besser dran, weil er Totgeburt verloren hat ... oder mich ... oder dich?«

Raif versuchte mit den Achseln zu zucken, aber er konnte es nicht. Addies scharfe graue Augen ließen es nicht zu. Raif drückte sein Zeichen und ließ es dann in die Höhlung seiner Kehle fallen. »Du und Totgeburt, ihr wäret ein Gewinn für jeden Clan«, sagte er, denn er wusste, dass es die Wahrheit war.

»Und du?«

»Du kennst mich nicht.«

»Ich wusste, dass du besser schießen würdest als Tanjo Zehn-Pfeile, als dein Leben davon abhing. Ich habe mit eigenen Augen gesehen, wie du eine Entscheidung zwischen drei Zielen getroffen hast, und obwohl du ein schönes Mutterschaf getötet hast, sind wir beide noch hier, um darüber zu reden. Ich sage, das macht dich zu einem, der überleben kann.«

Ach ja? Raif dachte an Duffs Herdhaus. Sechs Männer tot ... aber er nicht. Und das Ödland. Tem tot, ein Häuptling tot, dreizehn andere tot. Aber er und Drey hatten überlebt. Raif stand auf. Kalte Luft aus dem Spalt hatte seine Gelenke steif werden lassen, und er musste eine Hand an die Felswand legen, um sich zu stützen. Luft drückte gegen seine Trommelfelle, als sich der Druck für weiteren Schneefall aufbaute.

»Du trauerst um deinen Clan, das sehe ich«, sagte Addie. »Aber trauert dein Clan auch um dich?«

Raif suchte verzweifelt nach einem Grund, nicht den Kopf zu schütteln. *Drey. Nur Drey.*

»Schieb es beiseite. Nimm, was du gelernt hast, und bewege dich weiter. Ein Clansmann kann nie etwas anderes sein als Clan. Aber wir können mehr sein.«

Wie war das möglich, hier am Rand der Welt, ohne Verwandte, ohne Heiligen Stein, ohne Götter? Menschen kamen hierher, weil sie keine Wahl mehr hatten, und nicht, weil sie mehr suchten. Addies Worte waren nur ein Versuch, sich selbst zu betrügen. Aber warum klangen sie dann nicht danach? Und warum hatte sich Totgeburt gegenüber Linden Moodie wie ein Freund verhalten, nachdem er Raif doch gesagt hatte, dass Verstümmelte keine guten Freunde abgaben?

Raif holte tief Luft, um sich zu beruhigen. Er brauchte Antworten.

»Warum wurde das Neugeborene dem Spalt übergeben?«

»Das ist unsere Art.«

»Und Tanjo Zehn-Pfeile?«

»Das ist auch unsere Art.«

Raif erkannte den Starrsinn in Addies Stimme und war

froh darüber. Es gab ihm einen Grund, sich mit ihm zu streiten.

»Warum wurden ihm die Lider abgeschnitten?«

»Damit er sein eigenes Ende sieht.«

»Und das neugeborene kleine Mädchen? Ihre Lider waren zugenäht.«

»Sie war unschuldig. Sie sollte nicht –« Addie hielt inne.

»Sie sollte was nicht?«, drängte Raif. »Sehen? Was ist da unten, Addie? Wovor haben alle hier solche Angst?«

Der Clansmann sah Raif direkt in die Augen. »Das willst du nicht wissen.«

»Ach nein?« Raif hörte selbst, wie kalt seine Stimme klang. Er nahm sein Zeichen von der Kehle und zog es nach vorn, damit der Clansmann es sehen konnte. »Mein Clan hat mich Totenwächter genannt. Ich habe das Zeichen des Raben. Mein Vater und der Häuptling sind im Ödland getötet worden. Ich habe den Schwur gebrochen, für den mein eigener Bruder gebürgt hat, und meine Schwester zurückgelassen. Es wäre dumm anzunehmen, dass ich noch etwas zu verlieren habe.«

Addie trat einen Schritt zurück. Das große Stück Knorpel, dass seinen Adamsapfel bildete, bebte, als er Raif forschend betrachtete. Nach einem Augenblick schien er zu einem Entschluss zu kommen.

»Du weißt, dass Herdfeuer die Geschichte der Clans hütet?«

Raif nickte.

»Im Rundhaus dieses Clans wächst du mit alten Liedern auf, die alle anderen vergessen haben. Wenn dein Vater ein Quellenmann ist, dann hast du Zugang zur Halle des Wissens, wo viele alte Schriftrollen und Dokumente aufbewahrt werden. Das Wissen wird einfach ein Teil von dir, ohne dass du es merkst. Selbst wenn du ein Hirn mit so vielen Löchern hast wie ein räudiges Fell, bleibt etwas hängen. Man kann gar nichts dagegen machen. Unser alter Steinhüter war Rury Herdfeuer, ein Onkel des Häuptlings. Rury war ein schlauer Bursche. Er wusste, wie man den Wissensdurst eines Jungen weckt. Er erzählte uns die Geschichten von großen Häuptlingen, von Schlachten und Verträgen und leidenschaftlichen Duellen, bei denen keiner am Leben blieb. Er verabreichte uns diese Kenntnisse, ohne dass wir es merkten. Abends nach der Jagd führte er das gemeinsame Singen an. Er hatte eine wunderschöne Stimme, weich und voller Weisheit.«

Addie hielt inne und dachte nach. Seit er begonnen hatte zu reden, war wieder Schnee gefallen; große weiße Flocken, die hinuntersegelten wie Federn. Raif fragte sich, was aus den Kranichen geworden war.

»Es ist schon komisch, wie man sich manchmal an Lieder erinnert«, sagte Addie. »Du vergisst vielleicht den Namen deines ersten Hundes und welche Augenfarbe deine Mutter hatte, aber irgendein Unsinn von vor vierzig Jahren bleibt dir im Kopf, als wäre es dir in die Haut eingeritzt.«

Raif hörte sich fragen: »An was hast du dich erinnert?«

Addie zögerte. Er stand dicht am Feuer, und die aufsteigende Hitze hatte einen Schild um ihn gebildet und hielt den Schnee ab. »Ein Stück aus einem alten Lied.«

»Über mich?«

»Vielleicht.« Addie zuckte unbehaglich die Achseln. »Was du gesagt hast, hat mich jedenfalls daran erinnert.«

»Sag es mir.«

»Ich bin kein großartiger Sänger. Ich –«

»Dann sprich einfach die Worte.«

»Na gut.« Der Hochlandhirte schnaubte gereizt. »Du wirst ja sowieso keine Ruhe geben.« Er holte tief Luft, um sich zu beruhigen, und sagte dann mit seiner rauen, rauchigen Stimme:

»Mag die Erde auch beben, mögen Reiche vergehen
Er wird bestehen
Wenn sich Schatten erheben aus berstendem Stein
Wird er weise sein
Wenn das Böse wächst und zieht durch das Land
Er den Bogen spannt
Eine Festung fällt, leer wie ein Grab
Er wartet ab
Und wenn der Dämon erscheint in einer Welt voll Schmerz
Trifft er sein Herz.«

Der Schnee fiel in dem Schweigen, das Addies Worten folgte, noch dichter. Raif spürte eisige Flocken in seinem Haar und auf dem Kragen seines Orrlumhangs, aber er war taub gegenüber der Kälte. Er fühlte sich, als wäre er aus Stein. *Es sind nur Worte,* sagte er sich, aber er wusste, das war nicht die Wahrheit, und das Echo kehrte wieder. *Worte, die zu mir gehören.*

Er verstand, was sie bedeuteten. Beinahe. Sie bewegten sich am Rand seiner Wahrnehmung wie ein schriller Vogelruf, der im normalen Hörbereich begann und dann darüber hinausging. Und sie brachten seine Nerven zum Zucken, setzten Fetzen von Erinnerungen frei und ließen Bilder hinter seinen Lidern flackern: Drey, der ihm den Schwurstein in die Faust drückte; Sadaluk, der ihm einen

Pfeil überreichte, der Abschwörerritter, der murmelte: *Wir suchen ...*

Raif blinzelte, und die Bilder vergingen. Er wusste, dass der Hochlandhirte ihn beobachtete, und wartete, mit einer Miene, die halb Angst, halb Resignation war.

Abrupt schüttelte Raif den Schnee ab. »Erzähl mir vom Spalt, Addie.«

Der kleine dunkelhaarige Mann zeigte mit einem Nicken, dass er der Frage nun nicht mehr ausweichen wollte. Er sah sich um und überzeugte sich, dass man sie nicht belauschte, dann sagte er: »Die Erdkruste ist hier dünn. Das Kargland, das Ödland, der Spalt: Sie alle befinden sich auf berstender Kruste. Es gibt Schluchten, Frostaufwerfungen, Geysire, heiße Quellen. Alles sind Brüche in der Erde. Und der Spalt ist der größte davon. Es ist ungeheuer tief, und es gibt Leute, die behaupten, es wäre *zu* tief, es reichte bis an einen Ort, an dem sich Welten begegnen, einen grauen Ort, an dem Leben und Tod nur einen Lämmeratem voneinander entfernt sind. Herdfeuer weiß etwas darüber, aber der größte Teil des alten Wissens ist vergessen worden oder versiegelt. Mit denen von unserer Bruderschaft ist es ganz ähnlich: Sie wissen gerade genug, um Angst zu haben.«

Addie hielt inne und streckte die schwieligen Hände aus, um sich an die Felswand zu stützen. »Wir sprechen nicht davon. In dieser Hinsicht sind wir wie die Clans; wir vergraben alles, was Ärger machen könnte, ganz tief. Ich bin kaum der richtige Mann für deine Fragen. Ich habe Schafe gehütet, und jetzt stehle ich welche. Was weiß ich schon von den Tagen dunkler als Nächte, die uns bevorstehen?«

Er sah Raif an, und Raif begegnete seinem Blick, ohne mit der Wimper zu zucken.

Addie schnaubte resigniert. »Du hast gefragt, wieso die Brüder ihre Toten in den Spalt schicken. Das kann ich dir sagen. Sie versuchen, es zu versiegeln. Sie glauben, wenn sie genug Leichen hineinwerfen und genug Blut vergossen wird, können sie verhindern, dass der Spalt weiter aufreißt. Was da drunten ist, kann ich nicht sagen. Unschuldigen wie dem Neugeborenen wird das Privileg gewährt, es nicht herausfinden zu müssen. Ihre Augen werden ihnen genommen, so dass sie nicht sehen, was auf sie wartet. Tanjo hingegen hat Traggis Mole blamiert. Er sollte das Duell gewinnen, damit deutlich wird, was für ein Lügner du bist. Aber so ist es nicht gekommen, und die Menge war aufgepeitscht und wollte Blut sehen. Traggis hatte keine andere Wahl, als ihn in den Spalt zu schicken. Es ist ein hartes Land, in dem wir leben, und die Verstümmelten haben Respekt vor einem harten Mann. Traggis hat Tanjo Zehn-Pfeile den schlimmsten Tod bereitet. Er hat ihn lebendig runtergeschickt, ohne Augenlider, damit er das Entsetzen nicht einmal auf diese Weise ausschließen kann.« Addies Hand zuckte an die Taille und tastete nach etwas, das nicht mehr da war: seinem Heiligen Stein.

Raif tat so, als hätte er das nicht bemerkt. Es gab Dinge, die zwischen einem Mann und seinen Göttern bleiben mussten.

Er fragte: »Was glauben die Brüder denn, was herauskommen wird, wenn der Spalt weiter aufreißt?«

Addie schüttelte den Kopf. »Stell dir deinen schlimmsten Albtraum vor, und nimm das mal zehn. Das wäre ein Anfang.«

Raif nickte. Der Hochlandmann sprach eine Sprache, die er verstand. »Der Spalt ist aber keine Festung«, sagte er.

»Ja«, antwortete Addie und wusste sofort, wovon Raif gesprochen hatte. »Das Lied war ganz eindeutig, was das anging.«

»Du sagtest, es gäbe andere Brüche in der Erde?«

»Im Kargland wimmelt es davon. Nur weil der Spalt der größte ist, muss das nicht bedeuten, dass es auch die Stelle ist, die als erste nachgibt.«

»Es ist nur die schlimmste.«

Addie lachte leise und grimmig. Er schien der gleichen Meinung zu sein.

Ash. Mit Ash hatte alles begonnen. Raif legte den Kopf zurück und ließ sich den Schnee aufs Gesicht fallen. Sie hatten beide versagt, und nun drängten die Schatten ins Freie. Addies Lied wies darauf hin, dass sie verlangsamt oder vollkommen aufgehalten werden könnten, aber das würde bedeuten, die Stelle zu finden, die als erste nachgeben würde. *Wir suchen,* hatte der Abschwörerritter gesagt. Hatten auch die Ritter nach diesem Ort gesucht?

Raif hob die Hand und wischte sich den Schnee aus dem Gesicht. Die Haut um seine Augen fing an, taub zu werden. Er war ein Clansmann. Er verfügte nicht über die Gelehrsamkeit der Ritter und konnte nicht so gut Spuren lesen wie die Sull. Wieso glaubte Addie, dass er derjenige sein könnte, der alles aufhalten würde?

Wir können mehr sein. Raif schüttelte die Worte des Hochlandhirten wieder ab. Er wollte nicht, dass sie der Wahrheit entsprachen.

Als er Schritte auf der Treppe unter sich hörte, nahm er sich zusammen. *Später.* Er würde später darüber nachdenken, wenn es dunkel war.

Addie kehrte an sein Feuer zurück und kümmerte sich wieder um das Fleisch. Er winkte Raif zu sich und sagte so laut, dass es auch ein Lauscher auf der Treppe würde verstehen können: »Trinkst du noch einen Tee, bevor du gehst?«

Als Raif den Kopf schüttelte, erklang ein Ruf von unten.

»Addie! Ist Zwölftöter bei dir da oben?« Totgeburt.

»Ja«, rief Addie zurück und entspannte sich beinahe unmerklich. »Komm rauf und iss mit. Wir teilen uns ein Stück Fleisch.«

Totgeburts großes, zerstörtes Gesicht kam über der Kante des Simses in Sicht. Er schwitzte und war außer Atem. »Ich hab keine Zeit, Addie. Der Räuberhäuptling lässt mich Botengänge machen, als wäre ich ein Mädchen.« Er wandte sich Raif zu. »Ich weiß nicht, was du diesmal angestellt hast, Junge, aber ich wette, es war nichts Gutes. Du sollst um Mitternacht zur Häuptlingshöhle kommen. Traggis Mole will dich sprechen, und zwar allein.«

7
Feilschen

Das Rundhaus des Clans Schneefuchs war ein seltsamer Ort, dachte Bram, als er mit einem schwer beladenen, mit einem Tuch zugedeckten Tablett durch die unteren Flure ging. Teile des Gebäudes erinnerten kaum an ein Rundhaus. Die meisten anderen Clanfestungen hatten hohe, gewölbte Hallen, die man über breite Rampen und Treppen erreichte, aber das Schneefuchshaus war wie ein Irrgarten angelegt. Meilen weiß getünchter Flure verliefen in alle erdenklichen Richtungen, und alle sahen gleich aus. Man musste genau aufpassen, um sich zurechtzufinden.

Der weiße Stein, der hier verbaut worden war, schimmelte nicht und nahm auch keinen Ruß an, also sah alles alterslos aus, obwohl das Haus schon seit dreitausend Jahren stand. Und es gab keine unterirdischen Kammern oder Gewölbe. Bram hatte sich darüber gewundert, bis Guy Morloch ihm die Verteidigungsstrategie von Schneefuchs erklärt hatte. Das Rundhaus lag in einer flachen Senke, zweihundert Schritt nördlich des Flusses. Ein System alter Pumpen und Zisternen, errichtet von dem großen Häuptling Huxlo Schneefuchs, erlaubte es, das unterste Stockwerk des Hauses in Kriegszeiten zu fluten. Die Steine waren wasserdicht, berichtete Guy, und alle wichtigen Räume des Rundhauses befanden sich in den beiden oberen Stockwerken. Der Clan zog sich einfach nach oben zurück. Eindringlinge würden sie dort nicht erreichen, und das Wasser konnte wieder herausgepumpt werden, wenn die Gefahr vorüber war.

Bram hielt das für eine schlaue Idee, aber er wunderte sich, wieso Guy Morloch ihm das erzählte. Guy war ein Schwertkämpfer von Schneefuchs, der sich Robbies Sache erst vor kurzem angeschlossen hatte. Wie hatte Robbie es geschafft, sich seine Loyalität so vollständig zu sichern?

Das war eine Frage, auf die Bram lieber keine Antwort wollte. Außerdem hatte er dafür jetzt keine Zeit. Er war schon hinter den anderen zurückgefallen, und er wollte sie nicht vollkommen aus dem Blickfeld verlieren. Robbie war wegen dieses Abends nervös genug, und seine Laune würde nicht besser werden, wenn etwas schief ginge.

Nur eine Hand voll Männer waren ausgewählt worden, Robbie Dun Dhoone bei seinem Besuch beim Häuptling von Schneefuchs zu begleiten: Iago Sake, Duglas Oger, Guy Morloch und der Schwertkämpfer, der vor kurzem aus Skinner Dhoones Lager zu Robbie übergelaufen war: Jordie Sarson. Bram und Jess Blain bildeten als Pagen die Nachhut.

Die Sonne ging gerade unter, und das schwindende Licht fand irgendwie seinen Weg ins Rundhaus, warf lange, komplizierte Schatten und bewegte sich wie Flüssigkeit in kleinen Wellen über die weißen Steine. Guy Morloch ging voran. Er und Robbie waren die Einzigen, die keine Körbe, Säcke oder Tabletts trugen. Bram wusste nicht, was sich in den Behältern befand, die die anderen dabei hatten, aber er konnte erraten, um was es ging: Bestechung. Robbie Dhoone wollte etwas vom Häuptling von Schneefuchs.

Als sie in ein höher gelegenes Stockwerk des Rundhauses kamen, bemerkte Bram, dass man hier statt der weißen Steine Sandstein verwendet hatte. Die beiden Steinarten passten nicht so recht zusammen, und statt hellen, gleichmäßigen

Mauern gab es nun solche mit einem Flickwerkmuster. Bronzefackeln waren in den weicheren Sandstein gehämmert, und ein Fackelmann war damit beschäftigt, ihre Brennstoffbehälter mit Rapsöl zu füllen.

Um diese Tageszeit waren die Clanmitglieder an ihren Feuerstellen versammelt, tranken Bier und aßen, und Robbies Gruppe kam auf ihrem Weg zur Nebelhalle nur an wenigen Leuten vorbei. Guy Morloch legte ein forsches Tempo vor. Wie alle auserwählten Gefährten Robbies trug er einen bodenlangen Umhang aus schwerer dhooneblauer Wolle mit Distelverschlüssen. Robbie hatte einen ähnlichen Umhang, nur dass der seine mit goldschwarzem Fischerfell gesäumt war wie die Mäntel der alten Dhoonekönige.

Nachdem sie eine steile frei stehende Treppe hinaufgestiegen waren, standen sie vor einer Doppeltür, die von zwei Speerkämpfern bewacht wurde. Die Männer kreuzten ihre Waffen und versperrten ihnen den Weg. »Wer da? Was ist euer Begehr?«, fragte der ältere der beiden.

Guy Morloch trat vor, aber Robbie legte ihm die Hand auf die Schulter und hielt ihn zurück. »Hier kommt Robbie Dun Dhoone«, sagte er. »In Angelegenheiten von Königen und Häuptlingen.«

Der Wortwechsel war eine Formalität – die Besprechung war bereits zwischen Robbie und dem Fuchshäuptling vereinbart, und die Wachen mussten das wissen –, aber Robbies Worte machten mehr daraus. Erst vor acht Wochen hatte er im Erdgeschoss dieses Rundhauses sein Lager als Gast und Bittsteller aufgeschlagen. Nun stand er vor den großen Toren zur Nebelhalle und verlangte, den Häuptling von Gleich zu Gleich zu sehen.

Bram sah zu, wie die beiden Wachen Haltung annahmen und damit unbewusst auf die Autorität in Robbies Stimme reagierten. Der ältere von beiden schlug mit dem stumpfen Ende des Speers an die Tür. »Macht auf! Robbie Dun Dhoone möchte den Häuptling sehen.« Die Doppeltür schwang auf, und die Gruppe betrat die Nebelhalle.

Wie die Gruft der Dhoonefürsten galt auch die Nebelhalle im Schneefuchshaus als ein Wunder des Clanlands. Ganz oben im Rundhaus gelegen, bildete ihre Kuppeldecke die Mitte des Gebäudes. Der Raum bestand vollkommen aus dem besten weißen Stein, der als Nebelstein bekannt war. Und so sah es auch für Bram aus, als er hinter Jess Blain hereinkam: als beträte er eine Kammer, deren Wände und Decke aus Nebel bestanden. Man konnte beinahe nach draußen sehen und beobachten, wie der Himmel dunkler wurde und der Mond aufging. Als er aufblickte, sah er einen Schatten über das Dach ziehen. Ein Ziegenmelker, der nach Süden hin unterwegs war, zu seinem Jagdgelände am Fluss. Bram wurde von Ehrfurcht erfüllt. Die Steinblöcke, die die große Kuppel des Dachs bildeten, mussten mindestens drei Fuß dick sein, aber es war, als schaute man durch milchiges Glas.

»Hanratty Schneefuchs, der Baumeisterhäuptling, hat sein ganzes Leben damit verbracht, diese Kuppel zu errichten. Schon den richtigen Mörtel zu finden, hat ihn zehn Jahre gekostet.«

Wrayan Schneefuchs, Häuptling des Schneefuchsclans, erhob sich von ihrem Austernsessel und ging ihren Gästen entgegen. Eine Gruppe von Schwertkämpfern flankierte sie. Sie war in ein schlichtes, aber gut geschnittenes Gewand aus hellblauer Wolle gekleidet, und der silberne und rötliche

Zopf, für den sie bekannt war, fiel wie eine Kette über ihre Brust. Nun, da Spynie Orrl tot war, war nur noch der Hundelord länger Häuptling eines Clans als sie.

»Robbie«, sagte sie und nickte ihm zu. »Willkommen. Ich sehe, du bringst Guy wieder mit, um mich zu besuchen.«

Robbie grinste beinahe verlegen. »Er hatte Heimweh.«

Wrayan Schneefuchs warf den Kopf zurück und lachte. Es war ein angenehmer Klang, lebendig und kehlig, und es brach die Spannung in der Halle. »Duglas. Iago. Bram.«

Bram fragte sich, woher sie seinen Namen kannte. Er verbeugte sich, wie sein Vater es ihm beigebracht hatte, und aus irgendeinem Grund gefiel ihr das und verlängerte die Dauer ihres Lächelns.

»Ich habe gesehen, dass du die Kuppel bewundert hast«, sagte sie zu ihm. »Hanratty hat sie erbaut, aber um ehrlich zu sein, es war nicht wirklich seine eigene Arbeit.«

»Die Sull?«

Sie nickte. »Du hast einen klugen Bruder, Robbie. Ich sehe schon, wieso du ihn in deiner Nähe haben willst.«

Bram spürte, wie ihm das Blut heiß in die Wangen drang. Rasch warf er seinem Bruder einen Blick zu und sah, dass Robbie nicht so recht wusste, wie er reagieren sollte. Bis er sich zu einem nichtssagenden Lächeln entschieden hatte, hatte Wrayan Schneefuchs sein Unbehagen bereits bemerkt und machte weiter.

»Die Kuppel wurde in Einzelteilen im Trümmerwald gefunden«, sagte sie zu Bram. »Sie war Teil eines Gebäudes gewesen, das wohl einmal ein Tempel war. Selbstverständlich ist jetzt nichts mehr davon übrig. Der Wald hat alles zerbrochen und verschlungen.« Einen Augenblick lang sah

Wrayan Bram in die Augen und betrachtete ihn abschätzend, bevor sie ihre Aufmerksamkeit anderen Dingen zuwandte.

Mit ein paar Worten sorgte sie dafür, dass genügend Stühle gebracht und um die Feuergrube in der Mitte aufgestellt wurden, und befahl, dass Bier und Milch gebracht und das Feuer zugedeckt wurde, damit sie sich besser rings um die Feuerstelle unterhalten konnten. Das alles hätte auch schon vorher angeordnet werden können, erkannte Bram, aber dann hätte Wrayan Schneefuchs nicht den Vorteil gehabt, vor den Augen und Ohren der Gäste Befehle geben zu können.

Als alles fertig war, standen fünfzehn Stühle rings um das Feuer, und die Lager waren beinahe gleich stark. Wieder einmal hatte Wrayan Bram überrascht, indem sie auch für ihn und Jess Blain Stühle vorgesehen hatte. Als eine Frau von einem zum anderen ging und den traditionellen Schluck Milch in die Bierhörner goss, lehnte sich Wrayan zurück und sprach Robbie an.

»Also, Robbie Dhoone, was willst du von mir?«

Robbie war darauf vorbereitet. Er legte die Hände auf seine Knie und atmete tief und gleichmäßig durch. »Ich muss Dhoone wieder einnehmen.«

Wrayan Schneefuchs reagierte nicht. Sie war seit beinahe dreißig Jahren Häuptling, und Bram nahm an, dass sie einen Punkt erreicht hatte, an dem sie sich nicht mehr so leicht überraschen ließ.

»Es ist an der Zeit, dass Bludd vertrieben wird«, fuhr Robbie fort. »Sie haben zu viel Macht, und das Clanland bricht ringsumher zusammen. Ohne Dhoone gibt es kein Zentrum, kein Herz. Das Clanland ist verwundbar, und am schlimmsten wird es die mittleren Clans treffen: Herdfeuer, Withy, Gnash,

Croser –« Er hielt inne und sah dem Häuptling in die Augen. »Schneefuchs.«

Wrayan presste die Lippen zusammen in einer Geste, die Zustimmung ausdrücken konnte oder auch nicht. »Weiter.«

Robbie beugte sich vor. »Die Macht muss zum Dhoonesitz zurückkehren, Wrayan, das weißt du ebenso gut wie ich. Wann hast du das letzte Mal eine Nacht durchgeschlafen, seit du weißt, dass Bludd vor deiner Tür sitzt?«

Das Lächeln des Häuptlings war überraschend freundlich. »Du bist jung, Robbie, sonst würdest du wissen, dass ein Clanhäuptling selten eine Nacht durchschläft. Was Bludd vor meiner Tür angeht, so vergisst du, dass Schneefuchs nach Norden gut geschützt ist. Wir haben den Östlichen Fluss und die Schluchten, die uns schützen. Und«, – das sagte sie mit einem wissenden Blick zu Guy Morloch –, »wie du sicher gehört hast, ist unser Rundhaus noch nie eingenommen worden.«

Guy Morloch lief rot an. Robbie blieb allerdings ruhig und wirkte sogar amüsiert. Er zuckte liebenswert die Achseln. »Es ist meine Pflicht, so viel zu erfahren, wie ich kann.«

»Und es ist meine Pflicht, meinen Clan zu beschützen.«

Das war eine Warnung, begriff Bram, und Robbie war weise genug, es zu akzeptieren. Er ließ sich einen Augenblick Zeit, um sich zu beruhigen, und nun war seine Miene vollkommen ernst. Als er wieder sprach, klang er eindringlich. »Ich brauche deine Hilfe, Wrayan. Du hast mich freundlich aufgenommen, als ich mit Skinner brach und eine Basis brauchte, um Leute um mich zu sammeln. Du hast mir dein Haus, deinen Schutz, deinen Segen gegeben ... und es ist dir doch sicher klar, dass ich mich gefragt habe, warum.«

Es war sehr still in der Halle. Hitze stieg von den zugedeckten Kohlen auf und ließ die Luft zwischen Robbie und dem Häuptling flirren. Die Männer rings um Wrayan waren erfahrene Krieger, kräftig und ergrauend, in den letzten Jahren ihrer besten Zeit. Bram sah, dass einer eine Glasphiole an seinem Schwertgürtel trug. Graue Flüssigkeit bewegte sich sachte darin, wenn der Mann atmete. Es stimmte also: Der Erste Krieger von Schneefuchs trug seinen Anteil am Heiligen Stein in Wasser mit sich, damit er die Mischung trinken konnte, bevor er in den Kampf ritt oder starb.

Wrayan Schneefuchs wandte sich nun dem Ersten Krieger zu, und die beiden wechselten einen kurzen, vielsagenden Blick. Wrayan richtete sich ein wenig gerader auf und sagte: »Robbie, dieser Clan hat dir geholfen, weil wir glauben, dass Dhoone einen starken Anführer braucht, wenn es sein Haus zurückerobern will. Skinner ist kein solcher Mann. Ich selbst habe ihm Informationen geliefert, als der Bluddhäuptling und seine Streitkräfte nach Süden marschierten und Ganmiddich einnahmen. Das Dhoonehaus war fünfzehn Tage lang verwundbar, aber Skinner entschied sich, nicht zu handeln. Das werde ich ihm nicht verzeihen. Ich habe diesen Clan achtundzwanzig Jahre lang angeführt, und die Zeit hat mich vieles gelehrt. Nichts jedoch war wichtiger als dies: *Ein Häuptling, der zögert, tötet seinen Clan.*«

Selbstverständlich, dachte Bram. *Sie spricht von Mittelschlucht. An diesem Tag hat Blackhail fünfhundert Schneefuchskrieger getötet. Und all das, weil der alte Häuptling – Alban Schneefuchs, Wrayans Bruder – das Feld für die Schlacht zu spät gewählt hatte.*

Bram sah, dass Wrayan ihn beobachtete und seine Miene ganz richtig deutete. Er wandte sich rasch ab. Aus irgendeinem Grund wollte er nicht, dass Robbie ihr Interesse bemerkte.

Robbie hob die Hand an die Kehle, hakte die Distelverschlüsse auf und ließ seinen Umhang über die Stuhllehne fallen. Er sagte: »Wenn die Zeit kommt, brauchst du dir keine Sorgen zu machen, dass ich zögern werde. Ich bin jung, ja, und einige werden sagen, ich habe meine Fähigkeiten noch nicht unter Beweis gestellt. Aber eins sollst du wissen: Ich werde mir Dhoone zurückholen. Der Dhoonesitz gehört mir, und mit deiner Hilfe werde ich ihn früher zurückerhalten. Aber wenn du dich weigerst, solltest du wissen, dass du mich nur verlangsamen, aber nicht aufhalten kannst.«

Als Robbie sprach, fand eine subtile Veränderung in der Nebelhalle statt. Iago Sake und der Rest von Robbies Truppe setzten sich gerader hin, richteten sich auf und hoben das Kinn. Der riesige Axtkämpfer Duglas Oger nickte, als Robbie fertig war, und murmelte heiser: »Genau.«

Wrayan Schneefuchs ließ sich nicht anmerken, ob sie ihn gehört hatte. Ihre Krieger waren ein wenig unruhig geworden, und zum ersten Mal begriff Bram, wieso sie keine jüngeren Männer an dieser Begegnung hatte teilnehmen lassen. Es würde einem Krieger schwer fallen, Robbies Selbstvertrauen zu widerstehen. Jedes Wort, das er aussprach, versprach Ruhm.

Robbie lehnte sich zurück und nahm sich Zeit, seine Manschetten zurechtzuzupfen. Als selbst ernannter Häuptling war er der Einzige der Dhoonegruppe, dem man das Vorrecht zugestanden hatte, in der Nebelhalle Waffen zu tragen, und seine Hand ruhte auf dem Griff seines Schwerts, als er darauf wartete, dass Wrayan sprach. Bram, der seinen Bruder beobachtete, erkannte plötzlich, dass Wrayan hier kaum eine Wahl blieb. Guy Morloch und zwanzig andere Fuchsmänner hatten ihren Clan bereits für Robbies Sache verlassen, und es würde nicht viel brauchen, noch andere wegzulocken.

Wrayan Schneefuchs wusste das ebenfalls, und in ihrer Stimme lag eine gewisse Schärfe, als sie sagte: »Aha. Was also willst du von mir?«

»Ich brauche zweihundert Hammer- oder Axtmänner und doppelt so viele Schwertkämpfer.«

Wrayans Kriegern war ihr Unbehagen anzusehen. Sechshundert Männer. Das war unerhört. Selbst Robbies Gefährten waren überrascht. Duglas Oger riss den Mund auf, und Guy Morloch schaute vollkommen verdutzt drein. Nur Wrayan Schneefuchs und Robbie Dun Dhoone bleiben ruhig und sahen einander über das Feuer hinweg abschätzend an wie rivalisierende Schwertkämpfer.

Wrayan schüttelte den Kopf. »Da ist unmöglich, Robbie. Bitte um etwas anderes.«

»Ich denke, es ist möglich, und ich denke, es wäre klug von dir, wenn du mir die Männer geben würdest.«

»Klug?«

Robbie beugte sich vor. »Wenn du mir die Männer, die ich brauche, hier und jetzt gibst, werde ich sie unter Lehensrecht akzeptieren. Unter diesem Gesetz werden mir, wie du weißt, die Männer nur für begrenzte Zeit unterstehen. Ihre Eide an Schneefuchs werden bestehen bleiben, und sie werden zu deinem Haus zurückkehren, wenn der Feldzug zu Ende ist.« Zugluft ließ ein paar Flammen aufflackern, und plötzlich konnte Bram die Kälte in Robbies dhooneblauen Augen sehen. »Weigere dich, und mir bleibt keine andere Wahl, als

Männer aufzunehmen, wie sie kommen, sie mit einem Schwur an mich zu binden und sie zu Dhoonemännern zu machen. Sie werden Schneefuchs nie wieder sehen.«

Wrayan erhob sich, und ihr Stuhl rutschte kratzend auf dem Steinboden zurück. »Du spielst mit dem Feuer, Robbie Dhoone.«

»Das muss ich tun, wenn ich mein Haus zurückgewinnen will.«

Sie nickte bedächtig und erkannte an, dass er die Wahrheit sagte. »Ich nehme an, du hast bereits mit einigen meiner Männer gesprochen?«

Robbies Lächeln war liebenswert, aber es wärmte nicht. »Du kennst mich gut. Ich gebe zu, dass ich Versprechen von etwa hundert erhalten habe. Aber verdamme sie dafür nicht. Sie sind jung. Sie wollen kämpfen.«

Wrayans Hand hatte das Ende ihres Zopfs gefunden. Dort, fest mit dem Lederverschluss verbunden, hing die abgebrochene Spitze eines Geweihs. Ein Hirschzeichen. Sie wog es nachdenklich in der Hand. War es möglich, dass hundert Fuchsmänner ihren Eid für Robbie aufgeben wollten?

Mit tiefem Seufzen ließ Wrayan ihr Zeichen fallen. »Was bietest du mir dafür?«

Robbie stand auf. »Jess. Bram. Bringt die Geschenke. Wir müssen Wrayan zeigen, wie sehr wir sie schätzen.« Bram spürte Wrayans Blick auf seinem Rücken, als er zu der Mauer ging, wo man die Säcke und Körbe abgelegt hatte. Robbie und Iago Sake hatten alles insgeheim eingepackt, hatten sie aus den großen Kriegstruhen ausgewählt, die sie in der Nacht, als Bludd zugeschlagen hatte, aus dem Dhoonehaus hatten retten können. Sie waren schwer, so viel wusste Bram, und er betete zu den Steingöttern, dass er nichts fallen lassen würde. Jess Blain schien einen sechsten Sinn zu haben, was Gewicht anging, denn es gelang ihm, nur die Dinge auszuwählen, die er leicht tragen konnte, und Bram diejenigen zu überlassen, die schwer wie Blei waren.

Als alles zum Feuer gebracht worden war, entließ Robbie Bram und Jess mit einem Nicken. Und dann zog er sein Schwert. Sofort waren die Fuchsmänner aufgesprungen und hatten ihre Waffen gezogen, aber Robbie hob bereits die Arme, um seine Friedfertigkeit zu bezeugen.

»Für die Schnüre«, sagte er.

Die Fuchsmänner kehrten zu ihren Stühlen zurück, die Gesichter verlegen und verärgert gerötet. Robbie hatte sie dazu gebracht, etwas Peinliches zu tun – sein erster Fehler, wie Bram dachte –, und nun handelte er rasch, um diese Situation hinter sich zu bringen. Mit einer einzigen Bewegung schnitt er den ersten Sack auf, und Ballen von Goldtuch, karmesinrotem Damast, Silbergewebe und bernsteinfarbenem Samt fielen heraus. Die Frau, die ihnen ihr Bier und die Milch eingegossen hatte und nun dicht neben der Tür stand, keuchte. Robbie wandte sich ihr zu und lächelte. »Für die Damen des Clans.«

Bram erkannte einiges von dem Tuch. Es stammte aus dem Überfall, den Duglas Oger an der Seestraße durchgeführt hatte. Solches Material mit Seide und Goldfaden wurde nirgendwo im Norden gewoben und musste den ganzen Weg aus dem tiefen Süden gebracht werden. Sein Wert im Clanland war unermesslich. Der nächste Sack enthielt wunderschöne Felle: ganze Luchsfelle, Blaufuchs, Nerz, Grauwerk, Ozelot, Hermelin, Feh und Zobel. Auf dem Tablett, das Bram getragen hatte, befanden sich drei Dutzend Gallenblasen von Bären, in Schichten von Salz eingelegt. Ein weiterer Sack enthielt kupferne Broschen, Umhangfibeln, Halsreifen und Handgelenkschützer mit Saphiren, Mondsteinen, Diamanten und blauem Topas. In einem Korb befand sich eine Rüstung, die in Gaze gepackt war. Robbie hielt den Brustharnisch hoch, damit Wrayan ihn genau sehen konnte, das in Waben gehämmerte Metall, die Versilberung und die Gravuren und das Distelwappen, das sich um den Hals zog.

Wrayan Schneefuchs war immer noch kühl, aber Bram konnte das Funkeln von Gier in ihren Augen erkennen. Diese Rüstung war für eine Königin gefertigt worden, und nicht für irgendeine Königin, sondern für die große Weinende Moira persönlich. Sie hatte vor tausend Jahren am Fliegenhügel darin gekämpft, und die Clans wussten nicht mehr, wie man Metall zu Waben bearbeitete, so dass es leicht war, aber so fest wie Stein.

Und Robbie war immer noch nicht fertig. Der letzte Korb war lang gezogen und flach und so schwer, dass Bram ihn nur hatte durch die Halle ziehen können. Robbie hielt inne, bevor er das Tuch aufschnitt, das ihn bedeckte, und sprach die sieben Krieger von Wrayans Leibwache an.

»Ich habe euren Frauen, euern Heilern, euren alten Männern und eurem Häuptling Geschenke angeboten. Und nun biete ich euch Schwerter zum Geschenk.«

Robbie schnitt das Segeltuch auf und zog es zurück, und heraus fielen zwanzig Schwerter, die Spitze an Griff gepackt waren. Ihre Schneiden schienen sich zu bewegen, funkelten von blauem Licht. Jeder Mann im Zimmer erstarrte. Wasserstahl. Dhoonekönige hatten ihn geschwungen, Krieger hatten dafür getötet, und nur ein einziger Mann im Clanland kannte das Geheimnis seiner Fertigung.

Bram starrte die Schwerter wie gebannt an. Er hatte keine Ahnung, wie Robbie so viele hatte organisieren können. Kein Mann, der ein solches Schwert besaß, gab es freiwillig her. Und dann sah er es, beinahe oben in dem Stapel, der Knauf in Form eines Hasenfußes. Das Schwert seines Vaters. Das Schwert, dass Mabb Cormac zu Ehren seiner zweiten Frau Margret hatte umschmieden lassen. Der Zwilling der Klinge, die Robbie nun in der Hand hielt. Bram blinzelte. Das dort war sein Schwert!

»Ich sehe, die Gerüchte entsprechen der Wahrheit«, sagte Wrayan zu Robbie. »Du hast Skinner ein paar von seinen Kriegstruhen genommen, als du aus seinem Lager geflohen bist.«

Robbie zuckte die Achseln. »Ich spreche lieber davon, dass ich mir genommen habe, was mir zustand.«

Wrayan lachte, aber diesmal war es ein brüchiges Lachen und verklang schnell. Sie warf einen Blick zu ihren Kriegern, aber deren Aufmerksamkeit galt immer noch den Schwertern. »Du hast da ein paar hübsche Sachen mitgebracht, das muss ich zugeben.«

»Wasserstahl ist mehr als nur hübsch.«

»Was man sich leicht verschafft, kann man auch leicht wieder hergeben.«

»Du lehnst die Geschenke also ab?« Robbies Stimme war gefährlich unbeschwert.

»Nein. Ich werde sie annehmen. Aber ich will noch mehr.«

»Ich habe nichts mehr zu geben. Wenn du nur –«

Wrayan hob die Hand und bedeutet ihm zu schweigen.

»Erspar mir deine Proteste. Ein weiteres Schwert würde mir nichts bedeuten.«

»Was willst du dann?«

Als Bram auf Wrayans Antwort wartete, glaubte er plötzlich, dass alles, was bisher geschehen war, ausschließlich zu diesem Augenblick hingeführt hatte. Robbie war schlau, aber er saß hier zum ersten Mal an einem Verhandlungstisch, während Wrayan Schneefuchs seit dreißig Jahren ans Feilschen gewöhnt war. Draußen schien der Mond durch einen dünnen Wolkenschleier und ließ die gesamte Kuppel schimmern. Es war ein kaltes und fremdartiges Licht, und alle, die darunter saßen, sahen aus, als wären sie aus Stein gemeißelt. Bram schauderte, obwohl er sich sofort wünschte, das nicht getan zu haben, denn nun sah ihn der Häuptling des Clans Schneefuchs direkt an.

»Ich will, dass dein Bruder als Pflegesohn in unseren Clan kommt.«

8
Der Räuberhäuptling

Es war seltsam, dass der Schnee hier beinahe kein Wasser zu enthalten schien und offenbar nur aus trockenen Eiskristallen bestand. Raif spürte, wie er unter seinen Stiefeln knirschte wie Kreide, als er über das Sims ging und darauf wartete, dass es Mitternacht wurde.

Die Spaltmusik hatte begonnen, und Hunderte von Feuern flackerten auf den Simsen, eines am Eingang jeder bewohnten Höhle in der Stadt. Bei so vielen Feuern hätte es hell sein sollen, aber so war es nicht. Der Spalt strömte Dunkelheit aus wie ein Vulkan Rauch. Raif grinste bei diesem Gedanken. Häufig fühlte er sich innerlich alt, als hätten die Dinge, die er gesehen und getan hatte, ihn altern lassen, aber heute Abend fühlte er sich seltsam leicht. Verrückt. Verwirrt. Addies Lied hatte ihm einen Weg enthüllt, und er wusste, dass er nicht der Mann war, ihn zu nehmen. Aber wenn er es nicht tat, wer würde es dann tun?

Raif wusste die Antwort – er konnte sie in der Spaltmusik hören.

Niemand.

Ernüchtert wandte er sich vom Rand ab und ließ sich von der trockenen, rauchigen Luft abkühlen, bis er bereit war, sich dem Räuberhäuptling Traggis Mole zu stellen.

Raif war der Hauptmannshöhle nie so nahe gewesen, aber er wusste, wo sie sich befand. Die meisten Verstümmelten wohnten lieber auf den oberen Terrassen, näher an der Sonne und den Sternen, aber Traggis Mole hatte sich sein

Zuhause tief unten gesucht. Die unteren Terrassen waren der älteste Teil der Stadt, und die Mauern und Treppen waren nur grob behauen und neigten zum Einsturz. Vogelkot hatte die Vorsprünge weiß gefärbt, und eine Spur von Phosphoreszenz ließ die Kanten leuchten. Raif folgte einer Treppe, die so ausgetreten war, dass man Eichendielen über den bröckelnden Stein gelegt hatte. Darunter konnte er das zehn Fuß lange Feuer sehen, das am Eingang zur Höhle des Hauptmanns brannte.

Niemand hielt am Eingang Wache, und als Raif über das Sims auf das Feuer zuging, fragte er sich, was er tun sollte. Das Langfeuer flackerte heftig und riegelte die Öffnung der Höhle vollkommen ab. Die Helligkeit der Flammen verhinderte, dass er nach drinnen schauen konnte. Gerade, als er rufen wollte, wurde eine Steinplatte über die Kohlen geworfen, löschte einen Teil der Flammen und schuf eine schmale Brücke mitten durch das Feuer. Raif bewegte sich vorwärts. Er konnte immer noch nicht erkennen, was sich hinter den Flammen befand, aber die Botschaft war eindeutig.

Er trat auf die Steinplatte, hörte die Kohlen darunter knacken. Einen Augenblick lang toste es in seinen Ohren vor Hitze, und er roch verbranntes Haar, und dann war er sicher auf der anderen Seite. Rasch fuhr er sich über den Kopf und überzeugte sich, dass sein Haar nicht brannte. Aus dem Augenwinkel sah er, wie sich eine Gestalt in der Höhle bewegte.

»Es ist also wirklich ein Orrlumhang«, erklang Traggis Moles heisere, leise Stimme. »Die Flammen haben ihn berührt, aber er hat nicht gebrannt.«

Raif war zornig, weil Mole ihn beobachtet hatte. Er antwortete nicht und benutzte den Augenblick, den ihm das verschaffte, um sich umzusehen. Die Höhle des Häuptlings war schmal und gewunden, sie zog sich tief nach unten in den Felsen. Die Wände waren bemalt, und Raif konnte Spuren von Farbe durch die Schicht aus Ruß und Flechten erkennen, die den Stein bedeckte. Wind blies ihm ins Gesicht, und ihm wurde klar, dass die Höhle zu weiteren Höhlen und Gängen führen musste, die er nicht sehen konnte. Der bewohnte Teil war karg und ordentlich. Ein Strohsackbett war an einen flachen Teil der Wand geschoben, die Felldecke darauf gerade gezupft. Ein zweites Fell lag auf dem Boden nahe an einem schmiedeeisernen Kohlebecken und zwei ledernen Klappstühlen. Eine Truhe mit gewölbtem Deckel stand am Fuß des Bettes, und ein Waffenständer enthielt sowohl blanke Klingen als auch solche, die in Scheiden steckten.

»Tritt beiseite«, befahl Traggis Mole.

Sobald Raif das tat, zog Traggis Mole an einem Seil und zerrte damit die Steinplatte von den Kohlen. Flammen züngelten sofort wieder auf und blockierten den Weg in die Höhle. Und heraus.

Der Räuberhäuptling ging dicht an Raif heran und schnupperte. Die Bohrlöcher in seiner Holznase verursachten pfeifende Geräusche, als er einatmete. Er war teuer, aber unachtsam gekleidet, ähnlich wie Orwin Shank sich anzog, wenn er auf den Dhoonemarkt ging: bewusst, dass er seinen Wohlstand zeigen musste, aber gleichgültig, was das Wie anging. Raif erkannte gute Stücke aus mehreren Clans. Der schwer bestickte Waffenrock in allen Farben, die Heidekraut annehmen konnte, stammte vom Herdfeuerclan. Der doppelt gewebte Umhang mit dem Schwanenfedernbesatz hatte einmal einem Harknesskrieger gehört, und die Hasenfellhosen waren von der Art, wie sie die Frauen des Blackhailclans jeden Sommer herstellten, wenn es wilde Hasen im Wäldchen gab. Andere Gegenstände – Lederstiefel, ein metallener Schwertgürtel und ein leinenes Unterhemd, das am Hals und den Manschetten gerafft war – stammten wohl aus den Städten und waren Raif von der Machart her unbekannt.

»Nicht alle Orrlumhänge sind gleich«, sagte Traggis Mole und ließ Raif dabei nicht aus den Augen. »Nur ein paar davon sind auch gegen Flammen beständig: Umhänge, die für Häuptlinge und die Söhne von Häuptlingen hergestellt wurden. Aber selbstverständlich weißt du das alles.«

Raif erwiderte den Blick des Räuberhäuptlings und sagte kein Wort.

Traggis Mole verzog den gut geschnittenen Mund, und dann stand er plötzlich nicht mehr vor Raif, sondern ließ sich bereits auf einem der Klappstühle nieder. Raif fragte sich, wie es ihm gelang, sich so schnell zu bewegen.

»Wie alt bist du?«, fragte der Räuberhäuptling.

»Ich habe meinen achtzehnten Namenstag in diesem Winter gehabt.«

»Wann?«

Das war eine Frage, die Raif nicht beantworten wollte ... weil er selbst nicht ganz sicher war. »Vor kurzem.«

Traggis Mole ließ das Schweigen im Raum hängen, bis Raif sich gezwungen fühlte, etwas zu sagen.

»Vater behauptete immer, ich wäre in der Lammnacht zur

Welt gekommen, im letzten Wintermonat. Aber als ich noch ein Kind war, hat meine Mutter meinen Namenstag früher gefeiert, zum Winterfest.«

Sobald er das gesagt hatte, bereute er es. Er hatte es nie zuvor einem anderen Menschen gegenüber erwähnt, hatte nicht einmal mit Drey darüber gesprochen. Er hatte immer an dem Tag gefeiert, den Tem ihm angegeben hatte. Aber er konnte sich noch genau erinnern, dass seine Mutter ihm, als er vier Jahre alt geworden war, ein winziges Boot gegeben hatte, das er auf dem Bach schwimmen lassen konnte. Und das war am Winterfest gewesen, denn als er sein Spielzeugboot auf dem eisigen Bach beobachtet hatte, trugen die Clanmädchen ihr Winterweiß und flehten in ihren Liedern die Steingötter an, ihnen noch vor der Lammnacht einen Mann zu finden.

Traggis Mole saß vollkommen reglos da und beobachtete ihn. Raif war sich der Macht des Mannes bewusst, des Potenzials zu absoluter Gewalttätigkeit, das seinen Körper erfüllte wie Spannung einen Bogen.

»Die Vorländer sagen, wenn man ein Auge im Kampf verliert, ist das etwas Gutes, denn das Auge geht einem in den Himmel voran und schickt einem Ausblicke auf andere Welten. Ich habe eine Nase verloren, und inzwischen glaube ich, wenn ich mich beim Schnuppern genug anstrenge, kann ich eine Lüge riechen.« Der Räuberhäuptling hielt inne und versuchte, Raifs Reaktion einzuschätzen. »Ich werde dir jetzt eine Frage stellen, und wenn du mich belügst, werde ich dich töten. Hast du das verstanden?«

Raif nickte langsam. Er fürchtete diesen Mann.

Der Räuberhäuptling wartete auf den geeigneten Augenblick. Seine Augen waren so schwarz wie die Nacht, und man konnte seine Seele darin nicht erkennen. »Dieser Orrlumhang«, sagte er schließlich. »Hast du den Mann getötet, dem er gehörte?«

Die Frage war so überraschend, dass Raif einen Augenblick brauchte, sie zu begreifen. Der Orrlumhang? Er sah Traggis Mole in die Augen. »Nein.«

Zeit verging, aber Raif hätte nicht sagen können, wie viel. Alles war still, bis auf den Atem, der pfeifend durch die Nasenlöcher des Räuberhäuptlings drang. Plötzlich bewegte er sich, stand auf und ging auf den Waffenständer zu. Wieder legte er dabei diese Schnelligkeit an den Tag, als könnte er den Raum schrumpfen lassen. »Wie hast du ihn also erhalten?«

Raif hoffte, dass man ihm seine Erleichterung nicht ansah. »Ich habe ihn einem Toten abgenommen. Ich habe westlich von Orrl fünf Tote gefunden. Ich habe Kleider gebraucht.« Er war nicht stolz darauf, aber Traggis Mole hatte die Wahrheit hören wollen.

»Und du wusstest nicht, wer sie waren?«

»Nein. Es waren Orrlmänner, weiter nichts.«

»Dann würde es dich also nicht überraschen zu hören, dass einer von ihnen der Enkel eines alten Freunds von mir war, von Spynie Orrl?«

Raif schüttelte den Kopf. Er wusste, dass er in eine Falle gegangen war.

Der Räuberhäuptling nahm ein Langmesser in einer Scheide vom Waffenständer. »Du bist nicht, was du vorgibst, Raif Zwölftöter. Kein Weißwinterkrieger und nicht einmal ein Orrlmann.«

»Nein.«

Das Wort bewirkte, dass der Räuberhäuptling in der Bewegung innehielt. Er blickte von dem Langmesser zu Raif auf. »Linden Moodie sagt, du wärst ein Hailsmann. Hat er Recht?«

Raif spürte, wie ihm am Haaransatz Schweiß ausbrach. »Ja.«

Sofort war Traggis Mole da, hinter ihm, die blanke Waffe in der Hand, die Spitze des Messers an Raifs Adamsapfel. »Wen schützt du, dich selbst oder deinen Clan?«

Der Druck des Messers ließ Raif würgen. Er begriff nicht, um was es hier ging. Was wollte Traggis Mole von ihm? »Ich – ich weiß es nicht.«

Ebenso schnell, wie Mole das Messer gehoben hatte, nahm er es wieder weg. Er ließ Raif los, und Raif taumelte vorwärts, die Hand an der Kehle. Er spürte Feuchtigkeit, und was immer es sein mochte, Schweiß oder Blut, er wischte es weg, ohne es sich anzusehen.

Traggis lehnte sich gegen die Höhlenwand und betrachtete Raif forschend. Das Langmesser steckte wieder in der Scheide, nur der Horngriff war noch zu sehen. »Linden Moodie sagt, du hättest den Überfall in Gefahr gebracht, weil du einen Hirten hast laufen lassen.«

»Er sagt eine Menge. Und nicht alles davon ist wahr. Der Hirte war geknebelt und gefesselt. Er hätte niemanden warnen können.«

Der Räuberhäuptling nahm das mit einem knappen Nicken entgegen. »Was, wenn er ein Hailsmann gewesen wäre?«

Plötzlich musste Raif sich hinsetzen. Traggis Moles Gegenwart erschöpfte ihn. Er fühlte sich, als wäre er die ganze

Nacht wach gewesen und hätte Wache gegen schreckliche Ungeheuer gehalten. Ohne auf eine Aufforderung zu warten, setzte er sich auf den Klappstuhl, der ihm am nächsten stand. »Das kann ich nicht sagen.«

»Du wirst es aber sagen müssen.« Traggis Mole schob sich von der Höhlenwand weg. »Wir sind hier im Spalt und nicht im Clanland, und du bist jetzt bei den Verstümmelten. Du kannst nicht mehr zurück. Keiner von uns kann das. Wir möchten es vielleicht, wir träumen vielleicht jede Nacht davon, schmecken die warme Buttermilch auf unseren Zungen und spüren das Frühlingsgras an den Unterschenkeln. Aber wir wissen, dass es nur ein Traum ist. Wir sind gezeichnet, jeder von uns. Und niemand trauert uns nach.«

Als Traggis fertig war, ging ein Zittern durch die Höhle. Felsen setzten sich mit einem lang gezogenen, knurrenden Ächzen tief in der Erdkruste. Die Flammen des Lagerfeuers und des Feuers im Kohlebecken verfärbten sich grünlich, als Gas aufstieg. Dann wurde es wieder ruhig, bis auf den Staub, der wie Rauch von den Höhlenwänden quoll.

Der Räuberhäuptling zog die Holznase ein Stück von seinem Gesicht weg und ließ die Luft direkt in das Loch darunter eindringen. Sein Blick war eine Herausforderung an Raif: *Schau doch weg, wenn du es nicht aushalten kannst.* Als der Staub dünner wurde, steckte er die Holznase wieder zurück.

»Das hier ist vielleicht ein fauliges Wurmloch, aber ich bin sein König. Das mag dir mit deinem hübschen Umhang und deiner Clanehre nicht viel bedeuten, aber mir bedeutet es alles. Männer bleiben nur hier, wenn ich es erlaube. Du bist mit meiner Erlaubnis hier, und ich sage dir

mir«, sagte er und verschwand im Dunkeln hinten in der Höhle.

Raif stand auf. Er war froh, dass Traggis ihn nicht beobachtete, denn seine Beine waren wackelig. Er zwang sie zu gehorchen und eilte tiefer in die Höhle des Räuberhäuptlings.

Die Windströmungen wurden stärker und das Licht schwächer. Der Ruß von den Feuern war nicht bis hierher gedrungen, und Raif konnte nun die Bilder auf den Wänden erkennen. Einige Pigmente waren offenbar hergestellt worden, indem man die phosphoreszierenden Bestandteile des Steins genutzt hatte, denn Teile der Bilder leuchteten. Eine Landschaft war hier aufgemalt. Weites Grasland lag gelblichgrün im Sonnenschein. Hirsche und Auerochsen grasten auf den Ebenen, und Wolfsgeier und Vögel, die noch größer waren, kreisten über ihnen und suchten nach Beute. Ein Fluss schlängelte sich durch das Tiefland, eine silbrige Linie, die glitzerte wie echtes Wasser. Als das Licht schlechter wurde, konnte Raif diesen Fluss immer noch sehen.

»Hier«, rief Traggis Mole und zündete mit Hilfe eines Feuersteins eine talgbeschmierte Fackel an. Vor ihnen teilte sich die Höhle, und der Räuberhäuptling wartete an der Öffnung des westlichen Gangs auf Raif.

Irgendwann in dem lichtlosen Teil hatte sich das Gemälde auf der Mauer verändert. Der Fluss floss immer noch, aber die Landschaft, die er durchschnitt, war verwüstet. Die Hänge waren braun, das Gras tot oder am Sterben. Kadaver verwesten auf den Ebenen, und Vogelskelette lagen wie leere Körbe am Flussufer. Raif zog den Umhang um die Schultern, denn ihm war plötzlich kalt geworden.

Traggis führte ihn in eine kleine sternförmige Kammer. Der Hirschtalg in der Fackel brannte rot und rauchig und warf zittrige Schatten auf den bemalten Stein. Der Fluss war hier ebenfalls zu sehen, er umgab die Höhle, aber nun waren seine Flutebenen trocken und gefroren. Nackter Fels und Frost waren alles, was geblieben war.

»Halt fest.« Der Räuberhäuptling reichte Raif die Fackel. Genagelte Truhen, eisenbeschlagene Kisten und festgekettete Packkörbe bedeckten den größten Teil des Höhlenbodens. Der Schatz des Häuptlings, nahm Raif an und sah zu, wie Traggis einen Schlüssel aus dem Schwertgürtel nahm und sich neben eine ledergepolsterte Truhe kniete. Das Schloss ließ sich leicht öffnen. Staub stieg aus dem Deckel auf, als Mole ihn hochklappte.

Der Räuberhäuptling holte etwas heraus, das die Größe eines Handmessers hatte und in braunes Tuch gewickelt war. Ohne sich zu Raif umzudrehen, fragte er: »Wie gut kennst du deinen Clan?«

»So gut wie die meisten.«

»Warst du je in der Silbermine, die sie das Schwarze Loch nennen?«

Ein Funke von der Fackel berührte Raifs Handgelenk, als wollte er ihn warnen. »Ich war dort. Es liegt dort, wo die Kahlen Hügel in die Kupferhügel übergehen.«

Traggis drehte sich zu ihm um. »Oh, ich weiß, wo es ist.« Er kam wieder hoch und wickelte das Tuch ab. »Ich möchte nur wissen, wie lange das hier dort schon gefördert wird.«

Es war ein Goldstab, so hell und gelb, dass er beinahe echt zu sein schien. Traggis hielt ihn Raif entgegen und beobachtete ihn dabei genau.

Raif hatte bisher noch nicht oft Gold in der Hand gehabt: ein Ring, der seiner Muter gehört hatte, und ein Kästchen für pulverisierten Heiligen Stein, das Orwin Shank an Festtagen benutzte. Gold war schwer, das wusste er, es war selten und wurde von allen im Norden begehrt. Er nahm den Stab in die Hand, und das Gewicht sagte ihm sofort, dass es wirklich Gold war. Nichts, nicht einmal Eisen, war schwerer.

Er reichte es dem Räuberhäuptling zurück. »Das kann nicht von Blackhailland stammen.«

»Ach ja? Und dennoch kommt es von einem Wagen, der die Mine verließ, zusammen mit anderen solchen Stäben, die noch warm vom Schmelzofen waren.«

»Es gibt keinen Schmelzofen im Schwarzen Loch. Das Roherz wird zum Rundhaus gebracht.«

Traggis Mole zog eine Braue hoch. »Es ist nicht schwer, einen Schmelzofen zu errichten. Du brauchst nur einen Blasebalg und eine Grube.«

Raif schüttelte den Kopf. »Auf dem Clanland ist noch nie Gold gefunden worden.«

»Nun, sie haben welches im Schwarzen Loch gefunden, und sie behalten es für sich.«

Der Räuberhäuptling wickelte den Stab wieder in das Tuch und legte ihn in die Truhe zurück. Als er sie zuschloss, warf Raif einen Blick auf das Wandgemälde über seinem Kopf. Der silbrige Fluss bog sich um einen einsamen Gipfel. Etwas an der Form des Bergs, die ihn wie eine verdrehte Trommel aussehen ließ, berührte Raif auf seltsame Art. Wo hatte er so etwas schon einmal gesehen?

»Ich habe das Schwarze Loch überwachen lassen«, sagte Traggis und brachte Raif damit wieder in die Gegenwart zurück. »Sie gießen Gold in diese Stabform und stapeln es. Alle zwei Monate zu Neumond werden die Stäbe nach Süden gebracht.«

Raif fragte: »Warum sagst du mir das?«

»Ich will dieses Gold haben.« Die Stimme des Räuberhäuptlings war gefährlich leise. »Und du wirst mir dabei helfen.«

»Dazu brauchst du mich nicht.«

»Ich denke schon. Du kennst das Land, du kennst die Clansleute. Und selbst wenn man dich in der Mine entdeckt, wird das keinen beunruhigen.«

Das Gefühl von Gefahr ließ Raifs Fingerspitzen kribbeln ... selbst die, die er nicht mehr hatte. »Warum greifst du nicht den Transportwagen an? Es ist nicht nötig, in die Mine zu gehen.«

Traggis zeigte auf die Truhe mit dem Gold. »Was glaubst du wohl, wo ich das hier herhabe? Ein Überfall auf den Wagen, der schief ging. Sie erwarten, dass der Wagen wieder angegriffen wird. Er wird wahrscheinlich scharf bewacht, vermutlich von Bogenschützen. Meine Leute könnten verwundet werden.«

Raif wollte sich ein Gegenargument ausdenken, aber sein Blick blieb wieder an dem Berg auf dem Wandgemälde hängen. Wie konnte er als Dieb nach Blackhail zurückkehren?

»Hast du ein Schwert?«

»Totgeburt leiht mir eins.«

»Gut.« Der Räuberhäuptling ging zum Eingang der Höhle. »Bring es morgen mit. Die Truppe bricht im ersten Morgenlicht nach Westen auf.«

Raif nickte.

Traggis sah ihn an. »Ich werde dich beobachten, Zwölftöter. Wenn du etwas, das mir gehört, in Gefahr bringst, wirst du es bedauern.«

Er war verschwunden, bevor Raif auch nur den Kopf heben konnte.

9
Verfolgt

Ash zog den Rock hoch und rieb Wolfsfett auf die Stellen, die vom Reiten wund gerieben waren. Erst brannte es, und das Wolfsfett roch nicht besonders gut, aber dann schmolz es in die Haut wie Butter. Ash stöhnte vor Erleichterung. Mal Neinsager hatte ihr erklärt, dass es besonders im Winter nur selten Wölfe gab, die Fett ansetzten, und sie hatten Glück gehabt, einen im Kargland zu finden. Ash musste grinsen. Immer wenn sie in der Maskenfestung irgendeine kleine Wunde gehabt hatte, hatte ihr Pflegevater seinen Diener Caydis Zerbina mit einer Schachtel Myrrhe und duftendem Ambra geschickt. Seitdem hatte sie einen langen Weg hinter sich gebracht. Und sie fühlte sich eine Million Jahre älter.

Jetzt muss ich nur noch weiser werden.

Sie warf einen Blick hinüber zum Lager, wo Mal Neinsager und Ark Knochenspalter am Feuer saßen und schweigend frühstückten. Ark sah erschöpft aus. Er hatte die späte Wache übernommen, als der Neinsager müde geworden war. Die Sull waren stärker als die meisten Menschen und konnten mehr ertragen, und es beunruhigte Ash, sie müde zu sehen. Sie ließ den Rock fallen und ging zu ihnen.

Sullkrieger bezeichneten diese Tageszeit bereits als Morgendämmerung – es war noch stockfinster, aber ein dunkelgraues Band, das man noch nicht als Licht bezeichnen konnte, hing am östlichen Horizont. Jeder Städter, der um diese Zeit wach wurde, würde einen Blick zum Himmel werfen und sich wieder hinlegen. Ash hatte zunächst ebenso empfunden, aber langsam veränderte sich das.

Sie wunderte sich manchmal über diese Veränderungen, fragte sich, ob das nur ein paar neu erworbene Gewohnheiten waren, oder ob es tiefer ging ... bis in ihr Blut.

Ich möchte jetzt nicht darüber nachdenken, sagte sie sich und kniete sich neben eine der Satteltaschen. Sie holte einen Beutel Brühe heraus, die über Nacht zu einer Kugel aus gelbem Eis gefroren war. Normalerweise tranken sie nur Brühe, wenn sie das Lager für die Nacht aufgeschlagen hatten, nachdem die Körperwärme der Pferde das Eis geschmolzen hatte. Aber als sie die tiefen Falten auf Arks Gesicht und die grauen Ringe unter seinen Augen sah, wollte sie unbedingt etwas tun, damit er sich besser fühlte.

Sie benutzte einen Stein, den sie aus dem Dauerfrost gestemmt hatte, hämmerte die Brühe in Stücke und warf sie in den Topf. Während sie dort spuckten und zischten und sich störrisch weigerten zu schmelzen, ließ Ash sich zwischen den beiden Fernreitern nieder und wartete auf das Tageslicht.

Sie hatten am Rand des Karglands ihr Lager aufgeschlagen; sie hielten sich immer an diesem Rand, wie Ark sagte. Ash wusste nicht mehr, wie lange sie schon in diesem seltsamen Niemandsland unterwegs gewesen waren. Ein Tag war wie der andere. Das Land war überwiegend flach, von Gletschern glatt gerieben, die sich schon lange zurückgezogen hatten, manchmal auch ein wenig felsig, aber stets tot. Das Einzige, was sich veränderte, war der Himmel. Die Wolken taten hier seltsame Dinge, war ihr aufgefallen. Sie drängten sich am Horizont, sahen aus wie Berge, sie kochten zu gewaltigen

Türmen hoch oder ließen sich in lang gezogenen Streifen nieder, die wie Pflugfurchen aussahen. Sie vergossen ihre Feuchtigkeit jedoch nie, und die Tage waren kalt und trocken und wurden noch kälter durch den scharfen, nach Eis riechenden Wind.

Das Kargland zermürbte einen. Es zu durchqueren war, als ginge man auf dem Wasser. Die Landschaft bot in ihrer Eintönigkeit keine Anregung für den Geist, und es schien, als führte jeder Schritt ins Nirgendwo. Die fest gefrorene Erde war eine Qual für den ganzen Körper, sie nahm einem die Kraft, ließ Schwielen wachsen und Muskeln zerreißen.

Ash fühlte sich zerschlagen. Gehen, reiten: Es war schwierig zu entscheiden, was am meisten wehtat. Zumindest konnte sie nachts schlafen, anders als die Fernreiter, die sich beim Wachehalten abwechselten. Sie bot ihnen zögernd an, ebenfalls eine Wachschicht zu übernehmen. Sie fürchtete Arks Lachen oder, noch schlimmer, seine Verachtung. Aber das brauchte sie nicht. Ark Knochenspalter war kein Penthero Iss. Seine Miene war ernst, als er ihr zuhörte, und er nickte ein oder zwei Mal. Er wollte es selbstverständlich nicht zulassen, aber seine Gründe konnte sie zumindest akzeptieren: Sie musste erst lernen, ihre Waffen zu beherrschen, und mehr über den Weg der Flamme erfahren.

Mas Rhal. Der Zustand vollendeter Furchtlosigkeit. Mal Neinsager hatte die Silberlampe, die mit einer blauen Flamme brannte, seit diesem ersten Abend in den Bergen nicht mehr herausgeholt, aber jeden Tag stellten er und Ark Ash kleine Aufgaben. Sie lernte, die Flamme zu visualisieren, sah sie vor einem schwarzen Hintergrund brennen. Mal bewog sie, sich vorzustellen, dass die blaue Flamme inmitten ihres Geistes leuchtete, an dem Ort, an dem ihre Gedanken ihren Anfang nahmen. Aber das war schwer. Eine einzelne Flamme schien zu wenig, um ihre Angst wegzubrennen.

Die Fernreiter hatten sie geprüft, und sie hatte häufig versagt. Vor fünf Tagen waren sie an einem Steinhaufen am Ende einer unfruchtbaren Ebene vorbeigekommen. Die beiden Fernreiter waren abgestiegen, und Ash hatte zugesehen, wie sie die Unterarme entblößten und sich zur Ader ließen. Es war ein Ort der Trauer, hatte Ark erklärt. Sull waren hier vor vielen hundert Jahren in einer wilden Schlacht gegen die Nacht gestorben. Ark und der Neinsager hatten minutenlang hier gestanden, still und ernst, und ihre Herzen hatten Blut auf das Schlachtfeld gepumpt, Tribut an die Toten. Erst später, nachdem sie das Lager für die Nacht aufgeschlagen hatten, wurde Ash klar, dass sie es ihnen hätte nachtun sollen.

Und das war nicht ihr einziger Fehler gewesen. An den meisten Tagen ritt der Neinsager voraus und erkundete den Weg. Ark folgte ihm. Eines Tages hatte Ark den Grauen zurückgehalten und Ash die Führung überlassen. Sie hatte zu diesem Zeitpunkt schon viel über das Spurenlesen gewusst – wo sie nach den Markierungen des Neinsagers suchen sollte, wie man Sullzeichen identifizierte, wie man feststellen konnte, dass der Weg erst vor kurzem benutzt worden war und ob das Land in der Umgebung sich verändert hatte, und sie war sicher, dass sie der Aufgabe gewachsen war. Der Morgen war auch recht gut verlaufen. Sie hatte Kopfschmerzen bekommen, weil sie sich dauernd über den Pferdehals lehnen und den Boden beobachten musste, aber sie hatte den Weg gefunden. Dann waren gegen Mittag Markierungen aufgetaucht, die Ash verwirrten. Das Zeichen des Neinsagers wies darauf hin, dass sie sich nach Süden und vom Kargland wegwenden sollten, aber Mals eigene Spur führte weiter nach Osten. Rasch wandte sie sich an Ark um Hilfe, aber er wich ihrem Blick aus. Es war eine Prüfung, erkannte sie, und sie beschloss, auf Nummer Sicher zu gehen, und wandte sich nach Süden.

Bis die Sonne unterging, hatte sie das Kargland hinter sich gelassen – und sich verirrt. Es gab keine Spur des Neinsagers, und sie zog nach Osten weiter, um ihn zu suchen. Als es Abend wurde, geriet sie in Panik, und schließlich wendete sie das Pferd und kehrte ins Kargland zurück. Dann endlich brach Ark sein Schweigen und befahl ihr, hinter ihm herzureiten. Er übernahm wieder die Führung, und sie verbrachte die nächste Stunde damit, im Sternenlicht seinen starren Rücken zu betrachten, in dem Wissen, dass sie versagt hatte.

Sie hatte Wegzeichen übersehen, war dann über einen alten Sullweg gestolpert, der nach Süden führte, und hatte sich schließlich auch von dem abgewandt. Und noch schlimmer: Sie war in Panik geraten. Ark sagte ihr, sie hätte auf dem Sullweg bleiben und sich darauf verlassen sollen, dass der Neinsager sie wiederfand. Niemals, *niemals* durfte sie sich ohne Führung ins Kargland begeben.

Sein Tadel brannte noch immer. Er nahm es schwer, wenn sie versagte.

Andere Prüfungen waren besser verlaufen. Eines Abends

hatte der Neinsager die Augenbinde aus der Satteltasche genommen und Ash gebeten, sich die Augen zu verbinden. Er befahl ihr, sich schweigend hinzusetzen und sich die Flamme vorzustellen, bis er ihren Namen sagte. Zuerst lauschte sie den Geräuschen, die Ark und Mal beim Errichten des Lagers machten: dem Einhämmern von Pfosten und dem Zerreißen von Segeltuch und dem Knacken von Feuerstein, als ein Funke geschlagen wurde, um das Feuer anzuzünden. Sie roch Hasenbraten, und das Wasser lief ihr im Mund zusammen. Später bemerkte sie den durchdringenden Geruch von Pferdeurin und den mineralischen Geruch von Tungöl, als einer der Fernreiter seine Waffen säuberte. Irgendwann danach hatte sie das Hörvermögen und den Geruchssinn verloren. Und das Zeitgefühl.

Die Flamme brannte leuchtend. Sie war wunderschön. Vollkommen blau mit einem schwachen goldenen Strahlenkranz an der Spitze.

Als Ash ihren Namen hörte, wurde sie wieder wach. Der Morgen dämmerte. Sie hatte die ganze Nacht mit verbundenen Augen dagesessen.

Sie lächelte, als sie sich daran erinnerte. Ihre Gelenke waren steif gewesen, Hände und Füße kalt, aber davon einmal abgesehen fühlte sie ich ausgeruht. An diesem Morgen hatte sie begonnen, sich als Sull zu fühlen.

Sie bemerkte, dass die Brühe endlich geschmolzen war, und sie rührte ein paar getrocknete Samenkapseln und einen Brocken Hasenfett hinein. Die Sonne ging nun auf, warf hell orangefarbenes Licht in die Wolken und ließ das Land rings um das Lager sichtbar werden. Wind war aufgekommen, und Federn und entwurzelte Weidenschösslinge wurden über die gefrorenen Ebenen geblasen. In der Ferne, im Südosten, entdeckte Ash ein paar dunkle Flecken, die sie am Abend zuvor nicht gesehen hatte. Sie sahen wie Bäume aus. Echte Pflanzen, keine Phantombäume, die von den Wolken herbeigezaubert worden waren.

»Trink«, sagte sie zu Ark und füllte sein Trinkhorn mit der Flüssigkeit. Er sah sie einen Augenblick lang an, dann nahm er das Horn entgegen. Die Brühe musste glühend heiß sein, aber er trank trotzdem einen Schluck.

»Sie ist gut«, sagte er leise, und dann, nach einem Herzschlag: »Tochter.«

Ash beschäftigte sich damit, ein zweites Horn für Mal zu füllen. Sie wagte nicht, Ark anzusehen.

Der Neinsager trank seine Brühe in einem einzigen Schluck. Sein Mund dampfte, als er sich bei ihr bedankte und erklärte, es hätte ihm sehr gut getan. Sie liebte diese beiden Männer, das wurde ihr klar, als sie zusah, wie Mal sein Pferd sattelte und Ark das Lager abzubrechen begann. Sie war Sull geworden, weil sie über diese seltsamen Kräfte verfügte und kaum eine andere Wahl hatte, aber diese beiden Männer waren der Grund dafür, dass sie auch Sull bleiben wollte.

Nachdem der Neinsager das Lager verlassen hatte, um den Weg auszuspähen, half Ash Ark dabei, das Zelttuch zusammenzurollen und die Pfosten auszugraben. Sie hatten dabei eine gewisse Routine entwickelt: Ash erledigte die leichteren Aufgaben – sie löschte das Feuer und sortierte die Vorräte, um die Rationen für diesen Tag zu planen –, während Ark die Pferde bepackte und Wasser holte. Wenn alles fertig war, wurden die Spuren des Lagers verwischt, und Ash holte die Sichel mit der Kette heraus und übte.

Sie hatte nun ein besseres Gefühl für die Waffe, und sie konnte die Kette innerhalb von Sekunden greifen und über ihrem Kopf schwingen. Heute machte Ark es ihr zur Aufgabe, sein Schwert zu fangen. Er trug all seine Pelze, die Rüstung und Handschuhe aus Hornplatten. Sein »Schwert« war ein Zeltpfosten, den er zurechtgeschnitten hatte. Einen horizontalen Gegenstand mit der Kette zu fangen verlangte, Geschwindigkeit und Winkel der Kette zu verändern, und Ash hatte Schwierigkeiten, den Arm zu senken, wenn die Kette in Bewegung war. Wenn die Metallträne mit den Chrysolithen nur noch ein paar Fingerbreit von ihrem Auge entfernt vorbeischwang, geriet sie in Panik, und sie ließ sie zu früh los. Ark ließ sie es wieder und wieder versuchen, bis sie die Angst verloren hatte.

Als sie fertig waren, taten ihre Armmuskeln weh und ihre Wangen waren glühend rot. Arks Luchsfell sah ein wenig räudig aus, und er betrachtete die kahlen Stellen stirnrunzelnd. »Du musst lernen, zurückzutreten, wenn du einen Schwertkämpfer angreifst. Du hast mich zu nahe herankommen lassen.«

»Naza Thani?«

Er nickte. »Die neun sicheren Schritte. Wir werden sie beim Reiten üben.«

Ash fragte sich, wie er das tun wollte. Als sie zu Pferd saßen und sich vom Lagerplatz abwandten, sagte er es ihr. »Wir werden hintereinander herreiten, du hinter mir. Und die ganze Zeit wirst du dafür sogen, dass der Kopf deines Pferdes sich genau neun Schritte hinter dem Schwanz des Grauen befindet.«

Ash schnaubte. Das würde einfach sein.

Sie begannen im Trab, und die Morgensonne schien ihnen hell ins Gesicht. Das Land war flach und mit Kalksteinblöcken übersät, und von Zeit zu Zeit begegneten sie seltsamen Flecken von Vagheit, die Ash inzwischen schon kannte. In diesen Flecken schimmerten die Dinge, und aus der Ferne sahen sie aus wie Hügel oder Städte oder Wälder, und dann kam man näher und sah nichts als Nebel. Ash fühlte sich jedes Mal betrogen.

Nachdem sie einmal eine Entfernung von neun Schritten zwischen dem Grauen und ihrem eigenen Pferd abgemessen hatte, war sie entschlossen, sie aufrechtzuerhalten. Aber als Ark die Geschwindigkeit zum Kanter erhöhte, wurde ihr klar, dass das gar nicht so einfach war. Der Graue hatte längere Beine und fließendere Bewegungen als der Schimmel, und sie musste den Wallach alle paar Sekunden galoppieren lassen, um Schritt halten zu können. Die Konzentration, die das brauchte, war ausgesprochen anstrengend, und der Schimmel wurde schnell unruhig über die geringfügigen Tempoveränderungen. Als Ark den Grauen abrupt zügelte, musste auch Ash rasch die Zügel kürzer nehmen. Und gerade, als es ihr gelungen war, ihr Pferd zu beherrschen, zog der Fernreiter einen neuen Trick aus dem Hut. Der Graue hatte eine fünfte Gangart, einen aufwendigen Schritt, bei dem er die Vorderbeine sehr hoch zog und der irgendwo zwischen Trab und Kanter lag. Der arme Schimmel hatte so etwas nicht in seinem Repertoire, und Ash musste zwischen Trab und Galopp wechseln, um den Abstand einzuhalten.

Ark hielt dieses Tempo für den größeren Teil einer Stunde. Ashs Hals war steif wie ein Brett, und sie nahm an, dass ihr nun der Abstand von neun Schritten unwiderruflich ins Hirn eingebrannt war. Sie erwartete beinahe, *Naza Thani* in Kreide in ihren Träumen eingezeichnet zu sehen. Genau darum war es schließlich auch gegangen. Und dann begriff sie etwas anderes. *Naza Thani* war die Grenze ihrer Sicherheit, die Entfernung, in der sie unversehrt bleiben und trotzdem zuschlagen konnte. Aber wenn sie nur in Sicherheit bleiben wollte, konnte sie weiter zurückfallen. Hier ging es um mehr als um ihre Fähigkeit, Entfernungen einzuschätzen; es war eine Lektion darin, wie man am Leben blieb.

Sofort zügelte Ash den Schimmel ein wenig. Ein Augenblick verging, während dem Ark weiter vor ihr herritt, bevor er begriff, was sie getan hatte. Dann drehte er sich im Sattel um und sah sie an. Seine Miene war ausdruckslos, und einen Augenblick glaubte sie, einen Fehler gemacht zu haben … dann nickte er. Nur ein einziges Mal.

Sie hatte die Prüfung bestanden.

Sie grinste seinem Hinterkopf zu. Die Sonne war schon lange hinter einem dicken Wolkenband verschwunden, aber irgendwie spürte sie seine Wärme. Sie blies dem Hals des Schimmels Küsse zu und versprach, ihn nie wieder so schlecht zu behandeln. Dann erinnerte sie sich, dass sie eine vertrocknete Möhre unten in einer der Taschen gesehen hatte. Eine Leckerei für das Pferd! Sie lehnte sich ungelenk im Sattel zurück und schnallte eine Satteltasche auf.

Als Ash ihre Faust an dem Zelttuch vorbeischob, hörte sie etwas heulen. Das Geräusch fühlte sich an ihrer Haut wie Eis an, kalt und hohl und von finsterer Sehnsucht erfüllt. Einen Augenblick lang erstarrte sie. Ihre Fingerspitzen begannen zu kribbeln, als das Blut sich daraus zurückzog. Rasch warf sie Ark einen Blick zu. Er war bei seinem Tempo geblieben.

Sie rief seinen Namen. Es kam wie ein Krächzen heraus. Er drehte sich um, und sein ganzes Wesen veränderte sich, als er ihr Gesicht sah.

Er sagte ein Wort in der Sullsprache, den Namen des Ersten Gottes, und fragte danach nur eins: »Wie nahe?«

Ash musste Luft holen. Mit diesen beiden Worten hatte er ihre Kräfte anerkannt, die Schattenwesen vernehmen zu können, und plötzlich wollte sie diese Kräfte unbedingt abstreiten. Sie wollte Sull sein. Ausschließlich Sull. Aber sie hatte hier keine Wahl – die hatte sie nie gehabt. Mit einiger Anstrengung fand sie ihre Stimme wieder. »Ich habe im Westen einen Ruf gehört. Es schien weit entfernt zu sein.«

Der Fernreiter entspannte sich beinahe unmerklich. Er warf einen Blick zum Himmel, schätzte die Tageszeit ein. »Wir werden uns beeilen«, sagte er und trieb den Grauen zum Kanter an.

Ash folgte, und sie flohen nach Osten. Es wurde Nachmittag, und sie kamen langsam von den Hochebenen in tiefer gelegenes Land. Der Boden wurde rauer, und ein oder zwei Mal erspähte Ash im Süden glitzernde Seen. Die Wolken waren in Bewegung und trugen ein Unwetter ins Clanland. Ash beobachtete sie und lauschte dabei ununterbrochen nach Verfolgern. Sie hörte das Heulen nicht noch einmal, aber sie spürte, dass etwas sie verfolgte, etwas, das ihr übel wollte.

Nach der Nacht in der Eisoase waren sie wachsam gewesen, aber es waren viele Tage ohne jeden weiteren Zwischenfall vergangen, und Ash hatte sich gestattet zu glauben, dass sie die Gefahr hinter sich gelassen hatten. Das war das Wunschdenken eines Kindes gewesen, und sie war zornig auf sich selbst, weil sie es zugelassen hatte. Ark und der Neinsager waren so wachsam gewesen wie eh und je: Sie hatten den Grund, wieso sie hier waren, nicht vergessen.

Ash war zu müde, um lange wütend auf sich selbst zu sein. Ark legte eine rasche Gangart vor und machte keine Pause für die Pferde mehr. Vor ihnen sah sie die dunklen Flecken, die sie in der Morgendämmerung schon bemerkt hatte. Sie kamen näher, und nun war sie sicher, dass es sich um Bäume handelte. Hatten sie das Ende des Karglands erreicht? Sie war nicht sicher, was im Osten lag. Wälder, hatte sie gehört, gewaltige Waldflächen, die sich über einen gesamten Kontinent erstreckten. Ihr Pflegevater besaß Schriftrollen aus Zwiebelschalen, auf denen Landkarten dieser Gegend dargestellt waren, wunderbare Illustrationen beschriftet in Hochschrift und vergoldet wie Gebetbücher. Schon als Kind hatte Ash nicht geglaubt, was dort abgebildet war. Die Karten füllten das Felsenland mit Gefahren: Drachen und Flüsse aus Lava, Eisschollen und giftige Sümpfe.

Ihr Pflegevater hatte ihr zu ihrer Skepsis gratuliert. Seltsam, so etwas bei einem Kind zu loben.

Ash wandte ihre Gedanken anderen Dingen zu. Sie konnte es sich nicht leisten, jetzt an Iss zu denken. Ihr Pferd zeigte Anzeichen von Müdigkeit; sein Schweif sackte nach unten, und es hatte Schaum am Hals. Sie machte sich Gedanken wegen des zusätzlichen Gewichts, das der Schimmel tragen musste, und erinnerte sich an den Riemen unter seinem Bauch, der das Gepäck abwerfen würde. *Wenn wir verfolgt werden, zieh an dem Riemen.* Es fühlte sich nicht richtig an, das jetzt zu tun, aber sie fragte Ark, ob sie nicht langsamer werden könnten.

Seltsamerweise hatte er nichts dagegen, und sie fielen in Trab. Arks Hengst glänzte vor Schweiß, aber er hatte Schweif und Ohren weiterhin lebhaft aufgerichtet, und er schien bereit weiterzulaufen. Der Fernreiter beugte sich vor und wischte dem Tier den Schleim aus den Augen.

»Ist der Neinsager vor uns?«, fragte Ash ihn.

»Er erwartet uns bei den Bäumen.«

Nachdem sie das gehört hatte, fühlte Ash sich besser. Dennoch, als die Sonne hinter das Wolkenband sank, sackte sie im Sattel erschöpft nach vorn. Ark reichte ihr eine kleine Silberflasche und bat sie zu trinken. Es war das Geistermahl, sie erkannte es am Geruch. Das Letzte, was sie getrunken hatte, war ein Becher Wasser vor der Morgendämmerung gewesen, und sie bemerkte, dass sie schrecklichen Durst hatte. Selbst jetzt war sie allerdings vorsichtig mit dem Geistermahl und trank nur einen kleinen Schluck. Dieses Zeug verursachte schlechte Träume, erinnerte sie sich. Es gab einem Kraft, aber man zahlte dafür.

Als das Licht verging, erreichten sie die ersten Bäume. Sie waren verkrüppelt, die Äste bleich und voller Fisteln. Rost fraß an ihren Nadeln, und Käfer hatten sich an ihren Rinden entlanggeknabbert. Totenwald. Ash erinnerte sich an diese Bezeichnung von den Landkarten. Dann befanden sie sich also nördlich des Bluddlands.

Ark zügelte den Grauen zum Schritt, als der Wald dichter wurde. Der Mond war noch nicht aufgegangen, und es gab wenig Licht. Nebel bewegte sich um die Hufe der Pferde, und Ash roch zum ersten Mal seit vielen Wochen feuchte Erde.

Das Geistermahl hatte ihre Sinne belebt, und sie nahm unterhalb des Geruchs nach Feuchtigkeit komplizierte Schichten von Verfall wahr. Auch ihre Nachtsicht wurde besser – Geistermahl war in dieser Hinsicht erheblich wirkungsvoller als Möhren –, und sie bemerkte, dass viele Bäume in Gruppen wuchsen und ihre kränklichen Setzlinge in schützenden Ringen um sich versammelten.

Ash war die Erste, die den Neinsager entdeckte. Er stand auf einer kleinen Erhöhung und beobachtete, wie sie sich näherten. Sein Pferd hatte er an einem Baum am Fuß des kleinen Hügels angepflockt. Seine Felle ließen ihn riesig aussehen, wie einen Gott, und er hatte sein Schwert in der Hand. Er machte sich nicht bemerkbar, bis sie näher kamen.

»Hass.« Das Wort beinhaltete vieles – einen Gruß, einen Ausdruck der Erleichterung ... und eine Frage.

Ark entgegnete das gleiche Wort, und einen Augenblick lang war Ash ausgeschlossen. Diese beiden Männer waren zwanzig Jahre lang Seite an Seite geritten.

»Wir werden verfolgt«, sagte Ark.

Mal nickte; das wusste er bereits.

Als Ash abstieg, knickten ihre Knie ein, und Mal eilte sich, eine Hand um ihre Taille zu legen, bis sie wieder Landbeine hatte. Er roch vertraut, und die absolute Sicherheit seiner Stärke war tröstlich. Er hatte eine kleine Lichtung als Lagerplatz ausgewählt, und Ash sah, dass er Holz für ein Feuer aufgeschichtet, es aber nicht angezündet hatte. Ein Waschbärenkadaver lag gehäutet und geviertelt in der Nähe.

Die beiden Fernreiter unterhielten sich leise, während Ash sich eine abgelegene Stelle suchte, um sich zu erleichtern und ihre wunden Stellen zu inspizieren. Eine Entscheidung wurde getroffen, und Ark kniete nieder, um das Feuer anzuzünden, während Mal begann, das Packpferd abzuladen. Als die Pferde gebürstet und getränkt waren und ein behelfsmäßiges Lager aufgeschlagen war, brieten sie die Waschbärenstücke knusprig und golden. Mal und Ash hockten am Feuer, tranken gekochtes Wasser, und Ark umkreiste die Lichtung und legte alle paar Schritte Schutzzauber. Das hatte er seit dem ersten Abend in den Bergen nicht mehr getan, und es machte Ash Angst.

Sie aßen schweigend. Ash kaute und schluckte, aber sie schmeckte nicht, was sie aß. Sie wünschte sich nur, sie könnte aufhören zu lauschen. Manchmal glaubte sie, so etwas wie ein leises Einatmen zu hören. Aber sie war nicht sicher. Sie hörte allerdings keine Rufe mehr, und schließlich stützte sie den Kopf auf die Knie und beobachtete die Flammen. Es war finstere Nacht, erkannte sie jetzt. Kein Mond- oder Sternenlicht konnte durch die Wolken dringen.

Einige Zeit später berührte Ark ihren Kopf. »Schlaf.«

Selbst im Feuerlicht sah sie ihm an, wie erschöpft er war. »Nur, wenn du auch schläfst.«

Sein Lächeln war so flüchtig, dass es ihr beinahe entging. »Vielleicht werde ich das ja tun. Der Neinsager wird Wache halten.«

Er holte Decken für sie beide, und sie legten sich ans Feuer. Der Neinsager ging hinüber zu den Pferden, nahm ihnen die Futtersäcke ab und sattelte sie, damit sie rasch fliehen könnten.

Ash spürte, wie sie müde wurde. Sie sah zu, wie Mal auf dem Hügel Posten bezog. Sein Schwert glänzte so blau wie die Sterne, die nicht zu sehen waren, und dieser Anblick bewirkte, dass sie sich sicherer fühlte. Sie schloss die Augen und schlief ein, und eine Weile träumte sie nicht.

Plötzlich wurde sie wach. Alles war still. Durch einen Riss in den Wolken war ein Stück Mond zu sehen. *Etwas stimmt nicht,* dachte sie, aber sie war nicht beunruhigt, sie spürte nur ein Kribbeln, eine gewisse Aufmerksamkeit. *Sie sind da.*

Langsam setzte sie sich auf. Ark schlief auf der anderen Seite des Feuers, in voller Rüstung in die Felle gewickelt. Ash hielt nach Mal Neinsager Ausschau, aber sie konnte ihn auf der Anhöhe nicht sehen. Sie wusste, dass die Fernreiter manchmal in der Nacht weite Kreise ums Lager zogen, zum einen, um nach möglichen Eindringlingen Ausschau zu halten, aber auch, um zu verhindern, dass sich ihre Muskeln verkrampften und ihr Hirn schläfrig wurde. Sie spähte in die Dunkelheit und versuchte, den Neinsager irgendwo zu entdecken.

Etwas bewegte sich am Rand des Lagers. Mondlicht fiel auf eine Klinge und lief den Arm eines Mannes entlang.

»Mal«, flüsterte sie. »Mal?«

Ein leises Knirschen brach die Stille. Ein verrotteter Kiefernzweig brach mit dem Getöse eines Schlags. Hinter ihr schnaubte eins der Pferde.

Ash griff nach ihrer Waffe und stand auf. Kalter Wind traf ihre Haut, als die Decken und die Felle von ihr fielen. *Suche die Flamme*, hatte der Neinsager gesagt, und sie stellte sich vor, wie diese Flamme nun mit einem leisen Ploppen in ihrem Geist aufflackerte.

Im Dunkeln unter den Kiefern regte sich ein Schatten. Sie beobachtete ihn fasziniert und staunte darüber, wie er sich wellenartig bewegte und schimmerte, einen Augenblick zu sehen war und dann wieder nicht.

»Maeraith.« Arks Stimme gab dem Schatten einen Namen. Schnell wie der Blitz war der Sullkrieger an ihrer Seite. Die Pelze hatte er abgeworfen, fünf Fuß Meteorstahl in der Hand.

»Hinter mich«, befahl er.

Es fiel Ash schwer, den Blick von dem Schatten abzuwenden, und noch schwerer, sich auf Arks Befehl hin zu bewegen. Das Geschöpf hatte in etwa den Umriss eines Menschen. Zwei rote Augen blitzten und verbrannten den Nebel mit elektrischem Knistern. Langsam und unendlich entschlossen suchte der Blick des *Maeraith* Ash March. Ash spürte, wie jegliche Ruhe aus ihr wich. Sie hatte genug von der Sullsprache gelernt, um zu wissen, dass *Maer* Schatten bedeutete, aber dieses Ding, das da drunten in den Bäumen hinter dem Lager stand, war kein durchscheinendes Gespenst. Es war massig, und als es auf eine am Boden liegende Kiefer trat, brach der gesamte Baum wie Glas.

Ein seltsames Geräusch drang an ihre Ohren, ein tiefes Summen, beinahe wie das Zischen eines Blitzes, der die Luft durchschneidet.

Das Ding hatte sein Schwert gezogen.

Naza Thani. Ash erinnerte sich an das, was sie gelernt hatte, und wich zurück. »Werfen Schatten Schatten?«, hatte sie einmal ihren Pflegevater gefragt und mit der Verschlagenheit eines Kindes zu ihm aufgeblickt, überzeugt, dass sie ihn in Verlegenheit gebracht hatte. Sie hatte sich geirrt. »Nur in Albträumen«, hatte er gesagt.

Ash hatte nun das Gefühl, sich mitten in einem Albtraum zu befinden. Das Schwert des *Maeraith* war aus Abwesenheit von Licht geschmiedet. Ein gewisser Schimmer bildete sich am Rand, eine Biegung des Mondlichts, bevor es in die Klinge gesaugt wurde.

Schattenstahl.

Das Geschöpf griff an. Ash hob den Blick von dem schwarzen Abgrund der Klinge zu den roten, glühenden Augen ... und sah, dass das Geschöpf gefunden hatte, was es suchte. Es kam vorwärts, zertrat Zweige und Kiefernnadeln, bewegte sich rasch und sicher, ein Wesen, das nicht mehr als Mensch bezeichnet werden konnte.

Ark Knochenspalter hob das Schwert. Er sprach in seiner eigenen Sprache, und in seiner Stimme lag etwas, das sie nicht so recht greifen konnte. Sein Gesicht war dunkel, er hatte die Zähne gefletscht, und die Aderlassnarben an seinem Hals leuchteten weiß.

Meteorstahl traf mit einem schrillen Kreischen, das Ash in den Ohren wehtat, auf Schattenstahl. Glitzernde Dunkelheit sprühte von den Klingen wie das Gegenteil von Funken. Der Fernreiter holte tief Luft, und Ash sah, wie er den Schwertarm bog. Er packte den mitternachtsblauen Ledergriff so, dass er Platz für die zweite Hand hatte. Das Schattenwesen drehte seine Klinge, und plötzlich konnte Ash die Schneide sehen, eine sich verändernde, schimmernde Nicht-Substanz wie der Raum zwischen den Sternen. Im gleichen Moment, als sie es sah, bemerkte sie, dass sie das Bild der Flamme verloren hatte. Der *Maeraith* hatte sie zum Verlöschen gebracht.

Schwerter klirrten, als weitere Schläge ausgetauscht wurden. Ark trat zurück, vorwärts, zurück, fiel in den Rhythmus, den er *Ahl Halla,* das große Spiel, nannte. Der *Maeraith* gab ihm Schlag auf Schlag zurück. Er trug eine Rüstung aus schwarzem Eisen mit Cabochons aus Onyx. Er war massiv und unermüdlich und ließ sich nicht zurücktreiben.

Ein heftiger Regen von Schlägen zwang Ark, das Schwert vor die Brust zurückzunehmen. Der Sullkrieger verlor das Gleichgewicht, stolperte ... und plötzlich öffnete sich ein Riss an seinem Handgelenk. Blut floss auf den Waldboden. Ark sprach ein Wort, *»Hass«*, und Ash wusste, dass er in der Sprache der *Maygi* und der Sull nach seinem Blutsbruder rief.

Ark gewann das Gleichgewicht zurück, aber nicht seine Kraft. Der Schatten war gnadenlos und ließ in seinem Angriff nicht nach. Wenn Ark ihn verwundete, blutete er nicht. Es sah nicht so aus, als würde der Kampf ihn ermüden. Als er den Sullkrieger in die Knie trieb, raschelte es in den kranken Kiefern am Rand der Lichtung. Eine Gestalt erschien aus dem Dunkel, nicht minder Furcht erregend als der *Maeraith* selbst.

Mal Neinsager, Sohn der Sull und auserwählter Fernreiter, zog sein Schwert. *»Kall'a maer. Rath'a madi ann'ath Xaras«*, flüsterte er. »Kommt, Schatten, denn ich stehe im Licht des Monds bereit.«

Und der *Maeraith* tat es, wandte sich von Ark Knochenspalter ab und griff den Mann an, der wartend in einem Fleck silbernen Leuchtens stand.

Nachher erinnerte Ash sich an viele Dinge – wie Mals Schwert sich gebogen und gekreist und nie aufgehört hatte, sich zu bewegen, an seine grimmige Miene und das Aufblitzen wilder Freude in seinen Augen, an das Schnappen der Platten seiner Hornrüstung, das an Schlangen erinnerte – aber im Augenblick konnte sie nur darüber staunen, dass Mal den Schatten zu sich gerufen hatte und der Schatten tatsächlich gekommen war.

Der Neinsager fand ein Herz, obwohl Ash nicht geglaubt hatte, dass das Wesen eines hatte. Er drückte das sechs Fuß lange Schwert gegen eine Rüstung, die älter war als das Clanland, legte sein gesamtes Körpergewicht in den Stoß und schob die Klinge in die gewaltige, pumpende Finsternis dieses Schattenherzens.

Ein Heulen erklang, und der *Maeraith* taumelte rückwärts. Schwarze Flüssigkeit sprühte aus dem Riss im Brustharnisch. Ash spürte, wie die Feuchtigkeit auf ihrem Gesicht brannte. Es war kein Blut, und es war nicht warm, aber es schmeckte vertraut.

Der Neinsager drückte den Fuß gegen die Leiche, um sein Schwert herauszuziehen. Das Licht war aus seinen Augen gewichen, und Ash konnte sehen, dass seine Hände und sein Hals verwundet waren und Blut weinten. Hinter seinem Rücken, am Rand der Baumlinie, entdeckte sie einen Wolfskadaver auf dem Boden. Mal war unterwegs gewesen, um das Lager zu verteidigen.

Ash spürte, wie eine schreckliche Schwäche sie ergriff, und die Sichel und die Kette fielen ihr aus der Hand. Ark war in Gefahr gewesen, und sie hatte sich nicht geregt, um ihm zu helfen.

Der Neinsager sagte ihren Namen. Er atmete schwer, und sein Gesicht war von Schweiß überströmt. Batzen rauchender Finsternis klebten an seinem Schwert. »Angst ist der Feind, der uns vernichten wird«, sagte er. »Du musst stets die Flamme suchen.«

Ash nickte. Sie wollte antworten, dass Flammen nicht immer genügten, um Schatten zum Verschwinden zu bringen, und dass das hellste Licht die dunkelsten Schatten warf, aber dann schaute sie Mal in die Augen und sah, dass sie ihm nur Dinge sagen würde, die er bereits wusste. Also erklärte sie stattdessen mit einem dünnen Lächeln: »Ich werde mich das nächste Mal mehr anstrengen.«

Er sah sie einen langen, grimmigen Augenblick an, dann kümmerte er sich um seinen *Hass*.

10
Ein Unwetter zieht heran

Der Hundelord hockte auf dem Königinnenhof in Dhoone und zauste seine Hunde. Der Wolfshund lag auf dem Rücken und versuchte, nach seinen Fingern zu schnappen, und wedelte wie verrückt mit dem Schwanz, während die anderen im Kreis um sie herumrannten und hofften, als Nächste dran zu sein. Vaylo musste laut lachen. Die Freude und der Eifer der Tiere ließen sein Herz leichter werden. Vor dreißig Jahren hatten seine Feinde ihn beleidigen wollen, indem sie ihn den Hundelord nannten, aber damit hatten sie einen Fehler gemacht. Hunde waren loyal, verteidigten leidenschaftlich, was ihnen gehörte, und Vaylo konnte sich kein anderes Geschöpf denken, nach dem er lieber benannt sein wollte.

Seine Gelenke knackten, als er sich wieder aufrichtete. Verdammt, der Wind war stark. Selbst hier, hinter den Mauern des Königinnenhofs, ließ er seinen Umhang flattern und die Zöpfe klicken. Und der Himmel! Dunkel wie Blackhail zog hier ein Unwetter heran. Die geladene Luft regte die Hunde auf, denn es war etwas Urtümliches. Es gab einem das Gefühl, nichts zu verlieren zu haben.

Vaylo rief seine Hunde zu sich und nahm sie an die Leine. Eine der Hündinnen pinkelte gegen einen Rosenbusch, und dann mussten alle anderen es ihr nachtun. Vaylo warf einen stirnrunzelnden Blick zu dem gepfropften Rosenstumpf. Dieses Ding hatte wohl kaum mehr eine Chance, im Frühling zu blühen.

Ein seltsamer Ort, dieser Königinnenhof. Er hatte nichts von Clan an sich. Mit seinen gepflasterten Wegen, Kalksteinstatuen und Rosenbüschen sah er aus, als wäre er mitsamt der Blumen aus Spire Vanis hierher transportiert worden. Nun ja ... beinahe. Denn die Statuen waren alle halb von Vogelkot zerfressen, bei einigen waren die Köpfe abgeschlagen, und da sich seit einem halben Jahr niemand um diesen Ort gekümmert hatte, hatten sich Heidekraut und wilder Hafer in den Ritzen ausgesät. Was den kleinen Teich anging – Vaylo taten die Fische Leid, die dort überwintern mussten, denn giftiger grüner Schleim trieb an der Oberfläche wie Erbrochenes.

Dennoch. Es war ein interessanter Ort, der von einem verliebten König für eine lange tote Königin gebaut worden war. Dhoone war seltsam. Es gab hier romantische Geschichten und Legenden. Uralte weißhaarige Gelehrte aus den Clans Withy und Herdfeuer hatten alle Einzelheiten und Namen aufgezeichnet.

Beim Clan des Hundelords war das anders. Oh, auch hier gab es Geschichten von mutigen Häuptlingen, die Schlachten gewannen, und von Leichtsinnigen, die welche verloren. Aber es gab keine Kontinuität. Die Erinnerung an ganze Jahrhunderte war verloren gegangen. Selbst der Clanspruch – *Wir sind Clan Bludd, auserwählt von den Steingöttern, ihre Grenzen zu hüten. Der Tod ist unser Begleiter, ein schweres, langes Leben ist unsere Belohnung* – hatte seine Bedeutung verloren. Der Hundelord fragte sich manchmal, was es mit diesen Grenzen auf sich hatte. Waren die Grenzen des Territoriums des Clans Bludd gemeint, oder handelte es sich um die Grenzen des gesamten Clanlands?

Vaylo ließ den Wind seine Sorgen wegblasen. Dieser Tage

richteten sich seine Gedanken zu häufig nach innen, wenn er doch eigentlich mit dem Hier und Jetzt schon genug zu tun hatte. Der Clan Bludd war gespalten, seine Krieger über den gesamten Osten des Clanlands verteilt. Quarro und Gangaric waren im Bluddhaus, saßen so unbehaglich zusammen wie Essig und Öl und pflegten ihre gegenseitige Abneigung. Beide hatten Truppen, die unter ihrem Kommando standen. Quarro hatte eine beträchtliche Anzahl von Leuten, darunter viele Veteranen, in seinen Reihen. Vaylo rechnete sich keine große Chance aus, dort je wieder willkommen zu sein.

Thrago und Hanro waren in Withy und stritten sich darüber, wer den Befehl über das Haus hatte. Die kleine Clanfestung war bekannt für ihre Verwundbarkeit, und da Skinner Dhoone nur vier Tagesritte entfernt in Gnash saß und Ganmiddich, das von den Blackhails gehalten wurde, noch näher war, war Withy ausgesprochen gefährdet.

Vaylo schnaubte. Seine anderen Söhne waren ebenfalls verteilt. Otto hatte sich Frees angeschworen, und die Götter allein mochten wissen, wo Morkir steckte. Nur Pengo war in Dhoone. Er befehligte eine gemischte Truppe aus Hammermännern und Speerkämpfern, und ihm war die Aufgabe zugefallen, Dhoone zu befestigen.

Aber der Hundelord fühlte sich nicht sicher. Er hatte weniger Männer unter seinem Kommando als zu jedem anderen Zeitpunkt in den vergangenen fünfunddreißig Jahren, in denen er Häuptling gewesen war. Seine Söhne hatten ihre Leute mitgenommen. Und nun gab es zwei weitere Häuser, die man sichern musste: Withy und Dhoone. Nicht zu reden von den Bludd angeschworenen Grenzclans, die wegen der Bergstädte unruhig waren und Vaylo Bludd immer mehr bedrängten.

Vaylo bekam Zahnschmerzen, wenn er nur daran dachte. Manchmal wünschte er sich, er wäre seinem Kindheitstagtraum gefolgt und zu den Verstümmelten gegangen. Einen Riss in der Erde zu beherrschen wäre sicher einfacher, als Häuptling eines Clans zu sein.

Er rief seinen Hunden einen Befehl zu und ging zum Tor. Die Wolken hatten begonnen zu spucken, und Nan würde aus seinen Gedärmen Bogensehnen machen, wenn er den guten Umhang ruinierte, den sie ihm genäht hatte.

Er zog die Schultern gegen den Wind hoch und nahm den sandsteingepflasterten Weg, der um das Rundhaus herumführte. Die Hunde kläfften vor Aufregung, als der Regen auf sie niederpeitschte, und er musste ihre Leinen kürzer nehmen. Blitze zuckten über dem Blauen Dhoonesee, und die Hunde heulten wie Wölfe. Sie hatten keine Angst. Das laute Donnergrollen, das darauf folgte, ließ die Erde unter Vaylos Füßen beben, und der Hundelord grunzte und beschleunigte seine Schritte.

Aus dem Augenwinkel sah er, dass sich etwas am nächstgelegenen Torturm bewegte. Der Wolfshund knurrte. Vaylo streckte die Hand aus, um ihn zu beruhigen. Nun, als er näher kam, sah er, dass dort ein Mann auf einem Pferd saß und wartete.

Erwarte mich, wenn der Wind kalt weht und aus dem Norden kommt.

Angus Lok.

Vaylo fragte sich erst gar nicht, wie der Waldläufer an den Wachen vorbeigekommen war. Angus Lok war tückisch und schlau und kannte die Dhoonefestung und das umliegende Land wahrscheinlich ebenso gut wie jeder Dhoonemann. Und wenn Heimlichkeit versagte, konnte er sich immer noch auf seine Zunge verlassen. Angus Lok hatte acht Wochen als Gefangener des Hundelords verbracht, und er hatte die Zeit klug genutzt, um sich Freunde zu machen.

Der Waldläufer hob eine Hand zum Gruß. Anders als die meisten Männer, die zum ersten Mal Vaylos Hunden gegenüberstanden, wirkte Angus Lok vollkommen entspannt. Selbst das Wetter machte ihm nichts aus, und er saß so ruhig zu Pferd wie an einem milden Sommertag. Vaylo konnte sich nicht vorstellen, wie es ihm gelang, bei einem Sturm wie diesem den lächerlichen Hut mit dem Otterfell auf dem Kopf zu behalten.

Er hatte das Gefühl, irgendwie im Nachteil zu sein, und er ließ einen Teil seiner Aggression auf die Hunde übergehen. Er war nicht sicher, wie er das machte, nur dass es ihm im Lauf der Jahre schon gut gedient hatte. Der Wolfshund begann, wieder zu knurren, und bald schon zerrten alle an der Leine.

Vaylo freute sich zu sehen, dass der Waldläufer seine Haltung ein wenig veränderte.

»Angus Lok«, rief er. »Ich sehe, dass die Freiheit dir gut tut.«

Der Mann nahm das Kompliment mit einem gemessenen Nicken entgegen. »Sie hat ihre Vorteile.«

Unzufrieden, dass er gegen den Sturm anschreien musste, sagte Vaylo: »Du solltest lieber mit reinkommen. Ich schicke einen Jungen, der sich um dein Pferd kümmern wird.«

Im Dhoonehaus war alles still. Nan und die anderen Frauen waren immer bemüht, die Zimmer gut zu beleuchten, damit sie gemütlicher wirkten. Die blauen Sandsteinwände waren manchmal kalt anzusehen, aber die Frauen hatten Wandbehänge und andere Dinge aufgehängt. Feuer tosten in jeder

Feuerstelle, an der der Hundelord vielleicht vorbeikommen würde, und alle Flure, die zum Häuptlingszimmer führten, waren frei von Spinnweben und Staub. Vaylo reichte einem Jungen an der Tür den Umhang und wies ihn an, ihn direkt zu Nan zu bringen, um ihn zu lüften. Ein anderer Junge wurde nach Essen und Malzwhisky ausgeschickt, die er zu seinem Häuptling zum Dhoonesitz bringen sollte.

Der Weg zum Häuptlingszimmer war kurz, und man musste nur eine einzige Treppe hinaufgehen. Es gab großartigere Räume im Rundhaus, Zimmer, in denen große Blöcke aus Zyanidquarz Altäre und Podien für Könige bildeten, aber die letzten Häuptlinge hatten ihren Geschmack daran verloren, und die Macht war wieder ins Häuptlingszimmer zurückgekehrt.

Hier gefiel es Vaylo recht gut. Das Zimmer war bequem, und das Fischblasenfenster ließ Licht herein. Die primitiven Linien des Dhoonesitzes entsprachen ebenfalls seinem Geschmack. Das hier war ein Sessel, der von Männern geschaffen worden war, die nie von Königen gehört hatten.

Der Hundelord entschloss sich jedoch, sich nicht darauf zu setzen. Stattdessen ging er zum Feuer und band die Hunde dort an die Haken. Blitze warfen unheimliches Licht, als er das Feuer schürte. Als er fertig war, wandte er sich Angus Lok zu.

Der Waldläufer hatte es sich auf dem Holzstuhl hinter dem Häuptlingstisch bequem gemacht. Er hatte die äußeren Schichten seiner Kleidung abgelegt und fuhr sich nun mit der Hand durchs Haar. Der Blick seiner kupfergrünen Augen war genau, wie Vaylo ihn in Erinnerung hatte: wachsam.

»Bist du viel unterwegs gewesen?«, fragte Vaylo.

Der Waldläufer nickte. »Es scheint mein Schicksal zu sein.«

Ein Augenblick ging still vorüber, und dann fragte Vaylo: »Warum bist du gekommen?«

Bevor Angus Lok antworten konnte, klopfte es an der Tür. Nan selbst brachte das Essen und den Whisky auf ihrem besten Zinntablett. Der Waldläufer war schon aufgesprungen, bevor Vaylo die Gelegenheit hatte zu reagieren. Er nahm Nan das Tablett ab und bedankte sich bei ihr. Er erkundigte sich nach ihrer Schwester, von der Vaylo wusste, dass sie Lungenfieber hatte, und machte Nan ein Kompliment über die schöne Stickerei am Saum und Ausschnitt ihres Kleids. Vaylo war hin- und hergerissen zwischen Stolz und Staunen. Reichten die Verbindungen des Waldläufers denn überallhin?

Nan war liebenswert und machte sich rasch wieder davon. Vaylo sah ihr an, dass sie sich freute.

Der Waldläufer stellte das Tablett auf den Häuptlingstisch. »Soll ich?«, fragte er und zeigte auf den Malzkrug und zwei hölzerne Becher. Vaylo nickte und sah zu, wie Angus Lok den süßen goldfarbenen Alkohol ausschenkte, für den Dhoone bekannt war. Sie stießen an und kippten den Whisky herunter.

Angus schmatzte anerkennend. »Schade, dass du so was nicht in deinen Zellen servierst. Dann würden manche Gefangene niemals fliehen wollen.«

»Aber du bist gegangen«, sagte Vaylo. »Weil ich es wollte, und in meiner Schuld.«

»Das weiß ich, Hundelord. Deshalb bin ich hier.«

Vaylo gefiel die seltsame Unbeschwertheit in der Stimme des Waldläufers nicht. »Was ist los? Wird Robbie Dhoone an meine Tür klopfen?«

Angus Lok legte die bestiefelten Füße auf den Häuptlingstisch. »Das könnte schon sein. Obwohl ich mir vorstelle, dass ihm für eine Invasion immer noch ein paar Männer fehlen ... es sei denn, Schneefuchs war großzügig.«

»Er hat Wrayan Schneefuchs um Krieger gebeten?«

»Das würde ich tun, wenn ich an seiner Stelle wäre.«

Der Hundelord verdaute das erst einmal. Er hatte gelernt, dass es gefährlich war, Angus' Einschätzungen zu ignorieren. Er sagte: »Hast du noch mehr über Robbie Dhoone in Erfahrung gebracht?«

Der Waldläufer zuckte die Achseln. »Skinner verliert Männer an ihn. Er ist in den eingestürzten Turm von Schneefuchs gezogen, angeblich, weil im Rundhaus nicht mehr genug Platz für seine wachsende Truppe war. Seine Männer führen Überfälle bis nach Ille Glaive durch, und er hat Geschmack daran gefunden, Fischerfell zu tragen, wie ein König.«

Etwas in der Haltung des Waldläufers beunruhigte Vaylo. Er holte tief Luft. »Aber deshalb bist du nicht hier.«

Es war keine Frage, und Angus machte sich nicht die Mühe zu nicken. Er schwang die Füße vom Tisch und sagte: »Vor zwei Tagen hat eine Armee Spire Vanis verlassen. Sie ist auf dem Weg nach Norden, ins Clanland.«

Donner grollte, ließ die Flammen in der Feuerstelle schaudern und die Hunde zusammenzucken. Vaylo berührte den Beutel mit pulverisiertem Bluddstein an seiner Taille. *Ihr Götter! Und ich dachte, ich hätte schon genug Ärger!* Laut sagte er: »Wie viele sind es?«

»Elftausend. Man hat sie in aller Eile zusammengetrieben. Söldner, Gutsbesitzer, Bauern. Ein gemischter Haufen.«

Der Hundelord nickte nachdenklich. »Wer führt sie an?«

»Marafice Eye, Iss' Schwertführer.«

Das ließ Vaylo aufblicken. Er war Marafice Eye schon begegnet, hatte ihm ins Gesicht geblickt und einen harten Mann vor sich gesehen, der zu harten Dingen fähig war. Seine Leute hatten Respekt vor ihm gehabt. »Was ist der Zweck dieser Armee?«

Der Waldläufer goss sich Whisky nach. Der Hundelord lehnte einen zweiten Becher ab. »Nun, das ist nicht ganz klar. Hast du je die Legende vom Aussätzigen König gehört?«

Vaylo schüttelte ungeduldig den Kopf.

»Nun«, fuhrt Angus Lok unbeirrt fort, »der Aussätzige König war ein großer Herrscher im Süden, genial und gierig nach mehr Land. Er begann einen Feldzug, um sich die umgebenden Staaten anzueignen, und er hatte jahrelang Erfolg. Dann erfuhr er eines Tages, dass er aussätzig war. Damit wurde der Feldzug zu etwas anderem. Er kämpfte immer noch, aber seine Motive hatten sich verändert. Er gab den gegnerischen Armeen die Schuld an seiner Krankheit und bestrafte sie dafür. Und er fürchtete, dass sein schlechter werdender Gesundheitszustand ihn gegenüber Familienmitgliedern, die ihn vielleicht entthronen wollten, verwundbar machte. Also schickte er seine Söhne und Brüder an die Spitze in die vordersten Linien und befahl dann plötzlich den Rückzug, um sie abzuschneiden.« Der Waldläufer lächelte. »Sie wurden alle getötet. Angeblich auf die schrecklichste Weise. Und der Aussätzige König beherrschte sein Reich noch viele Jahre.«

Vaylo steckte sich einen Priem in den Mund und dachte darüber nach. Er mochte keine Legenden. Sie waren alle verkleidete Warnungen.

Angus Lok stand auf und ging aufs Feuer zu. »Ich will damit sagen, dass Penthero Iss vielleicht irgendwann einmal geplant hat, das Clanland zu erobern, aber es mag sein, dass sich seine Prioritäten verändert haben.«

»Ich weiß, was du sagen willst, Waldläufer. Ich bin nicht dumm.«

Angus Lok wandte sich ihm zu. »Das habe ich auch nie angenommen.«

Der Hundelord bemühte sich, Anzeichen von Spott in Angus Loks Gesicht zu erkennen, aber er fand nichts. »Iss schickt also seine Rivalen in den Krieg«, stellte er schließlich fest.

Angus nickte. »Ich weiß mindestens von dreien. Marafice Eye, Garric Hews und Harald Crieff. Gar nicht zu reden von jedem adligen Jüngelchen, das alt genug ist, ein Schwertende vom anderen unterscheiden zu können. Spire Vanis ist eine kaltblütige Stadt. Surlords sterben selten an Altersschwäche.«

»Iss macht sich also Sorgen?«

»Wer in der Maskenfestung wohnt, ist von Statuen ermordeter Surlords umgeben: Allein das genügt schon, um einen Mann dazu zu bringen, über seine eigene Sterblichkeit nachzudenken.«

Vaylo ging zu seinen Hunden. Er war zwar die ganze Zeit im gleichen Zimmer gewesen wie sie, und sie hatten ihn jederzeit sehen können, aber sie zerrten trotzdem an den Leinen, um ihn zu begrüßen. »Du sagst mir also, dass diese Armee nicht unbedingt gut mit Nachschub versorgt werden wird?«

»Genau. Es ist eine große Armee, aber keine zusammenhängende. Und sie haben einen langen Weg in schlechtem Wetter vor sich. Ich wette, dass Iss einfach abwarten wird. Wenn es gut aussieht – ein paar Rundhäuser geplündert, ein paar Brücken erobert –, wird er die Nachschublinien offen halten und sich im Ruhm sonnen. Wenn es Probleme gibt, wird er seine Unterstützung zurückziehen und sie allein lassen – und dabei ununterbrochen zu den Geistern der Bastardlords beten, dass seine Rivalen von euch Clandämonen getötet werden.«

Vaylo lachte laut. Angus Lok konnte ein Problem wirklich auf den Punkt bringen. Aber er wurde schnell wieder ernst, als er daran dachte, was das alles für seine Grenzclans bedeutete. Haddo, HalbBludd, Frees und Gray waren verwundbar. Sogar Withy. Die nördlichen Riesen waren in Sicherheit, zumindest im Augenblick noch, aber auch das konnte sich verändern, wenn dieser Feldzug erfolgreich verlief. Er sprach seine Gedanken aus und sagte: »Sie werden Ganmiddich als Erstes angreifen.«

»Warum sagst du das?«

Es gefiel ihm, dass Angus Lok zur Abwechslung einmal ihn fragen musste. »Weil Marafice Eye sich dort auskennt. Er war dort. Er ist gekommen, um das Mädchen zu holen – Asarhia March.«

Etwas im Gesicht des Waldläufers veränderte sich, als der Name des Mädchens fiel. Die Wachsamkeit verschwand aus seinem Blick, und Vaylo Bludd sah so etwas wie Schmerz in diesen grünen Augen. Einen Moment später war Angus Lok wieder beherrscht und stellte eine Frage, um Vaylos Aufmerksamkeit abzulenken.

»Glaubst du, Ganmiddich kann eingenommen werden?«

Vaylo nickte, aber er war noch nicht bereit, das Thema Asarhia March beiseite zu schieben. »Ich habe gehört, dass Marafice Eye in den Bitterhügeln irgendwelchen Ärger bekam. All seine Männer sind umgekommen, Weißt du, was aus dem Mädchen geworden ist?«

Angus Lok schüttelte bedächtig den Kopf, mit einer Bewegung, die bedeutete: *Bitte mich nicht, darüber zu sprechen.*

Vaylo kannte die Art von Schmerz, die er in den Augen des Waldläufers gesehen hatte, und er schwieg. Er goss zwei weitere Becher Whisky ein und drückte dem Waldläufer einen davon in die Hand.

»Wirst du mit diesen Informationen auch nach Blackhail gehen?«

»Ich muss die Leute im Krabbenhaus warnen. Mein Neffe ist einer der Männer, die es verteidigen.«

»Drey Sevrance?« Vaylo gab sich keine Mühe, den Hass in seiner Stimme zu verbergen. Ein Sevrance hatte seine Enkel getötet. Dieser Name würde immer verflucht sein.

Der Waldläufer nickte. »Und du solltest Haddo und HalbBludd warnen.«

»Ja.« Aber auch in dieser Richtung lag Ärger. Sobald sie davon gehört hatten, dass eine Armee unterwegs war, würde jeder Bluddkrieger im Rundhaus an den Zügeln zerren und nach Süden ziehen wollen, um die Städter zu bekämpfen. Vaylo hätte beinahe gelächelt. Zu denken, dass er Herr der Clans hatte sein wollen!

In diesem Augenblick erklangen Stimmen an der Tür. Eine Kinderstimme rief: »Papa!«, und eine andere sagte: »Papa horcht an der Tür!« Eine Männerstimme versuchte zornig, sie zum Schweigen zu bringen.

Der Hundelord und der Waldläufer wechselten einen Blick. Angus Lok nickte zur Tür hin. »Gesellschaft?«, fragte er, und es gelang ihm kaum, sich das Lächeln zu verkneifen.

Zornig ging Vaylo zur Tür und riss sie auf. Davor standen seine beiden Enkel und grinsten, während ihr Vater versuchte, sich davonzuschleichen.

»Pengo!«, brüllte Vaylo. »Komm sofort zurück!« Und dann zu seinen Enkeln: »Ihr beide. Rüber zur Feuerstelle. Begebt euch in den Schutz meiner Hunde.« Er bemühte sich, streng dreinzuschauen, aber Pasha hatte ihn schon durchschaut, und ihr Grinsen wurde breiter. Sie nahm ihren jüngeren Bruder am Handgelenk und zog ihn zur Feuerstelle. Das gequälte Ächzen von fünf Hunden bewirkte, dass Vaylo beinahe laut gelacht hätte.

Dann stand er seinem zweitältesten Sohn gegenüber. Pengos Wangen waren so rot, dass es ein Wunder war, dass sie nicht dampften. Aber in seinem Blick stand keine Reue.

»Du solltest lieber reinkommen«, sagte Vaylo.

Pengo schnaubte. Er stolzierte an seinem Vater vorbei und baute sich vor dem Waldläufer auf. »Stimmt das? Kommt Spire Vanis, um uns zu vernichten?«

Angus warf einen Blick auf die Kinder, die damit beschäftigt waren, die Schwänze aller Hunde zu einem großen Knoten zu binden. Als er sprach, war seine Stimme sehr leise. »Eine Armee hat die Stadt verlassen. Ja. Ist das Clanland in Gefahr? Ich glaube es nicht, jedenfalls nicht in unmittelbarer Zukunft.«

»Unmittelbare Zukunft!«, spottete Pengo. »Heb deine hübschen Phrasen für meinen Vater auf – ich brauche sie nicht. Eine Armee ist auf dem Weg nach Norden, und du sagst, es bestünde keine Gefahr. Was weißt du denn schon von Gefahren, Waldläufer? Du reitest nur dieses hübsche Pferd, das du da hast, von einer Clanfestung zur anderen, tratschst mit den

Frauen und lebst von unserem Essen. Und ich sage dir noch etwas –«

»Das reicht jetzt!«, schrie Vaylo zitternd vor Wut. »Entweder bist zu höflich zu meinem Gast, oder du verlässt das Zimmer.«

Pengo verzog höhnisch den Mund. *»Höflich zu meinem Gast!* Ihr Götter, er hat dich schon dazu gebracht, zu reden wie ein Städter. Er ist kein Gast! Er ist ein Parasit, der sich von dem Ärger ernährt, den er anrichtet. Und wenn er glaubt, dass ich auf meinem Arsch sitzen bleibe und nichts unternehme, wenn eine Armee die uns angeschworenen Clans angreift, ist er noch dümmer, als ich dachte. Ich werde eine Streitmacht aufstellen und mit ihr unterwegs sein, bevor er sich dieses wissende kleine Lächeln aus dem Gesicht gewischt hat. Spire Vanis wird dem Clan Bludd nicht nachsagen können, dass er sich aus dem Krieg fern hält.« Dann fuhr Pengo so rasch und zornig herum, dass seine schwarzen Zöpfe durch die Luft sausten, und ging auf die Tür zu.

Der Hundelord dachte daran, ihn aufzuhalten, aber dann tat er es doch nicht. Als die Tür zufiel, schloss er die Augen. Es war ein grausamer Streich, den ihm die Götter gespielt hatten, Gullit Bludd in den Körpern seiner Enkel wiedererwachen zu lassen.

Er versuchte, sich wieder zu beruhigen. Die Kinder waren blass und still, die Hunde vergessen. Vaylo ließ sich auf dem Dhoonesitz nieder und rief die Kleinen zu sich. Er konnte spüren, wie sie zitterten, als er sie an die Brust drückte.

Angus Lok blieb die ganze Zeit über still. Er hatte seinen Platz am Tisch des Häuptlings wieder eingenommen, und nach einiger Zeit holte er etwas Helles aus seinem Hirschlederhemd und begann, damit herumzuspielen. Glasperlen und kleine Holzklötze stießen mit leisem Klicken gegeneinander.

Pasha und Ewan blickten auf und wandten sich neugierig von der Brust ihres Großvaters ab. Angus spielte weiter mit dem Ding, einem dieser erfindungsreichen Spielzeuge, die im Süden hergestellt wurden. Ohne aufzublicken, sagte er: »Ihr könnt herkommen und es euch genauer ansehen, wenn ihr wollt.«

Die Kinder warfen ihrem Großvater einen Blick zu, und der Hundelord nickte. Sie rutschten vom Dhoonesitz herunter und machten sich daran, die Sache genauer zu untersuchen. Angus zeigte ihnen, wie das Ding funktionierte, behauptete, dass es ein Rätselspiel war, das sie auf keinen Fall lösen konnten, und dann sagte er, sie könnten es behalten – aber nur, wenn sie es miteinander teilen würden. Pasha und Ewan nickten angestrengt, bereits halb in ihn verliebt, und trugen das Ding so feierlich und ernst zur Feuerstelle, wie hohe Priester eine Krone zum König tragen. Bald darauf war Kichern zu hören, als die Hunde ihre Nasen vorschoben, um zu schnuppern.

»Danke«, sagte Vaylo schlicht.

Angus zuckte die Achseln. »Es ist nichts, nur ein bisschen Tand. Ich wollte es meiner Jüngsten mitbringen, aber ich kann irgendwo unterwegs etwas anderes finden.«

»Du bist also auf dem Weg nach Hause?«

»Ich reite noch in Ganmiddich vorbei, aber dann ja.« Die Kupferaugen des Waldläufers starrten einen Augenblick lang in die Ferne. »Es ist lange her.«

Die beiden Männer saßen schweigend da und nickten.

Draußen zog das Unwetter über sie hinweg, und Regen begann, gegen die Fischblasenfenster zu prasseln. Blitze zuckten, und direkt danach erklang der Donner wie ein Hammerschlag. Die Kinder waren so versunken in ihr neues Spielzeug, dass sie das kaum bemerkten.

»Ich mache mich auf den Weg«, sagte Angus und stand auf. »Ich werde zum Ende des Frühjahrs wiederkommen.«

Sie tauschten einen Handschlag aus. »Ich bin dankbar für die Warnung«, sagte Vaylo. »Ich werde ein Auge auf meinen verfluchten Sohn halten und dafür sorgen müssen, dass er nicht die Hälfte meiner Männer mit nach Süden nimmt.«

Wieder verschwendete Angus Lok keine Worte. »Tu, was du tun musst.«

11
In der Wildkammer

Raina war an der großen Feuerstelle damit beschäftigt, dafür zu sorgen, dass die zurückgekehrten Krieger genug Essen und Bier bekamen. Anwyn Bird hatte Tabletts mit Haferbrot und Blutwurst mit dicker Soße nach oben geschickt: kräftiges Essen für müde Männer. Die Krieger waren aus Ganmiddich zurückgekehrt, und sie waren erschöpft und nass bis auf die Haut. Als die Hitze der großen Feuerstelle sie erreichte, begannen ihre Umhänge und Pelze zu dampfen.

Einer dieser Krieger war Ballic der Rote, die kräftigen Bogenschützenbeine verkrampft von Stunden im Sattel, die Hände damit beschäftigt, Pfeile und Bogensehnen in sicherer Entfernung vom Feuer auszubreiten. Sie mussten getrocknet werden, aber langsam, damit sich das Holz nicht verzog und die Sehnen nicht steif wurden. Er nahm von Raina einen Krug Bier entgegen und blickte einen Augenblick von seiner Arbeit auf, um sie dankbar anzulächeln.

»Ist Drey in Ganmiddich geblieben?«, fragte sie ihn.

Ballic grunzte. Sein Bart war so buschig geworden, dass man seine Lippen nicht mehr sehen konnte. »Ja. Ihm ist nichts anderes übriggeblieben. Er verteidigt das Haus jetzt für den Krabbenhäuptling.«

Raina nickte. Sie hätte gerne mehr Fragen gestellt, aber sie bremste sich. Mace hatte erfahren, dass Krieger zurückgekehrt waren, einige von ihnen verwundet. Er würde jeden Augenblick hier sein.

»Es ist nicht so schlimm, wie du vielleicht denkst«, sagte Ballic, der ihre Miene richtig gedeutet hatte. »Es gibt ein paar Scharmützel, üblicherweise mit Leuten, die von Gnash kommen. Aber wir halten stand. Dafür sorgt Drey Sevrance schon.«

»Hat er dir eine Botschaft für Effie mitgegeben?«

Ballic sah ihr direkt in die Augen. »Tut er das nicht immer?«

Raina musste den Blick abwenden. Vor zwei Tagen war ein Kurier vom Clan Dregg angekommen und hatte Botschaften von Xander Dregg für den Hailhäuptling gebracht. Raina hatte den Jungen beiseite genommen und ihn ausgefragt. Kein Wagen mit Effie Sevrance war im Dregghaus angekommen. Raina hatte versucht, sich das irgendwie zu erklären – das Wetter war schlecht gewesen, Druss Ganlow hatte vielleicht einen Umweg gemacht –, aber sie wusste, dass sie das Mädchen niemals hätte zum Dregghaus schicken sollen. Effie war weg. Verloren. *Und ich bin dafür verantwortlich. Die Götter mögen mir helfen, wenn ich es Drey sagen muss.*

»Raina«, riss Ballics Stimme sie aus ihren Gedanken. »Du machst dir zu viele Sorgen.«

Sie lächelte ihn an. Ballic hatte einmal einen ganzen Sommer damit verbracht, sie und Dagro zu beschützen, als sie durch das Land des Clans geritten waren und jeden Bauernhof, jedes Dorf, jedes Herdhaus besichtigt hatten. Nun war es sein gutes Recht, mit ihr zu schimpfen.

Gerade, als sie die Schimpfe zurückgeben wollte, betrat Mace Blackhail das Zimmer. Raina erstarrte und spürte, wie ihr Lächeln trotz all ihrer Bemühungen in sich zusammenstürzte. Mace hatte die Fähigkeit, sie in einer Menschenmenge sofort zu entdecken, und sein wolfsgelber Blick richtete sich auf sie. *Frau,* sagte er lautlos, und sie wusste nicht, ob es ein Gruß oder eine Drohung sein sollte. Ihr Instinkt riet ihr zu fliehen, aber sie zwang sich, ihm den Rücken zuzuwenden und weiter Bier auszuschenken.

Mace hatte jemanden bei sich, einen riesigen Scarpemann mit einem Hammer auf dem Rücken. Er folgte Mace wie ein dressierter Hund. Ein paar Männer grüßten ihn. Turby Flapp umarmte ihn wie einen lange verlorenen Sohn. Raina versuchte, seinen Namen zu verstehen, aber bei dem Tosen des Feuers und dem draußen tobenden Unwetter konnte sie nicht viel hören.

Es war später Nachmittag, und der Sturm verkürzte auch noch die letzte Stunde Tageslicht. Raina war seit dem Morgengrauen ununterbrochen beschäftigt gewesen, hatte Vieh umquartiert und Platz für Menschen geschaffen. Unwetter brachten Hunderte weiterer Menschen ins Rundhaus, und sie brauchten alle etwas zu essen und einen Schlafplatz. Die Arbeit war mörderisch, und die Belastung der Vorratskammern, die ohnehin schon fast leer waren, beunruhigte sie unaufhörlich. In der Vergangenheit wäre sie zu Dagro gegangen, und sie hätten darüber gesprochen, wie man am besten mit der Situation zurechtkommen konnte. Nun hatte sie niemanden, auf den sie sich verlassen konnte, und manchmal kam es ihr so vor, als läge die gesamte Verantwortung für den Clan bei ihr.

Mace kümmerte sich nur um Mace. Er hatte zugelassen, dass Blackhail von Scarpes überrannt wurde, und die Fehden dieses Clans zu seinen eigenen gemacht. Er hatte sogar

Männer ausgeschickt, um Orrl zu überfallen! Dagro Blackhail hätte seinen Clan nicht wiedererkannt.

Und was willst du dagegen tun? Raina hielt einen Augenblick inne und ließ sich von den hohen Flammen das Gesicht wärmen. Es war ihr alles so einfach vorgekommen, als Angus Lok hier gewesen war: Der Clan musste seinen Häuptling loswerden. Mace hatte sich die Position des Häuptlings durch Vergewaltigung und Mord verschafft, und er machte Blackhail zu einem Unterschlupf für Scarpes. Und dennoch hatte er dem Hundelord Ganmiddich vor der Nase weggeschnappt, und der Krabbenhäuptling hatte ihm Treue geschworen. Und die letzten Gerüchte aus dem Süden besagten, dass Bannen entschlossen war, die Seiten zu wechseln. Dhoone tat wenig, um seine angeschworenen Clans in Einklang zu bringen, und Mace war sehr fähig, wenn es darum ging, eine Schwäche zu entdecken und sie auszunutzen. Er war immer ein Wolf gewesen.

Raina seufzte tief. Man musste es ihm lassen, Mace Blackhail hatte seinem Clan auch Vorteile errungen.

Sie betrachtete den Bierkrug in ihrer Hand und beschloss ganz plötzlich, sich etwas einzugießen. Das Bier war warm und gut. Anwyn reicherte es mit Eiern und mit anderen, geheimeren Dingen an, und es war beinahe wie eine flüssige Mahlzeit.

Sie sah zu, wie ihr Mann mit den zurückgekehrten Clansmännern sprach. Eine der Bedingungen des Vertrags zwischen Blackhail und Ganmiddich gab Blackhail das Recht, zweihundert Männer im Krabbenhaus zu stationieren, um Ganmiddich zu schützen. Das bedeutete, dass Hailsmänner ununterbrochen zwischen Blackhail und dem Krabbenhaus hin und her reisen würden. Es war ein gefährlicher Weg, der sie nahe an die Dhoonefestung in Gnash brachte und in Sichtweite von Withy, das von den Bludds gehalten wurde. Bis vor kurzem war Dhoone ein Verbündeter gewesen, aber mit dem Diebstahl des dhoongeschworenen Ganmiddich hatte sich das geändert.

Hailsmänner auf dem Weg nach Ganmiddich wurden regelmäßig von Skinners Leuten angegriffen. Die Dhoonemänner waren frustriert, nahm Raina an, da ihr Anführer noch nicht versucht hatte, Dhoone zurückzuerobern. Hailsmänner waren getötet worden, und Raina konnte jeden von ihnen beim Namen nennen. Es fiel immer ihr zu, die Verwandten zu informieren.

Während sie zuhörte, erzählte Ballic Mace, dass ein Trupp von Bluddmännern aus Withy sie gejagt hatte. Der junge Stiggie Perch hatte einen Axtschlag in die Wirbelsäule bekommen und war vom Pferd gefallen. Sie hatten nicht innehalten können, um die Leiche mitzunehmen.

Einen Augenblick lang war an der Großen Feuerstelle alles still. Einige berührten ihren Anteil an Heiligem Stein. Mace Blackhail berührte sein Schwert. »Inigar wird seine Knochen aus dem Heiligen Stein schneiden«, sagte er.

Die Männer nickten. So war es im Clan Blackhail.

Orwin Shank kam herein und eilte auf seinen jüngsten überlebenden Sohn zu, der sich an die Wand lehnte. Ein abgebrochener Pfeilschaft ragte aus Bev Shanks Oberarm. Laida Mond kümmerte sich gerade um den Jungen. Bev hatte ein Kettenhemd getragen, als er getroffen worden war, und Raina konnte sehen, dass ein Teil des Metalls in die Wunde getrieben worden war. Laida schickte Rory Cleet in die Schmiede, um einen Drahtschneider zu holen, und Anwyn Bird in die Destillerie für hochprozentigen Alkohol.

Raina ging zu Orwin und legte ihm eine Hand auf die Schulter. Der hoch gewachsene alternde Hammermann hatte Tränen in den Augen. Er hatte schon zwei Söhne in diesem Clankrieg verloren, er konnte sich nicht leisten, noch mehr zu verlieren.

»Komm weg hier«, sagte sie. »Lass Laida ihre Arbeit in Ruhe machen.«

Die zierliche dunkelhäutige Ärztin warf Raina einen dankbaren Blick zu. Besorgte Väter behinderten sie nur bei ihrer Arbeit.

Sanft führte Raina Orwin zum Feuer. Es war jetzt vollkommen dunkel, und der Fackelmann entzündete die Fackeln. Draußen tobte das Unwetter, und der Wind heulte um das Rundhaus. Um Orwin abzulenken, fragte sie nach seinen anderen Söhnen.

»Mull ist in Ganmiddich, und Grim wartet auf den Abmarsch. Bitty –« Orwin schüttelte den Kopf. »Er wurde nach Norden geschickt, um die Mine zu bewachen. Man hat dort Verstümmelte gesehen.«

Gerade als Raina nickte, schrie Bev Shank vor Schmerz auf. Laida Mond hatte den Drahtschneider in der Hand und schnitt das Kettenhemd rings um die Wunde ab. Raina packte Orwins Arm. Es war Zeit, ihn mit nach draußen zu nehmen.

Sie hatten das große Doppeltor schon erreicht, als Mace sie einholte. »Frau«, sagte er und hielt sie auf. »Ich glaube nicht, dass du unseren neuesten Clanzuwachs schon kennen gelernt hast. Mansal Stygo. Er hat sich uns für ein Jahr angeschworen.«

Der massive schwarzhaarige Scarpemann trat vor und verbeugte sich. Der Hammer, der auf seinem Rücken hing, hatte die Größe eines Kindes. Stygo folgte mit dem Blick der Biegung von Rainas Hüften und Brüsten, als er sich wieder aufrichtete. »Meine Dame.«

Raina war sich bewusst, dass Mace sie genau beobachtete, und sie zwang sich, ruhig zu blieben. Dieser Mann, der hier vor ihr stand, hatte einen Häuptling getötet, und nun sollte er Clanmitglied werden? Sie konnte ein Schaudern kaum unterdrücken und nickte ihm zu. »Du warst schon einmal hier«, sagte sie, »und bist von Naznarri Drac ausgebildet worden, nicht wahr?«

»Ich bin geschmeichelt, dass du schon von mir gehört hast.«

Die Tücke in seinem Tonfall ärgerte Raina. Sie holte tief Luft und wollte ihm gerade sagen, dass sie noch viel mehr wusste, als sie Orwins Finger an ihrem Arm spürte. Ernüchtert setzte sie ein gekünsteltes Lächeln auf und schwieg.

»Orwin«, sagte Mace. »Ich glaube, ihr beide kennt euch.«

»Ja«, sagte Orwin ruhig. »Du bist zur gleichen Zeit ausgebildet worden wie mein Ältester.«

Mansal Stygo sah den alternden, rotgesichtigen Clansmann kalt an. Die beiden Männer starrten einander länger an, als angemessen war, und es war Mansal, der sich als Erster abwandte.

Bevor noch mehr gesagt werden konnte, warf Raina ein, dass sie Orwin zu einem Spaziergang nach draußen brachte – auf Anordnung der Ärztin.

Mace ließ sie gehen, aber Raina spürte, dass er sie beobachtete, als sie den Raum zusammen mit Orwin verließ.

Das Rundhaus war warm und stickig und angefüllt mit gebundenen Clansleuten, die sich auf der Treppe niedergelassen hatten. Ein Scarpemann hatte eine Fackel von der Wand gerissen und benutzte sie, um ein Stück Fleisch anzubraten. Es war ein Wunder, dass er noch nicht das ganze Rundhaus in Brand gesetzt hatte. Raina dachte daran, ihn zu tadeln, dann überlegte sie es sich anders. Sollte Mace doch mit diesen Leuten fertig werden!

Sobald sie außer Hörweite der Großen Feuerstelle waren, sagte Orwin zu ihr: »Du hättest beinahe einen schwer wiegenden Fehler gemacht.«

Raina verdaute das einen Augenblick lang und begriff langsam, was er meinte. Sie sah Orwin an. Er war zuerst ein leidenschaftlicher Krieger gewesen und dann ein wohlhabender Mann. Dagro hatte sich auf viele Clansleute verlassen, was Ratschläge anging, aber auf keinen so sehr wie auf Orwin Shank. Orwin hatte allerdings nach Dagros Tod Mace als Häuptling unterstützt ... und das machte Raina vorsichtig.

Als sie die Eingangshalle erreicht hatten, sagte sie zu ihm: »Was weißt du über Mansal Stygo?«

Orwin blieb einen Augenblick stehen. Seine Hände waren vor Arthritis geschwollen – der Fluch aller Männer, die von klein auf mit Hammer und Axt arbeiteten –, und er massierte seine vergrößerten Knöchel, als er sprach. »Ich bin kein Mann für Intrigen, Raina, und ich habe vielen schrecklichen Dingen den Rücken zugewandt. Ich sage mir immer, dass ich alt bin und es mir nicht zusteht, mich in den Weg des Clans einzumischen. Ich sollte ich um mein Land und meine Söhne kümmern und mit meinem Los zufrieden sein. Und dennoch wache ich nun mitten in der Nacht auf, getrieben von dem Bedürfnis, etwas zu verändern.«

Winzige Härchen an Rainas Nacken sträubten sich. *Immer mit der Ruhe*, sagte sie sich. *Du kannst dir keinen Fehler erlauben.*

Rasch sah sie sich um. Ganze Familien lagerten in der Eingangshalle, und Hunde und Hühner liefen frei herum. Eine Frau molk eine Ziege. Ein paar Kinder hatten einen Kohlkopf gestohlen und spielten damit Ball. Es war zu eng – überall wimmelte es an diesem Abend nur so von Menschen. Sie brauchten einen ruhigen Ort, aber sie konnte Orwin nicht mit in ihr Zimmer oder an einen anderen Frauenort bringen. Das würde zu viel Misstrauen erregen. *Kleine Mäuse mit Wieselschwänzen.*

Der einzige Ort, aus dem gebundene Clansleute und Scarpes verbannt waren, war Anwyns Küche. Das würde genügen müssen. Sie hob die Stimme, damit alle in der Nähe sie hören würden, und sagte: »Orwin, du musst etwas essen. Ich wärme dir ein wenig eingeweichten Hafer.«

Er nickte. »Geh voran.«

Raina drängte sich durch die Menge. Ihr Herz klopfte heftig, und sie fürchtete sich vor ihrem eigenen Leichtsinn. Wenn Mace sie jetzt entdeckte, brauchte er ihr nur ins Gesicht zu sehen, und er würde alles wissen.

Die Küche war eine Insel der Ruhe. Clanfrauen hatten das Backwerk für den nächsten Tag ausgelegt, und jede flache Oberfläche im Raum war mit Tabletts mit gehendem Teig bedeckt. Der Bierfassgestank nach Hefe war überwältigend. Eine Reihe riesiger glockenförmiger Steinöfen stand an der

Außenwand, und ein Heizer mit einem Schürhaken war dort beschäftigt. Als sie Orwin Shank sahen, einen voll eingeschworenen Clansmann, beeilten sich die Frauen im Bäckerweiß, ihm an einem Tisch Platz zu machen. Wann immer ein Blackhailkrieger Hunger hatte, bekam er so schnell wie möglich etwas zu essen.

Um des Augenscheins willen nahm Raina eine Schale Hafer und einen Krug Bier entgegen, ebenso wie Orwin. Sie aßen eine Weile schweigend und ließen den Küchenhelferinnen Zeit, wieder an die Arbeit zu gehen. Töpfe mussten mit Sand geschrubbt, Schafsblut für Blutpudding heruntergekocht und Zwiebeln geviertelt werden, um Würste und Eintöpfe zu würzen. Aus dem Augenwinkel entdeckte Raina die hübsche Lansa Tanner, die Wangen von Mehl bestäubt, wie sie sorgfältig Möhren hackte. Raina lächelte zum Gruß, aber Lansa kniff die Lippen zusammen. Sie hatte ihre Loyalität Mace geschenkt.

Irgendwie gab das Raina Kraft. Leise sagte sie zu Orwin: »Mansal Stygo hat den Orrlhäuptling kaltblütig umgebracht.«

Er nickte. »Das weiß jeder Hammer- oder Axtmann im Clan. Es war eine Sache, solange er in Scarpe blieb, aber nun hat er sich Mace angeschworen ...« Orwin schüttelte den Kopf und vollendete den Gedanken nicht. Er fühlte sich in der Küche unbehaglich und schaute sich immer wieder um. Raina fragte sich, ob sie einen Fehler gemacht hatte.

»Raina! Orwin! Ich habe überall nach euch beiden gesucht.« Aus dem Nichts kam Anwyn Bird auf sie zu. »Raina, hast du vergessen, dass du mir helfen wolltest, in der Wildkammer die Vorräte durchzugehen? Und du, Orwin Shank!

Du wolltest einen Blick auf das abgehangene Fleisch werfen und mir sagen, was schon verdorben ist.«

Raina und Orwin wechselten einen Blick. Anwyn stand vor ihnen, die Hände auf den Hüften, und sah sie herausfordernd an. Also taten sie, was alle im Clan taten, wenn sie Anwyn Bird gegenüberstanden: Sie gehorchten.

Es wird von Minute zu Minute merkwürdiger, dachte Raina, als sie durch die Küche in den Irrgarten von Vorratskammern gingen, die Anwyns Domäne waren. Nachdem sie die Küche hinter sich gelassen hatten, wurde es erheblich dunkler. Niemand sagte etwas. Das brauchten sie auch nicht. Sie wussten, wieso sie hier waren.

Die Wildkammer war verschlossen und verriegelt. So war es nicht immer gewesen, aber seit die Scarpes ins Rundhaus gekommen waren, war immer mehr Essen verschwunden. Anwyn öffnete die Tür und warnte sie vor den Stufen. Die Kammer lag zu einem großen Teil unter der Erde und befand sich direkt an der Nordmauer. Selbst im Hochsommer war es hier kalt. Als Raina vorsichtig die Treppe hinunterging, stand ihr der Atem als weiße Wolke vor dem Gesicht, und der intensive blutlose Geruch von altem Fleisch drang ihr in die Nase.

Die Kammer war lang gezogen und niedrig. Direkt unter der Decke war ein Holzspalier angebracht, und daran hing das Fleisch an Eisenhaken. Ganze ausgebeinte Tierkadaver hingen in der Brise, die durch Lüftungslöcher hineinkam. Rinderhälften, so schwarz, als wären sie verbrannt, bedeckten eine ganze Wand. Fasane und Schneehühner waren wie Fledermäuse mit dem Kopf nach unten aufgehängt, und Schinken und Speckseiten – in Honig getaucht, damit sie besser schimmelten – waren wie Bruthennen in Räucherkästen gedrängt.

Auf den ersten Blick schien es hier einen Überfluss an Fleisch zu geben, aber Raina konnte sich an Zeiten erinnern, in denen der gesamte fünfzig Fuß lange Raum mit frischem Fleisch voll gestopft gewesen war. Nun reichten ausschließlich die Rinderhälften so weit, und alles andere füllte nur die ersten fünfzehn Fuß.

Anwyn führte sie zu einem alten Tisch, auf dem sie immer das Geflügel zerhackte. Sie zündete eine Lampe an und ging dann zurück zur Tür, um sie zu schließen. Raina setzte sich auf einen kleinen Melkschemel und überließ Orwin den einzigen richtigen Stuhl. Anwyn brauchte keinen Sitzplatz; die Clanmatrone setzte sich selten hin.

Ein unbehaglicher Augenblick verging in Schweigen. Orwin versuchte, die Schmerzen aus seinen Fingerknöcheln zu kneten. Anwyn starrte stirnrunzelnd den Tisch an. Als sie die anderen anschaute, begriff Raina plötzlich, dass sie darauf warteten, dass sie anfing.

Sie holte Luft. »Mace Blackhail ist nicht mehr mein Häuptling. Er hat befohlen, Shor Gormalin und Spynie Orrl umzubringen. Er füllt das Rundhaus mit Scarpes und drückt beide Augen zu, wenn gebundenen Clansleuten die Höfe abgenommen werden. Er führt Krieg gegen Orrl, einen Clan, der bisher immer unser bester Verbündeter war. Und ich glaube inzwischen auch, dass er etwas über den Angriff im Ödland wusste, bei dem mein Mann und deine beiden Söhne, Orwin, zu Tode kamen.«

So. Sie hatte es getan. Sie zitterte heftig, aber sie stellte sich Orwins Blick und dann auch dem von Anwyn, und sie spürte ihre eigene Macht. Um dafür zu sorgen, dass Dinge geschehen, musste man sie einfach tun. Warum hatte sie dreiunddreißig Jahre gebraucht, um das herauszufinden?

Orwin sah sie lange an. Anzeichen der Anstrengung zeigten sich in seinen Zügen, und Raina erinnerte sich daran, dass sein jüngster Sohn schwer verwundet an der großen Feuerstelle lag. »Wieso glaubst du, Mace hätte schon vorher von dem Angriff im Ödland gewusst?«

Es war vielsagend, dass er nicht in Frage stellte, was sie über Shor Gormalin gesagt hatte. Mit dem Thema des Massakers im Ödland musste man vorsichtig umgehen. Aber bis zu diesem Augenblick hatte sie nicht gewagt, ihre Gedanken laut auszusprechen. »Erinnert ihr euch an den Tag, als Raif und Drey Sevrance nach Hause kamen, nachdem alle sie für tot hielten?« Orwin und Anwyn nickten. »Nun, wenn ich darüber nachdenke, erkenne ich, dass uns damals einiges entgangen ist. Erinnert euch an das Erste, was Raif Sevrance gesagt hat. Er hat Mace einen Verräter genannt.«

Orwins schüttelte den Kopf. »Der Junge hat immer schon Ärger gemacht, Raina.«

»Er hat einen Heiligen Kreis für deine Söhne gezeichnet, Orwin. Er und Drey haben sich um die Toten gekümmert.«

Der Axtkämpfer seufzte. »Ja. Ich weiß. Er ist ein anständiger Junge, aber störrisch. Impulsiv.«

Raina stimmte rasch zu. »Ja, Orwin, er ist anständig. Ganz gleich, was über ihn erzählt wird, in Duffs Herdhaus hat er sich auf die Seite seiner Clanbrüder gestellt.«

»Viele sehen das anders.«

»Diese Leute sollten sich vielleicht einmal bemühen, selbst zu denken.« Raina erkannte, dass sie zu weit vom Thema abgewichen war, und fing noch einmal an. »Orwin, Raif Sevrance hat an diesem Tag Dinge gesagt, die direkt Maces Version widersprachen. Er sagte, der Angriff hätte gegen Mittag stattgefunden, nicht im Morgengrauen, wie Mace behauptete, und dass er und Drey keinerlei Spuren gefunden haben, die auf den Clan Bludd hinwiesen. Und erinnert euch, dass Mace diese bewegende Ansprache darüber gehalten hat, wie er Dagros Leiche bei den Pferdepfosten gefunden hat. Raif Sevrance hat geschworen, er und Drey hätten Dagro am Fleischständer gefunden, und Dagro hätte gerade einen Kadaver ausgenommen, als der Überfall erfolgte.«

Orwin schien nicht überzeugt zu sein.

Aber Raina war noch nicht fertig. »Wer hatte den größeren Vorteil aus dem Überfall, Orwin? Mace Blackhail oder Raif Sevrance? Wer ist auf dem Pferd des Häuptlings zurückgekommen und hat sich selbst zum Häuptling ernannt?«

Darauf wusste der Hammermann keine Antwort, und Raina ließ das Schweigen dauern. Man konnte einen Mann nicht dazu zwingen, etwas zu glauben. Er musste diesen Punkt von allein erreichen.

Am Ende nickte Orwin, langsam und widerstrebend, und Raina wusste, dass sie ihn zutiefst verwundet hatte. Zwei Söhne an den Clan Bludd zu verlieren, war schrecklich, aber immerhin waren sie einen ehrenvollen Tod gestorben. Wegen einer Intrige eines Möchtegernhäuptlings zu sterben jedoch ...

Von irgendwoher hatte Anwyn einen kleinen glasierten

Krug mit ihrem speziellen Whisky hervorgezaubert. Sie hatte bisher noch kein Wort zu all dem gesagt, aber als Raina sie beobachtete, wie sie drei kleine Becher aus einer gestrickten Tasche zog, die sie an der Taille trug, fragte sie sich, ob Anwyn Bird nicht überhaupt die Anstifterin dieser Geschichte gewesen war. Whisky und drei Becher? War sie diejenige gewesen, die Orwin die Wahrheit über Shors Tod gesagt hatte? Sie stand Angus Lok zweifellos ziemlich nahe; Raina erinnerte sich daran, dass der Waldläufer ihr ein Geschenk mitgebracht hatte.

Anwyns zwanzigjähriger Whisky war etwas, das man genießen musste. Er schmeckte wie Sommerrauch. Raina hob den Becher ans Gesicht und atmete ein – schon die Dämpfe genügten, dass einem schwindlig wurde. Als sie ihn das letzte Mal getrunken hatte, hatte Mace Blackhail Häuptlingswache gestanden. Der zwanzigjährige Whisky war immer ein Zeichen von Veränderung.

Raina stellte ihren Becher ab. Münzgroße Löcher waren in die Außenwand des Wildraums gebohrt – man konnte kein Fleisch altern, ohne dass genügend Ventilation vorhanden war –, und sie konnte hören, wie draußen Regen fiel, als das Unwetter langsam nachließ. Es war Zeit, zum Thema zu kommen.

»Wenn wir etwas unternehmen, wer wird auf unserer Seite sein?«

»Das hier wird Zeit brauchen, Raina«, sagte Orwin. »Es könnte viele Monate dauern, vielleicht sogar Jahre.«

Das war nicht, was sie hören wollte. »Werden die Hammermänner uns folgen?«

»Wir müssen ihnen Zeit lassen. Ja, sie haben ihre Zweifel

an Mace – immerhin hat er versucht, die Schwester eines Hammermanns ins Feuer zu stecken –, aber wir sind im Krieg, und Hammermänner sind Krieger.« Orwin stützte die Ellbogen auf den Tisch und beugte sich vor. »Es ist nicht der richtige Augenblick, Raina. Mace mag seine Fehler haben, aber er hat sich als guter Kommandant erwiesen. Lass ihm Zeit. Gib ihm Gelegenheit zu versagen.«

Raina nickte widerstrebend, Dagro hatte den Rat dieses Mannes immer geschätzt, und sie begriff nun, warum. Orwin hatte Recht. In Kriegszeiten waren Männer nicht so kritisch, was ihre Anführer anging. Sie brauchen einen, der stark war, nichts weiter. Sie seufzte tief. Würden sie es also dabei belassen? Bei einem einfachen »Lasst uns abwarten«?

Dann hob Anwyn die Stimme. Sie sah ihren Becher an und fuhr mit dem Finger um den Rand. »Wenn wir diese Sache ernst nehmen, brauchen wir einen Häuptling. Jemanden, um den wir uns scharen können, wenn der richtige Zeitpunkt gekommen ist, jemanden, der Maces Stelle einnehmen wird.«

Raina spürte ein Tosen in ihren Ohren. Sie sagte: »Orwin?«

Er schüttelte schon den Kopf. »Nein, Raina. Ich bin zu alt und zu verantwortungslos, um Häuptling zu sein.«

Sie dachte nach. Shor Gormalin hätte Häuptling sein sollen, aber Shor Gormalin war tot. »Corbie Meese? Ballic der Rote? Drey?«

»Alles gute Männer«, stimmte Orwin zu. »Und gute Krieger. Drey Sevrance wird vielleicht einmal ein guter Häuptling werden, aber jetzt ist er noch zu jung.«

Wer dann?

Orwin und Anwyn warteten. Und Raina konnte kaum

glauben, was sie von ihr erwarteten. Das war Wahnsinn, vollkommener Wahnsinn. Das Tosen in ihren Ohren war so laut, dass sie kaum denken konnte.

Aber sprechen konnte sie, und sie sagte, was sie sagen musste. »Dann werde ich Häuptling sein.«

12
Am Abgrund entlang

Der Sturm hatte sie viel Zeit gekostet. Sie hatten den Spalt schon vor fünf Tagen hinter sich gelassen, aber an den letzten beiden waren sie überwiegend damit beschäftigt gewesen, gegen Wind und Eis anzukämpfen. Raif bemühte sich, nicht nach Süden zu schauen, bemühte sich, sich nicht vorzustellen, wie das Unwetter sich nun im Clanland austobte: dass es dort Regen geben würde statt Eis und helle Lichtblitze statt der bedrückenden Atmosphäre unter einem bleiernen Himmel.

Die Stimmung war aggressiv, und der kleine Trupp hatte sich schon bald in zwei Lager gespalten: das von Linden Moodie und das von Totgeburt. Yustaffa war der Narr und bewegte sich wie die Travestie eines Heiratsvermittlers gut gelaunt zwischen den Gruppen hin und her. Raif beobachtete jetzt, wie er – ein fetter Mann auf einem kleinen Pferd – sich an Addie Gunn vorbeidrängte, um zu Moodie zu gelangen. Moodie hatte die Führung übernommen – was natürlich zu einem weiteren Streit geführt hatte –, und Yustaffa hatte es auf sich genommen, den Anführer über die Missbilligung seines Gefolgsmanns zu informieren.

Raif hörte die Worte: »... und du wirst nicht glauben, was Totgeburt gesagt hat ...«, rasch gefolgt von: »Und Addie Gunn hat gewettet, dass du uns bis zum Mittag in die Irre führen würdest ...«, bevor er seine Gedanken anderen Dingen zuwandte.

Sie ritten in einer Reihe am Rand einer Schlucht entlang.

Das Unwetter hatte alles mit Frost überzogen, und selbst das tote Gebüsch am Boden der Schlucht glitzerte wie Kristall. Der Weg war glatt, aber Raif war daran gewöhnt, und er hielt den Zügel seines Pferds kurz. Es fiel ihm schwer zu begreifen, dass er nun wieder nach Westen unterwegs war. Er hatte zwar häufig Tagträumen darüber nachgehangen, zu seinem Clan zurückzukehren, aber so hatte er es sich ganz bestimmt nicht vorgestellt.

Er senkte den Kopf gegen den Wind und schob diese Gedanken beiseite. Er hatte sich weit hinten eingereiht, aber Linden Moodie hatte ihm befohlen, weiter nach vorn zu kommen. Er war beinahe sicher, dass Traggis Mole Moodie aufgetragen hatte, ein Auge auf Raif Zwölftöter zu haben, und auch daran, dass Moodie diese Aufgabe genoss, hatte er wenig Zweifel.

Sie waren eine kleine Gruppe, insgesamt elf, und hatten drei Ersatzpferde dabei. Raif kannte nicht alle Männer. Er war froh, dass Addie und Totgeburt dabei waren, aber er war sich nicht sicher, was den olivenhäutigen Südländer anging, der beim letzten Überfall die Brücke über den Spalt enthüllt hatte. Der Mann sah nicht wie ein Krieger aus, eher wie ein Priester. Er war sehr zurückhaltend und aß nichts von dem Fleisch, das Totgeburt jeden Abend über dem Lagerfeuer briet.

Raif zügelte sein Pferd, um es langsam an eine Geröllbank heranzuführen, und er überzeugte sich, dass das Geröll fest war, bevor er dem Tier den Kopf freigab. Der Wind wehte durch die Schlucht und wirbelte Eispartikel und Staub auf. Das Unwetter war im Lauf der Nacht schwächer geworden, aber das Land war verwüstet und die Luft seltsam unruhig. Obwohl sie sich nicht hoch im Gebirge befanden, hatte Raif vom Wechsel des Luftdrucks Ohrenschmerzen.

Er hatte sich so darauf konzentriert, das Pony über das Geröll zu führen, dass es ihm zunächst nicht auffiel, als Moodie eine Rast befahl. Erst als die Hufe des Ponys wieder auf festen Stein trafen, wagte er es aufzublicken. Weiter vorn waren Linden Moodie und Yustaffa aus dem Sattel gestiegen. Moodie hatte seinen schweren roten Umhang mit dem Fuchsbesatz zurückgeworfen und hockte am Boden, wo er etwas anschaute. Als Raif näher kam, sah er, warum die beiden Verstümmelten angehalten hatten: Ein klaffender Riss im felsigen Boden blockierte ihnen den Weg.

Raif glitt vom Pferderücken und ging zu ihnen. Der Riss zog sich bis zum Boden der Schlucht vierzig Fuß weiter unten, und Raif konnte riechen, wie neu er war; der Geruch nach verbranntem Felsen und Wurzeln, die plötzlich der Luft ausgesetzt waren, hing noch deutlich in der Luft. Die Wände des Risses waren dunkel und glänzten von Mineralen, was in intensivem Kontrast zu dem mattgrau verwitterten Stein der Umgebung stand.

Yustaffa seufzte mit nur schlecht verborgenem Verdruss. Er trug ein Hemd, das aus Bändern unterschiedlicher Nagetierfelle hergestellt war. Raif erkannte die Felle von Lemmingen, Spitzmäusen und riesigen borstigen Ratten, die alle in Streifen geschnitten waren. Yustaffa hatte dieses Kleidungsstück mit Kniehosen aus glänzendem Leder kombiniert, die er in die Stiefel gesteckt hatte, und mit einem Umhang aus gefärbtem und rasiertem Lammfell. Als die anderen näher kamen, schnalzte er missbilligend mit der Zunge und schüttelte den Kopf. »Ich wusste, wir hätten uns an der Grasschlucht nach Norden wenden sollen!«

Alle ignorierten ihn. Luft, die aus dem Riss aufstieg, zupfte an Haaren und Bärten. Auf der anderen Seite konnte Raif genau sehen, wie sich der Weg weiter an der Schlucht entlang nach Westen zog.

»Das war noch nicht hier, als ich diesen Weg das letzte Mal genommen habe«, erklärte Moodie störrisch.

»Und wann soll das gewesen sein?«, fragte Totgeburt und stellte sich neben Raif. »In letzter Zeit hast du es doch vorgezogen, zu Hause zu bleiben.«

Moodie warf Totgeburt einen finsteren Blick zu. »Ich sage dir, ich bin erst vor einem Monat hier gewesen.«

»Er hat Recht.«

Alle wandten sich dem Mann zu, der gesprochen hatte. Der Südländer war näher gekommen. Er trug ein weites Gewand aus mattem Grün und einen schlichten grauen Umhang. Die Kälte hatte seine Gesichtshaut aschgrau werden lassen, und in seinem linken Auge stand Blut. »Es ist nicht Lindens Fehler«, fuhr er ruhig fort. »Dieser Riss hat sich erst vor kurzem geöffnet.«

Totgeburt zog die Brauen hoch. »Und was macht dich zu einem Experten?«

Aus irgendeinem Grund sah der Mann Raif an, als er antwortete: »Man braucht kein Experte zu sein, um zu wissen, dass sich die Erde verzieht. Etwas da unten zwängt sich heraus.«

Die Verstümmelten traten unbehaglich von einem Fuß auf den anderen. Addie Gunn nahm einen welken Apfel aus seinem Gepäck und biss hinein. Totgeburt schlenderte zu der

Geröllbank zurück und suchte nach einem anderen Weg. Der Südländer starrte weiterhin Raif an. Nach ein paar Sekunden beschloss Raif, dass er nun genug hatte, und ging, um sich das Maul seines Ponys anzusehen. Als er mit dem Finger zwischen dem Gebiss und dem Zahnfleisch des Tiers entlangfuhr und nach wunden Stellen tastete, spürte er, dass der Mann ihn immer noch beobachtete.

Bald schon begann eine hitzige Auseinandersetzung darüber, auf welchem Weg man den Riss am besten umgehen könnte. Yustaffa schlug vor, sie sollten versuchen, darüber hinwegzuspringen – Linden Moodie als Erster. Moodies Plan bestand darin, in die Schlucht hinabzusteigen und ihr nach Westen zu folgen. Diese Idee gefiel nicht vielen in der Gruppe. Die Schlucht war von steilen Granitwänden gesäumt, auf denen außerdem Geröll lag. Ein Sturz konnte einem Mann das Bein brechen. Ein anderer schlug vor, weiter nach oben zu klettern, aber selbst Raif konnte sehen, dass das so gut wie unmöglich sein würde.

Addie Gunn aß seinen Apfel und sagte nichts. Als er fertig war, gab er das Kerngehäuse seinem Pony. Inzwischen waren alle laut geworden, und Linden Moodies Garrottennarbe zeichnete sich deutlich und rot an seinem Hals ab. »Wir steigen runter«, rief er. »Und die Götter mögen euch alle verdammen.«

Hitziger Protest folgte, und mittendrin meldete sich Addie zu Wort. »Meine Herren.«

Die Verstümmelten wandten sich ihm zu, und er wartete geduldig, die Hand an der Nase seines Ponys, bis sie alle schwiegen.

»Vor einer Stunde sind wir an einem Ziegenpfad vorbeigekommen, der nach Nordwesten führt. Wenn wir ihm folgen, würde ich sagen, dass wir noch vor Einbruch der Dunkelheit das Schlimmste hinter uns haben werden.« Er legte die Hand auf den Nasenriemen seines Ponys. »Komm, Mädchen. Zeit, dass wir weiterkommen.«

Die Verstümmelten starrten ihn an, halb empört, halb erleichtert. Niemand widersprach: Addie Gunn war Hochlandhirte gewesen, und er kannte sich auf Gelände wie diesem aus. Totgeburt war der Erste, der ihm folgte und sein kräftiges kleines Pony durch den Kreis von Männern auf dem Sims führte. Linden Moodie sah, dass die anderen Männer in der Gruppe bereit waren, ihn stehen zu lassen, und befahl rasch, den von Addie vorgeschlagenen Weg zu nehmen.

Als Raif sein Pony über das Geröll zurückführte, dachte er über Addie Gunn nach. Er hatte sich hier, unter diesen Männern, einen Platz geschaffen. Sie respektierten ihn für das, was er wusste. Raif war zwei Mal mit ihm unterwegs gewesen, und beide Male hatten die Männer seine Ratschläge befolgt. Es schien unglaublich, aber Addie war von den Verstümmelten besser behandelt worden als von seinem eigenen Clan. Raif runzelte die Stirn, denn ihm gefiel nicht, was das über Clans aussagte.

»Ich sehe, du hast das Interesse unseres unfähigen Priesters gewonnen«, riss ihn Yustaffas Stimme aus den Gedanken. Der fette Mann saß wieder auf seinem Pferd und ritt direkt hinter Raif. Als Raif nicht antwortete, erklärte er, was er meinte. »Der Südländer, Thomas Argola – ich habe schon zuvor bemerkt, dass er dich beobachtet hat. Ein langweiliger Mann, aber nützlich, sehr nützlich. Die anderen können ihn selbstverständlich nicht ausstehen. Kann mir kaum vorstellen, warum. Er isst nicht viel mehr als zwei Bohnen am Tag und würde lieber sterben, als Streit anzufangen.«

Raif stellte den Fuß in den Steigbügel und stieg auf. »Warum ist er dann hier?«

»Gute Frage.« Yustaffa ließ sein Pony vor Raifs Tier traben. Sie waren nun alle wieder auf dem Rückweg, und Addie Gunn führte sie nach Westen. »Er hat ein paar Tricks auf Lager. Kann den Feind verwirren und so.«

»Er setzt Magie ein?«

»Nicht sonderlich gut.« Yustaffa schnaubte. »Es bringt ihn jedes Mal halb um, die Brücke zu enthüllen. Gegen einen Mangali-Schamanen hätte er keine Chance. Wenn du einen von denen in deiner Truppe hast, kannst du direkt in eine gepanzerte Schatzkammer hineinreiten und sie ausräumen, ohne dass jemand auch nur merkt, dass du da warst.«

Eine Windbö ließ Yustaffas Schaffellumhang wehen, und Raifs Blick fiel auf den Schwertbrecher, den der fette Mann an den Oberschenkel geschnallt hatte. Er fragte: »Und warum sollte er sich für mich interessieren?«

Yustaffas Lachen war hoch und klirrend. »Raif Zwölftöter, mein lieber Junge! Er beobachtet dich aus dem gleichen Grund, aus dem Traggis Mole dich beobachtet. Weil du die unangenehme Angewohnheit hast, seltsame Geschehnisse anzuziehen, bei denen für gewöhnlich jemand stirbt.« Immer noch lachend ritt Yustaffa weiter.

Raif zog an den Zügeln und fiel zurück ... Er hätte das eigentlich kommen sehen müssen ... aber es wurde deshalb nicht leichter, es sich anzuhören.

Er duckte sich im Sattel und fiel weiter zurück, bis er das Ende der Reihe erreichte, denn das war immer noch besser, als zu denken. Linden Moodie ritt direkt hinter Addie und konnte es kaum erwarten, wieder die Führung zu übernehmen. Ihm fiel nicht auf, dass Raif die Gesellschaft der Packpferde vorzog.

Der Tag ging weiter. Sie fanden Addies Ziegenpfad und folgten ihm. Die gleiche Kraft, die den Riss in der Schluchtwand verursacht hatte, hatte Steinblöcke zu unsicheren Haufen aufgetürmt und Haarrisse im Boden entstehen lassen. Addie hatte ein Auge für die Gefahren und gab ihnen Zeichen, wann sie langsamer werden und wann alle absteigen und ihre Ponys führen mussten.

Als sie weniger unsicheres Gelände erreicht hatten, wurde es dunkel. Addie wollte anhalten und das Lager aufschlagen, aber Moodie wollte das nicht hören. »Wir müssen bei Neumond an der Mine sein – dann verladen sie das Gold. Nun, da sich das Wetter ein wenig beruhigt hat, müssen wir die Zeit aufholen, die wir verloren haben.«

Niemand widersprach ihm. Der Halbmond war aufgegangen, aber die Wolkendecke war zu dick, um viel Licht durchzulassen. Das Gelände war nun flach, von heftigen Winden sauber gefegt, und der Boden unter ihren Füßen war kaum mehr als Stein. Haarige Kräuter wuchsen im Windschutz von Felsblöcken, und hin und wieder sah Raif das Glitzern der Augen von Tundrafüchsen.

Langsam wuchs sein Bedürfnis zu jagen. Es war ein halbes Jahr her, seit er zum letzten Mal bei Nacht Wild verfolgt hatte, und er ertappte sich dabei, dass er nach Zielen Ausschau hielt. Hier gab es nicht nur Füchse, sondern auch noch kleinere Geschöpfe mit schnell schlagenden Herzen: Mäuse und Spitzmäuse. Nichts, was einen Pfeil wert gewesen wäre, aber er folgte ihnen dennoch mit dem Blick. Etwas in ihm trieb ihn dazu.

»Wenn du nicht vorhast, diesen Pfeil auf Linden Moodie abzuschießen, würde ich dir raten, ihn wieder einzustecken.« Das war Totgeburt, der vor ihm ritt, und Raif brauchte einen Augenblick, bis er begriff, was der andere meinte.

Er hatte tatsächlich einen Pfeil in der Faust, aber er konnte sich nicht daran erinnern, ihn aus dem Gepäck gezogen zu haben. Verlegen schob er ihn wieder in den Bogenkasten, der an seinem Sattelknauf hing.

»Finstere Nacht«, sagte Totgeburt. »Moodie bringt uns ziemlich dicht an den Rand.«

Das war Raif nicht aufgefallen. Er hatte nach Norden geschaut, auf dieses flache Stück Tundra, nicht nach Süden. Er folgte Totgeburts Blick und sah, dass der Ziegenpfad wieder zum Rand der Schlucht zurückgeführt hatte. Addie riet ihnen, langsamer zu werden, als sie auf das erste lose Geröll stießen.

»Sollen wir?«, fragte Totgeburt Raif, und sie stiegen beide ab.

Vor ihnen wechselten Moodie und der Clansmann Worte. Addie wollte ein Lager aufschlagen – der Boden war einfach zu unsicher, um hier im Dunkeln unterwegs zu sein –, aber Moodie wollte nichts davon wissen. Raif war der Ansicht, dass Addie Recht hatte, aber er verstand, um was es Moodie ging. Hinter Linden Moodies Ungeduld lag seine Angst vor Traggis Mole.

Am Ende einigten sie sich darauf, langsamer und zu Fuß weiterzuziehen. Raif und Totgeburt hielten sich weit hinten und ging nebeneinanderher. Totgeburt holte ein silbernes Fläschchen aus dem gegerbten Hirschlederbeutel, der über seiner Schulter hing, und trank einen Schluck. »Du solltest lieber vorsichtig sein, wenn wir die Mine erreichen«, sagte er. »Du bist jetzt ein Verstümmelter.«

Jetzt warnte ihn sogar Totgeburt! Raif hatte dazu nichts zu sagen, daher schwiegen sie beide.

Langsam wand sich der Weg abwärts, und innerhalb einer Stunde waren sie wieder auf dem Sims an der Schluchtwand, und seitlich von ihnen fiel der Fels steil ab. Lose Steine lagen auf dem Weg, und Raif verbrachte viel Zeit damit, darauf zu achten, wohin er seine Füße stellte. Er konnte die Aufwinde der Schlucht unten an seinem Kinn spüren, und die Angst hielt ihn wach.

Die meisten aus der Gruppe hatten die Geröllbank hinter sich gebracht, als die Steine schließlich zu rutschen begannen. Raif spürte Wind an seiner Wange und hörte das tiefe Donnergrollen knirschender Erde. Die Felsen, die sich an der Schluchtwand angehäuft hatten, ruckten nach vorn, und Raif hatte Schwierigkeiten, in dem Geröll aufrecht stehen zu bleiben. Direkt vor ihm bockten die Packpferde vor Schreck. Sie waren hintereinander angebunden, und wenn eins abstürzte, würde es die anderen mit sich ziehen.

Raif kämpfte heftig gegen die allgemeine Abwärtsbewegung an. Ein Stein traf ihn wie ein Faustschlag gegen die Wirbelsäule und drückte ihm den Atem aus den Lungen. Etwas schlug gegen sein Knie, und plötzlich konnte er kaum mehr aufrecht stehen. Die Zügel des Ponys rutschten durch seine Finger, und er umklammerte nur noch Luft.

Ein Krachen ertönte hinter ihm, als Totgeburt von den Beinen gerissen wurde. Raif streckte die freie Hand nach ihm aus, fand ihn aber nicht. Dann riss ihn die Lawine nach unten und herum, und plötzlich stießen Totgeburts Finger fest gegen Raifs Handfläche. Raif schloss die Faust und packte sie.

Sofort spürte er, wie er vorwärts gezerrt wurde. Totgeburt rutschte über den Rand. Heißer Schmerz ließ rote und weiße Blitze vor Raifs Augen zucken, als sein Arm beinahe aus dem Gelenk gerissen wurde. Die Lawine wurde langsamer, aber Totgeburts Gewicht ließ Raif auf den Rand zurutschen. Verzweifelt drückte er die Fersen ins Geröll und suchte nach Halt. Er trat heftig um sich, und dann spürte er mit dem rechten Fuß einen Felsvorsprung, der sich nicht bewegte.

Als sein Arm über den Rand gezogen wurde, grub er die Ferse in die Rinne im Felsen. Er kam ruckartig zum Stillstand. Er hatte die Zähne so fest zusammengebissen, dass er den Druck der Zahnwurzeln spüren konnte. Sein Arm zitterte heftig, und die Muskeln an seiner Seite und in der Schulter standen kurz vor dem Reißen. Unter sich konnte er gerade noch Totgeburts Kopf erkennen. Der Mann schwang im Dunkeln hin und her.

»Hilf mir rauf«, rief Totgeburt.

Raif war wie betrunken vor Schmerz. Er hatte nur noch ein paar Sekunden Kraft, dann würden sie beide abstürzen. Schon die Zähne nicht mehr zusammenzubeißen kostete Anstrengung.

»Totgeburt. Ich will meinen Pfeil zurück.«

Ein ungläubiges Krächzen erklang von unten.

Raifs rechtes Bein – das, was ihrer beider Gewicht trug – begann zu zittern. Absurderweise war er so ruhig, wie es nur Verrückte sein können. »Der Pfeil – Wünschelrute. Gibst du ihn her?«

»In Ordnung«, schrie Totgeburt. »Und jetzt zieh mich hoch.«

Danach existierten nur noch die Schmerzen. Linden Moodie und Addie Gunn kletterten über das rutschige Geröll, um zu helfen, Totgeburt auf das Sims zurückzuziehen. Raif zitterte am ganzen Körper, bis sie ihn endlich in Sicherheit gezogen hatten. Moodie ließ Raif einfach liegen, und das störte Raif nicht. Die Wolken waren dünner geworden, und er konnte den Mond sehen. Nachdem man Totgeburt über das Geröll geholfen hatte, kam Moodie zurück.

Er bot Raif die Hand. »Komm, Junge. Du solltest lieber aufstehen.« Seine Stimme war barsch, aber es lag auch so etwas wie widerwilliger Respekt darin. »Du hast diesen großen dicken Mistkerl gut fest gehalten. Es ist ein Wunder, dass es dich nicht zerrissen hat.«

»Ich fühle mich, als wäre genau das passiert.« Raif versuchte, so würdevoll wie möglich auf die Beine zu kommen, aber seine Knie machten nicht mit, und er schwankte wie ein Betrunkener. Moodie schlang den Arm um ihn, und gemeinsam gingen sie zu den anderen.

Auf dem Sims war ein behelfsmäßiges Lager errichtet. Fackeln brannten, und ein Feuer flackerte. Auf einem Spieß darüber steckte Fleisch. Sie hatten keine Zelte; die Verstümmelten bildeten einfach jeden Abend einen Kreis aus Bettzeug um das Feuer. Sie hatten ein Fass Met geöffnet und jubelten und hoben die Trinkhörner, als Raif ins Lager taumelte.

Totgeburt hatte bereits von der Verhandlung um den Pfeil berichtet, und irgendwie verbesserte das Raifs Ruf bei den Verstümmelten. Er hatte Totgeburt gerettet – und außerdem noch erfolgreich gefeilscht! Etwas Besseres konnte man in der Bruderschaft kaum erreichen. Sie hießen ihn in ihrem Feuerkreis willkommen und reichten ihm ein Horn mit dickflüssigem schwarzem Met. Wieder blieb von Raifs Würde nicht viel übrig, als er versuchte zu trinken und die Hälfte des fermentierten Honigs ihm vorn übers Hemd lief. Seine Hände zitterten schrecklich, und er schmeckte nichts anderes als Steinstaub.

Er setzte sich auf einen Haufen Pferdedecken und konzentrierte sich darauf, nicht das Bewusstsein zu verlieren. Yustaffa hatte irgendwo ein Saitenbrett hervorgezaubert, zupfte an den Saiten und experimentierte mit den ersten Zeilen eines neuen Lieds: »Schwarz war die Schlucht, die Nacht war kalt, da rutschten zwei Männer fast in den Spalt.«

Raif fand, dass es gar nicht übel klang – und das bedeutete sicher, dass er den Verstand verloren hatte. Blinzelnd legte er das Horn in seinen Schoß. Addie kam und schlug ihm auf die Schulter und sagte, dass auch ein Hochlandmann das nicht besser hätte machen können. Andere sagten Ähnliches und zogen sich dann wieder zurück. Die Zeit verging, die Feier ging weiter, und die Verstümmelten betranken sich schauerlich.

Jedenfalls die meisten. Irgendwann bemerkte Raif, dass sich Thomas Argola neben ihn gesetzt hatte. Inzwischen war es ruhiger geworden, die Männer dösten oder aßen oder spielten in kleineren Gruppen Würfelspiele. Hin und wieder brachte einer einen Trinkspruch auf Raif oder Totgeburt aus, und dann rafften sich alle zu einem zustimmenden Grunzen auf. Argola wartete, bis die allgemeine Aufmerksamkeit sich wieder von Raif abgewandt hatte, bevor er etwas sagte.

»Weißt du, warum die Steine gerutscht sind?«, fragte er. Raif prüfte zögernd seine Halsmuskeln, indem er den Kopf schüttelte. »Sie kommen heraus. Die Schattenwesen, die Ausgelöschten. Ein paar von den Stärkeren haben sich schon durch die Risse gedrängt. Der Druck wird stärker ... und etwas wird geschehen. Bald. Die Herren der Finsternis werden einen ihrer Diener ausschicken. Einen *Shatan Maer*, das mächtigste Geschöpf, das jemals lebte. Die *Shatan* allein haben die Kraft, die Mauer um das Blinde Land einzureißen. Und in dieser Nacht rührt sich einer von ihnen, das kann ich spüren.«

Raif spürte seine Angst nicht, er trieb irgendwo oberhalb davon. Er sagte: »Gehörst du zu ihnen? Zu den Phage?«

»Ich hatte hin und wieder mit ihnen zu tun.«

Das war keine direkte Antwort, aber Raif ließ es durchgehen. Er schwebte immer noch. »Wann wird das geschehen?«

»Das weiß ich nicht.«

»Und du weißt auch nicht wo?«

»Nein. An dem Ort, wo die Erdkruste am dünnsten ist.«

Raif gab ein Geräusch von sich, das halbwegs nach einem Lachen klang. »Warum sagst du es mir dann?«

Der Mann rutschte ein wenig herum, so dass er Raif nun direkt ansehen konnte. Sein linkes Auge war blutunterlaufen. »Weil du derjenige bist, der es aufhalten kann.«

»Mag die Erde auch beben, mögen Reiche vergehen / Er wird bestehen.«

Thomas Argola schüttelte verwundert den Kopf, denn er verstand nicht, worauf Raif anspielte. Aus irgendeinem Grund freute das Raif. Es bedeutete, dass die Phage nicht alles wussten. Auch die Clans hatten ihre Informationsquellen.

»Du kannst mir also keine Hilfe anbieten«, sagte er, hörte selbst, wie hitzig er klang, und bemerkte, dass er nicht mehr schwebte. Argola hatte ihn auf den Boden zurückgebracht.

Ein Augenblick verging. Jemand warf ein paar Vogelknochen ins Feuer, und beide Männer sahen zu, wie sich der schwarze Rauch erhob. »Erinnerst du dich an die Brücke und wie sie enthüllt wurde?« Raif nickte, und Argola sprach leise weiter. »Die Brücke selbst ist grob zusammengezimmert. Die meisten, die sie zum ersten Mal sehen, sind enttäuscht. Sie machen den Fehler zu glauben, dass das Geheimnis in der Brücke selbst liegt. So ist es aber nicht. Es liegt in dem Raum, der das Clanland mit dem Spalt verbindet. Ganz gleich, was du dort erbaust, es wird unsichtbar werden. Von solcher Art war die Macht der Alten. Dinge, die ihre Magier geschaffen haben, leben weiter.

Das Kargland und der Spalt sind voll von Ruinen, die die Alten zurückgelassen haben. Einige können wir sehen, andere sind verborgen. Wenn du nach dem Ort suchst, an dem der *Shatan Maer* erscheinen wird, musst du genau hinsehen, und dann noch einmal hinsehen.«

Raif war plötzlich müde. Die Muskeln in seinem Rücken und den Schultern taten weh, und es kam ihm so vor, als hätte Argola ihm überhaupt nichts Nützliches erzählt, sondern ihm noch eine weitere Last auferlegt. Zauberer und heilige Männer taten ihm so etwas öfter an, fiel ihm auf.

Er massierte seine Schulter und sagte: »Warum erzählst du mir jetzt von den Alten? Es ist die Bruchstelle, die ich finden muss, keine lange vergessene Ruine.«

Die Männer im Lager bereiteten sich aufs Schlafen vor. Fackeln wurden ausgelöscht, Bierreste aus Hörnern gekippt und Decken zu Kissen geknäult. Yustaffa begann, ein Schlaflied zu spielen.

Argola erhob sich. »Die Alten waren nicht so anders wie du oder ich. Sie wussten, was Angst und Schrecken bedeuten.

Wir schicken die Leichen in den Spalt und versuchen, ihn zu verstopfen. Sie haben eine Stadt dort gebaut, in der Hoffnung, das Gleiche zu erreichen. Wenn du den Ort finden willst, den sie am meisten fürchteten, musst du nach ihren Ruinen Ausschau halten.«

Raif sah dem Mann nach, wie er durchs Lager ging, und dann legte er sich auf seine Decke und schlief.

13
Zur blinden Elster

Crope hatte Hunger, und die Füße taten ihm weh. Er hatte versucht, seine Stiefel zu verkaufen, aber die Frau, mit der er gesprochen hatte, hatte nur auf Cropes Füße gezeigt und gesagt: »Ich hätte mehr Gelegenheiten, einer Melkerin Milch zu verkaufen, als jemandem Stiefel in dieser Größe anzudrehen.« Dann war ihr scharfer Blick ein Stück nach links gewandert. »Aber ich gebe dir zwei Kupferstücke für den Hund. Den werde ich bestimmt schon innerhalb von einer Stunde an einen Pastetenbäcker los.«

Stadthund in einer Pastete! Das war unerträglich, und am liebsten hätte Crope nie wieder Pastete gegessen. Das war allerdings vor drei Tagen gewesen, und im Augenblick ließ der Gedanke an jede Art von Pastete ihm derart das Wasser im Mund zusammenlaufen, dass er schlucken musste.

Aber in einer Stadt ließ sich nicht leicht etwas finden. Man konnte die Straßenhändler nicht bestehlen, denn die Gefahr, von den Bütteln erwischt und ins Gefängnis gesteckt zu werden, war zu groß. Und jeder Ort, an dem vielleicht Essensreste zu finden waren, wurde leidenschaftlich von Männern und Frauen verteidigt, die erklärten, das hier sei ihr Gelände und sie würden eher sterben, als es preiszugeben. Selbst Stadthund hatte Schwierigkeiten mit den Katzen, die hier wirkliche Biester waren: drahtig wie Eichhörnchen und ohne jede Angst vor Hunden.

Schaudernd zog Crope die Hühnerplane über den Kopf und

setzte seine Umkreisung der Maskenfestung fort. Leichter Nieselregen hatte begonnen, und er machte sich Gedanken, dass seine Stiefel schrumpfen könnten. Es war schwierig, sich auf die Festung zu konzentrieren, aber er strengte sich an, und als er am zweiten Tor vorbeikam, hatte er seine Umgebung vollkommen vergessen.

Das Licht rings um die Festung war seltsam und silbrig; es gab Regen, aber auch Sonne. Man konnte in dieser Beleuchtung viele Einzelheiten erkennen, die man normalerweise nicht gesehen hätte, und daher entdeckte Crope nun drei Stockwerke über dem Tor eine Wachstation. Als er zum letzten Mal hier gewesen war, hatte er nur ein Steingitter gesehen und angenommen, es müsse sich um einen Luftschacht handeln. Aber nun, als die Spätnachmittagssonne im richtigen Winkel auf den Torturm fiel, sah er, wie sich Menschen hinter dem Gitter bewegten. Das bedeutete, dass das Tor nicht nur am Boden von Soldaten in roten Umhängen gesichert wurde, sondern auch noch weiter oben Männer Wache standen.

Keine guten Nachrichten. Die Tage vergingen, und Crope hatte immer noch keinen Weg in die Festung gefunden.

Die Maskenfestung wurde schärfstens bewacht. Jeder Wagen wurde überprüft. Einige wurden vollkommen abgeladen, bei anderen wurde die Ladung, wenn sie weich genug war, mit Speeren durchbohrt. Fässer wurden abgeklopft, um festzustellen, ob sie auch wirklich voll waren, und jeder unbekannte Bittsteller am Tor wurde einem scharfen Verhör unterzogen. Der Mann, der hier herrschte, lebte in Angst.

Crope stützte sich eine Weile auf seinen Birkenstab. Er hatte nicht gedacht, dass ihm der Weg zu seinem Herrn so leicht verstellt werden könnte. Er hatte ausführlich darüber nachgedacht, ob es wohl möglich wäre, durch das Tor zu rennen, wenn das Fallgitter hochgezogen wurde, um Leute durchzulassen. Das Tor wurde von Einheiten von vier Männern bewacht, von denen einer dauernd im Wachhaus blieb, um die Winde zu bedienen, mit der das Gitter bewegt wurde. Das bedeutete, dass Crope vermutlich von den anderen dreien verfolgt würde. Drei Männer mit Speeren und Schwertern. Es war gefährlich, aber Crope nahm an, er hätte eine recht gute Chance, an ihnen vorbeizukommen. Richtigen Ärger würde es erst geben, wenn sie Alarm gaben. Und als er nun sah, dass es eine zweite Wachstation gab, wusste er, dass dieser Alarm eher gegeben würde, als er gedacht hatte.

Langsam und methodisch ging Crope alles noch einmal durch ... aber er bekam keine neuen Ideen. Er musste irgendwie in die Festung kommen, ohne die Aufmerksamkeit der Wachen zu erregen. Galle hätte gesagt, dass es nun an der Zeit für Tücke war.

Stirnrunzelnd eilte er nach Westen zu dem spitzen Turm, in dem man seinen Herrn gefangen hielt. Regenwasser, das von den Festungsmauern lief, ließ das Fett auf den Straßen glänzen. Stadthund blieb stehen, um aus einer Pfütze zu trinken, und Crope wartete, bis sie fertig war. Die Straßen wurden ruhiger, als sie sich vom Tor entfernten. Sie kamen an einem verlassenen Platz mit übergroßen Ritterstatuen vorbei. Tauben hockten unter den Steingewändern der Ritter und suchten Schutz vor dem Regen. Stadthund wollte sie scheuchen, aber Crope rief sie zurück.

Irgendetwas geschah mit seiner Brust. Je näher er dem spitzen Turm kam, desto fester zog sich sein Brustkorb zusammen. Seit er in der Stadt war, war er jeden Tag hierher gekommen und hatte versucht, sich mit seinem Herrn in Verbindung zu setzen.

Der Turm war hell und so hoch, dass die oberen Stockwerke in den Regenwolken verschwanden. Die Steine rauchten wie gefrorenes Fleisch, als befänden sie sich hoch über der Schneegrenze auf dem Berg und nicht hier am Fuß des Turms. Bevor er die Turmmauer berührte, rieb Crope mit der Hand über seine Hirschlederhose. Als seine Finger dem eisigen Kalkstein näher kamen, spürte er die Anziehungskraft des Turms wie einen Magneten. Der glatte Stein saugte die Wärme aus seiner Haut, und Crope hätte die Hand am liebsten zurückgezogen, aber stattdessen drückte er fester, und seine Fingerspitzen wurden langsam weiß. Mit der Kälte konnte er zurechtkommen, aber nicht mit diesem Schweigen.

Die Zeit verging, und die Sonne sank hinter die Stadtmauern, so dass graue Dämmerung einsetzte. Cropes Finger wurden taub, und er drückte fester und fester, versuchte, sich den Weg nach drinnen zu erzwingen.

Nichts.

Aber dann, als er gerade die Fingerspitzen wegziehen wollte, rührte sich drinnen etwas, tastete etwas nach ihm.

... Komm zu mir ...

Die Worte erklangen in Cropes Knochen, und sie waren kein Befehl mehr. Sie waren ein Flehen. Die Stimme seines Herrn war kraftlos, kaum mehr zu vernehmen. *Du elender Dummkopf. Willst du ihn etwa sterben lassen?* Crope drosch die Faust gegen den Turm. Kalkstein barst, eine kleine Staubwolke stieg auf, und Stadthund duckte sich verängstigt.

Crope trat zurück. Er hatte Blut an den Fingerknöcheln,

und seine Finger fingen an zu schwellen. Er musste nachdenken. Denken. Gewalt würde hier nichts nützen. Er war stark, aber er konnte keinen Turm einreißen. Das hier würde seinen Herrn nicht retten. Wie also? Er war nicht wie Galle mit seinen schlauen Tricks und auch kein Scurvy Pine, der Männer dazu bringen konnte, zu tun, was er wollte. Er war ein riesiger Mann, gut dafür, Wände einzureißen und Pumpen zu reparieren.

Und Ketten zu sprengen. *Sei bereit, wenn ich es sage.* Crope blinzelte, als ihm etwas einfiel. Vielleicht gab es ja jemanden in der Stadt, der ihm helfen konnte. Ein Plan bildete sich in seinem Kopf, und Crope wandte dem Turm den Rücken zu.

Bald, versprach er seinem Herrn leise. *Bald.*

Bis er die breiten Straßen und glatten Steine des Festungsviertels hinter sich hatte, war es schon vollkommen dunkel. In Spire Vanis wurde es schnell Nacht, und die Dunkelheit brachte eine Kälte mit sich, die den Regen zu Schneeregen werden ließ. Crope kam an Männern und Frauen vorbei, die warm in dicke Wolle und Pelze gehüllt waren. Einige hatten sich gerade bei den Straßenhändlern heiße Kastanien oder fette Würstchen vom Grill gekauft, aber Crope versuchte, nicht an Essen zu denken. Männer mit Kohlebecken hatten ihre Grills an jeder Straßenecke aufgebaut, und das Glühen der Kohlen und der Duft zischenden Fetts zogen Gruppen von Menschen an. Crope sah, wie Silberstücke von einer Hand zur anderen wechselten und dann Kleingeld herausgegeben wurde. In einer geschäftigen Straße hatte eine Komödiantentruppe eine behelfsmäßige Bühne aufgebaut und führte ein Stück auf, in dem häufig das Wort

»Hinterteil« ausgesprochen wurde. Swalhabi war nicht unter den Schauspielern. Swalhabi hätte sich nie dazu herabgelassen, auf der Straße zu spielen. Crope taten die Schauspieler Leid, die als Mädchen verkleidet waren. Es war zu kalt, um so wenig anzuhaben.

Crope wusste selbst, dass er nur versuchte, Zeit zu schinden. Er blieb stehen, um sich die Komödianten anzusehen, und er tadelte sich wegen seiner Feigheit. Was hatte seine Angst im Vergleich mit dem Elend seines Herrn schon zu bedeuten? Nichts. Also biss er die Zähne zusammen und machte sich auf den Weg.

Das Problem war, dass er nicht genau wusste, wonach er suchte. Es würde nicht einfach irgendein Bierhaus, irgendeine Taverne genügen. Er musste ein Lokal finden, das richtig aussah, aber er wusste selbst nicht genau, was das bedeutete. Bestimmt nicht das Gasthaus gegenüber der Schauspielerbühne, denn einige der Leute, die dort hineingingen, trugen seidige, honigfarbene Pelze, und Crope wusste, das bedeutete Geld. Nein. Er brauchte einen einfacheren Ort, eine Taverne, bei der die Gäste nicht draußen standen und klares Bier aus Zinnkrügen tranken, während Jungen mit Fackeln für Wärme sorgten.

Er ging weiter nach Norden. Stadthund machte sich hin und wieder davon, angezogen von dem unwiderstehlichen Geruch von Ratten. Crope war schon seit Tagen in der Stadt unterwegs, aber bis jetzt hatte er sich nicht weit von der Festung wegbewegt. Und er kannte diesen Teil der Stadt nicht. Die Straßen wurden schäbiger, und weniger Leute stellten Lampen in ihre Fenster. Es gab immer noch Händler mit Kohlebecken, die Würstchen grillten, aber wenn sie die Würste mit ihren großen Messern aufschnitten, konnte man sehen, dass ihre Ware beinahe ausschließlich aus Fett bestand. Männer saßen unter behelfsmäßigen Baldachinen aus Rohleder und spielten um Geld, und Frauen, die ebenso spärlich bekleidet waren wie die Schauspieler, standen frierend in Hauseingängen und boten sich den Vorübergehenden an.

Crope hielt ein Auge auf die Bierstuben und sah sich die Schilder über den Türen an. Ein Hammer und ein Block bedeuteten, dass dort Hufschmiede tranken. Gekreuzte Schwerter konnten für zweierlei stehen: entweder für Waffenschmiede oder Söldner. Er war schon an Kneipen für Kerzenmacher, Tuchhändler, Hufschmiede, Goldschmiede, Gemüsehändler und Wundärzte vorbeigekommen – die Letzteren hatten das interessanteste Schild: Es zeigte einen Mann, dem man mit einer Axt das Bein am Knie abgehackt hatte –, als er ein Schild entdeckte, das er nicht gleich verstand. Es stellte eine Elster dar, der die Augen verbunden waren. Das Gasthaus zur Blinden Elster.

Crope blieb stehen, um es sich genauer anzuschauen. Er befand sich auf einer Straße, die still und sehr dunkel war. Hier waren nur noch wenige Männer unterwegs, und sie hatten die Kragen hochgeklappt und die Köpfe gesenkt. Niemand blieb stehen. Eine tote Katze trieb in einer Regenpfütze, Pfoten und Schwanz verbrannt.

Vögel waren etwas, womit Crope sich recht gut auskannte. Er hatte als Junge Stunden im Hof des Armenhauses damit verbracht, sie zu beobachten, und viel später hatte sein Herr ihm Bücher mit wunderschönen Zeichnungen aller erdenklichen Tiere überlassen. Er konnte jedem Vogel, den er sah oder hörte, einen Namen geben; er kannte ihre Gewohnheiten, ihr Gefieder, ihre Rufe ... und er wusste, dass Elstern gerne stahlen. Sie konnten an nichts Glitzerndem vorbeikommen, ohne zu denken: *Das würde in meinem Nest schön aussehen.*

Crope runzelte vor Konzentration die Stirn. Ein Mann, dem man die Augen verbunden hatte, konnte nichts sehen. Wenn die Elster mit der Augenbinde wirklich ein Dieb war, dann war sie ein Dieb, der nichts weitererzählte, weil er nichts gesehen hatte.

Mit einem Seufzer der Erleichterung darüber, dass sein Hirn tatsächlich funktioniert hatte, hob Crope Stadthund hoch und ging zur Tür der Taverne. Das hier war genau die Art von Ort, nach der er gesucht hatte.

Drinnen war es dunkel und kühl, und Crope spürte, wie ihn die gute Laune wieder verließ und der üblichen Angst Platz machte: Wie würden diese Leute auf ihn reagieren? Er sank in sich zusammen und versuchte, nicht daran zu denken, was das letzte Mal passiert war, als er einen Fuß in eine Taverne gesetzt hatte

Es war still in der Gaststube, und sie war nur von zwei Tranlampen beleuchtet. An der gegenüberliegenden Wand brannte ein Feuer, aber ein schwerer Eisenschirm hielt das Licht zurück. Halb hohe Wände teilten den Raum in kleinere Nischen, in denen Männer an Tischen saßen und sich leise miteinander unterhielten. Einige drehten sich um, als Crope hereinkam, aber nachdem sie ihn abschätzend betrachtet hatten, wandten sie sich wieder ihren Angelegenheiten zu. Crope war erleichtert, als er begriff, dass sich niemand für ihn interessierte. Eine Theke aus poliertem Kiefernholz mit einer gehämmerten Kupferplatte oben stand neben dem Feuer, und Crope ging darauf zu.

Als er sich an die Theke stellte, wand sich Stadthund aus seinem Hemd und sprang auf den Boden. Sie hatte einen anderen Hund hinter einer der halb hohen Wände gerochen und wollte ihn begrüßen.

»Kühler Abend heute«, sagte der Mann, der an der Theke stand, zum Gruß. Er war untersetzt mit einem großen Bauch und Stiernacken und sah aus wie ein Berufsringer, der in die Jahre gekommen war. Crope bemerkte Interesse in seinem Blick, aber keine Angst. »Was trinkst du?«

Crope schüttelte den Kopf, denn er wollte sich auf keinen Fall etwas zu trinken eingießen lassen, für das er nicht bezahlen konnte.

Der Ringer akzeptierte das mit einem freundlichen Schulterzucken und goss sich selbst Bier aus einem glasierten Krug auf der Theke nach. »Was willst du also?«

Die Frage wurde beiläufig gestellt, aber es lag eine gewisse Schärfe darin, die bedeutete: *Verschwende nicht meine Zeit.* Crope spürte, dass sein Herz jetzt lauter schlug. Was, wenn er einen Fehler gemacht hatte? Der Ringer verschränkte die Arme vor der Brust, und Muskeln von der Größe von Opossums zeichneten sich ab.

Crope bückte sich und fuhr mit der Hand in seinen Diamantenstiefel. Dort, wo das Leder sich vom Futter getrennt hatte, war der Gegenstand, den er brauchte. Er richtete sich wieder auf, legte den Gegenstand auf die Theke und sagte: »Bin ein Freund von Scurvy Pine.«

Sehnen im dicken Hals des Ringers zuckten, als Crope Scurvys Namen erwähnte. Er betrachtete Crope forschend, dann griff er nach dem Ring. Er bestand aus diesem weißen Metall, das seltener war als Silber, und war so fein und zart wie eine Haarlocke. Wörter zogen sich über seine Innenseite, aber Crope hatte nie erfahren, was dort stand. Der Ringer hielt den kleinen Metallgegenstand an die Lampe, um ihn sich noch genauer anzusehen. Er bewegte die Lippen, als er die Wörter las.

Abrupt legte er den Ring wieder hin und schob ihn zu Crope zurück. »Woher hast du das? Und lüg mich nicht an. Ich werde es merken, wenn du lügst.«

Crope schüttelte bereits verzweifelt den Kopf. »Keine Lügen. Hab ihn in der Diamantenmine bekommen. Von Scurvy selbst. Er hat gesagt, ich soll ihn behalten. Behalten. Und benutzen, wenn ich ihn brauche.«

Der Ringer hob die Hand. »Immer mit der Ruhe, Großer. Niemand nennt dich einen Lügner. Du hast die Narben eines Diamantenhauers, das ist eindeutig.« Und dann wandte er sich an einen Mann, der in einer der Nischen im Schatten saß. »Quill. Komm her. Das musst du hören.«

Crope war der Panik nahe – mit Fremden sprechen zu müssen bewirkte das immer bei ihm. Aber es wurde noch schlimmer. Der Mann, der aus dem Schatten kam, sah gefährlich aus, das ließ sich nicht abstreiten. Er hatte kleine Augen, und seine Mundwinkel waren nach unten gezogen. Aus der Nische heraus folgte ihm der größte Hund, den Crope je gesehen hatte, zur Theke, und Stadthund folgte dem Hund.

»Quill, dieser Herr hier ist ein Freund von Scurvy. Hat ihn in den Minen getroffen.«

Quill kniff die Augen zu Schlitzen zusammen. Er roch nach

Kellern und Bienenwachs und Hund. Sein Haar war dunkel und fettig, und seine Kleidung war kaum besser als Lumpen, aber er trug einen goldenen Ohrring und mehrere schöne Fingerringe.

Der Ringer nickte Crope zu. »Zeig ihm den Ring.«

Crope schob Quill den Ring zu, und während Quill ihn betrachtete, erzählte der Ringer ihm, worüber er und Crope zuvor gesprochen hatten. Nachdem Quill den Ring so ausführlich begutachtet hatte wie ein Juweliermeister, legte er ihn wieder hin und sah Crope an.

»Die Gerüchte stimmen also?«, fragte er scharf. »Ist Scurvy Pine geflohen?«

Crope nickte.

»Wann?«

Das war schon schwieriger. Um antworten zu können, musste sich Crope daran erinnern, wie das Wetter an dem Tag gewesen war, als sie aus der Mine ausgebrochen waren. »Mittwinter.«

»Du bist direkt hergekommen?« Crope nickte. »Ist Scurvy mit dir gekommen?«

Crope schüttelte den Kopf.

Quill hielt inne und dachte offenbar nach. Dann schaute er wieder zu dem Ring hin. »Weißt du, was das ist?«, fragte er und wartete nicht einmal darauf, dass Crope den Kopf schüttelte. »Das ist der Ring, den Scurvy vom Finger seiner toten Tochter genommen hat. Sie hieß Katherine. Er hat sie immer Kat genannt. Und der Mann, der sie vergewaltigt und getötet hat, hätte nie gedacht, dass er damit die Todesstrafe über seine gesamte Familie verhängt, ebenso wie über all seine Freunde. Es war das schlimmste Blutbad, das je in Trance Vor stattfand, und deshalb haben sie Scurvy auch in die Minen geschickt.« Wieder griff Quill nach dem Ring und beugte sich über die Theke zu Crope. »Was ich gerne wissen möchte, ist: Warum sollte er dir diesen Ring geben?«

Crope senkte den Blick. Er nahm den Stab von einer Hand in die andere und sagte leise: »Hab die Ketten zerbrochen.«

»Scurvys Ketten?«

Crope nickte. »Wir waren zehn Jahre nebeneinander angekettet.«

Quill und der Ringer wechselten einen Blick. »Du sagst also, dass du zehn Jahre lang mit Scurvy in den Minen warst und verantwortlich für seine Flucht.«

»Ich und andere.« Crope durfte die alte Hadda nicht vergessen. Hadda hatte das Lied gesungen, das die Finsternis brachte.

»Dicker«, sagte Quill zu dem Ringer. »Du solltest diesem Mann hier lieber etwas zu essen und ein Bier bringen. Wir setzen uns eine Weile an meinen Tisch.«

»Klar, Chef.« Der Ringer machte sich rasch an die Arbeit. Er war offenbar froh, dass sich die Angelegenheit geklärt hatte.

Quill streckte Crope die Hand hin. »Ich bin Quillan Moxley, und mein Hund hier heißt einfach Mox. Und jeder Freund von Scurvy ist auch mein Freund.«

Crope ergriff die Hand des Mannes, wobei er sorgfältig darauf achtete, nicht zu fest zuzupacken. Quill lächelte nicht, und er sah immer noch gefährlich aus, aber diese Gefährlichkeit war nicht länger gegen Crope gerichtet. Und das passte Crope gut.

Quill ging voraus zu seinem Tisch, und dann saßen sie schweigend da und warteten darauf, dass der Wirt das Essen brachte. Stadthund und Mox hatten einander eine Weile die Hinterteile beschnuppert und machten sich nun auf, die Gaststube zu inspizieren, als der Wirt mit einem Tablett mit Brot, Käse, Räucherwurst und einem Krug Bier zurückkam. Crope strengte sich an, das Essen nicht allzu gierig anzustarren, aber etwas hatte ihn wohl verraten, denn Quill sagte: »Mach schon. Iss dich satt. Hier in der Blinden Elster gibt es keine höflichen Feinheiten.«

Crope aß. Es war das beste, köstlichste Essen, das er je zu sich genommen hatte. Er hatte vergessen, wie Käse einem an den Zähnen klebte, wenn man hineinbiss, und wie die Kruste von frischem Brot knusprig brach. Quill lehnte sich auf seinem Holzstuhl zurück und schwieg, bis Crope fertig war. Hin und wieder ging die Tavernentür auf, und Quill drehte den Kopf ein kleines bisschen, um nachzusehen, wer hereingekommen war. Nachdem das letzte Stück Wurst in Cropes Mund verschwunden war, sagte Quill: »Was kann ich also für dich tun?«

Das waren genau die Worte, auf die Crope gehofft hatte, als er sich an Scurvys Ring erinnerte, aber nun, da er einem Mann gegenübersaß, der ihm helfen konnte, fehlten ihm plötzlich die Worte. Er konnte nicht über seinen Herrn sprechen.

Quill sah ihn nachdenklich an, und die Goldringe an seinen Fingern glitzerten, als er sich mit der Hand übers Kinn fuhr. »Ich kann dir einen Schlafplatz suchen und vielleicht Arbeit als Rausschmeißer in einer Taverne oder einem Bordell besorgen. Du würdest den Leuten die Lust an Prügeleien bestimmt schnell nehmen. Aber ich habe das Gefühl, dass du etwas anderes suchst. Habe ich Recht?«

Crope nickte bedrückt. Was er wollte, war so fantastisch, dass er genauso gut um ein fliegendes Schwein hätte bitten können.

»Spuck es aus«, sagte Quill. »Ich bin ein Mann mit vielen Möglichkeiten.«

Crope holte tief Luft. *Komm zu mir* ... In all den Jahren, in denen Crope seinen Herrn gekannt hatte, hatte er ihn nie flehen gehört. Bis zu diesem Tag. »Ich muss in die Festung einbrechen. Ich muss meinen Herrn retten.«

Quill zog die Brauen hoch, und seine Augen begannen interessiert zu glitzern. »Das ist doch mal was Neues. Aha. Wenn ich das richtig verstehe, musst du in die Festung rein und deinen Herrn befreien, der da gefangen gehalten wird?«

Crope nickte. Er war erleichtert, weil Quill ihn so schnell verstanden hatte.

»Dieser Herr – weißt du, ob er unter dem Fass oder unter dem Hof sitzt?«

Verdutzt sagte Crope: »Unter dem spitzen Turm, dem weißen.«

»Der Splitter.« Quill dachte einen Augenblick über diese Informationen nach. »Jemand hat mir einmal gesagt, es gäbe tief unter dem Turm eine mit Eisen ausgeschlagene Kammer – ich hab ihm für diese Lüge ein Ohr abgeschnitten. Anscheinend war ich ein wenig voreilig.«

Crope nickte. Voreilig verstand er.

Quill beugte sich vor. »Ich kann dir nicht helfen, in den Splitter zu kommen – der ist seit Jahren verschlossen und versiegelt –, aber ich kann dich in die Festung bringen.«

»Wie?« Cropes Herz schlug vor Erwartung plötzlich rasend

schnell. In gewisser Weise erinnerte Quill ihn an seinen Herrn: Beide waren kluge und fähige Männer.

Aber als Quill sprach, war Crope vollkommen verblüfft, denn Quill sagte nur: »Du wirst ganz einfach reinspazieren.«

Dann lauschte er angestrengt, während der Dieb erklärte, was er meinte.

14
Kragenenten

Effie hatte sich ziemlich an den Wagen gewöhnt. Es fühlte sich langsam an, als hätte sie schon ihr ganzes Leben hier verbracht. Das Rundhaus des Clans Dregg schien einer dieser Orte aus Kindergeschichten zu sein; ein Ort, von dem man träumte, den man aber nie erreichte. Und das störte sie inzwischen überhaupt nicht mehr. Im Wagen zu wohnen und unterwegs zu sein und auf die Männer zu warten, die das Gold schon vor zwei Wochen hätten abholen sollen, war zu ihrem, Effie Sevrances, Alltag geworden. Sie hatte bestimmte Pflichten: Sie musste die Pferde füttern und striegeln, das Bier wärmen, alles Essen kochen, das kein Fleisch war – Wild zu braten war Clewis Reeds Sache –, den Wagen drinnen sauber halten, sich um Schnitte und Schürfwunden kümmern und manchmal sogar nach den Goldmännern Ausschau halten.

Effie nahm an, dass weder Clewis Reed noch Druss Ganlow große Erfahrung mit Kindern hatten, denn sie behandelten sie nicht so, wie Erwachsene Kinder normalerweise behandeln. Die beiden nahmen keine große Rücksicht auf sie, und das war etwas, was ihr inzwischen ziemlich gefiel. Sie schlugen Effie gegenüber den gleichen rauen Tonfall an wie untereinander. Effie gehörte inzwischen zur Mannschaft.

Während sie das schwarze Zeug unten vom Kochtopf schrubbte, sah sie sich nach Clewis Reed und Druss Ganlow um. Druss erledigte eine Männersache hinter einem Busch dicht am Flussufer – sie konnte nur den oberen Teil seines

Kopfs sehen –, und Clewis war eine Vierteilmeile weiter nördlich und ging an den Bäumen entlang, wo er Wache hielt.

Sie hatten ihr Lager in den letzten Tagen zwischen den Schieferfelsen und Feuerkiefern westlich von Ganmiddich aufgeschlagen, hatten sich wegen des Unwetters dort verkrochen. Das Unwetter war ziemlich großartig gewesen. Es war so viel besser, mittendrin zu sein, nur mit den Baumwipfeln und einen Stück Segeltuch über sich, als in einem Rundhaus, wo man auf allen Seiten vom Stein geschützt war. Zuerst hatte sie Angst gehabt, aber drinnen im Wagen war es so gemütlich wie in einer Höhle, so dass sie sich inzwischen dort vollkommen zu Hause fühlte, und nach einer Weile war die Angst einfach verschwunden. Solange Effie drinnen war, konnte ihr nichts passieren.

Der Blitz hatte in einen Baum eingeschlagen. Die Überreste rauchten immer noch und entsandten eine senkrechte Rauchfahne in die nun stille Luft. Obwohl das Unwetter seit zwei Tagen vorüber war, hielten Druss und Clewis den Boden noch für zu weich für den Wagen. Selbst jetzt floss noch Wasser auf den Fluss zu, die Rinnsale braun vom Tannin der Bäume.

Der Fluss selbst strömte rasch dahin, und sein Wasser war schlammfarben. Irgendwo flussaufwärts musste wohl ein unterspültes Ufer eingestürzt sein, denn von Zeit zu Zeit trieben große Brocken von Erde und ganze Bäume mit Wurzelballen vorbei. Das Hochwasser bewirkte, dass Druss und Clewis verdrießlich dreinschauten, es war Ursache all ihrer Probleme und des langen Wartens hier im Grenzland.

Effie hatte die Wahrheit ziemlich bald erfahren, nachdem sie das Gold entdeckt hatte. Druss Ganlow war dagegen gewesen, es ihr zu erzählen, aber Clewis hatte auf seine bedächtige, vernünftige Weise darauf hingewiesen, dass Effie das Gold nun ohnehin schon gesehen hatte, also würden sie sie entweder umbringen oder ihr alles sagen müssen. Und da er, Clewis Reed, nicht erlauben konnte, unter solchen Umständen ein Kind zu töten, bedeutete das, dass sie Effie genauso gut alles erzählen konnten, um sie zu beruhigen.

Druss Ganlow hatte das gar nicht gefallen. Nachdem er mehrere neue Kombinationen von Flüchen erfunden hatte, ließ er Effie einen finsteren Eid schwören: *Ich werde das Gold keiner anderen Person gegenüber erwähnen, sei sie tot oder lebendig, selbst wenn ich mit Klingen und heißen Kohlen gefoltert werde, und ich schwöre, dieses Wissen mit ins Grab zu nehmen. Ich schwöre das beim Leben von Drey und Raina und den Seelen meiner Eltern.* Er hatte ihr sogar einen Löffel Blut abgezapft.

Das Gold, stellte sich heraus, stammte aus Blackhails eigenem Schwarzen Loch. Vor zwei Jahren hatten die Bergleute einen der ältesten Stollen noch einmal geöffnet, eine ganze Meile unterhalb der Kahlen Hügel, am Ende eines Tunnels, der Dunkle Jungfrau genannt wurde. Wochenlang hatten sie in den Quarzwänden, die sie einrissen, Kristalle aus gelbem Metall gefunden, das mit dem Silber verklebt war. Zuerst waren es nur winzige Spuren gewesen, aber dann hatte der Grubenmeister befohlen zu sprengen. Als das Wasser gesunken war und die Bergleute wieder in die Dunkle Jungfrau zurückgekehrt waren, hatten sie eine andere Welt vor sich gehabt. Gold, eine drei Fuß breite Ader, ließ das frisch aufgebrochene Quarz glitzern.

Der Grubenmeister hatte eine Versammlung einberufen. Die Bergleute betrieben bereits hinter dem Rücken des Clans eine Steinmühle und einen Schmelzofen, und nun fiel es ihnen leicht, das Gold zu schmelzen. Der Clan brauchte das nicht zu wissen. Und da Druss Ganlow bereits dafür gesorgt hatte, dass das von den Bergleuten heimlich beiseite geschaffte Silber in den Städten eingetauscht wurde, hatten sie ihn schließlich auch gebeten, ihnen dabei behilflich zu sein, das Gold gegen allerhand nützliche und schöne Dinge einzutauschen.

Zwei Jahre später war die Ader immer noch ergiebig. Alle gebundenen Bergleute hatten Goldvorräte. Ein paar waren nach Süden gezogen, um es auszugeben, aber die meisten horteten es einfach in Verstecken unterhalb der Hütten. Die Bergleute waren vorsichtige Männer, sagte Clewis, und sie waren immer beinahe erleichtert, wenn er und Druss auftauchten, um ihnen die frisch gegossenen Stangen abzunehmen.

Druss und Clewis sollten in zwölf Tagen wieder dort sein, aber es sah nicht so aus, als ob sie es schaffen würden. Die Händler aus der Stadt, die das Gold im Austausch für Waren und Geld entgegennahmen, waren nicht am Treffpunkt erschienen, und nun saßen Druss und Clewis fest. Die Goldmänner waren nicht gekommen, und ihnen blieb nicht viel anderes übrig, als abzuwarten.

Der Wolfsfluss hatte nun seit fünfzehn Tagen Hochwasser. Gerade, als es so aussah, dass er fallen würde, hatte sich das Unwetter über ihnen entladen, und nun war das Wasser wieder gestiegen. Keine der Furten war passierbar, und alle Barken waren ans Ufer gezogen. Bannens Schiffsbrücke, die, wie Effie zu ihrer Enttäuschung erfuhr, nicht viel mehr als eine Ansammlung von kleinen Kähnen war, die in einer Reihe aneinander gebunden und mit Brettern belegt waren, war seit einem Monat nicht mehr zusammengebaut worden. Die Goldmänner hatten keine Möglichkeit gehabt, ins Clanland zu gelangen.

Es war alles sehr beunruhigend. Clewis Reed bestand darauf, dass sie aus Sicherheitsgründen alle paar Tage den Lagerplatz wechselten, denn ein Wagen mit hundertzwanzig Pfund Gold war ein leichtes Ziel.

Als Effie zum ersten Mal gehört hatte, wie Druss dieses Gewicht erwähnte, war sie sehr beeindruckt gewesen. Anwyn Bird hatte Effie im letzten Jahr auf ihre Fleischwaage gestellt und erklärt, sie wöge etwas mehr als fünfzig Pfund. Das bedeutete, dass sich genug Gold im Wagen befand, um Effie mehr als zwei Mal aufzuwiegen. Sie war enttäuscht gewesen, als sie es schließlich gesehen hatte: nur vierundzwanzig Stäbe von der Dicke schmaler Kerzen, und halb so lang. Mehr Gold brauchte es nicht, um zwei Effies aufzuwiegen.

Die anderen Sachen in den Körben waren nur Ballast. Es gab ein wenig Roherz, in dem das Silber immer noch in Quarzstücken steckte, ein paar Säcke Antimonpulver, um Höllenfeuer zu machen, und ein Dutzend Bleibarren. Sie dienten überwiegend der Ablenkung, sagte Clewis. Man konnte das Gold dahinter verstecken.

Als sie den Frühstückstopf fertig abgeschrubbt hatte, stand Effie auf. Ihre Knie waren steif, nachdem sie so lange auf dem feuchten Boden gekniet hatte, und die Gelenke knackten, als sie sie wieder streckte. Druss war mit seiner Männerangelegenheit fertig und stach nun mit einem langen Stock in den Boden. Hin und wieder spähte er flussabwärts und blickte dann zum Himmel auf. Es schien ein schöner Tag zu sein:

Gras und Farne sahen aus, als wären sie von dem Unwetter frisch gewaschen, am Himmel standen diese Wolken, die selten Regen brachten, und die Enten schnatterten laut. Nur die Kragenenten gingen ins Wasser, die Berserker unter den Flussvögeln.

Nach einiger Zeit kam Druss offenbar zu einer Entscheidung und ging wieder auf den Wagen zu. Effie hörte, wie er einen hohen Pfiff ausstieß, um Clewis zu rufen.

Rasch suchte sie die Frühstückssachen zusammen und brachte sie und die Bodenplane zurück zum Wagen. Dann ging sie wieder zum Feuer und konzentrierte sich darauf. Sollte sie es schon löschen oder nicht? Würden sie flussabwärts ziehen oder bleiben, wo sie waren?

Druss sagte nichts, aber es sah nicht gut aus. Frischer Schlamm war bis über die Ränder seiner Stiefel gespritzt. »Hast du die Pferde schon gefüttert?«, fauchte er.

Sie nickte. Niemand sollte behaupten, dass Effie Sevrance nicht ihren Teil der Arbeit erledigte.

»Und der Kratzer an Bos Ferse?«

»Erledigt.« Es war ausgesprochen enttäuschend gewesen, dass die beiden zusammenpassenden Ponys, die den Wagen zogen, nicht Schurke und Schuft hießen, sondern Mo und Bo.

Druss Ganlow grunzte. Er dachte offenbar nach, ob er sie noch auf andere Art beim Faulenzen ertappen könnte, aber ihm fiel nichts mehr ein, also grunzte er noch ein bisschen. Die feuchte Luft hatte sein Haar in schlaffe Strähnen verwandelt, und er erinnerte Effie an ein rundliches, schlecht gelauntes Baby. Seine Haut war glatt, und er hatte dicke Apfelbacken, und wären da nicht diese scharfen grünen Augen gewesen, dann hätte er sehr umgänglich ausgesehen.

Er grüßte Clewis, als der Orrlmann auftauchte, und ging ihm ein paar Schritte entgegen.

»Gibt es Ärger?«, fragte er.

Clewis schüttelte den Kopf. Er hatte seinen grünen Hornbogen in der Faust und trug den langen, schmalen Umhang, der manchmal die Farbe des Himmels und der Landschaft anzunehmen schien. Heute sah er taubengrau aus. Das war seltsam, denn als Effie den Umhang zum ersten Mal gesehen hatte, hätte sie schwören können, er wäre beinahe weiß gewesen. Er fragte: »Ziehen wir weiter?«

»Der Schlamm ist noch tief. Der Regen hat den letzten Rest von Schnee schmelzen lassen.«

»Wir sind schon vier Tage hier. Das ist zu lange, besonders mit einem Feuer, das jedem zeigt, wo wir uns aufhalten.«

Druss nickte widerstrebend. In Sicherheitsfragen gab er immer nach. »Wir werden es versuchen. Sieh dir die Straße an.«

Effie tastete unwillkürlich nach ihrem Zeichen, als die Männer sprachen. Das kleine Granitstück war an ihrer Brust ein wenig verrutscht. Es fühlte sich nicht unbedingt wie eine Warnung an, eher wie eine Bestätigung dessen, was Clewis gesagt hatte. Sie sollten sich lieber auf den Weg machen. Rasch warf sie einen Blick zu der Reihe von Feuerkiefern am Waldrand, obwohl sie wusste, dass ein Mann, der über viel größere Erfahrung verfügte als sie, gerade erklärt hatte, die Umgebung sei sicher. Sie konnte auch nichts entdecken und zwang sich, an andere Dinge zu denken. Das Feuer musste erstickt werden.

Sie arbeiteten zusammen, um den Wagen fertig zu machen und die Pferde anzuschirren. Als Effie mit ihrem Teil fertig war, blieben ihr noch ein paar Minuten draußen, während Druss die Ladung sicherte und Clewis Reed eine Reihe feuchter Pfeile zum Trocknen unter dem Segeltuch auslegte. Effie war bedacht, sich nicht zu weit vom Wagen zu entfernen. Sie umkreiste das Lager und trat Schlammbatzen auf die heiße Asche und den Pferdedreck: Sie verbarg die Spuren ihrer Anwesenheit. *Nur eine Vorsichtsmaßnahme,* sagte sie sich. Nichts weiter.

Als der Wagen schließlich losruckelte, flatterte ein ganzer Schwarm Brautenten auf. Effie, die sie durch die Klappe der Wagenplane beobachtete, hielt das für ein schlechtes Zeichen. Man wusste, dass man irgendwo zu lange gewesen war, wenn die Enten den Wagen für einen Teil der Landschaft hielten und erschrocken waren, wenn er sich weiterbewegte.

Sie kamen nur langsam voran. Schmelzwasser hatte die Straße in Schlamm verwandelt. Der Wagen ruckte vorwärts, kam wieder zum Stehen, weil der Schlamm an den Rädern saugte, rollte ein Stück rückwärts und bewegte sich dann wieder vorwärts, als Druss die Peitsche knallen ließ.

Clewis hatte sich nach vorn zu Druss auf den Kutschbock gesetzt und den Bogen über seinen Schoß und den von Druss gelegt. Er machte sich Sogen wegen der Pfeile, das wusste Effie. Bei schlechtem Wetter wurden sie feucht, ganz gleich, was man unternahm, um sie zu schützen, und ein feuchter Pfeil musste vorsichtig getrocknet werden. Clewis sagte, es sei immer noch besser, mit einem feuchten Pfeil zu schießen als mit einem, der von zu viel Hitze verzogen war. Feuchtigkeit bedeutete Kraftverlust. Wenn hingegen der Schaft verzogen war, wurde der Schuss ungenau. Die Wahl fiel nicht schwer.

Einem Bogen hingegen konnte Feuchtigkeit nichts anhaben, hatte er erklärt: Der Bogen war gewachst und glasiert.

Effie hatte einen Moment darüber nachgedacht und dann gefragt: »Warum wachst du dann nicht auch die Pfeile?«

Clewis hatte sie sehr lange angesehen, sein altes, würdevolles Gesicht vollkommen reglos, und dann nachdenklich erwidert: »Weißt du, ich glaube, daran hat bisher noch niemand gedacht.«

Effie war auf die dümmste Weise erfreut gewesen. Auch jetzt, als sie noch einmal daran dachte, musste sie wieder grinsen. Sie stellte sich ein Leben vor, in dem sie von Schwertkämpfer zu Hammermann ging, von Holzarbeiter zu Steinmetz, von Schweinebauer zu Koch und kluge Beobachtungen über ihr Handwerk anstellte. *Effie die Weise. Effie mit dem scharfen Auge. Effie, die die Pferde wirklich versteht.* Das wiederum bewirkte, dass sie laut kicherte, und sie hatte ein Bild ihrer selbst vor sich, wie sie mit einem Pferdekopf auf dem Kopf von Clan zu Clan wanderte. Vielleicht würde Anwyn ihr ja einen basteln, wenn sie der Clanmatrone erst erzählt hatte, wie sie die Struktur ihres Haferbrots und des braunen Brots gewaltig verbessern könnte.

Sobald sie angefangen hatte zu kichern, konnte sie nicht mehr aufhören. Anwyn würde sie umbringen! Der Hammermann würde sie umbringen. Sie würde *Effie mit den flinken Fuß* sein müssen, bevor sie auch nur davon träumte, weise zu sein.

Noch während sie sich den Mund zudrückte, um nicht laut lachen zu müssen, zuckte ihr Zeichen. Es war eine ganz entschiedene Bewegung: Das Zeichen hatte sich eindeutig von ihrer Brust wegbewegt und war dann zurückgefallen, so dass es ein klopfendes Geräusch machte, als es ihr Brustbein traf.

Effie spürte, wie sie eine Gänsehaut bekam. Sie stand auf und wurde sofort wieder auf ihren Platz zurückgeschleudert, weil der Wagen zum Stehen kam. Als sie ein zweites Mal aufstand, spürte sie, wie der Wagen rutschte, als die Vorderräder tief in den Schlamm sanken.

»Clewis!«, rief sie. »Clewis!«

Er drehte sich um und schaute durch die Öffnung in der Plane direkt hinter dem Kutschbock. »Es ist alles in Ordnung, Effie. Wir stecken nur im Schlamm fest.«

Sie schüttelte den Kopf. »Nein. *Nein.*«

Druss fuhr herum. »Effie, hör auf zu jammern. Wir haben hier zu tun.« Mit diesen Worten sprang er vom Kutschbock und landete im Schlamm.

Clewis Reed sah sie lange an, einen abschätzenden Ausdruck in den hellen Augen. Nach ein paar Sekunden nickte er einmal ernst und finster und gesellte sich dann zu Druss, um den Schaden zu besichtigen.

Effie huschte zur Rückseite des Wagens, um zu den Bäumen hin zu spähen. Sie waren nur ein paar Meilen weiter gekommen, und das Gelände hatte sich nicht sonderlich verändert. Der Waldrand war nun näher am Flussufer, und die Felsen am Fluss waren niedriger und bestanden aus flachen Schieferbrocken. Sie schaute genau hin, aber sie konnte unter den Bäumen keine Bewegung erkennen.

Sie konnte es nicht länger aushalten, also schob sie die Klappe auf und kletterte aus dem Wagen.

Clewis und Druss standen am rechten Vorderrad. Druss schaute nach unten, die Hände auf den Hüften, und schüttelte den Kopf. Das Rad war anderthalb Fuß tief eingesunken. Clewis schaute nicht zum Rad hin. Er hatte den Blick auf die Bäume gerichtet. Er hielt den langen, eleganten Bogen in der linken Hand, und in seinen schwieligen Fingern lag eine gewisse Anspannung. Er hatte einen Pfeil in der rechten Hand und seinen Köcher hoch auf den Rücken geschnallt, so dass der Köcherrand mit seiner Schulter abschloss und die Fiederung der Pfeile sein silbriges Haar streifte. So würde er die Pfeile schnell ziehen und auf den Bogen legen können. Effie war mit genügend Bogenschützen aufgewachsen, um das zu wissen.

Ohne sie anzusehen, sagte er: »Effie, wir werden viele Steine brauchen, um sie in den Schlamm um das Rad zu stecken. Warum gehst du nicht runter zum Ufer und holst ein paar? Dort gibt es den besten Schiefer.«

»Ufer!«, fauchte Druss. »Hier oben gibt es genug Steine.«

»Dann hol sie«, erwiderte Clewis vollkommen ruhig. »Effie hat schon ihre Arbeit. Und du deine.«

Druss Ganlow schaute von Clewis zu Effie und wieder zurück und erkannte die Spannung zwischen ihnen. Effie sah, wie er genau das Gleiche wahrnahm wie sie selbst: die Haltung von Clewis Händen, seinen Bogen, seinen Pfeil.

Abrupt nickte er. »Wir werden hier bald wieder verschwinden. Geh nicht zu weit weg, Mädchen. Ich möchte, dass du sofort zurückkommst, wenn ich rufe.«

Effie sah ihm einen Moment in die grünen Augen, nickte, und dann war er verschwunden. Sie sah, wie er sein Langmesser zog, als er vom Wagen wegging.

»Geh schon, Effie«, sagte Clewis, als Druss außer Hörweite war. »Geh und hol ein bisschen Schiefer und beobachte die

Kragenenten. Wenn du dich wirklich tief duckst und dich nicht regst, werden sie zu dir kommen. Vergiss das nicht: Bleib geduckt und reglos.«

Effies Hals begann zu schmerzen. Beide, ein Mann, den sie nicht sonderlich gemocht hatte, und einer, von dem sie plötzlich wusste, dass sie ihn sehr gern hatte, sorgten dafür, dass sie in Sicherheit war. Sie konnte nicht sprechen, wagte nicht, etwas zu sagen. Clewis Reed stammte aus einem anderen Zeitalter. Sein Bart, sein Haar, der Stil seines Umhangs waren seit der Zeit der Flusskriege unverändert. Er war ein Mann von Würde. Und plötzlich wusste sie, was sie tun musste.

Sie verbeugte sich vor ihm, senkte ihren Kopf und Hals von einem Punkt oben an der Wirbelsäule aus. Wie die Mädchen vom Clan Orrl.

Als Clewis das sah, zog eine stille Traurigkeit über seine Züge. Er verbeugte sich tief vor ihr, aus der Taille heraus. »Meine Dame.«

Dann drehte sie sich um. Sich jetzt nicht abzuwenden hätte ein Versagen bedeutet. Und sie wollte Clewis Reed auf keinen Fall enttäuschen. Sie wollte seiner unbedingt würdig sein.

Der Abstieg zum Fluss hinunter geschah beinahe, ohne dass sie es merkte. Effies Körper arbeitete unabhängig von ihrem Geist, ihre Füße suchten sich nach eigenem Willen Simse, und die Hände folgten pflichtbewusst. Als sie das Wasser erreichte und die erste schaumige Welle über ihren Fuß schwappte, hörte sie das unmissverständliche Donnern von Hufen.

Druss rief etwas. Eines der Wagenponys wieherte nervös und stemmte sich ins Joch. Effie versuchte, mehr zu hören, und verfluchte das laute Rauschen des Wassers. Ihr dummer Körper zitterte unkontrollierbar. Gischt durchnässte ihren Umhang und ihr Kleid sofort. Das Trommeln von Hufen hatte das Muster geändert und wechselte von vereintem Galopp zu einzelnen Hufschlägen. Effie sah das Geschehen vor ihrem geistigen Auge: Die Reiter waren unter den Bäumen hervorgekommen und hatten den Flussrand erreicht, und nun schwärmten sie um den Wagen herum aus. Clewis stand da, nahe an dem eingesunkenen Rad, den Bogen gespannt, und wählte sein Ziel.

Er ist ruhig, denn ein Bogenschütze muss stets ruhig sein. Seine Pfeile sind feucht, und das bedeutet, dass er erst spät schießen kann. Er wartet auf den perfekten Augenblick. *Tock*. Einer der Reiter stürzt aus dem Sattel. Das bewirkt, dass einige seiner Genossen ihre Pferde zügeln. Sie haben nicht mit einem Meisterschützen gerechnet. Noch während sie versuchen, den alten Mann am Wagen neu einzuschätzen, nimmt Clewis einen anderen ins Visier. Das erzürnt den Anführer, einen Mann mit bleicher Haut und einer Halbmondaxt.

Mit kühlen, hellen Augen sieht er zu, wie Clewis einen anderen anvisiert; er wartet, bis Clewis' Aufmerksamkeit vollkommen auf diesen einen Mann gerichtet ist, und dann galoppiert er mit atemberaubender Geschwindigkeit vorwärts und schlägt Clewis den Kopf ab.

Blut, so viel Blut, das schneller fließt als der Fluss. Der hellhäutige Mann mit der Halbmondaxt grinst höhnisch, noch während sein Pferd und er mit Blut übersprüht werden. Er macht den Fehler, die Axt zu senken, denn er kann nicht hinter den Wagen sehen, wo Druss Ganlow mit seinem Langmesser wartet. Genau wie der Anführer seinen Augenblick abgewartet hat, wartet Druss Ganlow nun. Der hellhäutige Mann wendet sich seinen Genossen zu und nimmt ihre Glückwünsche entgegen – und in diesem Augenblick schlägt Druss Ganlow zu.

Selbst vom Ufer aus kann Effie seinen Kriegsschrei hören.

»BLACKHAIL!«

Der Anführer erkennt die Gefahr in den Blicken seiner Kameraden, aber es ist zu spät. Druss' Messer gleitet hinein, durch die Rippen, durch die linke Lunge, durch das Sonnengeflecht in die Milz. Der hellhäutige Mann dreht sich überrascht im Sattel und keucht. Er ist ein Dhoonemann, erkennt Effie plötzlich. Und Druss sieht ihn an und lächelt.

»Wir sind Blackhail, der Erste der Clans. Wir werden uns nicht ducken und uns nicht verstecken. Und wir werden unsere Rache haben.«

Das sind Druss' letzte Worte, und als sich die übrigen Dhoonemänner auf ihn stürzen und ihn in Stücke reißen, denkt Effie: Ich muss überleben, um meinem Clan davon zu erzählen.

Also klammert sie sich an die Felsen und wird Zeugin, und der Fluss, der sich eigentlich kalt anfühlen sollte, wärmt sie, während die Kragenenten vorüberschwimmen.

15
Felsenland

Heute erreichen wir das Felsenland«, hatte Ark gesagt, als sie an diesem Morgen das Lager abbrachen, aber im Lauf des Tages konnte Ash wenig Veränderungen im Wald feststellen. Es war hier lebendig, so viel wusste sie, denn sie hörte Bäche plätschern und Seetaucher rufen und das tiefe Knurren von Bären. Irgendwie hatte sich in den letzten sieben Tagen der Totenwald in lebendigen Wald verwandelt, und Ash glaubte, dass diese Lebendigkeit etwas mit der Entfernung vom Kargland zu tun hatte.

Hier lag immer noch Schnee, eine knisternde weiße Decke, die mit Kiefernnadeln und -zapfen bestreut war. Wenn die Pferdehufe durch diese Decke brachen, stießen sie klar umrissene Löcher hinein, deren Rand fest blieb. Der Himmel war von leuchtendem Winterblau. Ein gehörnter Mond zeigte sich niedrig im Süden, so blass, dass man genau hinsehen musste, um ihn zu erkennen. Die Sonne war aufgegangen und stieg höher; ihre Wärme war nicht festzustellen, aber sie genügte, um scharfen Harzduft von den Kiefern aufsteigen zu lassen.

Für Ash war es der schönste Tag, an den sie sich erinnern konnte, seit sie mit Raif durch das Clanland gezogen war.

Raif. Sie spürte ihn nicht mehr, erkannte sie mit leichtem Schreck. Kein Gefühl davon, ob er irgendwo dort draußen war und lebte.

Sie atmete tief ein und füllte ihre Lunge mit kalter, glitzernder Luft, hielt einen Augenblick den Atem an und ließ ihn dann los, ebenso wie die Gedanken an Raif. Sie war nun Sull.

Im Lauf des Morgens zog sich das Land immer weiter nach oben. Ash entdeckte eine Reihe von Silberfichten auf der Hügelkuppe, riesige Bäume, so hoch wie dreißig Männer, die ihre Äste so weit spreizten wie Gebäude. Andere Bäume tauchten auf – Blautannen, Leinwandbäume und weißer Schierling –, und nach und nach wandelten sich die Farben des Walds von Braun zu Grün zu kühlem Silbrigblau. Als sie an einen Bach kamen, der quer über den Weg verlief, stiegen Ark und Mal ab. Beide Männer zogen ihre schweren Handschuhe aus, knieten sich ans Bachufer und wuschen sich die Gesichter. *Wir sind angekommen,* dachte Ash, und sie spürte eine Veränderung in ihrem Wesen, die sie nicht benennen konnte. *Wir befinden uns auf Land, das den Sull gehört.*

Sie sprang von ihrem Pferd und führte es zum Bach, damit es trinken konnte. Der Boden unter ihren Füßen fühlte sich fest an. Der Bach brachte eine leichte Brise mit, und Ash spürte, wie sie ihr das Haar von den Schultern hob und die Blasen kühlte, die sie von den Zügeln auf ihren Handflächen hatte. Das Wasser war so vollkommen klar, dass sie die Steine im Bachbett zählen konnte. Es war gut, hier zu sein.

Der Bach war nur ein paar Fuß breit, und Ash beschloss plötzlich, darüber hinwegzuspringen. Also nahm sie ein wenig Anlauf, sprang und landete dann im verharschten Schnee auf der anderen Seite. Die Pferde schauten sie an, als hätte sie den Verstand verloren. Ark Knochenspalter runzelte die Stirn und wahrte seine Würde. Mal Neinsager stellte den Fuß in den Steigbügel, schwang sich auf den Blauen, ließ ihn ein paar Schritte zurücktraben und dann über den Bach springen. Er lächelte kein einziges Mal, aber die Falten um seine eisblauen Augen wurden tiefer.

Er wandte sich seinem *Hass* zu und sagte: »Es liegt keine Schande darin, zu waten, wenn man Angst hat.«

Ash presste die Lippen aufeinander, damit sie nicht kichern musste. Ark stand am anderen Ufer und schaute sie stirnrunzelnd an. Ohne jede Eile wandte er sich Ashs Schimmel zu, versetzte ihm einen Klaps aufs Hinterteil und dirigierte das Pferd über den Bach. Er tat das Gleiche mit seinem Grauen, und dann zog er seinen weiten Vielfraßumhang bis zum Rand seiner Stiefel hoch und watete feierlich durch den Bach.

»Meine Füße sind wohltuend gekühlt«, war alles, was er sagte, bevor er wieder in den Sattel stieg.

Danach mussten sie wie die Teufel reiten, um ihn einzuholen.

Ashs Kiefer tat vom Grinsen weh, als sie endlich langsamer wurden. Sie war außer Atem – und je weniger sie an die wunden Stellen dachte, die sie vom Reiten hatte, desto besser –, aber sie war vollkommen zufrieden. Das da waren ihre Leute. Und sie würde für immer mit ihnen reiten, wenn sie es zuließen.

Aber sie hatte sich nicht geregt, um Ark zu helfen, als ihn der *Maeraith* in die Knie gezwungen hatte. Ash warf einen Blick auf Arks Handgelenk und spürte, wie ihre gute Laune verschwand. Ark hatte seine Handschuhe noch nicht wieder angezogen, und der Verband war zu sehen. Ash hatte ihn ihm selbst angelegt; sie hatte Streifen, die sie aus ihrem Leinenhemd gerissen hatte, gekocht und sie zum Verbinden benutzt. Die Streifen waren vor fünf Stunden noch fleckenlos gewesen, aber nun hatte sich ein großer Fleck auf dem Tuch ausgebreitet. Das machte ihr Sorgen. Der Neinsager hatte ebenfalls ein paar Wunden davongetragen, aber sie waren nicht tief, und die Haut heilte bereits wieder. Arks Schnittwunde befand sich am Ende seiner Elle, wo sie an das Handgelenk stieß. Der Knochen hatte freigelegen. Ark hatte das lässig abgetan. Seine Hand war steif, aber er benutzte sie. Er konnte jedoch die dunkle Flüssigkeit nicht verbergen, die aus dem unverheilten Schnitt floss, und Mal Neinsager konnte nicht darüber hinwegtäuschen, dass er sich geweigert hatte, sie zu nähen. Ash kannte nur zwei Gründe, wieso ein Wundarzt eine Wunde nicht schließen würde – Infektion oder Knochensplitter im Fleisch –, und beide trugen nicht zu ihrer Erleichterung bei.

Aber Ark schien bester Laune zu sein, besonders seit sie die Grenze zum Felsenland überschritten hatten. Ash dachte daran, ihn nach der Wunde zu fragen, aber dann verschob sie es lieber. Sie wollte die Stimmung nicht verderben.

Also ritt sie neben ihn und fragte: »Werden wir bald Sullsiedlungen zu sehen bekommen?«

Er schüttelte den Kopf. »Wir werden durch den nördlichen Wald reiten, und einige von uns haben ihr Heim am Grünwasser und Inneren Meer im Norden errichtet, und andere wohnen immer noch an abgeschiedenen Orten, durch die wir nicht kommen, aber in diesem Teil des Landes leben keine Sull. Wir verteidigen es, aber die, die hier leben, sind nicht ganz Sull.«

Sie hörte die Missbilligung in seiner Stimme und sagte: »Grabenländer?«

»So ist es.« Er hielt den Kopf vollkommen gerade und schaute weiter geradeaus. Sie befürchtete schon, er würde nichts weiter sagen, aber schließlich fuhr er fort: »In ein paar Tagen werden wir das Tiefland erreichen, nach dem sie benannt sind. Die Erde hier ist weich, und der Fluss, den die Clans Östlicher Fluss nennen, hat seinen Lauf viele Male verändert. Die alten Flussbetten sind immer noch im Land zu erkennen, und von Höllenstadt aus kann man auf sie hinunterschauen. Einige behaupten, sie sehen aus wie Gräben.«

Irgendwie verletzte das Arks Stolz, aber Ash war nicht sicher, warum. Sie veränderte ihren Griff an den Zügeln, um den Schimmel um einen dicken Brocken Wurzelholz herumzulenken, der sich durch den Schnee schob. »Was denkst du denn, wie es aussieht?«

»Die Sull nennen das Tiefland *Glow Arakii,* das Land der sich verändernden Flüsse.«

Deshalb war er also verärgert. Die Sull hatten dem Land einmal einen Namen gegeben, aber dann waren die Grabenländer gekommen und hatten das Land anders benannt. »Und der Fluss?«

Ark saß steif auf seinem Pferd. »Die Sull nannten ihn *Kith Masaeri,* den vielfältigen Fluss.«

Es gab Sullnamen für das gesamte Land, das sie zwischen hier und der Sturmgrenze durchquert hatten. Es hatte alles einmal ihnen gehört, der gesamte Norden, und nun war ihnen nur noch das Felsenland geblieben. Ash verstand nicht, wieso sie so viel verloren hatten. Alle in den Städten und im Clanland fürchteten die Sull. Ash hatte mit eigenen Augen gesehen, wie leidenschaftlich sie kämpften und dass ihre Kenntnisse und ihre Ausrüstung denen jedes anderen Volks im Norden überlegen waren. Ihre Pferde, ihre Schwerter, ja sogar ihre Kraft und ihr Durchhaltevermögen waren unerreicht. Dennoch hatten sie irgendwie seit Jahrhunderten an Boden verloren – sogar schon länger. Seit Tausenden und Abertausenden von Jahren.

Ash blickte auf. Die Sonne war unter die Baumwipfel gesunken, aber der Himmel war immer noch tief und wolkenlos blau. Sie konnte sehen, dass der Wald auf einer Anhöhe in der Ferne aufhörte, sah einen breiten Streifen von verbrannten Stümpfen und verkohlten Baumskeletten, die sich bis zum Horizont erstreckten. Sie hatte so viele Fragen an Ark Knochenspalter und Mal Neinsager, dass es schwer war zu entscheiden, wo sie anfangen sollte.

Sie nickte zu dem verbrannten Land hin und fragte: »Was ist da passiert?«

Ark folgte ihrem Blick nicht, aber er sagte mit rauer Stimme: »Grabenländer verbrennen den Wald. Es ist ihre Art zu jagen. Sie legen Feuer, um das Wild herauszutreiben. Wenn sie Glück haben, hilft ihnen der Wind, und die Tiere flüchten auf ihre Speere zu. Wenn sie Pech haben, steigert sich der Wind zu einem Unwetter, und das Feuer gerät außer Kontrolle. Zehntausende von Bäumen und Tieren werden vernichtet. Jäger sterben. Nur die Zundermänner profitieren, denn es ist ihre Arbeit, über die rauchende Erde zu gehen und die Kadaver einzusammeln.« Seine Nasenlöcher zuckten vor Zorn. »Unter einem verkohlten Fell ist das Fleisch oft noch gut.«

Ash schauderte. »Warum lasst ihr zu, dass die Grabenländer so etwas mit eurem Land machen?«

Ark drehte sich schließlich doch um, und seine Zobelaugen waren hart. »Weil sie teilweise Sull sind. Wir haben Geschichte und Blut gemeinsam. Und selbst ein einziger Tropfen Grabenländerblut ist immer noch mehr wert als ein Meer von Clan- oder Städterblut.«

Sie schwiegen, als die niedrig hängenden Äste einer Silberfichte sie zwangen, sich zu ducken. Ash spürte die eiskalten Nadeln in ihrem Nacken. Mal war vorausgeritten, während sie sich unterhielten, und hatte seinen Bogen aus dem Marderfellkasten gezogen, der an der Seite des Blauen hing. Er befestigte nun die Sehne, während Ash zusah, und zog dann einen Pfeil aus dem festen Zylinder, der an seinem Werkzeuggürtel hing. Er drehte sich im Sattel und hob den Pfeil hoch, um seinem *Hass* deutlich zu machen, dass er auf die Jagd gehen würde.

»Ist das Grabenland gefährlich?«, fragte Ash und folgte dem Blauen des Neinsagers mit dem Blick, als er leichtfüßig in Galopp fiel und seine Hufe Schneewolken aufwirbelten.

»Tochter«, sagte Ark Knochenspalter ernst und riss sie damit aus ihren Gedanken. »Jedes Land, in dem wir uns befinden, ist gefährlich.«

Bei Sonnenuntergang wurde es rasch kühler. Ash hörte Tierrufe aus dem Wald, die sie nicht identifizieren konnte. Die Bäume knarrten, und manchmal bewirkten die Vibrationen von den Pferdehufen, dass die Äste ihre Schneelast abwarfen. Ark schien einen bestimmten Lagerplatz im Sinn zu haben, denn er hatte aufgehört, Mals Weg zu folgen, und eine scharfe Wendung zwischen zwei massiven Tannen genommen. Nach einem kurzen Aufstieg kamen sie über einen Hügelkamm, und der Wald lichtete sich. Ash entdeckte zwischen den Bäumen das Glitzern eines stehenden Gewässers, und dann führte Ark sie auf eine Lichtung und zügelte sein Pferd.

Leinwandbäume, deren Stämme ein Fleckwerk aus abblätterndem Silber und Grau waren, umgaben eine sanft abfallende Wiese. Der Schnee war bis auf einige Inseln geschmolzen, und Flecken von samtigem Moos und dunklen Farnen waren zu sehen. Winzige Pflanzen mit Blättern wie Nadeln hatten die Köpfe durch den Schnee gestreckt; die meisten hatten erst Knospen, aber einige hatten sich bereits zu sternförmigen lila Blüten geöffnet. Ashs Blick wurde von der anderen Seite des Tals angezogen, wo sich eine eingestürzte Mauer, nicht viel höher als ihre Taille, dunkel aus dem Schnee erhob.

Ark stieg ab und ging auf diese Mauer zu. Das Licht ließ nun rasch nach, und der Schnee schimmerte bläulich. Der Sullkrieger hob den Arm, um den Stein zu berühren. Er hatte Ash den Rücken zugewandt, so dass sie sein Gesicht nicht sehen konnte, aber einen Augenblick lang waren seine Schultern vollkommen reglos. Muskeln an seinem Nacken bewegten sich, als er ein Wort sagte. Ash nahm an, er würde sich zur Ader lassen, aber das silberne Messer blieb an seiner Taille, und die Kette, an der es hing, schimmerte sachte im Rhythmus seines Atems.

Er drehte sich abrupt um und kehrte zu Ash zurück, und bald waren sie damit beschäftigt, Ästen die Rinde abzustreifen und den Zaun für die Pferde zu errichten. Der Neinsager stieß wenig später zu ihnen. Er führte den Blauen am Zügel. Ein ausgeweidetes Weißwedelhirsch-Kitz lag auf dem Rücken des Pferds. Während Ark sich daran machte, das Tier abzuladen, ging Mal zu der eingestürzten Mauer.

Ash, die sie beobachtet hatte, kam zu einem Entschluss, und bevor beide Fernreiter die Hände von der Metzgerarbeit blutig hatten, sagte sie: »Die Schutzzauber in dieser Nacht im Totenwald. Warum haben sie versagt?«

Ark und der Neinsager wechselten einen Blick. Ash wusste,

dass sie ein wenig zu laut gesprochen hatte, aber nun presste sie die Lippen zusammen und blieb bei ihrer Frage. Sie schaute von einem zum anderen. Die Fernreiter waren ihr Antworten schuldig. Und sie würde Antworten bekommen. Demonstrativ ließ sie sich auf einem Teppich am Feuer nieder und wartete.

Die beiden Männer ließen den Kadaver im Schnee liegen und gingen zum Feuer. Ark hockte sich Ash gegenüber, aber der Neinsager blieb stehen.

»Ash March«, sagte Ark und griff unter seinen Umhang. »Es gibt keine sicheren Schutzzauber gegen die Geschöpfe des Blinden Lands. Als der *Maeraith* den Kreis brach, bin ich aufgewacht. Dafür dankt dieser Sull den Ersten Göttern.« Er zog den Tuchbeutel heraus, in dem die Schutzsteine steckten, und reichte ihn über die Flammen hinweg Ash.

Als sie den Beutel entgegennahm, fiel ihr Blick wieder auf Arks verbundenes Handgelenk. Der Fleck war größer geworden, teilte sich in Farbringe, die von Schwarz in Rot übergingen.

Der Beutel bestand aus weichem Wildleder und war überraschend schwer. Als Ash den Inhalt auf den Teppich ausschüttete, war sie enttäuscht, kleine Stücke grauen Steins zu sehen, der mit weißen Adern durchzogen war. Sie fühlten sich auch wie Steine an, rau und unbeweglich. Ark beobachtete, wie Ash sie in der Hand hin und her drehte, sie ans Ohr hielt und aneinander rieb wie Feuersteine, bevor er schließlich etwas sagte.

»Alle Stücke stammen vom gleichen Ursprungsstein. Ein *Maygi* hat ihn zerbrochen, und wenn die Stücke getrennt werden, bleibt ihnen die Erinnerung an ihre Ganzheit erhalten.

Aber sie sind Steine und können sich nicht wieder zueinander bewegen. Wenn du sie entfernt voneinander hinlegst, spürst du vielleicht ihre Kraft.«

Ash nahm die beiden größten Stücke und legte einen links und den anderen rechts von sich hin, dann fuhr sie mit der Hand durch den Raum, der sie trennte. Etwas, ein schwaches Kribbeln, wie der Beginn von Taubheit, war an ihrer Handfläche zu spüren ... und dann wieder verschwunden. Es war eine so schwache Empfindung, dass sie bezweifelte, überhaupt irgendetwas gespürt zu haben, und sie versuchte es noch einmal. Diesmal hätte sie, obwohl sie wusste, was sie erwarten sollte, das schwache Kribbeln an der Haut kaum bemerkt. Sie sah Ark an. »Spürst du es, wenn der Raum durchquert wird?«

Er schüttelte den Kopf. »Nur, wenn ich einen Kreis mit den Steinen vollende.«

Ash schaute von Ark zum Neinsager, als sie die Steine wieder einsammelte und in den Beutel zurücklegte. Sie hatten ihr eins ihrer Geheimnisse enthüllt, aber sie fragte sich plötzlich, ob es nur eine Strategie gewesen war, um sie von den anderen Dingen abzulenken. Abrupt ließ sie den Beutel fallen. »Was ist aus der Leiche des *Maeraith* geworden? Sie war noch da, als ich endlich eingeschlafen bin, aber als ich erwachte, war sie verschwunden.«

Wieder wechselten die Fernreiter einen Blick. Ash hatte den Fleck gesehen, den die Leiche des Wesens auf dem gefrorenen Boden hinterlassen hatte, den Umriss in fleckigem Schwarz, und den tiefen Graben, den sein Schwert gebrannt hatte. Ark sagte: »Der Neinsager hat die Überreste an einen Ort gebracht, wo sie dich nicht stören würden. Wenn ein

Schattenwesen getötet wird, wird es von Flammen verzehrt. Schattenfleisch brennt kalt, eine Zelle nach der anderen, von innen nach außen. Die Flammen verschlingen das Innere, aber nie die Hülse, die Haut. Nachdem *Maer Dan* verbrannt ist, verblasst die Haut mit der Zeit. Jeder Sonnenaufgang nimmt ihr etwas an Substanz, bis sie nichts weiter ist als ein Schatten auf der Erde.«

»Und das Schwert?«

In Arks Augen stand so etwas wie Überraschung.

»Ich habe den Graben gesehen«, sage Ash. »Der Schattenstahl hat einen Fuß Erde verbrannt.«

Es war der Neinsager, der antwortete. »Schattenstahl wird aus einer Abwesenheit von Materie und Licht geschmiedet. Seine Kraft hält auch, nachdem der Besitzer getötet wurde, weiter an. Er brennt sich in die Erde, sinkt tief wie Gold in einem Schmelzofen. Wie lange er sinkt, bevor er seine Kraft verliert, ist etwas, das dieser Sull nicht weiß. Ich habe das Schwert von der weichen Erde genommen, auf die es gefallen war, und es auf einen Sattel festen Steins gelegt. Das war alles, was dieser Sull tun konnte.«

Ash stellte fest, dass sie sich von Mal Neinsagers eisblauen Augen abwenden musste. Es lag etwas darin, das sie zuvor nicht gesehen hatte, und das beunruhigte sie. Der Neinsager verfügte nicht über die unfehlbare Kraft und das Wissen, mit denen sie ihn in ihren Fantasien bedacht hatte. Er hatte Grenzen ... und das wusste er auch. Beide Fernreiter waren verwundbar, und Ash wünschte sich aus ganzem Herzen, dass das nicht der Fall wäre.

Sie hatten so viel für sie getan. Mal hatte in dieser Nacht im Totenwald sicher nicht geschlafen. Er hatte Wache gestanden,

den *Maeraith* getötet und dann die Leiche weggezerrt, damit Ash sie nicht ansehen musste, wenn sie aufwachte. Und Ark. Ark war derjenige, der Mal darum gebeten hatte. *Bring es von hier weg, Hass,* konnte sie ihn sagen hören. *Unsere Tochter hat in dieser Nacht schon genug durchgemacht.*

Ash schaute an den Fernreitern vorbei über die Lichtung. Es war inzwischen vollkommen dunkel, und die Sterne waren herausgekommen und beleuchteten die Bäume und die Ränder der Mauer. Eine Schneeeule erklärte ihr Territorium mit einem tiefen, dreitönigen Ruf: *Hu-hu-hu.* Ash musste sich nun entscheiden. Sie konnte das Thema des *Maeraith* beiseite schieben, oder sie konnte die Fernreiter zwingen, mehr zu verraten. Dieser erste Abend im Felsenland hatte etwas an sich, das die beiden Männer von den Einschränkungen, die sie sich sonst auferlegten, befreite. Ash wusste nicht, ob das andauern würde, also nahm sie allen Mut zusammen und sprach weiter.

»Was hat den *Maeraith* getötet? Ich sah, dass Ark ihn häufig getroffen hat, ohne ihn verlangsamen zu können ... und dennoch ...«

»Der Neinsager hat ihm Stahl ins Herz gestoßen«, beendete Ark den Satz für sie. »Nur das kann sie aufhalten.«

Ihr Götter! Raif! Ash konnte ihn immer noch sehen, in dieser Nacht in den Kupferhügeln. Er hatte die Bluddmänner ins Herz getroffen. Und dann dieser Tag, an dem sie ihn zum ersten Mal gesehen hatte, vor dem Leeren Tor von Spire Vanis. Er hatte vier Männer der Renegatenwache mit Pfeilschüssen ins Herz getötet. Sie spürte, wie ihr eigener Herzschlag sich beschleunigte, als sie daran dachte. Wie ruhig er gewesen war und wie sehr es ihr vorgekommen war, als wäre er dazu geboren, so etwas zu tun. Langsam begann sich ihr Verständnis der Dinge zu drehen wie ein großes Steinrad um eine Achse.

Raif.

Sie hätte es beinahe verstanden. Aber je mehr sie versuchte, es zu begreifen, desto weiter glitt es davon, und ihr blieb nicht viel mehr als die Überzeugung, dass Raif bei dieser Sache, die sie begonnen hatte, eine Rolle spielen würde.

Ark und der Neinsager beobachteten sie schweigend. Der Kadaver war ausgeblutet, während sie miteinander sprachen, und hatte den Schnee schwarz gefärbt.

»Was passiert hier?«, fragte sie. »Ich muss mehr wissen.«

Ark nickte gewichtig. Die Zeit war gekommen. »Du bis *Mas Rakhar,* du kannst die Mauer um das Blinde Land einreißen, die Grenze zwischen den Welten. Wir haben als Erstes vom Lauscher von deiner Existenz erfahren, aber wir haben dich schon seit Jahren erwartet. Alle tausend Jahre erheben sich die Schatten, und die lange Nacht senkt sich über uns. Eiskappen wachsen und ziehen sich zurück, Meere heben sich und fallen, Land vertrocknet zu Wüste, Land versinkt im Meer. Alles liegt im Gleichgewicht, und alles muss sich verändern. Wir haben zehn Mal hundert Jahre des Lichts erlebt, und nun senkt sich die Dämmerung über uns.

Als Sull wissen und akzeptieren wir das, und wir halten uns bereit, um zu kämpfen. Aber wir sind nur noch wenige. Unser Land wird kleiner. Vor viertausend Jahren gehörte uns jeder Grashalm im Norden. Wir konnten monatelang in jede beliebige Richtung reiten und hatten immer noch nicht das Ende unseres Lands erreicht. Und davor gehörten uns das Weiche Land im Süden und vor zwanzigtausend Jahren alles zwischen dem Kap der Hoffnungslosigkeit und dem Ende der Welt. Die Menschheit war damals noch jung, und wir ließen uns nicht dazu herab, sie sonderlich zur Kenntnis zu nehmen. Wir überließen ihnen die Orte, die wir nicht brauchten – die Wüsten und Randgebiete und Berge –, ließen sie das Wasser trinken, das wir für zu trüb hielten, und die Tiere jagen, die wir als ungesund betrachteten. Einige sagen, wir hätten es besser wissen sollen, denn wir sind Sull, das älteste der lebenden Völker, und nichts ist neu in unserer Geschichte.«

Ark hielt einen Augenblick inne und schürte das Feuer. Fünf Schritte hinter ihm stand der Neinsager, stolz und reglos und nur vom Sternenlicht beleuchtet. Als Ark wieder sprach, war der Stolz in seiner Stimme von Traurigkeit durchzogen.

»Die Ersten Götter haben uns geboren, damit wir gegen die Finsternis kämpfen. Das ist unser Schicksal und unser Fluch. Die Alten in der Zeit davor haben gekämpft und versagt, und noch als wir am Fernen Strand in See stachen, wurden sie vernichtet. Während wir aufblühten, wurden sie schwächer, und wir zogen in das Land, das sie verlassen hatten, und machten ihre Kämpfe zu unseren eigenen.

Aber wir sind nur ein einzelnes Volk, und die Finsternis wurde stärker. Jeder neue Angriff ist schrecklicher als der vorhergehende. Sie ziehen mehr und mehr Seelen in ihr Heer, und die Armeen der Herren der Finsternis werden größer. Sie haben unsere Könige und Königinnen und unsere größten Krieger genommen, und jeden Morgen beten wir zum Gott der Verfolgten, dass wir an diesem Tag nicht unseren Ahnen im Kampf gegenüber stehen müssen.

Der *Maeraith*, der uns in dieser Nacht im Totenwald angegriffen hat, war einmal ein mächtiger Krieger, aber er war kein Sull, und dafür sind wir dankbar.«

Ash sah, dass Ark etwas in der Hand hielt, einen Brocken Felskristall mit glatten Ecken, den er in seinen Fäusten wärmte, während er sprach. Es war einer der Talismane, die jede Nacht um das Feuer lagen.

»Ash March«, sagte Ark und sah ihr direkt in die Augen. »Als wir dich an der Sturmgrenze gefunden haben, wussten wir, wer du warst. Wir hatten die Wahl, dich entweder zu retten oder zu töten. Du warst keine Sull und nicht an uns gebunden, aber wir wussten, dass du auf der Suche nach der Höhle aus schwarzem Eis warst, und ich fragte den Neinsager, ob wir Stahl an deine Kehle legen sollten, und er sagte: *Nein. Sie versucht, ihre Macht so zu entladen, dass sie keinen Schaden anrichtet. Wir wollen ihr helfen.* Und das haben wir getan. Wir fürchteten damals viele Dinge, aber wir glaubten nicht, dass das Schlimmste bereits geschehen war. Die Mauer des Blinden Lands war schon vor unserer Begegnung eingerissen worden. Du hattest deine Macht bereits einmal entladen. Vielleicht hast du es kaum bemerkt, vielleicht war es für dich ein einfaches Zuschlagen, aber es genügte, die Substanz der Mauer zu schwächen.

Die Geschöpfe haben an dieser Stelle gearbeitet und tun es immer noch. Was einmal ein haardünner Riss war, wurde weiter geöffnet. Die Schattenwesen, die einmal Menschen waren, können sich einer nach dem anderen herauszwängen ... aber auch andere Geschöpfe rühren sich im Blinden Land, schreckliche Geschöpfe, die einmal auf der Erde wandelten und die Macht besitzen, sie aufzureißen.

Nicht alle Wesen im Blinden Land waren einmal Menschen. Die Herren der Finsternis existieren schon so lange wie die Götter, und gemeinsam haben sie über viele Zeitalter gewacht. Drachen, Riesen, Behemoths, Basilisken, Kraken, Schattenwandler ... und die *Shatan.* Wenn die *Shatan* von den Herren der Finsternis in ihren Dienst gezwungen werden, werden sie zu *Shatan Maer.* Sie verlieren weder ihre Gestalt noch ihre Kraft, und wir fürchten, dass sich einer auf den Riss in der Mauer zubewegt.«

Ash spürte, wie ihr Mund trocken wurde. Lag so etwas wie eine Anklage in Arks Stimme? Sie war nicht sicher. »Was wird passieren, falls er durchbricht?«

Arks Lächeln war gleichzeitig bitter und süß. »Ash March, dieser Sull glaubt, dass du die falsche Frage stellst. Es geht nicht mehr um *falls,* sondern um *wann.*«

»Also wann?« Sie hörte das Zittern in ihrer Stimme.

»Bald. Wenn sie durchbrechen, wird die Anzahl von Schattenwesen, die aus dem Blinden Land entkommen, größer. Mit jedem Wesen, das entkommt, wird der Riss weiter, bis ganze Armeen durch die Bresche ziehen können.«

»Und die Herren der Finsternis?«

»Es gibt neun Herren der Finsternis, und obwohl wir ihre Namen kennen, sprechen wir sie niemals aus. Niemals in der Geschichte all unserer Schlachten haben alle neun das Blinde Land verlassen. Wir glauben, dass es das Ende der Welt bedeuten würde, wenn sie das täten.«

»Aber –«

»Nein, Ash March«, wandte der Neinsager ein, der nun zum ersten Mal die Stimme erhob, seit sie das Tal betreten hatten. »Einige Dinge bleiben besser ungesagt. Von den Herren der Finsternis zu sprechen lenkt ihre Aufmerksamkeit auf uns, und das wünsche ich heute Nacht niemandem hier.«

»Sind wir denn im Felsenland nicht sicher?« Obwohl Ash Ark Knochenspalter beinahe die gleiche Frage schon zuvor einmal gestellt hatte, konnte sie sich nicht bremsen. Aber sie bedauerte es sofort, denn Mal Neinsager gab auf alle Fragen, die ihm gestellt wurden, die gleiche Antwort.

»Nein.«

Sie wartete, aber er fügte nichts mehr hinzu.

Es war kühler und dunkler geworden, und die Sterne drehten sich über ihnen. Die schmale Mondsichel stand wieder am Himmel, und Ash beobachtete sie eine Weile. Schließlich sah sie Ark Knochenspalter an. Ihr blieb noch eine Frage, aber sie hatte beinahe Angst, sie auszusprechen. »Die Berührung eines Herrn der Finsternis genügt, um einen zu einem Schattenwesen zu machen?« Ark nickte. »Und wie machen die *Maeraith* jemanden zu einem der Ihren?«

Er sah sein Handgelenk nicht an. »Wenn wir von Schattenstahl getötet werden, werden wir zu einem Diener der Herren der Finsternis.«

»Und wenn jemand verwundet wird?«

Wieder dieses bittersüße Lächeln. »Dann kämpft er.« Ark stand auf und machte sich daran, die Jagdbeute zu zerlegen, und das Gespräch war beendet.

16
Häuptling im Exil

Bram glaubte manchmal, den Verstand zu verlieren. Man hatte ihn an Schneefuchs verkauft, aber nun war er auf dem Weg nach Westen, nach Gnash – und das auch noch an der Spitze seiner eigenen Truppe. Das war alles selbstverständlich Robbies Idee gewesen. Wer wäre besser geeignet, Skinner Dhoone eine Botschaft zu übermitteln, als das eigene Fleisch und Blut des Dornenkönigs?

Die Truppe war nur klein, und Bram machte sich nicht vor, dass er mehr als dem Namen nach der Anführer war. Guy Morloch und Diddie Daw und zwei andere schnelle Reiter waren mit ihm unterwegs, und Bram bezweifelte ernsthaft, dass sie ihm auch nur zuhören würden, wenn er »Bluddmänner greifen an!« schrie, geschweige denn einen Befehl gab.

Guy Morloch ritt voraus, und sein dhooneblauer Umhang wehte im stärker werdenden Wind. Sie waren seit über zwei Tagen auf der Straße und hatten gerade die Grenze zum Gnashland überschritten. Zwischen Schneefuchs und Gnash verlief eine viel bereiste Straße, und sobald sie den Fluss überschritten hatten, kamen sie gut voran. Das Land hier war nicht allzu dicht von altem Hartholz bewachsen – gutes Gelände, um Hirsche und Wildschweine zu jagen –, und hin und wieder konnten sie einen Blick auf den Spiegelfluss werfen, der nach Osten floss. Der Sturm, der das Clanland vor zehn Tagen erschüttert hatte, hatte alles grün und feucht hinterlassen. Frisches Gras war über Nacht gesprossen, und Glockenblumen blühten zu Füßen der uralten Eichen.

Selbst die Sonne schien heller zu scheinen, obwohl es bitter kalt war. Brams Wangen waren heiß vom Galoppieren gegen den Wind. Er war froh über die Kälte und die Eile, froh über die langen Tage im Sattel und die kurzen Nachtlager, froh, weil ihn das alles zu sehr erschöpfte, als dass er noch hätte nachdenken können.

Hier, Bram. Nimm das mit. Ich habe es von Alte Mutter für dich weben lassen.

Nein. Er würde nicht an Robbie denken. Aber noch während er versuchte, den Gedanken an seinen Bruder wegzuschieben, sah er vor seinem geistigen Auge Robbies Hände auf dem Umhang. Dieser Umhang war dhooneblau, genau wie der von Guy Morloch, wenn auch ein bisschen kürzer und schäbiger. Kein Fischerfell, keine Distelschließen. Bram hatte ihn an die Nase gehalten und daran geschnuppert: Der Stoff roch nach dem Schweiß von Alte Mutter und nach Robbies Schuldgefühlen.

Wieso gab sein Bruder ihm einen Dhooneumhang, nachdem er ihn an einen anderen Clan verkauft hatte? *Mach dir keine Sorgen,* hatte Robbie ihn an dem Abend nach den Verhandlungen mit Wrayan Schneefuchs gebeten, *ich habe ihr gesagt, sie kann dich haben, bis wir Dhoone zurückgewonnen haben, und wer weiß schon, was inzwischen geschieht?* Robbie hatte ihm einen freundschaftlichen Schlag versetzt, hatte ihn angegrinst und war weggegangen. Zwei Tage später hatte er ihm den Umhang überreicht.

Bram runzelte die Stirn und strengte sich an, sich nicht von seiner Erschöpfung überwältigen zu lassen. Er wusste, dass Guy Morloch und die anderen nicht erwartet hatten, dass er mit ihnen Schritt halten konnte, und von seinen Fähigkeiten im Sattel überrascht waren. Bram hatte entdeckt, dass er Menschen gerne überraschte, und er war entschlossen, nicht zurückzufallen.

Guy hob den Arm zum Zeichen, dass sie langsamer werden und die Richtung wechseln sollten. Das Gnashhaus lag einen halben Tagesritt nach Westen, aber sie waren auf dem Weg zum Alten Rundhaus, und das lag näher, direkt am Spiegelfluss. Also wandten sie sich nach Norden, bis sie auf das Flussufer stießen, und folgten dem Fluss dann nach Westen.

Viele Lieder waren über den Spiegelfluss geschrieben worden. Angeblich war er der schönste Fluss im Clanland, sein Wasser grün und klar, die Ufer leicht geneigt und von Moos überwachsen. Alte Weiden streckten ihre Wurzeln in sein Wasser, und er speiste zahllose Teiche, in denen Wasserlilien blühten und Eisvögel jagten. Bram kannte viele dieser Balladen, traurige Lieder, in denen Jungfrauen und Clansmänner einander begegneten und sich wieder trennten oder in denen leidenschaftliche Kämpfe ausgefochten wurden, alles »an den grünen Ufern des Spiegelflusses.«

Als er an diese Lieder dachte, fiel Bram sein Saitenbrett ein. Es war in jener Nacht verloren gegangen, als Bludd in die Dhoonefestung eingedrungen war ... ein eher geringer Verlust unter so vielen, dass Bram niemals darüber gesprochen hatte. Algis Gillow hatte ihm beigebracht, wie man die Akkorde fand und spielte. Der alte Algis war niemals müde geworden, jedem, der zuhörte, zu erzählen, dass es für einen Dhoonemann angemessen war, wenigstens eins von drei Instrumenten zu beherrschen: die Saiten, die Trommeln oder den Dudelsack. Bram hatte Algis Gillow seit einem halben Jahr nicht mehr gesehen, und es würde ihn nicht überraschen zu hören, dass der alte Mann tot war.

»Bram. Wo ist dein neuer Umhang?«

Bram drehte sich um und sah, dass Diddie Daw auf ihn zuritt. Der leidenschaftliche kleine Schwertkämpfer hatte dunkle Haut und goldene Augen, und die Leute behaupteten, seine Mutter hätte sich mit dem Wildvolk eingelassen. Als Bram nicht sofort antwortete, sagte er: »Du solltest ihn lieber anziehen. Wir müssen im Alten Rundhaus einen guten Eindruck machen.«

Dann ritt er weiter und ließ Bram hinter sich zurück, womit alle vier vor ihm waren, alle in schönen blauen Umhängen.

Hier, Bram. Ich habe ihn von Alte Mutter für dich weben lassen.

Bram seufzte. Selbst Robbies Geschenke hatten Dornen. Es waren nicht nur Schuldgefühle, die zu diesem merkwürdigen Geschenk geführt hatten, es war auch Eigeninteresse. Dies war die erste Gesandtschaft, die Robbie zu Skinner Dhoone schickte, und sie musste eines Königs würdig sein. Robbie Dun Dhoone konnte seinen Bruder wohl kaum ausschicken, wenn er schäbiger aussah als seine angeschworenen Männer. Sein Stolz ließ das nicht zu.

Bram drehte sich im Sattel um und holte das Ding aus der Satteltasche. Der Umhang war verknittert, und drei Tage im feuchten Leder auf dem Pferdrücken hatten seinen Geruch nicht gerade verbessert. Bram verzog das Gesicht, als er ihn ausschüttelte. Er benutzte die alte Umhangschließe seines Vaters, um ihn zusammenzustecken, und dann faltete er sorgfältig seinen alten Umhang und steckte ihn weg. Wenn dieser Auftrag erledigt war, wollte er ihn wieder benutzen.

Die Gruppe war in raschem Trab unterwegs, und die Nachmittagssonne schien ihnen ins Gesicht. Die Bäume wurden spärlicher, und auf den Weiden waren Schafe und Rinder zu sehen. Gnash war ein großer, wohlhabender Clan mit vielen Quadratmeilen üppiger schwarzer Erde. Drei Flüsse speisten das Land: der Östliche Fluss, der Spiegelfluss und der Tarrel. Bram war häufig hier gewesen, als Maggis Dhoone noch lebte und Häuptling war, aber er hatte das Alte Rundhaus nie besucht oder gesehen.

Es war das erste Rundhaus des Clans Gnash gewesen, so viel wusste er, das vor tausend Jahren verlassen worden war, nachdem Blackhail es niedergebrannt hatte. Ein gewalttätiger Disput über die Nordwestgrenze von Gnash hatte zu einem Feuer geführt, das angeblich bis zum Dhoonehaus sichtbar gewesen war. Bram glaubte diese Legende nicht, aber er wunderte sich über das Feuer. Steingebäude waren schwer niederzubrennen: Sie verkohlten, aber sie blieben stehen. Das Scarpehaus zum Beispiel war mit Öl übergossen worden, indem Schützen vom Clan Orrl Blasenpfeile abgeschossen hatten, bevor sie Brandpfeile benutzten, aber es war dennoch kein großes Feuer gewesen. Eingestürzt war das Haus erst zwei Tage später, als einer der Stützbalken nachgegeben hatte. Irgendwie hatte die Zugluft, die durch den Zusammenbruch entstanden war, das Feuer wieder entzündet, und diesmal hatte es drinnen ebenso sehr gebrannt wie außen.

Bram wunderte sich über das Alte Rundhaus. Der Clan Gnash hatte das Haus nicht wieder aufgebaut. Stattdessen hatten sie ihr Rundhaus sieben Meilen weiter nach Westen verlegt und ein neues Haus am Südufer des Tarrel errichtet. Bram nahm an, dass dies aus defensiven Gründen geschehen war, denn nun befanden sich drei Flüsse zwischen Blackhail und Gnash.

Bram dachte häufig über solche Dinge nach und arbeitete im Kopf Strategien nach. Er wusste gerne, was hinter den Ereignissen stand, und manchmal wünschte er sich, er wäre im Clan Withy oder Herdfeuer zur Welt gekommen, wo die Geschichte und das Wissen aufbewahrt wurden. Eine leise Stimme in seinem Kopf sagte: *Schade, dass Robbie dich nicht dorthin verkauft hat*, aber die Hässlichkeit dieses Gedankens ließ ihn innerlich zurückweichen, und er schob ihn beiseite.

Als sie aus einem Hain aus Wassereichen kamen, sahen sie neun Dhoonemänner mit Helmen und Rüstungen, die ihnen im Kanter entgegenritten. Es waren hoch gewachsene Männer mit blonden Zöpfen, die aus ihren Dornenhelmen wehten, sie hatten ihre blauen Klingen gezogen, hielten sie aber ruhig nach unten, als sie weiter über die Weide ritten und dabei die Schafe in die Flucht trieben.

»Immer mit der Ruhe«, sagte Guy Morloch und zügelte das Pferd zum Schritt. »Bram. Reite im Trab voran und gib das Zeichen für Waffenstillstand.«

Bram nickte, zog sein Schwert und trieb sein Pferd an, während die anderen vier zurückfielen. Es war in solchen Situationen angemessen, dass der Anführer einer Truppe die Feindseligkeit von seinen Männern ablenkte, indem er voranritt, sein Schwert über den Kopf hob – eine Hand am Griff, die andere um die Spitze geschlossen – und damit anzeigte, dass er verhandeln wollte. Es war für erfahrene Krieger unangenehm, so verwundbar dazustehen, besonders, wenn drei der vier sich ihren eigenen Clansleuten ergeben mussten. Und Bram wusste, dass er für sein Alter klein war.

Fünfzehn und nicht viel größer als ein Kind. Guy Morloch rechnete damit, dass diese Tatsache die Dhoonemänner zurückhalten würde.

Brams Klinge war vor weniger als fünf Tagen neu geschliffen worden, und er spürte, wie die Spitze durch seinen Handschuh aus gekochtem Leder stach. Sein Herz fühlte sich groß und fehl am Platz an, und er dankte den Steingöttern, dass er seinen Wallach gut beherrschte und das Tier den Vorteil der schlaffen Zügel nicht ausnutzte. Der Dhoonemann an der Spitze hob die Faust und befahl damit seinen Männern, langsamer zu werden. Bram konnte seine Augen unter dem Dornenhelm nicht erkennen.

Der Dhoonemann brachte sein Pferd in hundert Schritt Entfernung zum Stehen und rief: »Im Namen des Dhoonehäuptlings, wer da?«

Bram hoffte, dass die Männer aus der Entfernung nicht sehen konnten, wie sein Schwert zitterte. Er konzentrierte sich darauf, es gerade zu halten, als er erwiderte: »Bram Cormac, Robbie Dhoones Bruder, um mit dem Häuptling im Exil Skinner Dhoone zu verhandeln.«

Der Krieger an der Spitze zog den Helm ab und schüttelte die Zöpfe aus. Sein Gesicht war von gestauter Hitze gerötet und glänzte vor Schweiß, und seine Haut war dicht von Tätowierungen überzogen. Bram sah, wie sein Blick zu Guy Morloch, Diddie Daw und den beiden anderen Schwertkämpfern wanderte. Jordie Sarson tat Bram Leid, als der Mann seinen Blick auf ihm ruhen ließ und den Mund verächtlich verzog. Erst vor sechs Wochen hatte Jordie Sarson noch zu Skinners Männern gehört, aber er war zu Robbie Dhoone desertiert und kehrte nun als Mitglied von Robbies Truppe zurück. Jordies Miene blieb ruhig, aber seine Haut war so hell, dass man jede Veränderung sofort bemerkte, und Bram entdeckte rote Flecken an seinem Hals.

»Bringt mich zu Skinner Dhoone«, sagte Bram nun zu seiner eigenen Überraschung. »Meine Botschaft wird nicht auf Bräuche und Zeremonien warten.« Damit senkte er sein Schwert, steckte es ein und starrte den Anführer der Dhoonemänner an, bis er den Mann zum Blinzeln gezwungen hatte.

Der Anführer warf seinen Männern einen Blick zu. Die meisten waren seinem Beispiel gefolgt und hatten die Helme abgesetzt, und Bram erkannte mehrere von ihnen. Der Anführer wendete nun sein Pferd und sprach seine Männer an. »Nehmt ihnen die Waffen ab und begleitet sie im Kanter zum Haus.« Er gab seinem Pferd die Sporen und galoppierte über die Weide zurück.

Guy Morloch zischte etwas. Diddie Daw murmelte: »Hat keinen Sinn, dagegen anzugehen, Mann«, und hakte die Schwertscheide vom Gürtel und ließ sie fallen. Bram tat das Gleiche, und Jordie und Mangus der Aal taten es ihnen nach. Guy Morloch legte seine Klinge als Letzter ab. Kein Krieger ließ sich gerne die Waffen abnehmen, aber nur ein Narr würde zu einem kriegführenden Clan reiten und so etwas nicht erwarten. Zumindest beleidigten die Dhoonemänner sie nicht weiter, indem sie sie nach Handmessern und anderen kleinen Waffen durchsuchten, und einer von ihnen stieg einfach ab und sammelte die Schwerter ein.

Als damit den Formalitäten Genüge getan war, umgaben die Dhoonemänner die Besucher und führten sie zurück zum Alten Rundhaus.

Irgendwie war es Bram gelungen, seinen Platz an der

Spitze der Truppe zu halten. Das Land hier war üppig, und bald schon ritten sie an gepflügten Feldern entlang. Kleine Steinhäuser waren in den Tälern errichtet, umgeben von Hecken.

Die Sonne stand nun sehr niedrig und leuchtete Bram direkt in die Augen, und es fiel ihm zunächst schwer, das Rundhaus zu erkennen. Er hatte etwas Eingestürztes, Verkohltes erwartet, aber nicht mit der Kraft der Natur gerechnet. Exakt die Hälfte des alten Rundhauses stand immer noch, ein Gebäude in Gestalt eines Halbmonds. Der Teil, der eingestürzt war, war abgetragen worden, aber der Umriss der Fundamente war immer noch an dem Kieshof zu erkennen, der den fehlenden Teil ersetzt hatte. Die stehende Hälfte hatte ihr Kuppeldach behalten, aber auch das Dach hatte sich der Natur ergeben. Gras und Krüppelweiden wuchsen dort in dichten Matten, und Bram wusste genug über ihre Wurzelsysteme, um zu erkennen, dass keine Möglichkeit mehr bestand, sie einfach herauszureißen, denn dann würden die Steine mit herauskommen.

Es war ein außergewöhnlicher Anblick, diese verwilderte Halbmondkuppel auf einem Ufer oberhalb des Spiegelflusses. Entlang der geraden Wand waren Hütten angebaut worden, und zwischen den behelfsmäßigen Ställen waren Männer und Pferde zu sehen.

Die Dhoonemänner trieben ihre Pferde für den kurzen Aufstieg an, und dann standen sie zusammen mit den Besuchern auf dem halbrunden Hof. Stallburschen kamen heraus, um sich um ihre Pferde zu kümmern, und Bram wusste bereits, dass sich die Nachricht von ihrer Ankunft verbreitet hatte. Skinner Dhoones Männer waren sehr interessiert an dem

Geschehen, und Bram wurde mit einer seltsamen Mischung aus Misstrauen und Respekt behandelt.

Dummerweise starrte er selbst überwiegend die Frauen an. Er hatte beinahe vergessen, dass es bei Dhoone welche gab, und sie hier zu sehen, wie sie Hafer für die Pferde brachten und Wasser aus dem Brunnen holten, war ein Schock. Bram konnte gar nicht aufhören, sie anzustarren. Die Älteren starrten feindselig zurück, aber die Jüngeren betrachteten ihn mit offenem Interesse. Er hörte eine flüstern: »Das ist Robbies Bruder Bram.«

Als er sich und seine vier Begleiter rasch noch einmal kritisch musterte, musste er zugeben, dass Robbie mit den Umhängen Recht gehabt hatte. Sie sonderten die fünf optisch von den anderen ab und gaben ihnen etwas, das lange in Dhoone gefehlt hatte: die höfische Haltung eines anderen Zeitalters. Seltsamerweise stärkte das Brams Selbstvertrauen. Wenn die Begegnung mit dem Häuptling von Schneefuchs ein Gutes gehabt hatte, dann war es die Tatsache, dass Robbie gezwungen gewesen war, den Wert seines kleinen Bruders neu einzuschätzen. Wrayan Schneefuchs war nicht dumm. Wenn sie Bram Cormac haben wollte, dann hatte sie dafür gute Gründe.

Das glaubte Robbie zumindest. Bram gelang ein dünnes Lächeln. Er selbst nahm an, dass die Pflegschaft für Wrayan Schneefuchs nur ein Spiel war, eine Möglichkeit, Robbie Dhoone durcheinander zu bringen ... aber er behielt diesen Gedanken für sich.

»Folgt mir.«

Bram und seine vier Begleiter wurden gebeten, einem Dhoonekrieger durch eine Bresche in der Mauer zu folgen, und sie traten aus dem roten Sonnenuntergang in die dichten Schatten des alten Rundhauses. Die Halbkuppel wurde von Blutholzbalken gehalten, die hundert Fuß lang waren und ihrerseits von Steinsäulen gestützt wurden. Der Boden war zuerst kaum mehr als Schlamm mit Schieferplatten, die wie Trittsteine darüber gelegt waren. Tiefer im Gebäude hatte man sich mehr angestrengt, es bewohnbar zu machen: Kies war über den Schlamm gestreut und Duftholz verbrannt worden, um den Geruch der Steine nach abgestandenem Wasser zu überdecken. Ein paar alte Flure waren immer noch an Ort und Stelle, und Bram konnte sehen, wo die Frauen sich betätigt, Binsen verteilt und die Wände gekalkt hatten. Der Krieger führte sie über eine noch halb bestehende Treppe zu einer Kammer, die sich zehn Schritte über dem Boden befand.

Nach dem dunklen Eingangsbereich musste Bram seine Augen halb zukneifen, damit das Licht ihn nicht blendete. Vor ihm lag eine große siebeneckige Kammer, in der Fackeln im Abstand von je einem Fuß an den Mauern angebracht waren. Es mussten mindestens zweihundert sein, nahm Bram an, aber selbst gemeinsam mit den Feuern, die an dreien der sieben Mauern brannten, gaben sie immer noch nicht genügend Licht ab, um der Atmosphäre des Verfalls entgegenzuwirken.

Skinner Dhoone saß auf einem großen hässlichen Stuhl mit Disteldornen als Armstützen. *Er ist alt geworden,* stellte Bram fest. Seine Zöpfe waren schlaff und von Grau durchzogen, und sein Gesicht war so rot und aufgequollen wie bei jemand, der trotz einer schwachen Leber zu viel trank. Seine Augen jedoch waren ganz Dhoone, und alle Arroganz von Häuptlingen und Königen konzentrierte sich dort. Er sah Bram von oben nach unten an und sagte dann: »Ich kenne dich. Du bist Mabb Cormacks Junge – du hast noch weniger Anspruch auf das Distelblut als dein Bruder Rob.«

Bram nickte; man hatte ihn nicht beauftragt, sich mit Skinner zu streiten. Ringsumher standen Dhoonemänner schweigend da und beobachteten ihn. Der Raum war voll von ihnen, alle bewaffnet, viele in Rüstung. Bram erkannte die Brüder Mauger und Berold Loy. Mauger nickte ihm grimmig zu.

Skinner hatte erwartet, dass sich Bram von seiner Aussage provozieren ließ, und Brams Zustimmung verwirrte ihn nun. Er schlang die Finger um die geschnitzten Dornen und sagte: »Du streitest also nicht ab, dass dein Bruder keinen Anspruch auf das Königtum oder das Amt eines Häuptlings hat?«

Hinter ihm hörte Bram Guy Morloch etwas zischen.

»Was sagst du?«, wollte Skinner sofort wissen. »Tritt vor, Fuchsmann, und sag, was du denkst.«

Guy Morloch legte die Hand auf Brams Schulter, um sich an ihm vorbeizudrängen, aber Bram riss scharf den Kopf herum und sagte: »Guy, du bist nicht hier, um zu reden. Ich bin es, dem aufgetragen wurde, mit dem Häuptling im Exil zu verhandeln. Sonst niemand.«

Es war beinahe ein Wunder, aber Guy Morloch hielt sich zurück. Oder vielleicht hatten Diddie Daw oder Mangus der Aal ihn gepackt und hielten ihn zurück. Bram würde das nie erfahren. Er hatte sich wieder Skinner Dhoone zugewandt. Sein Herz schlug heftig. Das hier musste ganz richtig gemacht werden.

»Beantworte meine Frage, Karnickeljunge.«

Bram versuchte, sich zu beruhigen. Seine Mutter hatte

Fallen für viele Tiere gestellt: Nasenbären und Schlankbären und Füchse. Sie hatte nicht nur Kaninchen gefangen, obwohl sie selbst zugegeben hatte, dass sie ihr liebstes Wild waren. *Ein Kaninchen ist gut zu essen und zu häuten*, sagte sie immer. *Versuch doch mal, ein Wiesel in den Kochtopf zu stecken.*

Bram war nun tatsächlich wieder ruhiger und sagte: »Robbie Dhoone überlässt dir das Häuptlingssamt.«

Erstauntes Keuchen erklang überall. Die Dhoonemänner waren unruhig. Mauger Loy ging zum Distelstuhl und flüsterte Skinner zwei Worte ins Ohr. Brams gute Augen sahen Maugers Lippenbewegungen, und er wusste, dass der Krieger *Sei vorsichtig* gesagt hatte.

Skinner Dhoone stand auf. Seine Stiefel waren aus Hirschleder und sehr gut gearbeitet, aber der Schlamm des Alten Rundhauses hing immer noch an ihnen. Er ging auf Bram zu und sagte: »Und was hat diese Veränderung bei Rob Cormac, geborener Dhoone, bewirkt?«

Bram konzentrierte den Blick auf die vom Trinken geschwollene Haut von Skinners Nase; die dhooneblauen Augen waren zu viel für ihn. »Robbie betrachtet das nicht als Veränderung. Er wollte Dhoone immer schon vereinigt sehen.«

Hinter ihm grunzten Diddie Daw, Mangus der Aal und die anderen zustimmend. Selbst einige von Skinners Männern nickten. Sie hatten die Botschaften gehört, die Robbie Mauger Loy hatte ausrichten lassen.

Skinner Dhoone verlagerte das Gewicht auf die Fersen und schnaubte. »Robbie hat das also immer gewollt, wie?« Plötzlich stürzte er vorwärts und starrte Jordie Sarson an. »Und was sagst du dazu, Verräter?«

Jordie schluckte. *Er ist nicht viel älter als ich,* erkannte Bram. Jordie hob den Kopf ein wenig höher und erklärte: »Ich würde sagen, dass Robbie ein ehrenhafter Mann ist, der Dhoone mehr liebt als sein Leben.«

Bram ließ sein Gesicht zur Maske werden. Jordie glaubte wirklich, was er sagte, das war offensichtlich, und er hatte etwas an sich – die helle Haut, das helle Haar, seine Jugend, sein gutes Aussehen und die klaren blauen Augen –, was die älteren Dhoonemänner ansprach. Jeder hier wäre stolz auf einen solchen Sohn.

Robbie hatte das gut kalkuliert. Es war ein Risiko gewesen, Jordie mit den anderen zu schicken, und ein weiteres Risiko, ihn nicht wissen zu lassen, weshalb. Und beides hatte sich ausgezahlt. Jordies Überzeugung war unbezahlbar.

Skinner verlor einen Augenblick die Konzentration. Seine blauen Augen waren nicht so klar, wie Bram gedacht hatte; sie waren ein wenig wässrig. »Werde ich Rob Cormacs Pläne noch zu hören bekommen oder nicht?«, fragte er herausfordernd.

Bram trat vor, um die Aufmerksamkeit von Jordie abzulenken. »Robbie schlägt einen Handel vor.«

»Ach ja?«, sagte Skinner ruhig und alles andere als überrascht. »Weiter.«

»Robbie hat Männer, die ihm Treue geschworen haben, und er wird sie nicht zwingen, ihre Eide zu brechen und zu dir zurückzukehren.«

Skinner schnaubte, und sein stinkender Atem traf Bram ins Gesicht. »So ein arroganter Mistkerl! Erst stiehlt er mir diese Männer, und nun weigert er sich, sie mir zurückzugeben!« Der Häuptling im Exil schüttelte den Kopf, aber Bram glaubte nicht, dass echtes Staunen dahinter lag; die Geste war eher für seine Männer gedacht. »Und was schlägt Rob sonst noch vor?«

Bram holte tief Luft, um sich zu wappnen, bevor er weitersprach. »Robbie will dir Dhoone überlassen. Solange du dich nicht einmischst, wenn er Withy einnimmt, wird er nichts dagegen einwenden, wenn du Dhoone wieder beanspruchst.«

Es dauerte einen Augenblick, bis alle diese Aussage begriffen hatten. Skinner starrte einen Moment ins Leere, dann konzentrierte er den Blick wieder, als er begriff, was da eigentlich gesagt worden war. »Withy?«, wiederholte er, und diesmal war sein Staunen echt. »Du willst behaupten, dass Rob Cormac vorhat, das Withyhaus einzunehmen?«

Bram nickte. Es war nur noch eins zu sagen; die Erleichterung gab ihm Selbstvertrauen. »Wir haben Pläne gemacht. Robbie glaubt, dass Withy erobert werden kann. Das Rundhaus ist verwundbar, und die Söhne des Hundelords sind nicht sonderlich wachsam. Robbie wird ein eigenes Rundhaus haben.« Er sah Skinner Dhoone direkt in die Augen. »Und er geht davon aus, dass er Dhoone nicht wieder zurückerobern kann.«

Skinner schüttelte den Kopf. Brams Worte hatten ihn eindeutig aus dem Gleichgewicht gebracht. Er bewegte die Lippen und murmelte etwas, und obwohl er sich umdrehte, bevor Bram alles bemerkte, erkannte Bram einen Teil des Mottos von Withy.

Wir sind der Clan, der Könige macht.

Als Skinner sich umwandte, hatte sich seine Miene verändert, und seine Augen sahen nicht mehr ganz so wässrig aus. »Wenn ich diesen Bedingungen zustimme, wann wird Rob Withy dann einnehmen?«

»Innerhalb eines Monats. Mehr kann ich nicht sagen.«

Skinner nickte, als hätte er eine solche Antwort erwartet. Er richtete sich gerader auf und sagte: »Geht jetzt. Ich muss darüber nachdenken. Ich werde Rob Cormac innerhalb von zehn Tagen meine Antwort schicken.«

Sie waren entlassen, und als Bram den Raum verließ, war er verblüfft über seine eigene Beobachtung, dass alle Dhoones einander ähnlich sahen, wenn sie berechnend dreinschauten.

17
Überfall auf die Mine

Sie zügelten die Pferde, als sie in der Ferne Rauch sahen. Zwei kahle Hügel trennten sie von dem Hüttendorf an der Mine; eine Entfernung von vielleicht fünf Meilen. Raif hatte an diesem Tag die Truppe angeführt, und er war es auch, der sie nun Halt einlegen ließ. Sie befanden sich inzwischen auf Blackhailland, und er wusste, wie leicht es war, auf diesen kahlen Hügeln jede Bewegung zu erkennen. Sie würden bis zum Sonnenuntergang ein Lager ohne Feuer aufschlagen, und sich dann im Schutz der Dunkelheit weiterbewegen.

Raif konnte kaum glauben, dass dies alles wirklich geschah. Siebzehn Tage nach Westen, und er war hier, an einem Ort, an den er nie zurückzukehren geglaubt hatte. Wenn er weitere fünf Tage rasch weiter nach Südwesten ritt, würde er wieder im Rundhaus sein, wieder bei Effie und Drey und Corbie und Anwyn und Bitty und all den anderen Shanks.

Zu Hause, flüsterte er, aber er empfand nichts.

Er kannte diese Hügel, wusste, dass der Wind alles, was höher als Heidekraut wuchs, wegfegte, wusste, wo man Quellen fand und alte Minenschächte, und wo es die meisten Kaninchen gab. Er hatte nicht weit von hier sein erstes großes Wild erlegt: einen riesigen Einzelgängerelch, der nach Süden gewandert war. Abrupt wandte er seine Gedanken der Errichtung des Lagers zu. Ein Instinkt, der dazu diente, bei Verstand zu bleiben, mahnte ihn, lieber etwas zu tun statt nachzudenken.

Sie waren hier nicht weit von Dhoone entfernt, aber die Kupferhügel waren bereits zu den flacheren Hügeln des Kahlen Lands geschrumpft. Vor fünf Tagen waren sie aus dem Ödland auf Clanland gekommen. Das Wetter war ihnen wohlgesinnt, und in gewisser Weise waren auch die Clankriege von Vorteil. Sie waren keinen Jägern begegnet. Die untersetzten Ponys, die die Verstümmelten bevorzugten, waren keine schnellen Reittiere, aber sobald sie das schlimmste Schluchtenland hinter sich hatten, war ihr Weg beinahe erholsam gewesen. Die Tage waren länger geworden, und das klare Wetter bedeutete, dass sie die Zeit, die sie durch das Unwetter verloren hatten, wieder hatten einholen können. Der Mond war jede Nacht ein wenig kleiner geworden, und nun war nichts mehr von ihm übrig.

Heute Nacht würde es vollkommen dunkel sein.

Raif bandagierte die Fesseln seines Ponys. Das arme Tier hatte auf einer Geröllhalde einen falschen Schritt gemacht, hatte gerade noch verhindern können, in der folgenden Lawine über den Rand der Schlucht zu stürzen, und seine Beine waren von den Steinen zerschnitten worden. Raif musste ausweichen, weil das Tier nach ihm trat. Aber zumindest hatte er immer noch ein Pony. Totgeburts sanfte schwarze Stute war zusammen mit den drei Packpferden und der Ausrüstung abgestürzt. Nun waren sie elf Männer und zehn Ponys. Keiner freute sich darüber, am wenigsten Addie und Thomas Argola. Da sie die leichtesten Angehörigen des kleinen Trupps waren, hatten sie sich Yustaffas kräftiges kleines Pferd teilen müssen. Yustaffa hatte seine beträchtliche Masse auf Argolas Tier niedergelassen, und Totgeburt hatte Addies Pony genommen. Bisher waren keine weiteren Pferde mehr umgekommen – aber die Männer hatten häufig die Nerven verloren. Raif war jeden Tag ein paar Stunden zu Fuß gegangen, so dass Addie sein Tier reiten konnte. Überwiegend war Addie allerdings neben ihm hergegangen und froh gewesen, seine Bergbeine wieder einsetzen zu können.

Addie kannte sich in diesem Teil des Clanlands ein wenig aus, und Raif bezweifelte nicht, dass er die Truppe ebenfalls zur Mine hätte führen können. Der Hochlandhirte hatte bereits eine Quelle und ein Gebüsch mit Steinbrech für die Pferde gefunden.

Raif beschloss, dass er lieber nicht darüber nachdenken wollte, warum Linden Moodie ihm das Kommando überlassen hatte. Rasch kam er mit dem Verbinden des Ponys zu Ende und stand auf. Die Sonne hing über einer Bank gestreifter Wolken und war immer noch etwa eine Stunde vom Untergang entfernt. Ein paar Männer kauten auf Schneehuhnknochen, um sich die Zeit zu vertreiben, andere sprachen leise miteinander oder kümmerten sich um ihre Pferde. Totgeburt ölte seine Waffen.

Er hatte bei dem Sturz einen beträchtlichen Teil seiner Waffensammlung verloren: Ein paar Schwerter, Langmesser, Katars und andere Waffen mit fantastischeren Klingen waren in die Schlucht gestürzt und konnten nicht geborgen werden. Totgeburt hatte nur noch ein Schwert und ein Langmesser, den Nagelhammer, den er immer an seinem Gurt trug, und mehrere Gegenstände, die er in einem steif gegerbten Hirschledersack auf dem Rücken getragen hatte, als er abgestürzt war.

Raif hatte dabei ein seltsames Gefühl. Zwei von Totgeburts drei Gepäckstücken waren zusammen mit seinem Pferd in die

Schlucht gestürzt, aber der Pfeil Wünschelrute war nicht verloren gegangen. Totgeburt hatte ihn in einem fleckigen Leinenstück gefunden, in seinem Hirschlederbeutel. Als Raif ihn fragte, sagte er, er erinnerte sich tatsächlich daran, ihn dort hineingesteckt zu haben - immerhin wog der Pfeil nicht viel –, aber er war der einzige Gegenstand in Totgeburts Tagesgepäck, der für ihn keinen praktischen Nutzen hatte. Manchmal fragte sich Raif, wie viele Verstümmelte sich - wissentlich oder unwissentlich - zusammengetan hatten, um ihn auf einen bestimmten Punkt zuzutreiben. Totgeburt, Yustaffa, Addie, Thomas Argola, selbst Traggis Mole – alle schienen ihn unbedingt auf einen Kurs bringen zu wollen, den er selbst kaum verstand.

Genug davon. Er warf einen Blick zu dem Rauch, der hinter den Hügeln aufstieg, zwang all diese unbeendeten Angelegenheiten aus seinem Kopf und ging zu Totgeburt.

»Was werden wir machen?«, hörte er sich fragen.

Der Verstümmelte arbeitete mit einem alten Lappen Leinsamenöl in das Abschwörerschwert, und seine Bewegungen wurden ein wenig langsamer, als er antwortete. »Wenn alles nach Plan verläuft, sollte es eigentlich sehr glatt gehen. Das abgekühlte Gold wird in einem verschlossenen Raum direkt hinter dem Mineneingang aufbewahrt. Es wird von dem einen oder anderen verschlafenen Bergmann bewacht oder manchmal vom Grubenmeister. Das heiße Gold wird zum Abkühlen neben dem Schmelzofen abgelegt, der sich direkt hinter der Mine befindet. Wir reiten nach Einbruch der Dunkelheit näher zu den Hütten, warten, bis sie die Lichter gelöscht haben, und holen uns dann das Gold. Wenn es zu einem Handgemenge kommt, erledigen wir das kurz und still.«

Raif nickte. »Woher weißt du so viel über die Mine?«

»Was glaubst du wohl? Mole hat sie beobachten lassen.«

»Und warum hat der Mann, der sie beobachtet hat, uns nicht begleitet?«

Totgeburt legte den Lappen hin. Er hatte auch seine Stierhörner mit Leinsamenöl eingerieben, und nun schimmerten sie in bedrohlichem Schwarz. »Hör auf, Fragen zu stellen, deren Antwort du bereits kennst. Das wird uns viel Zeit sparen. Der Beobachter ist tot; er wurde von der Mine aus von einem Pfeil getroffen.«

Traggis Mole hatte das nicht erwähnt, aber es passte zu dem, was Raif über die gebundenen Bergleute wusste. Es waren harte Männer, und sie verließen sich nur in wenigen Dingen vollkommen auf ihren Clan, vor allem nicht in Sachen der Verteidigung. Wenn sie zuvor schon einmal von den Verstümmelten angegriffen worden waren und nun einen weiteren beim Spionieren beobachtet hatten, würde der Angriff wohl kaum so glatt verlaufen, wie Totgeburt behauptete. Raif sah Totgeburt an, und Totgeburt starrte zurück: *Keine Fragen mehr, auf die du die Antwort bereits kennst.*

Raif blieb nichts anderes, als sich auf den Angriff vorzubereiten.

Sie hatten das Lager auf der Windschattenseite des Hügels aufgeschlagen. Ein alter Schafsweg war in den Boden gegraben und mit Steinen ausgelegt wie ein Bachbett, und nun lief Wasser hindurch. Raif sprang in den Graben hinunter und schöpfte eine Hand voll Schlamm. Er strich ihn sich über das Gesicht und die Handrücken, um sich damit zu tarnen. Der Schlamm kribbelte und spannte auf seiner Haut, als er trocknete.

Auf der anderen Seite des Lagers saß Linden Moodie und beobachtete ihn. Etwas in diesen tief liegenden Augen, ein sicheres Wissen darüber, was für ein Mann dieser Raif Zwölftöter war, ließ Raif innehalten. Moodie hatte das, was geschehen war, als die Geröllawine niedergegangen war, bereits als Zufall abgetan. *Ich werde dich heute Nacht im Auge behalten,* sagte er, ohne es auszusprechen, und nur Raif wusste, um was es hier ging.

Raif spürte, wie seine Miene zusammen mit dem Schlamm starrer wurde. Mit einer Stimme, die weit genug trug, rief er die Verstümmelten zu sich, und dann verbrachte er einige Zeit damit, Hände voll Schlamm zu schöpfen und sie an die anderen weiterzureichen. Alles, was im Fackellicht leuchten würde, wurde abgedunkelt, selbst die Blessen und weißen Fesseln der Pferde. Yustaffa war der Einzige, der sich nicht mit Schlamm beschmierte und behauptete, als der Skorpiongott seine Haut herstellte, hätte er ihr schon genau die richtige Farbe gegeben. »Bis er zu euch kam, hatte er keine Farbe mehr übrig«, erklärte er leichthin. »Und er dachte auch nicht, dass ihr die Mühe wert wäret, neue anzusetzen.«

Die Verstümmelten grunzten. Die Spannung war bereits groß. Ein paar Männer hockten beim Gepäck und würfelten. Glücksspiel war normalerweise für die Verstümmelten eine ernste Sache, und Streitigkeiten waren nicht selten, aber diesmal waren die Spieler bedrückt, und ihre Blicke zuckten häufiger zu der untergehenden Sonne hin als zu den Würfeln. Totgeburt und Addie unterhielten sich leise. Addie zeigte mit der Faust nach Norden. Moodie hatte seinen scharlachroten Umhang zusammengefaltet und weggepackt und zog stattdessen einen schlichten grauen an. Eine Mine war kein Platz für gute Kleidung.

»Was Belebendes?«

Raif schaute über die Schulter und sah, dass Yustaffa auf ihn zukam, den hohlen Stöpsel eines kleinen Krugs in der Hand. Die Augen des fetten Mannes glitzerten. Alles, was andere nervös machte, schien ihn zu erfreuen. Raif schüttelte den Kopf; er wollte keinen Whisky.

»Dummkopf.« Yustaffa hielt sich den Stöpsel an die Lippen und trank. »Ein ziemlich großer sogar.« Er steckte die Hand in sein aus verschiedenen Fellen zusammengesetztes Hemd und suchte nach etwas. »Wie wäre es stattdessen mit etwas zu essen? Ich habe ein wenig Haferbrot – leider hart wie Stein, aber du kannst es ja lange genug kauen –, und einen kleinen Topf mit eingeweichtem Hafer und ein paar welke Lauchstangen.«

»Nein.«

In dem Wort lag eine gewisse Schärfe, und Yustaffa hörte auf, in seinem Hemd nach Dingen zu suchen, von denen sie beide wussten, dass sie nicht vorhanden waren. Von typischem Clanessen zu reden gehörte zu den bevorzugten Neckereien des fetten Mannes. Yustaffa lächelte, was bewirkte, dass sich seine fetten Wangen fast vor die Augen schoben. »Dann wirst du später Hunger haben.«

»Ich werde später viele Dinge haben. Hunger gehört nicht dazu.«

Yustaffa grinste, dann setzte er dazu an, zu gehen. »Vergiss nicht, Azziah riin Raif: Es ist die Aufregung, die ich mit dir teilen will, nicht die Gefahr.«

Ihr Götter. Manchmal fühlte sich Raif wie ein Braten über

dem Feuer; die Männer stocherten immer wieder in ihm herum, um festzustellen, ob er schon fertig war.

Als die Sonne hinter die Wolken sank, belud und sattelte er das Pony. Es würde einen dieser großartigen Sonnenuntergänge geben, bei denen sich der Himmel orangefarben und rosa verfärbte. Der Wind wurde langsam stärker, und Raif stand am Kopf seines Ponys und ließ sich von den Böen betäuben. Die Zeit verging, der Himmel flackerte wie ein Feuer, und die Verstümmelten versammelten sich in Gruppen, um ihn zu betrachten. Sobald die Sonne hinter dem Horizont verschwand, stiegen sie auf und ritten nach Westen.

Raif ging voran. Er kannte hier einen Wildpfad, aber er hatte beschlossen, ihn nicht zu nehmen. Alle bekannten Wege waren ein Risiko, und ein garantiert einfacher Ritt bedeutete nicht viel, wenn der Schnee geschmolzen war und man den Boden selbst wählen konnte.

Der Wind brachte die Geräusche des Hüttendorfs zu ihnen, noch lange bevor sie es sahen. Ein Hammer, der auf Stein schlug, erzeugte einen lauten, klaren Ton. Das Knacken eines Riegels ertönte, als etwas für die Nacht verschlossen wurde. Raif konnte den Rauch jetzt riechen, ein pechiger, mineralischer Geruch, der nicht von Holz stammte. Brennholz wuchs nicht hier auf den Kahlen Hügeln, und die Bergleute verbrannten Brennstein oder Torf.

Der gleiche Wind, der die Geräusche und den Geruch des Hüttendorfs zu den Verstümmelten brachte, blies auch auch alle Anzeichen dafür weg, dass sie sich näherten. Als sie den zweiten Hügel erreichten, entschied Raif, den Kurs beizubehalten, damit sie weiter im Windschatten blieben. Er war ruhig bis auf ein Murmeln in seinem Herzen, das zwischen den Schlägen erklang. Der Mangel an Deckung beunruhigte ihn jedoch, und mit jedem Schritt, den er machte, befürchtete er einen Alarmruf zu hören, weil man sie entdeckt hatte.

Kurz bevor sie über den zweiten Hügel kamen, befahl Raif ein langsameres Tempo. Das Hüttendorf lag in dem Tal unter ihnen, und sie mussten sich entscheiden, wie sie sich am besten nähern sollten. Noch im Dunkeln konnte Raif die eindeutigen Zeichen des Bergbaus erkennen: die eingesunkenen, untergrabenen Hänge, die Schlackehaufen, die aufgerissene Erde, wo nach oben gepumpter Schlamm und Wasser das Gras weggeschwemmt hatten.

Als auch die letzten Verstümmelten sich um ihn versammelt hatten, sagte Raif: »Wir schleichen uns runter und um den Hügel herum. Direkt auf die Mine zuzugehen ist ein zu großes Risiko. Wenn ich der Grubenmeister wäre, hätte ich einen Bogenschützen aufgestellt, der auf diesen Hügel zielt.« Er hatte einen Streit erwartet – er bat sie, einen Umweg von einer zusätzlichen Meile einzulegen –, aber die Verstümmelten nickten nur zustimmend, und er war nicht sicher, wie er sich dabei fühlte. »Der Blausee ist da unten«, fuhr er fort und nickte zu dem Minental hin. »Wir schleichen an seinem Ufer entlang und nähern uns dem Hüttendorf von Westen. Sie werden aus dieser Richtung keinen Angriff erwarten.«

»Aber dann haben wir nicht mehr den Vorteil des Winds«, sagte Moodie.

»Dann werden wir eben sehr leise sein müssen.«

»Und nicht furzen«, fügte Totgeburt hinzu.

Raif warf ihm einen dankbaren Blick zu. Es war vielleicht ein jämmerlicher Witz, aber es war ein Versuch, ihn zu unterstützen. Zumindest in der Frage, ob man weiter günstigen

Wind haben und deshalb den Hügel direkt überqueren oder diesen Vorteil gegen die Gelegenheit eintauschen wollte, die Bergleute zu überraschen, stand Totgeburt auf Raif Sevrances Seite.

Der Umweg dauerte eine Stunde. Auf halbem Weg konnten sie das Hüttendorf und den blauen Minensee unter sich sehen. Das Dorf war eine Ansammlung aus geduckten Steinhütten, die östlich der Mine standen. Orwin Shank sagte immer, diese Hütten seien so klein und schlecht gebaut, dass sie wie Latrinen wirkten. Was seltsam war, dachte Raif, wenn man bedachte, dass Bergleute für gewöhnlich sehr gut mit Stein umgehen konnten. Sie wussten, wie man ihn schnitt, bewegte und mauerte, aber sie wohnten in diesen behelfsmäßig gebauten Hütten.

In einigen Behausungen brannte Licht, in anderen nicht. Spuren im Schlamm führten zum Eingang der Mine. Das Schwarze Loch war genau das: ein Loch im Hügelabhang, gestützt von Balken. Die Öffnung war etwa sechs Fuß hoch und ebenso breit; das genügte, um Ponys und ihre kleinen Wagen durchzulassen. Zwei Lampen brannten zu beiden Seiten der Öffnung, und eine dritte, diffusere Lichtquelle schien sich in einem Luftschacht ein paar Fuß weiter hügelaufwärts zu befinden.

Das Wasser des Blausees wurde aus der Mine hochgepumpt. Es war nun zu dunkel, um seine Farbe zu sehen, aber Raif und Drey und die beiden jüngsten Shankbrüder hatten oft über seine ungewöhnliche Färbung gestaunt. Das Wasser war von dem gleichen lebhaften Blaugrün wie verwittertes Kupfer. Kein Tier trank daraus, und alle Vögel, die auf dem See landeten, flogen bald wieder auf und weiter zu besserem

Wasser. Für die Blackhailjungen war er allerdings ein hervorragender Patz zum Schwimmen.

Raif dachte nun daran, während er seine Gruppe um das südliche Ufer herumführte. Wenn man bedachte, dass sie sowohl Tems Selbstgebrautem als auch dem Blauseewasser ausgesetzt gewesen waren, war es eigentlich ein Wunder, dass er und Drey noch lebten.

Er verbiss sich das Lächeln, bevor es ihn wärmen konnte. Erinnerungen an Drey gehörten nicht hierher.

Der Wind stand ihnen nun im Rücken, und sie wurden vorsichtshalber langsamer. Der Schlamm half, die Hufgeräusche zu dämpfen, aber das Zaumzeug konnte nicht gedämpft werden. Addie war schon von seinem geteilten Reittier abgestiegen und ging lieber zu Fuß. Thomas Argola war zurückgefallen, etwa dreißig Schritte weit, und niemand schien daran interessiert, ihn aufschließen zu lassen.

Als sie dem Schwarzen Loch näher kamen, gingen weitere Lichter im Hüttendorf aus. Raif nahm Tanjo Zehn-Pfeiles Sullbogen aus der behelfsmäßigen Hülle aus Sackleinen. Das polierte Holz fühlte sich kühl und glasig an. Er ließ den Blick in einem Viertelkreis vom Dorf zur Mine und von der Mine wieder zum Dorf schweifen. Als er im Dunklen ein Herz wahrnahm, zögerte er nicht: Er legte einfach den Pfeil auf und schoss ihn ab. Der Pfeil raste nach Osten wie ein Falke, lautlos und tödlich. Noch bevor der Rest der Gruppe begriff, was geschehen war, war ein Bergmann tot.

»Raif?«, fragte Totgeburt.

Raif spuckte aus, um den Geschmack nach Zauberei aus dem Mund zu bekommen. Er konnte Totgeburt, Addie und den anderen nicht erklären, dass er ein Herz wahrgenommen hatte und keinen Mann. Er konnte auch nicht erklären, dass der Rhythmus des Herzens sich rasch verändert hatte, von einem stetigen Schlag zu einem zuckenden Galopp, als der Mann am See eine Bewegung bemerkt hatte. Raifs Pfeil hatte den Warnruf des Bergmanns abgeschnitten ... aber auch das konnte er nicht erklären. »Ich habe das Weiße von Augen gesehen«, sagte er schließlich.

Totgeburt wartete mit dem Nicken lange genug, dass Raif seine Zweifel deutlich wurden.

Raif sprach eilig weiter, um Totgeburt abzulenken. »Am Eingang zur Mine liegt ein Toter. Wir sollten lieber anfangen, ehe sie ihn finden.«

Nun wurde deutlich, dass die Verstümmelten keine Clansmänner waren, denn sie akzeptierten das ohne Frage und zogen die Waffen. Totgeburt zog das Abschwörerschwert aus der Scheide, und seine Schneide schimmerte ein wenig. Addie schlang sich den dicken Hirtenbogen über den Rücken, damit er die Waffenhand für das Langmesser frei hatte. Moodie zog eine Axt, deren Klinge glockenförmig war – eine Wurfaxt. Raif ließ sein geliehenes Schwert, wo es war, und entschied sich, die Hand am Bogen zu behalten. Er trieb das Pony an und richtete den Blick auf das Schwarze Loch.

Alles war still. Nebel erhob sich vom See und bewegte sich mit dem Wind nach Osten. Etwas daran kam Raif seltsam vor, aber er konnte nicht herausfinden, was, und tat es wieder ab. Das Gemurmel zwischen seinen Herzschlägen erklang immer noch. Er war sich bewusst, dass er nur im Jetzt denken durfte. Als der Ruf erklang, hatte er ihn schon beinahe erwartet.

»Überfall! Feinde an der Mine!«

Als die Verstümmelten das Schwarze Loch angriffen, schoss Raif einen weiteren Pfeil ab. Ihm fiel plötzlich auf, dass Traggis Mole die ganze Zeit gewusst haben musste, dass dieser Überfall nicht heimlich durchgeführt werden konnte. Der Räuberhäuptling war vollkommen bereit gewesen, Leben gegen Gold einzutauschen.

Vor ihnen gingen im Hüttendorf Lichter an. Rufe erklangen. Ein Pfeil flog an Raifs Ohr vorbei. Zwei Bergleute rannten über den Schlammpfad zwischen dem Schwarzen Loch und den Hütten. Addie Gunn schoss einem davon in den Oberschenkel, Raif traf den anderen ins Herz.

Totgeburt und die anderen Schwertkämpfer hatten das Schwarze Loch erreicht; Raif und Addie gaben ihnen Deckung. Raif glitt von seinem Pony. Der Nebel wurde rasch dichter, und er konnte sehen, wie Addie die Augen zusammenkniff, um auf einen Bergmann zu schießen, der den Hügelabhang hinauf auf die Mine zulief. Addie schoss, aber er hatte nicht gut gezielt, und der Pfeil ging weit am Ziel vorbei. *Er weiß es nicht,* erkannte Raif mit einem Anflug von Angst, als er beobachtete, wie der kleine Hochlandhirte nickte und sich einem anderen Ziel zuwandte.

Der Nebel. Addie konnte nicht durch den Nebel sehen – das konnte keiner von ihnen. Auch Raif nicht. Er konnte keine Männer und keine Landschaft erkennen ... aber er nahm Herzen wahr. Er hatte nicht gesehen, wie der Bergmann Addies Schuss entkommen war, er wusste nur, dass der Herzschlag des Mannes ununterbrochen weitergegangen war.

Raif holte tief Luft und traf eine Entscheidung. »Ich gehe zur Mine.«

Es interessierte ihn eigentlich nicht, ob Addie ihn gehört

hatte. Er wusste einfach, dass er es nicht mehr ertragen konnte, hier stehen zu bleiben und Männer durch den Nebel hindurch zu erschießen. Bisher waren schon drei von seiner Hand umgekommen. *Bergleute,* sagte er sich. *Bergleute.*

Totgeburt und fünf andere Verstümmelte wollten sich Einlass in die Mine erkämpfen. Bergleute mit riesigen Gesichtsporen und ächzendem Atem hatten sich zur Verteidigung des Mineneingangs aufgestellt. Sie waren mit Pickeln und Hämmern bewaffnet und standen auf einem Schlackehaufen, der gegen den Eingang aufgehäuft war. Raif steckte den Sullbogen in den Behälter auf seinem Rücken und zog sein Schwert. *Es ist Zeit, dass du lernst, jemanden zu töten und ihm dabei in die Augen zu sehen.*

Die Worte des Lauschers überschlugen sich in Raifs Kopf, als er sich den Verstümmelten zugesellte. Die Kämpfe am Mineneingang waren heftig und hässlich. Die Bergleute hatten den Vorteil des besseren Bodens, aber ihre Waffen waren nicht für den Zweikampf auf engem Raum geeignet. Totgeburt führte den Angriff an, sein gespaltenes Gesicht rot vor Zorn, und der perlige Zahn an seinem Halsansatz schnappte, als wollte er zubeißen. Das Abschwörerschwert kreischte, als es über den Stiel einer Axt glitt. Raif glaubte, einen Eisenspan zu sehen, als Totgeburt das Schwert über die Axtklinge zog. Andere Verstümmelte folgten seinem Beispiel, angefeuert von seiner Aggressivität. Linden Moodie warf seine Axt, die tief ins Gesicht eines Bergmanns sank und ihm Mund und Nase zerschnitt. Als er fiel, war er den anderen im Weg. Ein paar Bergleute versuchten ihn aufzufangen, andere wollten ihn beiseite schieben, um Platz zum Kämpfen zu haben.

Raif erspähte eine Öffnung. Er sprang vorwärts, hob das

geliehene Schwert, führte es durch einen Zwischenraum, den gerade der Hammer eines Bergmanns geschaffen hatte, und stieß die Spitze fest in die Hand eines Mannes. Der Mann hatte Moodies Opfer zu Boden geholfen, und nun ließ er die Leiche fallen und schrie vor Schmerz auf. Sekunden des Chaos folgten, als der sterbende Mann und ein Verwundeter die Linie der Bergleute blockierten.

Das Murmeln in Raifs Herz war nun ohrenbetäubend. Als ein Steinhammer auf seinen Hals zuschwang, höre er ihn nicht kommen, und nur Linden Moodies Schwert hielt einen tödlichen Schlag von ihm ab. Moodies Waffe war ein altmodisches Breitschwert mit einer einzelnen Schneide, schwarz und schwer wie Eisen. Es bog sich, als der Hammer es traf, aber es brach nicht.

Die Bergleute verloren an Boden. Sie konnten Totgeburt nicht standhalten. Seine Wut war gnadenlos, und während er zuschlug, brüllte er sie an: »Kommt schon, ihr hübschen Jüngelchen! Jetzt habt ihr endlich mal Gelegenheit, einen großen hässlichen Bastard wie mich zu erledigen.«

Nachdem er begonnen hatte, Öffnungen zu bemerken, konnte Raif nicht mehr anders. Es war in gewisser Weise, wie Yelma zu beobachten und abzuwarten, wohin sie schwang. Die Front der Bergleute brach, und es war nun Platz zwischen den Männern. Raif bewegte sich hinein und hinaus, stach nach Ellbogen und Knien und Hälsen. Gegen Bergleute zu kämpfen war nicht das Gleiche, als kämpfte man gegen ausgebildete Krieger. Eine einzige Wunde genügte, um sie zu entmutigen.

Endlich brach die Linie, und die Bergleute begannen zu fliehen. Hinter sich hörte Raif, dass Addie einige von ihnen mit seinem Bogen erwischte. Totgeburt folgte einem Mann und stieß ihm das Schwert in den Bauch, und der Anblick ernüchterte die anderen Verstümmelten. Schwer atmend senkten sie die Waffen, und ein paar bückten sich, um ihre Klingen an den Leichen der Bergleute abzuwischen. Ein Moment verging, während sie versuchten, wieder zu Atem zu kommen. Ein Verstümmelter, ein großer, kräftiger Mann aus dem Süden mit kahlem Kopf, hatte eine schlimm aussehende Wunde am Unterarm, wo ihn eine Spitzhacke getroffen hatte. Der Riss war voller Blut.

Raif wischte sich den Schweiß aus den Augen, und seine Handfläche war schwarz von Schlamm. Sein Herz wollte sich nicht beruhigen. Er fragte sich, wo Thomas Argola war, denn er hatte ihn beim Kämpfen nicht gesehen. Yustaffa war da, aber er hatte sich am Rand gehalten und behauptete nun, die Bergleute hätten schließlich keine Schwerter gehabt, die er hätte brechen können. Dennoch, an seinem Krummsäbel klebte Blut, und seine Brust und sein Bauch bewegten sich heftig, als er nach Luft rang.

Der Nebel war dünner geworden und zog sich zurück. Raif konnte nun bis zum Hüttendorf schauen. Alles war still, nachdem die Bergleute nach Hause gerannt waren, um sich um ihre Wunden zu kümmern.

»Also gut«, sagte Linden Moodie. »Das Wichtigste zuerst.« Er hielt seine verbogene Schwertklinge ins Lampenlicht. »Hat einer ein Schwert übrig?«

Den Verstümmelten gelang so etwas wie ein Lachen. Totgeburt reichte Moodie sein Langmesser.

»Gully. Kye. Ihr haltet den Eingang. Wir anderen sehen uns drinnen mal um. Wenn einer dieser Bergleute euch auch nur schief ansieht, schreit ihr, als würdet ihr am Spieß stecken. Verstanden?« Moodie hielt inne, bis die beiden Verstümmelten genickt hatten. Zufrieden wies er Addie an, eine der beiden Lampen mitzunehmen, die an einem Nagel an einem Stützbalken hing, und führte seine Männer ins Schwarze Loch.

18
Im schwarzen Loch

Der Gestank nach faulen Eiern war das Erste, was einem in der Mine auffiel; nicht gerade intensiv, aber beständig. Man konnte sich nicht davon abwenden, denn er wurde mit dem Wind aus der Mine nach oben getragen. Raif war sich dieses Geruchs bewusst, aber nicht so sehr wie die anderen Verstümmelten, die schnaubten und Grimassen zogen. Etwas drehte sich in seinem Kopf hin und her, und er wusste nicht, was es war.

Es hatte mit etwas zu tun, was er gesehen hatte, als er die Mine betrat, etwas, das mit dem Licht zusammenhing ... Er schüttelte den Kopf, unfähig, diesen schwarzen Fleck in seinem Geist zu durchdringen. Wahrscheinlich war es ohnehin nichts.

Aber es beunruhigte ihn.

Der Eingangsstollen des Schwarzen Lochs war mit rechteckig behauenen Balken gestützt und die Decke mit schweren Dielen vernagelt. Teile des Bodens waren ebenfalls mit Dielen verschalt, und von Zeit zu Zeit klangen die Schritte der Verstümmelten lauter, wenn sie über eine Höhlung unter den Brettern gingen. Leitern führten abwärts. Karren waren an einer Wand aufgestellt, einige immer noch voller Erz. Alles war kühl und still. Addie trug die Lampe so ruhig, als wäre sie eine Kerze, die in Öl trieb.

Sie waren schon dreißig Fuß weit eingedrungen, und immer noch hatten sie den verschlossenen Raum nicht gefunden, in dem das Gold angeblich aufbewahrt wurde. Niemand bezweifelte, dass es hier Gold gab – die Bergleute hätten ihr Leben sicher nicht aufs Spiel gesetzt, um ein wenig Silber zu verteidigen –, aber es schien, dass Traggis Moles Informationen nicht vollkommen richtig waren. Sobald Linden Moodie angefangen hatte zu murren, folgten andere seinem Beispiel. Die Verstümmelten lebten in einer Stadt, die nach Süden gerichtet und den Elementen offen lag; die Abgeschlossenheit der Mine machte sie unruhig.

Totgeburt hatte sein Schwert noch nicht eingesteckt. Nach weiteren zehn Fuß schickte er Raif, eine der Leitern hinunterzuklettern. Raif war aufgefallen, dass sie vor einiger Zeit an einer unangezündeten Lampe vorbeigekommen waren, und er holte sie sich. Addie zündete die Lampe mit seiner an.

Die nächste Leiter führte durch den Minenboden nach unten und auf die erste untere Ebene. Alles sah hier ganz ähnlich aus wie oben, nur dass der gesamte Boden mit Dielen ausgekleidet und der Tunnel merklich enger war. Gerade als er »Hier ist nichts!« nach oben schreien wollte, hörte er einen Ruf von dort. Er eilte die Leiter hinauf und tauchte gerade noch rechtzeitig auf, um zu sehen, wie Totgeburt das Schwert an die Brust eines Bergmanns hob. Der Tunnel teilte sich direkt vor ihm, und Totgeburt musste den Bergmann dort im Schatten entdeckt haben.

»Wo ist das Gold, hübscher Junge?«

Der Bergmann schüttelte den Kopf. Er war jung und schmutzig, in zusammengeflicktes Leder gekleidet, und hatte dicke Lederhandschuhe in den Gürtel gesteckt. Er schloss die Finger um einen Dolch mit Silbergriff, aber niemand hatte ihm gesagt, dass man ein Messer mit der Schneide nach oben halten musste, nicht nach unten.

Die namenlose Angst, die Raif befallen hatte, als er die Mine betreten hatte, wurde stärker. Etwas drehte sich in seinem Kopf. Die Lampe draußen vor der Mine, ihr bernsteinfarbenes Licht ...

»Ich weiß nichts von Gold«, sagte der Bergmann und riss Raif damit aus seinen Gedanken. »Wir fördern hier Silber.«

Totgeburt nickte ganz ruhig. Die Spitze des Abschwörerschwerts senkte sich vom Brustbein des Manns zu dem kleinen Grübchen in dem Lederhemd, hinter dem sich sein Nabel befand. Totgeburt dachte demonstrativ nach. »Hm. Wenn ihr hier nur Silber habt, dann solltest du mir jetzt lieber sagen, wo dieses seltene gelbe Silber ist. Du weißt schon, das Zeug, für das Menschen töten würden.«

»Wo ist es, Dreckschaufler?«, zischte Moodie ungeduldig.

Totgeburt schnalzte missbilligend; es war nicht klar, wen er meinte. »Sag mir jetzt endlich, wo dieses besondere gelbe Silber ist, Junge.«

Der Blick des Bergmanns schoss zwischen Moodie und Totgeburt hin und her. Schwarzer Schlamm klebte auf den Gesichtern beider Männer, bildete auf den Narben eine Kruste und lief rund um die Augen wie die Speichen eines Rads aus. Das Messer zitterte im Griff des Mannes. Er seufzte, und Raif konnte sehen, wie sich seine Brust senkte. »Es ist in der Nordabzweigung, in der alten Strossenkammer etwas sechzig Schritt weiter, auf der linken Seite.«

Totgeburt nickte. »Interessant. Jetzt geh voran.«

Die Verstümmelten folgten dem Bergmann einen schrägen Gang entlang, der von der Öffnung aus nach Norden führte. Die Wände bestanden aus grob behauenem Stein und waren mit Kreuzbalken gestützt, und der Gang wurde nach zehn Fuß erheblich enger. Ein schwaches Licht leuchtete in der Ferne, und der Bergmann eilte darauf zu. Er hatte immer noch das Messer in der Hand, aber lose, ohne Absicht. Raif entdeckte eine grob gezimmerte Plankentür in der Stollenwand, an der ein großes Schloss von der Art hing, wie sie die Clans bei den Städtern kauften.

Totgeburt bedeutete den anderen, stehen zu bleiben. »Ist jemand da drin?«, fragte er den Bergmann.

Der Mann schüttelte den Kopf. »Ich bin gerade rausgekommen.«

»Dann hast du sicher auch den Schlüssel.« Totgeburt streckte die Hand aus, Handfläche nach oben, und winkte mit den Fingern. Als sich der Bergmann nicht regte, zeigte er mit der Hand auf Yustaffa und sagte: »Siehst du den fetten Mann da? Er könnte sich selbst aus den neun Spiralenhöllen befreien, wenn er wollte. Und vielleicht wird er genau das irgendwann einmal tun müssen – denn es sieht so aus, als dächte er gerade daran, einen Mann kaltblütig umzubringen.«

Yustaffa hob seinen Krummsäbel und lächelte.

»Also denke ich, wenn du uns Zeit sparst, indem du uns den Schlüssel gibst, wirst du auch dir selbst eine ganz beträchtliche Atemlosigkeit ersparen.«

Totgeburts sachlicher Ton schien den Bergmann zu beruhigen. »Schwörst du, dass du mich nicht umbringen wirst?«

Totgeburts Blick war klar und offen. »Ich schwöre. Und jetzt gib mir den Schlüssel.«

Raif sah zu, wie der Bergmann den Schlüssel aus einer Tasche in seinem Gürtel holte und Totgeburt die Tür aufschloss. Raifs Spannung wuchs, aber er wusste kaum, wieso. Vor seinen Augen befanden sich nun die gleichen schwarzen

Flecken wie in seinen Gedanken, Stellen, an die seine Wahrnehmung sich nicht bewegen konnte, Einzelheiten, über die sein Blick hinwegsprang. Bersteinfarbenes Licht, das auf den Boden fiel …

Er kehrte in die Gegenwart zurück, als Totgeburt die Tür öffnete. Drinnen umriss das Licht einer schwach eingestellten Lampe die kargen Linien des Raums. Er war klein, kaum länger als acht Schritte, die Wände waren mit Dielen verschalt und der Boden aus behauenem Quarz. Zwei Bleitröge lehnten an der gegenüberliegenden Wand. Im ersten befanden sich verrostete Schaufelköpfe, eine Spitzhacke ohne Griff, Meißel, eine uralte Winde ohne Seil, ein paar schimmlige Stiefel und eine Lampe mit gebrochenem Schirm. Der zweite Trog war mit einer geölten Plane zugedeckt.

»Meine Herren«, sagte Yustaffa und schob sich an Totgeburt und Moodie vorbei, um nach der Plane zu greifen. »Tretet beiseite. Ich denke, jetzt wäre eine große Geste angemessen.« Er benutzte die Spitze seines Säbels, um die Plane hochzuheben, und deckte den Inhalt des Trogs auf. »Gold«, erklärte er strahlend. »Ich habe es schon quer durch den Raum gerochen.«

Die Verstümmelten waren sprachlos. Der Trog war mit vollendet geformten Goldstangen gefüllt, die aufgereiht waren wie die Pfeifen einer Hirtenflöte, alle glitzernd und gleißend. Addie Gunn schluckte: Moodie hatte die Hand gehoben und rieb sich sanft seine Garrottennarbe. Totgeburts Hand schloss sich um den Arm des Bergmanns. »Bleib hier bei mir, Junge, bis ich dich wegschicke.«

Moodie schüttelte sich. »Beladen wir die Ponys.«

Yustaffa tänzelte ein wenig auf der Stelle, während die

Verstümmelten sich zu organisieren begannen. Der große verwundete Südländer wurde ausgeschickt, um die Ponys zum Mineneingang zu bringen, während Moodie und Totgeburt sich stritten, wie man das Gold am besten an die Oberfläche tragen sollte. Addie griff nach einem der Stäbe und schnupperte daran. »Es ist wirklich schwer«, sagte er in die Runde.

Raif empfand nichts, als er das Gold sah. Der schwarze Fleck in seinem Kopf war wie ein Sumpfloch; es war ein Kampf, etwas dort herauszuziehen. Er war ungeheuer abgespannt; es war, als würde er in unterschiedliche Richtungen gezerrt ... aber er war bereit.

Als Yustaffa seinen Arm berührte, zuckte er zusammen.

Der fette Mann hob in gespieltem Erschrecken die Hände. »Ich verspreche beim Grab meiner Mutter, nicht mehr als meinen gerechten Anteil zu nehmen.«

Raif sagte nichts. Mit Yustaffa Bosheiten auszutauschen schien etwas, das vollkommen fernab seiner Möglichkeiten lag. Er musste sich schon anstrengen, die Worte auch nur zu verstehen.

Yustaffa kam nahe genug, dass Raif seinen Atem spüren konnte. »Hat dir der Nebel gefallen?« Er bemerkte Raifs Verwirrung und fügte mit einem zufriedenen Lächeln hinzu: »Argolas Werk. Hast du nicht gewusst, dass er nicht echt war? Er hat ihn aus dem See heraufbeschworen. Ich habe ihn gewarnt, dass er uns ebenso schaden wie helfen könnte, aber er wollte nichts davon hören. Er sagte, es gäbe einige unter uns, die durch diesen Nebel sehen könnten.« Ein tückischer Blick. »Ich kann mir wirklich nicht vorstellen, was er damit gemeint hat.«

»Verschwinde«, sagte Raif zu ihm.

Yustaffa schloss den Mund. Er wartete einen Augenblick, hoffte vielleicht auf mehr, aber als offensichtlich wurde, dass Raif nichts mehr sagen würde, drehte er sich auf dem Absatz um und ging davon. Ein paar Sekunden vergingen, und dann hörte Raif ihn tadelnd schnalzen, als er begann, den anderen erfundene Einzelheiten ihres Gesprächs weiterzuerzählen.

Dicht auf dem Boden nahe dem Eingang zur Mine. Etwas glitzerte ...

»Raif.«

Raif spürte, wie ihm ein Gegenstand in die Hand gedrückt wurde. Totgeburt stand vor ihm und streckte ihm eines der rostigen Schaufelblätter aus dem ersten Trog hin.

»Nimm das hier. Belade es mit Gold, dann gehst du schnell nach draußen. Nimm die Lampe. Sieh nach, was aus Jake geworden ist. Und sag Argola, er soll sich mit den Pferden beeilen.«

Raif nickte. Das Schaufelblatt war groß und gebogen; er brauchte zwei Hände, um es zu halten. Als er sich Addie zuwandte, der das Gold darauf laden sollte, legte ihm Totgeburt die Hand auf den Arm und sagte noch etwas: »Das hast du gut gemacht heute Nacht.«

Die Worte wurden in den schwarzen Fleck gesaugt.

Goldstäbe klirrten leise, als Addie sie auf die Schaufel legte. Licht wurde von ihnen gespiegelt und ließ das Gesicht des Hochgebirgshirten schimmern wie ein Gemälde. Addie zählte mit; aus Gewohnheit, sagte er, wie bei den Schafen. Die Schaufel wurde schwerer, und Raif stützte sie gegen die Brust. Als Addie das Gewicht für ausreichend hielt, hakte er die Lampe an die Stielhalterung der Schaufel. »Fertig. Lass dir nicht zu viel Zeit. Wir sind hier zu sechst und haben nur eine Lampe.«

Die Steigung des Stollens kam Raif steiler vor, als er sie in Erinnerung hatte, und er musste die Beinmuskeln merklich anstrengen, um seine Last nach oben zu tragen. Die Lampe schwang bei jedem Schritt hin und her und ließ seltsame Lichtblitze über die Wände zucken. Nun, da er allein war, wurde der schwarze Fleck in seinen Gedanken seltsam flüssig, dehnte sich aus, zog sich wieder zusammen und gestattete Blicke auf etwas, das dann gleich wieder ins Dunkel zurückgerissen wurde.

Als er der Gabelung näher kam, sträubte ihm der Wind aus der Mine die Nackenhaare. *Etwas, das am Eingang der Mine glitzerte, ein Schwert, das einem Mann aus der Hand gefallen war ...*

»Du bist es also wirklich«, erklang eine vertraute Stimme. »Ich dachte es mir schon, aber ich wollte meinen Augen nicht trauen.«

Bitty Shank kam aus dem Schatten. Er trug eine schwere Rüstung aus Eisen mit Kettengewebe an den Arm- und Halslöchern, und er hielt ein Kurzschwert mit dicker Klinge in der Hand. Er hatte die Spitzen zweier Finger seiner Schwerthand an den Frost verloren, aber Orwin Shank hatte starke Söhne gezeugt, und Raif konnte sehen, wo der Muskel am Daumensattel lang geworden war und dass Bitty nun das Handgelenk ein wenig anders hielt, um den Mangel auszugleichen. Er trug keinen Helm, und sein feines blondes Haar war zu einem einzigen Knotenzopf geschlungen. Als sein Blick über das Gold schweifte, das Raif hielt, verzog er angewidert den Mund.

Raif spürte die Scham brennen.

»Du hast Darren Clete umgebracht, Rorys Bruder. Es war sein erster Einsatz als frisch geschworener Jahrmann. Er hatte gerade meine Wache übernommen, als du ihn erschossen hast.«

Eine Leiche mit einem Pfeil in der Brust in einer Rüstung, die im Lampenlicht schimmerte.

Ein geschworener Clansmann.

Raif holte Luft, atmete dann wieder aus, wiederholte das, blieb reglos stehen. Der schwarze Fleck war immer noch da und warnte ihn, nicht nachzudenken.

Ein geschworener Clansmann. Sie haben sie geschickt, um auf die Mine aufzupassen, nachdem sie die ersten Aktivitäten der Verstümmelten in dieser Gegend bemerkt haben.

Bitty Shank beobachtete ihn und bewegte die Knöchel an der Schwerthand ein wenig. Er war reifer geworden, seit Raif ihn zum letzten Mal gesehen hatte, und hielt sich selbstsicher. Das Blut, das auf seinem Schwert trocknete, war das Blut von Verstümmelten.

»Auch die Bergleute sind Hailleute.«

Raif schloss die Augen und nahm den Schlag entgegen. Er wusste es, hatte es gewusst, bevor er den ersten Pfeil abgeschossen hatte. Seine Augen hatten ihre Clanzeichen gesehen, die Hörner mit pulverisiertem Heiligem Stein an ihren Taillen, den Silberdraht in ihrem Haar. Er hatte ihre Stimmen gehört, die gleiche Art von Akzent wie sein eigener. Der Bergmann, dem Totgeburt das Schwert in den Bauch gerammt hatte, war mit den Namen seines Clans auf den Lippen gestorben.

Was habe ich getan?

»Leg das Gold hin, Raif. Ich werde keinen unbewaffneten Mann töten.«

Raif schüttete den Kopf. »Nein, Bitty. Geh.«

»Ich kann nicht, Raif. Das kann ich nicht.«

Er konnte es nicht. Das wusste Raif. Hier waren Clansleute getötet worden, und ein Shank konnte das nicht beiseite schieben.

Töte eine ganze Armee für mich, Raif Sevrance.

Raif ging in die Knie und legte die Schaufel mit dem Gold auf den Minenboden. Die Lampe war schwer von Öl; es schwappte auf die Seite, und instinktiv richtete Raif sie wieder gerade aus. Bittys Gesicht war im Lampenlicht grimmig und schön, und die Verachtung war verschwunden. Raif würde dafür ewig dankbar sein.

Bitty Shank bewegte sich mit der Anmut eines Clansmanns vorwärts. Selbst wenn er hier siegte, würde er sterben, das hatte er akzeptiert – er hatte darauf gewartet, dass Raif sein Schwert zog, und es bereits gewusst. Raif wehrte seinen ersten Angriff ab und ließ Bittys Klinge an der flachen Seite seines Schwerts entlangrutschen. Bitty trat in das Abwehrmanöver hinein, legte sein ganzes Gewicht in die Bewegung. Die Wucht brachte Raif beinahe aus dem Gleichgewicht und bewirkte, dass er den Ellbogen gefährlich beugen musste. Als er sich auf einem Knie zurückbog, um die Balance wiederzufinden, zog Bittys Schwertspitze eine Linie über seine Fingerknöchel.

Raif sog den Atem durch die Zähne. Heißes Blut tröpfelte zwischen seine Finger und lief über den Griff seines Schwerts. Statt zu parieren, um auf den Schmerz reagieren zu können, sprang er vorwärts. Sein Blut verursachte ein Geräusch wie die ersten Tropfen eines Regens, als es auf Bittys Rüstung spritzte. Seine Klinge begegnete einem gekonnten Abwehrmanöver und rutschte mit einem Tempo und einer Wirksamkeit von Bittys Organen weg, die einen Waffenschmied hätten weinen lassen.

Bitty holte Luft, um sich zu wappnen. Schnell wie der Blitz zog er das Schwert zur Seite und verlagerte sein Gewicht auf eine Weise, die er auf seine Klinge übertrug. Raif hob die eigene Waffe senkrecht, um sich zu verteidigen, aber seine Füße hatten immer noch keinen sonderlich festen Stand gefunden, und er hatte nicht die Kraft zur Abwehr. Er hätte beinahe sein Schwert verloren. Seine Fußballen drehten sich seltsam, und er musste sich mit den Zehen hochstemmen. Bitty folgte seiner Rückwärtsbewegung.

Du musst hässlich und schnell zuschlagen. Totgeburts Worte verursachten eine Art von Schmerz in Raifs Kopf. Als Bitty auf ihn zutrat, ging er der Bewegung entgegen. Einen Augenblick klirrten ihre Schwertspitzen gegeneinander. Ein öliges Quietschen erklang, als die Klingen ihr Gleichgewicht fanden - unten schwer, oben leicht - und dann glitt Bittys Schwert nach unten und das von Raif hob sich.

Das Herz des Clansmanns gehörte ihm.

Die Klinge ging direkt hindurch, durchdrang die Rüstung mit einem Zischen. Luft wurde durch den Riss gesaugt, als Bittys Herz und Lungen sich zusammenzogen. Bitty riss die blauen Augen auf. Sein Schwert fiel klappernd zu Boden. Raif trat vor, um ihn aufzufangen, riss sein Schwert frei und brach in die Knie, als Bitty ihm in die Arme fiel.

Raif Sevrance schaute dem sterbenden Bitty Shank in die Augen.

Dann ließ er die Leiche sanft zu Boden sinken. An Bittys Schwert klebte das Blut vieler Männer, und Raif legte es wieder zu der Leiche. Bittys Hände waren schlaff, und Raif konnte die Finger nicht um den Griff zwingen. Er versuchte es, aber die Hand öffnete sich immer wieder. Nach einiger Zeit gab er auf. Bitty Shank bewahrte seinen Anteil von Heiligem Stein in dem gebogenen Horn eines Dickhornschafs auf. Es war schwer, es befand sich viel Pulver darin, und die dünne Silberkappe, die es versiegelte, musste durchstoßen werden.

Raif stand auf und ging im Kreis um Bitty Shank herum. Er würde keine Götter anrufen, die er aufgegeben hatte, aber er würde seinen Clansmann zur Ruhe betten ... genau, wie er es ein Leben zuvor mit Bittys Brüdern getan hatte. Noch während er das letzte Viertel vollzog und den Kreis schloss, hörte er Schritte, die sich aus der Richtung der Strossenkammer näherten.

Er griff nach der Lampe und drehte sich um. Es war Totgeburt – selbstverständlich, es musste Totgeburt sein. Zwischen ihnen war noch die Angelegenheit eines Schwerts zu bereinigen.

Totgeburt wurde langsamer, als er sich dem Licht näherte. Er verzog das Gesicht, als er die Szene wahrnahm, das Blut, das Gold. Als er sprach, tat er es beinahe liebevoll. »Alles in Ordnung, Junge?«

Raif schüttelte den Kopf. Bitty war tot. Rorys Bruder war tot. Raif Sevrance hatte alles falsch gemacht.

Er hob die Lampe hoch. »Ich will mein Schwert zurück, Totgeburt.«

Totgeburt nickte, denn er erkannte Raifs Entschlossenheit. »Willst mich wohl wieder übers Ohr hauen, wie, Junge?« Er klang eher resigniert als zornig.

»Und lass den Bergmann am Leben«, sagte Raif.

Etwas wie Gekränktsein glitzerte in Totgeburts grünbraunen Augen. »Du tust mir keinen Gefallen, Junge.«

»Ich muss sicher sein können.«

Totgeburt grunzte. Er duckte sich und ließ das Abschwörerschwert über den Stollenboden zu Raif schlittern.

Ohne den Blick von dem Verstümmelten zu wenden, bewegte sich Raif vorwärts, um das Schwert aufzuheben. Als er es eingesteckt hatte, stellte er die Lampe ab. Öl schwappte schwer im Brennstoffbehälter.

»Wirst du zurückkommen?«, fragte Totgeburt.

Raif hatte keine Antwort für ihn. *Weg von hier,* schrie sein Geist. *Weg von hier.*

Totgeburt machte eine kurze Geste zu der Lampe und dem Schwert hin. »Das hier ist zwischen dir und mir.«

Raif nickte – ihm blieb nichts anderes übrig. Totgeburt verhielt sich wie ein Clansmann. »Wie kannst du damit leben?«, hörte er sich fragen. »Ein Clansmann zu sein ... und ...«

»Man findet einen Weg, Raif. Man findet einen Weg.«

Beide Männer hatten Tränen in den Augen, als sich Raif umdrehte und aus dem Schwarzen Loch herauseilte.

19
Einhändig kämpfen

Penthero Iss ging über den Hof, gefolgt von zwei Angehörigen seiner Leibwache, Axal Foss und Styven Dalway. Iss bezeichnete sie inzwischen als seine Wärter, und das aus mehr als einem Grund. Sie waren Marafice Eyes Leute, Elitesoldaten aus der Renegatenwache, die man mit dem Schutz ihres Surlords beauftragt hatte. Ihre Arbeit bestand darin, Iss am Leben zu halten, aber Iss war alles andere als dankbar für ihre Aufmerksamkeit. Sie bewachten ihn für Marafice Eye, sie schützten ihn für Marafice Eye: Hätten sie noch Schlüssel und Schlösser und einen Eimer Schweinefraß gehabt, wären sie als Gefängniswärter durchgegangen.

Und das machte die Maskenfestung zu einer Art von Gefängnis. Als er durch die Nordgalerie auf das Fass zuging, dachte Iss daran, einen Umweg zum Stall zu machen. Es war ein schöner Tag hier am Berg, einer jener seltenen Tage, an denen die Wolkendecke sich zurückzog und den Gipfel enthüllte, der immer noch schneeweiß war, und innerhalb einer Stunde hätte er die Baumgrenze hinter sich gebracht haben können. Er würde den Gipfel selbstverständlich nicht erreichen, aber er könnte vor Sonnenuntergang am Wolkenschrein sein, und dann könnte er im Dunkeln sein Pferd wenden und auf die Stadt hinabsehen, die ihm gehörte. Iss holte nur sehr flach Luft, während er darüber nachdachte. Der Weg, auf dem er und sein Pferd dann stünden, wäre eine ganz andere Sache. Der östlichste Pass am Totenberg und die Wege, die dorthin führten, würden schon bald dem Schwertführer gehören.

Das ärgerte ihn. Der Wohlstand, den Marafice Eye sich erheiratet hatte, war kaum zu fassen. Der Metzgerssohn würde bald schon ein wohlhabender Gutsbesitzer werden. Wenn er aus dem Clanland zurückkehrte, würde es nicht viel brauchen, sich zum Besitzer der Stornoway-Ländereien zu machen. Nur zwei Männer standen zwischen Marafice Eye und seiner Erhebung in den Adelsstand, und am Tag seiner Hochzeit hatte der Schwertführer sie als Vater und Bruder angesprochen: Roland Stornoway und sein Sohn, der ebenfalls Roland hieß. Zwei weitere Morde unter so vielen würden Marafice Eye nichts bedeuten. Er hatte schon einen Surlord getötet – was bedeutete es danach noch, andere Menschen umzubringen?

Iss beschleunigte seinen Schritt; hinter ihm wurden auch die Wärter schneller. Die Pflastersteine des Hofs färbten sich grün, weil Moos seine Wurzeln in den vom Frost aufgerauten Stein gesenkt hatte und der Pferdedreck es nährte. Der massive Obsidianbrocken, der als Verräterblock bekannt war und den Haupthof der Maskenfestung dominierte, schimmerte wie poliert, wenn man einmal von den Kerben in der Oberseite absah, die das Schwert des Scharfrichters hineingeschlagen hatte. Männliche Eselhasen benutzten ihn als Podium, um mit ihren Rivalen zu boxen, und sie hoppelten davon, als der Surlord und seine Leibwächter näher kamen. Styven Dalway zog sein Schwert und spießte einen von ihnen auf, und ein kleiner Blutstrahl spritzte über die Pflastersteine, als Dalway das Geschöpf von seinem Schwert schüttelte. Das war ein beiläufiges Vergnügen für die Brüder-der-Wache, die Hasen aufzuspießen, die im Hof lebten; ein Test ihrer Schnelligkeit.

»Lasst mich allein«, befahl Iss Dalway und Foss, als sie sich dem Eingang zum Fass näherten. Die beiden Männer warteten auf eine Erklärung, aber er gab ihnen keine, und sie blieben einen Augenblick unbehaglich stehen und traten von einem Fuß auf den anderen, bis Axal Foss schließlich mit einem Nicken aufgab.

Der blonde, gut aussehende Dalway lehnte sich gegen die Wand des Fasses, als wollte er eine Weile dort bleiben. »Wir warten hier auf Euch, Surlord«, sagte er.

Iss riss das Tor zurück und schob dann die schwere Innentür aus roter Eiche auf. »Warum gehst du nicht und schrubbst stattdessen das Karnickelblut von deinem Schwert?«

Er wartete nicht auf eine Antwort. Dalway war einer seiner Rekruten und Axal Foss einer seiner Hauptleute gewesen, als er noch Generalprotektor gewesen war. Iss kannte diese Männer. Sie waren nur der Wache und ihrem jeweiligen Kommandanten loyal. Früher einmal war das Penthero Iss gewesen, nun war es Marafice Eye. Iss nahm ihre Sturheit nicht persönlich. Er wusste, um was es ging, aber es gefiel ihm nicht.

In der großen Rotunde des Fasses hielten mehr von ihrer Art Wache an den Eingängen der wichtigsten Zimmer. Im Süden lagen die Privatgemächer des Surlords und der Bastardweg mit den steinernen Statuen der Gründer, aber im Augenblick entschied sich Iss, zum Schwarzen Gewölbe zu gehen. Eine breite Treppe führte dort hinunter, jede Stufe einen Hauch dunkler als die vorangehende. Der Turm selbst bestand aus hellem Kalkstein, und statt die Sinne mit einem abrupten Übergang von Weiß zu Schwarz zu schrecken, hatten sich die Erbauer entschieden, den Weg mit allen erdenklichen Grauschattierungen zu pflastern. Iss' Stiefel mit den weichen Sohlen traten auf Tauben- und Schiefer- und Anthrazitgrau, bevor sie den rabenschwarzen Marmor berührten, für den das Gewölbe bekannt war. Angeblich hatte Harlaw Penragon hier seinen Bruder bei lebendigem Leib verbrannt und danach befohlen, die verkohlten Mauern anzustreichen. Man hatte mit Kalk und danach mit starken Bleipigmenten versucht, die Brandspuren zu verdecken, aber nichts hatte Erfolg gehabt. Nach höchstens einem Monat tauchte der Ruß wieder auf, erhob sich vom Sockel der Mauern wie Feuchtigkeit. Harlaw Penragon ließ schließlich das gesamte Gewölbe mit schwarzem Marmor täfeln, aber er lebte nicht mehr lange genug, um die Ergebnisse sehen zu können.

Wahrscheinlich hat ihn jemand umgebracht, dachte Iss, als er das Gewölbe betrat. So endeten die Geschichten der meisten Surlords.

Die Kammer war kühl und trüb beleuchtet. Zuvor an diesem Morgen hatte er Caydis Zerbina gebeten, ein Feuer unter dem nächstliegenden Abzug anzuzünden und Kerzen bereitzustellen, aber schwarzer Marmor war immer eine Herausforderung für Wärme und Licht. Das Gewölbe erstreckte sich lang unterhalb der Festung, die Decke gestützt von einer Reihe von Bögen, die die gesamten zweihundertfünfzig Fuß des Raums entlangliefen. Der Oberste Richter sollte eigentlich durch dieses Gewölbe gehen, bevor er einem neuen Surlord das Wolfsgeiersiegel überreichte, aber seit neunzig Jahren hatte sich niemand mehr die Mühe gemacht.

Iss ging zum Feuer. Er hatte erwartet, sich ein wenig erleichtert zu fühlen, weil er endlich allein war, aber er war seltsam unruhig. Die Ereignisse hatten sich in Bewegung gesetzt, eine ganze Welt veränderte sich, und er saß hier fest, umgeben von Mauern und Männern.

Die Armeen von Spire Vanis waren auf dem Weg nach Norden. Die letzte Nachricht hatte besagt, dass sie am Ostufer des Schwarzen Sees ihr Lager aufgeschlagen hatten. Die Dunkelmäntel schickten Vögel, um ihn zu informieren, brachten jeden Abend am hinteren Ende des Wagenzugs eine Krähe auf den Weg. Sie waren seit Tagen nicht sonderlich gut von der Stelle gekommen. Schuld waren das Unwetter, der Schlamm des Frühjahrstauwetters und das Hochwasser. Sie waren erst dreizehn Tage unterwegs, und schon waren Männer krank. Durchfall, zweifellos dadurch bewirkt, dass die Männer schissen, wo sie aßen. Es war keine Krankheit, die sich auf die Adligen und Kommandanten ausbreiten würde, und das war schade. Iss lächelte dünn. Er durfte nicht vergessen, dass er wirklich keinen dieser Männer beneidete. Ein Surlord, dem sein Leben etwas wert war, schickte Armeen aus, aber er führte sie nicht an.

»Herr.«

Iss drehte sich um und entdeckte Caydis Zerbina am Eingang zum Gewölbe. Caydis war seit siebzehn Jahren sein Leibdiener, und Iss hatte sich daran gewöhnt, dass er es niemals hörte, wenn der Mann sich näherte. Caydis war hoch gewachsen und Aufsehen erregend. Seine Haut hatte die Farbe und Struktur von poliertem Kirschbaumholz. Sein Hals war lang genug für zwei Männer, und er konnte seltsame Dinge damit machen, die Knochen auf eine bestimmte Weise biegen, ihn weiter drehen als jeder andere, und er erinnerte Iss insgesamt an eine Gazelle. Er trug schlichtes ungefärbtes

Leinen und an den Armen Knochenarmbänder, die allen mitteilten, dass er bei den Priestern im Knochentempel betete.

»Der Besucher ist da«, verkündete er leise.

»Bring ihn her. Hilf ihm die Treppe hinunter, wenn das notwendig sein sollte.«

Der ältere Roland Stornoway betrat das Gewölbe mit einem trockenen Klopfen seines Stocks und einem Ächzen, das sowohl von seiner Anstrengung als auch von seiner Verärgerung kündete. Er hatte Caydis' Hilfsangebot abgelehnt, aber Caydis erkannte einen gebrechlichen Greis, wenn er einen sah, und hielt sich in der Nähe, falls er doch noch gebraucht würde.

»Ein schlechter Platz für ein Treffen, Surlord«, bellte Stornoway vom Eingang her, entschlossen, das erste und das letzte Wort zu haben. »Ihr beleidigt mich mit dieser Wahl.«

»Es ist immerhin Marmor«, entgegnete Iss ruhig.

»Pah!« Stornoway hob den Stock und fuchtelte in der Luft herum. »Ich spiele hier nicht mit, Surlord. Gebt mir einen Stuhl und sagt mir, was Ihr wollt.«

Iss winkte Caydis, der daraufhin einen vergoldeten Lehnstuhl mit einem roten Kissen auf der Sitzfläche brachte und sich dann zurückzog. Der Herr der Hohen Höfe, des Hochlandpasses und der Rapshöfe starrte das Kissen an, als wäre es eine Schlange, schubste es mit dem Ende seines Stocks herunter und setzte sich dann hin. »Ich werde Euch bei Eurem Krieg nicht weiter unterstützten«, sagte er schließlich so nachdrücklich, als hätte Iss ihn gerade angefleht, genau das zu tun.

Ein harter alter Gallapfel, hatte Borhis Horgo ihn genannt. Stornoway war sehr wohlhabend, aber wenn man einmal von seinen Affären mit skandalös jungen Huren absah, hatte er an seinem Wohlstand keine Freude, und mit dem Alter waren seine Freudlosigkeit und seine Vorliebe für schlechte Kleidung noch ausgeprägter geworden.

»Ich könnte eine Kriegssteuer erheben, wenn ich wollte«, meinte Iss.

»Erhebt, was Ihr wollt – ich werde nicht zahlen.«

Iss nahm das mit offensichtlicher Gleichgültigkeit hin. Geld war stets ein Problem, aber das war nicht der Grund, wieso er den Gutsbesitzer heute hierher gebracht hatte. Also wandte er sich dem eigentlichen Thema dieses Gesprächs zu und sagte: »Darf ich das also so verstehen, dass Ihr kein Interesse am Erfolg Eures Schwiegersohns habt?«

»Ha!«, fauchte Stornoway triumphierend. »Ich wusste es. Der Schwertführer steckt Euch tief im Arsch und verursacht Euch Unbehagen.«

Iss verbarg seinen Ekel. »Ich würde mir mehr Sorgen machen, wenn ich an Eurer Stelle wäre, alter Mann«, sagte er kühl. »Marafice Eye braucht Ländereien und einen Titel, bevor er meinen Platz einnehmen kann.«

Roland Stornoway wollte das nicht akzeptieren, aber er musste es wissen. »Meine Güter gehen an meinen Sohn.«

»Ihr wisst, dass ich ein Dekret erlassen habe, dass Marafice Eye Euren Titel erben wird, falls Euer Sohn vor Euch stirbt?«

Stornoway nickte. »Etwas Dümmeres habe ich in all meinen sechzig Jahren noch nicht erlebt.«

Er hatte selbstverständlich Recht, aber Stornoway war nicht der Einzige, der störrisch sein konnte. »Nun, es ist geschehen. Ihr solltet also vorsichtig sein.«

»Und dabei auch noch auf Euch aufpassen?« Stornoways kleine eingesunkene Äuglein glitzerten beinahe freudig. »Ihr sagt mir nichts Neues, Surlord. Für wie dumm haltet Ihr mich? Ich weiß, dass Marafice Eye mich gerne tot sehen würde. Aber ich bin noch nicht tot. Ich bin hier, und ich möchte es auch gerne bleiben.«

Iss verspürte so etwas wie Erleichterung. Marafice Eye hatte sich verrechnet, wenn er glaubte, dass Roland Stornoway sich einfach unter sein Schwert legen würde. Iss sagte mit echtem Interesse: »Es war Eure eigene Entscheidung, ihn mit Eurer Tochter zu verheiraten.«

Stornoway lachte leise, ein dünnes, glucksendes Ächzen, das sich anhörte, als würde es ihn umbringen, noch bevor Marafice Eye das erledigen würde. »Nun, ich werde derjenige sein, der als Letzter lacht.«

»Wie meint Ihr das?«

»Das Mädchen ist im vierten Monat. Bis der Schwertführer aus dem Krieg zurückkehrt, wird sie ihm einen Bastard geboren haben.«

Das erklärte vieles. Der Skandal mit dem Buchbinderssohn war unangenehm, aber nicht vernichtend gewesen. Ein Bastard, geboren von einer unverheirateten Frau, wäre es gewesen. »Und er weiß das nicht?«

»Er wird es wissen, wenn er das Kind sieht. Der Buchbinder und sein Sohn haben beide sechs Finger an jeder Hand.« Stornoway schlug sich entzückt über die Köstlichkeit des Betrugs, den er eingefädelt hatte, auf die Schenkel. »Was denkt Ihr jetzt, wer hier der Dummkopf ist?«

Wahrscheinlich immer noch du, dachte Iss, aber er sprach es nicht aus. Er wollte lieber nicht anwesend sein, wenn der Schwertführer herausfand, was der alte Mistkerl ihm angetan hatte.

»Ich lasse Euch jetzt gehen«, sagte Iss, irgendwie unzufrieden mit der Begegnung, obwohl sie ihm immerhin einige Angst genommen hatte. Er konnte Roland Stornoway nicht ausstehen; die barsche Art des alten Mannes war nichts als eine andere Form von Arroganz. Alle Gutsbesitzer hatten diese Arroganz. Penthero Iss hatte den größten Teil seines Lebens damit zu tun gehabt.

»Ich bin also entlassen, wie?«, knurrte Stornoway und rutschte schwächlich auf seinem Stuhl hin und her. »Dann helft mir gefälligst auf.«

Iss ignorierte ihn und verließ das Gewölbe.

Auf der Treppe kam er an seinem Diener vorbei und bat ihn, warmen Honig aus der Küche zu holen. Caydis Zerbina warf einen bezeichnenden Blick zum Gewölbe. »Lass ihn«, sagte Iss. »Hol den Honig und triff mich beim Geiertor.«

Vorbei an Wache haltenden Männern ging Iss in Richtung seiner Privatgemächer. Wie immer beruhigte es ihn, durch den Bastardflur mit seinen gewaltig gebogenen Mauern und grotesken Statuen zu gehen. Das hier war seine Domäne, und nur seine. Niemand außer ihm und den Festungsdienern kam hier jemals her. Er blieb an der mit Stahl beschlagenen Tür stehen, die zur unbenutzten Ostgalerie führte, und holte einen der drei Schlüssel heraus, die er in einer Tasche innen in seinem Seidengewand trug.

Als er darauf wartete, dass Caydis ihm den Honig brachte, betrachtete er die Tür. Auf allen acht Metallbeschlägen war der Wolfsgeier dargestellt, wie er hoch oben auf dem Splitter stand. Es war einige Zeit her, seit er diese Tür zum letzten Mal geöffnet hatte – Wochen, vielleicht sogar Monate. Welchen Zweck hatte es schon, in einen leeren Lagerraum zu gehen?

Der Gebundene versagte; er war nutzlos geworden. Wenn sich Caydis Zerbina nicht hin und wieder um ihn gekümmert hätte, wäre er schon tot.

Dennoch, Iss gab ihn ungern auf. Ein gebundener Zauberer war nichts, was man so schnell wegwarf. Er hatte einen hohen Wert ... und mit seiner Beseitigung waren bestimmte Gefahren verbunden.

Iss drehte den Schlüssel herum. Sarga Veys war verschwunden – der Teufel allein wusste, wohin –, und der Gebundene reagierte nicht, also hatte Iss diverse Optionen verloren. Zauberei war keine Macht an sich, aber sie lieferte einem die Mittel, mehr Macht zu erhalten. Iss verglich sie gern mit einem der leichten, tödlichen Sichelmesser, die Caydis Zerbinas Volk benutzte. Die Klingen waren dazu gedacht, mit der linken Hand benutzt zu werden. Man konnte ohne eins dieser Messer kämpfen und nur sein Schwert anwenden, aber dann würde man eine Möglichkeit verlieren, den Gegner zu überraschen. Und warum nur eine Klinge benutzen, wenn man zwei haben konnte?

Zauberei war stets die Waffe in Iss' linker Hand gewesen, aber seit Monaten hatte er nun nur noch einhändig gekämpft. Ja, selbstverständlich waren da die Dunkelmäntel – die Spezialeinheit des Surlords, seine Spione –, aber sie hatten seit Jahrhunderten keine Magie mehr angewandt, jedenfalls nicht bewusst, und wenn sie sich der Überreste davon bedienten, dann taten sie es, ohne es zu wissen. Sie warfen Vögel in den Himmel, warteten in Gassen und lauschten vor Türen; sie vergifteten, bestachen, beschafften, kämpften mit Schwertern, wenn sie mussten, und brachten lose Zungen mit Messern zum Schweigen. Und die ganze Zeit umhüllten sie sich mit dem Hauch des Schattens – ein Flattern, eine Unbeständigkeit des Lichts, das einem genauen Blick nicht standhalten konnte. So hatten sie ihren Namen erhalten: Dunkelmäntel. Sie verfügten über Magie, aber diese Magie war so substanzlos wie die Schatten, in die sie sich hüllten, um leichter unentdeckt vorgehen zu können. Es war ein hübscher Trick, nichts weiter.

Fähigkeiten, wie sie Sarga Veys und der Gebundene besaßen, waren etwas vollkommen anderes. Sie hatten die Macht, sich die Natur dienstbar zu machen. Es gab ein Dutzend Dinge, die sie mit Nebel tun konnten. Sie konnten Tiere dazu bringen, für sie zu spionieren, und die Welt dann durch die verständnislosen Augen eines Hasen oder eines Fuchses betrachten; sie konnten sich in den Körper eines Mannes stehlen und ihm den Harnleiter zerreißen, so dass sein Urin sich in den Hüftbereich entleerte und nicht in die Blase; sie konnten den Anschein einer flachen Landschaft über Hügel und Ebenen legen, um Reisende zu verwirren; sie konnten heilen oder eine Heilung verhindern, sie konnten den Schatten Befehle erteilen, sich mit einem einzigen Gedanken verteidigen und andere von ihrer Art verfolgen wie Bluthunde. Nekromanten konnten die Seele eines Mannes in seiner Leiche festhalten, während er verfaulte. Andere konnten einen Gegenstand mit einem Bann belegen, der tausend Jahre daran haftete. Zauberer konnten Wälder, Männer und Armeen verbergen. Und die *Maygi* der Sull konnten sogar die Zeit aufhalten.

Das war es, was Iss wollte. Alles. Aber obwohl viele Männer und Frauen mit Spuren der Alten Kräfte zur Welt kamen – Iss kannte mindestens zehn Personen in der Festung, die in geringem Maß darüber verfügten, darunter Corwick

Mools und Caydis Zerbina –, hatten nur wenige genug davon, um sie zu Zauberern zu machen. Und Iss wusste, dass er ebenfalls nicht dazugehörte. Deshalb hatte er einen an sich gebunden, einen Zauberer in Ketten, der tun würde, was er wollte.

Für beinahe zwei Jahrzehnte hatte er sich der Vorteile bedient, die solche Macht mit sich brachte. Vor beinahe vierzehn Jahren, als der Tag kam, die Festung zu stürmen und den alternden und kränklichen Borhis Horgo zu töten, hatte der Gebundene Schatten über die ganze Stadt geworfen. Und später, während der zehn blutigen Tage der Vertreibung, war es der Gebundene gewesen, der die Abschwörerritter verfolgte, so dass Iss ihnen die Renegatenwache gezielt hinterherschicken konnte. Und so war es weitergegangen, Jahr um Jahr: Zwänge, Fernsprache, Bannsprüche. Iss zweifelte nicht daran, dass er auch ohne die Hilfe des Gebundenen Surlord geworden wäre, aber die Zauberei hatte seinen Aufstieg beschleunigt und seine Stellung auf hundert verschiedene Arten gestärkt.

Der Gebundene war stets Iss' Sichelmesser gewesen, aber nun war die Klinge in seiner Hand stumpf geworden.

Iss seufzte, als er Caydis Zerbina kommen sah, der eine Tuchtüte mit Honig, eine Zinnflasche und eine kleine geschützte Lampe in der Hand hielt. »Pack es für mich ein«, befahl Iss, und er wartete, bis sein Diener ein Stück Stoff aus seinem Leinenrock geholt und seinem Surlord einen behelfsmäßigen Beutel gebastelt hatte.

Caydis' Hände waren elegant, seine Finger lang und schlank, und er hatte verblüffend weiße Nägel. Als er fertig war, sagte Iss: »Diese Männer aus der Renegatenwache, die mir Tag und Nacht folgen ... es wäre mir lieb, weniger von ihnen zu sehen.«

»Herr.« Caydis beugte den Kopf auf diesem langen Gazellenhals.

»Ein bisschen Krankheit würde genügen.« Iss dachte nach. »Vielleicht Durchfall.«

Wieder dieses Nicken. Es würde geschehen.

Iss nahm das Leinenpäckchen und die Lampe und ging durch die mit Stahl beschlagene Tür in die unbenutzte Ostgalerie. Es war dunkel hier, die Fenster waren vernagelt, die Fackeln seit über zehn Jahren nicht mehr angezündet worden. Tauben gurrten auf den Dachbalken, feiner Staub aus getrocknetem Vogelkot und Steinbrocken knisterte unter Iss' Füßen. Früher einmal war die Luft hier geladen gewesen, und das war deutlicher geworden, wenn man sich der Innentreppe des Splitters näherte, aber im Lauf der letzten sechs Monate war beinahe nichts mehr davon übrig geblieben. Nun hatte man hier einfach nur das überwältigende Gefühl, dass sich etwas seinem Ende näherte.

Die Tür zum Splitter befand sich in einer Mauer mit Steinreliefs. Die Gepfählten Ungeheuer von Spire Vanis hockten überraschend triumphierend auf ihren Pfählen, und wie immer war Iss froh, den Anblick hinter sich lassen zu können. Sobald er im Splitter war, stellte er die Flamme der Lampe neu ein. Er hatte vergessen, wie vollkommen kalt und dunkel der älteste der vier Türme der Maskenfestung sein konnte. Selbst jetzt, wenn sich der Frühling in der Stadt zeigte, die Pflanzen Knospen bekamen und die Seen tauten, verharrte der Winter hier noch. Reif hing an den Wänden, so sicher wie Stahl an der Wolfsgeiertür. Sie befanden sich hier siebentausend Fuß unterhalb der Schneegrenze des Totenbergs, aber die Temperatur und die Verhältnisse waren die gleichen. So wie Blitzableiter Blitze anzogen, zog der Splitter Eis an.

Iss schauderte und ging rasch in den Bereich unter der Treppe, wo sich der Eingang zum umgekehrten Turm befand.

Sein Befehl machte das Portal sichtbar, und das Tor vor der Treppe nach unten rollte polternd zurück. Iss ging diese Treppe mit gewisser Eile hinunter, denn er wollte nicht weiter über die Schwäche nachdenken, die ihn bereits solch geringfügige Zauberei gekostet hatte.

Der umgekehrte Splitter war an diesem Tag ruhig, der Wind rührte sich kaum. Die kleine Lampe, die Iss in der Hand hielt, hatte nicht die Kraft, die große Kluft in der Mitte zu beleuchten. Abwärts und abwärts wanden sich die Stufen, vorbei an Mauern voller Linsen aus Eis und Haarrissen. *Sind diese Risse im Stein die ganze Zeit schon hier gewesen?*, fragte sich Iss.

Als er endlich die erste der runden Kammern erreichte, war Iss müde. Der Gedanke, wieder nach oben steigen zu müssen, entmutigte ihn, und er wünschte sich plötzlich, er wäre nicht hergekommen. Er nahm sich zusammen und ging durch die oberen beiden Kammern des umgekehrten Splitters in die dunkle Grube darunter.

Der Gebundene stank – aber das war nicht nur die Fäulnis menschlichen Abfalls, sondern die scharfe Säuerlichkeit alter Männer, die dem Tod nahe waren. Er lag in seiner Eisenwiege, die Arme und Beine dicht an den Körper gezogen, seine Ketten wie eine Nabelschnur um sich geschlungen. Er regte sich nicht, aber einen Moment lang, als das Lampenlicht auf die Netzfliegen fiel, die über ihn kletterten, schien er zu schweben.

Iss ging näher heran. Die Haut des Gebundenen war nun gräulich-gelblich, wie es geschieht, wenn das Blut nach innen gezogen wird. Die wunden Stellen an seinen Handgelenken waren nicht mehr rot, sondern schwarz, und die gleiche Schwärze hatte sich wie Schwielen um die Druckstellen ausgebreitet. Iss kniete sich hin, um ihn zu berühren, und dabei spürte er ein leichtes Ziehen in der Brust. Es hatte immer so etwas wie Liebe zwischen ihnen bestanden; eine tiefe, von Not bestimmte Art der Liebe, geboren aus Abhängigkeit und Isolation und aus dem schrecklichen Akt der Bindung. Seit achtzehn Jahren hatte sich der Gebundene der Berührung seines Herrn entgegengedrängt, hatte sie gesucht wie ein Hund die Zärtlichkeit seines Besitzers. Und Iss hatte die gleiche Anziehung verspürt. Er spürte sie auch jetzt, als er den Gebundenen sanft an der Wange berührte.

Nichts. Nicht einmal ein Beben des Erkennens. Iss ließ das Leinensäckchen mit dem Wasser und dem Honig fallen, außer Reichweite des Gebundenen. Große Traurigkeit erfüllte ihn. Das Ende stand bevor, aber es war sicher besser auf diese Weise, wenn er den Gebundenen über viele Tage und Wochen hinweg schwächer werden ließ. Es war einfach weniger gefährlich. Nur ein sehr dummer Mensch würde vergessen, wer hier lag. Und nur ein Größerer würde versuchen, dieses Leben auf andere Art zu beenden.

Iss beugte sich vor und drückte dem Gebundenen einen Kuss auf den Kopf. Zwischen ihnen war es vorüber. Achtzehn Jahre – und jetzt das.

Mit schwerem Herzen verließ Iss die Eisenkammer, schloss die Tür und verriegelte sie.

Er wartet und wartet. Eine so kleine und schreckliche Sache, dieses Warten – solch ein Loslassen seiner selbst. Dennoch, er muss warten, und er konzentriert sich darauf, Luft in die Lungen und wieder hinaus zu bewegen, während er zuhört, wie sich der Lichtbringer zurückzieht.

Er weiß, dass seine Kraft nachlässt, und manchmal erfüllt ihn das mit solcher Verzweiflung, dass er die Finsternis anfleht, ihn zu nehmen. Er hat doch sicher genug ertragen. Wann ist der Punkt erreicht, an dem man aufgibt und sagt: *Dieses Leben ist zu schmerzhaft; mach ihm ein Ende?*

Noch nicht, erklingt die Antwort in ihm, und sie überrascht ihn, weil sie so leidenschaftlich ist. *Noch nicht, Lichtbringer. Noch nicht.* Also wartet er und sammelt seine Macht um sich, und manchmal kondensiert die Feuchtigkeit in der Kammer und regnet auf ihn nieder, und dann öffnet er den Mund und lässt die Süße auf seine geschwollene Zunge träufeln.

Noch nicht.

20
Verlassen

Das Erdbeben in der Nacht hatte die Hunde unruhig gemacht, und der Hundelord war gereizt wegen ihrer Empfindlichkeit. Sie hatten die Pferdeleber, die er ihnen an diesem Morgen klein geschnitten hatte, noch nicht gefressen, und sie stemmten sich gegen die Leinen, als er sie nach draußen zerrte. *Dumme Viecher.* Was hatte es schon zu bedeuten, wenn die Erde bebte? Glaubten sie denn, im Rundhaus sicherer zu sein, angekettet an ihre Haken, als hier unter dem offenen Himmel? Vaylo fragte sich einen Augenblick, wieso noch niemand eine Hundepeitsche erfunden hatte – bei Pferden funktionierten Peitschen schließlich hervorragend!

»Es ist direkt hinter dem Buchenhain«, sagte Hammie Faa, der voranging. »Du wirst es gleich sehen.«

Vaylo schnaubte. Hammie Faa wurde fett. Das passierte manchen Leuten, war ihm aufgefallen: Sie passten sich ihren Namen an, wenn sie reifer wurden. Mit Molo Bean war es ganz ähnlich gewesen. Sein Kopf hatte früher eine ganz normale Form gehabt, aber irgendwann war sie unregelmäßig geworden – eine gewölbte Stirn, ein gewölbtes Kinn, und dazwischen eine Biegung nach innen. Bohnenförmig, ganz bestimmt. Der Hundelord fragte sich, was das für ihn zu bedeuten hatte. Dann beschloss er rasch, lieber nicht darüber nachzudenken, und er trat nach seinen Hunden, damit sie schneller liefen, und folgte Hammie Faa weiter durch den kleinen Hain.

Es war ein schöner Tag, trotz des Erdbebens in der Nacht.

Wolken zogen über den Himmel, aber das hatte nichts zu bedeuten, es waren nur ein paar aufgeplusterte Schäfchen am Himmel. Die Sonne war bleich und stieg weiter nach oben, und ein leichter Wind wehte. Die nackten Zweige der Buchen klickten, wenn sie schwankten; ein Dutzend von ihnen war zu eng gepflanzt worden, und nun stritten sie sich um den Platz. Wenn Vaylo tun könnte, was er wollte, würde er sie alle absägen lassen. Buchen waren Blackhailbäume. Sie höhlten sie aus und legten ihre Toten hinein – vielleicht würde er die Buchen fällen und ihnen als Geschenk schicken lassen. Wie immer bewirkte der Gedanke an Blackhail, dass sich in seinem Kopf Druck aufbaute. Siebzehn Enkelkinder tot. Und Blackhail hatte noch nicht dafür gezahlt. Vaylo erwachte jeden Morgen in einer Welt, in der Blackhail nicht gezahlt hatte.

Er atmete schwer und riss an den Hundeleinen. Es gab Dinge, die einen Mann veränderten, wenn er wieder und wieder an sie denken musste.

Hammie Faa war bei der Kuriosität stehen geblieben, die er seinem Häuptling zeigen wollte. Mitten im Hain hatte sich ein Brunnen befunden, aber Vaylo wusste nicht, wie man das Gebilde jetzt nennen sollte. Der gesamte aus Ziegeln gemauerte Brunnenschacht war aus dem Boden herausgedrückt worden wie ein Korken, der aus der Flasche gezwungen wird.

Der Hundelord spürte, wie ihm kalt wurde. *Wir sind Clan Bludd, auserwählt von den Steingöttern, ihre Grenzen zu hüten ...*

Hammie nickte zu dem seltsamen Zylinder hin. »Ist in der Nacht passiert. Vom Erdbeben.«

Die Hunde wollten nicht näher herangehen. Sie waren schon verängstigt genug. Bewusst, dass Hammie ihn erwartungsvoll beobachtete, wahrte Vaylo eine ausdruckslose Miene. »Nun, damit haben wir einen Brunnen weniger, wie? Wir können aber die Ziegel immerhin dazu benutzen, noch eine Latrine zu bauen – davon kann man nie genug haben.«

Hammie hatte gehofft, seinen Häuptling zu verblüffen, und Vaylo sah, dass er enttäuscht war. Die Faa-Männer hatten nie gelernt, ihre Züge zu beherrschen; das war ein Grund, wieso Vaylo ihnen traute. Magro, Hammies Vater, war ein Teufel von einem Mann gewesen, ein Spieler, ein Frauenheld – und absolut ehrlich.

Also strengte Vaylo sich an. »Es ist wirklich ein Anblick, Hammie, das muss ich dir lassen! Haben andere es schon gesehen?«

»Ich habe Pengo davon erzählt. Er hat gesagt, ich sollte dich als Ersten holen, damit du es dir anschauen kannst.«

Etwas an dieser Aussage kam dem Hundelord seltsam vor.

Ein Instinkt, den er selbst nicht ganz begriff, ließ ihn zum Dhoonehaus hinschauen. Er und Hammie waren etwa eine Meile nach Osten gegangen, und die Bäume und die leichte Erhöhung des Landes verhinderten, dass er das Rundhaus mit seiner Kuppel und den Toren sehen konnte. »Ich denke, wir sollten uns jetzt auf den Rückweg machen, Hammie«, sagte er und bückte sich, um die Hunde loszulassen. »Los!«, befahl er ihnen. »Nach Hause!«

Die Hunde stürzten davon, und Hammie und sein Häuptling folgten ihnen raschen Schritts. Vaylo fiel auf, dass Hammie ein Messer und ein Schwert am Gürtel trug. *Gut.* Aber er wünschte sich, dass sie daran gedacht hätten, Pferde mitzunehmen.

Was hügelabwärts ein gemächlicher Spaziergang gewesen war, erwies sich auf dem Rückweg als Klettertour. Vaylo hätte schwören können, dass sein altes Bluddherz schneller schlug, als es sollte, und er verspürte eine Müdigkeit, die nicht nur mit Schlafmangel zu tun hatte. Nun gut, er war wie alle anderen im Dhoonehaus – und wahrscheinlich im gesamten Norden – gegen Mitternacht aufgeweckt worden, als die Erde bebte und das Rundhaus über ihm knirschte. Aber er schlief ohnehin meistens nicht durch. Sein Körper war daran gewöhnt, schwer beansprucht zu werden. Nein. Das hier war etwas anderes. Eine Ansammlung von Sorgen. Angus Loks Besuch hatte auch noch dazu beigetragen, und nun hatte die ganze Sache einen Punkt erreicht, an dem er in seinem Kopf keine Ruhe mehr finden konnte. Und wenn das geschah, litt der Körper.

Als er und Hammie die Hügelkuppe erreichten, erkannte er, dass eine seiner Sorgen Wirklichkeit geworden war. Das Tor zwischen den Hörnern und das zweistöckige Stalltor standen weit offen, und auf dem Hof versammelte sich eine Armee von Bluddmännern. Stallburschen und Jungen brachten die Pferde hinaus, Speere wurden in Sattelschuhe gesteckt, Hammerketten befestigt, Wagen beladen, Harnische angeschnallt, Fässer über den Hof gerollt, Hühner gejagt, Schwerter geölt, Bögen eingesteckt, Helme aufgesetzt und Zobelumhänge umgelegt. Das war für jeden Bluddmann ein ergreifender Anblick, und Vaylo wusste mit Sicherheit, dass er nicht genügend Macht hatte, dagegen anzukämpfen.

Ein Ruf zu den Waffen war für den Clan Bludd wie Muttermilch.

Hammie fluchte und nahm Vaylo damit die Worte direkt aus dem Mund.

Pengo Bludd befand sich hoch auf seinem großen grauen Streitross mitten unter den Männern und ließ sich von einem Jungen, der auf einem Hocker stand, die Hammerketten umschnallen, als wäre er ein Häuptling. Als er seinen Vater näher kommen sah, hob er die Hand zum Gruß. Seine Augen blitzten triumphierend. Er hatte es gut geplant, das musste Vaylo ihm lassen. Stirnrunzelnd und grimmig ging der Hundelord über den Hof auf seinen Sohn zu.

Pengo hatte die Dreistigkeit, ihn zunächst zu ignorieren und sich darauf zu konzentrieren, den Hammer mit den Stacheln richtig ins Halfter zu stecken. Die Männer in seiner Nähe waren wenigstens anständig genug, beschämt und trotzig dreinzublicken, und keiner brachte den Mut auf, seinen Häuptling zu ignorieren. Sie machten Platz für den Hundelord und drängten ihre Pferde zurück, um ihm Raum zu lassen.

»Sohn«, sagte Vaylo leise. »ich sehe, dein Rückgrat biegt sich immer noch in zwei Richtungen.«

Farbe überzog Pengos Wangen, und er ließ den Hengst sich aufbäumen, um seine Gefühle zu verbergen. »Ich habe eine Armee aufgestellt, Hundelord. Es gab Zeiten, da hättest du das Gleiche getan.«

Schweigen breitete sich unter den Männern aus wie Wellen auf einem Teich. In diesem Augenblick hätte Vaylo seine Seele für ein Pferd gegeben. Er ließ den Blick von einem Gesicht zum anderen wandern, nahm Maß, erinnerte sich an Namen. Viele hier waren Pengos Leute, aber andere waren es nicht. Cuss Malden, Ranald Weir, die drei Grubberjungen,

Cawdo Salt, Trew Danhro ... und so ging die Liste weiter. Selbst der Schmied Tiny Croda war ausgerüstet und saß zu Pferd.

Es war sinnlos zu fragen, wie das geschehen war. Bluddmänner waren stolz darauf, innerhalb kürzester Zeit in den Krieg reiten zu können. So mancher Erfolg hing von raschem, entschlossenem Handeln ab und nicht von sorgfältiger Planung. Vielleicht hatte Pengo Recht: Vor dreißig Jahren hätte er das Gleiche getan. Aber das war eine andere Zeit gewesen, und es hatte nicht so viel auf dem Spiel gestanden, sagte er sich. Er war allerdings nicht vollkommen überzeugt von seinen eigenen Ansichten. Vielleicht gab es immer viel zu verlieren, aber die Jungen wussten es nicht.

»Wo reitet ihr hin?«, fragte er.

Pengo sah aus, als könnte er nicht glauben, dass sein Vater keinen Streit anfing. »Nach Süden, nach Withy«, erklärte er störrisch.

Vaylo nickte. Das war eine flexible Stellung. Von Withy aus konnte Pengo die Armee von Spire Vanis im Auge behalten, rasch nach Osten nach Haddo und HalbBludd weiterziehen oder Blackhail in Ganmiddich angreifen. Er hatte sich wahrscheinlich selbst noch nicht entschieden, was er tun wollte.

Der Hundelord zeigte auf die Wagen. »Ich sehe, du nimmst einen großen Teil meiner Vorräte mit?«

»Willst du, dass wir hungern, Vater?«

Du, Sohn? Jederzeit. »Und auch Frauen?«

Pengo zuckte die Achseln. Er war jetzt selbstsicherer. »Ein Krieger braucht auch andere Annehmlichkeiten.«

Vaylo machte einen raschen Schritt nach vorn, packte den

bestiefelten Fuß seines Sohns und drehte ihn fest. Pengo hob sich im Sattel, die Augen vor Schreck und Empörung weit aufgerissen. Vaylo stieß nach oben. Irgendwo im Knie seines Sohns knackten Knochen.

»Hör mir gut zu, Junge: Nimm die Männer, nimm die Frauen, nimm die Vorräte. Aber wenn du meine Enkel mitnimmst, stirbst du.« Noch ein abrupter Stoß nach oben. »Hast du das verstanden?«

Pengo verzog das Gesicht. Mit einer Hand hatte er sich am Pferdehals abgestützt, und die andere lag auf seinem Knie. Sein Blick flackerte nervös von einer Seite zur anderen. Männer hatten die Blicke gesenkt, starrten ihre Füße, die Schwertknäufe, die Fingernägel an: alles, nur nicht Pengo Bludd.

»Ich habe dich gefragt, ob du mich verstanden hast?«

Pengo nickte.

»Gut.« Vaylo ließ seinen Fuß nicht los, gab aber mit dem Druck nach oben ein wenig nach. »Und jetzt werde ich Hammie zu dem Wagen da drüben schicken, und er wird die Kinder wieder nach drinnen bringen. Nicht wahr, Hammie?«

»Ja, Häuptling.«

»Und du und ich, wir bleiben hier, bis er das getan hat.«

Hammie bewegte sich so schnell wie ein Steingott, und er hatte seine Aufgabe in weniger als zwei Minuten erledigt. Vaylo warf seinem zweitjüngsten Sohn in dieser Zeit einen langen Blick zu, und er kam zu dem Schluss, dass er ihn wirklich nicht ausstehen konnte. Pengo sah lächerlich aus, und das passte Vaylo gut. Als er fertig war, ließ er ihn los.

Pengo sackte wieder in den Sattel. Er zitterte vor Zorn, und er hätte Vaylo vielleicht angegriffen, wären da nicht die fünf

Hunde gewesen, die neben seinem Vater warteten. Also beließ er es bei einem Zucken des Kinns zum Dhoonehaus hin. »Ich hoffe, du wirst dort sterben.«

Vaylo wollte plötzlich einfach nur gehen. Er ignorierte seinen Sohn und wandte sich an seinen Clan. »Bludd!«, schrie er. »Ein schweres, langes Leben für uns alle!«

Männer jubelten, und die Armee setzte sich auf seinen Befehl hin in Bewegung. Pengo warf seinem Vater Dolchblicke zu, dann drängte er sich an die Spitze, damit niemand vergaß, dass er der Anführer war.

Vaylo stand auf dem Turmhof und sah zu, wie seine Clansmänner südlich um den Blauen Dhoonesee herumtrabten. Die Wagen verwandelten das Ufer in eine Schlammlandschaft, und ein Fleck mit gelben Frühlingsblumen, die Vaylo noch an diesem Morgen bewundert hatte, wurde zerdrückt und schließlich unter die Erde gewühlt. Pengos Armee brauchte beinahe eine Stunde, um den Hof zu verlassen, so viele Krieger und Wagen waren es. Jemand hatte nicht alle Hühner gefangen, und die dummen Viecher flatterten und gackerten und waren zu blöd, aus ihrer Flucht einen Vorteil zu ziehen. Die Hunde wollten sich auf sie stürzen, aber Vaylo war nicht sicher, wie sehr die Vorräte geplündert worden waren, und er befürchtete, er könnte das Geflügel nun selbst brauchen.

Es war bereits genug verschwendet worden; Fässer waren aufgesprungen und Bier lief aus – das würde eine gute Nacht für die Schnecken sein –, schlaffe Getreidesäcke liefen aus, ein irdener Topf mit Butter hatte einen Sprung bekommen und sonderte gelbliches Fett ab. Noch während Vaylo das registrierte, kamen eine Hand voll Frauen heraus, um mit dem Aufräumen anzufangen. Sie wichen ihm nervös aus und wollten ihn nicht ansehen; wahrscheinlich hatte Nan sie geschickt. Tief seufzend überließ er es den Hunden, die Butter aufzulecken, und betrat das Dhoonehaus.

Loyale Männer erwarteten ihn in der großen blauen Eingangshalle. Hammie und Samlo Faa, Odda Bull, Glen Carvo und andere standen im Halbkreis und begrüßten ihren Häuptling mit schweigendem, vielsagendem Nicken. Die meisten waren Krieger, die ihre besten Tage hinter sich hatten. *Wie ich,* dachte Vaylo mit einem Aufflackern von schwarzem Humor. *Man hat mich an der Spitze einer Armee alter Männer zurückgelassen.*

Es blieb ihm nichts weiter, als den Jüngeren die Lauferei zu überlassen. »Hammie. Mach eine Runde und zähle, wie viele noch da sind. Ich möchte, dass jeder grüne Junge und jedes Mädchen gezählt werden und dass du für alle Waffen findest. Samlo. Reite zu den Wachtposten entlang der Grenze. Es sollten mindestens zwanzig Schwertkämpfer zwischen hier und dem Östlichen Fluss sein. Hol sie zurück.«

Hammie und sein jüngerer, größerer Bruder nickten. Ein wenig von der Anspannung in ihren Mienen hatte bereits nachgelassen: Der Hundelord würde schon alles in Ordnung bringen.

Als sie sich aufgemacht hatten, erteilte Vaylo Odda Bull den Auftrag, die Verteidigungsanlagen des Dhoonehauses zu inspizieren und ihm noch am selben Tag Bericht zu erstatten. Odda wurde langsam grau, aber er war immer noch hart. Er war ein Vetter von Ockish und konnte Dudelsack spielen; es war gut, ihn im Haus zu haben.

»Glen«, sagte Vaylo zu Strom Carvos Bruder, als er mit dem Verteilen der Aufgaben fertig war. »Du kommst mit mir.«

Als Erstes gingen sie zu Nan. Im Dhoonehaus war es still, und alle Geräusche hatten einen seltsamen Widerhall. Fackeln waren ausgegangen, und niemand hatte daran gedacht, sie wieder anzuzünden. Im Gang, der zu den Küchenräumen führte, sah Vaylo Stiefelabdrücke in etwas Klebrigem wie Honig. Die Fliegen begannen gerade, Interesse zu entwickeln.

Die Dhooneküchen waren eine Reihe von zusammengedrängten Kammern mit hohen Decken an der Westmauer des Rundhauses. »Küche« war vielleicht eine etwas zu schlichte Bezeichnung für diesen Trakt, denn einige dieser Kammern dienten auch als Kornkammern und Butterräume, als Wildkammern und Brauräume, und es gab einen Geflügelstall und Vorratsbehälter für Fische. Alles in allem waren die Küchenräume erheblich großartiger als im Bluddhaus, und Vaylo fragte sich, wohin sich hier ein Junge wohl wandte, wenn er der Köchin Reste abbetteln wollte. Aber er brauchte sich nicht lange zu fragen, denn Nan kam ihm entgegen und führte ihn und Glen zu dem Trakt, in dem tatsächlich gekocht wurde.

Nan war ruhig und gelassen, und ihr schöner meergrauer Zopf so glatt wie geflochtenes Getreide. »Sie haben gewartet, bis ich weg war, um beim Lammen zu helfen«, sagte sie, und es gelang ihr beinahe, auch ihrer Stimme diese Gelassenheit zu verleihen.

Vaylo nickte, obwohl er von ihr keine Erklärung brauchte. Nan Culldayis' Loyalität hatte für ihn nie in Frage gestanden. Sie hatte sie beide geliebt, das war das Erstaunliche: erst seine Frau und dann ihn. Nan war an Angarads Todestag bei ihr gewesen, hatte sie umarmt wie eine Schwester und von den alten Tagen erzählt, als sie beide Mädchen gewesen waren.

Nan war damals recht hübsch gewesen, mit langem kastanienbraunem Haar und den passenden Augen ... aber Vaylo hatte ihr nie auch nur einen Blick gegönnt. Nur Angarad hatte sein Herz berührt. Jetzt, beinahe vierzig Jahre später, hatten sich die Dinge zwischen ihnen verändert. Nans Mann war bei einem Überfall auf Croser umgekommen, ein Jahr nach Angarads Tod. Den Kummer zu teilen hatte beiden ein wenig Trost und Heilung gebracht.

Die eigentliche Küche, wie Vaylo sie nun nannte, wurde gerade aufgeräumt. Irgendwann waren Nan die Frauen ausgegangen, denen sie Anordnungen geben konnte, und sie hatte einen Stalljungen und die beiden Kinder zum Putzen angestellt. Es wurde viel gefegt, aber Vaylo bezweifelte, dass dabei etwas herauskommen würde. Der Stalljunge fegte in eine Richtung, und Pasha und Ewan fegten ihm den Dreck gleich wieder zu. Vaylo hätte am liebsten einen Besen genommen und ihnen gezeigt, wie man es machte – er hatte im Lauf der Jahre mehr als genug Ställe und Höfe fegen müssen –, aber er nahm an, dass es hier nicht unbedingt um Sauberkeit ging. Nan tat mit seinen Enkeln genau das Gleiche, was er mit seinen Männern gemacht hatte: Sie gab ihnen etwas zu tun.

»Nun, Nan«, sagte er zu ihr. »Was haben sie uns noch gelassen?«

»Ein wenig Vieh. Ein bisschen Getreide.« Sie grinste ihn an. »Sämtliche Aale.«

Vaylo lachte, und sofort fühlte er sich besser als den ganzen Tag zuvor. Seine Enkel waren hier. Nan war hier. Seine Hunde waren auf dem Hof und sorgten dafür, dass ihnen übel wurde. An seiner Seite saß Glen Carvo mit einem Gesicht wie aus Stein. Glen und sein verstorbener Bruder waren einander sehr ähnlich: starke Krieger und loyale, aber ernsthafte Männer. Vaylo vermisste Strom jeden Tag. Er vermisste jeden einzelnen Bluddmann, der gestorben war, seit er Häuptling geworden war.

»Wird das ausreichen?«, fragte Vaylo Nan.

»Es wird ausreichen. Dafür sorge ich schon.«

Vaylo nickte, und er verstand, dass sie nicht alles ausgesprochen hatte. Nan Culldayis hob sich diese Sorge für sich selbst auf; sie würde nicht zulassen, dass er sie teilte. »Ich bin im Stall, wenn ich gebraucht werde«, sagte er zu ihr. Und zu dem Stalljungen: »Wenn du mit mir und Glen kommen willst, solltest du dich lieber beeilen, Junge.«

Der Stalljunge konnte sein Glück kaum glauben. Er warf einen hoffnungsvollen Blick zu Nan, die zustimmend nickte und ihm sagte, er solle den Besen gegen die Wand lehnen.

Die kleine Gruppe verließ den Küchentrakt und eilte durch die dunkler werdenden Flure des Dhoonehauses nach Westen. Hammie war noch nicht zurückgekehrt, aber Vaylo wusste schon, dass bei der Zählung nichts Gutes herauskommen würde. Er hatte das Gefühl, dass er, Glen und der Stalljunge sich auf einem verlassenen Schiff befanden. Dennoch. Er konnte es den Clansmännern nicht übel nehmen, dass sie nach Süden ritten; sie folgten eher ihrem Herzen als Pengo Bludd. Sie wollten einfach nur kämpfen.

Ich habe zu lange gewartet, um Blackhail zu bestrafen. Ich habe mich an Dhoone geklammert, und dabei hätte ich die Rache der Götter über jeden Hailsmann im Norden bringen sollen. Vaylo schnaubte gewaltig. Er sah sich um und bemerkte, dass sie gerade durch die Königsgemächer des Dhoonehauses kamen. Er konnte an diesen riesigen Hallen und Versammlungszimmern, aus denen längst alle Möbel entfernt waren, nichts Angenehmes finden. Ein paar uralte blaue Samtvorhänge hingen an einer Wand, die weder Fenster noch Türen hatte, und das schien diesen Ort ganz gut zusammenzufassen: *verblichener, sinnloser Pomp.*

Dennoch, das alles gehörte nun ihm. Und er musste es behalten, wenn er sein Leben nicht zu Hohn und Spott machen wollte. Er hatte einen Teil seiner Seele gegeben, um diesen Ort zu erobern, und wenn er das Dhoonehaus nun verlor, würde er nichts von dieser fehlenden Seele zurückerhalten.

Das Erdbeben der letzten Nacht hatte viel Staub aufgewirbelt, und Vaylo wirbelte nun selbst große Wolken grauen Staubs auf, als er schneller als zuvor weiterging. Das war ein weiterer Grund zur Sorge: dieses Erdbeben. Vaylo erinnerte sich an einen Sommer vor beinahe einem ganzen Leben, als er und Ockish Bull eine Mauer gebaut hatten. Sie hatten irgendetwas angestellt gehabt, und Gullit hatte sie dazu verdonnert, einen Monat lang Gamber Hench zu helfen. Gamber war alt gewesen, aber immer noch der beste Maurer im Clan, und er hatte Vaylo und Ockish ein paar Dinge beigebracht, die sich zu wissen lohnten. Vaylo hatte erfahren, dass eine mörtellose Mauer niemals schnell gebaut werden konnte: Die Steine brauchten Zeit, um sich zu setzen. Gamber behauptete, der Boden, auf dem sie sich bewegten, sei ganz ähnlich einer seiner im Bau befindlichen Mauern und immer noch dabei, sich zu setzen. Vaylo hatte das sehr vernünftig gefunden, und immer, wenn er seitdem eine leichte Bewegung der Erde gespürt hatte, hatte er an Gamber Hench gedacht und war damit zufrieden gewesen, anzunehmen, dass es keinen Grund zur Angst gab. Aber was letzte Nacht passiert war, schien das Gegenteil von Sich-Setzen zu sein. Eine Art Aufruhr. Und Vaylo war beunruhigt.

Aber was konnte er schon tun? Er war kein Steingott, nur ein Häuptling.

Als sie den Stall erreichten, war seine Stimmung noch düsterer geworden, und er musste sich anstrengen, das vor seinen Männern zu verbergen. Das Wichtigste zuerst: »Wie viele Pferde sind noch da?«

Der Stallmeister war ebenfalls nach Süden geritten, aber einer der Knechte hatte schon die Initiative ergriffen und führte die verbliebenen Pferde näher zu den Toren. »Pengo hat befohlen, dass alle Boxen geräumt werden«, sagte der Junge und schluckte. »Aber der Stallmeister hat sich geweigert.«

Also doch so etwas wie Loyalität, dachte Vaylo, obwohl der Mann ihn ebenfalls verlassen hatte. »Und wie viele hat der Meister uns gelassen?«

»Drei Dutzend, ohne die Ponys.«

Ihr Götter!

»Das Hundepferd haben sie nicht genommen«, fügte der Knecht rasch hinzu, als er Vaylos Miene sah.

Das würde auch niemand versuchen, der nicht einen Tritt in die Weichteile riskieren wollte. Als er sah, dass ihn der Knecht immer noch anschaute, halb unruhig und halb hoffnungsvoll, riss sich Vaylo zusammen. »Das hast du gut gemacht, Junge. Achte darauf, dass die Tiere weiterhin gut gepflegt werden.« Der Stallknecht nickte. »Und jetzt braucht Glen sein Tier.«

Als der Knecht sich aufmachte, das Pferd des Schwertkämpfers zu holen und zu satteln, wandte sich Vaylo Glen Carvo zu.

»Du musst zur Dhoonemauer reiten, und zwar schnell. Cluff Drybannock steht da mit hundertachtzig Mann. Wir brauchen sie hier.«

Glen ritt davon, noch ehe eine Viertelstunde vergangen war – der einzige Mann, der sich an diesem Tag von Dhoone aus nach Norden wandte. Vaylo sah ihm nach. Es würden lange acht Tage sein, bis er zurückkehrte.

21
Ins Kargland

Die gefrorene Erde weinte. Die kleine weiße Sonne über dem Ödland hatte ihre Haut erwärmt, und nun schmolz das erste Eis etwa einen halben Fuß tief. Wasser drang um die Ponyhufe herum aus dem Boden und sank dann wieder ein, wenn das Gewicht weggenommen wurde. Schwarze Fliegen hingen in großen Schwärmen über der Tundra, und Raif konnte nichts anderes sehen, wovon sie sich ernähren sollten, als von ihm und seinem Pferd.

Soweit er wusste, befand er sich im Ödland nordöstlich von Blackhail. Es war ein trostloser Ort, aufgewühlt und eingekerbt, überzogen von Pflanzen, die so leblos wirkten wie trockene Knochen. Krüppelweiden, Ährengras und Fieberhorn wuchsen in tückischen Klumpen entlang des Wildpfads. Jeder Stein, an dem Raif vorbeikam, hatte eine Kruste aus Flechten oder Salz, und manchmal, wenn das Pony auf einen davon trat, zerbröselte er wie Kreide.

Das Pony hatte Schmerzen. Seine Beine waren nicht richtig geheilt, nachdem es beinahe in die Schlucht gestürzt war, und ein paar Schnitte waren immer noch offen. Das kräftige kleine Tier stapfte weiter, aber Raif hatte in den vergangenen paar Tagen ein leichtes Zögern in seinem Schritt bemerkt und nahm an, dass das Laufen ihm Schmerzen bereitete. Die Stute fraß, was vorhanden war – Dornen, Gras, etwas von dem wilden Sauerklee und Salbei, der über Nacht aus den feuchten Rändern von Sumpfmoos wuchs –, und was das Wasser anging, war sie auch nicht sehr wählerisch.

Raif begriff, wieso die Verstümmelten diese Pferde so schätzten. Ein Clanhengst wäre inzwischen vollkommen gereizt gewesen.

Sie befanden sich nahe der Grenze zwischen dem Ödland und dem Großen Kargland. Kein Clansmann würde so weit nach Norden ziehen, aus Angst, sich zu verirren. Raif hatte in sich hineingeschaut, um zu ergründen, ob er die gleiche Angst hatte, aber in seinen Gefühlen waren nun tote Flecken, und obwohl er sich immer noch vor vielen Dingen fürchtete, gehörte das Kargland nicht mehr dazu.

Sich zu verirren, für immer nach Norden zu ziehen in dieser großen weißen Leere, die einen halben Erdteil bedeckte ... es gab Schlimmeres. Und Raif Sevrance konnte dem, was schlimmer war, inzwischen Namen geben.

Er verzog die Lippen, aber das konnte kein Lächeln sein, denn es tat weh. Seine Gesichtshaut war vollkommen trocken und überzogen mit Windschuppen. Seine Knöchel taten weh, wo Bittys Schwert sie getroffen hatte. Die Wunde war einmal eine gerade Linie gewesen, ein Schnitt über die höchsten drei Knöchel, aber die Ränder waren ausgetrocknet und hatten sich gewellt, das Narbengewebe zog die Gelenke auseinander, und nun hatte der Schnitt die Form eines Eichenblatts. Die Wunde hatte sich nicht infiziert; es war typisch für Bitty, eine saubere Klinge zu benutzen.

Bitty Shank hatte redlich gekämpft. Die Frage war, hatte Raif das ebenfalls getan?

Es war unbedingt notwendig, dass die Antwort Ja lautete, aber er stellte fest, dass er keine klaren Erinnerungen hatte. Hatte er Bitty mit einem Stich ins Herz getötet?

Oder hatte er einfach nur sein Schwert gut platziert? Es kam ihm so vor, als würde er das niemals wirklich wissen. Er konnte nicht zurückkehren und den Augenblick zerpflücken, bis er ihm gab, was er brauchte. Damit würde er nur das Andenken an Bitty benutzen, um seine Schuldgefühle zu verringern.

Und so tief war er noch nicht gesunken.

Sag das denen im Clan, fauchte eine Stimme in ihm, und obwohl es kalt war, spürte Raif das Brennen der Scham. Wie viele Tage waren seit dem Überfall vergangen? Drei? Vier? Jemand mit einem schnellen Pferd, der kaum Schlaf brauchte, konnte inzwischen am Rundhaus eingetroffen sein. Es war ein ganz und gar unerträglicher Gedanke.

Was hatte der Lauscher ihm gesagt? *Sieh zu, dass du breite Schultern bekommst, Clansmann.*

Das hatte er getan, aber sie waren nicht breit genug. Er musste sich nur Dreys Gesicht vorstellen, wenn die Worte *Dein Bruder ist jetzt bei den Verstümmelten* ihm einen Stich ins Herz versetzten. Diesmal gab es keine Entschuldigungen, keine Missverständnisse. Raif Sevrance hatte Angehörige seines eigenen Clans getötet. Das Schlimmste aller Verbrechen – er hatte es begangen.

Sachte lenkte Raif das Pony eine Anhöhe hinauf, die von Felsen übersät war. Er kraulte das weiche Fell hinter den Ohren der Stute und ermutigte sie, die Füße aufzusetzen. Schwarze Fliegen belästigten sie beide: Am Hals des Ponys waren kleine Blutstropfen zu sehen, und Raif spürte, dass die Fliegen ihn selbst ebenfalls erwischt hatten. Wenn sie Glück hatten, würde Wind aufkommen und das Ungeziefer vertreiben; das wünschte er sich noch mehr um des Pferds willen als für sich selbst.

Der Tag war halb vergangen, und der Himmel war offen, aber bleich. Als sie die Kuppe der Anhöhe erreichten, breitete sich ein Grasmeer vor ihnen aus, das bis zur Hälfte im Wasser stand. Das Eis an der Oberfläche war meilenweit geschmolzen, und das Wasser stand einfach da und konnte nicht abfließen. Raif verzog das Gesicht und führte das Pony auf die Wasserfläche zu.

Er hätte das Tier beinahe nicht mitgenommen. Nachdem er aus dem Schwarzen Loch gekommen war, hatte er an nichts außer Flucht gedacht. Einiges war deutlich in seinem Kopf gewesen, anderes nicht. Er war sich bewusst gewesen, dass er sein Schwert, seinen Bogen und den Pfeil Wünschelrute bei sich trug. Alle drei Dinge hatte er schon dabeigehabt, als er die Mine verließ; er konnte sich nicht erinnern, an andere Bedürfnisse gedacht zu haben. Dennoch hatte er nun ein Pony und recht brauchbare Vorräte.

Das war das Verdienst von Thomas Argola, nicht sein eigenes. *»Mor Drakka«*, hatte der Mann aus dem Schatten beim See gerufen. »Geh nicht unvorbereitet in die Finsternis.«

Raif erinnerte sich ziemlich genau an die Stimme. Etwas in ihrem Klang hatte bewirkt, dass er stehen geblieben war, obwohl er doch so entschlossen gewesen war, sich nicht mehr aufhalten zu lassen. Das verursachte ihm jetzt noch eine Gänsehaut, dieses Gefühl, dass der andere ihn mit seiner Stimme einfach festgehalten hatte.

Die Augen des Ausländers hatten seltsam geglänzt, und aus einem von ihnen war ein dünnes Blutrinnsal über die

Wange gesickert. Nun, da der Nebel verschwunden war, war die Nacht klar, und der Wind bewirkte, dass sich Wellen über den See schlängelten. »Nimm das Pony«, sagte der Südländer, zog an den Zügeln und führte das kleine Pferd zu Raif. »Der Weg nach Norden ist nicht einfach.«

Raif hatte ihm keine Fragen gestellt. In einer Nacht voller Schrecken war das hier nur einer der geringeren gewesen: an sein eigentliches Ziel erinnert zu werden. Inzwischen wusste Raif, was für ein eisiges Entsetzen dahinter steckte. Argola hatte das Pony mit frischem Wasser, Decken, Feuersteinen, Huffett, geöltem Getreide und all seinen Lebensmittelrationen der vergangenen fünfzehn Tage beladen. Der Trupp von Verstümmelten hatte den letzten Käse schon während des Unwetters verzehrt, aber hier gab es auf einmal welchen. Der Honig war ihnen am fünften Tag ausgegangen, aber in Raifs Gepäck befand sich nun ein kleiner Beutel davon. Talgkuchen, rohe Fasaneneier, selbst getrocknete Röstkastanien: All diese Dinge hatten sie eilig verzehrt und sich nicht ums Planen gekümmert – für den Rückweg gab es immer noch Trockenfleisch und Fladenbrot. Aber jemand hatte vorausgeplant. Jemand hatte Raifs Rationen für einen anderen Zweck beiseite geschafft.

Der Südländer hatte die ganze Zeit gewusst, was Raifs Ziel sein würde.

Nun legte Raif die schmerzende Hand auf den Hals des Ponys und tröstete sich an seiner lebendigen, atmenden Wärme. Hatte es auch zu Argolas Plänen gehört, dass Raif einen Mann aus seinem eigenen Clan tötete? Hatte er den Nebel heraufbeschworen, um Raifs Verwirrung zu vergrößern? Und wenn das der Fall war, was änderte es schon?

Nichts. Raif versuchte, das Thema beiseite zu schieben. Thomas Argola war genau wie Heritas Cant in Ille Glaive: Er interessierte sich nicht für die Menschen um ihrer selbst willen, es ging ihm nur darum, wie sie in seine lang gehegten Pläne passten. Auch Cant hatte zu den Phage gehört.

Als Raif den flachen See erreichte, stieg er ab. Wasser floss über den Rand seiner Stiefel, als er das Pony weiterführte. Vor ihm dehnte sich die überflutete Ebene meilenweit aus. Er würde Stunden brauchen, um das Wasser zu durchqueren. Er nahm ein wenig Talgkuchen aus dem Gepäck und teilte ihn mit dem Pony. Das Pony schob die Lippen gegen Raifs Handfläche, um auch noch den letzten Krümel zu erwischen. Im Wasser waren noch mehr Fliegen ausgeschlüpft und erhoben sich zu einem summenden Nebel. Das Pony schlug mit dem Schweif nach ihnen, und Raif versuchte, sie mit dem Handrücken zu erwischen. Seine Zehen begannen zu kribbeln. Das Oberflächeneis war vielleicht geschmolzen, aber die Wassertemperatur lag nur geringfügig über dem Gefrierpunkt.

Was machte er überhaupt hier? Nur etwas tief in ihm wusste das. Er hatte aus der Mine flüchten müssen, das war eindeutig gewesen, und es hatte so ausgesehen, als ob er nur nach Norden weiterziehen könnte. Voller Verachtung für diese letzte Ausrede schüttelte Raif nun den Kopf. An diesem Ort hier war es zu anstrengend, sich selbst zu belügen. Er war nach Norden gegangen, weil er sich dazu entschlossen hatte. Er war hier, weil jeder Augenblick, seit Ash March ihn verlassen hatte, ihn auf diesen Ort zugeführt hatte. Raif nahm den Pfeil des Lauschers aus der Tasche oben an seinem

Bogenkasten. *Nimm diesen Pfeil namens Wünschelrute, der mit dem Haar der Alten gefiedert ist, nimm ihn und benutze ihn, um zu finden, was du finden musst.* Der Pfeil überraschte Raif immer mit seinem geringen Gewicht, dem Gefühl, dass selbst der geringste Wind ihn meilenweit tragen konnte. Raif glaubte nun, dass es unvermeidlich gewesen war, dass er ihn von Totgeburt zurückgewonnen hatte. Vielleicht war es sogar unvermeidlich gewesen, dass Totgeburt ihn sich genommen hatte. Eine Verzögerung, bevor Raif bereit war zu tun, was er tun musste. Ebenso war es mit dem Schwert des Abschwörers gewesen; Raif war bisher nicht wirklich bereit gewesen, es zu schwingen. Nun war er es.

Das Gewicht des Schwerts in der Scheide aus Seehundfell fühlte sich an seinem Oberschenkel gut und richtig an, auf eine Weise selbstverständlich, wie es sich nie zuvor angefühlt hatte. Der Kristall am Knauf glitzerte im hellen Licht. Einen Augenblick lang fragte sich Raif, was aus seinem Bruderschwert geworden war, das der Anführer der Ritter getragen hatte. Die Klinge dieses Schwerts war schwarz und verzogen gewesen, erinnerte er sich, als wäre sie von etwas verbrannt worden, das noch stärker als Säure war. Er hoffte nur, dass niemand gewagt hatte, das Fort der Ritter zu betreten und es sich zu nehmen. So etwas hätte einen Mann seine Seele kosten können.

Wir suchen, hatte der Ritter gesagt. *Nach der Stadt der Alten. Der Festung aus grauem Eis.*

Raif steckte den Pfeil wieder in den Kasten. Plötzlich gab es hier zu viel, was er nicht vollkommen verstand. Die Antworten waren wie Gegenstände, die auf dem Rand seiner Gedanken balancierten; es genügte, sich ihnen auch nur ein wenig zuzuwenden, damit sie in einen Abgrund stürzten. Wenn er sich doch nur an sie anschleichen könnte, sich an seine eigenen Gedanken anschleichen.

Aus diesem Grund hatten die Götter wohl das Träumen erfunden.

Raif warf einen Blick über die Schulter und versuchte festzustellen, wie weit er schon über den seichten See gekommen war. Weiter als er gedacht hätte, denn er konnte die Felsenlippe der Anhöhe nicht mehr sehen. Seine Spur war selbstverständlich verschwunden, weggesaugt von dem stehenden Wasser. Himmel und Wasser erstreckten sich endlos in alle Richtungen.

Raif wurde kalt, und er zog den Orrlumhang fester um die Brust. Tem Sevrance war der beste Spurenleser und Jäger im Clan gewesen, und er hatte seinen Söhnen und seiner Tochter beigebracht, ihren Weg über Grasland, Wälder und Hochland zu finden; er hatte ihnen gezeigt, wie man Spuren folgte und sie legte, wie man Wind und das Moos auf Bäumen deutete und wie man die Sonne und die Sterne beobachtete. Aber zum ersten Mal in fünfzehn Jahren war sich Raif nun nicht mehr sicher, wo Norden war. Es musste vor ihm liegen, denn die Sonne stand hinter ihm, aber es gab viele Wege nach vorn, viele subtile Unterschiede. Und nun fand er es unmöglich, die Bewegung der Sonne einzuschätzen. Sie hing kalt und leblos da, eine Silberscheibe an einem Silberhimmel. Raif blieb stehen und beobachtete sie, schirmte die Augen mit der Hand ab. Das Licht brannte Geisterringe in seine Augen, die er sah, wenn er blinzelte.

Das Ding bewegt sich nicht. Raif grinste bei diesem Gedanken. Selbstverständlich bewegte sich die Sonne ... sie ließ es ihn nur nicht wissen. Er wandte ihr den Rücken zu und betrachtete sorgfältig den Kopf seines Ponys. Das Tier hatte sich die ganze Zeit, während er dagestanden und versucht hatte, etwas herauszufinden, nicht gerührt, und nun war es die einzige Anzeige der Richtung, in die er sich zuvor bewegt hatte.

»Braves Mädchen«, murmelte er und führte die kleine Stute weiter vorwärts. »Das bedeutet, dass du heute Abend Kastanien bekommst.«

Er merkte, dass es kälter geworden war. Zum ersten Mal an diesem Tag wurde sein Atem weiß. Nachdem etwa eine Stunde vergangen war, fiel ihm auf, dass der seichte See sich veränderte; das Wasser wurde unruhig und spiegelte das Licht nicht mehr. Raif beugte sich vor und streckte die Hände ins Wasser. Die Temperatur war erschreckend. Als er die Finger an die Lippen brachte und daran leckte, schmeckte er brackige, aufgelöste Salze.

Er ging weiter, und die Sonne blieb scheinbar an einem festen Punkt hinter ihm stehen. Als er der Ansicht war, dass er dicht an dem Zeitpunkt sein musste, an dem das Licht nachließ, beobachtete er die Reflexion der Sonne im Wasser. Die Scheibe glitt über die nach und nach gefrierende Oberfläche, und dann war das Wasser plötzlich trüb und das Spiegelbild der Sonne nicht mehr zu erkennen. Das Licht verschwand beinahe schlagartig. Raif ging schneller, wurde dann langsamer, aber er blieb nicht stehen. Er war nicht sicher, ob er noch einmal über die Schulter schauen wollte. Schließlich wurde er aber doch neugierig, und er warf einen kurzen Blick zurück. Graue Wolken überzogen nun ein Drittel des Himmels und verbargen die Sonne und welchen Weg sie vielleicht zum Horizont nahm.

Nicht so recht zufrieden, drehte sich Raif wieder um … und sah, dass sich der Weg vor ihm geringfügig verändert hatte. Verwirrt ließ er den Blick in einem Halbkreis schweifen. Etwas an dem seichten See war nun anders, und noch während er versuchte herauszufinden, was sich verändert hatte, riefen die Hufe des Ponys ein knackendes Geräusch hervor, als sie auf das erste Eis trafen. Das Wasser war fest gefroren. Dünne Halme von Gras ragten aus der Eisfläche heraus.

»Immer mit der Ruhe«, sagte Raif zu dem Pony, aber er fragte sich, ob die Worte nicht eher für ihn selbst bestimmt waren.

Ganz plötzlich stellte er fest, dass die Fliegen verschwunden waren, und er konnte sich nicht erinnern, wann er sie zum letzten Mal bemerkt hatte. Nun sonderte der See nur noch Nebel ab. Schwaden erhoben sich sachte vom Eis, wanden sich um die Hufe des Ponys und glitten an den Salzrändern auf Raifs Stiefeln entlang. Bei diesem Anblick beschloss er, lieber weiterzugehen und nicht zu viel nachzudenken.

Ein wenig Licht war noch geblieben, und er und das Pony schlugen eine schnellere Gangart an. Es war nun leichter, nachdem das Wasser fest gefroren war.

Zeit verging, und ein neuer Mond erschien in einem Teil des Himmels, wo Raif ihn nicht erwartet hätte. Das Licht blieb bestehen. Eine Hand voll Sterne begannen zu blitzen, und Raif war erleichtert, als er die Formation erkannte. Er gab dem Pony ein paar Kastanien, und als die kleine Stute fertig gefressen hatte, war das Licht weg. Um sich zu beruhigen, hielt Raif wieder nach den bekannten

Sternen Ausschau, dem Sternbild, das als Hammer bekannt war. Aber inzwischen hatte etwas anderes seinen Platz eingenommen.

Er hätte nicht behaupten können, dass er überrascht war. Er wusste nun einfach, dass er schon vor einiger Zeit das Große Kargland betreten hatte.

Es gibt keinen Weg zurück, sagte er sich. Tem hatte ihm einmal erzählt, sobald man das Kargland betrat, war der Rückweg nie, wie man ihn verlassen hatte. Man fand entweder einen anderen Weg oder starb.

Raif hörte sich selbst ein ersticktes Lachen ausstoßen. Er befand sich nun vollkommen in den Händen der Alten.

In gewisser Hinsicht war die Nacht weniger herausfordernd als der Tag. Im Dunkeln war einfach zu erwarten, dass man sich verirrte. Es war leichter, jeden Gedanken an Kontrolle aufzugeben. Raif stellte fest, dass es ihm nicht mehr so wichtig war, wohin sich das Pony bewegte, und er ließ es gehen, wohin es wollte. Manchmal blieb es stehen und schnupperte an dem gefrorenen Gras. Einmal versuchte es zu fressen, aber das Gras schmeckte wohl nicht, und es ließ das halb gekaute Grün wieder aus dem Maul fallen. Als es sich ohne Raifs Anregung plötzlich schneller bewegte, nahm er an, dass das Tier etwas gerochen hatte, was interessant sein könnte.

Es war eine Insel im Eis. Ein Erdbrocken von etwa vierzig Fuß Durchmesser, gekrönt mit ein paar Krüppelweiden, erhob sich über den gefrorenen See. Das Pony wurde langsamer, als sie näher kamen, und wieherte leise. Raif deutete das als *Hier werden wir übernachten.*

Er folgte der Stute, als sie auf die Insel hinaufkletterte. Es war ein guter Platz: bitterkalt und dem Wind preisgegeben, aber oberhalb des Nebels. Einiges von dem Weidenholz war vertrocknet und ergab gutes Feuerholz. Die Salzkrusten auf der Rinde brannten in bunten Farben. Raif striegelte das Pony und schüttete eine sorgfältig abgemessene Portion geölten Getreides auf die feste Erde, bevor er sich selbst zu einer Mahlzeit niederließ. Er faltete die Decke zwei Mal, dann setzte er sich und starrte ins Feuer.

Bitty Shank war an dem Tag an der Bluddstraße bei ihm und Drey gewesen. Sie hatten sich alle gefürchtet, aber keiner hatte es zugegeben. Seltsam, das schien ein ganzes Leben zuvor geschehen zu sein. Sie waren alle so jung gewesen und hatten es nicht einmal gewusst.

Raif legte seinen Kopf auf die Decke und fiel in unruhigen Schlaf.

Als er aufwachte, war die Welt perlgrau, und unterhalb von ihm und dem Pony gab es nichts als Nebel. Sie hätten auf einem Berggipfel oder einem Felsen inmitten des Meers sein können. Die Wunde an Raifs Handknöcheln pochte, und er war steif und unausgeruht. In seinen Träumen waren schreckliche Dinge geschehen.

Das Feuer war ausgegangen, und er beschloss rasch, es nicht noch einmal anzuzünden. Er trank einen Schluck Wasser aus dem Schlauch und schüttete dann ein wenig für das Pony in den Kochtopf. Während es trank, zog er ihm die Decke ab und bürstete die Beine des Tiers. Einer der Schnitte sah böse aus, und Raif fettete ihn ein und verband ihn. Wenn er sich über das Pony Gedanken machte, dachte er wenigstens nicht über seine Träume nach. Im Traum war Bitty Shank noch am Leben gewesen und mit Raifs Schwert im Herzen umhergegangen.

Raif machte sich auf den Weg. Er hatte in der Nacht jegliche Orientierung verloren, und es war unmöglich zu sagen, in welche Richtung er ging. Es war gut möglich, dass es nicht einmal Morgengrauen war.

Der Nebel bewegte sich wie Eis auf einem See; er war Strömungen unterworfen, die mit dem Wind nichts zu tun hatten. Er blieb nach Tagesanbruch noch lange erhalten und verschwand dann innerhalb einer Viertelstunde. Raif war, seit sie die Insel verlassen hatten, neben dem Pony hergegangen, aber nachdem sich der Nebel gehoben hatte, wollte er reiten. Das Pony schien willig zu sein und trabte gleich los.

Die Landschaft war so karg wie die Oberfläche des Monds. Das Eis unter ihren Füßen war mit Steinen durchsetzt, und sie mussten vorsichtig weiterziehen, weil es immer wieder schmale Gräben und Löcher im Tundraboden gab. Der Himmel war weiß und voller Wolken, und es gab keine Spur von der Sonne. Sie überquerten zu einer Zeit, die Raif als Vormittag einschätzte, einen großen Graben, und dann später am Tag einen zweiten. Als sie aus dem zweiten Graben kletterten, fiel Raif etwas ein, das der Lauscher einmal gesagt hatte. *In vergangenen Zeitaltern war das Große Kargland grün von Bäumen, und blaues Wasser strömte durch Flussbetten, die so breit und tief waren, dass man ganze Dörfer hätte hineinwerfen können, und sie wären ohne eine Spur zu hinterlassen versunken.*

Raif schaute zurück zu dem Graben. Konnte das wirklich ein Flussbett gewesen ein? Abrupt wendete er das Pony und kletterte wieder in den Graben hinein. Diesmal bemerkte er Dinge, die ihm zuvor nicht aufgefallen waren: Steine mit abgeschliffenen Kanten, Strömungsspuren an den Wänden. Es war tatsächlich ein ausgetrocknetes Flussbett, und er hatte es an zwei Stellen durchquert. Raif sprang vom Pferd, unruhig, aber unsicher, woher diese Unruhe kam. Irgendetwas war hier wichtig für ihn. Er hockte sich hin, schöpfte eine Hand voll kleiner Steine und Dreck aus dem Flussbett und ließ sie nachdenklich durch die Finger gleiten. Ein Fluss ... und er hatte ihn zwei Mal durchquert. Eins war sicher: Es war der Fluss, der die Richtung gewechselt hatte, nicht er. Er wusste vielleicht nicht mehr, in welche Himmelsrichtung er sich bewegte, aber er konnte immer noch einen einmal festgelegten Kurs halten.

Ein gewundener Fluss. Wieder balancierte eine Erinnerung am Rand seiner Gedanken ... eine silberne Linie auf einer Höhlenwand. Als das Bild in den Abgrund stürzte, erhaschte er einen Blick auf das Gesicht von Traggis Mole.

Raif stand auf. Die Höhle des Räuberhäuptlings. Das Wandgemälde. Ein Fluss, der ein Land durchströmte, das grün begann und immer mehr abstarb. Ein einzelner Berg an seinem Ufer ...

Wir suchen.

Raif holte tief Luft, als alle Antworten, die sich ihm bisher entzogen hatten, plötzlich an Ort und Stelle fielen. Die Abschwörer hatten nach dem Gleichen gesucht wie er jetzt: nach der Stelle, an der die Erdkruste als Erstes nachgeben würde. Deshalb hatten sie im Ödland am Rand des Karglands ein Fort gebaut: weil sie dort sein mussten. Sie hatten viel mehr gewusst als er, hatten ein Buch gehabt, das sie führte. Raif sah immer noch die vergilbten Seiten vor sich, die einen massiven Felsen zeigten.

Der Berg in der Höhle und der im Buch waren derselbe gewesen.

Raif rief das Pony mit einem Schnalzen zu sich und eilte den Graben entlang flussaufwärts. Der Fluss würde ihm den Weg zeigen.

22
Ein abgeschlagener Kopf

Iago Sake wurde in Übereinstimmung mit den uralten Totenbräuchen des Clan Dhoone zur Ruhe gebettet. Robbie Dhoone hatte vom Schneefuchsclan auf seine Bitte hin die Erlaubnis erhalten, diese zwanzig Fuß am Flussufer als Dhooneland zu betrachten. Drei Heilige Kreise waren um die Grube gezogen worden: der erste mit Iago Sakes eigenem Anteil an Heiligem Stein, der zweite mit Pulver aus dem Horn des Dornenkönigs, der dritte mit Erde aus dem Dhooneland. Iago Sakes Leiche war entkleidet und gewaschen worden, und nun lag der große Axtkämpfer nackt im Gras.

Es fiel Bram schwer, die Leiche anzusehen. Iago Sake war im Leben ausgesprochen bleich gewesen, aber im Tod waren seltsame Farben auf seiner Haut erschienen. Die Unterseiten seiner Oberschenkel und seine Hinterbacken waren dunkelrot, Hände und Füße gelb, und sein Gesicht und die Brust hatten das kreidige Blau von Adern angenommen. Die Wunde, die ihn getötet hatte, wirkte klein und unbedeutend und war nun nicht einmal zu sehen, denn man hatte Iago auf den Rücken gelegt. Ein einziger Stich zwischen die Rippen, mehr hatte es nicht gebraucht, um Iago Sake das Leben zu nehmen. Ein einziger gut platzierter Stich mit einem Messer.

Robbie hatte geweint, als die kleine Truppe mit der Leiche zurückgekehrt war. Sie hatten sie auf einem Wagen ohne Plane mitgebracht, der von zwei Ponys gezogen wurde. Die Männer waren erschöpft vom Schlafmangel, ihre Umhänge steif von getrocknetem Schlamm. Einer hatte im Sattel geschwankt, und Diddie Daw war zu ihm geeilt, um ihn zu stützen. Bram war gerade von der Besprechung mit Skinner Dhoone zurückgekehrt, und Robbie war damit beschäftigt gewesen, ihn darüber auszufragen, wie sie verlaufen war. Als es draußen hinter den Mauern des eingestürzten Turms unruhig wurde, hatte Bram Robbie gerade erzählt, dass Skinner versprochen hatte, innerhalb von zehn Tagen zu antworten. Robbie hatte sehr zufrieden gelächelt.

Danach war Robbie zum Flussufer hinausgeeilt, und Bram war ihm gefolgt. Man konnte jemandem den Tod ansehen, erkannte Bram an diesem Abend, als er sah, wie erschöpft Ranald Vey auf seinem Pferd saß und mit dem Blick nur nach einem einzigen Mann suchte: Robbie Dun Dhoone, seinem König und Häuptling.

Robbie hatte die Truppe rasch gezählt und zwei Worte gesagt: »Der Nagel?«

Ranald Vey hatte den Kopf gesenkt. Er war einer der ältesten Krieger in Robbies Lager, einer der ersten, die Skinner verlassen und ihre Loyalität zu Dun Dhoone erklärt hatten. Er war der beste Reiter im Clan. »Ein Hailsmann hat ihn getötet«, sagte er.

Robbies Miene verfinsterte sich. »Und die anderen?«

»Getötet von einem Orrlschützen.«

Das hatte zunächst seltsam geklungen. Bram glaubte immer noch nicht, dass es sonderlich viel Sinn ergab. Zwei Männer verteidigten einen Wagen ohne Clanfarben oder -zeichen, und es war ihnen irgendwie gelungen, drei Dhoonekrieger zu töten. Die Männer des Nagels hatten sie für Händler aus Ille Glaive gehalten und angegriffen, ohne dabei sonderlich vorsichtig zu sein. Beim Angriff waren zwei Männer umgekommen, und später hatte sich Iago Sake überraschen lassen. Bram hatte mehrmals gehört, wie Ranald Vey diese Geschichte erzählte, und es war ihm so vorgekommen, als hätte Iago einen schweren Fehler gemacht. Er hätte erst in Erfahrung bringen sollen, wie viele Männer sich beim Wagen befanden und um welche Art von Männern es sich handelte, bevor er angriff. Aber niemand sprach das aus, jedenfalls nicht laut. Wenn ein großer Krieger wie Iago Sake starb, wurde er geehrt und nicht kritisiert.

Der Überfall, bei dem der Nagel umgekommen war, hatte dem Clan Wohlstand gebracht. Gold, vierundzwanzig Stangen, hatten sich zusammen mit einem Haufen alter Steine auf dem Wagen befunden. Alle im eingestürzten Turm waren neugierig geworden. Das Metall des Clans Dhoone war Kupfer, das bräunliche Erz, das die nördlichen Hügel durchzog, aber Kupfer hatte im Lauf der Jahrhunderte seinen Wert verloren. Nun war es überwiegend Stahl, der zählte. Gold war wertvoll – Bram suchte nach einem angemessenen Maßstab ... es war sein Gewicht in Gold wert. Robbie hatte befohlen, es aus dem Wagen zu holen und an einen geheimen Ort zu bringen, den er ausgewählt hatte. Bram wusste nicht, wo das war.

»Legt die Leiche hinein«, befahl nun der Steinhüter von Schneefuchs und riss Bram damit aus seinen Gedanken. Der Steinhüter von Dhoone war im Alten Rundhaus von Gnash und kümmerte sich um Skinner und seine Männer, und Robbie hatte daher den Steinhüter von Schneefuchs gebeten, stellvertretend für ihn die Götter anzurufen.

Robbie, Mangus der Aal, Diddie Daw und Ranald Vey hockten sich neben die Leiche, um sie hochzuheben. Ihre Mienen waren ernst, und ihre Schultern bebten, als sie Iago

Sake in die drei Fuß tiefe Grube legten. Bram erkannte, dass man lieber Seile hätte nehmen sollen, aber dieser Ritus war seit Jahrzehnten nicht mehr vollzogen worden, und die praktischen Aspekte waren in Vergessenheit geraten. Am Ende musste Ranald Vey in die Grube hineinspringen und Iagos Kopf und Brustkorb stützen. Schlamm von den Grubenwänden blieb am Rand hängen, bis hinauf zu seiner Brust, als er die Leiche auf den Boden rutschen ließ.

Schon drang das Flusswasser in die Grube. Sie war zwanzig Fuß vom Ufer entfernt gegraben worden. Ein flacher Graben zwischen der Grube und dem Fluss war mit Steinen verschlossen. Das Flusswasser lief in diesen Graben und staute sich, wo es auf die Steine traf, aber es sickerten auch bereits Rinnsale durch den Damm.

Der Steinhüter trug eine Schweinslederjacke, die nach Art des Schneefuchsclans mit Bimsstein und weißem Blei abgerieben war, aber um Dhoone zu ehren, hatte er sich einen Kragen aus blauer Wolle auf die Schultern gelegt und Kupferbänder um die Handgelenke gezogen. Als er nun Iago Sakes Halbmondaxt von dem Haufen hob, auf dem Iagos Habe lag, schwiegen alle. Es gab niemanden im Clan, der diese Axt nicht kannte.

Bram sah sich unter den Beobachtern um, als der Schamane sich über die Grube beugte und Iago die Axt auf die Brust legte. Hunderte von Fuchsmännern und Dhoonemännern hatten sich am Ufer versammelt. Sobald Robbie angekündigt hatte, er werde für Iago »das Öl vergießen«, hatte sich die Nachricht rasch ausgebreitet. Withy und Herdfeuer waren die Geschichtsschreiber des Clanlands, aber bestimmte Dinge waren allen Clansleuten vertraut, und die Totenriten des

Clans Dhoone in der Zeit vor den Flusskriegen wurden überall im Norden mit Ehrfurcht erwähnt. Bram hielt es nicht für einen Zufall, dass Robbie ausgerechnet an diesem Tag ein solches Spektakel veranstaltete.

Das Morgenlicht über dem Fluss war dunstig. Die Sonne stand immer noch tief im Osten und hob sich über den Kiefernwald von Schneefuchs, als der Steinhüter Iagos Clansmänner bat, jeder einen Stein aus dem Graben zu nehmen. Bram stellte sich in die Reihe. Er hatte seinen alten grauen Umhang wieder angelegt und war einer der wenigen Dhoonemänner, die kein Blau trugen. Als er an die Schleuse trat und sich bückte, um einen Stein herauszunehmen, schleifte die Spitze seines Schwerts durch den Schlamm. Jeder war heute bewaffnet, und das schloss auch Bram ein. Er besaß keine Rüstung, aber er trug einen Brustschutz aus gekochtem Leder und schwere Handschuhe.

Noch während Bram einen Stein herausnahm, sah er, dass das Wasser bereits durch den Damm brach. Die Dhoonemänner vor ihm hatten dem Flusswasser einen Weg gebahnt, und die Leiche in der Grube hatte zu schwimmen begonnen. Bram trat zurück, der Stein wie ein Eisbrocken in seiner Faust. Er wollte nicht zusehen, wie Iago Sakes Leiche langsam in der Grube nach oben trieb, aber er konnte den Blick nicht abwenden.

Waffenhaken klirrten und Rüstungen klapperten, als die versammelten Clansmänner schwer atmend von einem Fuß auf den anderen traten. Der Steinhüter stand am Kopf der Grube und rief die Steingötter in einer unerbittlichen Stimme an, wie es sich für einen Steinhüter gehörte: *Ganolith, Hammada, Ione, Loss, Uthred, Oban, Larannyde, Malweg, Behathmus.*

Der Himmel verfinsterte sich, und am Ufer kam Wind auf. Der Steinhüter kniete sich wieder hin, und diesmal rollte sein Schüler einen großen schwarzen Steingutbehälter auf ihn zu. Als sich Iago Sakes Leiche weiter hob, goss der Steinhüter Schieferöl auf die Wasseroberfläche. Das klare Öl rann über Iagos Brust, schloss sich um den Kopf seiner Axt und lief wie schwerer Sirup über seinen Brustkorb in das Wasser, auf dem er trieb. Die beiden Flüssigkeiten wirbelten unbehaglich, wo sie aufeinander trafen, das Öl sank nach unten, und Wasserblasen stiegen auf, aber der Steinhüter hatte eine ruhige Hand, und das Öl beruhigte sich bald wieder, während er weitergoss.

Der Steinhüter hatte auch ein gutes Zeitgefühl, denn das Flusswasser in der Grube hatte nun seinen Höchststand erreicht und stieg nicht weiter, nachdem die letzten Öltropfen aus dem Gefäß geflossen waren. Der Steinhüter rollte den Behälter über das schlammige Gras von der Grube weg, und sein Schüler trug ihn weg. Alle am Ufer schwiegen. Iagos Leiche trieb bleich und geisterhaft in der Grube, gefangen zwischen Wasser und Schieferöl.

Der Steinhüter erhob sich und trat mehrere Schritte zurück. »Behathmus!«, rief er und breitete weit die Arme aus. »Dunkler Bruder und Todesbringer! Dieser Krieger ist in deinem Dienst gestorben. Er hat sich seinen Platz in den Steinhallen verdient, und wir bitten dich, ihn dorthin zu bringen.«

Dann geschah etwas – ein Funke flog auf, und man hätte nicht sagen können, woher er kam. Das Öl entzündete sich mit einem Rauschen, und dann wurde Bram der Atem aus der Brust gesogen. Die Vorderseite seines Brustkorbs klebte beinahe an seinem Rückgrat, und er musste sich anstrengen, um die Lungen wieder zu füllen. Die Grube war ein Oval aus weißem Feuer, die Luft darüber schimmerte vor Hitze. Bram spürte, wie seine Augäpfel trocken wurden. Die Hitze trieb den Wind vom Fluss weg und über das Ufer, und die Umhänge von Dhoonemännern und Fuchsmännern flatterten in den heißen Böen.

Niemand regte sich. Minuten vergingen, und dann begann das Wasser in der Grube zu kochen. Die Schlammwände gaben nach und verflüssigten sich. Ein saugendes Geräusch erklang, als der Schlamm einstürzte und das Grubenwasser in den Graben gedrängt wurde. Iago Sakes Leiche wurde mitgerissen und glitt auf den Fluss zu, ein lodernder Albtraum.

Nun wandte sich Bram ab. Er hörte das schreckliche Zischen von Hitze, die auf kaltes Wasser trifft, spürte den Dampf in seinem Haar. Einen Augenblick lang hielt er die Luft an, denn der Gestank war einfach zu viel. Dhoonemänner waren seit Jahrhunderten auf diese Weise zu ihren Göttern gegangen, ihre Leichen hatten wie Treibholz gebrannt, während sie den Östlichen Fluss entlang schwammen. Manchmal gab die Grube nicht nach, oder die Wände stürzten nach innen ein und begruben die Leiche. Es hieß, dass Behathmus an solchen Tagen schliefe.

Langsam wandten sich die Männer von der ausgebrannten Hülse der Grube ab und Robbie Dun Dhoone zu, der am Ufer stand. Er war gekleidet wie ein König, mit Fischerfell am Umhang, seinem Harnisch aus Stahl und einem Bronzereif mit blauem Topas, der die verwundbare Höhlung seiner Kehle schützte. Sein schulterlanges goldenes Haar war mit Kupferdraht durchflochten, und Bram konnte die Rötung an seinem linken Wangenknochen sehen, wo die letzte blaue Tätowierung noch nicht geheilt war.

»Männer«, sagte er leise, denn er wusste, dass er die Stimme nicht zu heben brauchte. »Haltet euch bereit. Wir ziehen in einer Stunde in den Krieg.«

Dann drehte er sich um und verließ sie, kehrte allein zum eingestürzten Turm zurück. Eine Weile wagte es niemand, ihm zu folgen.

Bram konnte sich irgendwie nicht regen. Er wusste kaum, was er empfand. Manchmal wusste er wirklich nicht, ob er je ein Dhoonemann werden würde.

»Bist du der Junge?«

Als er aufblickte, sah Bram, wie der Steinhüter von Schneefuchs ihn von der anderen Seite der Grube her beobachtete. Zwei große Schlammflecken befanden sich auf seinem Umhang, weil er am Boden gekniet hatte. Als er sah, wie verwirrt Bram war, sprach er abermals: »Ich sagte, bist du Bram Cormac? Der Junge, der zu uns kommt?«

Bram spürte, wie sein Gesicht vor Schreck zu kribbeln begann. Wie hatte er das vergessen können? Robbie hatte ihn an Schneefuchs verkauft. Wie dumm von ihm. Warum hatte er geglaubt, dass der Ritt zum Alten Rundhaus und die Begegnung mit Skinner Dhoone daran etwas ändern würden? *Weil ich mich an diesem Tag wie ein Dhoonemann gefühlt habe.*

»Du bist ein stiller Junge, das hat Wrayan schon gesagt.« Der Steinhüter schaute Bram forschend an. Er war kein großer Mann, aber kräftig gebaut, mit dichtem schwarzem Haar, das ihm steil vom Kopf abstand. »Ich dachte, ich könnte dir vielleicht ein paar Dinge beibringen. Heute Abend finde ich sicher einen Platz für dich an meinem Feuer.«

»Du hast schon einen Schüler.«

Der Steinhüter zog eine schwarze Braue hoch. »Und du hast also doch eine Zunge. Das ist gut zu wissen.«

Bram wurde rot.

»Und mit deiner Durchblutung ist auch alles in Ordnung.« Der Steinhüter schaute zum Rundhaus zurück. »Wenn dein Bruder Dhoone zurückgewinnt, komm zu mir. Die Zukunft ist vielleicht nicht so schrecklich, wie du denkst.«

Bram sah ihm nach. Es fiel ihm schwer, nicht darüber nachzudenken, was der Mann gesagt hatte.

Die Männer verließen nun das Ufer, um ihre Pferde und Ausrüstung bereitzumachen. Der Boden um die Grube war eingesunken und dampfte ein wenig. Es roch nach gekochtem Gras. Bram warf einen Blick zur Sonne. Die Zeit verging schnell, und er hatte zu tun.

Um den Turm herum ging es geschäftig zu, und als Bram näher kam, konnte er Robbie inmitten all dieser Aktivitäten sehen, zu Pferd und für den Krieg gerüstet. Er trug eine Axt und ein Langschwert auf dem Rücken gekreuzt. Als er Bram bemerkte, rief er ihm zu, er solle sich beeilen und sein Pferd satteln. Alte Mutter saß zu Robbies Linker auf ihrem boshaften weißen Maultier. Jemand hatte ihr einen Helm mit einem Geweih gebracht, den sie selbstzufrieden trug. Sobald Bram seinen Wallach gesattelt hatte und aufgestiegen war, trabte sie auf ihn zu und sah ihn an.

»Brombeeren brauchen Dornen«, erklärte sie mit fester Stimme, nachdem sie ihn ausführlich inspiziert hatte. »Sonst pflücken die Vögel die Beeren ab, bevor sie reif sind.«

Bram sah sie nur an. Einer von ihnen musste verrückt sein, da war er ganz sicher.

»Reiter von Westen!«, erklang ein Ruf, und augenblicklich wurde es wieder unruhig. Bram war froh, einen Grund zu haben, Alte Mutter stehen zu lassen, und wandte sich zusammen mit achthundert anderen Männern nach Westen. Zwei Reiter kamen aus dieser Richtung vom Rundhaus und der Schneefuchsstraße, die dahinter lag. Bram erkannte das riesige rote Streitross von Duglas Oger. Der Axtkämpfer und seine kleine Truppe waren seit zwanzig Tagen nicht mehr im eingestürzten Turm gewesen. Bram hatte angenommen, dass sie einen Überfall durchführten; Duglas konnte das sehr gut. »Macht Platz!«, rief der zweite Reiter, ein anderer Axtkämpfer, als die beiden sich in vollem Galopp dem Turm näherten. »Eine dringende Botschaft für den König.«

Bram warf seinem Bruder einen Blick zu. Robbies Miene blieb unverändert. Er trieb seinen honigfarbenen Hengst ein paar Schritte vorwärts, so dass er aus dem Gedränge von Männern herauskam.

»Rob!«, rief Duglas Oger und brachte sein Pferd abrupt zum Stehen. »Ich hab dir ein kleines Geschenk mitgebracht.« Sein Tonfall war unbeschwert, aber er atmete angestrengt, und sein Hemd war am Hals schweißnass. Sein Pferd war so verschwitzt, dass sein Fell sich in Ringen um sein Rückgrat lockte.

»Duglas«, sagte Robbie zum Gruß, und dann, an den zweiten Mann gewandt: »Gill.«

Nun, nachdem er sein Pferd gezügelt hatte, ließ sich Duglas Oger einen Moment Zeit, um den Blick über die Hunderte von Männern schweifen zu lassen, die vor dem eingestürzten Turm zu Pferd saßen. »Also bin ich noch rechtzeitig zurückgekommen, um meinen Platz einzunehmen«, sagte er, und seine Brust hob und senkte sich schwer.

Robbie wartete einen Augenblick, bevor er sagte: »Was hast du für mich, Duglas?«

Etwas in Duglas Ogers breitem Gesicht veränderte sich enttäuscht, aber er erholte sich rasch. An seinem Sattelknauf hing ein brauner Sack, und nun steckte er die Hand hinein. »Etwas, das dich bei Nacht wärmen wird – der Kopf eines Bluddmanns.«

Er holte etwas Kleines, Wächsernes mit eingesunkenen Augen, weißen Lippen und erschreckend glänzendem Haar heraus. Mit einem Grinsen warf er Robbie den Kopf zu. Robbie fing ihn mit beiden Händen und drehte ihn so, dass er das Gesicht sehen konnte.

»Wer ist das?«

Duglas und sein Begleiter wechselten einen Blick. »Ein Bote. Wir haben ihn einen Tag nördlich von Dhoone erwischt. Er wurde ausgeschickt, um Cluff Drybannocks Leute von der Dhoonemauer zurückzubringen.«

Robbie warf Duglas einen raschen Blick zu. »Woher weißt du das?«

Duglas zuckte die Achseln, was bewirkte, dass sich der Kopf seiner großen Kriegsaxt über seine Schultern hob. »Wer hat alle Tiere gehäutet, die du gejagt hast, Rob?«, fragte er leise.

Bram schauderte. Sie hatten den Bluddmann gefoltert.

Robbie entspannte sich ein wenig, wandte den Kopf von sich ab und lehnte ihn gegen den Hals seines Pferds. »Der Hundelord macht sich also Sorgen.«

»Noch besser als das.« Wieder warf Duglas seinem Begleiter

einen Blick zu. »Seine Männer haben ihn verlassen und sind nach Süden gezogen.«

Ungläubiges Murmeln erklang überall. »Wieso das?«, fragte Robbie. »Skinner kann doch nicht schon so schnell angegriffen haben.«

»Nein, es ist nicht Skinner, der die Männer vom Dhoonehaus weggelockt hat. Es ist die Armee von Spire Vanis.«

Robbie warf Duglas' Begleiter einen Blick zu. »Gill?«

Der Mann nickte. »Er hat Recht. Die Armee der Stadt marschiert auf die Grenze zu, und die Bluddmänner reiten nach Süden, zuerst nach Withy und dann zum Wolfsfluss, um ihnen entgegenzutreten.«

Robbie legte den Kopf zurück und lachte. »Die Bluddleute sind also nach Withy gegangen. Withy! Nun wissen wir sicher, dass die Steingötter uns beistehen!«

Mangus der Aal fing an zu lachen, und bald schon schlossen sich ihm Guy Morloch und andere an.

»Skinner tut mir Leid, wenn er dort auftaucht, weil er glaubt, es leicht zu haben«, sagte Diddie Daw. »Er wird uns bis ins Grab verfluchen.«

Diddies Worte schienen Robbie zu ernüchtern. »Vergessen wir nicht, dass er Dhoonemänner anführt.«

Die Männer nickten schnell, und das Gelächter verklang. *Schick eine Botschaft,* dachte Bram, aber er sprach es nicht aus. *Wenn du das Leben dieser Dhoonemänner retten willst, dann schick Skinner eine Botschaft und gib zu, dass das Angebot, das du gemacht hast, ein Trick war, der Skinner bewegen sollte, Withy anzugreifen.* Ein Angriff auf Withy hätte den Hundelord gezwungen, eine Armee auszuschicken, um das dortige Rundhaus zu verteidigen, und dann wäre das

Bluddhaus verwundbar und eine leichte Beute für Robbie Dun Dhoone gewesen. Das war der ursprüngliche Plan gewesen, und es sah so aus, als hätte Skinner den Köder geschluckt. Sein Häuptlingsstolz erlaubte es nicht, dass Robbie ein eigenes Rundhaus gewann, besonders keins mit dem Motto *Wir sind der Clan, der Könige macht.* Jetzt würde es in Withy zu einem Massaker kommen, wenn Skinner angriff.

Robbie wusste das alles. All die schönen Worte, die er an diesem Abend im eingestürzten Turm zu Mauger Loy gesagt hatte, zählten nicht, das wurde Bram nun klar. Es würde nichts kosten, einen Jungen mit einer Botschaft nach Osten zu schicken, aber Robbie hatte sich eindeutig entschieden, das nicht zu tun.

»Duglas«, sagte er und warf dem Axtmann den Kopf wieder zurück. »Wasch dich und rüste dich aus. Und finde einen Platz für den Kopf.«

Als Duglas und Gill auf den Turm zutrabten, stellte sich Robbie in den Steigbügeln auf und wandte sich an seine Armee. »Dhoomenänner. Fuchsmänner. Heute reiten wir nach Norden zum Dhoonehaus. Für einige von uns ist das unser Zuhause, für andere ein Ort, Ruhm zu finden. Wir sind nun eins, vereint in unseren Zielen, und die Steingötter sind uns wohlgesinnt. Wir sind Dhoone, Könige und Clankrieger. Krieg ist unsere Mutter, Stahl ist unser Vater. Und Frieden ist nur ein Stachel in unserem Fleisch.«

Als sie das Dhoonemotto hörten, begannen die Männer, die stumpfen Enden ihrer Speere auf den Boden zu stoßen. Ein Mann begann mit dem Kriegsgesang: »Dun Dhoone! Dun Dhoone! *Dun Dhoone!«*, und andere taten es ihm bald nach. Schnell war der Lärm ohrenbetäubend.

Bram saß im Sattel und lauschte. Einer der Anführer unter den Schneefuchskriegern warf Robbie einen Blick zu, und dann befahl er seinen Truppen abzumarschieren. Hunderte von Männern bewegten sich auf seinen Befehl hin der Straße zu. Robbie wartete, bis die Fuchsmänner sich vom eingestürzten Turm entfernt hatten, und erlaubte dem anderen, die Armee fürs erste anzuführen.

Als er bereit war, zog Robbie Mabb Cormacs Schwert und schrie: »Nach Norden, nach Dhoone!«

Bram beobachtete ihn, und als der Zeitpunkt gekommen war, trieb er sein Pferd an. Er war nicht mehr sicher, wofür er eigentlich kämpfte, aber das änderte nichts an der Tatsache, dass er kämpfen musste.

23
Fische fangen

Fische, dachte Effie, waren dumm. Und das war wirklich gut so, denn sie war selbst nicht allzu schlau, und es hätte nicht viel gebraucht, ihr zu entkommen. Ein Schwein hätte das leicht geschafft. Schweine waren schlau. Jebb Einacker hatte ihr einmal ein Lied über ein Schwein beigebracht. Als sie es Letty Shank vorgesungen hatte, hatte Letty es allen weitererzählt – und am Ende hatte Effie dafür die Prügel bezogen. Sie war darüber immer noch wütend.

Trotzdem. Es war wirklich ein gutes Lied gewesen.

Plötzlich war sie bedrückt und wusste nicht einmal so recht, warum. Sie lehnte sich wieder zurück und nahm die Hände aus dem Wasser. Sie hatten eine seltsame Farbe, wie Wasser. Sie waren auch ein bisschen taub. Das Wasser war kalt. Es schwammen immer noch ein paar Fische im Teich, aber sie nahm an, dass sie nun genug hatte. Sie konnte schließlich jederzeit zurückkehren und sich die anderen auch noch holen.

Effie rieb sich die Hände am Umhang trocken und stand auf. Der Lärm des Wasserfalls war ohrenbetäubend, und die Gischt sprühte ihr ins Gesicht. In der Nähe lagen alle möglichen interessanten Steine, die vom Wasserfall rund geschliffen waren. Es war lange her, seit sie Zeit gehabt hatte, über Steine nachzudenken, und sie war ein wenig eingerostet. Das da drüben war Granit, obwohl er rötlich war und wie Sandstein aussah. Oder war es Trappfels? Dass sie das nicht wusste, ärgerte sie. Effie Sevrance mochte vielleicht für nicht vieles gut sein, aber sie hatte sich immer mit Steinen ausgekannt.

Sie bemerkte, dass ihre Hände immer noch ein bisschen kribbelten, also verschränkte sie die Arme hoch vor der Brust und klemmte die Hände unter die Oberarme. Die Gischt half auch nicht gerade und verursachte ihr Gänsehaut, aber nun, nachdem sie diese Stelle gefunden hatte, wollte sie nicht wieder weg. Es war ein kleiner felsiger Einschnitt, wie eine Bucht, tief in die Uferklippen eingekerbt und ein Stück vom Fluss entfernt. Ein Bach stürzte hier über die steilen Uferfelsen und donnerte in den Teich, bevor er weiterfloss und in den Wolfsfluss mündete. Die Stelle war von allen Seiten geschützt, und das war schon Grund genug, hier zu bleiben. Dort oben im flachen Land gab es keinen Schutz. Wenn jemand angriff, konnte man sich nirgendwo verstecken.

Die Kragenenten hatten Effie hierher geführt. Nachdem … nachdem es passiert war, hatte sie sich stundenlang an die Uferklippen geklammert und nicht gewagt, sich zu regen. Die Männer hatten sich mit dem Wagen viel Zeit gelassen, und es war dunkel gewesen, als sie endlich abzogen. Auch nachdem Effie gehört hatte, wie sich der Wagen knarrend in Bewegung setzte, hatte sie noch gewartet. Nur weil diese Männer unvorsichtig waren, brauchte Effie Sevrance es nicht auch zu sein. Papa hatte immer gesagt, die Fähigkeit zum Warten machte die besten Jäger aus. *Betrachte es nie als Warten*, hatte er ihr gesagt. *Betrachte es als Lernen.*

Also saß Effie im Dunkeln und lernte. Lange Zeit, nachdem die Männer davongeritten waren, erklang kein Geräusch mehr, und dann hatte sie viel später einen Wolf heulen gehört, der Blut gewittert hatte. Das Wolfsheulen sagte Effie alles, was sie wissen musste: Es waren keine lebendigen Menschen mehr in der Nähe. Wölfe kannten sich mit so etwas aus.

Wieder nach oben zu klettern war das Schwierigste gewesen. Effies Beine waren zittrig, und einer ihrer Füße war ganz taub geworden. Als sie es geschafft hatte, hatte sie den Saum ihres Kleids auswringen müssen wie beim Waschen. Letty Shank hatte ihr einmal gesagt, dass auf allem, was über Nacht feucht blieb, Moos wuchs, und das wollte Effie ganz bestimmt nicht.

Es war schon seltsam, wie das Hirn Angst vor Dingen haben konnte, vor denen es sich nicht wirklich zu fürchten brauchte, und keine Angst vor anderen, die wahrhaftig zum Fürchten waren. Die Leichen waren in Stücke zerhackt. Ein Wolf trabte auf die Bäume zu und hatte eine Männerhand im Maul. Effie sah das und hatte keine Angst. Es war der Wagen, der sie beunruhigte: die Tatsache, dass er verschwunden war. Es gab keinen Raum mehr, in dem sie sich aufhalten konnte.

Die Männer hatten die Wagenplane und die Rippen abgehackt, und die großen Holzreifen lagen auf dem Boden wie Drachenknochen. Auch andere Dinge lagen dort: Körbe mit Erz, leere Hühnerkäfige, eine zerbrochene Lampe und die Pfeile, die Clewis Reed zum Trocknen an die Wagendecke gehängt hatte. Dazwischen lagen Leichenteile. Effie schluckte. Sie hatte solange sie sich erinnern konnte zugesehen, wie Papa Tierkadaver zerlegt hatte – sie würde es sich jetzt nicht gestatten, empfindlich zu sein.

Es half, an Papa zu denken. Papa war ein Jäger gewesen. Papa hätte sich genommen, was er brauchte, und wäre dann von hier verschwunden. *Blut zieht Raubtiere an,* hatte er immer gesagt. *Die zweibeinigen ebenso wie die vierbeinigen.* Also war sie hingerannt, hatte alles, was ihr nützlich vorkam, in einen Korb geladen, und war dann wieder zu den Uferfelsen gelaufen, wo sie sich sicher fühlte. An die Leichen wollte sie nicht denken. Clewis Reed und Druss Ganlow hatten aufgehört zu existieren. Clewis war ein zu großer Mann, um in so kleine Teile zerhackt zu werden.

Der Korb hatte einen Lederriemen, so dass Effie ihn sich auf den Rücken schnallen konnte. Das hatte sich beim Hinunterklettern zum Ufer als wichtig erwiesen. Sie war an einer anderen Stelle nach unten geklettert als zuvor, ein wenig weiter flussaufwärts, wo es ... na ja, klumpiger aussah. Die Felsen waren nicht so steil, und es gab Stellen, an denen man sich ausruhen konnte. Sie fand einen Platz zwischen zwei Felsen, wo sie sich zusammenrollte, die Wagenplane um sich wickelte und schlief.

Am nächsten Morgen war ihr klar gewesen, dass sie nicht wieder nach oben klettern würde. Hier war es besser, zwischen dem Fluss und den Felsen. Mehr so, als wäre man drinnen. Sie hatte nicht viel Essen gefunden – Clewis hatte immer frisches Wild geschossen –, aber sie hatte ein wenig Getreide und ein paar andere Dinge mitgenommen. Die Gerste, die eigentlich für die Pferde gedacht war, war so hart, dass sie sich daran beinahe die Zähne abbrach, bis ihr einfiel, dass sie sie einweichen musste. Die Körner hatten auch beinahe keinerlei Geschmack, aber Effie hatte Clewis Reeds kleine, aber wirkungsvolle Sammlung von Gewürzen mitgenommen, und sie fand ein interessantes rotes Pulver, das alles besser schmecken ließ. Später brannte ihr davon die Zunge, aber Papa sagte immer, alles Gute hatte seinen Preis.

Später an diesem Tag machte sie sich auf den Weg flussaufwärts. Effie nahm an, dass Bergsteigen wohl so ähnlich war. Oder Höhlenforschen. Die Felsen waren glatt, und es gab nicht immer einen guten Weg, aber wenn man sich ein bisschen ausruhte und wartete – lernte –, sah man für gewöhnlich einen Weg, auf dem man weitergehen konnte. Nach einer Weile drängten sich Bäume in ihr Territorium, trockene alte Wassereichen, die direkt aus den Felsen herauswuchsen. Ihre Wurzeln zerkrümelten den Stein langsam, und andere Pflanzen hatten das graue, beinahe pulverisierte Geröll genutzt, das sie geschaffen hatten. Es waren überwiegend Baumschösslinge und ein paar ausgesprochen dornig aussehende Büsche. Das machte alles schwieriger, aber es war immer noch besser, als dort oben zu sein und keinen Platz zu haben, an dem man sich verstecken konnte.

Ein Tag war vergangen und dann ein anderer, und Effie war nicht besonders weit gekommen. Die Gerste ging ihr langsam aus, und sie dachte daran, wie es wohl sein würde, nur von den Gewürzen zu leben. Dann hatten ihr die Bäume den Weg schließlich vollkommen verstellt, und nun sah sie vor sich nur noch Baumwipfel und schäumendes Flusswasser. Der Wolfsfluss war breiter geworden, und es war plötzlich schwierig, den Fluss als eine Einheit wahrzunehmen. Unter ihr bog sich ein felsiges Ufer nach innen und verschwand dann unter dichtem Gebüsch. Es war Mittag, also legte sie eine Rast ein und aß den letzten Rest der Gerste. Sie hatte zu sprießen begonnen, weil sie vom Fluss nass geworden war, also brauchte Effie sie nicht mehr so lange einzuweichen.

Sie beobachtete beim Essen den Fluss. Das Wasser war in den vergangenen Tagen zurückgegangen und klarer und ruhiger geworden. Große Strömungswirbel bewegten sich über die Oberfläche und schufen Wellen, die einander kreuzten. Nahe der Mitte wirbelte Wasser in einer riesigen Spirale; Effie verstand nicht, warum. Sie konnte allerdings warten und lernen, also setzte sie sich hin und betrachtete die Eisvögel, die in das kalte Wasser vorstießen und mit zappelnden Fischen wieder herauskamen; die Wasserläufer, die über das ruhigere Wasser am Ufer flitzten, und zwei Biber mit fetten Schwänzen, die an einem kleinen Kanal, der von einer Felswand vom Fluss abgetrennt wurde, einen Damm bauten.

Dann entdeckte sie die Kragenenten – ein Pärchen. Sie waren unter dem Gestrüpp hervorgekommen und schwammen auf einem Kanal, der unter den Eschen hindurchführte. Effie starrte das Gestrüpp forschend an. Ihr war nicht einmal aufgefallen, dass auch dort Wasser war.

Die Kragenenten schwammen eine Weile durch die stärkste Strömung, und der große, hübsche Erpel veranstaltete allerlei Kunststücke, um sein Weibchen zu beeindrucken. Die braune Ente folgte ihm ohne jede Anstrengung und bewegte die Schwanzfedern wie ein Steuer. Als sie genug von dem Getue ihres Gefährten hatte, schwamm sie wieder in den Kanal zurück, der von den Büschen verdeckt wurde. Effie wartete, aber die Ente kam nicht mehr heraus. Nach einer Weile warf

Effie einen Blick zum Himmel. Eine Stunde oder mehr war vergangen. Es war Zeit, den Kragenenten zu folgen. Der Weg nach unten war schwierig, und die Dornbüsche rissen ihr Löcher in den Rock. Als sie das Gestrüpp erreicht hatte, wusste sie schon, dass sie blaue Flecken bekommen würde. Durch den flachen Kanal unter den Büschen zu gelangen war allerdings das Schlimmste. Sie wurde klatschnass – und nicht so wie im Regen. Nein, wirklich so, als wäre sie in den Fluss gefallen. Ihre Zähne klapperten wie verrückt, als sie endlich die andere Seite erreichte.

Als Erstes hörte sie das drohende Schnattern des Kragenentenerpels, der sein Territorium verteidigte, und dann hörte sie das Wasser rauschen. Plötzlich begriff sie, dass sie das Geräusch schon die ganze Zeit gehört hatte, zusätzlich zu dem Flussrauschen. Sie hatte eine Art von Einschnitt in den Uferklippen erreicht, eine kleine Nische, die durch Felsen und Büsche vom Fluss abgeschirmt war. Ein Wasserfall stürzte von den Felsen über ihr und hatte einen Teich in den Steinboden gehöhlt. Die Kragenenten hatten hier ihr Nest, unter dem Birkengebüsch.

Es war das beste Versteck, das man sich vorstellen konnte. Sofort hatte Effie sich bis auf die Unterwäsche ausgezogen und ihre Sachen zum Trocknen auf die Felsen gelegt. Die Enten beobachteten sie misstrauisch, und der Erpel griff sie an, wenn sie dem Nest zu nahe kam. *Sie haben bestimmt Eier*, dachte Effie.

Der Gedanke an Eier ließ ihr das Wasser im Mund zusammenlaufen – das rote Gewürz würde auf rohen Enteneiern köstlich schmecken –, aber sie hatte bereits eine zweite, wenn auch weniger reizvolle Nahrungsquelle entdeckt.

Fische. Sie kamen mit dem Bach, stürzten mit dem Wasser nach unten, und wenn sie in den Teich fielen, waren sie einen Augenblick lang wie betäubt. Sie zu beobachten war so gut wie das Puppentheater auf dem Dhoonemarkt. Das Geräusch, wenn sie ins stehende Wasser fielen, war wie ... wie das Geräusch von nassem Fisch. Effie kannte die Namen der meisten Fische nicht, aber sie nahm an, dass das hier überwiegend Glanzfische waren. Ihre Schuppen glitzerten ziemlich, und sie waren silbrig und rosa. Als sie sich einen fing, mit einem Stein totschlug und zu essen versuchte, war er innen voller Gräten. Sie probierte, ein Stück roh zu essen. Dann versuchte sie noch eins, diesmal mit viel Gewürz. Tränen traten ihr in die Augen, als sie schluckte. Es war eindeutig Zeit, ein Feuer anzuzünden.

Das holzige Gebüsch lieferte gutes Brennholz, aber dank des Wasserfalls und des Flusses war alles ein bisschen feucht. Effie brach die besten Zweige ab, benutzte die Füße, um sie vom Busch herunterzustampfen, und zerrte sie zu der trockensten Stelle, die sie finden konnte. Selbst hier auf einem flacheren Felsen in der Mitte der Lichtung wurde sie immer noch von der Gischt vom Wasserfall getroffen. Effie runzelte die Stirn, als das Wasser auf ihren Brennholzhaufen sprühte, aber sie konnte überhaupt nichts dagegen tun.

Sie würde Zündspäne oder so etwas brauchen. Sie sah sich kritisch in der Bucht um und suchte nach etwas Trockenem, Knisterndem. Raif konnte beinahe mit allem ein Feuer anzünden – das hatte Papa immer gesagt. Schade, dass er jetzt nicht hier war. Er und Drey.

Nein. Nein. Nein!, ermahnte Effie sich. *Auf keinen Fall*

Selbstmitleid. Sevrances waren nie Feiglinge gewesen und neigten nicht dazu, sich zu beschweren.

Ein wenig von ihrem Zorn gewärmt, eilte sie über die Felsen und rund um den Teich, ganz ohne jeden Grund. Letty Shank und Florrie Horn wären entsetzt gewesen. In der Unterwäsche herumzulaufen! Glaubte sie denn, ein Kind zu sein und kein Mädchen von beinahe neun?

Sie hatte die Enten verängstigt und sie dazu gebracht, aus dem Nest ins sichere Wasser zu fliehen. Effie blieb stehen und beobachtete die Vögel. *Jetzt wäre ein guter Zeitpunkt, die Eier zu stehlen*, sagte eine leise Stimme in ihr drin. Nein. Kragenenten waren Berserker; es wäre einfach nicht richtig. Zumindest nicht, bevor sie wirklich genug von Fisch hatte.

Dennoch. Etwas unter dem Gebüsch zog ihren Blick an, und sie ging hin und kniete sich daneben. Das Nest befand sich auf einer Plattform aus Kieseln, die es über das Flusswasser erhoben. Es wurde von den Birken vor dem Wasserfall geschützt. Sieben hellgrüne Eier lagen auf einer dicken Matte aus Stroh, Daunen, Zweigen und Moos. *Zündstoff.* Effie griff hinein, schob die Eier vorsichtig an die Seite und riss dann einen großen Brocken aus dem Nest heraus.

Sie kicherte, als sie wieder zu ihrem Feuerholz ging. Es war wahrscheinlich das erste Mal in der Geschichte der Nesträuberei, dass jemand das Nest genommen hatte, nicht die Eier. Als sie den Zündstoff unter ihr Feuerholz schob, kehrte der Kragenentenerpel ins Gebüsch zurück, um nachzusehen, was geschehen war. Effie versuchte, sich nicht zu hektisch zu bewegen, als er unruhig um das Nest herumsuchte. Sie hatte ihn für heute genug verstört.

Das Feuer war nicht annähernd so leicht anzuzünden, wie sie es sich vorgestellt hatte. Sie hatte Clewis Reeds Feuerstein und die Eisenplatte mitgenommen, und das gab gute Funken, aber diese Funken mit dem trockenen Material aus dem Entennest aufzufangen erwies sich als ausgesprochen schwierig. Die Funken waren schnell, und manchmal half der Wind und manchmal nicht. Es sah aus, als bräuchte sie dreihundert Versuche, und inzwischen war es dunkel geworden, und die Knöchel an ihrer Hand bluteten.

Sobald die Flammen das Holz erfasst hatten, holte Effie ihre Kleider und ihren Korb. Der Rock und der Umhang waren immer noch ziemlich feucht, und sie überlegte, wie sie sie besser trocknen könnte. Die Sache mit dem Feuer hatte sie ziemlich angestrengt, und ihr fiel nichts Besseres ein, als ihr Kleid anzuziehen und sich selbst als Trockengestell zu benutzen. Es war schrecklich, etwas so Feuchtes anzuziehen, und ihre Zähne fingen wieder an zu klappern. Sie stählte sich und setzte sich hin, um den Fisch zu braten.

Seitdem waren zehn Tage vergangen. Effie erwachte jeden Morgen und dachte: Vielleicht sollte ich heute weiterziehen. Aber das hatte sie nicht getan. Hier in der Bucht war sie sicher und geschützt. Felswände umgaben sie auf drei Seiten. Der Einschnitt war ein kleiner, enger Raum etwa von der Größe des Steinhauses im Blackhailrundhaus, nur felsig und erheblich feuchter. Es gab Fische und Wasser, und das Feuer ging auch nicht jeden Tag aus. Ja, ihre Kleider waren nie ganz trocken, und manchmal fühlte sie sich abends ein bisschen einsam, aber es war erheblich besser als das Land weiter oben, das nach allen Seiten offen war. Schon der Gedanke daran verursachte ihr eine Gänsehaut.

Nein. Sie würde hier noch eine Weile bleiben. Ihr Zeichen würde sie vor jeder Gefahr warnen, und es hatte sich seit Tagen nicht gerührt.

Außerdem konnten die Entenküken jetzt jeden Augenblick schlüpfen. Die Enten waren nun fett und glänzend – Effie nahm an, dass sie nicht die Einzige war, die die betäubten Fische fing – und immer saß eine von ihnen auf dem Nest. Sie hatten sich inzwischen an Effie gewöhnt und schnatterten nur noch, wenn sie besonders nahe kam. Sie sprach sogar manchmal mit ihnen – nicht dass die Enten zugehört hätten. Es ging mehr darum, eine Stimme zu hören … selbst wenn es ihre eigene war.

Sie spürte, dass das Gefühl langsam in ihre Finger zurückkehrte, zog die Hände aus den Achselhöhlen und fragte sich, was sie als Nächstes tun sollte. Am besten Feuerholz sammeln. *Es macht nicht gerade Spaß, aber es geht nicht anders,* hatte Jebb Einacker immer gesagt, wenn er den Stall ausgemistet hatte.

Effie grinste, als sie auf die Büsche zuging. Feuerholz suchen war immer noch besser als Ausmisten.

Der Wasserfall machte jeden Tag zu einem Regentag. Er war schön anzusehen, das musste sie zugeben, aber Regen und Lärm zählten erheblich mehr als Aussehen, und sie war aufrichtig der Ansicht, dass die Bucht ohne den Wasserfall erheblich angenehmer wäre. Wassertröpfchen sprühten ihr auf den Rücken, als sie Eschen- und Birkenzweige abriss.

Effies Hände nahmen langsam wieder eine normale Farbe an, während sie arbeitete, und sie fragte sich, wie wohl der Rest von ihr aussah. Zerstreut fuhr sie sich mit den Fingern durchs Haar. Sie wusste, sie sollte sich nichts auf ihr Haar einbilden, aber Raif, Drey, Papa und Raina hatten alle gesagt, sie hätte schönes Haar. Selbst Letty Shank hatte einmal zugegeben, dass Effies Haar recht hübsch wäre, zumindest wenn man die Farbe von Baumrinden mochte. Das war, wie Effie ziemlich verächtlich dachte, eine reichlich dumme Bemerkung gewesen. Baumrinde gab es in allen möglichen Farben, je nachdem, um welche Bäume es sich handelte. Aber Letty Shank wusste so etwas nicht, denn Letty Shank hätte eine Rübe nicht von einem Kiefernzapfen unterscheiden können.

Effie verzog das Gesicht. Ihr Haar fühlte sich an wie Stroh, und es hing Zeug darin. Sie ließ das Feuerholz, wo es war, und setzte sich auf die Matratze aus Wagenplane und angehäuften Zweigen, die sie sich gebaut hatte, damit sie beim Essen nicht auf den kalten Steinen sitzen musste. Sie benutzte ihre Finger wie einen Kamm und arbeitete an ihrem Haar, zog Federn und Kletten heraus und rubbelte den getrockneten Schlamm weg. Es dauerte ziemlich lange; Effie Sevrance hatte sehr dichtes Haar.

Als ihr auffiel, dass das Feuer gefährlich heruntergebrannt war, legte sie eine Pause ein und ging etwas von dem Feuerholz holen. Es wurde dunkel, und sie hatte ihre drei Fische noch nicht gebraten. Als sie sich bückte, um einen schweren Birkenast aufzuheben, hörte sie von Osten her einen Ruf. Sie erstarrte und lauschte. Nach ein paar Sekunden erklang der Ruf wieder, nur diesmal schien er von Süden zu kommen. Vorsichtig legte Effie den Ast auf den Boden und hob die Hand an ihr Zeichen. Das kleine ohrförmige Granitstück vibrierte, aber nicht besonders heftig.

Sie hielt es fest und dachte nach. Ein Ruf aus dem Osten und dann aus dem Süden. Männer riefen einander auf der anderen Flussseite etwas zu. *Die Goldmänner!* Sie stand auf. Vielleicht waren die Händler aus der Stadt, die Druss und Clewis das Gold abkaufen sollten, nun am Ufer angekommen. Vielleicht hatten sie einen Fährmann gefunden, der sie herüberbrachte.

Effie ging auf und ab, aufgeregt und unsicher, was sie nun tun sollte. Was schuldete sie den Goldmännern? Nichts. Was hatte sie ihnen zu geben? Sie könnte ihnen höchstens sagen, dass Druss und Clewis tot waren. Zu berichten, wie sie gestorben waren, war wichtig, aber würden Städter das auf die gleiche Weise zu schätzen wissen wie Clansleute? Worin bestand hier ihre Verantwortung? Sie schuldete den Goldmännern nichts, aber was war sie Druss Ganlow und Clewis Reed schuldig?

Sie warf einen Blick auf die Büsche und kam zu einer Entscheidung. Sie schuldete Druss und Clewis ihr Leben. Sie konnte zumindest zum Fluss gehen und nachsehen, wer ihn da überquerte. Wenn sie sah, wer es war, würde sie vielleicht auch wissen, was sie tun sollte.

Rasch griff sie nach Korb und Umhang. Sie hatte schon Gänsehaut bei dem Gedanken daran, sich wieder in den Kanal zu stürzen. Onkel Angus hatte ihr einmal erzählt, die Menschen, die auf der anderen Seite des Topasmeers wohnten, benutzten Wasser als Foltermittel. *Kochendes Wasser?*, hatte sie ihn gefragt. *Nein*, hatte er gesagt. *Kaltes. Und immer nur einen Tropfen nach dem anderen.*

Effie schnaubte. Die Leute auf der anderen Seite des Topasmeers mussten wirklich sehr empfindlich sein, denn Effie Sevrance würde jetzt viele kalte Tropfen abbekommen – und immer noch kein Wort verraten.

Es macht nicht gerade Spaß, aber es geht nicht anders. Sie biss die Zähne zusammen, kniete sich neben die Büsche und stieg ins Wasser. Indem sie den Kopf einzog und sich mit den Zehen vorwärts drückte, gelang es ihr, den überhängenden Zweigen auszuweichen. Sie konnte spüren, wie das eisige Wasser ihr die Brust zusammenzog, aber der Gedanke an die Leute auf der anderen Seite des Topasmeers gab ihr Mut. Spitze Steine am Kanalboden zerkratzten ihr die Knie, als sie an dem Gestrüpp vorbeikam.

Zuerst konnte Effie gar nichts sehen, nur Dunkelheit, wo der Fluss floss. Es war eine dunkle Nacht, und Wolken standen am Himmel. Selbst als sich ihre Augen an das schlechte Licht gewöhnt hatten, konnte sie nicht viel erkennen. Der Fluss glitzerte ein kleines bisschen, und sie folgte dem Glitzern nach Osten, um zu sehen, ob sie herausfinden konnte, woher der erste Ruf gekommen war.

Nichts. Aber dann glaubte sie weiter entfernt das hellrote Schimmern einer heruntergedrehten Lampe zu sehen. Sie bekam Angst, und ihre Nackenhaare sträubten sich – sogar die nassen. Sie hatte Recht gehabt; jemand überquerte den Fluss. Zwei Fährleute ruderten eine der großen flachen Barken hinüber, die zum Transportieren von Rindern und Pferden benutzt wurden. Die Barke war an dicken Leitseilen befestigt, die sich über den Fluss zogen, und beide Männer bedienten Winden, die an beiden Seiten des Schiffs angebracht waren. Nach einiger Zeit breitete sich das Geräusch der Winden auch flussabwärts aus, und Effie konnte das rasche Schwirren gut geölter Räder hören.

Eine Flussüberquerung bei Nacht. Instinktiv blieb Effie reglos hocken. Es konnte ja sein, dass die Goldmänner den

Fluss auch bei Nacht überqueren würden, aber brauchten ein paar Händler eine so große Barke?

Sie folgte der Barke mit dem Blick, als sie sich weiter über den Fluss bewegte. Als sie sich dem Südufer näherte, entdeckte Effie auch dort Bewegung. Aber es war irgendwie seltsam, es war wie Wellen, wie ein Weizenfeld im Wind ... oder Tausende von Ameisen, die auf ihrem Hügel herumkrabbeln.

Effie spürte einen Stich kalter Angst im Herzen, als ihr klar wurde, was sie da sah. Keine Goldmänner, keine Schmuggler. Eine gesamte Armee wartete darauf, ins Clanland transportiert zu werden.

Sie würden bestimmt bis zum Morgen brauchen, bis sie alle übergesetzt waren.

Die Barke ruckte, als sie das Ufer erreichte, und einer der Fährleute beeilte sich, sie zu vertäuen, während der andere die Lampe vom Pfosten nahm. Effie spürte, wie die Welt aus den Angeln kippte, als der Mann die Lampe dicht an seinem Gesicht vorbeiführte.

Sie kannte ihn.

Es war einer der Scarpemänner, die an dem Abend, als der alte Kratzer verbrannt worden war, in der Schmiede gewesen waren. Wie hieß er noch? Uriah Scarpe. Der Sohn des Scarpehäuptlings.

Noch bevor sie ungläubig schnauben konnte, spürte Effie eine kalte Hand auf Nase und Mund. Ein kräftiger Arm riss sie zurück und nach unten. Sie roch Pferde und einen scharfen grünen Duft, den sie nicht zuordnen konnte. Sie riss die Arme nach unten, um unter dem Wasser Halt zu finden, aber der Besitzer des Arms riss sie rasch nach hinten.

»Still, Mädchen«, erklang eine leise Stimme. »Ich bin gekommen, um dich zu deiner Zukunft zu bringen. Mit diesem Krieg hast du nichts zu tun.«

Als er sie durch die Büsche zerrte, fragte sie sich, wieso ihr Zeichen sie im Stich gelassen hatte.

24
In der Festung

Stadthund war alles andere als glücklich. Sie wand sich in ihrem kleinen Tuchbeutel unter Cropes neuem Wollumhang. Der Beutel war quer über Cropes Schulter geschlungen, und Stadthund befand sich direkt unter der linken Achselhöhle. Crope drückte sanft den Arm nach unten, in der Hoffnung, dass sie das beruhigte und nicht erstickte.

Tatsächlich fühlte er sich selbst auch nicht besonders gut, aber Quills Worte kreisten in seinen Gedanken wie Geier. *Unruhe ist der Diebe Tod.* Also musste er so tun, als wäre er ruhig, genau wie Komödianten so taten, als wären sie Damen, wenn sie doch tatsächlich junge Männer waren.

Seine neuen Sachen halfen ihm dabei. Quill hatte den Stoff und den Zuschnitt selbst ausgesucht. Crope hatte immer eine Vorliebe für die Farbe Orange gehabt, aber Quill hatte gesagt, das wäre keine gute Idee. »Du musst harmlos aussehen, austauschbar und unauffällig.« Er hatte Crope einen kritischen Blick zugeworfen. »Und dabei werden wir eine Menge Hilfe brauchen.«

Der Schneider, den Quill gerufen hatte, war ein winziger, hektischer Mann. Wenn man ihn auch nur ansah, während er Maß nahm, stach er einen mit seinen Nadeln. Er und Quill hatten sich lange miteinander unterhalten. Graubraune Stoffe wurden ins Licht gehalten, ein Kalender zu Rate gezogen. Geld wechselte den Besitzer. Ein anderer Stoff wurde ins Licht gehalten, immer noch unauffällig, aber auf andere Art. Mehr Geld wechselte den Besitzer, und der Schneider verzog sich zufrieden. Fünf Tage später wurden ein Umhang, eine Hose, ein Hemd und ein Unterhemd zur Blinden Elster gebracht. Für Stiefel war keine Zeit gewesen. Wenn man dem Schneider glauben durfte, hatte kein Schuhmacher in der Stadt Schuhe vorrätig, die an Cropes Füße gepasst hätten. Es hätten welche besonders angefertigt werden müssen, und »besonders« bedeutete Zeit und Geld.

Crope hatte ein Bad genommen, bevor er seine neuen Sachen angezogen hatte – das zweite innerhalb von weniger als fünf Tagen. Zu baden fühlte sich unglaublich gut an, warm und schwebend, und er blieb in der Wanne, bis das Wasser abkühlte und die Seife sich am Rand sammelte. Quill fand es komisch, dass Crope die Wanne schrubbte, als er fertig war. Der Dieb sagte, dafür wären Diener da, und Crope stimmte ihm zu und schrubbte weiter.

Seine neuen Sachen passten ihm sehr gut, und sie waren auch nur am Hals ein bisschen kratzig. Quill brachte einen Spiegel, damit Crope sich anschauen konnte, aber Crope lehnte ab. Er sah sich nicht gerne an. Und wenn Quill sagte, er sähe akzeptabel aus, genügte ihm das.

Quill hatte ihn angewiesen, seine neuen Sachen jeden Tag zu tragen. »Damit sie ein bisschen fleckiger und verknitterter werden.« Crope schämte sich schon bei dem Gedanken, solch wunderbaren Stoff zu verdrecken, und war nicht wirklich froh darüber, selbst als Quill es ihm erklärte. »Alles, was zu alt oder zu neu aussieht, fällt auf. Wenn dein Ziel darin besteht, unauffällig zu sein, müssen deine Sachen irgendwo dazwischen liegen.«

Es gab so vieles, woran man denken musste! Und es gab auch etwas, an das Crope sich heute erinnern musste. Der Umhang war von dieser besonderen Art, die man von innen nach außen wenden konnte. Ja, genau, der Schneider hatte ihn einen Wendeumhang genannt. Quill bestand intensiv darauf, dass Crope das nicht vergaß. »Grau am Tag«, hatte er immer wieder erklärt. »Braun nach Sonnenuntergang.«

Crope wiederholte die Worte lautlos, als er in der Schlange am Festungstor wartete. Eine Schlange von zweihundert Männern und Frauen hatte sich gebildet, und Crope stand etwa in der Mitte. Es war früher Morgen, frisch und hell, und eine Brise ließ die rotsilbernen Fahnen flattern, die auf der Mauer gehisst waren.

Quill hatte gewollt, dass Crope sich ein Messer in den Stiefel steckte, aber Crope hatte entschlossen den Kopf geschüttelt. Keine Klingen. Sein Stab würde genügen. Quill hatte das seltsamerweise akzeptiert. »Die Waffe eines Mannes ist etwas Besonderes«, hatte er gesagt. »Wenn er erst eine bestimmte Vorliebe entwickelt hat, ist es für gewöhnlich zu spät, sie noch zu ändern.« Quills eigene bevorzugte Waffe war ein Knöchelmesser: ein Band, das man über die Fingerknöchel zog und bei dem ein langer Stachel zwischen dem Zeige- und dem Mittelfinger herausragte. Crope wusste das, weil er gesehen hatte, wie Quill diese Waffe im hinteren Teil der Blinden Elster benutzte. Es war kein Blut vergossen worden, aber Geld hatte den Besitzer gewechselt. Crope kannte sich mit solchen Dingen aus, weil er in der Mine Ähnliches erlebt hatte. Galle hatte es getan, um mehr zu essen zu bekommen.

An die Diamantenmine zu denken machte Crope traurig. Mannie Dun fehlte ihm. Wenn Mannie hier gewesen wäre, hätte er jetzt wahrscheinlich ein Schläfchen gehalten; Mannie war der einzige Mensch, dem Crope je begegnet war, der wirklich im Stehen schlafen konnte.

Crope dachte eine Weile an Mannies Lieder und wurde wieder ruhiger. Selbst Stadthund beruhigte sich ein bisschen, und als das Fallgitter schließlich rasselte und sich bebend nach oben bewegte, waren beide ein wenig überrascht.

»Alle, die als Bittsteller zum Surlord wollen, sagen ›Hier!‹«, rief ein großer, mürrischer Mann im roten Umhang, der sich vor die Mitte des Tors stellte, mit einem bestiefelten Fuß auf jeder Seite des Torgrabens.

Ein lauter Chor von »Hier's« erklang, als beinahe alle vor dem Tor antworteten.

Genau Quills Anweisungen entsprechend nickte Crope zwar, sprach aber nicht.

Der Rotumhang ließ einen nicht sonderlich interessierten Blick über die Menge schweifen. Ein zweiter Mann, der einen hübschen langen Umhang mit glitzernden Bändern am Rand trug, kam heraus. Der Glitzerige sagte etwas zu dem anderen, und der andere nickte, und dann ging der Glitzerige wieder weg.

»Also gut«, rief der Mann mit dem roten Umhang ihnen zu. »Der Surlord wird heute hundert empfangen.«

Unzufriedenes Gemurmel erklang. Ein Mann hinter Crope sagte dem Wachtposten genau, was er vom Surlord hielt, und zwei Soldaten kamen und führten ihn weg. Danach war die Menge still. Crope versuchte, ruhig zu bleiben, als der oberste

Rotumhang an der Reihe vorbeiging und die Hundert auswählte, die er durchlassen würde.

»Man nennt es die Gerechtigkeit des Surlords«, hatte Quill erklärt. »Alle zehn Tage steht die Festung jedem Mann oder jeder Frau in der Stadt offen, die eine Beschwerde haben. Das ist eine alte Tradition aus der Zeit, als Spire Vanis kaum mehr als ein Fort war und man die Menschen in der Stadt an dreißig Händen zählen konnte. Damals waren die Surlords noch anders. Weniger hochmütig. Sie haben nicht einfach nur Gesetze erlassen, sondern auch dafür gesorgt, dass sie eingehalten wurden. Land, Geld, Mittel: Sie haben alles selbst vergeben. Heute verteilen sie nur ein paar Münzen und hören zu, wenn sich ein Fischweib über ihre Konkurrenz beschwert und Bäcker Müller bezichtigen, zu viel Spelzen ins Mehl zu mischen. Dennoch, es ist der Brauch, und selbst die Surlords sind daran gebunden. Danach nehmen sie wahrscheinlich ein sehr heißes Bad, aber sie würden sich nicht einfallen lassen, den Brauch einfach aufzugeben. Spire Vanis ist eine böse Stadt, und kein Surlord will ein böses Ende nehmen.«

Crope war verblüfft gewesen, das zu hören. Er hatte es selbstverständlich geglaubt, denn er vertraute Quill vollständig, aber er war dennoch erstaunt, dass ein so mächtiger Mann wie der Surlord sich so verwundbar machte. Das sagte er auch zu Quill.

»Die Wache durchsucht alle, die die Festung betreten«, hatte Quill erwidert. »Und sie beobachten die Bittsteller scharf, sobald sie drinnen sind.«

»Du. Rein mit dir«, sagte der Rotumhang zu einer alten Frau zehn Schritte vor Crope. »Melde dich bei dem Bruder im

Wachhaus. Tu, was er sagt.« Die Frau nickte und eilte auf das Tor zu, damit der Mann es sich nicht noch einmal anders überlegte.

Crope zog die Münze aus dem Gürtel. »Silber«, hatte Quill entschieden. »Gold macht dich zu auffällig.« Crope hoffte sehr, nicht auffällig zu sein, als der Rotumhang auf ihn zukam. Sein Bedürfnis zu schrumpfen war gewaltig, und er musste gegen den Drang ankämpfen, die Knie zu biegen und sich zu ducken. *Unruhe ist der Diebe Tod,* sagte er sich. *Unruhe ist der Diebe Tod.*

Als der Blick des Mannes mit dem roten Umhang ihn erreichte, bewegte Crope die Hand zur Seite, wie Quill es ihm gezeigt hatte, und zwar so, dass der Mann die Münze sehen konnte. Er schien sie nicht zu bemerken, und Crope spürte, wie Panik in ihm aufstieg. Quill hatte gesagt, der Wachtposten würde das Geld nehmen. Gerade, als Crope den Arm schon weiter ausstrecken wollte, ging der Rotumhang an ihm vorbei, und Crope spürte schwielige Finger an seiner Handfläche. Und dann war die Münze auch schon verschwunden.

»Du«, sagte der Rotumhang zu ihm. »Rein mit dir.«

Crope war so erleichtert, dass er Quills Anweisung vergaß, ruhig zu bleiben, und auf das Tor zueilte wie die alte Frau vor ihm. Sein Herz schlug wie ein Hammer gegen Stadthunds Kopf, als er die Maskenfestung betrat.

Sein Herr war dort, er konnte es spüren. Die Pflastersteine unter seinen Füßen hallten, als befänden sich darunter Hohlräume. Die Männer und Frauen, die als Bittsteller zugelassen wurden, drängten sich beim Wachhaus zusammen, in dem sich der Mechanismus befand, mit dem das Fallgitter hochgezogen und heruntergelassen wurde. Vier Rotumhänge bewachten sie. Einer von ihnen kam auf Crope zu und kniff die Augen zusammen. »Bisschen groß geraten, wie?«, sagte er und zog die Speerspitze dabei über Cropes Seite und seine Rippen, wobei er alle paar Sekunden fester zustieß, weil er nach einer verborgenen Waffe suchte. Er schubste auch Stadthund, aber die kleine weiße Mischlingshündin blieb ruhig, und da sie sich nicht wie Stahl oder Eisen anfühlte, bemerkte der Mann sie nicht. Als er fertig war, warf er einen kritischen Blick auf Cropes Stab. »Den muss ich dir abnehmen.«

»Ich brauch ihn zum Laufen«, sagte Crope.

Der Rotumhang ließ den Blick über die Ausbuchtung unter Cropes Umhang schweifen, unter der Stadthund verborgen war. »Missgebildet?«, fragte er.

Crope nickte. Das hatte Quill nicht vorhergesehen, aber Crope hielt sich an die allgemeine Regel: *Verärgere die Wachtposten nicht.*

Der Mann schien mit Cropes Nicken zufrieden zu sein und ging zum nächsten Bittsteller weiter. Crope beobachtete ihn und drehte das Wort »missgebildet« in seinem Kopf hin und her. Ja, er war missgebildet.

Als das Fallgitter gesenkt wurde und das Tor sich schloss, führten die vier Rotumhänge die Bittsteller durch eine Gasse zwischen hohen Mauern zu einem Hof, der so lang und breit war wie ein Turnierfeld. »Bildet eine Schlange am Richtblock«, befahl einer der Männer. »Und verhaltet euch ruhig.«

Crope folgte den anderen und achtete darauf, nicht zu weit zurückzubleiben. Es war hier kälter als draußen, und der

Wind war kaum mehr zu spüren. Quill hatte erklärt, dass der Richtblock ein Steinblock war, auf dem den Leuten die Köpfe abgeschlagen wurden. Crope fand das ziemlich beunruhigend. Noch bevor die Schlange sich richtig gebildet hatte, fingen die Leute an zu murren. Die alte Frau, die man vor Crope hereingelassen hatte, drehte sich zu ihm um und beschwerte sich. »Wir werden stundenlang hier sein. Der hohe Herr steht bestimmt nicht vor Mittag auf.«

Crope nickte feierlich. Es war genau, wie Quill es gesagt hatte.

Sie warteten. Die Sonne ging auf, verschwand hinter dem Berg und kam dann wieder hervor. Cropes Füße taten langsam weh, und er wünschte sich, er hätte ein paar Leisten. Er war nicht sicher, was das eigentlich war, aber er wusste, dass man sie für neue Stiefel brauchte. Hin und wieder kamen ein Herr oder eine Dame in feiner Kleidung über den Hof, und die Menge starrte sie an. Am anderen Ende, ganz in der Nähe des spitzen Turms, trainierten ein paar Wachen ihre Pferde. Crope beobachtete, was vor dem Stall vor sich ging. Es war ein großes Steingebäude, das beinahe einen ganzen Flügel der Festung einnahm, mit großen Doppeltoren zum Innenhof. Stallknechte führten Pferde zur Ausbildung und zum Striegeln heraus. Wenn sie fertig waren, führten sie die Tiere zu einem großen, bleibeschlagenen Trog und pumpten frisches Wasser hinein, um die Pferde zu tränken.

Nach einem Zeitraum, der nach Cropes Einschätzung etwa drei Stunden betragen hatte, kamen livrierte Diener in den Hof und brachten aufgerollte Teppiche und einen großen Sessel heraus. Andere Diener errichteten einen Baldachin aus roter Seide und vergoldeten Pfosten. Als sie fertig waren, stand der große Sessel auf dicken gemusterten Teppichen und war durch ein seidenes Dach vor Sonne und Regen geschützt.

Die Bittsteller drängten sich ein wenig vor und schöpften wieder Hoffnung. Eine weitere Stunde verging. Alle außer den Rotumhängen starrten den leeren Stuhl an. Crope wurde nervös, und er zog die Kapuze des Umhangs über. Inzwischen hätte laut Quills Plan doch etwas passieren sollen, oder nicht? Er warf einen Blick zum Stall. Nichts.

Plötzlich erklangen Hörner aus dem dicken Turm, der wie ein Bierfass aussah. Die Rotumhänge nahmen Habachtstellung an. Weiteres Drängeln der Bittsteller zwang Crope, sachte zurückzudrängeln. *Nicht zu nahe zum Sessel kommen. Unauffällig bleiben.*

Der helläugige Mann, der Cropes Herrn mitgenommen hatte, kam aus dem dicken Turm, flankiert von zwei hoch gewachsenen, kräftigen Männern, einer blond, einer dunkelhaarig. Er war schlichter gekleidet als die anderen adligen Herrschaften, die sie an diesem Tag gesehen hatten, aber er trug eine dicke Amtskette um den Hals und ging auf diese gemessene Art, mit der ein Mann sich bewegt, der seiner Macht sicher ist. Crope senkte den Blick. *Unruhe ist der Diebe Tod.*

Und dann, gerade als der Surlord auf den großen Sessel zuging, passierte es. Die Pumpe im Stall fing an zu quietschen. Der Handgriff zuckte nach oben, und Wasser schoss aus der Öffnung. Beinahe sofort war der Bleitrog gefüllt und floss über, und Wasser ergoss sich in den Hof. Alle, der Surlord eingeschlossen, drehten sich um. Der Stallknecht, der dem Trog am nächsten stand, versuchte, den Schwengel wieder herunterzuziehen, aber das bewirkte nur noch größeren Druck, und das Wasser spritzte höher. Ein Pferd an der Stalltür scheute. Ein anderes versuchte, seinen Reiter abzuwerfen. Jemand rief nach dem Stallmeister. Dieser, ein großer dicker Mann mit einer Lederschürze, kam aus dem Stall und sah sich die Bescherung an. Wasser floss nun auch auf den Richtblock und auf die hübsch gemusterten Teppiche ganz in der Nähe zu.

Der Stallmeister schüttelte den Kopf und warf dem Surlord, der seinen Sessel beinahe erreicht hatte, einen nervösen Blick zu. »Kennt sich hier jemand mit Pumpen aus?«, rief er ein wenig hysterisch in die Menge.

Das war Cropes Stichwort. Er trat aus der Schlange der Bittsteller und sagte leise: »Herr, ich weiß mit Pumpen Bescheid.«

Der Stallmeister betrachtete ihn von oben bis unten. Crope sah dem Mann an, dass er ihm nicht gefiel, aber das Pumpensiegel war gebrochen, und der Surlord schaute zu, und ihm blieb kaum eine andere Möglichkeit. Also winkte der Stallmeister Crope ungeduldig zu sich und sagte: »Dann komm her und kümmere dich darum.«

Genau das tat Crope, und für einen Augenblick, nachdem er die anderen Bittsteller hinter sich gelassen hatte, spürte er die Aufmerksamkeit des Surlords. Der Blick des helläugigen Mannes bewirkte, dass ihm durch die neuen Kleider bis auf die Haut kalt wurde.

Als er die Pumpe erreicht hatte, ging es ihm wieder ein wenig besser. Mit Pumpen kannte er sich wirklich aus. Er kniete nieder, legte die großen Hände an den Pumpenschaft und drehte; dann riss er den gesamten quietschenden Mechanismus aus dem Boden. Sofort ließ der Druck nach, und sobald er den sieben Fuß langen Schaft aus dem Brunnenloch gezogen hatte, versickerte der Wasserausstoß zu einem Rinnsal, mit dem man zurechtkommen konnte.

Der Stallmeister seufzte erleichtert. Pferde beruhigten sich wieder. Einer der Stallknechte, der in der Nähe des Trogs stand, zwinkerte Crope einmal zu und war dann verschwunden. Quills Mann in der Festung.

Crope war vollkommen durchnässt, aber er konzentrierte sich derart darauf, seinen nächsten Satz ordentlich herauszubringen, dass es ihm kaum auffiel. »Ich brauche Werg und Lehm – für das Siegel.«

Der Stallmeister schaute seine Knechte an. Keiner regte sich. »Geht schon und holt, was der Mann braucht«, befahl er ihnen. »Und du da – hol ihm ein Handtuch.«

Die Aufregung war vorüber. Stallknechte führten ihre Pferde in den Stall und holten Besen, um das Wasser wegzufegen. Drüben am Richtblock begann der Surlord, die Bittsteller anzuhören. Der Erste bewegte sich vorwärts, um auf dem gemusterten – und nur ein klein bisschen feuchten – Teppich niederzuknien.

Crope griff in seinen Umhang, kraulte Stadthund die Ohren und richtete sich auf eine lange Wartezeit ein. Bis der Knecht mit dem Werg und einem Brocken Lehm in einem nassen Tuch zurückkehrte, hatte der Surlord schon über zwei Dutzend Bittsteller angehört. Der Mann war schnell, das musste man ihm lassen.

Crope nahm das Werg entgegen und starrte den Lehm sehr lange an, wie Quill ihm geraten hatte. »Wenn sie roten bringen, verlange grauen«, hatte er gesagt. »Wenn sie grauen bringen, verlang roten. Das wird sie eine Weile beschäftigen.«

»Ich brauche roten«, sagte Crope leise und freundlich.

Der Knecht, ein dürrer Junge mit breitem Mund und einer großen Nase, starrte ihn höhnisch an. »Das ist doch gleich.«

»Ich brauche roten«, wiederholte Crope beharrlich.

Der Knecht verdrehte die Augen.

»Wenn er roten will«, sagte der Stallmeister und stellte sich an den Kopf des Trogs, »dann bring ihm roten.«

Der Knecht schnaubte und machte sich auf die Suche nach rotem Lehm. Der Stallmeister beobachtete Crope noch einen Augenblick, schüttelte dann nachdrücklich den Kopf und ging davon.

Wieder wartete Crope. Die Reihe der Bittsteller wurde kürzer, und die Rotumhänge, die den Surlord bewachten, hatten die Länge der Zeit für eine einzelne Petition von vornherein beschnitten. Hin und wieder wandte sich der Surlord seinem Schatzmeister zu und befahl, dass einem Bittsteller Geld übergeben wurde. Nach und nach wurde es dunkler im Hof. Kohlebecken wurden herausgebracht, um den Richtblock zu beleuchten, und im Stall zündete man Lampen an.

Der Knecht war immer noch nicht wieder da. Cropes Magen knurrte, als der Surlord den letzten Bittsteller anhörte. Crope sah sich um und bemerkte, dass keiner auf ihn oder die Pumpe achtete. Rasch wendete er seinen Umhang, zog die Kapuze über und lehnte sich wieder in den Schatten hinter dem Trog. *Grau bei Tageslicht, Braun nach Sonnenuntergang.* Diese Seite des Umhangs war ein wenig seltsam und schimmerte wie Wasser. Crope mochte die andere Seite lieber.

Schließlich war der Surlord mit den Bittstellern fertig und stand auf, um in den dicken Turm zurückzukehren. Als die Diener kamen, um den Baldachin abzubauen und die Teppiche zusammenzurollen, kehrte auch der Knecht mit einem Brocken roten Lehms zurück. Er hatte offenbar zunächst Probleme, Crope überhaupt zu entdecken, und als er ihn schließlich fand, war er alles andere als erfreut. »Ich musste bis zur Töpferstraße gehen«, beschwerte er sich und ließ den Lehm vor Cropes Füße fallen. »Beeil dich lieber, sonst wirst du die Nacht über in der Festung eingeschlossen.«

Crope nahm den Lehm und begann ihn zu kneten. Kneten beruhigte, und die Zeit verging schneller, wenn man etwas zu tun hatte. Als die Stalltore geschlossen wurden, knetete er weiter. Als der Stallmeister herauskam, spähte er in den Schatten am Trog und sagte zu sich selbst: »Er ist verschwunden.« Crope knetete weiter. *Unruhe ist der Diebe Tod.*

Die Festung wurde still, und es wurde immer dunkler. Als Crope es für sicher hielt, stand er auf. Muskeln in seinen Beinen, die er seit Stunden nicht mehr bewegt hatte, verkrampften sich, und er musste sich einen Augenblick auf seinen Stab stützen.

Komm zu mir, hatte sein Herr befohlen. Und nun konnte er das endlich tun.

Er überquerte den Hof und ging zu der vernagelten Galerie, die auf der anderen Seite gegenüber dem Stall verlief und zu dem spitzen Turm führte. Quill hatte ihm gesagt, dass er von Einbruch der Dunkelheit an auf sich selbst angewiesen sein würde. »Diebe helfen vielleicht anderen Dieben«, hatte er gesagt. »Aber der eigentliche Diebstahl muss allein begangen werden.« Crope verstand das. Ein Mann konnte sich von einem bestimmten Punkt an nur auf sich selbst verlassen.

Ein vernageltes Fenster auf Kellerhöhe brach nach innen ein, als er fest dagegentrat. Holz splitterte, und es gab ein lautes Knallen, als das Brett auf den Boden fiel, aber das war Crope ziemlich gleichgültig. Sein Herr war sehr nahe und sehr schwach, und Crope hatte lange genug die Geduld bewahrt.

Er musste nicht so tief hinunterspringen, wie er befürchtet hatte, und er landete, ohne sich dabei wehzutun. Dann ließ er Stadthund aus dem Beutel und machte sich auf die Suche nach einer Treppe.

Seine Augen hatten sich schon an die Dunkelheit im Hof gewöhnt, und er konnte sich schnell orientieren. Der Raum war so lang wie die Galerie selbst und hatte Treppen an beiden Enden. Crope lief in die Richtung, in der sich der Turm befand, und rannte die Treppe hinauf. Als er das Erdgeschoss erreicht hatte, raste sein Herz bereits auf seltsame und schmerzvolle Art. Ein gewaltiges Drängen ergriff ihn, und als er das Holztor zu dem spitzen Turm sah, warf er sich mit aller Kraft dagegen.

Knack! Das Tor zuckte im Rahmen, gab aber nicht nach. Crope warf sich wieder und wieder dagegen, rammte die Schultern gegen das Holz. Beim vierten Versuch gab es endlich nach, und der Lärm, den es beim Aufbrechen verursachte, war ohrenbetäubend.

Crope und Stadthund traten in die kalte Dunkelheit des Splitters. Eisiger Nebel wirbelte um sie herum, und zum ersten

Mal seit achtzehn Jahren spürte Crope die lebendige, atmende Präsenz seines Herrn. Das brachte ihn beinahe um den Verstand.

Als er auf die Treppe zuging, erklang ein leises Klicken, und ein Teil der Wand schwang nach innen.

Komm zu mir.

Schauder liefen Crope über den Rücken, als er in die Unterwelt hinabstieg. Er konnte nichts sehen, Stadthund konnte auch nichts sehen, aber irgendwie wurden sie geführt. Sie stiegen abwärts, unter ihnen rauschte der Wind, und von oben erklangen die ersten Alarmgeräusche.

Als sie die erste Kammer erreichten, nahm Crope vier Stufen auf einmal. Hektisch drehte er den Kopf und suchte nach seinem Herrn.

Tiefer drunten.

Crope konnte die letzten Stufen nicht schnell genug hinter sich bringen. Eine Tür, die von außen verriegelt war, hielt ihn auf. Diese entsetzliche Einzelheit und was sie über den Mann aussagte, der seinen Herrn mitgenommen hatte, bewirkte, dass sich der weiß glühende Zorn hinter Cropes Augen ausbreitete. Er klemmte die Finger hinter den Riegel und riss ihn vollkommen ab. *Eingeschlossen und nie wieder herausgelassen.* Damit kannte Crope sich aus.

Und dann befand er sich ganz plötzlich seinem Herrn gegenüber. Tränen traten ihm in die Augen, als er sich neben der grausamen Eisenwiege niederkniete und den Mann berührte, der sein Leben war. Sanft und ganz vorsichtig hob er ihn hoch und versuchte, nicht zu sehr an das schrecklich geringe Gewicht zu denken, daran, wie *wenig* sein Herr geworden war. Ketten klirrten, also brach er sie wie Zweige.

Er hätte gerne mehr getan. Plötzlich gab es nicht genug Gegenstände auf der Welt zum Zerbrechen.

Sein Herr wog so wenig, dass es sich anfühlte, als trüge er ein kleines Kind. Crope konnte beinahe nicht ertragen, daran zu denken, was Baralis durchgestanden hatte. Als er ihn durch die große Kammer zur Treppe trug, hörte er Stadthund knurren.

Eine Gestalt mit einer Lampe, die auf halbem Weg auf der großen Wendeltreppe stand, erstarrte. Der Surlord. Der helläugige Mann.

Etwas, das Crope zerbrechen konnte.

»Komm zu mir!«, brüllte er und rannte auf ihn zu. *»Komm zu mir!«*

Die Gestalt drehte sich um und begann, die Treppe hinaufzueilen. Weiß glühender Zorn erfüllte Crope, fegte durch seinen Körper wie Wasser aus der Pumpe. Seine Sehkraft wurde schärfer, seine Muskeln pumpten sich auf, und er hatte die Kraft von zehn Männern. Er wiegte seinen Herrn mit dem linken Arm, hob mit der rechten Hand den Stab hoch über die Schulter und warf ihn wie einen Speer.

Der Stab drang durch den Oberkörper des Surlords wie ein Schwert, pfählte ihn von hinten und ließ ihn vorwärts auf die Treppe stürzen. Crope hatte ihn innerhalb von Sekunden eingeholt. Es war ihm gleich, ob der Surlord noch lebte oder schon tot war – er schleuderte den zuckenden, blutenden Körper in den Abgrund.

Das war der Augenblick, als das erste Beben begann – ein tiefes Knurren der Felsen, gefolgt von einem schrillen Kreischen. Der Turm zitterte. Steintäfelung platzte von den Wänden. Crope eilte sich, seinen Herrn an die Oberfläche zu tragen.

Ein großer schwarzer Riss klaffte auf, und weitere Risse erschienen an der Zwischenwand. Etwas barst mit der Kraft zerreißenden Felsens. Der Turm schien sich zu dehnen. Mauersteine flogen an Cropes Kopf vorbei. Staub stieg auf, dicht und beißend, und als Crope ihn sich aus den Augen rieb, sah er zwei Gestalten, die ihm den Weg nach draußen versperrten.

Rotumhänge – die beiden, die den Surlord aus dem dicken Turm heraus und wieder zurück begleitet hatten. Einer blond, einer dunkelhaarig.

Ohne Stab hatte Crope keine Waffe mehr ... und das da waren große, kräftige Männer. Aber es blieb ihm nichts anderes übrig, als ihnen entgegenzutreten. Die Rotumhänge zogen die Schwerter und warteten.

Die Treppe bockte nun, und Stütz- und Trittsteine brachen mit kleinen Explosionen aus ihr heraus. Crope brachte die letzten Stufen hinter sich. Er zog die Schultern vor, um seinen Herrn zu beschützen, und nahm die Schläge der Rotumhänge entgegen. Sie waren misstrauisch und überrascht. Einer von ihnen sah krank aus. Sie stachen ihn mit ihren Schwertern und brachten ihm an den Armen und Schultern tiefe Schnittwunden bei. Es tat weh, aber nicht sonderlich. Es würde ihn nicht aufhalten. Nun war er ruhig, der weiß glühende Zorn war verschwunden. Die Schnitte brannten, und er konnte spüren, wie sein eigenes Blut langsam und unnatürlich heiß über seine Haut lief.

Als der Turm ruckartig zur Seite sackte, verlor einer der Rotumhänge den Halt und fiel schreiend in den Abgrund. Crope drängte sich an dem anderen Mann, dem dunkelhaarigen, vorbei und erhielt Stichwunden in die Leber und die Hinterbacken. Irgendwann hörte der Mann auf, ihn anzugreifen, wahrscheinlich, um sich selbst zu retten. Crope stieg weiter nach oben. Er und sein Herr konnten nun die frische Luft spüren. Ein neuer Anfang war in Sicht.

Der höchste Turm im Norden stürzte ein, und Trümmer flogen über ein ganzes Viertel der Stadt, während Crope seinen Herrn in Sicherheit trug.

25
Eine Festung aus grauem Eis

Die Stunde vor der Morgendämmerung war im trockenen Flussbett eine seltsame Zeit. Geräusche hallten leise im Graben wider. Raif hörte Wasser spritzen und das leise Zischen eines großen Blaureihers, als er zusammengerollt unter seiner Decke lag und langsam wach wurde. Als er die Augen aufschlug, verschwanden die Geräusche, und er hätte leicht glauben können, dass er sie überhaupt nicht gehört hatte. Der Nebel war etwas anderes. Kurz vor Morgengrauen füllte er den Graben und begann zu fließen wie ein Fluss, bewegte sich wie mit Muskelkraft. Als es zum ersten Mal geschehen war, hatten Raif und das Pony inmitten des Flussbetts geschlafen, und der Nebelfluss war über sie hinweggerollt. Es war das einzige Mal gewesen, dass das kleine Pony ihn verlassen hatte, die Ohren angelegt und die Augen in wirklicher Panik aufgerissen, als es aus dem Graben floh. Seitdem waren sie zum Übernachten immer aus dem Flussbett gestiegen, und Raif hatte sein Lager am Ufer aufgeschlagen.

Das Kargland war voller Gespenster. Manchmal, wenn Raif zu den Sternen aufblickte, die sich alle an der falschen Stelle befanden, fragte er sich, ob er sie nicht sah, wie sie einmal in einem anderen Zeitalter ausgesehen hatten.

Ganze Tage waren vergangen, an denen Raif glaubte, dass das Kargland ihn im Kreis herumführte und jede Biegung des Flusses, jede Felsformation vertraut aussah. Eines Morgens hatte er auf eine flache Granitplatte in der Wand des Flussbetts ein Zeichen eingeritzt und sich eingebildet, das gäbe ihm eine Möglichkeit zu erfahren, ob er wieder an dieser Stelle vorbeikommen würde. Nun musste er über seinen eigenen Mangel an Einsicht lächeln. Im Kargland war nichts so einfach. Schon nach einer Stunde kam er an einer zweiten Granitplatte vorbei, die der ersten so ähnlich sah, dass er sich fragte, ob ein Mensch oder ein Geist sein Zeichen bewusst getilgt hatte. Nach etwa zwei Stunden hatte er dann begonnen zu bezweifeln, dass er das Zeichen überhaupt hinterlassen hatte – vielleicht hatte er es ja nur vorgehabt oder davon geträumt, aber nie wirklich einen Raben in den Stein gekratzt.

Und genau darin bestand das Geheimnis des Karglands, hatte er entdeckt. Es bewirkte, dass man an sich selbst zu zweifeln begann. Es war besser, nicht daran zu denken, dass einen das ausgetrocknete Flussbett nirgendwohin führte. Selbst wenn das stimmte, konnte man gar nichts dagegen tun. Das Kargland brachte einen, wohin es wollte.

Raif tat, was er konnte: Er rieb die Wunden des Ponys mit Fett ein und kümmerte sich um das Fell des Tieres, er rationierte die Lebensmittel und hielt nach sauberem Eis Ausschau, das zu Trinkwasser geschmolzen werden konnte. Auf den Rest hatte er ohnehin keinen Einfluss.

Selbst die Tage waren schlecht zu bemessen. Raif glaubte, vielleicht sieben Nächte hier verbracht zu haben, aber er war nicht sicher. Seine Vorräte waren inzwischen bei Fladenbrot, Trockenfleisch, den letzten Talgkuchen und dem geölten Getreide für das Pony angekommen. Das schien ein ebenso guter Maßstab wie alles andere hier: wie viel man unterwegs zu sich nahm.

Die Erde bebte jeden Tag – das zumindest wusste er. Schwächere Beben ließen den Schutt im Flussbett hüpfen und kleine Steine an den Ufern herabrieseln. Dann war die Mitte des Grabens der beste Ort.

Zwei Tage zuvor hatte es ein längeres Beben gegeben, das Risse im Flussbett hatte entstehen lassen. Raif war auf die Knie gesunken, während Steine von den Grabenwänden gepoltert waren und ein Staubsturm um ihn herumwirbelte. Als der Staub sich wieder setzte, sah er, dass sich Felsbrocken von der Größe von Heuschobern bewegt hatten, und die Kruste des Flussbetts war meilenweit gerissen. *Shatan Maer,* dachte Raif mit einem Schaudern. *Es bleibt nicht mehr viel Zeit.*

Er schob die Decke weg und stand auf. Der Nebelfluss war vorbeigetrieben, und die Morgendämmerung zeigte sich leicht rosafarben an zwei gegenüberliegenden Horizonten. Raif ignorierte sie beide und machte sich daran, das Pony abzureiben.

Der Schnitt am Bein der kleinen Stute sah ein wenig besser aus, er war nun trockener und verschorft, und sie scheute nicht, als Raif ihn mit Fett einrieb. Sie kannte diese Prozedur nun schon – einfetten, bürsten, bandagieren, und dann eine Leckerei – und ließ alles resigniert über sich ergehen. Jeden Tag bedankte sich Raif in Gedanken bei Thomas Argola, der ihm das Tier aufgezwungen hatte. Die Stute machte den Weg erträglich, einfach, weil er durch sie nicht allein war. Und Raif konnte sich erschreckend gut vorstellen, was aus einem einsamen Mann im Kargland werden konnte.

Als sie das Lager abbrachen und wieder in den Graben hinabstiegen, kam Raif zu dem Schluss, dass es an der Zeit sei, dem Pony einen Namen zu geben. Er dachte einen Augenblick nach, und dann begann sich ein Muskelband um seine Brust enger zu spannen. Jeder Gedanke beinhaltete Fallen, und das hier war eine von ihnen. Sein letztes Pferd, das Elch geheißen hatte, hatte er von Orwin Shank, Bittys Vater, bekommen.

Raif zog sich die Hand über das Gesicht und drückte sie fest gegen seine Augen und Zähne. So war es mit den Clans: all diese Verbindungen. Wenn man einen verwundete, verwundete man sie alle.

Was ist nur aus mir geworden? Aber er wusste die Antwort schon, sie lag in seinen Namen. *Zwölftöter. Totenwächter. Mor Drakka.*

Ihm blieb nichts anderes übrig, als weiter dem Flussbett zu folgen, ohne auch nur zu wissen, ob ihn das nach Osten oder nach Westen führte. Nach einiger Zeit legte er die Hand auf den Hals des Ponys, und ein wenig später wurde alles wieder erträglicher. Und das war der Augenblick, als ihm der Name des Pferds einfiel – Bär: mit all seinen Verbindungen, genau wie im Clan.

Es war kein besonders weiblicher Name, aber er passte zu ihr, und das war das Wichtigste. Raif rief sie ein paar Mal, und sie spitzte die Ohren und schien sich daran zu gewöhnen. Sie konnte jetzt besser laufen, schonte ihr verletztes Bein nicht mehr so sehr. Es war ein guter Tag für einen Namen.

Bär. Raif holte tief Luft und spürte, wie seine Lungen gegen die letzten Reste von Spannung in seiner Brust drückten. Er hatte immer ein Bärenzeichen haben wollen, wie Drey und Papa, nun hatte er stattdessen ein Bärenpferd.

Der Morgen verging, oder vielleicht tat er das auch nicht. Das Licht veränderte sich, und der Himmel nahm eine Schattierung von Blau an, die Raif zuvor nur bei tiefem, algenbedecktem Wasser gesehen hatte. Die Wolken hingen an ihrem üblichen Ort, rings um die Sonne. Ein Tagmond schien eine Weile und verblasste dann wieder. Das Problem dabei, sich in diesem Graben zu bewegen, bestand darin, dass man außer dem Himmel kaum Interessantes zu sehen bekam. Tagsüber konnte Raif häufig kaum einen Blick auf das Land oberhalb des Flussbetts werfen. Manchmal sah er nadelspitze Basaltsäulen oder lang gezogene Steinhaufen. Einmal hatte er einen vollständig versteinerten Baum gesehen, dessen Hauptäste alle erhalten waren. Überwiegend aber betrachtete er die Wände des Flussbetts.

Der Graben war unterschiedlich tief und weit, aber selbst an der schmalsten Stelle schätzte Raif ihn auf eine Drittelmeile breit. Seine Landschaft aus Steinen, verkalktem Schutt, aufgehäuften Felsen und gefrorener Erde veränderte sich immer wieder. Hin und wieder waren Fossilschichten zu erkennen, und darin Geschöpfe, die Raif nicht kannte. An anderen Stellen sah er, dass die Kraft des Wassers harten Granit glatt geschliffen hatte, anderswo war weicherer Stein zu Sand zerbröselt. Gegen Mittag jedoch entdeckte er etwas, das ihm die Nackenhaare sträubte. Stufen, eine ganze Treppe, direkt ins Ufer geschnitten. Er zügelte Bär, und sie ritten näher heran, um es sich anzusehen.

Die Stufen endeten an einer Stelle auf halber Höhe der Flussterrasse, und um sie zu erreichen, mussten sie einen Abhang aus Trappfels hinaufklettern. Bär kam gut zurecht, aber Raif machte immer wieder Fehler und stolperte. Das hier war das erste Anzeichen von Zivilisation, das er gesehen hatte, seit er das Kargland betreten hatte. Jemand hatte diese Stufen in den Stein geschlagen, vielleicht, damit man baden oder im Fluss Wäsche waschen konnte. Stufen bedeuteten, dass es ganz in der Nähe eine Siedlung geben musste.

Als Raif den ersten Treppenabsatz erreichte, warf er reflexartig einen Blick zum Himmel – so hatte er gelernt, das Kargland zu messen, seine Launen abzuschätzen: Alle Veränderungen wurden hier vom Himmel im Voraus angezeigt.

Die Wolken bewegten sich nun, rollten in Wellen auf ihn zu, und die Farben des Himmels änderten sich. Die Götterlichter hatten zu leuchten begonnen.

Der Augenblick war gekommen.

Bär schnupperte einige Zeit an der Stufe, bevor sie den Fuß darauf setzte. Raif wusste genau, wie ihr zumute war. Nach so vielen Tagen auf rauem Boden fühlte sich der behauene Stein auch unter seinen Füßen seltsam an. Die Stufen waren flach, aber breit, und jede etwa zehn Schritte lang. Menschen hätten darauf sitzen und sich unterhalten können, während sie die Füße im Fluss kühlten. Raif versuchte sich vorzustellen, wie die Alten ausgesehen hatten, aber sein Kopf war seltsam leer. Der Lauscher hatte ihm so wenig von ihnen erzählt, und Heritas Cant noch weniger. Das Zeitalter der Alten war lange vergangen, das wusste er. In gewisser Weise waren diese Stufen wie die Fossilien, die er zuvor gesehen hatte: ein Zeichen von Leben, das lange verloren war.

Raif zählte insgesamt fünfunddreißig Stufen, und als er die siebzehnte erreicht hatte, konnte er den Gipfel in der Ferne sehen. Es war der Berg, um dessentwillen er hergekommen war. Der Berg, der auf die Höhlenwand im Spalt gemalt war, der Berg aus dem Buch der Abschwörer. Die Stelle, an der die Erdkruste am ehesten nachgeben würde.

Raif rannte die letzten Stufen hinauf, um besser sehen

zu können. Die Art, in der der Felsen verdreht war und sich aufbäumte, als wäre ihm etwas Schreckliches widerfahren, war genau so, wie Raif es sich vorgestellt hatte. Zwei Dinge überraschten ihn jedoch. Er war nicht darauf vorbereitet gewesen, wie groß dieser Berg war – auf diese massive, hoch aufragende Masse. Täler, Kämme und Steilwände umgaben seinen Fuß, und breite Risse verliefen vom Gipfel abwärts. Diese monströse Steinwüste war Tausende von Fuß hoch und Tausende breit.

Und er hatte nicht erwartet, dass der Berg von Eis überzogen sein würde. Als er und Bär die ersten Schritte darauf zumachten, brachte der Wind die Kälte dieses Eises zu ihm. Die Temperatur sank, und der Geruch nach trockenem Eis, nach Gletschern, die von Alter und Druck grau geworden waren, und nach Frost, der von zugefrorenen Seen rauchte, bewirkte, dass Raif sich am liebsten umgedreht hätte und davongerannt wäre. Damit hatte er nicht gerechnet. Es war ein weiterer Trick des Karglands.

»Bär«, sagte er. »Was machen wir hier eigentlich?«

Keine Fragen mehr, auf die du die Antwort schon kennst, warnte ihn Totgeburts Stimme in seinem Kopf.

Raif brachte so etwas wie ein Schulterzucken fertig und ging weiter.

Das Land rings um den Berg war gerissen und geborsten, aber erst, als er höher gelegenen Boden erreichte, erkannte Raif, dass es bei diesen Schluchten, Rissen und tiefen Flussbetten ein Muster gab: Sie gingen vom Berg aus wie Speichen von einer Radnabe. Der Berg bildete den absoluten Mittelpunkt der Verwüstung, und noch während Raif das dachte, bebte die Erde.

Bär scheute und riss verängstigt an den Zügeln. Winzige Steine zuckten um Raifs Füße herum. Der Berg schauderte, und tief in seinen Falten knirschten die Eisfelder und kreischten. Es war innerhalb von ein paar Sekunden vorbei. Aufgewirbelte Eiskristalle trieben aufwärts und bildeten einen glitzernden Nebel, der den Gipfel umgab. Einige wehten auf dem Wind auch zu Raif und Bär hin und landete auf ihren Schultern und Rücken wie feiner Schnee. Als eine auf Raifs Lippen landete, streckte er die Zunge heraus und leckte sie ab. Sie schmeckte nach nichts. Er wusste nicht, ob das gut oder schlecht war.

Der Wind wurde nun stärker, fauchte hin und her, ohne eine Richtung beizubehalten. Die Wolken waren dichter geworden und bedeckten den Himmel beinahe. Die Götterlichter beleuchteten sie von hinten und ließen rote Blitze zucken, die wie Kohlen glühten. Inigar Stoop hatte einmal gesagt, wann immer ein Himmel irgendwo rot wurde, blutete ein Steingott. Raif bemerkte, dass ihm das gleich war. Sollten sie doch bluten.

Er führte das Pony in eine enge Klamm und ließ es direkt auf den Berg zutraben. Als sie höher hinaufkamen, begann er, an sich zu zweifeln. Der Berg war riesig; es würde Tage brauchen, ihn auch nur zu umkreisen. Und wonach suchte er überhaupt? Nach einem Riss? Hunderte von ihnen durchzogen den Boden: Selbst jetzt befanden er und Bär sich in einem davon. Bedeutete das, dass sie jeden davon durchsuchen und den tiefsten finden mussten? Der Spalt war der tiefste Riss im Norden, hatte Addie gesagt. Aber das bedeutete nicht, dass diese Stelle als Erste nachgeben würde. Wie konnte er dann sicher sein, die richtige Stelle zu erwischen?

Raif warf einen Blick zum Berg. Das Eis war grau und alt und im Lauf der Jahrhunderte so verwittert, dass es das Licht nicht mehr reflektierte. Schon jetzt konnte er sehen, dass die Oberfläche rissig und zerklüftet war. Er und Bär mussten doch nicht etwa dort hinaufsteigen? Ein falscher Schritt, und sie würden tot sein.

Nichts schien hier sicher oder richtig zu sein. Raif zog seine Handschuhe an und zuckte zusammen, als das Ziegenleder seine wunden Handknöchel berührte. Es wurde kälter. Er nahm Bärs Decke aus der Satteltasche und legte sie ihr auf den Rücken. Vor ihnen zog sich das Land höher, und er wusste, dass es an der Zeit war, aus der Klamm zu steigen, bevor sie zu tief wurde und sie darin festsitzen würden.

Ein weiteres Beben erschütterte den Boden, als sie aus dem Riss herauskamen. Als Raif versuchte, die rollende Bewegung auszugleichen, fiel ihm wieder ein, was Thomas Argola über den *Shatan Maer* gesagt hatte: *Einer rührt sich heute Nacht – das kann ich spüren.*

Grimmig wartete Raif, bis es wieder ruhiger wurde, und marschierte dann weiter. Schon bald wurde der Boden unter ihren Füßen zu festem Granit, als der Berg seine Wurzeln zeigte. Langsam stiegen sie weiter nach oben, und der Weg wurde steinig und uneben. Raif ließ den Blick über die unteren Hänge schweifen und suchte nach ... etwas. Er wusste nicht, nach was.

Das Licht blieb hell, als sie weiterstiegen, und der Wind fegte durch die Risse auf den Berg zu. Nach ein paar Stunden waren sie am Fuß des Berges angekommen, und Raif hielt inne, damit das Pony sich ausruhen konnte und um etwas zu essen. Sie teilten den letzten Talgkuchen und tranken geschmolzenes Eis, das leicht salzig schmeckte. Raif packte seine Sachen wieder ein und entschied sich, den Kochtopf und den Sattel des Ponys neben einem Felsen zu lassen. Als er fertig war, setzte er sich auf den Felsen und blickte nach oben. Nun, da er hier war, wusste er nicht so recht, was er als Nächstes tun sollte.

Wir suchen. Was hätten die Abschwörer hier getan? Hatten sie etwas gewusst, was er nicht wusste? Er versuchte, sich genau daran zu erinnern, was der sterbende Ritter gesagt hatte. Hatte er die Alten erwähnt? Kalte Angst verursachte ihm eine Gänsehaut, als ihm alles wieder einfiel.

Wir suchen.

Wonach?

Nach der Stadt der Alten. Der Festung aus grauem Eis.

Raif stand auf. Das Verstehen lag am Rand seiner Gedanken. *Denk nach. Denk nach!*

Eine Festung wurde auch in Addies Lied erwähnt. *Eine Festung fällt, leer wie ein Grab.* Raif runzelte die Stirn. Bedeutete das, dass das Schattenwesen als Erstes in der Festung auftauchen würde? Was hatte Thomas Argola gesagt? *Suche nach ihren Ruinen, sie werden dir den Weg zu dem Ort weisen, den sie am meisten gefürchtet haben.* Die Alten hatten den Spalt gefürchtet und dort eine Stadt gebaut. Hatten sie auch auf diesem Berg eine Stadt errichtet? Wenn das der Fall war, gab es jetzt keine Spur mehr davon – nur Eis und gefrorenen Stein.

Raif atmete aus. Der Kopf tat ihm weh. Hier hatten Menschen gewohnt, das war ihm klar. Jemand hatte diese Stufen gemeißelt. Aber wie konnte er hoffen, auf dem Berg eine Ansiedlung zu finden? Eine Suche danach konnte

Wochen, ja Monate dauern. Und dann war da die Gefahr durch das Eis …

Die Festung aus grauem Eis. Was bedeutete dieser Name? Lag die Festung unter dem Eis?

Raif ging zu dem Pony und kratzte ihm die Ohren. Der Lauscher, der Ritter, Addie und Thomas Argola hatten ihm alle Fragmente von Dingen gezeigt, Fetzen, die sich nicht zusammenfügen ließen. Er war kein Magier und kein Weiser. Er war überhaupt nichts mehr.

Ihm blieben nur diese Suche und die Hoffnung, dass er die Finsternis verhindern könnte. Es war nicht viel, aber es war mehr, als Bitty Shank geblieben war.

Gestählt von diesem Gedanken, begann Raif den Abhang hinaufzugehen und dabei den Berg zu beobachten und alles noch einmal durchzudenken. Die Antwort lag hier: Er musste nur danach suchen.

Sein Atem wurde in der eisigen Luft weiß, als die Temperatur immer mehr absank. Etwas an dem Eis am Berg beunruhigte ihn. Es war so unerwartet. Das Kargland war knochentrocken. Eiskalt, aber trocken. So viel Eis wäre doch sicher im Lauf der Jahre geschmolzen und verdampft? Was hielt es dort? Wieder bekam er eine Gänsehaut, als ihm plötzlich etwas einfiel.

Die Brücke über den Spalt. Die Alten hatte eine Kraft geschaffen, die den Spalt überspannte und die heute noch hielt. Das hatte Thomas Argola gesagt. *Dinge, die von Magie geschaffen wurden, bestehen weiter.* Konnte dieses Eis ebenfalls das Ergebnis von Magie sein? Raif hob die Hand an die Kehle und schloss die behandschuhten Finger um das Stück Rabenschnabel, das sein Zeichen darstellte. Wenn das Eis durch Magie geschaffen war, wie sollte man es dann wegsprengen?

Wir suchen.

Er sucht.

Raif öffnete die Faust und ließ sein Zeichen fallen. Plötzlich wusste er, was er tun sollte.

Er ging zu dem Pony und nahm zwei Dinge von seinem Rücken: den Sullbogen und den Pfeil Wünschelrute.

Nimm diesen Pfeil namens Wünschelrute, der mit dem Haar der Alten gefiedert ist, nimm ihn und benutze ihn, um zu finden, was du finden musst. Er sucht – was er sucht, kann ich dir nicht sagen, denn die Echos von solch alten Dingen sind schwach.

Der Lauscher hatte Recht; die Echos waren tatsächlich schwach, aber nun hatte Raif sie endlich vernommen. Es war dumm gewesen anzunehmen, dass er den Pfeil brauchen würde, um das Geschöpf zu töten, das durch die Bresche kam – obwohl der Lauscher ihn gewarnt hatte, der Pfeil wäre verschwendet, wenn Raif ihn zum Töten benutzte. Raif zog die Handschuhe aus und fuhr mit der Hand über den Pfeilschaft. Die kunstvolle Handarbeit ließ ihn staunen. Allein die Skelettmuffe zu schmieden, die die Spitze an den Schaft band, musste mehrere Tage gedauert haben, vielleicht sogar Wochen. Jedes Metallband hatte sorgfältig erhitzt und gehämmert und ununterbrochen neu angepasst werden müssen. Die Fiederungen, gebunden und in Spiralform befestigt, damit der Pfeil sich im Flug drehte, standen für weitere Arbeitstage. Jemand hatte zur Herstellung dieses Pfeils mindestens so viel Zeit und Anstrengung verwendet wie für ein Schwert.

Und sie hatten ihn Wünschelrute genannt.

Raif legte den Pfeil auf und spannte den Sullbogen. Als er den Berg anvisierte, ließ er alle bewussten Gedanken von sich abfallen. Der Berg war dunkel, tot und gewaltig: ein Turm eisigen Steins. Kein Herz schlug darin, das Raif hätte finden können; so ging es nicht. Die Sull, die Alten und die Clans standen hier. Ein Bogen, ein Pfeil und ein Mann. Das war genug. Mit diesen Dingen ausgerüstet zu sein musste genügen.

Raif wählte ein Ziel und wartete auf den Wind.

Als der Zeitpunkt gekommen war, ließ er die Sehne los, und der Pfeil schoss vom Bogen. Ein Summen drang an Raifs Ohren, als der Pfeil sich zu drehen begann. Das Haar der Alten leitete den Wind und nutzte ihn, um das Geschoss hoch ins Zentrum des Eises zu tragen.

Raif hörte nicht, wie der Pfeil traf. Das Summen riss an Gedanken und Dingen, die sämtlich über Erinnerungen hinausgingen, die ohnehin kein Clansmann je hätte haben sollen. Plötzlich wusste er, wie alt der Pfeil war, wie alt der Berg und wie alt die Erde selbst. Sekunden vergingen, während deren ihm das Wissen enthüllt wurde; uralte Legenden und Schlachten, der Schmerz von Geburt und Tod. Er sah in Gesichter, die weder Clan noch Sull waren ... und er sah dort Schönheit und Verständnis. Er versuchte, mehr zu erkennen, mehr zu erfahren, aber dann hörte das Summen abrupt auf. Ein Augenblick absoluter Stille folgte, in dem der Wind erstarb und die Götterlichter wie ein Feuer am Himmel tobten.

Und dann begann der Berg sich zu bewegen. Der Boden bebte. Stein sägte an Stein. Schnee, so alt und trocken, dass er zu einer vollkommen anderen Substanz geworden war, fiel von den höchsten Abhängen. Als das erste kalte Glitzern in Raifs Haar landete, begann das Eis selbst zu reißen. Wie ein

Blitz erschien ein Riss und gabelte sich zu vielen anderen. Diese Risse spalteten sich abermals, bis der gesamte Berghang ein Netz dunkel glühender Gräben und Spalten war. Raif hatte den Pfeil lange aus den Augen verloren, aber er wusste, dass er dort war, im Herzen des Eises, wo er sich immer noch drehte und alles zerstörte, was er berührte. Er verspürte kein Staunen, nur das Gefühl, eine Aufgabe vollendet zu haben. Er und Bär waren bis hierher gekommen; nun gab es eine Sache weniger für sie zu tun.

Ein Knacken, als würden Welten zerrissen, erschütterte die Luft. Raifs Ohren dröhnten, und er spürte einen scharfen, Übelkeit erregenden Schmerz. Er packte den Bogen fester, als die Eisblöcke zerbrachen und ihre riesigen Splitter auf den Boden zurutschten.

Der bleiche Geist einer Stadt erschien aus dem Chaos. Massive Eisschichten fielen wie verrottete Kacheln herunter und enthüllten Fels, der bearbeitet worden war. Riesige graue Granitmauern waren aus dem Berg geschlagen worden und erhoben sich steil bis zu der Festung, die man auf ihnen errichtet hatte.

Kahl Barranon – er kannte nun auch den Namen. Die Stadt der Alten. Eine Festung aus grauem Eis.

Raifs Atem wurde in seinen Lungen kalt. Er konnte beinahe den Stein schmecken, auf dem die Festung stand. Es war kalt und roh und bitter wie der Winter selbst. Die Eisschicht war vielleicht weggebrochen, aber darunter befand sich eine andere Art von Türmen, diesmal aus grauem Quarz, die sich schlank und transparent wie Eiszapfen in den Himmel reckten. Große Hallen waren darunter errichtet, ihre Gewölbedecken mit frostfarbenem Blei gedeckt. Und unter ihnen verband sich Quarz mit Granit zu den Verteidigungsmauern. Eis schimmerte grau und silbern, und Raif dachte, wenn eine Stadt aus einem Gletscher gemeißelt werden könnte, würde sie ziemlich genau wie diese Festung aus grauem Eis aussehen.

Was haben sie gefürchtet?, fragte er sich, und dann: *Wie konnte das Volk, das so etwas gebaut hat, untergehen?*

Er wusste die Antwort nicht. Er war nicht sicher, ob er sie wissen wollte.

Er rief leise nach dem Pony und begann mit dem Aufstieg. Er hatte bereits einen Weg entdeckt.

26
Ein Schlupfloch

Bei Sonnenuntergang gab der Hundelord seine Wache auf. Glen Carvo war nicht zurückgekehrt. Nicht heute. Als Vaylo das Hundepferd der Weide nördlich von Dhoone zuwandte, hielt er das Kinn und die Schultern hoch erhoben. Hinter ihm stand eine kleine Truppe von Männern, und er durfte sie nichts von seiner Angst wissen lassen. Cluff Drybannock, sein Pflegesohn und der beste Langschwertkämpfer im Clanland, war nicht mit seinen hundertachtzig Kriegern zurückgekehrt.

»Zurück zum Rundhaus!«, rief Vaylo seinen Begleitern zu und spornte seinen alten, störrischen Hengst zu einem widerwilligen Galopp an. »Der Erste, der die Hörner erreicht, gewinnt ein Fässchen *Dhooneschein!*«

Vaylo hörte sie johlen und brüllen, als er sie hinter sich ließ. *Ihr Götter!* Aber es tat so gut! Der Wind in seinem Gesicht, der schwarze Boden von Dhoone unter den Hufen seines Pferds, und der Himmel über ihm klar wie ein See. Welcher Häuptling konnte sich mehr wünschen? Im vollen Galopp war das Hundepferd das schlechteste Reittier, das ein Mann sich vorstellen konnte, aber das störte Vaylo nicht. Es war ein Siegesgalopp, und das war alles, was zählte.

Hinter sich hörte er, wie seine Leute ihn einholten; die Männer beugten sich tief über die Pferdehälse, und die Hufe rissen Erdbrocken aus der Weide. Seine Krieger schrien einander zu, spornten ihre Kameraden gut gelaunt an und wetteten miteinander. Hammie Faa setzte einen der höchst zweifelhaften Liebestränke seiner Mutter gegen Nevel Drangos bestickte Unterwäsche aus der Stadt.

Vaylo lauschte und freute sich. In gewisser Weise ließ es ihn wieder jung werden, hier im Dhoonehaus zu sein und nur vierzig Krieger unter seinem Kommando zu haben. Sie waren wenige gegen viele, und zur Hölle mit den Chancen. Odda Bull spürte es auch. Er war der Einzige unter den Anwesenden, der an diesem Tag vor beinahe sechsunddreißig Jahren mit Vaylo geritten war, als sie Dhoone den Dhoonestein gestohlen hatten. Odda wusste, was es bedeutete, in einer kleinen Truppe zu reiten, in der man jeden Mann wie einen Bruder liebte. Armeen waren für vieles gut, aber man konnte nie die Schwächen und Stärken eines jeden einzelnen Kriegers kennen, und man konnte nicht der Bruder von allen sein.

Vaylo hörte, dass jemand aufholte, lenkte sein Pferd in den Weg dieses Mannes und prügelte noch ein wenig mehr Tempo aus dem Hundepferd. Er würde dieses verdammte Rennen gewinnen! Er war vielleicht alt und dumm, aber er konnte immer noch allen im Clan davonreiten.

Als Vaylo sich der Nordwand des Rundhauses näherte, lenkte er das Pferd nach Westen, denn er wusste, dass die anderen den einfacheren Weg nach Osten nehmen würden. Der Weg nach Westen hatte Hindernisse – Gräben und Hundehütten und Wasserpumpen –, aber er war kürzer. Die anderen würden um die Ställe herumreiten müssen. Das Hundepferd war eine Weile nicht gesprungen und benahm sich ausgesprochen daneben, aber es war ein zu stolzes Tier, um sich wirklich zu weigern. Es rüttelte Vaylos Knochen durch, aber es sprang.

Als sie um das letzte Viertel des Rundhauses bogen und die Hörner in Sicht kamen, taten Vaylo all die Stellen weh, die für einen Mann am schmerzhaftesten sind. Er bekam kaum mehr Luft, aber er erreichte die Hörner als Erster, einen Augenblick vor Nevel Drango, und lachte lauthals über die schiere störrische Großartigkeit dieser ganzen Sache. Nachdem er damit angefangen hatte, hatten alle mitgemacht, und schon waren acht Männer am Tor. Alle saßen unbehaglich im Sattel und lachten wie die Verrückten.

Nan Culldayis rief sie zur Ordnung. »Clansmänner«, sagte sie und kam auf sie zu. »Ich störe euer Nähkränzchen ja nur ungern, aber Samlo möchte jetzt das Tor schließen.«

Das ernüchterte sie. Es war inzwischen vollkommen dunkel, und der Mond war noch nicht aufgegangen. Der Blaue Dhoonesee war schwarz, und der Wind ließ die Wellen ans Ufer klatschen. »Wer hält heute Nacht Wache?«, fragte Vaylo Nevel Drango.

Nevel befehligte die zwanzig Schwertkämpfer, die Cluff Drybannock im Dhoonehaus stationiert hatte. Er hatte etwas vom wilden Blut des Clans Grey in sich, und er kämpfte mit einer Scharfrichterklinge. Nevel nannte sieben Männer, und Vaylo nickte. »Stell auch einen aufs Dach.«

So weit ist es gekommen, dachte Vaylo, als er abstieg. Vierzig Männer waren nicht genug, um ein Rundhaus zu sichern, vom gesamten Land eines Clans gar nicht zu reden. Sie konnten sich nicht leisten, auch noch jemanden auf Grenzpatrouille zu schicken. Alle mussten im Haus bleiben.

Vaylo legte einen Arm um Nans Taille und ging hinein. Als ein Mädchen kam, um seinen Umhang zu nehmen, bat er sie, ein Fässchen *Dhooneschein* zu den Männern ans Tor zu bringen. Er bezweifelte, dass sie es trinken würden, aber darum ging es eigentlich nicht.

Nan hatte das Abendessen in der Häuptlingskammer aufgetragen, und sie saßen an der Feuerstelle und teilten ein schlichtes Mahl aus Brot und geschmolzenem Käse. Danach blies Nan die Kerzen aus und kam zu ihm ans Feuer. Sie wusste, dass er sich Sorgen machte – er konnte solche Dinge nicht vor ihr verbergen –, und küsste ihn auf den Hals und die Schläfen, während sie sanft seine Schultern massierte. Ihr langer, seidiger Zopf kitzelte ihn, wenn er über seinen Arm rutschte, und er zupfte sanft die Bänder heraus und löste ihr Haar. Sie lachte, ein leises, kehliges Lachen, das er inzwischen sehr liebte. Als er sie küsste, schmeckte sie nach Honig, und ihre Begierde war so groß wie seine eigene. Es war ein Segen, diese Liebe in späten Jahren, und Vaylo dankte den Steingöttern jeden Tag dafür.

Später, als sie fertig waren, setzte sich Nan hin und kämmte ihr Haar, und Vaylo beobachtete sie zufrieden. Sie war im Feuerlicht sehr schön, stolz und gelassen, und ihr Haar fiel ihr bis über die Taille.

Der Alarm erklang, als er sich gerade wieder angezogen hatte. Zwei laute Stöße ins Kriegshorn. *Traraaa! Traraaa!* Vaylo schnallte sich den Schwertgürtel um und sah Nan an. »Hol die Kinder. Bring sie hierher und verriegle die Tür. Öffne für niemanden außer mir.«

Sie nickte. Er fand es wunderbar, dass sie keine Angst zeigte.

Sie hatten alles, was gesagt werden musste, schon am Feuer ausgesprochen, und als Vaylo Nan verließ, wusste er, dass sie gut auf sich und seine Enkel aufpassen würde. Das genügte, um ihn zu beruhigen.

Traraaa! Traraaa! Als er auf das Horn zueilte, erklang das Signal abermals. Hammie und Samlo Faa, Odda Bull, Nevel Drango und andere waren schon in der Eingangshalle und schnallten sich Rüstung und Waffenketten an. Vaylo rief einen Jungen zu sich, der ihm Rücken- und Brustschutz anschnallte, während er gepanzerte Handschuhe mit ledernen Handflächen anlegte. Er konnte sie bereits hören.

Dun Dhoone! Dun Dhoone! DUN DHOONE!

»Wie viele?«, fragte er einen Speerkämpfer, der aus dem östlichen Horn heruntergerannt kam.

»Hunderte. Sie kommen um den See herum.«

»Ich habe drei Männer da draußen«, sagte Nevel Drango. »Und einen auf dem Dach.«

Vaylo nickte grimmig. Sie konnten das Horn nicht öffnen. »Sie haben uns gewarnt«, sagte er.

Eine Explosion erschütterte das Tor. Ein unheimliches weißes Licht flackerte in der Halle und war dann wieder verschwunden. Höllenfeuer. Vaylo hatte seit vierzig Jahren nicht mehr erlebt, dass so etwas angewandt wurde. Naphta, Blei und Antimon: Es brannte heiß und lange, und nur Sand konnte es ersticken. Er wandte sich Samlo zu. »Wird das Tor halten?«

Samlo war ein Faa-Mann: Er wusste nicht, wie man log. »Das kann ich nicht sagen, Häuptling. Es ist ein gepanzertes Tor. Es wird mehr als ein Feuer brauchen, um es aufzubrechen.«

Vaylo sah die Speerkämpfer und Bogenschützen an. »Zu

mir.« Er nahm immer drei Stufen gleichzeitig das Osthorn hinauf; sein Herz hämmerte gegen den Brustharnisch.

Die Hörner waren mit ihren fünf Stockwerken die höchsten Gebäude im Clanland. Das Osthorn hatte Plätze für Bogenschützen und Schlitzfenster, und Vaylo befahl seinen Kriegern, dort Stellung zu beziehen und zu schießen, wann sie es für richtig hielten. Hinter den obersten Schlitz stellte er sich selbst, drückte ein Auge daran und schaute auf die gewaltige Armee hinaus, die sich am Nordufer des Blauen Dhoonesees versammelt hatte.

Dun Dhoone! Dun Dhoone! DUN DHOONE!

Hunderte von Dhoonemännern und Fuchsmännern, beritten und gerüstet für den Krieg, ritten am Tor in Formation. Die Umhänge hoben sich im Wind, und die Fackeln zogen weiße Spuren durch die Nacht. Eine Kriegstrommel lieferte den Rhythmus zu ihren Rufen, und noch während Vaylo zusah, wurde eine Standarte erhoben: die blutige blaue Dhoonedistel. Vaylo suchte nach einem Anführer, konnte aber keinen Krieger erkennen, von dem die anderen Befehle entgegennahmen. Das beunruhigte ihn. Das Dhoonehaus war riesig und verwinkelt, und er kannte sich hier einfach nicht gut genug aus. Rasch versuchte er ihre Anzahl abzuschätzen, und dann eilte er wieder in die Eingangshalle hinunter.

Eine zweite Explosion erschütterte das Tor, als er die Halle erreichte. Der scharfe Geruch von schmelzendem Blei ließ ihm Tränen in die Augen treten. »Oddo. Wo sind die Schwachstellen?«

Oddo Bull stand direkt am Tor, den roten Hammer mit der Kette in der Hand. Auf Befehl des Hundelords hatte er die Verteidigungsanlagen des Dhoonehauses besichtigt, und wenn irgendwer hier sie kannte, dann war es Oddo Bull. »Stall und Küche. Zu beiden gibt es Tore. Ich habe Männer hingeschickt.«

Vaylo nickte. Er wollte die nächste Frage eigentlich nicht stellen, und er holte tief Luft, um den Augenblick noch ein wenig hinauszuschieben. »Hatte der Stallknecht Zeit, die Pferde reinzuholen?«

Oddo Bull schüttelte den Kopf.

Das Hundepferd. »Haben sie das Tor verriegelt?«

»Ja.«

Dabei beließ Vaylo es. Sie wussten beide, dass die Außentore des Stalls große, schwache Dinger waren, die einem Angriff nicht standhalten würden. Pferde wurden während eines Angriffs ins Rundhaus gebracht und die Ställe verlassen. Man brauchte für eine solche Strategie jedoch eine angemessene Vorwarnzeit, und ohne genügend Männer, um die Grenzen zu bewachen, war man verloren. Vaylo fuhr sich mit der Hand durch die Zöpfe. *Es ist alles meine Schuld.*

Laut sagte er: »Ich werde nicht zulassen, dass sie die Pferde verbrennen, Oddo.«

»Jawohl, Häuptling.« Oddo verstand, was das bedeutete; sie mussten das innere Tor öffnen und die Pferde ins eigentliche Rundhaus bringen.

Vaylo nahm seinen Hammer von demselben Jungen entgegen, der ihm die Rüstung befestigt hatte. »Hol die Hunde«, sagte er zu ihm. »Sie sind in der Küche und an der Feuerstelle angeleint. Bring sie mir zum Stalltor.« Vaylo sah den Jungen kurz an. Er war nicht älter als elf oder zwölf. Er trug eine chaotische Ansammlung nicht zusammenpassender

Rüstungsteile und hatte sich mit einem Küchenmesser bewaffnet. »Wie heißt du, Junge?«

»Brandin.«

»Hier«, sagte der Hundelord und zog sein vier Fuß langes Langschwert aus der Hundelederscheide. »Nimm das mit auf den Weg.«

Der Junge zögerte und riss die Augen weit auf.

Vaylo starrte ihn streng an; manchmal war es besser, den jungen Leuten Angst einzujagen. »Wir tauschen, Junge. Ich nehme das Messer, du das Schwert. Und jetzt rasch.«

Aus irgendeinem Grund schien der Gedanke an einen Tausch für den Jungen akzeptabler zu sein, und er nahm das Schwert. Mit offenem Mund inspizierte er die gemusterte Stahlschneide.

»Geh«, befahl Vaylo und nahm das Küchenmesser.

Der Junge lief los. Er wusste immerhin, wie man ein Schwert hielt; das war wenigstens etwas.

Vaylo wandte sich den Männern in der Halle zu »Oddo. Nevel. Ihr kommt mit mir.«

Als sie auf dem Weg zum Stall waren, erklang hinter ihnen ein Dröhnen. Vaylo und Oddo wechselten einen Blick: Die Dhoonemänner setzten eine Ramme ein. Vaylo wurde schneller.

Der Ostteil des Rundhauses war kaum benutzt und schlecht beleuchtet. Es gab keine Treppen; stattdessen führten Meilen von Rampen zu Meilen von Fluren. Wahrscheinlich für die Pferde, nahm Vaylo an. Das Haus fühlte sich an wie ein Grab. Vaylo gefiel nicht, wie seine Schritte hallten. Es gab hier zu viele leere Flure. Und nicht genug Männer.

Sieben Schwertkämpfer hielten an dem Stalltor Wache;

mehr von Cluff Drybannocks Zwanzig, dem Aussehen nach zu schließen. Ihre Mienen waren angespannt, und sie hatten die Waffen gezogen. Sie taten Vaylo Leid. Warten war immer schlimmer als Kämpfen. Es gab der Angst eines Mannes Zeit, richtig hochzukochen.

Das Tor, das das Rundhaus mit dem Stall verband, war hoch und von seltsamer Form: schmal mit einem zwiebelförmigen Oberteil wie ein Schlüsselloch. Drei schwere Eisenriegel sicherten es. Vaylo nickte zum Tor hin. »Habt ihr etwas gehört?«, fragte er die Schwertkämpfer.

»Ein Krachen vor ein paar Minuten«, erwiderte einer.

»Und vor einer Weile haben wir Rauch gerochen«, fügte ein anderer hinzu.

Vaylo sah seine Männer lange und sorgfältig an. Sie waren hier zu zehnt, er selbst eingeschlossen. Acht Schwertkämpfer und zwei Hammermänner. Eigentlich sollte er nicht einmal daran denken, dieses Tor zu öffnen. Aber wenn man dem Clan Bludd angehörte, war man nicht einfach irgendwer. Vielleicht hatte er das in den letzten Monaten vergessen, als er hier so gemütlich als König in Dhoone gesessen hatte. Vielleicht hatte er zu viel nachgedacht und zu wenig gehandelt, und vielleicht hatte Pengo ja tatsächlich Recht gehabt: Er hätte schon länger eine Armee aufstellen sollen.

Er holte tief Luft, um sich zu beruhigen, und kam zu einem Schluss. »Nehmt die Riegel weg. Wir gehen rein und holen die Pferde.«

Alle, vom Ältesten – Oddo Bull – bis zum Jüngsten, einem schlanken Hänfling von einem Schwertkämpfer, der nicht älter sein konnte als siebzehn, nickten ohne Zögern. Vaylo spürte den Schmerz und die Schönheit dieses Augenblicks bis tief ins Herz. Als Nevel Drango die Riegel zurückzog, rezitierte Vaylo das Motto: »Wir sind Clan Bludd, auserwählt von den Steingöttern, ihre Grenzen zu hüten. Der Tod ist unser Begleiter, ein schweres, langes Leben ist unsere Belohnung.«

»Bludd! Bludd! BLUDD!«, schrien die neun zur Antwort und hoben die Schwerter. Das Tor wurde geöffnet, und das Chaos begann.

Die Luft wurde mit solcher Kraft durch das Tor gesogen, dass Vaylo spürte, wie seine Zöpfe wehten. Alles war dunkel. Schwarzer Rauch wirbelte in erstickenden Wolken umher und machte es unmöglich, etwas zu sehen. Ein paar Lampen brannten und glitzerten wie Katzenaugen, beleuchteten den Stall aber nicht. Vaylo holte Luft, und seine Lungen füllten sich mit heißer Fäulnis. Beißende Tränen traten ihm in die Augen.

Die Pferde waren verrückt vor Angst; sie schrien und traten gegen ihre Boxen. Holz splitterte mit ohrenbetäubendem Krachen, als eins von ihnen ausbrach. Vaylo eilte mit seinen Männern vorwärts, aber seine Resignation war größer geworden. In diesem Zustand würden die Pferde nicht ins Haus kommen. Sie hatten zu viel Angst. Das hier waren Bluddpferde: Keins war bisher durch das innere Tor gegangen. Sie kannten es nicht, und wenn ein Pferd in Panik geriet, brauchte es den Trost vertrauter Dinge.

Vaylo blinzelte ins Dunkel und versuchte zu erkennen, wo der Rauch herkam. Er konnte keine Flammen sehen und kam zu dem Schluss, dass entweder das Dach oder die Vorderseite der Doppeltore in Flammen stehen mussten. Vielleicht beides.

»Öffnet die Boxen«, befahl er und blieb dicht am Tor stehen. Die Jüngeren hatten bessere Augen als er, und an dieser Tatsache konnte er nichts ändern. »Lasst den Pferden viel Platz, haltet euch dicht an den Wänden.«

Das scharfe Geräusch schnell zurückgerissener Riegel folgte, als würden Bolzen abgeschossen. Männer husteten und keuchten. Pferde sprangen heraus, bockten und bäumten sich auf, geblendet von Angst und schwarzem Rauch. Ein Schwertkämpfer schrie auf, als ein verängstigtes Pferd ihn trat. Vaylo verfluchte Dhoone. Sie hatten den Stall in eine heiße, erdrückende Hölle verwandelt.

»Nevel. Oddo«, rief er in dem Augenblick, als die Riegel alle geöffnet waren. »Zum Doppeltor, einer auf jede Seite. Alle anderen hinter mich.«

Wahnsinn, das war es. *Dann bin ich eben wahnsinnig, und mein Clan ist auch wahnsinnig* ... und das schien vollkommen in Ordnung zu sein. Als sieben Schwertkämpfer sich an der inneren Tür hinter ihm aufstellten, gab Vaylo Nevel und Oddo den Befehl, den Riegel an dem großen doppelten Stalltor zu öffnen.

Wind heulte durch den Stall, als die beiden Bluddkrieger das Tor in Bewegung setzten. Rauch wirbelte herum und bildete einen Strudel, der dann durch die Öffnung gesaugt wurde. Flammen flackerten auf, breiteten sich am Rand der Tore aus, tropften auf den mit Stroh ausgelegten Fußboden und wirbelten Funkenfontänen auf. Als Oddo und Nevel zurückrannten, rasten die Pferde des Clans Bludd durch das Doppeltor. In dem Gedränge von Pferden konnte Vaylo den kantigen schwarzen Umriss des Hundepferds erkennen, das den Kopf hoch erhoben und die Ohren angelegt hatte: Es würde bestimmt ein paar Dhoonemänner niedertrampeln. Als Oddo und Nevel hinter ihm waren, befahl Vaylo den Rückzug.

Die Pferde waren nun sich selbst überlassen. Er bat die Steingötter, sich ihrer anzunehmen.

Sie hatten schon beinahe das innere Tor erreicht, bevor die ersten Dhoonemänner hereinritten. Es waren fünf, die Dornenhelme verwandelten ihre Köpfe in groteske Formen, und sie hatten die blauen Dhooneäxte hoch erhoben. Vaylo schwang seinen Vierzig-Pfund-Hammer und trat ihnen entgegen

»BLUDD!«

Pferdeblut sprühte Vaylo ins Gesicht, als er mit seinem Hammer auf das Pferd des ersten Dhoonemanns eindrosch und es tief in die Brust traf. Das Pferd bäumte sich auf und fiel nach hinten, und der Dhoonemann stürzte aus dem Sattel. Vaylo riss seinen Hammer zurück, ließ ihn einmal kreisen, um Schwung zu bekommen, und schlug ihn in das vom Helm geschützte Gesicht des Dhoonemanns. Der Dornenhelm knitterte wie Papier, und der Mann fiel auf die Knie. Erbrochenes spritzte aus dem Mundloch des Helms. Vaylo schwang seinen Hammer und suchte sich ein anderes Ziel. Seine Männer schwärmten rings um ihn her aus und bildeten einen schützenden Keil um das Tor. Sie waren im Vorteil, erkannte Vaylo, zumindest, bis die Dhooneleute sich an die Dunkelheit und den Rauch gewöhnt hatten.

Links von ihm wehrte Oddo Bull mit dem Hammer die Sichelaxt eines Dhoonemanns ab. Keine Waffe kam dem Hammer an Kraft gleich, aber er hatte eine kurze Reichweite und brauchte Platz, um richtig geschwungen zu werden. Der Dhoonemann wusste das und zwang Oddo zurück. Vaylo war hin- und hergerissen dazwischen, Oddo zu helfen und sich vor einem neu eingetroffenen Dhoonemann zu retten, der ein

Langschwert aus blauem Stahl hob. Er schwang den Hammer über dem Kopf, ließ die Hammerschlaufe los und ließ die Waffe fliegen. Sie traf die Brust des Langschwertträgers mit der Wucht einer Ramme und ließ den Mann im Sattel nach hinten fliegen. Als der Dhoonemann in die Linie seiner Kameraden hinter ihm stürzte, zog Vaylo das Küchenmesser aus dem Gürtel. »Zum Tor!«, schrie er und sprang auf den Axtkämpfer zu, der Oddo angegriffen hatte. Manchmal ist ein kleines Messer das Beste, dachte er, als er dem Axtkämpfer die Klinge ins Knie stieß. »Oddo. Zurück«, befahl er und riss das Messer wieder aus dem Knochen. Vor ihm war der Siebzehnjährige gefallen, die Schulter von einer weiteren blauen Axt aufgerissen. Vaylo schauderte und wich zurück.

Nevel Drango sah, dass sein Häuptling seinen Kriegshammer nicht mehr hatte, und trat vor ihn, um ihn beim Rückzug zu schützen. Nevels Schwert war ein hässliches Ding, daran bestand kein Zweifel: schwarz und gebogen und mit sechs einzelnen Rinnen, die wie Pflugscharen über die Klinge liefen. Es hatte nur einen einzigen Zweck – Köpfe abzuhacken –, und Vaylo sah, wie die Dhoonemänner davor zurückwichen. Er nutzte die Deckung und warf einen Blick über die Schulter zum Tor. Bis auf ihn und Nevel waren alle durch.

»Auf mein Wort, Nevel«, schrie er heiser. »Jetzt!«

Sie wichen in einer seltsamen Art von Tanz gemeinsam zurück. Eine Axt wurde geworfen und krachte in den Türrahmen. Nevel schwang sein Scharfrichterschwert in einem Halbkreis, als Vaylo auf die Öffnung zueilte. Vaylo streckte die Hand aus, packte Nevels Gürtel und zerrte den Schwertkämpfer durch das Tor.

Dann war das Tor tatsächlich zu, und sechs Männer warfen ihr Gewicht dagegen, während die Riegel wieder vorgeschoben wurden. Es würde nicht halten. Vaylo wusste, dass es nicht halten würde, aber es gab ihnen kostbare Minuten, sich wieder zu fassen und neu zu formieren.

Er wandte sich seinen Männern zu und wischte sich den Schweiß und das Blut aus dem Gesicht. Zwei aus der Truppe waren tot, für immer auf der anderen Seite dieses Tors verloren. Oddo hatte einen Axthieb an die Seite des Unterkiefers bekommen, und sein Ohrläppchen hing herunter. Das Gesicht eines anderen Mannes war totenbleich, und als Vaylo nach unten schaute, sah er, dass der Mann die Faust in ein Loch in seiner Rüstung steckte. Blut sammelte sich rings um seine Finger. Ihr Götter, er hatte ein Langschwert in die Eingeweide bekommen! Vaylo streckte den Arm nach ihm aus, und der Mann taumelte auf ihn zu. »Du bist ein mutiger Junge«, sagte Vaylo, als er das Küchenmesser durch die Rüstung des Mannes in sein Herz trieb. Die sechs verbliebenen Krieger standen schweigend da; sie atmeten schwer, und Schweiß tropfte ihnen von Kinnen und Nasen. Sie wussten alle über die unterschiedlichen Arten des Sterbens Bescheid; sie wussten, dass Wunden in den Eingeweiden zu den schlimmsten zählten.

Es war nicht genug Zeit, um nachzudenken oder zu trauern. Der Angriff auf das innere Stalltor hatte begonnen.

Vaylo sah sich um. Es gab doch sicher eine Möglichkeit, diesen Teil des Hauses abzuriegeln? Ein hölzernes Tor zwischen einem Clan und seinen Feinden war nicht gerade die beste Art der Verteidigung. Er bemerkte, dass er sich die flache Hand an die Brust drückte, und nahm sich zusammen. Dort tat es ein wenig weh. Wahrscheinlich Verdauungsprobleme. Noch bevor er entscheiden konnte, wie sie weiter vorgehen sollten, erklang ein Ruf aus dem Westen.

»Dhoonemänner im Rundhaus!«

Der Hundelord sah seine Männer an. Diese Nacht entwickelte sich von einer Art Hölle zur nächsten. Er konnte niemanden bitten, hier zu bleiben und das Tor zu bewachen – es bedeutete den sicheren Tod für nichts und wieder nichts –, aber es stellte sich heraus, dass er das nicht brauchte. Oddo Bull und ein kleiner blonder Schwertkämpfer meldeten sich freiwillig.

Vaylo fühlte sich plötzlich alt und verflucht, aber er konnte nicht zulassen, dass sie das erfuhren. Schweigend drückte er beiden Männern die Hände. Oddo Bull wünschte ihm ein langes Leben, aber Vaylo konnte das nicht entgegnen. Ihre Finger berührten sich noch einen Augenblick. Dann fand Vaylo seine Stimme wieder: »Sag den Mistkerlen, dass wir ihren Heiligen Stein versenkt haben.«

Oddo lächelte. Das genügte; es musste einfach genügen.

Vaylo drehte sich um und ging nach Westen durchs Rundhaus, begleitet von vier Schwertkämpfern.

Das Haupttor hielt immer noch stand, aber in der Eingangshalle wurde gekämpft. Hammie Faa rannte voraus. Eine Tür zur Küche war aufgebrochen worden. Dhoonemänner kämpften sich dutzendweise den Weg hindurch. Bluddmänner waren umgekommen. Samlo war tot, Vaylo konnte das selbst sehen: Hammies jüngerer, größerer Bruder lag in einer Blutlache an der Treppe zum Osthorn.

»Er hat einen Dhoonemann davon abgehalten, das Tor hochzuziehen.«

»Er war ein guter Kämpfer«, murmelte Vaylo und berührte

seinen Beutel mit pulverisiertem Heiligem Stein. »Genau wie sein Vater.«

Hammies Schultern begannen zu beben. In diesem Augenblick schwor Vaylo, dass er seinen zweitältesten Sohn töten würde. Pengo würde für das sterben, was hier geschehen war; so einfach war das.

»Hammie«, befahl er. »Du kommst mit mir. Nevel. Bring die Männer in die Küche und sieh nach, ob das Tor versiegelt werden kann. Beschützt die Frauen. Du weißt, was zu tun ist, wenn es notwendig wird.«

Nevel Drango nickte: die Frauen lieber töten, als sie erst von den Dhoonemännern vergewaltigen und dann später umbringen zu lassen. »Häuptling.«

Das Wort war ein Abschied. Vaylo wusste im Herzen, dass er Nevel und die drei anderen Männer nie wieder sehen würde. Sie waren vernichtend geschlagen. Vaylo legte den Arm um Hammies Schulter und ging nach Norden zur Häuptlingskammer.

Sie stießen auf dem Weg nur auf einen einzigen Eindringling, einen Fuchsmann, der aussah, als wüsste er nicht, wohin er ging oder wo er herkam. Hammie war mit einem neun Fuß langen Speer bewaffnet und tötete ihn mit einem bösartigen Stich in den Unterbauch. Die Speerspitze roch nach Kot, als Hammie sie herausriss.

Vaylo schlug an die Häuptlingstür, als sie sie erreichten. »Nan! Lass mich rein!«

Nan Culldayis öffnete die Tür. Sie hielt einen zwei Fuß langen Jungfrauenhelfer in der Hand. Vaylo war stolz, das zu sehen.

»Nan. Hol die Kinder. Schnell.«

Sie bewegte sich flink und stellte keine Fragen. Spannungsfalten auf ihrer Stirn ließen sie älter aussehen als ihre achtundvierzig Jahre, aber für Vaylo war sie niemals schöner gewesen. Sie hätte sich und seine Enkel lieber umgebracht, als dass sie die Dhoonemänner in ihre Nähe gelassen hätte. Das hier war eine Frau, die es wert war, geliebt zu werden.

Die beiden Kinder klammerten sich an Nans Röcke, und Vaylo hockte sich einen Augenblick hin, um mit ihnen zu sprechen. »Wir müssen alle schnell und leise sein. Wie Wiesel. Könnt ihr das für euren Großvater tun? Leise und schnell sein?«

Die bleiche, verängstigte Pasha nickte. Der Kleine antwortete nicht.

Vaylo hatte keine Zeit, mehr zu sagen. Er stand auf. »Hammie. Du gehst voran. Ich bilde die Nachhut.«

»Wo gehen wir hin, Häuptling?«

Das war eine gute Frage. »Zur Gruft der Dhooneprinzen.«

Hammie akzeptierte das, als wäre es eine vollkommen vernünftige und logische Antwort, und dafür liebte Vaylo ihn. »Geh voran.«

Der Eingang zur Gruft lag nördlich von ihnen in dem großen Steinhaus mit der Tonnengewölbedecke. Es war ein kurzer Weg, aber Vaylo wusste, dass in dieser Nacht das Glück nicht auf ihrer Seite stand. Als ihnen zwei behelmte Dhoonemänner in den Weg traten und den Eingang zum Steinhaus blockierten, war er nicht gerade überrascht.

»Bluddhäuptling«, erklang eine Stimme aus dem Dornenhelm. »All deine Männer sind tot oder liegen im Sterben. Ich würde sagen, es wird Zeit, dass du das Haus übergibst.«

Vaylo betrachtete die Waffen und die Rüstung des Mannes. Fischerfell, ein schönes blaues Langschwert, ein Harnisch mit Kupfereinlegarbeiten: das war der Dornenkönig persönlich, Robbie Dun Dhoone.

»Ja«, sagte Robbie, der das Erkennen auf Vaylos Zügen gelesen hatte. »Der König ist zurückgekehrt.«

Vaylo hörte in diesem Augenblick etwas, das sein Blut schneller fließen ließ und ihm Hoffnung gab. »Hammie«, murmelte er. »Vorwärts auf mein Wort.« Mit Nan wechselte er einen Blick, der sagte: *Immer mit der Ruhe.* Dem Dhoonekönig sagte er: »Du hast meine Namen falsch verstanden, Robbie Dun Dhoone. Ich bin nicht der Bluddhäuptling, ich bin der Hundelord.«

Und dann kamen seine Hunde angestürzt. »Hammie! In die Gruft!«, schrie Vaylo, als fünf Hunde, halb Wolf, halb Hund, mit gefletschten Zähnen und angelegten Ohren an ihm vorbeirasten, um die Männer anzugreifen, die ihren Herrn bedrohten. Sofort hatten sie den Begleiter des Dhoonekönigs niedergeworfen; eine Hündin sprang bis zur Kehle des Mannes und senkte die Zähne in seine Halsschlagader, während ein anderer Hund seine machtvollen Kiefer um das Fußgelenk schloss. Robbie Dun Dhoone wich zurück, sein Gesicht vom Dornenhelm verborgen, und schwang das blaue Schwert in einem schützenden Kreis um sich.

Hammie hielt ihn mit seinem Speer auf Distanz, während Nan, Vaylo und die Enkel weitereilten. Hammie und die Hunde hielten den Dhoonekönig an Ort und Stelle, während Vaylo ins Steinhaus eilte und an dem großen Eisenring zog, mit dem man den Pflasterstein heben konnte, der den Eingang zur Gruft bildete.

Kalte, abgestandene Luft kam ihnen entgegen, als der Stein nach hinten fiel. »Runter mit euch!«, befahl Vaylo Nan und den Kindern. »Hammie! Zu mir!«

Zwei Hunde waren dabei, den Begleiter des Dhoonekönigs zu zerreißen, und die anderen drei schnappten nach Robbie Dhoones Beinen, knurrend und täuschend, ihre Pupillen zu winzigen Punkten geschrumpft. Hammie senkte den Speer und rannte zum Tunnel. Vaylo stemmte den großen Stein auf die Kante, so dass die Seite mit dem Ring nach unten zu liegen kam, stieg nach unten und rief dann nach seinen Hunden. Die Hunde hörten etwas in der Stimme ihres Herrn, das sie dort noch nie vernommen hatten, gehorchten sofort und rasten zur Gruft. Vaylo spürte ihre Hundehitze, als sie an ihm vorbeikamen.

Er packte den Ring und senkte den Stein wieder ab, was sie alle in tiefe Dunkelheit stürzte. »Hammie. Deinen Speer.« Vaylo konnte hören, wie der Dhoonekönig vorwärts eilte, er hörte seine Schritte auf dem Stein. Er tastete sich im Dunkeln weiter und stieß Hammies Speer durch den Ring, was den Eingang sicherte. Es würde einige Zeit halten – es war schwierig genug, einen Pflasterstein zu heben, wenn dieser keinen Griff hatte, ganz zu schweigen von einem, der mit einem Speer befestigt war –, aber nicht ewig.

Für ein paar Sekunden tat Vaylo nichts anderes, als auf der Treppe zu sitzen und zu atmen. Er war erschöpft. Nun, da seine Augen sich an die Dunkelheit gewöhnt hatten, konnte er sehen, wie das Mondlicht in die Gruft fiel. Der Tunnel führte unter den Wänden des Rundhauses hindurch, führte nach Norden zur Gruft, und Quarzblöcke in der Decke ließen das Licht herein.

»Kommt mit«, sagte er mit müder Stimme. »Wir gehen runter und erweisen den toten Königen unseren Respekt.«

Alle, die Hunde eingeschlossen, erhoben sich sofort. Vaylo spürte Nans Hand sanft an seinem Arm. Er musste sie wegschieben. Seine Trauer war zu frisch.

Die Hunde begriffen, was Nan nicht verstanden hatte, und folgten ihnen in vorsichtiger Entfernung und mit eingeklemmten Schwänzen. Der Wolfshund winselte leise. Der kleine Ewan fing an zu weinen. Vaylo konnte ihm keinen Trost spenden, noch nicht, und führte sie schweigend weiter.

Die Gruft der Dhoonefürsten war so, wie er sie in Erinnerung hatte: verstaubt und heimgesucht von Erinnerungen an vergangenen Ruhm. Die stehenden Sarkophage schimmerten im Mondlicht wie Wachtposten, die die Unterwelt hüteten. Vaylo schauderte, und plötzlich fiel ihm auf, dass er schrecklich fror.

»Hammie. Nan. Pasha. Ewan«, sprach er die kleine Gruppe an. »Wenn wir hier jemals herauskommen wollen, müssen wir nachdenken. Als ich das letzte Mal hier unten war, hat der Waldläufer Angus Lok mir erzählt, dass es von der Gruft aus einen Geheimgang gibt, der nach Norden führt. Er sagte, er sei so alt, dass sogar die Dhoones ihn vergessen haben. Im Augenblick ist dieser Geheimgang unsere einzige Hoffnung. Also müsst ihr alle an jeden Stein, den es hier gibt, drücken, schieben, klopfen, um den Öffnungsmechanismus zu finden.« Es klang verrückt, noch während er es sagte, aber alle vier akzeptierten es ruhig und begannen, sich in der Gruft zu verteilen.

Vaylo runzelte die Stirn und versuchte, sich an den kleinen Vers zu erinnern, den Angus Lok rezitiert hatte. Wie war das noch? »In der Gruft der Dhooneprinzen findet ein Mann / Einen Ausweg, wenn er nicht sehen kann.« Alle wandten sich ihm zu.

»Ist das der Schlüssel, Großvater?«, flüsterte Pasha aufgeregt.

»Ja. Das ist der Schlüssel«, sagte er, denn er wollte sie nicht enttäuschen. Der Vers hatte so gut wie keine Aussage, und die finsteren Gedanken, die in seinem Kopf gekreist waren, sackten an Ort und Stelle. Erst Ewan, dann Pasha, Hammie, Nan und er selbst. Die Reihenfolge schien wichtig zu sein, und er bat die Steingötter um den Mut, es wirklich tun zu können. Der Dhoonekönig hatte davon gesprochen, dass er sich ergeben sollte, aber Vaylo hatte die Wahrheit in den hellblauen Augen unter dem Dornenhelm gesehen. Robbie Dun Dhoone war kein Mann, der sein Wort hielt.

Und sie hatten keine Zeit mehr.

»Opa! Warum hat der Mann da keine Augen?«, erklang Ewans hohe Stimme. Der Junge war zu klein, um Angst vor dem Tod und allem, was damit zu tun hatte, zu haben, und er war auf das Abbild des Dunklen Königs Burnie Dhoone geklettert.

Vaylo zuckte die Achseln. »Die Steinmetze hatten nicht genug Zeit.«

Pasha kniete an einem der umgestürzten Sarkophage. Sie stand auf und erklärte ganz sachlich: »Das bedeutet, er ist ein Mann, der nicht sehen kann.«

Vaylo spürte, wie sich seine Arme mit Gänsehaut überzogen. Schnelle Blicke zu Nan und Hammie sagten ihm, dass die beiden das Gleiche empfanden. Kindermund ...

Alle drei gingen auf das steinerne Abbild von Burnie

Dhoone zu. Pasha trat ebenfalls zu ihnen, vollkommen selbstzufrieden. »Es müssen die Augen sein, Großvater. Deshalb haben die Steinmetze sie nie fertig gestellt.« Damit stieg sie auf Burnie Dhoones Füße und drückte beide Finger in die groß gemeißelten Augenhöhlen.

Etwas weiter hinten in der Kammer rumpelte. Feuchte, muffige Luft drang herein, als eine ganze Wand nach innen schwang. Die Hunde wichen erschrocken zurück. Ewan rannte entzückt auf die Öffnung zu. Pasha kam von Burnie Dhoones Füßen herunter und sagte: »Nun, wir sollten uns lieber beeilen.«

Vaylo starrte die Öffnung in der gegenüberliegenden Wand an. Sie war schwarz und leblos und vollkommen abweisend, aber für ihn sah sie nach Hoffnung aus.

Er rief seine Hunde zu sich und führte die kleine Gruppe nach Norden, weg von Dhoone.

27
Der Kampf an der treibenden Brücke

Hier«, sagte Ark Knochenspalter zu Ash. »Das ist der letzte Eissporn des Winters.« Der Fernreiter reichte ihr eine zarte weiße Blüte, die so groß war wie ihre Faust. Die Blütenblätter hatten schimmernde Silberadern, und in der Mitte leuchteten die fedrigen Staubgefäße in tiefem Mitternachtsblau. »Wenn du sie zerdrückst«, erklärte Ark, »schenken sie dir ihren Duft.«

Ash drückte die Staubgefäße zwischen den Fingern. Zunächst konnte sie nichts riechen, aber dann überwältigte der Duft des Winters – frischer Schnee, Zimt, Immergrün, Äpfel und Holzrauch, aber alles ein wenig süßer, angenehmer – sie vollkommen. Es erinnerte sie an längst Vergangenes: als Kind in den Schnee zu fallen, so dicht eingepackt, dass sie allein nicht wieder auf die Beine kommen konnte; sich mit Katja mit Glühwein zu betrinken, bis beide einen Schluckauf hatten und ihnen ein wenig übel wurde; über den Innenhof zu rennen, um die Winterkerzen zu sehen, die jedes Jahr im großen runden Ballsaal des Inneren Turms angezündet wurden. Ash holte tief Luft. Sie hatte seit Jahren nicht mehr an diese Kerzen gedacht.

Ark beobachtete sie forschend und sah ihr in die Augen. »Dieser Sull glaubt, dass man manchmal, wenn man zurückblickt, Dinge sieht, die einem gefehlt haben.«

Ash nickte, denn sie verstand nun immer mehr. Er hatte Recht. Es gab tatsächlich Dinge, die ihr fehlten. Ihr Leben in der Maskenfestung war in vielerlei Hinsicht schrecklich gewesen, aber es hatte auch Augenblicke reiner Freude und froher Erwartung gegeben – Zeiten, in denen sie das sorgenfreie Leben eines Kinds geführt hatte. Der Eissporn hatte ihr diese Momente gezeigt.

»Du bist nun unsere Tochter« sagte Ark. »Du hast von der Vergangenheit nichts zu befürchten.«

Ash sah die Blüte an, denn sie konnte Ark nicht in die Augen schauen. Woher wusste er so viel über sie?

»Die Töchter der Sull tragen Eisspornblüten im Haar, wenn sie in den Kampf reiten.« Er dachte einen Augenblick nach. »Und wenn sie sich einen Gefährten wählen. Manchmal verwirrt das die Söhne.«

Ash grinste und spürte, wie ihr Tränen in die Augen stiegen.

»Aber die Söhne begreifen es nach und nach. Wir wissen viel über die Herzen unserer Töchter.«

Tränen fielen in den Schnee.

»Komm. Wir haben heute einen langen Weg.«

Ash blickte auf, als der Fernreiter sich abwandte. »Danke«, sagte sie. »Für die Blüte.«

Er verbeugte sich und begann, sich um sein Pferd zu kümmern. Ash beobachtete, wie er sich vorbeugte, um die Vorderbeine des Grauen zu heben und Fett auf die Hufe zu reiben. Der Verband am Handgelenk, den sie ihm vor nur einer Stunde angelegt hatte, hatte bereits dunkle Blutflecken. Sie steckte sich die Eisspornblüte ins Haar und machte sich daran, beim Abbrechen des Lagers zu helfen.

Sie waren jetzt im Grabenland, eine Tagesreise östlich der Bluddgrenze, und hatten das Lager in einem dichten Wald mit hoch aufragenden Bäumen aufgeschlagen. Fünfhundert Jahre alte Zedern standen um die Lichtung, riesige Bäume mit tief herabhängenden Ästen, ihre Nadeln so blau wie Rauch. Irgendwo in der Nähe plätscherte Wasser über Steine, und das heisere Krächzen von Raben, die Aas gefunden hatten, störte die Ruhe. Am Tag zuvor waren sie durch einen abgebrannten Wald geritten, den zu durchqueren von Mittag bis zum Sonnenuntergang gedauert hatte. Ein oder zwei Mal hatte Ash Blockhäuser und Lederzelte an den Rändern der abgebrannten Waldfläche gesehen. Sie hatte Rauch gerochen und Hunde bellen gehört, aber keine Menschen gesehen. Ark Knochenspalter und Mal Neinsager hatten ein rasches Tempo vorgelegt und den Weg durch den verbrannten Wald genommen, um Zeit zu sparen. Die Fernreiter hatten nichts für die Grabenländer übrig und ritten rasch weiter, wenn sie auf Anzeichen von Besiedlung stießen. Der Neinsager war seit zwei Tagen nicht auf die Jagd gegangen und hatte sich damit zufrieden gegeben, Schneehasen und Kaninchen aus dem Sattel heraus mit der Bola zu erlegen. Anscheinend gab es keine Waffe, mit der er nicht umgehen konnte.

Das Wetter hatte sich so weit gehalten, aber als Ash auf dem Weg zum Fluss zum Himmel aufblickte, dachte sie, dass sie heute vielleicht nicht solches Glück haben würden. Weiße Wolken bedeuteten Schnee. Es war genau die richtige Temperatur dafür – kalt, aber nicht eisig.

Sie schauderte, als sie unter den Zedern durchschritt. Der Fluss folgte dem Verlauf des Landes und fiel in Stufen ab, als der Waldboden sich in eine Senke hinabzog. Kiefernnadeln hatten stellenweise Dämme gebildet, und nun strömte das Wasser über die Felsen. Es schmeckte nach Harz. Ash wusch sich damit das Gesicht. Als sie sich das Wasser wieder aus den Augen rieb, bemerkte sie eine Bewegung zwischen den Bäumen am anderen Ufer. Seit der Nacht im Totenwald hatte sie die Sichel und die Kette stets bei sich, und nun zog sie sie aus dem Eichhörnchenfellbeutel, den sie dafür gemacht hatte. Das Licht unter den Zedern war schlecht. »Wer ist da?«, fragte sie herausfordernd und nahm das Gewicht der Sichel in die Hand.

Ein Baum raschelte, und eine Gestalt eilte davon, tief ins Unterholz hinein. Ein Grabenländer.

Ash musste sich einen Augenblick hinsetzen, weil ihre Knie so zitterten. Die Sichel glitzerte, und die bösartig gekrümmte Klinge sah seltsam fremd aus, als sie sie auf die Matte aus Zedernnadeln legte. Der Grabenländer hatte Angst gehabt – vor ihr. Sie wusste nicht, was sie damit anfangen sollte. Nach einiger Zeit kam sie zu dem Schluss, dass es wohl gut war. Sehr gut. Sie nickte, füllte die Wasserschläuche und eilte zurück zum Lager.

»Ich habe einen Grabenländer gesehen«, sagte sie zu dem Neinsager, als sie die schweren Häute zu seinen Füßen niederlegte. »Ich habe ihn verschreckt.«

Der Neinsager zog die Brauen hoch. Diese Geste hatte Ash noch nie zuvor bei ihm erlebt. »Es gibt ganz in der Nähe eine Siedlung.«

»Bist du deshalb heute früh weg gewesen und hast diese Siedlung ausgekundschaftet?« Es schien, als wäre ihr das Selbstvertrauen in den Kopf gestiegen, denn sie hatte noch nie den Mut gehabt, dem Neinsager Fragen darüber zu stellen, was er tat. Der Neinsager tat, was er wollte, und nicht einmal sein *Hass* stellte das in Frage.

»Nein, Ash March. Dieser Sull hat heute keine Grabenländersiedlung ausgekundschaftet.« Er sah sie ruhig aus seinen eisblauen Augen an, aber es stand keine Einladung zu weiteren Fragen in diesem Blick.

Ash nickte zur Antwort auf das, was er nicht ausgesprochen hatte. Es gab Fragen, die sie nicht stellen konnte. Noch nicht. Entschlossen, sich nicht an seiner Schweigsamkeit zu stören, machte sie sich daran, ihr Pferd zu striegeln und zu bepacken.

Der Schnee fiel, als sie die letzten Satteltaschen anschnallte. Während sie das Zelttuch und die Stangen zusammengebunden hatte, waren die beiden Fernreiter zum anderen Ende der Lichtung gegangen. Sie sprachen nun leise miteinander, und Ash musste sie unwillkürlich immer wieder ansehen. Irgendwann nahm der Neinsager ein Päckchen aus seinem Pelz, etwas, das in verblasste rote Seide gewickelt war. Ark streifte den Verband ab und hielt dem Neinsager sein verwundetes Handgelenk hin. Der Neinsager wickelte die Seide ab und holte einen kleinen knollenförmigen Behälter heraus. Er öffnete ihn und goss ein paar Tropfen Flüssigkeit aus dem Behälter direkt in Arks Wunde. Ark erstarrte und umklammerte seinen Unterarm. Seine Lippen waren weiß, und er verzog das Gesicht, und dann gewannen sie langsam ihre Farbe wieder, als er sich entspannte. Mal ließ eine seiner riesigen eisgebräunten Hände auf der Schulter seines *Hass* ruhen, nur für einen Augenblick, und dann ging er in den Wald, um sich zur Ader zu lassen. Ash wusste, dass er das vorhatte: Sie sah, dass er nach seinem silbernen Aderlassmesser griff, bevor die Zedern ihn verbargen.

Plötzlich war Ash kalt geworden, und sie schob die Hände in das Luchsfell. *Arznei.* Der Neinsager hatte heute früh eine Arznei für seinen *Hass* geholt.

Sie hatte deshalb den ganzen Tag ein schlechtes Gefühl. Kaum hatte es zu schneien begonnen, wurde der Schnee auch schon dichter. Kein Wind regte sich, und die Schneeflocken fielen schwer und gerade, als Ash und die Fernreiter die Lichtung verließen. Die Sicht war schlecht. Der Weg zwischen den Zedern war schmal und gewunden, und eisige Zweige klatschten gegen Ashs Beine. Der Neinsager ritt nicht davon, um das Gelände auszukundschaften, sondern führte ihre kleine Gruppe auf dem Blauen an. Niemand sagte etwas. Der Rücken des Neinsagers, als er so vor ihr im Sattel saß, erschien Ash so breit wieder von zwei Männern.

Zu Mittag machten sie kurz Rast und tränkten die Pferde. Der bewaldete Hügel, auf dem sie standen, zog sich abwärts in ein Tal, das sie später durchqueren würden. Ash überließ ihr Pferd seinem Hafersack und ging zum Rand der Kuppe, um sich das Tal anzusehen. Ein breiter Fluss, der die Farbe von Rost hatte, floss dort unten. Das Tauwetter hatte sein Wasser über die Ufer treten lassen, und es hatte sich in den Wäldern und Feldern ausgebreitet und unzählige seichte Seen geschaffen. In dieser Landschaft stand eine Stadt, wie Ash sie noch nie gesehen hatte. Sie bestand beinahe ausschließlich aus Holz und Schlamm. Kleine, breite, reizlose Blockhütten drängten sich auf einem Buckel am Fluss und klammerten sich daran wie Muscheln an einen Felsen. Ein ganzes Viertel der Stadt schien einzig aus Filz-und-Leder-Zelten zu bestehen, und Ash konnte sehen, dass der Fluss bereits begonnen hatte, einige von ihnen zu verschlingen. Dächer und Tierhäute trieben in der Nähe wie Flöße herum.

»Höllenstadt«, sagte Ark, der neben sie getreten war. »Es ist die Zeit des Hochwassers. Alle Gräben sind voll.«

Sie wagte einen raschen Blick zu ihm hin. Die Haut des Fernreiters sah blass und trocken aus. »Ist das der Östliche Fluss?«

Er nickte. »Er schwillt an. Viele Flüsse münden in ihn.«

»Kith Masaeri.«

Ark schien erfreut, dass sie sich an den Sullnamen erinnert hatte. »Der Fluss der vielen Wege, so haben wir ihn genannt.« Ash freute sich wie ein Kind, ihm eine Freude gemacht zu haben. Sie schaute wieder zu dem über die Ufer steigenden Fluss und fragte: »Wo werden wir ihn überqueren?«

»Auf der Treibenden Brücke.« Etwas in seiner Stimme bewirkte, dass sie sich ihm zuwandte.

»Sobald wir sie überquert haben, sind wir zu Hause.«

Ash dachte daran, wie der Neinsager Ark die Hand auf die Schulter gelegt hatte, und plötzlich wollte sie das Gleiche tun. Einfach nur ihre Hand eine Weile dort ruhen lassen. Aber dann hielt sie sich doch zurück. Sie hörte die Sehnsucht und die Müdigkeit in seiner Stimme, hob die Hand, um ihn zu berühren, und ließ sie dann wieder sinken. Sie hatte nicht den Mut dazu.

»Gehen wir«, sagte Ark. »Wenn wir uns beeilen, werden wir die Brücke noch vor Anbruch der Dunkelheit erreichen.«

Sie kamen nicht sonderlich schnell voran. Der Schnee

wurde im Flusstal matschig, und der Boden unter ihren Füßen verwandelte sich in einen Sumpf frierenden Schlamms. Der Neinsager hatte einen Weg gewählt, der sie westlich an Höllenstadt vorbeiführte, aber sie begegneten dennoch häufig Menschen auf der Straße. Schmutzige Kinder und müde aussehende Frauen machten große Bögen um die Fernreiter, verließen häufig sogar den Weg, wenn sie vorüberritten. Ein Mann ließ seinen Wagen mitten auf der Straße stehen und kehrte nur zurück, um ihn wieder abzuholen, nachdem die Fernreiter vorüber waren. Ark und Mal schienen sich nicht an der Unruhe, die sie hervorriefen, zu stören und ritten mit hoch erhobenen Köpfen weiter. Ash wünschte sich, sie könnte das Gleiche tun. Sie spürte die Blicke der Grabenländer auf sich und bemerkte, dass sie immer wieder ihr Haar zurückstrich und unnötig an den Zügeln herumzupfte. Sah sie für diese Leute wie eine Sull aus? Oder erkannten sie sie als die Hochstaplerin, die sie war?

Es war eine Frage, die sie nicht beantworten konnte. Sie sah, wie die Leute die Köpfe drehten und ihrem silberblonden Haar nachsahen und die goldene Üppigkeit des Luchsfells bewunderten, aber sie hätte nicht sagen können, was sie dachten.

Im Lauf des Tages kamen sie an weiteren Grabenländersiedlungen vorbei: schimmlige Dörfer aus Blockhäusern, umhüllt von Holzrauch, umgeben von Bottichen, in denen Leder gegerbt wurde. Einmal gab es sogar ein Gasthaus, aber die Fernreiter legten dort keine Rast ein. Ash spürte ihre Unruhe, ihr Bedürfnis, endlich das Land zu erreichen, das ganz das Ihre war.

Als die Sonne unterging, hatten sie den Fluss immer noch

nicht erreicht. Es wurde hier unter den hohen Bäumen früher dunkel, und die Straße war bald schon leer. Der Schnee wurde fester. Die Temperatur sank, und es sah nicht so aus, als würde es an diesem Tag noch einmal wärmer werden. Ash kuschelte sich in ihre Felle und beobachtete, wie ihr Atem weiß wurde. Der Geruch nach Zedern und Holzrauch machte sie schläfrig, und einmal sackte sie im Sattel nach vorn. Sie war gerade wieder in Dösen verunken, als sie einen Wolf heulen hörte. Sie blinzelte, drehte den Kopf, lauschte. *Nichts.* Wahrscheinlich nur ein Traum.

Es war anstrengend, die Augen offen zu halten. Die Straße zog sich nun durch dichten Wald, und die Bäume bildeten eine Mauer um die Straße. Die Sterne kamen heraus, und der Himmel hatte eine rötliche Färbung. Götterlichter. Als die Straße um eine scharfe Kurve bog, sah Ash wieder das glitzernde Wasser des Flusses vor sich ... und dann hörte sie den Wolf noch einmal heulen.

Sofort riss sie den Kopf hoch und war hellwach. Das war ein Wolf – sie hatte am Totenberg oft genug Wölfe gehört –, aber es war auch etwas anderes. Ein Schauder lief ihr über den Rücken und ließ ihre Schultern beben. Wieder ein Heulen, diesmal höher. Wölfe. Schattenwölfe. »Ark!«, rief sie, und er drehte sich im Sattel um, um sie anzusehen. »Sie sind da!«

»Zur Brücke!«, rief er und schob sich hinter sie, wartete, dass ihr Pferd zu galoppieren begann, bevor er seins antrieb. »Zur Brücke!«

Ashs Pferd erwachte unter ihr zum Leben, und sie bekam kalte Luft und Schneeflocken ins Gesicht. Zedern schauderten, als sie vorbeikam, und warfen ihre Schneeladung ab. Sie konnte nur das Trommeln von Hufen und ihren eigenen Herzschlag hören. Vor ihr führte Mal sie zur Brücke. Ash sah, wie der Fluss näher kam, sah die Strömungswellen auf der Oberfläche und dann die Treibende Brücke.

Diese Brücke war von Sull gebaut worden, das wusste sie mit absoluter Sicherheit. Sie musste aus Holz bestehen, aber es war blau und schimmernd, und es stammte von keinem Baum, den sie kannte. Der am Ufer befestigte Teil zog sich in einer Reihe immer kleiner werdender Bögen zur Wasseroberfläche hinab, währen die treibenden Teile wie ein silbernes Band auf dem Wasser lagen, getragen von Pontons in der Form großer Wale. Die gesamte Brücke schien zu atmen, hob und senkte sich mit der Bewegung des Flusses. Das Gebilde war wunderschön, aber Ash wusste nicht, wie es sie vor den Schattenwölfen retten könnte.

Das Heulen wurde lauter, gieriger. Ash konnte den Speichel in den Kehlen der Wölfe hören, wenn sie atmeten. Sie beugte sich tief über den Pferdehals und drückte dem Tier in die Rippen – und sah, wie drei Albtraumwölfe aus dem Gebüsch brachen.

Entsetzt schaute sie wieder geradeaus, in dem Wissen, dass schon das Umdrehen sie eine wichtige Sekunde gekostet hatte. Direkt hinter ihr klapperten die Zeltstangen in ihren Hüllen, und die Satteltaschen knarrten und klatschten gegen den Rumpf des Pferds. Ihr fiel auf, dass Ark und der Neinsager eigentlich viel weiter voraus sein sollten – die beiden Sullhengste waren unübertreffliche Renner –, aber sie hielten mit ihr Schritt.

Wenn wir verfolgt werden, zieh an dem Riemen. Wie konnte sie das nur vergessen haben?

Die Finger von den Zügeln zu nehmen war unendlich anstrengend; sie wollten einfach nicht loslassen. Die Kälte hatte sie taub gemacht, und als Ash nun die Hand am Pferdebauch entlangschob, konnte sie nichts spüren. Wo war der Bauchriemen? Sie fand ihn schließlich und umklammerte ihn, arbeitete mehr mit Druck als mit Berührung. *Da.* Etwas stand vom Bauchriemen ab. Sie packte es und riss fest daran. Es gab ein paar Geräusche wie Peitschenknallen, und dann fiel bis auf den Sattel und das Zaumzeug alles von dem Schimmel ab. Ash hörte die Zeltstangen und die Kochtöpfe hinter sich auf die Straße poltern, hörte Arks Hengst so leichtfüßig darüber springen, dass er nicht einmal aus dem Tritt kam.

Ihr eigenes Pferd wurde plötzlich schneller und sprintete vorwärts, vorbei an Mals Blauem. Die Treibende Brücke war jetzt so nahe, dass sie die Überlaufrinne in der Mitte sehen konnte. Sie trieb ihr Pferd hektisch an und ritt direkt darauf zu.

Die beiden Fernreiter hatten aufgehört, mit ihr Schritt zu halten, erkannte sie, als sie die verbreiterte Rampe am Ufer erreichte. Sie drehte sich im Sattel um und rief nach Ark.

»Reite weiter«, schrie er. Hinter ihm konnte sie sehen, wie eine Wolfsgestalt näher kam, sie sah die fließende Bewegung von Schattenfleisch, als Muskeln sich am Hals des Wolfs anspannten und wieder entspannten. Die Augen des Wolfs brannten wie glühende Kohlen, und seine Zähne waren Elfenbein in gänzlich schwarzem Zahnfleisch. Mit einem Heulen, das gespenstisch hoch war, griff er Arks Pferd an.

Der Sullhengst zog die Hinterbeine hoch und versuchte,

den Wolf abzuschütteln, aber das Geschöpf hatte die Zähne tief in das Fleisch des Pferds geschlagen, und sein Kiefer hatte sich verkrampft. Ark Knochenspalter zog das Schwert. Meteorstahl glitt mit dem Zischen von heißem Metall, das in kaltes Wasser eindringt, ins Schattenfleisch. Der Wolf riss das Maul wieder auf und fiel von dem Hengst ab, wie zuvor die Satteltaschen vom Packpferd abgefallen waren.

Ash holte tief Luft und bemerkte erst jetzt, dass sie den Atem angehalten hatte. Ihr Pferd hatte sie auf den festen Teil der Brücke geführt und trabte nun weiter. Die Hufe hallten auf dem Holz. Ash konnte den Flusswind auf ihrer Haut spüren. Mehr Wölfe kamen unter den Bäumen hervor, zwei, drei, fünf. *O Gott!*

»Weiter!«, schrie Ark und baute sich mit dem Schwert in der Hand vor der Brücke auf. Der Rumpf des Grauen war blutüberströmt, aber er hob den Kopf hoch und zeigte keine Angst.

Der Neinsager war an der Rampe angekommen, zog sein mächtiges Sechs-Fuß-Schwert und wandte sich den Schattenwölfen zu.

Ash spürt ein Wippen unter sich und bemerkte, dass sie den treibenden Teil der Brücke erreicht hatte. Sie zügelte ihr Pferd und griff in ihrem Pelz nach der Sichelklinge. Sie war lange genug geflohen. Es war an der Zeit, dass diese Tochter der Sull sich wehrte. Sie suchte nach der Flamme, saugte Luft zwischen den Zähnen ein, als würde das sie irgendwie zünden. Und ganz plötzlich war die Flamme tatsächlich da, winzig wie ein Babyzahn. Aber sie war da. Ash glitt vom Rücken des Pferds und hielt nach einem Wolf Ausschau, den sie töten konnte.

An der Rampe tobte der Kampf. Mal Neinsager stand da wie der Torhüter der Hölle, sein Furcht erregendes Schwert ununterbrochen in Bewegung. Als Ash vortrat, ritt Ark an Mal vorbei auf die Brücke. Angst ließ Ash schaudern, als Ark sein Pferd zügelte und abstieg. Ark und der Neinsager waren nicht wie sie: Sie mussten nicht absteigen, um die Waffen zu schwingen. Vielleicht würde auch sie später einmal ... aber sie hatte diese Lektion noch nicht gelernt. Plötzlich hockte sich Ark an den Rand des festen Brückenteils, um nach etwas zu tasten. Hatte er sein Schwert fallen lassen? Nein. Es war da, lag über seinen Knien.

Ash nahm die Kette in die Hand und begann, das Gewicht zu wirbeln. Sie konnte die Wölfe nun nicht mehr zählen, und immer mehr kamen unter den Bäumen hervor. Sie bellten und heulten und stürzten sich mit atemberaubender Geschwindigkeit auf Mal Neinsager. Als er einem das Schwert in die Brust stieß, schoss ein anderer an ihm vorbei auf die Brücke. Ash dachte: *Der wird genügen.* Die Kette und ihr Gewicht schwirrten über ihren Kopf und bewegten sich so schnell, dass nur noch die grüne Spur, die die Chrysolithe zogen, zu sehen war.

Ihr Wolf sprang auf Arks Kehle zu. Ash sah die Flamme, blau und kühl. *Ich kann nicht versagen.* Sie passte das Drehmoment der Kette an, wartete noch einen Sekundenbruchteil und ließ sie dann los. Die Kette flog los, zischte durch Ashs Faust wie eine Angelschnur und schlang sich um die Kehle des Wolfs, Ash riss mit aller Kraft, holte seitlich aus und riss das Schattengeschöpf ins Wasser. Als es aufklatschte, drehte sie das Handgelenk seitlich und zog die Kette wieder ein. Das Gewicht schoss wie ein Pfeil auf sie zu, und sie verlor die

Flamme einen Augenblick lang, als sie befürchtete, es würde sie treffen. Sie musste hastig beiseite treten.

Als Ash ihr Gleichgewicht wiedergefunden hatte, sah sie, wie Ark Knochenspalter sie mit blitzenden Augen anschaute. »Tochter«, sagte er. »Du machst diesen Sull stolz.«

Sie wünschte sich mit aller Kraft, dass sie ihm die Hand auf die Schulter gelegt hätte ... denn sie würde keine Chance mehr haben, das zu tun. Nicht in dieser Welt.

Ark hatte etwas in der Hand, etwas, das er aus einer Diele der Brücke gezogen hatte. Es war ein Bolzen, lang und dick, und noch während Ash begriff, was er da getan hatte, begann sie von ihm wegzutreiben. Ark Knochenspalter hatte die Treibende Brücke abgetrennt.

Es gab einen Augenblick, in dem sie glaubte, noch springen zu können. Das war etwas, das sie für den Rest ihres Lebens nie vergessen würde. Dieser Augenblick und wie er verging. Und dann war die Entfernung zu groß, und das schwarze Wasser glänzte zwischen ihnen, und Ark Knochenspalter richtete sich auf, um zu kämpfen. Sein *Hass* kämpfte allein, und er musste zu ihm eilen.

Ash March hatte nie einen schrecklicheren Albtraum gehabt, als hilflos zusehen zu müssen, wie die Menschen, die sie liebte, um ihr Leben kämpften. Und sie musste hinsehen; es war die einzige Währung, mit der sie zahlen konnte: zusehen und damit Zeugin des Kampfs an der Treibenden Brücke werden. Die Nacht war lang und der Kampf schrecklich, und als er vorüber war, standen keine Wölfe mehr aufrecht, und nur noch ein einzelner Mann. Und noch immer war der Schrecken nicht vorüber, denn der Neinsager kniete sich neben seinen *Hass* und umarmte ihn und schrie seinen Göttern schreckliche Worte zu. Als sein Zorn verraucht war, küsste er Arks Augen, hob das Messer an Arks Kehle und vollzog *Dras Morthu.*

Den Letzten Schnitt.

Ark Knochenspalter begab sich an diesem Abend ans ferne Ufer. Ash March wusste das, weil sie Zeugin wurde, wie seine Seele davonging.

28
Das Höllentor

Die Festung glühte rot unter den Götterlichtern, wie etwas, das aus gefrorenem Blut erbaut war. Raif führte Bär auf sie zu und fühlte sich dabei seltsam ruhig. Inzwischen hätte es im Kargland dunkel sein sollen, aber das Licht dauerte an. Die Wolken hatten sich verzogen, der Himmel war nun klar, und die Sterne, die sich dort drehten, formierten sich zu riesigen Sternbildern, die die Form von Wölfen hatten. Raif kannte diese Sterne nicht; er war nicht einmal sicher, auf welcher Welt er sich befand.

Vor ihm lag die Hauptmauer, stieg steil vom Berghang aus auf. Sie warf einen so vollkommen schwarzen Schatten, dass es aussah wie ein Loch in der Erde. Der Weg, der darauf zuführte, war aus dem Felsen geschlagen, der Granit hervorragend abgeschliffen, aber nur so weit, dass die Füße von Reisenden immer noch gut Halt fanden. Eine Reihe von Stufen hoben den Weg alle hundert Schritte. Der Aufstieg war nicht schwierig, aber Raif ließ sich Zeit. Er hatte es nicht eilig, die Festung zu erreichen. Das Licht würde bleiben, da war er sicher. Licht tat hier, was es wollte.

Massive Eisplatten lagen in den Tälern wie Trümmer nach einem Unwetter. Ein Stück war so groß wie ein Rundhaus, und Raif und das Pony brauchten Minuten, um daran vorbeizukommen. Granitbrocken steckten im Eis wie Fliegen im Bernstein. Raif war froh, dass er genug Wasser für einen oder zwei Tage dabei hatte. Auf gar keinen Fall wollte er dieses Eis schmelzen und trinken müssen.

Als sie um eine Biegung kamen, sah Raif das Tor zur Stadt. Es war so hoch wie zehn Männer und bestand aus versilbertem Eisen. Eisendrachen erhoben sich zu beiden Seiten wie Wächter und schützten den Eingang zur Stadt mit ausgefahrenen Krallen und rasiermesserscharfen Zähnen. *Das Höllentor.*

Raif schauderte und schaute zurück. Der Nebel war mit ihm aufgestiegen, und er konnte den Weg nach unten nicht mehr sehen. Das Kargland spielte mit ihm und erinnerte ihn daran, dass er nicht auf dem gleichen Weg gehen konnte, auf dem er gekommen war. Er schüttelte den Kopf, dann ging er weiter. Er musste an Bitty denken, das war es. Selbst diese Art von Leben war besser als überhaupt keins.

Bär war ganz gegen ihre Gewohnheit störrisch, je näher sie ans Tor kamen; sie wurde langsamer und stemmte sich gegen die Zügel. Raif hielt inne und sah sie an. Das kleine braune Pony senkte den Kopf und betrachtete ihn misstrauisch. Es war Zeit, allein weiterzugehen. Sie kamen gerade durch ein Feld mit zerschmettertem Eis und Granitblöcken, und er führte die kleine Stute ein wenig von Weg weg zu einer Stelle, wo ein Felsvorsprung ihr etwas Schutz vor dem Wind bieten würde. Er schüttete eine Portion geöltes Getreide auf die Steine und sagte ihr, sie sollte sich keine Sorgen machen. Er würde sie bald wieder abholen.

Es fiel ihm schwer, sie dort zu lassen. Er wollte nicht sehen, wie sie im Nebel verschwand, also schaute er nicht zurück.

Die Mauer ragte vor ihm auf, ein Wall aus Stein mit tödlichen Quarzvorsprüngen. Nichts bewegte sich über ihm auf den Zinnen. Diese Stadt war tot. Raif zog das Abschwörerschwert und ging auf das Tor zu.

Der Boden bebte, als er näher kam, eine einzige heftige Bewegung, die die Eisenpfosten mit einem durchdringenden Kreischen aneinander rieb. Etwas tief in der Stadt zerbrach mit der Kraft einer Explosion. Raif zuckte zusammen. Als er darauf wartete, dass es wieder still wurde, warf er einen Blick auf sein Schwert. Es schien viel zu klein zu sein, um ihn hier schützen zu können. Die Götterlichter brannten grün, als er seine Hand an das Tor legte. Ein kleines Tor war in das große eingesetzt, und das Drachenmuster war hier exakt nachgebildet. Dieses kleine Tor war überhaupt nicht gesichert, und es schwang auf, als Raif dagegen drückte. Es knarrte nicht einmal.

Raif schluckte. Nun war seine Ruhe verschwunden. Wenn er ein Sull gewesen wäre, hätte er sich zur Ader gelassen, bevor er diesen Ort betrat. Wenn er ein Clansmann gewesen wäre, hätte er einen Heiligen Kreis gezogen und die Steingötter angerufen. Er wusste nicht, was ein Verstümmelter tun würde, also tat er überhaupt nichts. Das Schwert in einer Hand, das Rabenzeichen in der anderen, betrat Raif Sevrance die Festung aus grauem Eis.

Es roch nach längst vergangenen Zeitaltern und Gletschern, und es ließ sich mit keinem anderen Ort, den Raif je gesehen hatte, vergleichen. Die Festung sah aus, als wäre sie aus Glas gesponnen. Durchscheinende Türme, Hunderte von ihnen, reckten sich zum Himmel, und nicht zwei davon hatten die gleiche Höhe. Brücken so zart wie Perlenschnüre spannten sich von einem Turm zum anderen, schufen ein Gewebe aus Wegen und Treppen. Unterhalb davon bogen sich Kuppeldächer und Gewölbe über riesigen, fensterlosen Hallen, und noch tiefer drunten schob der Berg seinen Stein in großen primitiven Buckeln nach oben und bildete das Fundament aller Gebäude. Es war, als wäre die Stadt mit großer Kraft mit dem Berg verschweißt.

Raif fand sich in einem Hof, einem großen kreisförmigen Platz, der mit Steinen aus dunkel glänzendem Schiefer gepflastert war. Seine Schritte hallten scharf wider, und eine Vorsicht, die er selbst nicht verstand, ließ ihn seine Füße sehr sorgfältig setzen. Das Abschwörerschwert an seiner Seite fühlte sich schwer und leblos an, und er konnte sein Gleichgewicht nicht finden. Vor sich sah er viele Wege, die er nehmen könnte; Treppen und Torbögen, Eingänge und Durchgänge. Er wählte einfach einen von ihnen aus.

Das Licht veränderte sich, war nun eher blau und grau und ein wenig trüber geworden. Raif beobachtete, wie sein Schatten seinen Körper umkreiste und dann hinter ihm zur Ruhe kam. Nichts schien hier fest zu sein. Das Gewicht seines Schwerts schien sich ebenfalls zu verändern, und der Widerhall seiner Schritte war einmal länger, einmal kürzer. Wer hatte hier gewohnt? Es fühlte sich nicht einfach nur verlassen an, sondern ... verloren. Er kam an einer leeren Arena vorbei, die mit Steinbänken umgeben war, aber diese Bänke sahen aus, als wären sie nie benutzt worden. Ein Springbrunnen, der aus geflecktem Kalkstein gemeißelt war, enthielt kein Wasser, aber es gab auch keine Moos- oder Algenflecken im Becken. Was hatte der Lauscher gesagt? Das hier war die letzte Festung, die die Alten errichtet hatten. Sie hatten sie vielleicht gebaut, aber sie konnten hier nicht gelebt haben. Jedenfalls nicht lange.

Raif betrat ein Gebäude, eine große Halle mit Säulengängen und einer Gewölbedecke. Der Boden war mit schwarzem und weißem Marmor gefliest und erstreckte sich weit und leer vor ihm. Die Wände waren nackt bis auf diejenige, die dem Eingang gegenüberlag. Dort gab es ein Wandgemälde. Raif ging darauf zu, um es sich näher anzusehen. Das Bild zeigte den Berg und die Landschaft der Umgebung in Miniatur. Wasser floss im Fluss, und grüne Ebenen erstreckten sich in alle Richtungen. Raif konnte die Festung auf dem Berg nicht erkennen, also beugte er sich vor, um genauer hinzusehen. Dann erstarrte er. Der Künstler hatte einen riesigen Riss in den Berg gezeichnet, genau dort, wo sich jetzt die Festung befand. Und etwas kam daraus hervor.

Raif wandte sich ab. Thomas Argola hatte Recht gehabt: Die Alten hatten diese Festung aus Angst gebaut, hatten sie mit dem Berg verschmolzen, als könnten sie dadurch den Riss verschließen. Vielleicht war es ihnen auch gelungen ... aber solche Siegel konnten gebrochen werden.

Als Raif sich umdrehte und gehen wollte, bebte das ganze Gebäude. Der Boden wellte sich, und Mörtelstaub wallte auf. Raif rannte nach draußen. Ein Schlussstein fiel aus der Gewölbedecke, als er darunter vorbeilief, und krachte direkt hinter ihm auf die Fliesen. Diese Stadt war im Eis der Zauberer tausend Jahre erhalten geblieben, und nun stürzte sie ein.

Raif rannte, bis ihm die Luft ausging, und es war ihm gleich, welchen Weg er nahm. Seine Lungen fühlten sich vom Staub kratzig an, und kein Husten konnte sie wieder säubern. Er hockte sich hin und versuchte, wieder zu Atem zu kommen. Einer der Quarztürme war hier offenbar eingestürzt, denn der Boden war mit Kristallsplittern bedeckt. Er blickte auf und beschloss weiterzugehen. Er hatte keine Lust, gepfählt zu werden, wenn ein weiterer Turm einstürzte. Es war Zeit, die Mitte dieser Stadt zu finden. Er hatte sich genug umgesehen.

Eine breite Straße führte ihn an offenen Säulengängen und einer Reihe von Gebäuden mit Bleikuppeln vorüber. Die Steinmetzarbeit war hier kunstvoller, Mauern waren gekrönt mit Reliefdrachen und anderen seltsameren Ungeheuern. Steinsäulen waren in Form fest zusammengerollter Schlangen und als Abbilder von Geschöpfen gestaltet, die sich von einer Gestalt zur anderen verwandelten. Raif spürte, wie es kälter wurde. Die Festung war nun ununterbrochen in Bewegung, sie schwankte und ruckte. Sein Schwert, das sich schwerer angefühlt hatte, seit er das Tor durchquert hatte, schien plötzlich viel zu leicht zu sein.

Als er zu einem runden Gebäude kam, das kunstvoll mit Statuen dekoriert war, die tief in Steinnischen standen, wusste er, dass er das Herz der Festung gefunden hatte. Die Statuen waren halb Schatten, halb Mensch: Sie waren dabei, sich in Schattenwesen zu verwandeln.

Raif holte tief Luft und wartete darauf, dass er aufhörte zu zittern. Aber es geschah nicht. Aus irgendeinem Grund musste er an Addie Gunn denken, als er den Tempel betrat. *Wir können mehr sein.*

Die Verschiebung der Dinge, die draußen begonnen hatte, war an diesem Ort beschleunigt. Die Luft war unruhig und brachte Flecken von Dunkelheit hervor, als würde Blut in

Wasser tropfen. Raifs Schwert wurde flüssig in seinen Händen, das Gewicht lief von einem Ende zum anderen, als er es hob. Und etwas anderes rührte sich, etwas, für das er keinen Namen hatte. Er setzte dazu an, einen Schritt zu machen, und als er es tat, fühlte sich das seltsam vertraut an, als hätte er den Schritt bereits gemacht. *Die Zeit,* dachte er. *Die Zeit regt sich.*

Der Tempel hatte keine Fenster, aber eine gewisse Art von Licht kam herein. Die runden Mauern waren auf einen Krater im Bergstein gesetzt. Die Gewaltsamkeit dieser Verbindung war in den Brandspuren zu erkennen, die sich an den Schweißnähten entlangzogen. Große Kraft war hier angewandt worden. Jemand hatte ganz sicher dafür sorgen wollen, dass nichts aus diesem Gebäude herauskam. Ein Hauptaltar beherrschte den Raum, und Raif ging langsam darauf zu. Er konnte bereits den dunklen Raum unter dem Deckstein sehen und wusste, dass man ihn hochheben konnte.

Der Altar war aus schwarzem, mit Gold geädertem Quarz gehauen, und ihn zu berühren war, als berührte man Eis. Raif spürte, wie seine Haut daran hängen blieb, spürte, dass die Kälte sich nach innen in sein Herz zog. Er wartete auf den richtigen Augenblick, die Hand wegzunehmen, wie er darauf gewartet hatte, dass der Wind heftiger wurde, bevor er Wünschelrute abschoss. Und ebenso, wie sich der Wind am Berg verändert hatte, verschob sich das Gleichgewicht an diesem Ort. Als er spürte, dass sein Schwert leichter wurde, legte er es ab, legte beide Hände an die untere Kante des Decksteins und drückte mit aller Kraft nach oben. Der Stein riss, als er zu Boden rutschte. Raif hörte sich selbst einen Laut von sich geben, etwas zwischen einem Lachen und einem Schluchzen. Nun gab es keinen Weg mehr zurück.

Es hatte nie einen gegeben.

Eine schmale Treppe führte durch den Altar nach unten, und Raif griff nach seinem Schwert und ging hinunter. Er konnte jetzt das Innere des Bergs riechen, das Eisen, den Schwefel und die Feuchtigkeit. Als er die letzten Stufen erreichte, bebte die Erde abermals. Ein tiefes, schreckliches Heulen erklang. Raif schloss die Finger fester um den Schwertgriff. Die Kammer vor ihm rollte wie ein Schiff auf unruhiger See. Flecken aus Dunkelheit wurden tiefer – schwarze Löcher im Schwarz. Ein Schatten erschien und verblasste wieder.

Raif spürte, wie sein Mund trocken wurde. *Shatan Maer,* hatte Thomas Argola es genannt – das mächtigste Geschöpf, das je existiert hatte. Seltsam, wie einem jemand etwas sagen konnte, und man hörte auch zu und hörte es dennoch nicht. Aber war das nicht genau, worauf Argola gezählt hatte? Wer würde schon hierher kommen, wenn er genau wusste, was ihn erwartete? Niemand. Ein kurzer Blick, und das genügte, alles zu wissen. Ein Schwert würde nicht ausreichen. Ein Mann würde nicht ausreichen. Argola hätte eine Armee schicken sollen ... aber er hatte keine Armee gehabt.

Also hatte er stattdessen einen Dummkopf geschickt.

Raif bemerkte, dass er die Zähne gefletscht hatte wie ein Wolf. Der Wahnsinn war hier, direkt unter ihm, nur ein weiteres schwarzes Loch in all dieser Finsternis. *Töte eine ganze Armee für mich, Raif Sevrance.* War das nicht genau, was er tat – einen Hailsmann nach dem anderen?

Dann lachte er verbittert, als er sich vorstellte, wie sein Leben weitergehen würde. Mehr Tode. Mehr verratene Freunde. Drei Menschen auf dieser Welt gab es, die er liebte, aber er würde sie nie wieder sehen. Drey. Effie. Ash. Wozu war das Leben ohne die Menschen, die man liebte, denn noch gut? Es war ein Schatten, und vielleicht hatte Argola ihm das angesehen, und er hatte einen Schatten ausgeschickt, um gegen einen anderen Schatten zu kämpfen.

Raif tat einen letzten Schritt in die Kammer und hatte sofort wieder das Gefühl, es schon Sekunden zuvor getan zu haben. Alles war hier im Fluss. Die Kammer war seltsam undefiniert, die Wände fließend. Ein Teil des Bodens bestand aus kunstvollen Mosaiken, die Ungeheuer zeigten, die sich in andere Ungeheuer verwandelten – Drachen wurden zu Schatten und Schlangen wurden unsichtbar –, aber der größere Teil war nackter Stein. Hier endete die Festung, und der Berg begann. Als Raif sich weiterbewegte, hörte er das Hallen unaussprechlicher Leere unter sich.

Der Berg war hier entzweigerissen. Raif Sevrance stand über der Stelle, an der die Erdkruste am ehesten nachgeben würde.

Die dunklen Flecken wurden größer. Etwas Schreckliches bewegte sich im Schatten, heulte und verblasste dann wieder. Die Kammer war eine verschwommene Bewegung von Raum und Zeit, und der Boden bog sich wie nasses Holz. Trübe war sich Raif lauten Polterns bewusst, als über ihm weitere Türme der Festung einstürzten.

Er packte das Abschwörerschwert mit beiden Händen und begann zu rezitieren:

»Mag die Erde auch beben, mögen Reiche vergehen
Er wird bestehen.«

Der *Shatan Maer* erschien, verharrte einen Augenblick und verschmolz dann wieder mit der Dunkelheit. Tief im Berg riss der Felsen auf.

»Wenn sich Schatten erheben aus berstendem Stein
Wird er weise sein.«

Die Zeit ließ das Wort *sein* zu Raif zurückhallen. Ein Riss öffnete sich im Boden, und der Geruch einer anderen Welt stieg auf. Alle Schatten und schwarzen Flecken in der Kammer begannen, sich an einer einzigen Stelle zu sammeln.

»Wenn das Böse wächst und zieht durch das Land
Er den Bogen spannt.«

Der Riss wurde breiter, und Raif spürte die kalten Winde der Hölle. Der einzelne Fleck aus Dunkelheit schwoll an und formte ein Portal. Der *Shatan Maer* stand dahinter und schlug wild um sich; ein monströses Ungeheuer, das gegen seine Ketten antobte. *Stell dir deinen schlimmsten Albtraum vor und nimm ihn mal zehn.* Wer hätte geglaubt, dass ein Hochlandhirte so gut mit Worten umgehen konnte? Mit gefletschten Zähnen nahm Raif Kampfstellung ein.

»Eine Festung fällt, leer wie ein Grab
Er wartet ab.«

Ein heftiger Ruck ging durch die Kammer. Etwas, das ein wichtiger Bestandteil von Zeit und Natur war, zerriss, und in diesem Augenblick sah Raif Dinge, die kein Mensch je sehen sollte. Es waren Hunderte von Albträumen, die Schrecken Tausender Leben, alle drängten sich vorwärts, drängten, um herauszukommen. Und mit ihnen kamen neun Reiter. Die Herren der Finsternis auf ihren schwarzen Hengsten, ihre Schwerter geschmiedet aus einer Abwesenheit aller Dinge, der Substanz von Seelen, die so geschliffen worden war, dass sie eine Schneide hatte. Sie spürten Raifs Aufmerksamkeit und drehten sich langsam um, um ihn anzusehen. Ihre Augen waren Höhlen, die zu einem Ort führten, der sogar über die Hölle hinausging, und sie verzogen die Lippen und lächelten ihn an.

Bald, versprachen sie. *Bald.*

In diesem Augenblick trat der *Shatan Maer* durch das Portal. Ein Ungeheuer aus einem anderen Zeitalter, wieder geboren als Schattengestalt. Raif packte sein Schwert fester, suchte in der schwarzen Leere des Körpers dieses Geschöpfs nach so etwas wie einem Herzen ... und fand eins. Eine immens primitive Pumpe, die das Schattenblut durch seinen Körper bewegte und dafür sorgte, dass er ein Schattengeschöpf blieb. Raif spürte, wie der mächtige Sog ihn erfasste, und kämpfte dagegen an. Er konnte es sich nicht leisten, sich in dieser muskulösen Schwärze zu verlieren. Es war ein zweites Höllentor, das hier auf ihn wartete.

»Und wenn der Dämon erscheint in einer Welt aus Schmerz
Trifft er sein Herz.«

Raif griff an, berührte Schattenfleisch mit der Schwertspitze, hörte es zischen. Ein Brüllen erklang. Der *Shatan Maer* bewegte sich.

Raif sah den Schlag, der ihn fällte, nicht. Er verlor für einen Sekundenbruchteil das Bewusstsein.

Als er blinzelnd wieder erwachte, sah er einen blassen Schatten seiner selbst, der niedergestreckt wurde. Er griff nach seinem Schwert.

Wo war das Schwert? Während seine Hand über Steine tastete und verzweifelt suchte, griff der *Shatan Maer* abermals an. Seine Augen waren von schwarzen Adern durchzogen und von hasserfülltem Sehnen erfüllt. Raif zog sich zurück. Plötzlich wollte er unbedingt weiterleben.

Als er wieder auf die Beine kam, sah er einen anderen schwachen Schimmer seiner selbst, wie er versuchte, das Schwert zu finden, und gerade, als dieses Schimmer-Ich die Waffe hob, griff der *Shatan Maer* es wieder an. Raif sah seinen eigenen Tod, sah, wie ihm ein Bein wie ein Zweig abgehackt wurde. Er grinste, als hätte er vollkommen den Verstand verloren. Zumindest wusste er nun, wo sein Schwert war.

Wahrscheinlich nicht der richtige Zeitpunkt, es zurückzuholen. Er hatte immer noch den Sullbogen und ein paar Pfeile auf dem Rücken, und er griff danach, während er rückwärts ging, weg von dem *Shatan Maer.* Aus irgendeinem Grund verärgerte der Anblick des Bogens das Geschöpf, und es eilte direkt vorwärts. Raif warf sich zurück und stieß dabei mit dem Kopf gegen einen Felsen. Er warf sich wieder zurück, fiel abermals mit dem Kopf auf einen Felsen. Die Zeit spaltete sich. Als er wieder auf die Beine kam, spannte er den Bogen und schoss. Der Pfeil prallte von der dicken, bröckelnden Haut ab.

Der *Shatan Maer* heulte vor Wut. Raif entdeckte sein Schwert, wartete ein wenig, um zu sehen, ob sich die Zeit rings um die Waffe veränderte. Kein Schatten-Ich griff mehr nach dem Schwert und wurde getötet. Das war gut so. Als er darauf zusprang, schlug der *Shatan Maer* zu. Raif spürte, wie Klauen in sein Kinn eindrangen und es bis zum Hals aufrissen. Blut lief ihm in den Mund. Der schreckliche, kalte Gestank des Ungeheuers drang ihm in die Nase wie ein kleiner Vorgeschmack auf den Tod. Bevor er sich noch regen konnte, traf ihn ein weiterer Schlag. Sein Kopf wurde zurückgerissen, und er schluckte sein eigenes Blut. Die Zeit drehte sich um sich selbst, zeigte ihm viele unterschiedliche Ergebnisse – zu viele, um sie verfolgen zu können. Wieder schlug der *Shatan Maer* zu. Raif taumelte rückwärts, spürte, wie sich eisige Klauen tief in das Fleisch seiner Schulter bohrten. Schmerz breitete sich aus, aber er war zu verwirrt, um das angemessen zu begreifen, und empfand ihn als angenehm warm.

Das Schwert gehörte ihm. Der letzte Schlag hatte ihn darauf zugeschleudert, und als der *Shatan Maer* abermals ausholte, schloss Raif die Hand um den Griff.

Das Herz des Ungeheuers gehörte ihm.

»Für Bitty!«, schrie Raif, als er das Schwert durch die Brust des *Shatan Maer* tief in das Herz des Schattenwesens stieß.

Neeeeeiiiiin ...

Tief drunten, an dem Ort, an dem die Welten sich begegneten, heulten Ungeheuer auf. Ein Herr der Finsternis ritt auf das kleiner werdende Portal zu und lachte, ohne einen Laut von sich zu geben. Rauschen erfüllte die Kammer, als die Schwärze herausgesaugt wurde. Das Portal brach zu nichts zusammen, und nur eine verblassende Erinnerung glühte noch in der Luft. Raif verlor das Bewusstsein. Schatten-Ichs häuften sich auf ihn und sanken nach und nach in ihn hinein. Der *Shatan Maer* war über ihm zusammengebrochen, und Raif wusste nicht, ob er noch die Kraft hatte, ihn wegzuschieben. Jedes Mal, wenn er ausatmete, nahm ihm das Gewicht auf seiner Brust ein wenig mehr Raum aus der Lunge. Schattenblut sickerte in sein Hemd und brannte wie Säure. Wenn man das alles bedachte, ging es ihm eigentlich ziemlich gut.

Wir können mehr sein, hatte Addie gesagt, und Addie hatte Recht gehabt. Schade, dass er jetzt nicht hier war; er hätte Raif helfen können, dieses riesige Ungeheuer von seiner Brust zu heben.

Wieder verging Zeit. Er musste sich jetzt wirklich aufraffen. Vorsichtig versuchte er, sich zur Seite zu drehen. Sofort verspürte er Schmerzen, die er zuvor nicht einmal bemerkt hatte. Er verzog das Gesicht und strengte sich noch mehr an. Manchmal waren die Schmerzen gut. Schmerz bedeutete, dass man noch lebte, und im Augenblick kam ihm das unendlich kostbar vor.

Raif holte noch einmal Luft und rollte den *Shatan Maer* von seiner Brust

Es war Zeit, Bär zu holen und nach einem besseren Leben zu suchen.

Draußen schien selbstverständlich die Sonne. Das musste man dem Kargland lassen: Seine Tricks nahmen kein

Ende. Bär kam ihm entgegen und begrüßte ihn, als er das Tor erreichte, und gemeinsam zogen sie nach Osten weiter. Oder war es Süden? Im Kargland konnte man nie sicher sein.

29
Eine Spur aus Blüten

Angus Lok machte in den Drei Dörfern halt, um Blumen zu kaufen. Er wusste, wie dumm das war, denn schließlich hatte Darra einen ganzen Garten am Haus, aber er war einfach in der Stimmung dazu. Die Sonne stand hoch am Himmel und hätte vielleicht sogar ein bisschen warm sein können – das war bei den vielen Schichten von Kleidung, die er trug, schwer zu sagen. Lämmer waren auf den Weiden, und zu sehen, wie sie unter die Wollröcke ihrer Mütter huschten, als er vorbeiritt, ließ ihn lächeln. *Wir waren alle einmal so jung und ängstlich.*

Sein Lächeln verschwand, als er daran dachte, dass Darra und die Mädchen beim Lammen allein gewesen waren. Sie waren gute Mädchen und arbeiteten schwer, aber Lammen war Männerarbeit. Zu viel konnte schief gehen, und obwohl er mit Sicherheit wusste, dass seine Frau viel fähiger war, als er je sein könnte, wünschte er sich, er könnte ihr den Kummer ersparen. Er hatte in der letzten Zeit viele Wünsche und keinen davon für sich selbst.

Der kleine Markt, der alle zehn Tage auf dem Dorfplatz abgehalten wurde, ging zu Ende, als er näher kam. Nur noch jämmerlich aussehende Waren waren übrig geblieben: grüne Bohnen mit schwarzen Flecken, Kohlköpfe, denen schon viele Blätter fehlen, und ein paar erstaunlich schleimige Lauchstangen. Wer immer sich zum Mittagessen in die Taverne Zum Schafsfuß wagen würde, hatte durchaus Chancen, diesen Lauch wieder zu sehen. Das Gemüse konnte vielleicht sogar selbst dorthin laufen.

Als Angus ein junges Mädchen mit einem großen Korb mit Schneeglöckchen und Wicken sah, zügelte er sein Pferd und winkte sie zu sich. »Wie viel?«, fragte er, als sie auf ihn zugelaufen kam.

»Ein Kupferstück der Strauß.«

»Nein. Alles zusammen.«

Sie riss die Augen auf. Angus nahm an, dass sie jünger war als Cassy, aber ein wenig älter als Beth. Ein hübsches Mädchen. Aber nicht so hübsch wie seine Töchter. Seine Frage hatte sie in einen Strudel riskanter Berechnungen gerissen, also half er ihr, indem er ihr ein Goldstück reichte. »Binde den Korb mit einem hübschen Band an die Satteltaschen, und wir sind uns einig.«

Sie war vernünftig genug, nicht weiter zu feilschen. Er bemerkte, dass ihre Hände von der Landarbeit rau und schwielig waren. »Wie heißt du?«, fragte er, als sie den Korb angebunden hatte.

»Bonnie.«

»Teile das Goldstück, bevor du nach Hause gehst, Bonnie«, sagte er. »Bring die Hälfte deinem Papa, aber für den Rest kannst du dir etwas Schönes kaufen. Außer mir und dir weiß keiner, wie viel du für den Korb bekommen hast.« Aber er sah ihrem zweifelnden Blick schon an, dass sie es nicht tun würde.

Angus zuckte die Schultern und trieb den Fuchs an. *Nach Hause.* Er konnte es schon riechen, da war er ganz sicher. Er roch das Kaninchen in Darras Kochtopf und etwas schrecklich Klebriges, das Beth mit Honig zubereitet hatte. Ihr Götter, man wusste, dass ein Mann ein Narr und vollkommen verliebt war, wenn er auch die Mahlzeiten aß, die seine Frauen anbrennen ließen.

Er konnte nicht schnell genug nach Hause kommen. Die Vorsicht verlangte, dass er durch den Alten Wald und den Bach weiterzog, aber zur Hölle mit der Vorsicht! Er war viel zu lange vorsichtig gewesen. Es war an der Zeit, auf dem schnellsten, kürzesten Weg zu seiner Familie zu gelangen.

Ein paar Blüten gingen beim Galopp verloren, und er grinste, als er sich die Spur vorstellte, die er zurückließ. Irgendein Dummkopf würde ihr vielleicht folgen und hoffen, am Ende dieser Blütenspur eine Prinzessin zu finden. Er würde sich stattdessen einem hässlichen Wildhüter in mittleren Jahren gegenübersehen. Angus schlug sich auf den Schenkel. Er hoffte nur, dass es nicht noch zu Küssen käme.

Sein Grinsen wurde ein wenig dünner, als er den Hauptweg verließ und dem kleinen Pfad folgte, der zu seinem Hof führte. Kein Rauch. Darra säuberte wohl gerade die Feuerstelle. So etwas wie Unruhe breitete sich durch seine Schultern und entlang der Wirbelsäule aus. Seit Monaten war niemand mehr auf diesem Pfad unterwegs gewesen. Das Gras war dicht und nirgendwo niedergetrampelt. Und die Apfelbäume im östlichen Obstgarten – sie waren seit vor dem Winter nicht zurückgeschnitten worden. Darra kümmerte sich sonst doch immer um sie wie um Kinder!

Angus Loks Mund wurde trocken.

Hinter einer Wegbiegung um ein Brombeerdickicht konnte er einen ersten Blick auf das Haus werfen. Abgebrannt. Die Mauern waren schwarz, das Dach zum Teil eingestürzt. Noch bevor das Entsetzen ihn traf, erfasste ein Teil seines Hirns die

Einzelheiten. Das hier war nicht erst vor kurzem geschehen. Es hing kein Brandgeruch mehr in der Luft, und der Ruß auf den Wänden hatte Streifen von vielen Regenfällen.

»Sie sind davongekommen«, sagte er laut, ohne es auch nur zu merken. »Sie müssen einfach entkommen sein.«

Aber er war zu lange Mitglied der Phage gewesen, um sich etwas vormachen zu können. Zwanzig Jahre lang war er für das Schlimmste ausgebildet worden.

Und nun war es geschehen.

Das Sullpferd wusste es und blieb stehen, damit sein Reiter absteigen konnte. Angus' Füße berührten den Boden, und er versuchte, mit den Göttern zu feilschen. »Nehmt mich«, murmelte er. »Nehmt mich und bringt sie stattdessen zurück.«

Die Götter antworteten nicht. Die Götter waren tot.

Angus Lok holte tief Luft, und dann betrat er sein Haus.

»Ein faszinierendes Lesevergnügen!«
Robert Jordan

Jacqueline Carey

Die Auserwählte I

Die Geheimnisse des Nachtpalais

Im geheimnisvollen Nachtpalais werden junge Mädchen in den Künsten und Wissenschaften unterrichtet – und zu den besten Konkubinen des Landes ausgebildet. Ihre Aufgabe ist es aber nicht nur, Männern Vergnügen zu schenken, sondern vor allen Dingen auch, als Spioninnen zu dienen. Die junge Phèdre ist eine von ihnen – doch sie ist auch noch viel, viel mehr ...

»In ihrem provokanten Debüt verwebt Carey Machtspiele, Intrigen, Magie, Leidenschaft und Schicksal zu einem atemberaubend epischen Roman.«
Romantic Times

Ein modernes Märchen
um den niemals endenden Kampf
von Gut und Böse!

Catherine O'Donell

Der Verbotene See

Seit langer Zeit herrscht Krieg zwischen den Königreichen Fiann und Caernadon. Eine uralte Prophezeiung besagt, dass nur eine Tochter aus dem mystischen Schwanenvolk, das versteckt auf einer nebelverhangenen Insel lebt, die streitenden Reiche einen kann. Auch Eirion, die Adoptivtochter der Königin von Caernadon, kennt diese Geschichte – aber sie ahnt nicht, dass sie die Heilsbringerin ist und grausame Feinde seit langem darauf warten, sie vernichten zu können.

Eine große Saga um Liebe, Macht und Magie!

Juliet Marillier bei Knaur:

Die Tochter der Wälder
Roman

Der Sohn der Schatten
Roman

Das Kind der Stürme
Roman

Aus Elementen keltischer Mythologie, dem großen Schatz irischer Märchen und historischen Fakten über das Irland des 9. Jahrhunderts webt Juliet Marillier den farbenprächtigen Stoff für ihre fantastische Familiensaga. Drei Frauen begleitet sie in drei großen Romanen auf ihrem gefahrvollen Weg:
In *Die Tochter der Wälder* begibt sich die mutige und willensstarke Sorcha auf eine abenteuerliche Reise, um ihre Brüder zu erlösen, die Opfer der bösen Hexe Oonagh geworden sind. Ihre Tochter Liadan tritt in *Der Sohn der Schatten* in die Fußstapfen ihrer Mutter. Sie besteht kühne Abenteuer, behauptet sich gegen zahlreiche Intrigen, gegen Magie und List. Sorchas Enkelin, Fainne, wächst in *Das Kind der Stürme* zur machtvollen Zauberin heran. Nur sie kann die grüne Insel Irland retten – denn noch immer spinnt die Hexe Oonagh ihre Fäden.

»Juliet Marillier ist ein außergewöhnliches Talent.«
Andre Norton